紅樓夢
3

정

나남
nanam

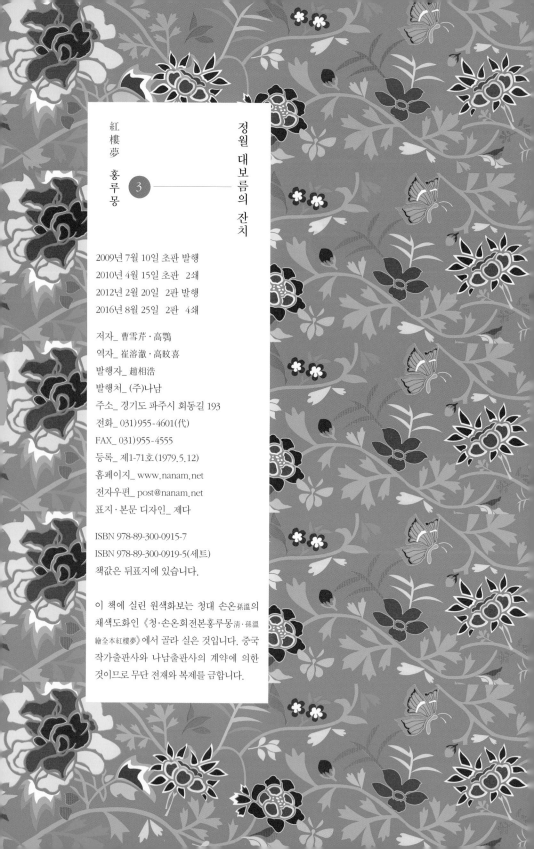

정월
대보름의
잔치

紅樓夢

홍루몽

3

2009년 7월 10일 초판 발행
2010년 4월 15일 초판 2쇄
2012년 2월 20일 2판 발행
2016년 8월 25일 2판 4쇄

저자_ 曹雪芹·高鶚
역자_ 崔溶澈·高旼喜
발행자_ 趙相浩
발행처_ (주)나남
주소_ 경기도 파주시 회동길 193
전화_ 031)955-4601(代)
FAX_ 031)955-4555
등록_ 제1-71호(1979.5.12)
홈페이지_ www.nanam.net
전자우편_ post@nanam.net
표지·본문 디자인_ 제다

ISBN 978-89-300-0915-7
ISBN 978-89-300-0919-5(세트)
책값은 뒤표지에 있습니다.

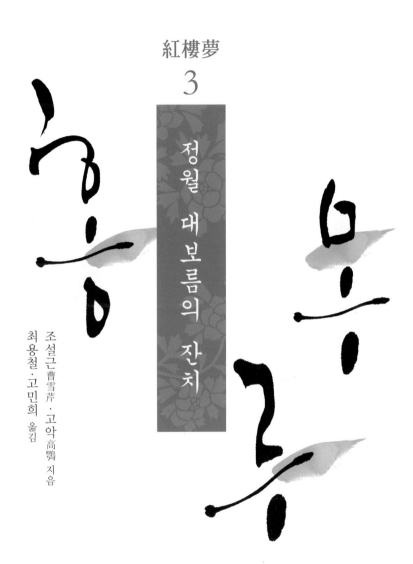

紅樓夢

3

정원 대 보름의 잔치

조설근 曹雪芹 · 고악 高鶚 지음

최용철 · 고민희 옮김

나남
nanam

제
41
회

❁

보옥이 농취암에서
묘옥의 대접을 받다.

❀

가련이 몰래 재미를 보다
희봉에게 들키다.

❁

향릉이 대옥에게
시를 배우다.

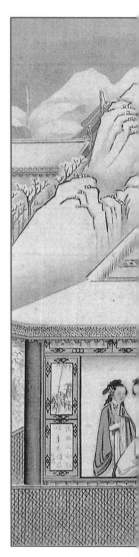

제
49
회

눈 내린 날 노설암에서
사슴고기를 구워먹다.

제
49
회

🪷 눈 내린 농취암에
매화향기 가득하다.

제
52
회

❀

청문이 병든 몸으로
보옥의 공작털 외투를 기워주다.

제
53
회

섣달 그믐날 녕국부에서
제사를 지내다.

대보름날 저녁
영국부에서 잔치를 베풀다.

제
57
회

✿

강남의 진씨 일가가 상경하여
가부를 방문하다.

제
57
회

자견이 보옥의 속마음을 떠보다.

장미초와 말리분으로
말다툼이 일어나다.

일러두기

이 책의 번역저본은 중국예술연구원 홍루몽연구소에서 교주校注하고 인민문학출판사에서 간행한 신교주본新校注本《홍루몽》을 사용하였다. 초판은 1982년에 나왔으나 이 책은 1996년에 나온 제2판 교정본을 사용하였다. 이 판본은 전80회는《경진본庚辰本》을, 후40회는《정갑본程甲本》등을 중심으로 교감한 새로운 통행본이다.

———

이 책의 권두 삽화는 청대 손온孫溫의 채색도화인《청·손온회전본홍루몽淸·孫溫繪全本紅樓夢》(작가출판사 간행)을 사용하였으며 따로 청말《금옥연金玉緣》판본의 흑백 삽화를 일부 활용하였다.

———

이 책은 매 20회씩 나누어 총 6권으로 하였으며 각권마다 별도의 부제를 붙여서 전체 줄거리의 변화를 보여주도록 하였다. 또 각 회의 회목은 번역문과 원문을 병기하였고 동시에 독자의 빠른 이해를 위해 따로 간편한 제목을 붙였다.

———

작품 속의 시사詩詞 등 운문에는 편리하게 대조할 수 있도록 원문을 병기하였으나 운문의 일부와 산문의 경우는 이를 생략하였다.

———

작품 속의 인명과 지명 등 고유명사는 한글의 한자음을 사용하였으며 처음 등장할 때 혹은 필요하다고 생각되는 곳에는 한자를 병기하였다.

홍루몽 —— 3

정월 대보름의 잔치

홍루몽 6권
다 시 돌 이 되 어

賈寶玉品茶櫳翠菴

老劉醉臥怡紅院

묘옥의 매화차

가보옥은 농취암에서 매화차 맛보고
유노파는 이홍원에서 술 취해 잠드네

櫳翠庵茶品梅花雪　怡紅院劫遇母蝗蟲

유노파가 두 손으로 크기를 가늠하여 흉내 내면서 소리쳤다.

"꽃이 지고 이따만한 커다란 호박이 달렸습니다요."

모두들 집안이 떠나가라 웃었다. 유노파는 자기 앞에 놓인 술잔을 홀짝 마시고 나서 또 웃기는 말투로 한마디를 덧붙인다.

"지가 솔직하게 한 번 말해 볼까요. 저는요, 워낙 우둔하고 멍청하게 생긴 데다 술에 취하기까지 해서 이런 사기 술잔을 깰까 아주 조심스럽구먼요. 혹시 나무술잔이 있으면 갖다주세요. 그러면 실수로 땅에 떨어뜨려도 상관없잖아요?"

사람들이 또다시 왁자하게 웃었다. 왕희봉이 웃으면서 대꾸했다.

"물론 나무술잔이야 있지요. 지금 당장이라도 가져올 수 있지만 우선 조건이 하나 있어요. 이 나무술잔은 여러 개가 한 벌로 되어 있거든요. 그러니 그 한 벌의 술잔을 모두 마셔야만 해요."

유노파가 그 말에 깜짝 놀라 속으로 생각해 보았다.

'그저 우스개로 해본 말이었는데 정말로 그런 게 있단 말인가. 시골에서도 대갓집 잔치에 갈 때마다 금술잔이나 은술잔이 있는 것은 보았지만 한 번도 나무술잔이 있다는 소릴 들은 적은 없었는데. 필시 아이들이 갖고 노는 나무사발 같은 것이 틀림없으렷다. 나한테 술이나 두어 사발 더 먹여볼까 하고 속이는 말이 분명할 게야. 에라, 모르겠다. 어쨌든 여기 술이야 꿀처럼 달콤한데 몇 잔 더 마신들 무슨 대수겠어.'

그렇게 생각하고 배짱 좋게 말했다.

"좋아요. 잔이나 한 번 가져와 보세요. 먹고 안 먹고는 다음 문제니까."

희봉이 풍아에게 일렀다.

"저 안쪽 방에 가면 책장 위에 대나무 뿌리로 만든 열 개짜리 술잔 한 벌이 있다. 그걸 가져오너라."

풍아가 대답하고 막 가려는데 원앙이 웃으면서 얼른 끼어든다.

"그 열 개짜리 술잔은 저도 잘 아는데요, 그건 너무 작아요. 더구나 방금 아씨가 말씀하신 건 나무로 만든 술잔이라고 했는데 실제로 대나무술잔을 가져오면 안 되죠. 그거 말고 저희한테 황양목黃楊木 뿌리를 파서 만든 열 개짜리 큰 술잔 한 벌이 있거든요. 그걸로 열 잔을 한꺼번에 마시게 하는 게 어때요?"

"그게 좋겠네."

원앙이 사람을 보내 가져오도록 했다. 유노파는 술잔을 보자 놀라면서도 한편으로는 이런 것을 볼 수 있다는 것이 기뻤다. 그 술잔은 모두 열 개가 한 벌로 되어 있는데 크기에 따라 차례로 나눠져 있었다. 가장 큰 것은 작은 바가지만 했고 가장 작은 것도 손에 들고 있는 술잔의 배는 컸다. 또한 술잔에 새겨진 조각은 참으로 기기묘묘하였다. 그림은 대부분 산수와 수목 그리고 인물을 새겼는데 그 속에는 초서나 도장이 선명하게 찍혀 있었다.

"작은 술잔 하나면 될 것을 왜 이렇게 여러 개나 가져왔대요?"

유노파는 한 걸음 물러서며 딴전을 피웠지만 희봉의 말은 단호했다.

"이 술잔은 원래 한 개씩 쓸 수가 없는 거예요. 우리 집안에선 주량이 센 사람이 없어서 아무도 이 잔을 쓸 생각을 못했는데 지금 할머니가 이런 나무술잔을 쓰고 싶다고 해서 겨우 찾아낸 것이란 말이에요. 반드시 순서대로 한 잔씩 다 들어야 해요."

유노파는 더욱 놀라 통사정했다.

"그렇게는 정말 못해요. 고모 아씨마님! 제발 저를 용서해주세요, 예?"

곁에 앉아 있던 가모와 설부인, 왕부인은 유노파가 나이가 많은지라 술을 다 이겨내지 못할 것으로 생각하고 끼어들었다.

"말이 그렇다는 것이고 웃자고 하는 소리였으니 너무 많이 마시게 할 수는 없지. 제일 큰 술잔으로 한 잔만 따라드려라."

그래도 유노파는 계속 엄살이다.

"아이구머니나, 나무아미타불! 저는 아무래두 작은 잔에다 마셔야겠구먼요. 이 큰 잔은 담아뒀다가 집에 가져가 천천히 마셔볼래요."

그 말에 사람들이 또 한바탕 웃었다. 원앙도 어쩔 수가 없어 시녀에게 큰 잔 하나에다 술을 가득 따르라고 했다. 유노파가 두 손으로 술잔을 떠받치고 마셨다.

가모와 설부인이 옆에서 또 참견했다.

"천천히 마셔요. 급하게 들이켜다가 사레들리겠소."

설부인은 희봉에게 일러 안주를 차리라고 하였다.

"할머니, 안주로 뭐를 드시겠어요? 뭐든 말씀만 하세요. 제가 먹여드릴게요."

"제가 어떻게 이름을 알아요, 뭐든 다 좋구먼요."

가모가 곁에서 일렀다.

"거기 가지절임을 드려라."

희봉은 가지절임을 집어다 유노파의 입에 넣어주면서 웃었다.

"할머니도 시골집에서 날마다 가지를 먹겠지만 우리집 가지 맛이 어떤지 한 번 맛보세요. 입맛에 맞으세요?"

"거짓말하지 마세요. 가지에서 어떻게 이런 맛이 나올 수가 있겠어요. 가지에서 이런 맛이 난다면 지들은 곡식농사 그만 두고 가지만 심게요."

유노파가 정말 맛을 모르겠다고 하자 여러 사람이 다함께 말했다.

"그거 정말 가지로 만든 거예요. 할머니를 속이는 게 아니라고요."

"그럼 정말 가지로 이런 걸 만들었단 말이지요? 전 지금껏 먹어도 다 헛먹었구먼요. 고모마님, 저한테 하나 더 먹여 주시겠어요."

희봉은 다시 하나를 집어다 유노파의 입에 넣어주었다. 유노파는 입에 넣고 한참 동안 찬찬히 씹어보다 웃으며 말한다.

"그래요. 비록 가지향기가 나기는 하지만 아무래도 가지 같지는 않구먼요. 도대체 이런 걸 어떻게 만들었는지 가르쳐 주세요. 저도 한 번 만들어 먹어 봐야겠어요."

"그거야 어렵지 않지요. 방금 따낸 가지의 껍질을 벗기고 속살을 실같이 가늘게 썰어서 닭기름에 튀겨요. 그리고 닭 가슴살과 표고버섯, 죽순, 목이버섯, 오향을 넣어 말린 두부, 각종 말린 과일 등을 가늘게 썰어 닭 국물에 졸인 후 말려요. 그런 다음 참기름을 치고 향유로 무쳐 사기 항아리에 넣어 봉해 두었다가 먹을 때 볶은 닭고기와 비비면 되는 거예요."

유노파가 듣고 고개를 절레절레 흔들고 혀를 내두르면서 탄식했다.

"아이쿠 나무아미타불! 닭이 열 마리도 넘게 들어가야 한단 말이지요? 그래서 이런 기가 막힌 맛이 나는 거구먼요."

유노파는 웃으며 천천히 술을 다 마시고 다시 술잔을 찬찬히 뜯어보며 감상한다.

희봉이 웃으면서 권했다.

"아직 흥이 덜 오르셨으니 한 잔 더 하시죠."

"큰일나요. 그러면 바로 취해 버리지요. 저는 이 술잔 모양이 참 좋아서 그래요. 이걸 어떻게 만들었을까요?"

원앙이 나섰다.

"자, 술을 다 드셨으니 한 번 알아맞혀 보세요. 이 술잔은 무슨 나무로 만들었을까요?"

유노파가 자신 있다는 듯이 말했다.

"하기야 아가씨가 모르는 것도 무리는 아니지요. 이런 대갓집에 부자로 사시는 분들이 어떻게 나무에 대해 알 수 있겠어요. 우리 같은 사람은 하루 종일 나무숲을 길거리로 삼고, 곤하면 나무를 베고 잠들고, 힘들면 나무에 걸터앉아 쉬고, 흉년들면 또 그걸 먹기도 한단 말이에요. 날이면 날마다 눈으로 보고 귀로 듣고 입으로 말하는 게 모두 나무 아닌 게 없지요. 그러니 진짜인지 가짜인지 저희가 보면 금방 알아맞히게 되어 있다구요. 제가 한 번 알아맞혀 볼까요?"

한참을 가만히 들여다보고 나서 유노파가 단언했다.

"이런 대갓집에서야 값싼 물건이 절대로 없을 것이구, 또 쉽사리 얻을 수 있는 나무야 이런 집에 남겨두지도 않으시겠죠. 제가 이 술잔의 무게를 한 번 재어 보니 백양나무는 아닌 것이 분명하고 이건 황송이 틀림없습니다요."

그 말에 온 방 안의 사람들이 모두 와하하 웃음을 터뜨렸다.

그때 할멈 하나가 들어와 가모에게 물었다.

"창극배우 아가씨들이 모두 우향사에 모였다는데, 연주할지 아니면 좀더 기다릴지 하명을 기다리는데요."

"그래, 내가 그애들을 깜빡 잊었구나. 바로 연주하라고 일러라."

잠시 후 은은한 퉁소와 피리소리가 생황소리와 어울려 함께 들려왔다. 마침 날씨가 쾌청하고 시원한 가을이라 음악소리는 숲을 지나고 물을 건너 맑은 바람결에 실려와 사람들의 귓전을 간질였다. 자연히 마음이 편안해지고 기분이 좋아졌다.

보옥이 먼저 그 멋진 기분을 느끼자 마음이 동했다. 주전자를 잡더니 술잔에 가득 따라 단번에 입안에 털어 넣고 다시 한 잔을 따라 마시려고 했다. 마침 왕부인도 술 한 잔이 생각나 따뜻한 술로 바꿔 오라고 일렀다. 보옥이 얼른 자기가 따른 술잔을 가져가 왕부인의 입에 댔다. 왕부인은 보옥의 손에 든 술잔을 그대로 입에 대고 두어 모금 마셨다. 곧 따뜻한 술이 오자 보옥은 제자리로 돌아와 앉았다. 왕부인이 더운 술 주전자를 들고 자리에서 일어나자 모두들 따라 일어섰다. 설부인도 일어섰다. 가모가 얼른 이환과 희봉에게 어서 술 주전자를 받으라고 일렀다.

"어서 네 이모님을 앉으시도록 해야 다들 편하게 앉아 있을 수 있지 않겠느냐."

왕부인도 그 말에 주전자를 희봉에게 넘기고 자리로 돌아와 앉았다.

가모가 웃으며 말했다.

"그러면 다들 두어 잔씩 마시고 오늘 한 번 취해서 재미있게 놀자꾸나."

말을 마치고 가모 자신도 술잔을 비웠다. 상운과 보차, 대옥도 모두 다 마셨다. 그때 유노파는 이미 술기운으로 기분이 들떠 있는 상태에다 아름다운 음악 소리가 들려오자 점점 흥이 나서 손발을 휘저으며 춤을 추기 시작했다. 보옥이 자리에서 일어나 대옥에게 다가와 웃으면서 말한다.

"저기 좀 봐, 유노파 춤추는 꼴을."

"옛날에는 성인이 음악을 연주하면 온갖 짐승이 다들 춤을 추었다고 하더니 오늘은 겨우 소 한 마리만 춤을 추고 있는 꼴이네요."

대옥의 말에 여러 자매들이 함께 따라 웃었다.

잠시 후에 음악이 그치자 설부인이 자리에서 일어나며 말했다.

"다들 보아하니 술도 어지간히 마신 것 같은데 잠깐 나가서 산책 좀 하다가 들어와 앉는 게 어때요."

그러잖아도 가모는 마침 좀 거닐고 싶던 참이었다. 모두들 자리에서 일어나 가모를 따라 천천히 산책을 했다. 가모는 유노파와 함께 산기슭과 나무숲 아래를 한참이나 돌면서 이것은 무슨 나무이고 저것은 무슨 돌이고 또 요것은 무슨 꽃이라며 일일이 설명했다. 유노파는 하나하나 들으며 가모에게 칭송의 말을 했다.

"경성 장안에서는 사람만 존귀한 줄 알았더니 까마귀 한 마리조차도 아주 존귀하구먼요. 이놈의 까마귀가 이 댁에 오면 아주 멋지게 변하여 말까지 할 줄 알게 된다니까요."

사람들이 그 말의 뜻을 알아차리지 못하여 무슨 까마귀가 멋지게 변하고 말을 하게 되었는지를 물었다.

"저기 회랑의 걸대 위에 부리가 붉은 초록색 앵무새는 저도 잘 알겠는데요, 저 새장 속의 까마귀는 어떻게 봉황새 같은 머리를 달고 말을 할 줄 알게 되었느냐 말이에요."

그제야 사람들이 까르르 웃었다. 유노파가 구관조九官鳥라는 걸 모르고 까마귀라고 말했기 때문이었다.

잠시 후 시녀들이 가모에게 간식을 드시라고 청하였다.

"술을 두어 잔 마셨더니 배는 별로 안 고프다만, 그래 좋아. 이쪽으로 가져오너라. 다들 적당히 먹어보자꾸나."

시녀들이 곧 탁자 두 개를 가져와 차려 놓고 두 개의 찬합을 들고 왔다. 뚜껑을 열어 보니 각 찬합에는 두 가지 간식이 들어 있었다. 한쪽에는 연근가루에 계피설탕을 넣은 떡과 잣을 넣고 거위 기름에 튀겨서 돌돌 만 과자가 들어 있었고, 또 다른 쪽에는 한 치가량 되는 작은 만두가 들어 있었다. 만두 속이 무엇이냐고 가모가 묻자 할멈들이 게살을 넣었다고 얼른 대답했다. 가모가 그 말에 상을 찡그렸다.

"에이, 그렇게 기름기 많은 걸 누가 먹겠어!"

또 다른 찬합에는 우유와 기름에 튀긴 여러 가지 밀가루 과자가 들어 있었는데 그것도 가모는 먹기 싫어하면서 설부인에게 권하자 설부인은 겨우 떡 하나를 집어 들었다. 가모 자신도 돌돌 말린 과자 하나를 집어 조금 맛을 보다가 남은 반쪽을 시녀에게 건네주었다.

유노파는 너무나 깔끔하고 예쁘게 만들어진 밀가루 과자 중에서 모란 꽃송이처럼 만든 것을 하나 집어 들고 웃으면서 말했다.

"우리 마을의 가장 솜씨 좋은 아가씨들에게 종이로 오려보라고 해도 이렇게 기막히게 만들어내진 못할 거예요. 저도 먹고는 싶지만 아까워서 먹을 수가 없네요. 집에 가져가서 사람들한테 수놓는 본을 삼도록 하는 게 좋겠구먼요."

사람들이 모두 웃었으며 가모가 말했다.

"집에 가실 때 내가 한 단지를 드릴 테니 지금 따뜻할 때 어서 이거나 드시우."

다른 사람들은 자기가 좋아하는 것으로 한두 가지를 집어먹었지만 유노파는 원래 이런 간식을 생전 처음 본 데다 모두 작고 깜찍하여 판아와 함께 한 가지씩 모두 먹어보았다. 그러자 곧 반 쟁반을 거의 비우고 말았다. 나머지는 희봉이 두 쟁반의 것을 끌어 담아 하나의 찬합에 넣어 문관文官 등에게 가져가 먹으라고 했다.

그때 유모가 희봉의 딸인 대저大姐를 데리고 왔다. 모두들 달려가 어르고 달래면서 놀았다. 대저는 커다란 유자를 끌어안고 놀고 있다가 갑자기 판아가 안고 있는 불수감佛手柑이 눈에 들어 그걸 달라고 야단이었다. 시녀가 다른 말로 달랬지만 대저는 당장 내놓으라며 울음을 터뜨렸다. 여러 사람이 얼른 유자를 판아에게 건네주고 판아가 갖고 있던 불수감을 가져다 대저에게 쥐어 주었다. 그제야 대저는 울음을 멈췄다. 판아는 벌써 한나절이나 불수감을 갖고 놀았던 데다 지금은 두 손에 과자를 잔뜩 쥐고 먹기에 바빴다. 게다가 유자가 향기롭고 둥글게 생겨 공처럼 차면서 갖고 놀기 좋을 것 같아서 불수감을 순순히 건네주고 유자를 받았던 것이다.

가모는 차를 마시고는 다시 유노파를 데리고 농취암으로 갔다. 묘옥妙玉이 서둘러 마중 나와 모시고 들어갔다. 정원 안에는 꽃나무가 무성했다. 가모가 웃으며 말했다.

"확실히 수행하는 사람이라 다르긴 다르군. 일이 없더라도 항상 이렇게 가꾸어 놓으니 다른 곳보다 보기 좋구먼그래."

말을 하면서 동편의 선방禪房으로 향했다. 묘옥이 안으로 들라고 청하자 가모가 말했다.

"우린 방금 전에 술과 고기를 먹었으니 안 되겠다. 이곳엔 보살님이 계신 곳인데 아무래도 죄가 되겠지. 그냥 여기 잠깐 앉았을 테니 좋은 차나 한 잔 내오려무나. 한 잔 마시고 곧 나갈 테니."

묘옥이 곧 차를 끓여왔다.

보옥은 유심히 묘옥이 하는 모습을 지켜보았다. 묘옥은 몸소 해당화 모양의 작은 차 쟁반을 들고 들어왔다. 조각한 그림 위에 금칠을 입힌 차 쟁반에는 구름 속의 용을 그려 장수를 기원하는 그림이 그려져 있었고, 쟁반 위엔 성화成化연간의 관요官窯에서 만든 오색찬란한 뚜껑이 덮인 찻잔이 놓여 있었다. 묘옥이 이를 바치자 가모가 말했다.

"난 육안차六安茶[1]는 안 마신다."

"알고 있어요, 노마님. 이건 노군미老君眉[2] 차예요."

---

1 안휘성 육안(六安)에서 나는 차로 잘 볶지 않으면 향기가 나지 않으며 맛이 씀.
2 동정호(洞庭湖)의 군산(君山)에서 나는 차로, 향기가 고아하고 맛이 진하며 모양이 긴 눈썹 같아서 '노군미'라고 부름.

가모가 받아 들면서 무슨 물을 썼는가 물었다. 묘옥이 대답했다.

"지난해 깨끗이 받아 둔 빗물이에요."

가모가 한 모금 마셔 본 뒤 유노파에게 건네면서 말했다.

"이 차를 한 번 맛보시우."

유노파는 단번에 쭉 들이켜 홀짝 마셔 버리고는 웃었다.

"좋기는 하지만 좀 싱겁네요. 좀더 달여서 진하게 하면 더 좋겠구먼요."

가모와 주위의 사람들이 다함께 웃었다. 자리에 모인 사람들에게는 모두 차를 한 잔씩 대접하였다. 차는 고급 관요에서 만든 하얗고 맑은 무늬가 새겨진 뚜껑 있는 청자 찻잔에 담겨 있었다.

그때 묘옥이 보차와 대옥의 옷깃을 살짝 잡아당기며 어디론가 데리고 나갔다. 보옥은 궁금하여 가만히 그들 뒤를 따라가 보았다. 묘옥은 두 사람을 곁방으로 데려가 앉으라고 했다. 보차는 평상 위에 앉았고 대옥은 묘옥이 평소에 앉던 넓은 방석 위에 앉았다. 묘옥은 풍로에 부채질을 하여 물을 끓이더니 따로 차 한 주전자를 우려내었다. 보옥이 얼른 뛰어들며 소리친다.

"자기들끼리만 숨겨 놓은 좋은 차를 몰래 마시겠다는 거지?"

두 사람이 함께 웃으며 대꾸했다.

"또 몰래 뒤따라와서 엿보고는 차를 얻어 마시려는 모양인데, 여기엔 그대 몫이 없네요!"

묘옥이 잔을 꺼내려는데 마침 보살 할멈이 밖에서 마신 찻잔을 거두어 갖고 들어왔다. 묘옥이 쌀쌀하게 말했다.

"그 성화요成化窯 찻잔은 그냥 넣어두지 말고 따로 밖에다 둬요."

보옥은 말뜻을 금세 알아챘다. 유노파가 마셨던 잔이므로 더럽혀졌다는 의미였다.

묘옥은 따로 두 개의 잔을 내 놓았다. 하나는 양쪽에 손잡이가 달려

있는 것이었는데 잔 위에 반포가斝匏斝[3]라고 예서체로 새겨져 있고 아래에는 해서체로 '진晉나라 왕개王愷의 진귀한 보물'이라고 조그맣게 적혀 있었다. 또 그 옆에는 아주 작은 글씨로 '송나라 원풍元豐 5년 4월에 미산眉山사람 소식蘇軾이 궁중의 비부秘府에서 보았다'고 쓰여 있었다.

묘옥은 먼저 이 잔에다 차를 따라 보차에게 주었다. 또 다른 찻잔은 사발처럼 생겼지만 좀 작았다. 여기에도 역시 글자가 새겨져 있는데 구슬을 꿴 듯한 독특한 전서체의 점서교點犀䀉라는 세 글자였다. 묘옥은 이 잔에다 차를 따라 대옥에게 주었다. 그러고 나서 보옥에게는 평소에 늘 사용하는 녹옥 찻잔에 따라주었다. 보옥이 투덜대는 소리를 했다.

"세상의 불법은 참으로 공평하다는 말씀이 있거늘 어이하여 저 두 분한테는 진귀한 골동의 찻잔으로 대접하고 나에게는 이처럼 천한 잔으로 주시는 거요?"

묘옥이 점잖게 대답했다.

"이것이 천하다고요? 제가 빈 소리를 하는 게 아니에요. 아마도 도련님 댁에서는 이런 천한 찻잔을 하나라도 찾아내기 어려울 것입니다."

보옥이 웃으면서 슬쩍 말을 바꿨다.

"속담에도 이르기를 어디든 가면 그곳의 풍속을 따르라고 하지 않았습니까. 이곳에 이르니 자연히 저러한 금이니 옥이니 하는 것들이 모두 천한 것으로 보이는 걸 어찌 합니까."

묘옥은 보옥의 말을 듣고 대단히 기뻐하면서 결국 다른 찻잔을 하나 꺼내 왔다. 대나무 뿌리로 만든 것인데 아홉 번 꺾이고 열 번 고리 맺은 모양으로 120 개의 마디에는 용이 휘감긴 조각을 한 커다란 찻잔이었다.

---

3 반포가는 가(斝: 옥으로 만든 주둥이가 둥글고 다리가 셋 달린 술잔) 모양의 모형을 작은 표주박 위에 씌워 표주박 모양대로 자라게 해서 만든 술잔.

"자, 이것밖에 남은 게 없는데, 이 큰 잔으로 다 마실 수 있겠어요?"

보옥이 기뻐하며 얼른 대답했다.

"물론 마실 수 있지요."

"다 마실 수 있다고 하시긴 했지만 그렇게 내버릴 차가 없는 게 유감이군요. 이런 말씀을 못 들어보셨나요? '첫 잔은 차 맛을 보기 위한 것이지만, 둘째 잔은 갈증을 푸는 바보 같은 짓이고, 셋째 잔은 당나귀 물 마시는 격'이라고 말이에요. 그러면 도련님이 마실 이 큰 찻잔은 뭐가 되지요?"

그 말에 보차와 대옥이 모두 한바탕 웃었다.

대옥이 찻주전자를 들고 큰 찻잔에 한 잔을 가득 따라 주었다. 보옥이 천천히 음미하였다. 과연 차 맛이 비할 데 없이 산뜻해서 칭찬을 그치지 않았다. 묘옥이 정색을 하고 말했다.

"도련님한테 드리는 이 차는 사실 저 두 분 덕분이라는 걸 알아두세요. 혼자 찾아오셨으면 아마 내놓지도 않았을걸요."

"네, 알았습니다. 스님한테보다도 저 두 분께 감사드려야 한다는 거죠."

보옥의 말에 묘옥이 고개를 끄덕였다.

"바로 그 말씀입니다."

그러자 대옥이 물었다.

"이 차도 지난해 받아둔 빗물인가요?"

묘옥이 약간은 차갑게 대답했다.

"아가씨도 아직 속인의 태를 벗지 못하셨군요. 이 찻물의 맛도 알아내지 못하시니. 이것은 제가 5년 전에 소주蘇州 현묘산玄墓山의 반향사蟠香寺에 있을 때 받아두었던 것으로 매화 꽃송이 위의 눈을 모은 것이랍니다. 그때 차마 쓰지 못하고 짙푸른 귀검청鬼臉青 꽃항아리에 넣어 땅에 묻어 두었다가 올 여름에 처음 열었지요. 제가 딱 한 번 마셔 보고 이번이 두 번째랍니다. 그 맛을 알아낼 수 없나요? 지난해 받아둔 빗물하고는 전혀 달라요. 절대로 이처럼 산뜻하지는 못하지요. 그런 걸 어떻게 마시겠어요."

대옥은 평소 묘옥의 괴팍한 성격을 알고 있던 터라 더 이상 무슨 말을 덧붙이기도 뭣하고 그렇다고 계속 앉아 있기도 거북하여 차를 다 마신 뒤에 보차와 함께 밖으로 나왔다.

보옥이 묘옥에게 웃음을 띠며 말했다.

"저 찻잔이 비록 더럽혀지긴 했지만 그냥 밖에 내버려둘 거라면 너무 아깝지 않아요? 내 생각엔 차라리 그 가난뱅이 할망구한테 줘버리는 게 좋겠는데. 그럼 그 할머니가 팔아서 돈으로 쓸 수도 있으니까. 어떻게 생각해요?"

묘옥이 잠시 생각하더니 고개를 끄덕이며 말했다.

"그것도 좋겠지요. 어쨌든 다행히 그 찻잔은 내가 마시던 게 아니니까. 내가 썼던 찻잔 같았으면 부숴버리는 한이 있더라도 절대 남한테 주지는 않을 거예요. 도련님이 갖다주시겠다면 말리진 않겠어요. 도련님께 드릴 테니 맘대로 하세요. 어서 가져가세요."

"물론 그래야지요. 스님이 어떻게 직접 그런 노파와 말을 하고 물건을 주고받을 수 있겠어. 스님까지도 더럽혀지고 말지. 나한테만 건네주면 되고말고요."

묘옥은 아랫사람을 시켜 찻잔을 가져와 보옥에게 넘겨주라고 했다. 그걸 받아든 보옥이 또 한마디 했다.

"우리가 다 나간 후 내가 시동들한테 시냇물을 몇 통 길어다 이곳을 깨끗이 씻으라고 하겠어요."

"그러면 더욱 좋지요. 하지만 일꾼들한테 물통을 지고 와서 산문山門 밖의 담장 아래에 두라고만 하세요. 들어오지는 말고."

"물론이지요."

보옥은 찻잔을 받아다 가모의 방에서 일하는 어린 시녀에게 건네주면서 분명히 다짐했다.

"내일 유노파가 갈 때 이걸 꼭 가져가도록 해라."

가모도 농취암을 나와 돌아간다고 하였다. 묘옥도 더는 만류하지 않고 산문 앞까지 배웅을 나왔다가 다들 돌아가자 문을 닫고 들어왔다.

한편 가모는 몸이 나른해지자 왕부인과 영춘 자매들에게 설부인과 함께 술을 마시라고 이르고 자신은 도향촌稻香村으로 들어가 쉬려고 했다. 희봉이 얼른 사람을 시켜 작은 대나무 교의交椅를 메고 오라고 했다. 가모가 올라앉자 두 할멈이 메고 일어났다. 희봉과 이환 그리고 여러 시녀들이 다 같이 뒤를 에워싸고 나갔다.

뒤에 남은 설부인도 놀 만큼 놀았던 터라 그만 자리를 털고 일어나 물러갔다. 왕부인은 창극을 연습하던 문관 등도 돌아가도록 하고 찬합을 여러 시녀들에게 나눠주어 먹도록 했다. 모두들 나가자 자신도 틈을 내어 좀 쉬려고 방금 전에 가모가 앉았던 평상 위에 올라앉아 문발을 내리도록 하고 어린 시녀에게 다리를 두드리도록 했다.

"노마님께서 무슨 말씀이 있으시거든 곧 나를 부르도록 해라."

왕부인은 그리 한마디 이르고는 곧 누워 스르르 잠에 빠져들었다.

보옥과 상운 등은 시녀들이 각각 흩어져 노는 모습을 바라보았다. 찬합을 가지고 바위 위에 올려놓고 각각 돌 위에 앉기도 하고 풀밭에 앉기도 하고 나무에 기대기도 하고 물가에 앉아 물장구를 치기도 하는 등 제멋대로 떠들썩하게 놀고 있었다. 원앙은 유노파를 데리고 다니며 대관원 곳곳을 구경시켜 주고 있었다. 사람들은 유노파의 뒤를 쫓아다니며 놀려댔다. 그러다 '성친별서省親別墅'라고 쓴 커다란 돌 패방牌坊 아래에 이르렀다. 유노파가 놀라움을 감추지 못하고 감탄을 한다.

"아이고! 이런 곳에 큰 사당이 다 있네요."

유노파는 얼른 땅에 엎드려 큰절을 올렸다. 사람들은 배꼽을 잡고 웃어댔다.

"웃기는 왜 다들 웃는 거예요? 저 패방에 쓰여 있는 글자는 저두 잘 안다구요. 우리 동네도 이런 사당이 얼마든지 있어요. 모두 이렇게 큰 돌로 만든 패방인데 저 글자는 다 이 절의 이름이지 뭐예요."

"할머니는 이게 무슨 사당이라고 생각하세요?"

사람들이 웃으면서 물었다.

"그야 보나마나 저 네 글자는 옥황보전玉皇寶殿이 틀림없겠구먼유."

사람들은 손뼉을 치고 발을 구르면서 웃음을 참지 못하고 여전히 유노파를 놀렸다.

그때 유노파는 갑자기 뱃속이 요란스럽게 꾸르륵거리며 금방이라도 쏟아져 나올 것 같은 느낌이 들었다. 다급해진 유노파는 어린 시녀 하나를 붙잡고 휴지를 달라고 하여 곧바로 그 자리에서 허리춤을 까 내리려고 하였다. 사람들은 한편 웃으면서도 여기서는 절대 안 된다고 소리치고 할멈 하나를 시켜 뒷간으로 데려가라고 일렀다.

사실 유노파는 억지로 적잖은 술을 마신 데다 황주黃酒는 별로 비위에 맞지 않았다. 게다가 기름진 음식을 잔뜩 먹었고 그 바람에 갈증이 나서 차도 몇 잔이나 들이켰던 게 화근이었다. 자연 탈이 나 설사를 했고 뒷간에서 한참 동안 앉았다가 나왔다. 술기운은 바람 때문에 좀 가셨지만 아무래도 나이를 먹은 사람이라 오랫동안 쭈그리고 앉았다가 갑자기 일어나니 머리가 어지럽고 눈알이 빙글빙글 돌아 제대로 갈피를 잡을 수 없었다. 사방을 둘러보아도 모두 나무와 정원석과 정자와 전각만 둘러싸여 있을 뿐이어서 어디가 어디로 통하는 곳인지 알 수가 없었다.

하는 수 없이 작은 돌길을 따라 천천히 걷다 보니 어느덧 한 저택에 이르게 되었다. 문을 찾을 수 없어 한참 헤매다 보니 한켠에 대나무 울타리가 나타났다. 유노파는 속으로 '여기에도 납작콩 시렁이 있구먼' 하고 생각하면서 꽃나무 울타리를 따라 걸어가자 반달문이 나타났다. 건너편은 바로 연못이었다. 일고여덟 자는 족히 되어 보이는데 돌로 언덕을 쌓아올렸고 맑고 푸른 물줄기가 그곳으로 흘러 들어가고 있었다. 위쪽으로는 하얀색 돌다리가 놓여 있었다. 다리를 건너 돌길을 따라 굽이를 두어 번 돌아서니 방문이 나타났다. 유노파는 방문을 열고 들어섰다. 한 여자아이가 맞은편에서 만면에 웃음을 띠고 맞이하고 있었다. 유노파도 얼른 웃으면서 인사를 하였다.

"아가씨들이 날 버리고 가는 바람에 이리저리 돌다가 결국 이곳으로 왔구먼요."

그런데 그 여자아이는 다만 웃음을 머금고 있을 뿐 도통 말을 하지 않았다. 유노파가 가까이 다가가 손을 잡으려다가 "쿵"하고 벽에 머리통을 부딪치고 말았다. 아픈 머리를 감싸 안으며 다시 자세히 보니 그건 한 폭의 그림이었다.

'그림 중에서도 이렇게 올록볼록하게 그려진 게 있구먼! 깜빡 속았네.'

그리고 가만히 손으로 만져 보니 그냥 평평한 그림이었다. 참으로 세상엔 이상한 것도 있구나 하면서 감탄을 금치 못했다. 또 하나의 작은 문이 나왔다. 문 위에는 초록색 바탕에 꽃무늬가 새겨진 부드러운 발이 걸려 있었다.

유노파는 발을 걷고 들어갔다. 사방의 벽은 영롱하게 꾸며져 있었다. 칠현금과 보검과 화병과 향로 등이 벽에 박힌 듯 달려 있고 비단이나 면사로 덮여 있어 금과 옥으로 장식한 것처럼 광채가 났다. 바닥에 깔린 벽돌마저도 파란색과 초록색에 꽃무늬를 새겨 넣은 것이어서 눈이 어른거렸다. 문을 찾아 나가려고 했지만 문은 보이지 않았다. 왼편에는 책꽂이가 있고 오른쪽에는 병풍이 가려져 있는데 병풍을 돌아 나오자 문 하나가 나타났다. 그런데 집에 있어야 할 사돈 할멈이 들어오고 있는 게 아닌가. 참으로 이상도 하다고 여기며 물었다.

"제가 며칠간 집에 돌아가지 못했다고 날 찾아보러 여기까지 왔단 말이에요? 그래, 누가 여기까지 모시고 들어왔어요?"

하지만 사돈 할멈은 아무런 대답도 하지 않고 그냥 서있을 뿐이었다.

"사돈 양반도 참 세상 구경을 못해 봐서 그러시겠지만, 이 정원이 온통 꽃천지인데 그걸 머리 가득 이고 다니신단 말이에요?"

그래도 사돈은 도통 말이 없다. 그제야 유노파는 퍼뜩 짚이는 데가 있었다.

'부잣집에는 온몸을 비추는 커다란 거울이란 것이 있다고 들었는데, 내가 지금 바로 거울 속에 들어와 있는 게 아닐까.'

손을 뻗어 한 번 만져 보고 자세히 들여다보니 과연 거울이 틀림없었다. 사방으로 보라색 단향나무에 아름다운 조각을 하고 그 사이에 거울을 끼워 넣은 것이었다.

"이게 가로막혀 있으면 난 어찌 나갈 수 있단 말인가."

혼잣말을 하면서 손으로 슬쩍 밀어 보았다. 이 거울은 원래 자동으로 열렸다 닫혔다 하는 서양식 장치가 달린 것이었다. 유노파가 이리저리 만지다 보니 마침 그 장치를 건드려 거울이 닫히고 문이 드러났다. 유노파는 너무나 놀랍고도 신기하여 발걸음을 내디뎌 안으로 들어갔다. 방 안에는 기막히게 정교한 침대가 놓여 있고 휘장이 드리워져 있었다. 유노파는 이때 이미 취기가 상당히 오른 데다 또 여기저기 걷다 보니 노곤하기도 하여 잠시 침상 위에 엉덩이를 붙이고 조금 쉬어 보자고 생각했다. 하지만 몸은 뜻대로 되지 않아 그대로 두 눈이 몽롱해지더니 꾸벅꾸벅 졸다가 급기야 침상 위에 고꾸라져 깊은 잠에 빠져들고 말았다.

한편 사람들은 유노파를 기다렸지만 좀체 나타나지 않았다. 먼저 판아가 제 할미가 없어진 걸 알고 속을 태우며 울음을 터뜨렸다.

"혹시 뒷간에 빠진 거라도 아닐까. 어서 사람을 보내 알아봐."

그래서 할멈 두 사람을 시켜 찾아보게 했지만 돌아와서 하는 말이 아무데도 없다는 것이었다. 사람들이 흩어져 이곳저곳을 다 찾아보았지만 역시 찾지 못했다. 습인이 가만히 유노파가 갔을 법한 길을 가늠해 보았다.

'유노파가 술이 취했으니 길을 잃었을 거야. 그 길로 그대로 따라가면 우리집 뒤편 정원이 되잖아. 만약 꽃나무 울타리를 돌았으면 뒷방으로 들어가게 되는데 그렇다고 해도 지키고 있는 어린 시녀들이 알았을 테지. 만일 꽃나무 울타리를 따라 서남쪽으로 계속 갔다면 그래도 괜찮지만 돌아나가지 못했다면 아직도 거기서 헤매고 있을 것이 분명하겠군. 내가 한 번 가 봐야겠어.'

습인이 얼른 돌아와 이홍원에 들어서며 사람을 부르니 어린 시녀들은 한 사람도 남아 있지 않고 그 틈에 모두 놀러 가고 없었다. 집안에 들어서며 칸막이로 쓰고 있는 장식장을 돌아서는데 코고는 소리가 우레같이 들려왔다. 놀란 습인이 다급히 방으로 들어와 보니 술 냄새는 온 방 안에 진동을 하고 유노파는 제멋대로 네 활개를 펴고 큰 대 자로 보옥의 침상 위에 누워 정신없이 곯아떨어져 있었다. 습인은 기절초풍하도록 놀라 다짜고짜 달려들어 유노파를 마구 흔들어 깨웠다.

유노파가 겨우 눈을 비비며 일어나 보니 습인이었다. 얼른 기어서 일어나며 통사정을 했다.

"아가씨! 제가 그만 큰 실수를 했구먼요. 그래도 침대를 더럽히지는 않았어요."

그 와중에서도 두 손으로 침대 위를 털어 내는 시늉을 한다. 습인은 남들을 놀라게 할까 겁이 나고 또 보옥이 알게 될까 두려워 얼른 손을 저어 아무 말도 못하게 했다. 방 안의 향로 안에 백합 향을 서너 줌 집어넣어 더 태웠다. 대충 정리하고 나오면서도 유노파가 토해 놓지 않은 것만도 큰 다행으로 여겼다. 가만히 웃으면서 유노파에게 말했다.

"괜찮아요. 걱정 마시고 절 따라 오세요. 제가 알아서 말할 테니까요."

유노파는 습인의 뒤를 따라 나왔다. 시녀들의 문간방까지 나와 유노파를 앉히자 습인이 단단히 타일렀다.

"할머니는 그냥 산 아래 바위틈에 앉았다가 깜빡 잠이 들었다고만 말하세요, 알겠어요?"

유노파는 고개를 끄덕였다. 습인이 건네주는 차를 두어 잔 마시자 비로소 술기운이 가셨다.

"그런데, 아까 그 방은 어느 아가씨의 규방이던가요? 너무나 예쁘게 꾸며져 있던데. 전 하늘나라 궁전에 갔던 것만 같구먼요."

습인이 미소를 띠며 조용히 대답했다.

"그 방은요, 보옥 도련님 침실이라고요."

유노파는 너무나 놀라 더 이상 아무 말도 못했다. 습인은 사람들에게 풀밭에서 잠든 유노파를 찾았다고 말하였다. 사람들은 더 이상 상관하지 않았다.

한편 가모도 잠이 깨어 도향촌에 저녁밥상을 차리도록 했다. 하지만 가모는 몸이 노곤하다고 밥을 먹지 않고 대나무 교의로 된 작은 가마를 타고 돌아가 쉬면서 희봉 등에게 가서 식사하라고 일렀다. 다른 자매들도 그제야 다시 대관원으로 돌아왔다.

뒷이야기가 궁금하면 다음 회를 보시라.

衡蕪君
蘭言
解疑癖
瀟湘
子雅
謔
補餘
音

석춘의 대관원도

설보차는 좋은 말로 의혹을 풀어주고
임대옥은 재담으로 향기로움 더하네

蘅蕪君蘭言解疑癖　瀟湘子雅謔補餘香

다른 자매들은 다시 대관원으로 들어와 저녁을 먹은 뒤에 다들 흩어
졌다. 그때 유노파는 판아를 데리고 먼저 왕희봉을 찾아가 인사를 올
렸다.

"내일은 아침 일찍 꼭 집으로 가야겠구먼요. 여기 와서 묵은 지 이틀
사흘밖에 안 되지만, 예전에 한 번도 보지 못한 것을 다 보았구먼요. 먹
어보지 못한 것도 다 맛보고, 들어보지 못한 것도 다 듣고 겪어보았구
요. 정말로 노마님하고 고모 아씨님 그리고 아가씨들, 심지어 각 방에
서 일하는 시녀 아가씨들까지도 모두 한마음으로 저같이 가진 것 없는
늙은 사람을 살뜰하게 보살펴 주셨으니 무어라 감사드려야 할지 모르
겠네요. 제가 돌아가면 다른 걸로는 보답할 길이 없고요, 오로지 값비
싼 향을 구하여 날마다 불공을 드리며 이 댁의 모든 분들이 백수까지 누
리시도록 빌겠어요."

왕희봉은 웃으면서 말했다.

"할머니, 너무 혼자 좋아하지 마세요. 할머니 때문에 우리 노마님도 찬바람을 쐬어 몸이 안 좋다고 하시고, 우리 딸아이 대저도 감기가 들어 몸이 불덩이처럼 열이 나지 뭐예요."

"노마님은 연세가 높으신데 어제는 너무 노곤하셨을 거예요."

유노파가 걱정하자 희봉이 자세히 설명했다.

"노마님께서는 어제처럼 그렇게 즐거워하신 적이 없으셨죠. 보통 때는 대관원에 들어가셔도 그저 한두 군데 들러 잠시 앉았다 돌아오시곤 했는데 어제는 할머니가 곁에 있으니 구경 좀 많이 하라고 일부러 그 넓은 정원을 절반 이상이나 돌아다니셨잖아요. 대저는 나를 찾아 나왔다가 마님이 떡 하나를 먹으라고 주셨는데 찬바람을 맞으며 먹는 바람에 열이 나게 되었고요."

"아기씨는 정원에 별로 들어가지 않았던 모양이네요. 원래 어린아이는 낯선 곳에 잘 데려가지 않는 법이라고요. 우리네 시골집 애들하고는 다르지요. 시골 애들이야 그저 걸음마만 떼놓을 수 있으면 뒷동산 무덤가 놀이터든 어디든 안가는 데가 어디 있겠어요. 아기씨는 그냥 찬바람을 쐬어서 그럴 수도 있지만, 혹시 몸도 깨끗하고 눈도 티 없이 맑아서 행여 무슨 못된 기운이라도 들었을까 봐 걱정이구먼요. 제 생각에는 아무래도 무슨 점괘 책자라도 좀 보시는 게 나을 성싶은데. 행여 사악한 기운이라도 들리지 않도록 조심하셔야지요."

유노파의 말에 희봉은 정신이 번쩍 들어서 곧 평아를 불러 《옥갑기玉匣記》〔귀신, 운명, 길흉화복을 논한 서적〕를 가져오라고 하고 채명彩明에게 읽어보라고 일렀다. 채명이 뒤적이다가 한 대목을 찾아내어 읽었다.

"팔월 스무닷새날 병을 얻은 자는 동남방에서 꽃의 신〔花神〕을 만난 것이니 오색 지전紙錢 마흔 장을 동남쪽으로 마흔 걸음 밖으로 내보내면 대길하리라."

희봉이 웃으면서 고개를 끄덕였다.

"그래 맞아! 정원 안에는 화신이 온통 가득 차 있지 않았겠어. 노마님께서도 화신을 만난 것일 게야."

희봉은 곧 지전 두 뭉치를 가져오라고 하여 두 사람을 보내 하나는 가모를 위해 못된 신을 내보내고, 또 하나는 대저를 위해 못된 신을 내보내도록 했다. 그래서 그랬는지 대저는 곧 편안히 잠이 들었다.

희봉이 고마워하며 유노파에게 말했다.

"그래도 연세 드신 할머니가 경험이 많으시군요. 우리 딸아이 대저는 걸핏하면 병을 앓곤 하는데 무슨 까닭이 있는 걸까요?"

"그야 그럴 수도 있는 일이지요. 대갓집에서 자라는 아이들은 워낙 귀하게 커서 자연히 조그만 일에도 견디지 못하고 병이 들곤 하지요. 따님도 너무 귀하게만 커서 이겨내지 못하는 것이라고요. 앞으론 고모 아씨께서도 아기씨를 너무 애지중지하지는 마셔요."

"그 말에도 일리는 있군요. 그래요. 마침 생각이 났는데 우리 딸아이가 아직 정식으로 이름을 짓지 못했거든요. 이참에 할머니가 우리 딸아이 이름이나 하나 지어 주세요. 할머니의 수壽를 빌려 장수하라는 의미도 있고, 또 할머니는 시골사람이잖아요. 혹시 언짢게 생각하실지는 모르지만, 시골집 가난한 사람이 이름을 지어 주면 우리 딸아이한테 붙은 못된 귀신도 다 누를 수 있을 것 같기도 하고요."

희봉의 말을 듣고 유노파가 잠시 생각에 잠기더니 이윽고 물었다.

"아기씨가 언제 태어나셨나요?"

"글쎄 태어난 날이 안 좋다니까요. 하필이면 칠월 초이레날, 바로 칠석날이에요."

유노파는 얼른 웃으면서 말했다.

"그럼, 아예 이렇게 하지요. 아기씨를 교가아巧姐兒라고 부르는 거예요. 이런 걸 갖고 '독은 독으로 씻어내고 불은 불로 끄는 법'이라고 말하는 거라구요. 고모 아씨님이 제가 지은 이름대로만 쓰신다면 따님께선

백 살까지 장수하실 게 틀림없고 나중에 커서 출가 후에도 일이 잘 풀릴 것입니다요. 행여 한때 마음대로 안 되는 일이 있더라도 결국엔 어려움이 상서롭게 풀리고 흉한 운수도 길한 운수로 바뀌게 될 것이니 그게 다 이 교巧자에서 오게 된다는 것이지요."

희봉이 듣고 기뻐하면서 고맙다는 인사를 했다.

"그저 할머니 말대로만 우리 딸아이가 복을 받았으면 좋겠군요."

그리고 평아에게 명했다.

"내일은 우리가 할 일이 있어 아무래도 시간이 안 날 테니 너는 지금 할머니한테 드릴 물건을 챙겨 놓는 게 좋겠구나. 내일 아침 일찍 떠나실 때 불편하지 않도록 말이야."

"감히 더 무엇을 바라겠어요. 벌써 며칠 동안이나 폐를 끼쳤는데 또 무언가를 갖고 가라고 하시면 더더욱 미안스럽고 송구스럽기만 하구먼요."

"뭐 별다른 것도 아니에요. 그냥 일상용품일 뿐이니 좋든 나쁘든 가져가세요. 시골집 동네사람들이 보기에도 넉넉해 보여야지요, 모처럼 성안에 한 번 나오셨다 가시는 길인데요."

희봉의 말에 이어 평아가 다가와 유노파를 데리고 옆방으로 갔다.

"할머니, 여기 와서 이것 좀 한 번 보세요."

유노파가 평아를 따라가 보니 물건이 방 안 절반을 채울 만큼 가득 쌓여 있었다. 평아가 일일이 하나씩 들어 유노파에게 보여주며 말했다.

"이건요, 어제 할머니가 달라고 하시던 그 청사靑紗 한 필이고요. 아씨께서 따로 조밀하게 짠 하얀색 월백사月白紗를 안감으로 쓰라고 주셨어요. 그리고 이 비단 두 감은 저고리나 치마 만드는 데 좋을 거예요. 이 보따리 속에는 명주 두 필이 들었는데 설밑에 설빔으로 옷이나 해 입으세요. 이 찬합에는 궁중에서 만든 온갖 모양의 다식과 과자가 있는데 여기서 이미 맛보신 것도 있고 아직 안 드셔본 것도 들어 있어요. 가져가셔서 동네사람들 불러 대접하면 다른 데서 산 것보다는 좋을 거예요. 이 두 개의 자루는 할머니가 과일과 오이를 가져왔던 것인데 하나엔 어전御田에서 거둔 멥쌀 두 말을 넣었어요. 죽을 끓여 드시면 아주 좋아요. 또 하나에는 대관원에서 나는 과일과 여러 가지 말린 과일을 넣었으니 가져가세요. 그리고 여기에 돈 여덟 냥은 우리 아씨께서 주시는 거고요. 이 주머니 두 개에는 각각 50냥씩 도합 1백냥이 들었는데 우리 마님께서 주시는 거랍니다. 가져 가셔서 이걸로 밑천삼아 장사하든지 땅뙤기라도 사 두면 나중에 굳이 친척이나 친구한테 찾아다니며 사정할 필요가 없게 될 거라고 하셨어요."

평아는 또 조용히 웃으면서 덧붙였다.

"여기 또 저고리와 치마 두 벌과 머리수건 네 개 그리고 털실 한 뭉치는요, 제가 따로 할머니한테 드리는 거예요. 옷은 새것이 아니지만 저도 많이 입지는 않았던 것이에요. 혹시 꺼려하시면 저도 굳이 받으시라고는 하지 않겠어요."

평아가 한 마디 한 마디 할 때마다 유노파는 고맙다고 염불하여 벌써 수천 번이나 나무아미타불을 외웠다. 그런데 지금 평아 자신도 따로 선물을 준다고 하면서 이렇게 겸손하게 말을 하니 유노파는 몸 둘 바를 몰라 얼른 감사의 말을 했다.

"아가씨는 무슨 말씀을 그리 하세요? 이렇게 좋은 물건을 제가 어떻게 싫다고 하겠어요. 설사 제가 돈이 있다고 해도 이런 물건은 어디서 살 수도 없을 거구먼요. 다만 저는 그냥 부끄럽고 죄송하기만 하여 받자니 미안스럽고 안 받자니 아가씨 성의를 저버리는 일일 것 같구먼요."

평아도 웃으며 말했다.

"그런 말씀은 그만 하세요. 우리끼리는 다 같이 허물없는 사이니까 제가 이러는 거지요. 그냥 맘 놓고 받으세요. 저도 할머니한테 구해달라고 할 물건도 있어요. 연말이 되면 할머니네 집에서 농사지은 말린 시래

기와 울타리콩, 완두콩, 가지, 썰어 말린 호박 같은 건채를 좀 가져다주
셔요. 이 댁 사람들은 위아래 분들이 모두 그런 것들을 좋아하시니까
요. 그거면 됐어요. 다른 건 일체 필요 없으니 아무 걱정일랑 마세요."

유노파는 천번 만번 감사의 인사를 하면서 그러마고 대답했다.

"할머니는 이제 걱정 말고 가서 주무시기나 하세요. 제가 잘 싸서 여
기 두었다가 내일 아침 일찍 시동을 시켜 수레에 실어 드릴게요. 조금
도 걱정하실 필요 없어요."

유노파는 감격하면서 다시 건너와 희봉에게 골백번 고맙다고 인사하
고는 가모의 처소 쪽으로 건너와 잠자리에 들었다. 다음날 세수를 마치
자마자 바로 작별인사를 하려는데 마침 가모가 몸이 편치 않은 걸 알고
사람들이 모두들 찾아와 문안인사를 올리고 있었고 밖에서 의원을 청
해오도록 일렀다. 잠시 후 한 할멈이 의원을 모시고 안으로 들어왔다.
할멈이 가모를 모시고 나와 휘장 안에 앉도록 했다. 가모가 말했다.

"나도 이젠 늙었는데 무얼 어쩌겠다고 그까짓 것을 친단 말이냐. 뭐
가 무서운 게 있다고. 휘장은 치지 말고 그냥 이대로 진맥을 보겠다."

잠시 후에 가진과 가련, 가용 등 세 사람이 왕태의王太醫를 데리고 들
어왔다. 왕태의는 감히 정원의 중앙통로로 곧장 걸어 들어오지 못하고
옆으로 난 계단으로 올라와 가진을 따라 섬돌에 올라섰다. 할멈 두 사
람이 벌써부터 문발을 들고 서 있는데 다른 두 할멈이 앞에서 인도하여
의원을 안으로 데리고 들어갔다. 그때 보옥이 마중을 나와 왕태의를 모
셨다. 가모는 잔주름이 잡힌 검푸른 비단에 새끼 양털가죽을 안에 댄
마고자를 입고 단정하게 평상 위에 앉아 있었다. 양쪽에는 아직 머리카
락을 올려붙이지 않은 어린 시녀 넷이 파리채와 타구 등을 들고 서 있었
고 대여섯 명의 늙은 할멈들이 옆에서 기러기 날아가는 대형으로 늘어
서 있었다. 벽사주碧紗櫥의 뒤쪽으로는 울긋불긋한 옷을 입고 보석과
구슬을 머리에 꽂은 수많은 사람들의 은은하게 어른거리는 모습이 눈

에 들어왔다. 왕태의는 감히 얼굴을 들지 못하고 얼른 엎드려 문안인사를 올렸다.

육품의 관복을 입은 의원을 보고 가모는 그가 궁중에서 나온 어의御醫임을 알았다. 그리하여 곧 웃으면서 인사했다.

"공봉供奉[1] 께서는 안녕하시오?"

그리고 곁에 서 있던 가진에게 물었다.

"이분께서는 성씨가 어찌 되시는가?"

"왕씨이옵니다."

가진의 말에 가모가 다시 말했다.

"예전에는 태의원 정당正堂으로 계셨던 왕군효王君效라는 분이 진맥을 아주 잘 봤었는데 … ."

왕태의는 얼른 몸을 굽혀 고개를 숙이면서 웃음 섞인 말로 말했다.

"그분이 바로 저의 작은할아버지가 되는 분이옵니다."

그 말에 가모가 웃으면서 말했다.

"아, 그랬군. 우리 집안하고는 오랜 세교世交가 있는 것이군요."

왕태의는 무릎을 굽히고 앉아서 고개를 기울이고 한참 동안 맥을 짚어보고 다시 다른 쪽 손의 맥도 짚었다. 그리고 서둘러 몸을 빼어 고개를 숙이고 물러 나왔다.

가모가 웃으면서 치사하였다.

"고생하셨소. 진아珍兒야, 모시고 나가 좋은 차를 대접해 드려라."

가진과 가련이 "예, 예" 하고 몇 번이나 연거푸 대답하면서 왕태의를 데리고 바깥 서재로 나왔다.

"태부인太夫人께서는 별다른 증상이 없으십니다. 그저 찬바람을 쐬신 까닭에 감기기운이 조금 있으실 뿐이지요. 따로 약은 드실 필요가 없고

---

1 기술을 가지고 궁중에서 봉직하는 사람들을 통틀어 부르던 말.

담백한 음식을 드시고 몸을 따뜻하게 하면 좋아지실 것이옵니다. 그래도 여기 처방을 써놓을 테니 노마님께서 드시고 싶으시면 한 첩 달여서 드시면 됩니다. 드시기가 싫으시면 그만두셔도 상관없고요."

왕태의가 차를 마시고 처방을 써 놓고 막 나가려고 하는데 마침 유모가 대저大姐를 안고 들어와 웃으면서 말했다.

"의원님! 우리 아기씨도 좀 봐주세요."

왕태의가 얼른 일어나 다가가서 유모의 품에 안긴 대저의 팔을 왼손으로 받쳐 들고 오른손으로는 진맥을 보았다. 그리고 머리를 만져 보고 또 혓바닥을 내보이게 한 다음 웃으면서 말했다.

"대저 아기씨가 들으면 싫어하실 테지만 끼니를 두어 번 거르시게 하면 곧 나을 것입니다. 탕약을 달여드실 필요는 없고요. 제가 돌아가 환약을 좀 보내드릴 테니 잠들기 전에 갈아서 생강탕에 녹여드시면 되겠습니다."

말을 마치고 왕태의는 돌아갔다.

가진 등은 약처방을 가지고 가모에게 가서 보고한 후 처방전을 탁자 위에 올려놓고 나갔다.

한편 왕부인과 이환, 희봉, 보차 등은 의원이 나간 뒤에야 벽사주에서 나왔다. 왕부인은 잠시 앉았다가 자신의 방으로 돌아갔다.

유노파는 더 이상 다른 일이 없자 가모를 찾아와 돌아가겠다는 하직 인사를 올렸다.

"한가하면 다음에 또 놀러 와요."

그리고 가모가 원앙을 불렀다.

"유씨 할머니를 잘 모시고 전송해 드려라. 난 몸이 좀 불편하여 직접 배웅해 드리지 못하겠네요."

유노파는 연거푸 감사의 표시를 하고 원앙과 함께 나왔다. 원앙은 시녀방에 이르러 보따리를 가리키며 말했다.

"이것은 노마님께서 주신 옷가지 몇 벌인데 모두가 지난 몇 해 동안 생신이나 명절 때마다 사람들이 선사한 것이랍니다. 노마님은 남들이 만들어 준 옷을 입은 적이 없으시고 또 그냥 받아서 갖고만 있는 것도 아까워하셨지요. 한 번도 안 입은 옷 두어 벌입니다. 할머니가 가져가셔서 남한테 주든지 집에서 입든지 맘대로 하세요. 이 통 안에는 할머니가 달라고 하시던 밀가루 과자가 들었고요, 이 보자기 안에는 지난번 말씀하신 약들이어요. 매화점설단梅花點舌丹과 자금정紫金錠, 활락단活絡丹, 최생보명단催生保命丹 같은 것인데 각각의 처방전으로 싸서 여기 한군데 담은 것이에요. 또 여기 염낭 주머니 두 개도 있으니까 가져가서 갖고 노세요."

원앙은 염낭 주머니의 매듭을 끌러 속에서 필정여의筆錠如意의 모양으로 만든 원보〔元寶: 옛날 돈덩이〕 두 덩이를 꺼내 보이며 빙글빙글 웃으면서 말했다.

"할머니! 염낭 주머니는 가져가시고 이 돈덩이는 저한테 주시죠, 네?"

유노파는 많은 선물을 보고 벌써 기쁜 마음에 어쩔 줄을 몰라 하며 수천 번이나 고마워한 터라 지금 원앙의 말을 듣고 주저 없이 대답했다.

"아가씨 맘대로 가지세요."

원앙은 유노파가 자기 말을 진짜로 곧이듣자 다시 주머니 안에 집어넣고 잡아매며 웃으면서 말했다.

"할머니한테 농담으로 한 말이에요. 저는 얼마든지 있으니까 가져가 세밀에 아이들한테 주도록 하세요."

그때 어린 시녀가 성화 연간에 만든 찻종을 하나 가지고 와서 유노파에게 건넸다.

"이건 우리 보옥 도련님께서 주시는 거예요."

"아이쿠, 이걸 어디서부터 말해야 하나. 어느 전생에 인연이 있었기에 오늘 이런 호강을 받는지 원…. 황송하기 그지없네요."

유노파가 너스레를 떨면서 받아들었다.

원앙이 말했다.

"지난번 할머니 목욕하시라고 한 뒤에 갈아입은 옷은 제 것이에요. 만일 개의치 않으시면 저한테 몇 벌 더 있으니까 제가 드릴게요."

유노파는 얼른 또 고맙다고 인사했다. 원앙은 곧 옷 두 벌을 더 가져 나와 함께 싸주었다. 유노파는 다시 대관원에 들어가 보옥과 다른 자매들 그리고 왕부인에게 인사를 드리려고 했다.

"가실 필요 없어요. 이번에는 다른 사람 볼 필요 없고 나중에 내가 대신 인사할게요. 틈나면 다시 놀러 오세요."

원앙은 할멈 한 사람에게 단단히 일렀다.

"중문 밖에 있는 젊은 하인 둘을 불러 유씨 할머니의 짐을 들고 나가 잘 전송하도록 해요."

또 유노파를 데리고 희봉의 처소로 가서 물건을 챙겨 쪽문 밖의 하인을 불러 들고 나가게 한 뒤, 밖에 대기하는 수레까지 유노파를 배웅하였다.

한편 보차 등은 아침식사를 마친 뒤에 다시 가모의 처소에 가서 문안 인사를 올리고 대관원으로 돌아왔다. 갈림길에 이르러 보차가 문득 대옥을 불러 세웠다.

"빈아顰兒, 잠깐 날 좀 따라와 봐. 할 말이 있어."

대옥은 보차와 함께 형무원으로 갔다. 방으로 들어서자 보차가 웃음 띤 얼굴로 자리에 앉으며 대옥에게 말한다.

"자, 내 앞에 당장 꿇어앉아! 지금부터 너를 좀 심문해야겠어."

대옥은 무슨 까닭인지를 몰라 웃으면서 대꾸했다.

"왜 그래? 보차 아가씨가 미쳤나 봐! 나를 왜 심문한다는 거예요?"

보차는 여전히 엄숙하게 냉소를 띠며 물었다.

"정숙하고 순결한 대갓집 아가씨! 규중의 문밖을 모르는 여자의 몸으로 어떻게 그런 말을 입에 담을 수가 있어? 솔직하게 말해 봐!"

대옥은 여전히 무슨 영문인지 몰라 그냥 웃고만 있었지만 마음속으로는 무언가 짚이는 데가 있었다. 하지만 입으로는 여전히 발뺌을 했다.

"내가 무슨 말을 했다구 그래요? 그냥 무언가 꼬투리를 잡아보려는 거죠? 언니가 한 번 말해 봐요. 어디 들어나 보게."

"너 여전히 시치미 떼고 바보인 척하지 마. 어제 주령酒令할 때 네가 말한 대목이 도대체 어디서 나온 거야. 난 그게 어디서 왔는지 모르겠네!"

대옥이 얼핏 생각해보니 어제 주령할 때 미처 조심하지 못하고 《모란정》과 《서상기》에서 두어 구절을 댄 것이 기억났다. 대옥은 그만 얼굴이 홍당무처럼 빨개지며 보차에게 달려들어 웃으면서 통사정을 했다.

"언니! 난 정말 생각지도 못하고 아무렇게나 멋대로 말한 거예요. 잘 가르쳐주면 다음에는 절대로 말하지 않을게요, 응?"

보차가 웃으면서 대답했다.

"나도 몰라. 네가 말하는 걸 들으니 뭐가 이상하다 싶어 배움을 청하려는 거야."

"언니! 제발 다른 사람한테는 말하지 말아 줘. 앞으론 절대 말하지 않을 테니까."

보차는 대옥의 얼굴이 홍당무처럼 붉어지며 입으로 통사정을 하자 더 이상 깊이 캐려고 하지 않고 그녀를 붙잡아 앉히고는 차를 마시며 천천히 말했다.

"넌 도대체 날 뭐라고 알고 있는 거야. 나도 어려서는 장난을 많이 쳤지. 일고여덟 살까지 말썽을 피워 남들을 귀찮게 하기도 했지. 우리집도 따지고 보면 선비 집안이었고 할아버지도 책을 많이 좋아하셨어. 전에는 식구가 많아 형제자매들이 한군데 모여 살면서 다들 경전 같은 책은 읽기 싫어했지. 남자형제 중에는 시를 좋아하거나 사를 좋아하기도 해서 《서상기》나 《비파기悲琶記》 혹은 《원인백종元人百種》, 즉 《원곡선元曲選》 같은 희곡작품 등 없는 게 없었다구. 오빠나 동생들은 우리 몰래 돌아앉아 그런 책을 읽었고 우리도 가끔은 몰래 읽어보곤 했었지. 나중에 어른들이 알게 되는 바람에 매도 맞고 욕도 먹고 책은 태워버려서 그 다음부터는 그런 데서 벗어났지. 그래서 말인데, 우리 여자애들은 글을 모르는 게 더 나을 것 같아. 남자들도 공부를 해서 이치를 깨우치지 못한다면 아예 공부하지 않는 것만 못한데 하물며 우리 여자들이야 말해 뭐하겠어. 사실 시를 짓고 글을 쓰는 일도 우리들이 꼭 해야 할 일은 아니야. 궁극적으로 보면 남자들에게도 본분이라고는 할 수 없는 일이잖아. 남자들도 공부해서 이치를 깨우치면 나랏일 돕고 백성을 다스려야 비로소 좋은 일인데 오늘날 그런 인물이 있다는 말은 별로 들리지 않고 공부하고서 더욱 나빠졌다고만 하고 있잖아. 이건 모두 책이 그렇게 만든 것이고 또 그들도 책을 몹쓸 것으로 만들어 버렸으니 차라리 농사짓거나 장사하는 편이 낫겠다는 말이지. 우리 같은 여자들이야 바느질하고 베 짜는 일이 제 본분이지 공연히 글자 몇 개 알아서 뭐하겠어. 또 글공부를 했다 해도 제대로 된 경전은 보지 않고 잡스런 책에 빠져들면 큰일이잖아. 일단 마음이 한 번 흔들리면 그야말로 구제할 방도가 없으니 말이야."

보차의 일장 연설에 대옥은 고개를 숙인 채 차를 마시며 속으로는 깊이 탄복하면서도 그냥 "응, 응" 하고 가볍게 동의를 표시할 뿐이었다.

그때 갑자기 소운素雲이 들어와 말했다.

"우리집 아씨마님께서 두 분 아가씨와 긴히 상의드릴 일이 있으시답니다. 둘째, 셋째, 넷째 아가씨랑 상운 아가씨 그리고 보옥 도련님도 모두 모여 계시답니다."

"또 무슨 일이야?"

보차의 물음에 대옥이 대신 답하였다.

"가보면 알게 되겠지 뭐."

두 사람은 함께 도향촌으로 갔다. 그곳에는 과연 여러 사람이 벌써 다 모여 있었다.

이환이 두 사람을 보더니 웃으며 말했다.

"시모임은 아직 시작도 하지 않았는데 벌써 빠지는 사람이 생겨났다구. 넷째 아가씨가 일 년간 휴가를 냈단 말이야."

대옥이 웃으며 말했다.

"그게 모두 어제 할머님이 하신 말씀 때문이에요. 석춘 아가씨에게 대관원 전경을 그리라고 하셨으니까. 그래서 얼씨구나 하고 휴가를 신청한 거라고요."

탐춘이 웃으며 말했다.

"그렇다고 할머님을 탓할 순 없잖아요. 그게 다 유노파의 말 한마디 때문이라니까요."

대옥이 얼른 웃으면서 덧붙였다.

"그러게 말이야. 모두 그 할멈 때문이라니까. 도대체 그 할멈이 누구한테 외할머니가 된다고 말끝마다 그렇게 모시는 거야. 아예 암메뚜기라고 하는 게 더 낫겠다."

그 말에 사람들은 까르르 웃음을 터뜨렸다. 보차가 웃으면서 말했다.

"세상의 모든 말들은 희봉 아씨의 입에 들어가기만 하면 죄다 끝이지요. 하지만 다행히도 희봉 아씨는 글자를 모르기 때문에 제대로 통하지 않고 모두 시정의 속된 우스갯소리일 따름이지요. 헌데 우리 빈아는 입담이 모질기로 유명해서 《춘추春秋》 필법筆法[2]으로 시정市井의 속된 말들도 그 요체를 추려 내고 군더더기를 깎고 다듬어서 비유를 만들어내

---

2 문장을 논함에서 문체가 은근하고 뜻이 깊으며 포폄(褒貶)의 의미를 품고 있음을 말함.

면 한마디 한마디가 제대로 되는 거지요. 방금 암메뚜기란 말 한마디가 어제 저녁의 광경을 정말 기가 막히게 재현했잖아요. 그런 말을 어쩌면 그렇게 빨리 생각해냈는지 정말 놀랍기만 하군요."

그 말에 다들 웃으면서 말했다.

"보차 아가씨가 방금 덧붙인 그 주석이야말로 앞서 말씀한 두 사람의 말솜씨에 절대로 밑지지 않을 것 같은데요."

이환이 말했다.

"자, 다들 함께 상의 좀 해봅시다. 석춘 아가씨한테 얼마 동안의 휴가를 줄 것인지 말이에요. 한 달 정도 휴가를 준다고 하니까 적다고 불만이던데 이 문제를 다들 어떻게 생각하세요?"

대옥이 말했다.

"사실은 1년을 줘도 모자라지요. 이 정원을 짓는 데 대략 일 년가량 들었으니 지금 이 정원을 그리려면 자연히 2년의 시간은 있어야 하는 거 아녜요? 먹도 갈아야지 붓도 적셔야지 종이도 펴야지 또 색칠을 해야지 그리고 또⋯."

거기까지 말했을 때 사람들은 대옥이 석춘을 놀리고 있다는 것을 알아차렸다. 그래서 모두 웃으면서 물었다.

"그 다음엔 또 어떻게 하는데?"

대옥 자신도 벌써 터져 나오는 웃음을 참을 수가 없었다.

"있는 그대로 천천히 그리다 보면 2년의 시간은 있어야지요!"

사람들은 모두 박수치면서 웃음을 터뜨리고 멈출 줄을 몰랐다.

보차가 웃으며 말했다.

"있는 그대로 천천히 그린다고 하는 마지막 말이 정말 절묘하군그래. 그래서 어제 들었던 농은 비록 우습기는 하지만 다시 생각해보면 아무 맛도 없는 거라고요. 한 번 가만히 생각 좀 해보세요. 대옥의 이 몇 마디 말이 비록 담백하지만 가만히 되씹어 보면 아주 감칠맛이 있어요.

난 너무나 우스워 꼼짝할 수도 없다니까요."

석춘이 끼어들었다.

"모두가 다 보차 언니가 대옥 언니를 칭찬하면서 공연히 힘을 실어 주
는 바람에 이번에는 나까지도 우스개로 삼은 거란 말이에요."

대옥이 얼른 나서며 석춘의 손을 끌어당겼다.

"지금 묻겠는데 그냥 이 대관원만 그릴 거야 아니면 우리까지 그림 속
에 다 그려 넣을 거야?"

"원래는 대관원만 그리려고 했는데 어제 할머님 말씀이 정원만 그리
면 건물의 모양만 있는 셈이 되니 사람까지 그려넣어야 이른바 '행락도
行樂圖' 같을 것 아니냐고 하셨거든요. 저는 사실 정교한 누각과 정자를
잘 그릴 줄도 모르고 인물화도 못 그리는데 못하겠다고 버틸 수도 없어
서 지금 난감한 중이에요."

석춘의 말을 듣고 대옥이 또 말했다.

"인물그림은 그래도 쉽겠지만 풀벌레 그리는 것이 어렵겠지?"

곁에 있던 이환이 말했다.

"또 못 알아들을 엉뚱한 말을 하는군그래. 이런 그림에다 무슨 풀벌
레가 소용 있다구. 날아가는 새는 몇 마리 그려도 되겠지만."

대옥이 웃으면서 대꾸했다.

"다른 풀벌레는 그릴 수 없다고 하더라도 어제 나타난 '암메뚜기'를
그려 넣지 않는다면 중요한 얘깃거리가 빠지는 게 아니겠어요?"

사람들은 다시 한 번 일제히 웃음을 터뜨렸다.

대옥은 두 손으로 가슴을 부여잡고 웃으면서 계속 말했다.

"자, 어서 그려요. 난 벌써 그림에 넣을 제발문題跋文도 다 만들어 놓
았거든. 그 제목은 '휴황대작도攜蝗大嚼圖[3]'라고 해야겠어."

---

3 메뚜기를 거느리고 한바탕 먹어 치우는 그림.

사람들은 다시 한 번 뒤로 벌렁 나자빠지면서 웃어댔다. 그때 갑자기 "콰당!"하는 소리가 들렸다. 다들 얼른 돌아보니 상운이 의자와 함께 뒤로 벌렁 넘어진 소리였다. 원래 상운은 의자에 기대어 웃고 있었는데 의자 다리가 애초부터 시원치 않았었다. 상운이 솟구치는 웃음을 참지 못하고 온몸을 실어 뒤로 젖히며 웃음을 터뜨리자 의자가 기우뚱하면서 사람과 의자가 한꺼번에 뒤로 벌렁 넘어진 것이었다. 다행히 판자벽에 부딪히는 바람에 그대로 땅바닥에 머릴 찧지는 않았다.

사람들은 타는 불에 기름을 붓는 격으로 웃음을 그치지 못하였다. 보옥이 얼른 다가가 일으켜 세우자 차츰 웃음을 멈췄다. 보옥은 대옥에게 슬쩍 눈짓을 보냈다. 대옥도 그 뜻을 알아차리고 안쪽 방으로 들어가 경대 덮개를 열고 얼굴을 비춰 보았다. 양쪽 귀밑머리가 흐트러져 있었다. 얼른 이환의 화장대를 열고 작은 머릿솔을 꺼내 거울을 보고 귀밑머리를 제대로 올려붙인 다음 다시 밖으로 나왔다. 대옥은 이환을 보고 핀잔 섞인 말을 했다.

"언니는 우리를 데려다 바느질을 가르쳐주고 여자의 도리를 가르쳐준다고 하더니 오히려 웃고 떠들면서 소란만 일으키시는군요."

"저 말도 안 되는 억지소리 좀 들어 봐! 자기가 앞장서서 소동을 일으켜 사람들을 웃게 만들고선 나한테 떠넘기며 트집을 잡는구먼. 괘씸하기 그지없으니 내가 기필코 하느님께 빌고 빌어 훗날 지독하게 심술궂은 시어미 밑에서 고약한 깍쟁이 시누이와 올케를 겹겹이 만나도록 하고야 말 거야. 그때 가서도 이렇게 트집을 잡을 것인지 한 번 두고 보자고."

대옥은 금세 얼굴이 빨갛게 달아올라 얼른 보차를 잡아끌며 말했다.

"그럼, 우리 석춘 아가씨한테 일 년간 휴가를 주도록 합시다."

보차가 정색을 하고 나서 말했다.

"내가 공정하게 한마디 할 테니 잠깐 좀 들어봐요. 우향사 아가씨[석춘을 말함)가 그림을 잘 그린다고는 하지만 그냥 자유롭게 자신의 생각을 간략히 드러내는 사의寫意의 방법을 쓰지요. 헌데 지금 대관원을 그려 내려면 아무래도 마음속에 여러 폭의 설계도가 들어 있어야 가능할 거란 말이에요. 이 정원은 원래 한 폭의 그림과 같아서 산과 바위, 나무와 건물이 멀고 가깝게, 혹은 성글고 조밀하게 배치되어 있는데 많지도 않고 적지도 않게 안성맞춤으로 지금의 모습을 띠고 있어요. 만약 석춘 아가씨가 있는 그대로 모두 종이에 옮겨 그린다면 결코 좋은 평을 받을 수는 없을 거예요. 이런 것은 반드시 화폭 안에서 원근을 따지고 주객을 분명히 나눠야 하는 것입니다. 또 보탤 곳은 보태고 줄일 곳은 줄이며 숨길 것과 드러낼 것을 구분해야 해요. 그렇게 기초가 완성되면 다시 꼼꼼하게 가늠해야 마침내 한 폭의 그림이 완성되는 것입니다.

둘째, 정원의 누각이나 건물은 반드시 정교하게 치수를 재두어야 합니다. 조금만 신경을 덜 쓰게 되면 난간이 기울어지고 기둥이 쏠리고 창문이 거꾸로 매달리게 되고 계단에 틈새가 벌어집니다. 심지어는 탁자가 벽 속으로 들어가고 화분이 창문의 발 위에 매달릴 것입니다. 그야말로 웃기는 얘기笑話[4]가 되지 않겠습니까.

셋째, 인물을 그려 넣으려면 역시 성글고 조밀함의 구분과 높고 낮음의 위치가 분명해야 합니다. 저고리 주름과 치마끈, 손가락과 걸음걸이까지도 정말 중요하지요. 조금이라도 세밀하지 못하면 손등이 붓고 절름발이 다리가 됩니다. 얼굴이 얼룩지거나 머리카락이 흐트러지는 것은 얼마든지 나타나지요. 제가 보기에는 정말 그리기가 어렵습니다.

지금 일 년의 휴가는 너무 길고 한 달은 너무 짧으니 반년가량 휴가를 주고 또 보옥 동생이 함께 돕도록 하는 게 어떨는지요. 그건 결코 보옥 동생이 그림을 잘 알아서 석춘 아가씨를 도울 수 있기 때문이 아닙니

---

4 웃기는 그림이라는 소화(笑畵)와 음이 같음.

다. 그리하면 오히려 일을 망치게 될지도 모르죠. 그보다도 잘 모르는 곳이 생기거나 제대로 그려 넣기가 어려우면 보옥 동생이 그림을 잘 그리는 선생한테 찾아가 여쭤 보기가 비교적 수월하기 때문입니다."

보옥이 그 말에 먼저 기뻐하면서 말했다.

"참으로 맞는 말입니다. 첨자량詹子亮은 건축물의 세밀화에 능하고 정일흥程日興은 미인화에 뛰어나니 그들한테 물어보면 될 것입니다."

그러자 보차가 핀잔을 줬다.

"그러기에 보옥 동생을 무사망[無事忙: 하는 일 없이 바쁜 사람]이라고 놀리는 거야. 말 한마디 나오기가 무섭게 당장 물으러 간다고? 의논이 다 끝난 다음에 가면 되지. 그럼 어떤 종이에 그림을 그리면 좋을까?"

"우리집에 설낭지雪浪紙라고 고급 화선지가 있는데, 아주 크고 먹도 잘 먹어."

보옥의 말에 보차가 냉소를 지으면서 말했다.

"그래서 내가 보옥 동생은 소용이 없다고 말한 거예요. 그 설낭지는 글씨를 쓰거나 간략하게 그리는 그림에 쓰는 거라고. 혹은 산수에 능한 사람이 수묵의 기운을 중시하는 남종산수화南宗山水畵를 그리거나 입체감 있게 주름을 그리는 준찰법皴擦法을 쓰기에는 좋겠지. 하지만 여기다 그림을 그리면 색깔도 잘 먹지 않고 또 수묵과 채색을 구분하기도 어려워 결국 그림도 안 좋고 종이만 아까울 뿐이야.

내가 좋은 방법을 하나 일러 드리지. 이 정원을 지을 때 만들어 놓은 세밀한 설계 도면이 있을 거야. 물론 대목大木의 손에 의해 만들어진 것이지만 그 위치나 방향은 틀림없을 거란 말이야. 도면은 보옥 동생이 마님한테 말씀드려 구해 오도록 하고 그 설계 도면의 크기에 맞는 비단을 희봉 아씨한테 달라고 하라구. 그리고 그림 그리는 식객을 찾아가 백반을 먹여 종이에 먹이 잘 배어들도록 하고 그 도면을 바탕으로 적절하게 대상을 넣고 빼어 밑그림을 그린 다음 인물을 보태면 되는 거지.

게다가 여기에 쓸 청록 색깔이나 금은 가루를 개는 일도 그 사람들에게 부탁하면 될 것이고. 물론 두 사람은 따로 풍로를 마련해서 아교를 녹여내고 붓을 씻어주는 일을 맡아야 하겠지. 또 분칠한 큰 탁자도 마련해서 위에 담요를 한 장 깔아 놓도록 하라고. 지금은 그림접시도 모자라고 붓도 부족할 테니 다시 한 벌씩 마련해 두는 것이 좋겠어."

석춘이 말했다.

"나한테 그런 그림도구가 어디 있다고 그래요? 그냥 손에 잡히는 대로 글씨 쓰는 붓으로 그림을 그렸을 뿐인데. 안료顏料도 붉은 자석赭石, 푸른 광화廣花, 녹색인 등황藤黃 그리고 붉은 연지胭脂밖에는 없는 데다 색칠하는 붓이 두어 자루가 더 있을 뿐인데요."

보차가 말했다.

"왜 진작 말하지 않았어? 그런 것들은 나한테도 넉넉하게 있는데. 필요하면 언제든지 보내줄게. 남겨두었다가 부채를 그리는 데 쓰면 좋을 거야. 이렇게 큰 그림을 그리는 데는 조금 아까운 재료이기는 하지만 말이야. 자, 그러면 이제 그림도구 구입목록을 만들어 볼 테니 목록을 할머님한테 가져가서 구해 달라고 하면 될 거야. 다들 자세히 알 필요는 없고 내가 말하면 보옥 동생이 잘 적으라고."

보옥은 벌써 붓과 벼루를 준비하고 있었다. 들어서는 다 기억할 수 없을 것 같아 적어두려고 했는데 보차가 그렇게 말하자 기뻐하며 얼른 붓을 들어 조용히 듣고 있었다. 보차가 말했다.

"일호배필一號排筆 네 자루, 이호배필二號排筆 네 자루, 삼호배필三號排筆 네 자루, 대중소 선염渲染 화필 각각 네 자루, 대소大小 남해조南蟹爪 화필 각각 열 자루, 수미須眉 화필 열 자루, 대소 착색着色 화필 각각 스무 자루, 개면開面 화필 열 자루, 유조柳條 화필 스무 자루를 적어요.

안료로는 전두주箭頭朱 넉 냥, 남저南赭 넉 냥, 석황石黃 넉 냥, 석청石靑 넉 냥, 석록石綠 넉 냥, 관황管黃 넉 냥, 광화廣花 여덟 냥을 적어요.

또 합분蛤粉 네 갑, 연지胭脂 열 근, 대적비금大赤飛金 이백 첩, 청금靑金 이백 첩, 광균교廣勻膠 넉 냥, 쟁반淨礬 넉 냥도 적어 넣어요.

비단에 먹일 백반은 여기 들어 있지 않으니 상관 말고 비단을 내보내서 저 사람들에게 먹이라고 하면 되고. 이런 안료는 갈아서 걸러내고, 가라앉혀 깨끗이 하고, 떠오른 것을 걷어내고, 중간 것을 섞어 진하게 만드는 것이랍니다. 만드는 게 재미도 있거니와 또 한평생 써도 충분할 거예요.

거기에다 고급 비단 채 네 개, 굵은 비단 채 네 개, 담필擔筆 네 자루, 대소 유발乳鉢 네 개, 큰 사발 스무 개, 다섯 치짜리 막접시 열 개, 세 치짜리 흰 접시 스무 개, 풍로風爐 두 개, 대소 질그릇솥 각각 네 개, 항아리 두 개, 물통 네 개, 한 자짜리 흰 포대 네 개, 부탄浮炭 이십 근, 버드나무 목탄木炭 한 근, 삼단 서랍장 한 개, 면사 열 자, 생강 두 냥, 된장 반 근….”

말을 마치기 전에 대옥이 얼른 나서서 한마디 덧붙였다.

“거기에 가마솥 하나, 쇠 주걱 한 자루.”

보차가 되물었다.

“그건 어디에 쓰려구?”

“언니가 생강이나 된장 같은 것을 재료로 쓴다고 하니 난 가마솥을 가져다가 그것을 잘 볶아 먹으려고 그러죠.”

모두 다 같이 까르르 웃었다. 보차가 다시 웃으면서 말했다.

“대옥인 아마 이런 건 모를걸. 사기 막접시는 불에 달구어지면 견디지 못하고 깨지게 된단 말이야. 생강즙과 된장을 먼저 접시바닥에 발라 살짝 구워 주지 않으면 그냥 불에 대자마자 갈라지고 말 테니까.”

사람들은 모두 감탄하며 “아, 그래요?” 하고 놀랐다.

대옥은 다시 목록을 들여다보고 탐춘을 살짝 끌어당기며 속삭였다.

“이것 좀 봐. 그림 그리는 데 항아리와 서랍장까지 사달라고 하는 걸 보니 아마도 정신이 나갔나 봐. 자기 시집갈 때 쓸 혼수품 목록까지 집어넣은 모양이야."

탐춘은 "아이구야!" 하고 소리를 지르며 웃음을 멈추지 못하였다.

"언니! 대옥 언니 입을 비틀어 주지 않고 뭐하세요? 방금 뭐라고 없는 말을 엮었는지 한 번 물어봐요."

보차가 웃으면서 말했다.

"따져 물어서 뭐하겠어. 설마 개 주둥이에 상아 이빨이 날까!"

보차는 달려와 대옥을 구들 위에 눕혀 짓누르면서 얼굴을 꼬집으려고 했다. 대옥이 연신 웃으면서 살살 빌었다.

"언니, 제발 살려줘요! 제가 아직 나이 어려 세상모르고 떠들기만 했어요. 언니가 되었으면 잘 가르쳐야지요. 언니가 용서하지 않으면 누구한테 사정하겠어요."

사람들은 그 말속에 숨겨진 깊은 뜻은 모르고 모두 깔깔 웃었다.

"정말 불쌍하기도 하군그래. 우리까지 마음이 약해지는걸. 이제 그만 용서해줘요."

보차는 본래 장난으로 달려든 것인데 갑자기 대옥이 지난번 못된 책을 본 일을 끌고 나오자 더 이상 함께 뒤엉켜 장난칠 수가 없었다. 그래서 슬그머니 풀어 주고 일어섰다.

대옥이 웃으며 고마워하는 척했다.

"그래도 역시 언니는 언니야. 만일 나 같았으면 절대로 용서하지 않았을걸."

보차는 손가락으로 대옥을 가리키며 웃었다.

"그러기에 노마님이 그렇게도 끔찍하게 여기시고 사람들이 영리하다고 입이 마르도록 칭찬하는 게 아니겠어? 나도 너무 귀여워 죽을 지경이란 말이야. 자, 이리와! 내가 머리를 매만져 줄게."

보차는 손으로 대옥의 머리를 가지런하게 쓸어 넘겨주었다. 옆에서 바라보던 보옥은 그 모습이 너무나 정겹게 보였다. 그래서 아까 눈짓을 보내 귀밑머리를 바로 하라고 한 것이 오히려 후회가 되었다. 그냥 두었다가 보차에게 대신 매만져 달라고 하면 될 것을 공연히 미리 눈짓을 보냈구나 하고 생각했다. 그런 쓸데없는 생각에 잠겨 있는 사이 보차의 말이 들렸다.

"다 기록했으면 내일 노마님께 말씀드려서 집에 있는 것은 됐고 없는 것은 사오라고 하면 될 거예요. 그러면 내가 함께 만들어 줄게요."

보옥은 얼른 목록을 품속에 챙겨 넣었다. 다들 한참 더 얘기를 나누다가 저녁식사를 마친 뒤에 노마님에게 문안인사를 갔다. 가모는 애초부터 무슨 큰 병이 난 게 아니라 단지 조금 피로한 데다 찬바람을 쐬었기 때문이었다. 하루 동안 정양하고 또 약 한 첩을 달여 먹고 나니 저녁 무렵에는 바로 호전되었다.

다음날 무슨 말이 오갔는지 궁금하면 다음 회를 보시라.

闔樂偶金偶間
奴攢慶不了暫
士情壽慶振為香

제43회

희봉의 생일잔치

가부에선 돈을 모아 희봉 생일 축하하고
가보옥은 분향하러 수선암에 몰래가네

閒取樂偶攢金慶壽 不了情暫撮土爲香

왕부인은 가모가 그날 대관원에서 무슨 대단한 병에 걸린 게 아니고 그저 찬바람에 감기가 걸린 거여서, 의사가 처방해준 약 두어 첩을 달여 먹고 몸이 좋아지자 마음을 놓았다. 그리하여 희봉을 불러다 가정에게 보낼 물건을 준비하라고 상의하는 중에 갑자기 가모가 사람을 보내 건너오라는 말을 전해왔다. 왕부인은 급히 희봉을 데리고 달려갔다.

왕부인이 안부를 물었다.

"이제 좀 편안해지셨어요?"

"오늘은 많이 좋아졌구나. 방금 너희가 보내온 새끼 꿩으로 고아 만든 탕국을 조금 맛보았더니 뜻밖에도 입맛이 돌더구나. 고기도 두어 점 먹었더니 아주 맛있었어."

가모의 말에 왕부인이 웃으면서 말했다.

"그건 여기 손주며느리 희봉이 할머님께 드린다고 특별히 만든 거예요. 아무래도 효심이 지극해서 어머님 입맛에 맞으신 모양이에요. 그게 다 평소에 어머님이 귀여워해 주신 덕분이지 뭐예요."

가모가 고개를 끄덕이며 웃었다.

"그런 생각을 다 했다니 기특하구나. 날고기가 남아 있으면 두어 점
튀겨서 짭짤하게 졸였다가 죽 먹을 때 먹으면 입맛이 날 게다. 탕국으
로 먹는 것도 좋기는 하지만 죽 먹을 때는 맞지 않아서 말이야."

희봉이 얼른 나서서 곧 주방에 그 말을 전했다.

가모는 왕부인을 향해 웃으면서 말했다.

"내가 사람을 보내 에미를 오라고 한 것은 다름이 아니라 초이튿날이
희봉이의 생일이기 때문이야. 지난 이태 동안 내가 직접 저 아이 생일
을 해주려고 생각은 했지만 하필이면 매번 큰일을 앞두고 있어서 그냥
넘겨버리고 말았지. 올해는 사람도 다들 모였고 별다른 큰일도 없을 듯
싶으니 우리 다 같이 한 번 즐거운 하루를 보내 보자꾸나."

"저도 그런 생각을 했지요. 어머님께서 그렇게 즐거워하시니 상의해
서 결정하지 않으면 안 되겠네요."

가모가 또 웃으며 말했다.

"내 생각에는 말이다. 전에는 누구 생일이든 불문하고 모두 각자 따
로 선물을 마련했잖니. 하지만 아무래도 그게 좀 속되어 보이고 또한
서먹한 느낌도 있더구나. 해서 내가 새로운 방법을 좀 생각해봤지. 생
경하지도 않고 또 재미도 있을 것 같구나."

왕부인이 얼른 웃으면서 물었다.

"어머님께서 어떻게 생각하셨는지, 그렇게 한 번 해보죠."

가모가 웃으며 말했다.

"내 생각에는 말이야. 여염집에서 식구들이 다 같이 돈을 모아 일을
치르는 것처럼 우리도 각자 얼마가 되었든 모아서 그 돈으로 생일잔치
를 치를까 하는데 네 생각은 어떠냐, 재미있지 않겠느냐?"

"그거 참 좋겠군요. 하지만 어떻게 돈을 모으죠?"

가모는 왕부인의 말에 더욱 흥이 나서 곧 사람을 보내 설부인과 형부인 등을 부르고 아가씨들과 보옥도 불러들였다. 그리고 동부東府 큰댁의 가진 아내와 뇌대댁 등 나이 많은 집사의 처들도 다 오라고 일렀다.

여러 시녀들은 가모가 그렇게 즐거워하자 다함께 기뻐하면서 서둘러 각자 역할을 분담하여 청하러 갈 사람은 청하러 가고 말을 전달할 사람은 전달하였다. 금방 늙은 사람, 젊은 사람, 윗사람, 아랫사람이 모두 달려와 가모의 큰방이 가득 찼다. 설부인은 가모와 마주 앉았고 형부인과 왕부인은 방문 앞에 놓인 의자에 앉았으며 보차 등 자매 대여섯 명은 온돌 위에 올라앉았고 보옥은 가모의 무릎 앞에 앉았다. 나머지 사람들은 그냥 서 있는데 가모가 등받이 없는 작은 의자 몇 개를 가져오라고 해서 뇌대의 모친 등 나이 많고 지위가 있는 할멈들을 앉도록 했다. 가부의 전통적 예법에서는 부모를 모셨던 나이 많은 하인을 젊은 상전보다도 높이 대접했다. 그래서 우씨나 희봉 등은 서 있도록 한 채 뇌대의 모친 등 서너 명의 늙은 할멈들은 죄송하다고 한마디 하고는 모두 작은 의자에 걸터앉았다.

가모는 웃으면서 방금 했던 말을 여러 사람들에게 다시 한 번 들려주었다. 사람들은 모두들 참여하겠다고 나섰다. 희봉과 사이가 좋은 사람은 물론 그렇게 하길 원하였고 희봉을 두려워하는 사람도 억지로나마 잘 보이려 했기 때문이다. 더구나 대부분 그 정도는 모두 낼 수 있는 여력도 있었으므로 가모의 말을 듣자 다들 흔쾌히 허락하였던 것이다.

가모가 먼저 말했다.

"난 스무 냥을 내겠어."

설부인이 이어서 웃으면서 말했다.

"나도 노마님을 따라서 스무 냥을 내겠습니다."

형부인과 왕부인이 이어서 말했다.

"저희는 감히 어머님과 비견할 수 없으니 자연히 한 등급을 낮추어 각각 열여섯 냥을 내겠습니다."

우씨와 이환도 웃으면서 말한다.

"저희도 당연히 한 등급을 낮추어야 하니 각자 열두 냥씩 내겠습니다."

가모가 얼른 나서 이환을 향해 말했다.

"너는 과부인 데다 일도 없는데 어찌 너한테까지 돈을 내라고 할 수 있겠느냐. 내가 대신 내주마."

그때 희봉이 얼른 나섰다.

"할머니 너무 좋아하시지만 마시고 셈을 좀 하신 다음에 일을 벌이도록 하세요. 할머님한테는 두 몫이 또 기다리고 있잖아요. 게다가 지금 형수님을 위해 열두 냥을 대신 내주시면 말씀하실 때는 기쁘시지만 잠시 후엔 곧 속이 아프실 텐데요. 그리곤 '이게 모두 희봉이년 때문에 돈을 쓰게 된 거라고' 하시며 교묘한 방법으로 저를 살살 어르며 서너 몫을 보태라고 하실 테죠. 제가 그 수에 걸려들 줄 아세요? 아이고, 전 일찌감치 꿈을 깨야겠군요."

그 말에 사람들은 한바탕 웃음바다가 되었다.

가모도 웃으면서 물었다.

"그럼 네 생각에는 어찌하면 좋겠다는 게냐?"

"제 생일은 아직 오지도 않았는데 분수없이 받는 복은 찜찜하기만 해요. 저는 한 푼도 안보태고 여기 오신 여러분을 당황케 하니 정말 마음이 편치가 않다고요. 차라리 형님 몫을 제가 대신 내도록 해주세요. 생일날 제가 좀더 많이 먹고 복도 많이 누리면 되잖아요."

형부인 등이 듣고서 모두들 "그거 옳은 말이군"이라고 말했다. 가모도 마침내 그리하라고 허락했다. 그러자 희봉이 다시 웃으면서 말했다.

"제가 한마디만 더 해야겠어요. 제 생각에 할머님은 자신 몫으로 스무 냥을 내셨는데 또 대옥 동생과 보옥 동생의 두 몫이 더 있으시잖아요. 이모님은 자신 몫으로 스무 냥을 내셨는데 또 보차 동생의 한 몫이 더 있으시고요. 그건 그래도 공평하다고 생각해요. 하지만 두 분 마님 께서는 각자 열여섯 냥만 내셨는데 한 등급을 낮춰 내시는 데다 또 남을 대신하여 한 몫을 내시는 것도 없으시니 그건 약간 불공평하다고 생각 되지 않으세요? 할머님이 손해 보시는 거잖아요!"

그 말에 가모가 얼른 웃으면서 말했다.

"그렇구나. 그래도 희봉이가 내 생각을 제대로 해주는구나. 그 말이 딱 맞는 말이야. 네가 아니었으면 내가 그만 저 사람들한테 완전히 속 아 넘어갈 뻔했어."

희봉은 여전히 웃으면서 이어 말했다.

"할머니는 그냥 손자 손녀 두 사람을 두 분 마님께 한 사람씩 맡기세 요. 많이 내든 적게 내든 각자 한 몫씩 내도록 하시면 되시잖아요."

가모가 얼른 대답했다.

"그게 아주 공평하군그래. 그럼 그러자꾸나."

그때 뇌대의 모친이 서둘러 일어나 웃음을 띠며 항변했다.

"그건 분명히 잘못이에요. 제가 두 분 마님을 대신하여 좀 따져야겠 어요. 저쪽 마님께는 친며느리가 되고 이쪽 마님께는 친정 조카딸이 되 잖아요. 그런데 시어머니와 고모님[1]을 생각하지는 않고 오히려 남의 생 각만 하다니요. 이쪽에선 며느리가 생판 남이 된 셈이고 저쪽에선 또 내질녀內侄女가 그만 외질녀外侄女가 된 셈이라고요."

그 말에 가모를 비롯하여 좌중의 모든 사람들이 크게 웃었다.

뇌대의 모친은 계속 물었다.

"아씨마님들께서 열두 냥이라고 하셨으니 우리는 또 자연히 그보다 는 등급이 낮아야 하겠죠?"

---

1 형부인과 왕부인은 각각 왕희봉의 시모와 친정 고모가 됨.

가모가 그 말을 받는다.

"그건 안 될 말이야. 자네들은 비록 한 등급 낮아야 한다고는 하지만 자네들이 돈 많은 부자라는 걸 나도 잘 알고 있는데. 서열은 비록 낮지만 돈이 저들보다 많으니 자네들도 저들과 같은 등급으로 내야겠네그려."

여러 할멈들이 그 말을 듣고 다 같이 그렇게 하겠노라고 대답했다.

가모가 이어서 말했다.

"아가씨들은 그냥 동참하는 데 의미가 있으니 사람마다 한 달 월급에 비추어 조금씩 내면 되겠지."

가모는 다시 뒤를 돌아보며 원앙을 불렀다.

"너희도 몇 사람끼리 얼마라도 돈을 모아 오너라."

원앙이 얼마 지나지 않아 평아와 습인, 채하² 등의 시녀들을 데리고 왔다. 두 냥을 낸 사람도 있고 한 냥을 낸 사람도 있었다.

가모가 평아에게 물었다.

"평아야! 너는 네 주인마님 생신을 손수 해드릴 생각은 않고 그 틈에 끼인단 말이냐?"

"제 개인적으로 따로 있고요, 여기는 공식적으로 모으는 데니까 저도 한몫을 내야지요."

평아의 대답에 가모가 고개를 끄덕였다.

"그래야 착한 아이지."

희봉이 또 웃으면서 말했다.

"자, 윗분 아랫분들이 모두 다 내셨는데 아직 두 분 작은마님³들이 남아 있잖아요. 그분들이 내고 안 낼지는 그래도 한 번 물어 봐야 하잖아

---

2 채하(彩霞)는 왕부인의 시녀로 원작에서 채운(彩雲)으로 표기된 곳도 일부 있지만 모두 동일 인물임.

3 가정의 첩인 조이랑과 주이랑을 말함.

요. 그분들께도 도리는 다하도록 해드려야지요. 안 그러면 자신들을 무시했다고 생각할 거 아니에요?"

가모가 그 말에 얼른 말했다.

"그래야지. 어떻게 그 사람들을 깜빡 잊었구나. 그들은 아마 틈이 없을 테니 시녀를 보내서 물어보도록 하자꾸나."

보낸 시녀가 한참 만에 돌아와서 보고했다.

"각각 두 냥씩 낸다고 하였습니다."

가모가 기뻐하면서 말했다.

"그럼 붓과 벼루를 가져와 제대로 적어 보자꾸나. 모두 얼마가 되는지 말이야."

우씨가 은근슬쩍 희봉에게 핀잔을 줬다.

"아이쿠, 자네는 정말 만족할 줄 모르는 사람이야! 여기 시어머니와 숙모님과 숱한 사람들이 다들 모여 돈을 모아 생일잔치를 해주려는데 뭐가 모자라 그 팔자 사나운 두 사람까지 끌어들이려고 하는 거야?"

희봉도 빙긋이 웃으면서 나지막이 대답했다.

"쓸데없는 소리 말고 가만히나 있어요. 안 그러면 조금 있다가 여기서 나가 형님한테도 따지고 말 거야. 그 사람들이 뭐가 불쌍하다고 그래. 돈을 줘도 다 헛거니까 차라리 긁어다 우리가 즐기자는 말이에요."

합산을 해보니 모두 150냥이 넘게 모였다. 가모가 말했다.

"이만하면 하루 종일 술자리와 연극공연을 해도 다 못 쓸 돈이구먼."

우씨가 말했다.

"바깥손님을 청하는 것도 아니고 술자리도 그리 많지 않을 테니 이삼일 동안의 용돈으로도 충분하겠어요. 우선 연극반은 우리집에 있어 따로 돈이 안 드니까 거기서 돈이 많이 절감되겠죠."

가모가 말했다.

"희봉이가 어떤 연극을 좋아하는지 원하는 대로 불러와야지."

희봉이 얼른 끼어든다.

"우리집 연극반 노래는 이제 질리도록 들었어요. 몇 푼 들여서라도 다른 데서 불러와 들어봐요."

"그래, 이번 일은 진珍이 안사람한테 맡기도록 하자꾸나. 어쨌든 희봉이에게 그날 하루는 신경 쓰지 말고 마음껏 즐기도록 해줘야지."

우씨가 그렇게 하겠다고 대답했다. 한동안 더 얘기를 나누다가 가모가 노곤한 기색을 보이자 다들 알아차리고 하나둘씩 흩어졌다.

우씨 등은 형부인과 왕부인을 배웅하고 희봉의 방으로 달려가 어떻게 생일잔치를 치를 것인가를 논의하였다. 희봉이 말했다.

"나한테는 묻지 마시고 할머님 눈치를 봐서 하시면 돼요."

우씨가 웃으며 말했다.

"자네는 말이야, 정말 운수대통이라니까. 난 또 무슨 큰일이나 난 줄 알고 헐레벌떡 달려갔더니 그래 바로 그 일이란 말이지. 돈을 내는 것만으로도 모자라서 나한테 일을 맡겨 신경 쓰게 한단 말이야? 나한테는 어떻게 사례를 할 건지 말 좀 해봐!"

희봉도 웃으면서 대답했다.

"허튼 소리 말아요! 내가 형님을 불러온 것도 아닌데 왜 사례해야 한단 말이에요? 뭐 신경 쓰는 게 걱정된다고요? 그럼 당장 할머님께 말씀드려서 다른 사람을 시키면 되죠."

우씨가 웃으며 대꾸했다.

"자, 보라구! 저 사람 잘난 척하는 꼴 좀! 내가 충고 좀 하겠는데 이젠 좀 거둬들이는 게 좋을 거야. 너무 차오르다가 터지는 수가 있다니까."

두 사람은 잠시 더 얘기를 나누다가 헤어졌다.

다음날 모아진 돈이 녕국부로 보내져 왔다. 우씨는 막 일어나 세수하려던 참이었다. 가져온 사람이 누구냐고 물으니 시녀가 대답했다.

"임씨네 아줌마랍니다."

우씨는 임씨네를 불러들이도록 했고 시녀는 문간방으로 나가 임지효댁을 불렀다. 우씨는 그녀에게 발 받침대에 앉으라고 하고 자신은 머리를 매만지며 물었다.

"이 안의 돈이 모두 얼마냐?"

임지효댁이 대답했다.

"이건 우리 아랫사람들의 돈인데 먼저 모아서 가져온 것입니다. 노마님과 마님네들 몫은 아직 안 왔습니다."

그때 다른 시녀가 아뢰는 소리가 들렸다.

"작은댁 마님4과 설부인께서 사람을 시켜 각각의 몫을 보내왔습니다."

우씨는 웃으면서 핀잔을 주었다.

"그런 쓸데없는 일은 꼭 담아두고 잊지를 않는구나. 어제 노마님께서 잠시 흥에 겨워 일부러 보통 여염집처럼 돈을 모아 일을 치르는 것을 흉내 내신 것인데 그걸 잊지 않고 기억했다가 정말로 믿고서 난리구나. 문밖에 왔다면 어서 나가 데리고 들어와 차라도 잘 대접해서 보내라."

시녀가 얼른 받아서 가지고 왔다. 모두 두 봉투였는데 보차와 대옥의 몫까지 다 있었다.

"노마님과 마님, 그리고 아가씨들과 시녀들 몫이 아직 안 왔습니다."

우씨가 물었다.

"그럼 너네 큰아씨 몫은?"

"아씨마님께서 건너가시면 될 겁니다. 그 돈은 둘째 아씨가 내시기로 했으니 모두 함께 들어 있을 것입니다."

---

4 작은댁 마님은 형부인을 말함. 왕부인으로 해석하는 번역도 있으나 왕부인은 보옥의 몫을 내는 것이 당연하기 때문에 임대옥의 몫을 대신 낸 사람은 형부인인 게 자연스러움.

우씨는 화장을 마치고 수레를 준비하라라고 하여 곧 영국부로 건너와서는 먼저 왕희봉을 보러갔다. 희봉은 벌써 돈을 다 싸 놓고 막 보내려는 참이었다.

　우씨가 물었다.

　"다 모였어?"

　"다 모였어요. 어서 가져가요. 모자라도 난 몰라."

　희봉의 말에 우씨가 다그쳤다.

　"난 아무래도 믿을 수가 없어. 면전에서 한 번 세어봐야만 해."

　그리고 끝내 돈을 꺼내 숫자대로 확인해보았다. 아니나 다를까 이환의 몫이 없었다. 우씨가 웃으며 말했다.

　"그래, 내가 뭐랬어? 자네는 귀신하고도 그 짓거리 할 사람이라고 했지. 어째서 큰형님의 몫은 없는 거야?"

　희봉이 웃으며 발뺌을 했다.

　"그만한 돈을 가지고도 모자란단 말이에요? 한 사람 몫이 없다고 무슨 대수야. 정 모자라면 그때 내주면 되잖아요."

　우씨가 말했다.

　"어제 남들 앞에서는 큰소리치며 인심 쓰고 오늘 또 내 앞에서는 발뺌한단 말이야? 이건 절대로 그냥 지나갈 수 없어. 할머님한테 달려가 달라는 수밖에."

　희봉은 여전히 웃으면서 엄살을 부렸다.

　"정말 지독하시군요. 나중에 그쪽에 무슨 일이 생기면 나도 절대 사정을 봐주지 않을 테니 그때 가서 후회하지나 말아요."

　"자네처럼 나도 무서워할까 봐? 평소에 나한테 잘하던 걸 생각해서 들어주는 거야, 알겠어?"

　우씨는 평아가 낸 몫을 꺼내서 건네주었다.

　"평아야, 어서 네 몫을 도로 받아둬. 모자라면 내가 대신 보탤 테니까."

평아는 무슨 뜻인지 알고 받기를 꺼리며 말했다.

"아씨께서 먼저 쓰시고, 남으면 저한테 주셔도 되잖아요."

"그래 네 상전은 못된 짓을 해도 그만이고 내가 인정 좀 베풀면 안 되기라도 한단 말이냐?"

그 말에 평아는 어쩔 수 없이 돈을 받았다. 우씨가 한마디 덧붙였다.

"네 주인마님이 기막히게 이런 돈을 모아 도대체 어디다 쓰려고 그런다냐? 쓰다 남으면 나중에 관속에라도 가지고 들어가겠다는 건지, 원."

우씨는 다시 가모의 처소로 왔다. 우선 안부인사를 여쭙고 대강의 경위를 보고했다. 그런 후 원앙과 상의하였다. 어떻게 하면 가모의 마음을 즐겁게 할 수 있을지 원앙의 생각을 들어보기 위해서였다. 두 사람이 논의를 마치고 돌아갈 때 우씨는 원앙이 낸 두 냥도 그녀에게 돌려주었다.

"이 돈을 다 쓰지도 못해."

우씨는 곧장 나와 왕부인에게 가서 몇 마디 나누고 왕부인이 잠시 불당佛堂에 들어간 틈을 타서 채운의 몫도 돌려주었다. 또 희봉이 옆에 없을 때를 틈타서 주이랑과 조이랑의 몫도 그들에게 돌려주었다. 그들은 감히 돌려받으려고 하지 않았다. 우씨는 억지로 쥐어주었다.

"힘들고 불쌍하게 사는데 이런 일에 낼 눈 먼 돈이 어디 있겠어? 희봉이 안 다고 해도 내가 말할 테니 걱정 말아요."

두 사람은 감지덕지하게 고마워하며 받았다. 우씨는 볼일을 다 보고나와 수레를 타고 집으로 돌아왔다. 그 얘기는 그만 하기로 한다.

한편 눈 깜짝할 사이에 어느덧 구월 초이튿날이 되었다. 대관원 사람들은 모두 우씨가 왕희봉의 생일잔치를 멋지게 준비하고 있다고 들었다. 연극공연은 물론이고 각종 연예인 백희百戲와 설서說書하는 남녀 맹인 만담꾼까지도 불러 한바탕 즐겁게 놀 수 있도록 하였다는 것이다.

이환이 여러 자매들에게 말했다.

"오늘은 정기적으로 열리는 공식적인 시모임인데 보옥 도련님이 여태 안 오는 걸 보니 오로지 노는 데만 정신이 팔려 우아한 우리 모임을 깡그리 잊어버린 모양이야."

곧 시녀를 보내 뭐하는지를 알아보고 어서 불러오도록 했다. 한참 만에 돌아온 시녀가 말했다.

"습인 언니가 그러는데 아침 일찍 대문 밖으로 나갔다고 하던데요."

사람들이 모두 이상히 여기면서 한마디 했다.

"대문 밖으로 나갔을 리가 있나. 심부름하는 계집애가 멍청해서 뭔가 잘못 들은 걸 거야."

그리하여 다시 취묵翠墨을 시켜 재차 심부름을 보냈다. 잠시 후 취묵이 돌아와서 똑같은 말을 했다.

"정말로 문밖으로 나갔다고 합니다. 뭐 말로는 무슨 친구가 죽었다면서 문상을 간다고 그랬다나요."

그때 마침 습인이 들어왔다. 이환 등이 모두 물었다.

"오늘은 보옥이 무슨 일이 있든 말든 절대로 외출해서는 안 되는 날이잖아. 우선 희봉 아씨의 생일날이어서 노마님이 전에 없이 즐거워하고 계시고 양쪽 집안의 식구들이 모두 모여 떠들썩하게 노는 날인데 혼자 나가버렸단 말이야? 또 하나는 오늘이 첫 번째 정식 시모임 날인데 아무 말도 없이 제멋대로 사라졌다니 있을 수 있는 일이야?"

습인도 한숨을 쉬면서 말했다.

"어제 저녁에 말씀하시더라고요. 오늘 아침 일찍 아주 중요한 일이 있어서 북정왕부北靜王府에 좀 다녀와야겠다고요. 곧 돌아온다고 했어요. 제발 가지 말라고 했지만 절대 말을 듣지 않더라고요. 오늘 일찍 일어나서 하얀 소복을 달라고 하여 입는 걸 보니 아마도 북정왕부에 있는 중요한 희첩姬妾이라도 죽은 게 아닐까 생각이 되기도 하고요."

이환 등이 말했다.

"그러하다면 가보긴 해야겠지. 하지만 금방 돌아와야 할 텐데."

그리곤 다들 서로 의논하였다.

"그럼, 우리끼리 시를 짓기나 합시다. 보옥이 돌아오면 벌칙을 주면 되지요."

그때 가모가 사람을 보내서 오라는 말을 전했으므로 다들 그곳으로 건너갔다. 습인은 보옥의 일을 말씀드렸다. 가모는 기분이 언짢아 사람을 보내 데려오라고 하였다.

사실 보옥은 그동안 마음속에 몰래 간직해 둔 말 못할 고민이 있었으므로, 전날 저녁 명연茗烟⁵을 불러 분부하였다.

"내일 아침 일찍 외출할 터이니 말 두 필을 준비하여 후문 밖에 대령하고 기다려라. 다른 사람은 데려가지 말고 이귀李貴에게는 내가 북정왕부에 간다고만 전해라. 누군가 날 찾거든 찾을 필요가 없다 하고 왕부에 머물고 있는데 곧 돌아올 거라고 둘러대도록 해라."

명연은 어찌 된 영문인지 몰랐지만 그저 시키는 대로 할 뿐이었다. 다음날 아침 일찍 말 두필을 대관원 후문 밖에 대령시켜 놓고 기다렸다. 날이 밝자 보옥이 소복을 입고 쪽문을 통해 빠져나와 아무 말 없이 말에 올라탔다. 그리고 허리를 숙여 골목을 따라 슬그머니 빠져나갔다. 명연도 말을 타고 채찍을 날리며 뒤를 따를 뿐이었다. 명연이 뒤에서 물었다.

"도련님, 어디로 가시는 겁니까?"

---

5 명연은 앞에 나온 배명(焙茗)과 동일 인물임.

"이 길은 어디로 가는 길이냐?"

"이 길은 북문으로 나가는 대로입니다. 북문을 나가면 한산해서 놀 만한 곳이 없습니다."

그 말에 보옥이 고개를 끄덕이며 대답했다.

"그래 바로 그렇게 썰렁한 곳이 좋으니라."

그리곤 채찍을 더욱 세게 후려치며 말을 달렸다. 말은 벌써 길을 두 번이나 꺾어 성문을 나갔다. 명연은 혼란스러운 마음을 안고 보옥에게 바짝 붙어서 뒤를 따라갔다. 단숨에 칠팔 리를 달리니 인가가 점점 드물어졌다. 보옥이 말고삐를 당겨 멈춰 서며 명연에게 물었다.

"이곳에 혹시 향을 파는 곳이 있을까?"

"있기는 있겠지만 어떤 향을 사려는데요?"

보옥이 잠시 생각하더니 말했다.

"다른 향은 좋을 게 없고 단향檀香, 운향芸香, 강향降香, 이 세 가지라야 하는데."

"그런 향은 여기서 구할 수가 없습죠."

명연은 보옥의 실망하는 표정을 보자 이윽고 물었다.

"향은 무엇에 쓰려고 그러시는데요? 도련님은 평소 작은 염낭 주머니에 향을 조금씩 가지고 다니셨으니 한 번 찾아보시죠."

그 말에 보옥은 퍼뜩 정신을 차리고 곧 옷섶 안에서 향주머니를 꺼냈다. 주머니 속에는 침향沈香과 속향速香을 뭉쳐 만든 향이 두어 알 들어 있었다. 보옥은 마음속으로 기뻐하면서 생각했다.

'조금은 불경스럽긴 하지만 그래도 내 몸에 직접 지니고 다니던 것이니 사는 것보다야 나을지도 모르지.'

그러면서 다시 향로와 숯을 구할 수 있느냐고 물었다.

"그런 게 지금 이런 황량한 성 밖에 어디 있겠어요? 그런 걸 쓰시려면 왜 진작 말씀하지 않으셨어요. 나올 때 가져 왔으면 되는데."

"이 멍청한 놈아. 그런 걸 가져올 정신이 있었으면 이렇게 죽어라 하고 달려왔겠냐."

명연이 한참 생각에 잠기더니 이내 웃으면서 말했다.

"제게 한 가지 묘안이 있어요. 도련님이 어찌 생각하실지 모르지만 제 생각에 도련님이 지금 필요하신 게 그것 말고도 다른 물건이 몇 가지 더 있을 거 같군요. 여기서 머뭇거리는 게 아무 도움이 안 되겠어요. 이리 정도만 가면 수선암水仙庵이라고 있어요."

보옥이 듣고 곧 물었다.

"수선암이 바로 이곳에 있다고? 더욱 잘되었군. 그럼 그리로 가자."

말을 마치자 보옥은 말에 박차를 가하여 앞으로 달려갔다. 하지만 곧 뒤를 돌아보며 명연에게 여전히 다시 물었다.

"그 수선암의 비구니가 늘 우리집에 다니는 사람이니 향로를 빌려달라고 하면 빌려주겠지?"

"그 사람이 우리집에 오가는 스님이면 말할 것도 없고 설사 아무 상관도 없는 모르는 절이라도 향로를 빌려쓰겠다면 감히 거절은 못하죠. 헌데, 한 가지, 원래 도련님은 수선암을 아주 싫어했잖아요. 지금 왜 그렇게 좋아하시는 거예요?"

"난 평소에 세상의 속된 사람들이 까닭도 모르고 아무렇게나 신을 모시고 절을 세우는 것을 미워했지. 예전에 돈 많은 벼슬아치나 부잣집 여인네들이 신령이 있다는 말을 듣고 절이나 사당을 세웠는데 사실 그 신이 누군지도 모르고 그저 야사나 소설에서 전해 듣고 그걸 진짜로 믿었기 때문이야. 예를 들면 수선암에 모셔진 신은 낙신洛神[6]이라고 하는데, 바로 그래서 이름을 수선암이라고 하는 거지만, 원래 예부터 낙신

---

6 신화 속 인물로 낙수(洛水)의 여신 낙빈(洛嬪)을 말하며 낙수에 빠져 죽었다고 함.

이란 게 없었다는 것을 몰랐던 것이지. 그건 조자건曹子建[7]이 만들어 낸 거짓말일 뿐인데 어리석은 사람들이 신상을 만들어 놓고 떠받들어 모셨던 거야. 하지만 지금은 내 마음속 염원과 잠시 일치하는 바가 있으니 이용하려는 것뿐이야."

말하는 사이에 어느덧 두 사람은 수선암의 문 앞에 이르렀다. 늙은 여승은 보옥이 온 것을 보고 뜻밖의 일이라 하늘에서 내려온 살아 있는 용이라도 되는 양 서둘러 달려 나와 안부를 묻고 하인을 시켜 말을 끌어가도록 했다. 보옥은 안으로 들어가 낙신의 신상에 절은 하지 않고 둘러보며 감상만 했다. 진흙으로 만든 소상塑像이었는데 제법 '놀란 기러기인 양 나풀거리고 헤엄치는 용처럼 부드러운' 자태에 '푸른 물결 위에 연꽃이 핀 듯, 아침노을에 해가 불타오르듯'[8] 멋진 모습을 하고 있었다.

보옥은 문득 눈물을 떨구었다. 여승은 차를 대접했다. 보옥이 향로를 좀 빌리겠다고 말하자, 여승은 한참 만에 향로와 지전까지 모두 준비하여 가져왔다.

보옥은 곧 명연을 시켜 향로를 받들고 뒤뜰로 나가 깨끗한 장소를 물색하도록 했다. 하지만 마땅한 곳이 없었다.

"도련님, 저쪽 우물가는 어떨까요?"

보옥이 고개를 끄덕였다. 두 사람은 함께 우물가에 이르러 향로를 내려놓았다. 명연이 옆으로 비켜서자 보옥은 품안에서 향을 꺼내 불을 붙였다. 눈물이 그렁그렁한 채 허리를 반쯤 굽히고 예를 표하고는 돌아서서 거두어들이라고 명하였다. 명연은 대답은 했지만 곧장 거두지 않고 자신이 땅에 엎드려 머리를 몇 차례 조아리면서 소리 내어 축원했다.

"저는 지난 수년간 도련님을 모시면서 도련님의 속마음을 어느 한 가

7 삼국시대 위(魏)의 조식(曹植)을 말하며 자건은 그의 자(字).
8 이상은 모두 조식의 《낙신부(洛神賦)》에 나오는 구절.

지 모르는 게 없었는데 오늘 이 제사만큼은 저에게 일언반구 말씀해 주신 바가 없사옵니다. 저로서도 감히 여쭈어 볼 수 없었습니다. 이 절을 받으시는 저 세상의 혼령께서는 비록 그 성명을 알 도리는 없으나 생각건대 인간세상에선 둘도 없고 천상에서도 짝을 찾을 길 없는 총명하고 우아하신 누나나 누이가 되는 분이 틀림없겠습니다. 도련님의 속마음은 겉으로 말씀하실 수가 없으시니 제가 대신 축문을 올리옵니다. 꽃다운 영혼께서 감응하시고 향기로운 혼령께서 다정하시다면 비록 음양이 다른 세계라 하더라도 한때 서로를 잘 아는 지기의 사이였을 터이니 늘상 도련님을 찾아주시길 바라옵니다. 저승세계에서도 부디 도련님을 보살펴 주시어 내세에는 여자아이로 태어나 두 분이 함께 지내실 수 있기를 기원하오며 더 이상은 이처럼 얼굴에 수염 난 더러운 남자로 태어나지 말기를 바라옵니다.”

명연은 축원을 마치고 다시 몇 번이고 머리를 땅에 조아려 절을 하고는 비로소 일어났다. 보옥이 듣고 있다가 미처 그 말이 끝나지도 않았는데 웃음을 참을 길 없어 엎드려 있는 명연을 발로 걷어찼다.

“무슨 허튼 소리냐. 남들이 들으면 웃음거리가 되겠다, 이놈아!”

명연이 일어나 향로를 거두어 보옥과 함께 걸으면서 말했다.

“제가 벌써 스님한테 말씀을 드렸습니다요. 도련님이 조반을 안 잡수셨으니 간단하게 밥상을 좀 차려 달라고요. 억지로라도 좀 드시고 가시지요. 오늘 집안에선 큰 잔치가 열려 야단법석일 텐데 도련님은 오히려 이 일로 빠져 나오셨으니 어쨌든 오늘 하루 조용하게 머물다 가시면 예를 다하신 게 됩니다. 그러니 뭔가 드셔야 하지 않겠어요?”

“연극공연의 술자리를 빠져나왔는데 이런 데서 소식素食을 하는 거야 어떠하겠느냐?”

“그러셔야죠. 한 가지 더 말씀드리면 우리가 외출한 것 때문에 집안에선 걱정하는 분들이 계실 겁니다. 만일 아무도 걱정하는 사람이 없으면 늦게 귀가해도 별문제가 없겠지요. 누군가 걱정하고 계시다면 도련님께서 일찌감치 귀가하는 것이 마땅합니다. 그래야 우선 노마님과 마님께서 마음을 놓으실 테고, 둘째는 예도 정성을 다해 차린 셈이니 그만하면 충분합니다. 설사 집에 돌아가 연극을 보고 술을 마신다고 해도 도련님이 일부러 그런 것이 아니고, 부모님을 모시고 효도를 다하기 위한 것이지요. 만일 이런 일 한 가지 때문에 노마님과 마님이 걱정하시는 것을 돌보지 않으신다면 그거야말로 방금 절을 받은 혼령을 편안치 못하게 하는 일이옵니다. 도련님, 제 말이 맞죠?"

보옥이 웃으면서 말했다.

"네놈의 생각이 무엇인지 내가 다 안다. 네놈이 달랑 혼자서 나를 따라 외출했으니 집에 돌아가 책임질 일 때문에 걱정이 태산이라 이거지? 그래서 온갖 그럴듯한 이유를 들어 나를 설득하려는 게 아니냐. 내가 여기 온 것도 그저 예를 다하기 위한 것이니 돌아가 술 마시고 연극을 보아도 괜찮겠지. 내가 언제 하루 종일 안 돌아간다고 했더냐. 마음속 염원을 다 밝혔으니 이젠 부지런히 돌아가자꾸나. 다들 걱정하지 않도록. 그러면 양편에 모두 정성을 다한 격이 되지 않겠느냐."

"그리하신다면 더욱 좋지요."

두 사람이 승방에 들어가니 과연 여승이 소찬을 한 상 준비해 두었다. 보옥은 아무렇게나 몇 숟가락 떴고 명연이도 함께 먹었다. 곧 두 사람이 말에 올라서 오던 길로 달렸다. 명연이 뒤를 따르면서 당부의 말을 했다.

"도련님, 제발 말을 좀 조심해서 타세요. 이 말은 아무래도 많이 타던 놈이 아니니 손에 고삐를 단단히 잡으셔야 돼요."

두 사람은 곧바로 성내로 돌아와 역시 뒷문을 통해 살짝 들어가 서둘러 이홍원으로 갔다. 습인 등은 방 안에 없었다. 할멈 몇 사람이 방을 지키고 있다가 보옥이 들어오자 활짝 웃으며 기뻐했다.

"아이구, 도련님 돌아오셨군요. 좀 전까지 습인 아가씨가 애가 타서 미칠 지경이다가 방금 연회자리로 돌아갔어요. 도련님도 어서 가보세요."

보옥은 서둘러 소복을 벗고 자기 손으로 화려한 연회복을 찾아 갈아입고 어디에 잔칫상을 차렸는지 물었다. 할멈은 새로 지은 대화청大花廳이라고 일러주었다.

보옥은 곧장 대화청으로 달려갔다. 벌써 귓가에는 은은한 관현악의 음악소리가 들려오고 있었다. 막 천당穿堂을 지나는데 옥천아가 혼자 처마 밑에 앉아서 눈물을 훔치고 있다가 보옥을 보더니 얼른 울음을 멈추고 말했다.

"봉황새가 날아오셨군요! 어서 안으로 들어가세요. 조금만 늦게 왔더라면 다들 난리가 났을 거예요."

보옥이 웃음을 머금고 한마디 건넸다.

"넌 내가 방금 어딜 갔다 오는지 알겠니? 한 번 알아맞혀 봐."

옥천아는 대답을 않고 눈물만 닦고 있었다. 보옥은 얼른 대청 안으로 들어갔다. 가모와 왕부인에게 인사드리고 나니 사람들이 정말로 봉황을 만난 듯이 반가워했다. 보옥은 다시 희봉에게 생일축하의 인사를 올렸다. 가모와 왕부인은 보옥이 천방지축으로 세상모른다고 야단쳤다.

"어찌 되었든 한마디 말도 없이 그렇게 제멋대로 도망치다니 그게 될 말이냐! 나중에 또 그러면 네 아버지가 돌아오신 다음에 단단히 혼내주도록 할 게다!"

보옥을 야단치고 나서 또 뒤따르는 하인을 야단쳤다. 오직 보옥의 말만 듣고 가자는 대로 나가서는 집에 한마디 소식도 전하지 않았다고 핀잔하면서 또 어디를 갔는지, 무엇을 먹었는지, 놀라지는 않았는지를 물어보았다. 보옥이 적당히 얼버무리며 대답했다.

"북정왕의 애첩이 한 사람 어제 돌아가셨어요. 그래서 문상 갔던 거예요. 그분이 너무 애통해 하시기에 자리를 떠나오기가 어려워 잠시 시간이 지체되었던 것입니다."

가모가 말했다.

"앞으로 또 우리한테 말도 없이 제멋대로 혼자 외출하면 네 아범한테 일러 꼭 매 맞게 할 것이야!"

보옥이 고분고분 대답하였다. 가모가 또 함께 따라간 하인을 때리려고 하니 여러 사람이 나서 사정했다.

"노마님도 이젠 너무 걱정하지 마세요. 이제 보옥이 돌아왔으니 다들 안심하고 한바탕 즐기기나 해야지요."

가모는 처음에 마음이 놓이지 않아 화를 발끈 냈는데 지금 그가 돌아온 것을 보니 자연 마음이 너그러워져 미움이 사라졌으므로 더 이상 문제 삼지 않았다. 오히려 보옥의 기분이 언짢을까, 혹은 다른 데서 배불리 먹지 못했을까, 먼 길 외출에 놀라지나 않았을까 걱정되어 백방으로 달래기에 바빴다. 습인이 곧 달려와 시중을 들어주었기에 사람들은 여전히 연극관람을 계속하였다. 이날 공연의 제목은 《형차기荊釵記》[9]였다. 가모는 설부인 등과 함께 마음이 쓰리고 아파 눈물을 흘리며 탄식하다가 비난을 퍼붓기도 하면서 연극을 관람했다.

나중 일이 궁금하면 다음 회를 보시라.

---

9 남희(南戲)의 극본으로 왕십붕(王十朋)과 전옥련(錢玉蓮)의 만남과 이별에 관한 이야기.

제44회

들통난 가련의 외도

의외의 변고에 희봉은 질투를 드러내고
뜻밖의 기쁨에 평아는 화장을 새로 하네

變生不測鳳姐潑醋 喜出望外平兒理粧

사람들이 다 같이 《형차기荊釵記》 공연을 관람할 때 보옥은 자매들과 함께 자리를 잡고 앉았다. 대옥은 마침 〈남제男祭〉[1] 대목을 보다가 보차에게 말했다.

"저 왕십붕王十朋이란 사람도 정말 앞뒤가 꽉 막힌 사람이네요. 어디서 제사를 지내든 무슨 상관이 있다고 굳이 강변까지 달려갈 게 뭐예요? 옛 속담에도 '쓰던 물건 바라보면 그리운 님 생각난다'고 했잖아요. 세상의 물이란 결국 한 군데로 모이게 마련이니 어디서든지 냉수 한 그릇 떠놓고 지성으로 곡 한 번 하면 정성을 다 바친 셈인데 말이에요."

보차는 아무 말도 하지 않았다. 하지만 보옥은 얼른 고개를 돌려 따

---

1 〈남제(男祭)〉는 아내가 물에 빠져 죽었다는 소식을 들은 왕십붕(王十朋)이 강으로 달려가 죽은 아내의 제사를 지내는 내용. 소설 원문에는 자세한 묘사가 없으나 보옥이 물에 빠져 죽은 금천아의 제사를 지내고 왔다는 사실을 눈치 챈 대옥이 이 내용을 빌어 빈정거린 것.

뜻한 술 한 잔을 달라고 해서는 희봉에게 권하며 딴전을 피웠다.

사실 가모는 이날이 여느 날과 달라 희봉이 마음껏 놀게끔 하려고 하였다. 가모는 연회석에 앉았기가 힘들어서 안쪽 칸의 평상에 비스듬히 기대앉아 설부인과 함께 연극을 구경하면서, 먹고 싶은 음식 몇 가지만을 작은 탁자 위에 조금 마련해두고 편하게 집어먹으며 얘기를 나누었다. 그리고 자신의 몫으로 차려진 음식상을 따로 먹을 것이 없는 시녀들이나 심부름하는 어멈들에게 내주면서 창밖이나 낭하의 처마 밑이라도 적당히 앉아 자유롭게 먹고 마시며 즐기라고 일렀다. 왕부인과 형부인은 바닥에 놓인 높은 의자에 앉았고 밖에 마련한 좌석에는 자매들이 차지하고 앉았다.

가모는 수시로 우씨 등에게 분부했다.

"희봉이를 상좌에 앉히고 너희가 대신 잘 좀 대접하여라. 일 년 내내 수고가 많았으니."

우씨가 그러하겠노라고 대답하고는 또 웃으며 아뢰었다.

"상좌에 앉히려고 해도 쑥스러워 하기만 해요. 공연히 안절부절못하고 술도 잘 안 마시려고 드는걸요."

"너희가 먹일 줄을 모르는구나. 내가 몸소 가서 먹여봐야겠다."

가모의 말을 들은 희봉은 얼른 들어와 웃으면서 말했다.

"할머니, 제발 저 사람 말을 믿지 마세요. 전 벌써 여러 잔 마셨는걸요."

가모는 웃으며 우씨에게 명했다.

"어서 저애를 붙잡고 나가 의자에 앉히고 너희가 번갈아 술 한 잔씩 권해라. 안 마시려고 하거든 내가 직접 나서서 먹이고야 말 테니."

그 말에 우씨가 웃으면서 얼른 희봉을 끌어다 앉히고 받침대 있는 술잔을 가져다 술을 가득 따라주었다.

"일 년 내내 노마님과 마님, 그리고 내게 효성을 다 바치느라고 참으로 노고가 많았네그려. 내 지금 달리 사랑을 베풀 만한 것은 없고 몸소 술 한 잔을 가득 따라줄 테니 잔소리 말고 내 손에 든 술잔을 얼른 받아 마시게."

희봉도 웃으면서 마주 받아쳤다.

"진정으로 나한테 정성을 바칠 생각이 있거든 무릎을 꿇고 술잔을 올려라. 그리하면 내 기꺼이 받아 마시리라."

"무엄하도다! 자신이 누구인지 천지를 모르는구나. 내 경고하건대 이 순간이 지나면 오늘 같은 자리가 날이면 날마다 올 줄로 아느냐. 이 기회에 마음껏 받아 마시는 것이 신상에 좋을 것이다."

우씨의 말에 희봉은 더 이상 사양할 수 없음을 알고 두어 잔을 받아 마셨다. 그런데 이어서 여러 자매들이 계속 술잔을 권했다. 희봉은 어쩔 수 없이 한 모금씩 받아 마셨다. 뇌대의 모친은 가모가 이처럼 흥겨워 하자 분위기를 돋우지 않을 수 없어 얼른 다른 할멈들을 이끌고 나와 술잔을 올렸다. 희봉도 사양할 수 없어 두어 모금을 받아 마셨다. 이번에는 원앙 등의 시녀들이 달려 나와 술잔을 바쳤다. 희봉은 이제 더는 마실 수 없다고 느껴 통사정을 하였다.

"아이쿠, 아가씨들까지 나오시면 어쩌시나. 제발 날 좀 봐줘. 나중에 마실게."

원앙이 웃으면서 단호하게 말했다.

"정말이세요? 우리 같은 사람은 체면도 없단 말씀이지요? 마님께서도 저희한테 체면을 세워 주셨는데요. 전에는 체면을 세워 주시다가 오늘은 이렇게 많은 사람들 앞에서 주인 행세하시며 무시하시는군요. 나서지 말아야 할 걸 그랬군요. 안 드시겠다면 우린 그냥 물러가겠어요."

원앙은 정말로 물러가려고 했다. 희봉이 얼른 일어나 잡아당겼다.

"알았어, 알았다구, 이 아가씨야. 내가 마시면 될 거 아냐."

희봉이 술잔을 가져다 한 잔 가득 따라서 입안에 털어넣자, 원앙은 비로소 웃으면서 물러갔다.

희봉은 결국 가슴이 쿵쾅거리며 술기운이 치밀어 올라 아무래도 집으로 돌아가 쉬어야겠다고 생각했다. 마침 곡예단이 등장하자 희봉이 우씨에게 말했다.

"저 애들한테 줄 돈을 마련해요. 난 세수 좀 해야겠어."

우씨가 고개를 끄덕였다. 희봉은 남들이 주목하지 않는 틈을 타서 자리를 빠져 나왔다. 방문 뒤쪽의 처마 밑으로 나오는데 평아가 지켜보고 있다가 얼른 따라나섰다. 희봉은 그녀에게 몸을 의지하여 걸었다. 통로의 처마 끝에 이르자 마침 자기집에서 일하는 어린 시녀 하나가 서 있다가 두 사람이 오는 걸 보고 얼른 내빼기 시작했다. 희봉은 문득 이상한 생각이 들어 소리를 질러 그 자리에 불러 세웠다. 시녀는 못 들은 척하며 계속 도망치다가 평아가 몇 번이나 소리를 질러서야 비로소 멈췄다. 희봉은 더욱더 의심이 일어 곧 평아와 함께 통로 옆으로 계집아이를 끌고 들어가서 통로의 문을 닫아걸었다.

희봉은 작은 뜨락의 계단에 앉아 시녀를 꿇어앉히고 평아에게 엄명을 내렸다.

"중문 밖의 사내녀석 두 놈에게 밧줄과 채찍을 가져오라고 해라. 주인도 안중에 없는 저런 몹쓸 년을 죽도록 때려라."

혼비백산한 계집아이는 벌써부터 울고불고 눈물을 흘리며 머리를 땅에 찧고 용서를 빌었다. 희봉이 다그쳤다.

"내가 무슨 귀신이라도 된단 말이더냐? 네년은 어찌하여 나를 보고 곧장 달아났단 말이냐? 제자리에 공손하게 서 있어야 마땅하지 않으냐, 이년아!"

계집아이는 울면서 말했다.

"아씨마님께서 오시는 걸 미처 보지 못했어요. 저는 그냥 집안에 아무도 없는 게 걱정이 되어 얼른 집으로 돌아가려고 했던 거예요."

"집에 아무도 없는데 누가 널 이곳으로 보냈단 말이냐? 설사 네년이 날 못 보았다고 치더라도 나와 평아가 뒤에서 목이 터져라 몇 번이고 불렀을 때는 어째서 못들은 척하고 더 달아났단 말이냐? 그리 멀지도 않은 거리인데 네년이 귀라도 먹었단 말이냐? 그래도 이실직고하지 않고 발뺌을 할 셈이냐, 이년아!"

희봉은 손을 들어 뺨을 한 대 후려쳤다. 시녀의 몸이 그 바람에 한쪽으로 쓰러졌다. 희봉은 반대편 뺨을 또 한 차례 후려갈겼다. 순식간에 계집아이의 두 볼은 퍼렇게 멍이 들며 부풀어 올랐다.

평아가 얼른 말렸다.

"그러시다 아씨 손만 아프시겠어요."

"그럼 네가 대신 때리면서 저년이 왜 도망쳤는지 밝혀내라. 그래도 말하지 않으면 아예 아가리를 찢어버려."

계집아이는 처음엔 발뺌을 하다가 마침내 희봉이 인두를 달구어 아가리를 지져주겠다고 하자 비로소 울면서 실토하였다.

"나리께서 집에 계시는데 저를 보내 아씨께서 오시나 망을 보라고 했어요. 아씨께서 자리를 파하시면 즉시 알려달라고 하셨는데 뜻밖에 아씨께서 일찍 나오실 줄은 몰랐어요."

희봉은 그 말속에 필시 무슨 곡절이 있다고 여겼다.

"날 살펴보도록 해서 뭐하려고? 내가 집에 돌아가는 게 겁이 난단 말이지? 틀림없이 다른 까닭이 있겠군. 어서 말해 보렴. 그러면 용서하겠다. 있는 대로 말하지 않으면 당장에 칼로 네년의 살점을 도려내겠다."

희봉은 고개를 돌려 머리에서 비녀를 빼내 계집아이의 입안에 넣고 마구 찔러댔다. 계집아이는 놀라 몸을 피하며 눈물을 쏟으면서 사정했다.

"다 말씀드릴게요. 제발 제가 말했다고 말씀하지 마세요."

평아가 옆에서 살살 달래면서 또 어서 말하라고 다그쳤다.

"나리께서는 방금 전에 집에 돌아오셨어요. 잠시 주무셨다가 일어나셔서 사람을 보내 아씨께서 어떠하신지 물어보셨어요. 방금 연회에 들어가셨으니 한참 있어야 오실 거라고 말씀드렸지요. 나리께서는 상자를 열어 은 두 덩어리와 비녀 두 개, 그리고 비단 두 필을 꺼내 저한테 주시면서 남몰래 포이鮑二의 아내한테 갖다 주고 그 여자를 데려오라고 하셨어요. 그 여자는 물건을 받고 곧 우리집으로 왔어요. 나리께서는 저에게 아씨의 동정을 살피라고 시키셨어요. 그 다음의 일은 아무것도 몰라요."

희봉은 화가 머리끝까지 솟구쳐 온몸에 맥이 쭉 빠졌지만 겨우 기운을 차려 곧장 집으로 돌아왔다. 대문에 이르니 또 한 계집아이가 문 앞에서 망을 보고 있다가 희봉을 보고 머리를 숙이고 안으로 달려 들어갔다. 희봉이 직접 이름을 불러 세웠다. 이 계집아이는 좀더 영리했으므로, 더 이상 숨을 곳이 없게 되자 차라리 달려 나와 웃으며 말했다.

"지금 막 아씨마님께 말씀드리러 가려던 참이었어요. 그런데 마침 돌아오셨군요."

"나한테 무엇을 말하려고 했단 말이냐?"

계집아이는 가련이 집에서 이러이러한 일을 했다고 방금 전의 그 말을 한바탕 늘어놓았다. 희봉이 침을 뱉으면서 욕을 했다.

"그래, 네년은 여태까지 뭘 하고 있다가 내가 돌아오니까 이제야 깨끗한 척하려는 게냐?"

희봉은 손을 들어 이 계집아이에게도 따귀를 한 대 후려갈기고는 발끝으로 살금살금 창문 앞에까지 걸어가 방 안의 소리를 들었다.

방 안에선 웃고 떠드는 소리가 났다. 여자의 목소리가 들렸다.

"염라대왕 같은 당신의 마누라가 하루빨리 죽어버렸으면 좋겠군요."

가련과 여자의 대화가 계속 들려왔다.

"그게 죽고 나서 새로 얻은 마누라가 또 그런 꼴이면 어쩌란 말이냐?"

"그년이 죽고 나서 평아를 정실로 앉히면 아마 훨씬 나을 거예요."

"요즘엔 평아까지도 내가 손도 못 대게 하고 있다구. 평아도 불평이 많지만 감히 말을 못하고 있을 뿐이야. 내 명命속에 어쩌다 그런 야차성 夜叉星을 타고난 여자[2]가 걸려들었는지, 내 원 참."

희봉은 벌써부터 치밀어 오르는 분노로 온몸이 와들와들 떨렸는데 두 사람이 평아를 칭찬하자 평소에 평아가 뒤에서 원망하는 말을 했을 지도 모른다는 의심이 들었다. 술기운이 위로 솟구치면서 앞뒤 젤 사이 도 없이 우선 평아에게 따귀를 올려붙였다. 그리곤 한 발로 문을 박차 고 들어가 변명을 들을 새도 없이 포이의 마누라를 한 손으로 잡아채서 한바탕 두들겨 팼다. 또 가련이 도망 나갈까 봐 문을 막아서며 욕설을 퍼부었다.

"이 더러운 화냥년아! 네년이 주인 사내를 빼앗고 그것도 모자라 주 인마누라를 죽일 작정까지 하느냐? 평아, 네년도 이리 좀 와 봐라! 너 희 더러운 화냥년들이 다 같이 한통속이 되어 나를 미워하면서 겉으로 는 내 앞에서 아양을 떨었단 말이지."

희봉은 또다시 평아에게 몇 차례 더 주먹을 날렸다. 얻어맞은 평아는 어디다 하소연도 못하고 화가 치밀자 어쩔 수 없이 울면서 가련과 포이 마누라에게 욕을 해댔다.

"염치없는 짓거리는 자기들이 저지르면서 왜 멀쩡하게 있는 나를 끌 어들이냔 말이야?"

평아는 분을 참을 수 없어 포이 마누라에게 달려들어 마구 두들겼다.

그때 가련도 술을 거나하게 마시고 들어와 재미를 보려고 하려다 조 심하지 않는 바람에 희봉에게 들켜 어쩌지 못하고 속수무책으로 있는

---

2 사람은 별의 운명을 타고난다고 하여 악독한 마누라를 일러 야차성을 타고났다고 하는 것임. 야차란 불교에서 말하는 악귀.

중인데 평아까지 나서서 소란을 피우자 술기운이 확 올라왔다. 희봉이 포이 마누라를 때릴 때 가련은 화도 나고 또 부끄러웠지만 뭐라고 나서서 말할 수가 없었다. 그런데 이번에는 평아까지 나서서 때리자 마침내 평아에게 발길질을 하며 욕을 퍼부었다.

"이 더러운 년아! 너까지 나서서 사람을 치는 거냐?"

평아는 겁이 나서 얼른 손을 멈추고 울면서 푸념했다.

"뒷구멍에서 호박씨를 까면서 왜 나까지 끌어들이냔 말이에요?"

희봉은 평아가 가련을 겁내며 물러서자 은근히 화가 솟구쳐 다시 달려들어 평아를 두들겨 패며 어서 포이 마누라를 때려주라고 소리쳤다. 평아는 홧김에 밖으로 뛰쳐나가 칼을 찾아 죽어버리겠다고 난리법석을 떨었다. 밖에 있던 여러 할멈과 시녀들이 달려들어 좋은 말로 말렸다. 방 안에 있던 희봉은 평아가 밖으로 뛰쳐나가며 죽겠다고 발악하자 가련의 가슴팍으로 머리를 들이받으며 악을 썼다.

"모두 한통속이 되어서 날 죽이려고 했지? 나한테 들키고 나니까 오히려 나를 혼내려고 그러지. 차라리 나를 목 졸라 죽여라, 죽여!"

가련은 화가 머리끝까지 치밀어 올라 벽에 걸렸던 장검을 뽑아들었다.

"그래, 자살하려고 애쓸 필요도 없어. 나도 갈 데까지 갔다구. 모두 죽여버리고 나도 죽으면 그만이야!"

다들 엉겨 붙어 해결이 나지 않고 있을 때 우씨 등이 소식을 전해 듣고 달려왔다.

"이게 도대체 어찌 된 일이야? 방금 전까지 아무 일 없었는데 이렇게 싸움판이 되어버렸으니."

가련은 사람들이 달려오자 더욱 소란을 피우고 술기운을 빌려 위세를 부리며 일부러 희봉을 죽이겠다고 난리쳤다. 희봉은 사람들이 오자 앞서와 같이 악을 쓰지는 않고 사람들을 뿌리치고 울며불며 곧장 가모의 곁으로 달려갔다.

　이때 연극공연은 벌써 다 끝난 뒤였다. 희봉은 가모의 앞으로 달려가 품안으로 파고들면서 울면서 하소연하였다.

　"할머니, 제발 저를 살려주세요! 우리집 나리가 저를 죽이려고 해요."

　가모와 형부인, 왕부인이 어찌 된 일이냐고 다급히 물었다.

　"방금 전에 제가 집으로 돌아가 옷을 갈아입으려는데 마침 나리가 집에 돌아와 누군가와 얘기를 나누고 있더라고요. 저는 손님이 오신 줄 알고 감히 들어가지 못하고 창밖에 서서 얼핏 들었더니 포이 마누라가 우리집 나리와 얘기하면서 제가 너무 악독하니 독약을 먹여 저를 죽이고 평아를 정실로 앉히겠다고 모의하는 것이었어요. 저는 화가 났지만 감히 직접 나리에게 달려들지는 못하고 평아를 두어 대 때리면서 왜 나를 해치려고 하느냐고 따져 물었죠. 나리는 부끄러움에 오히려 저를 죽이겠다고 달려들었어요."

　가모는 희봉의 말을 모두 참으로 알아듣고 소리쳤다.

　"이거 큰일이구나! 어서 그 못된 놈을 잡아들여라!"

　그 말이 채 끝나기도 전에 가련이 칼을 빼어들고 쫓아 들어왔고, 그 뒤로 여러 사람이 따라 들어왔다. 가련은 평소 가모가 자신들을 귀엽게 여기던 터라 모친과 숙모가 있는 자리임에도 아랑곳하지 않고 아무 거리낌 없이 씩씩대며 달려 들어온 것이었다. 형부인과 왕부인은 그 모습에 너무 화가 나서 가로막으며 호통을 쳤다.

　"이 못된 놈아! 점점 못하는 짓이 없구나. 할머님이 여기 계시지 않느냐, 이놈아!"

　가련도 눈을 옆으로 치켜뜨고 말대꾸를 하였다.

　"모두가 다 할머니가 저 사람을 너무 감싸주었기 때문이에요. 그러니까 나한테까지 욕하고 달려드는 거란 말이에요."

　형부인은 화가 나서 얼른 칼을 빼앗고 계속 호통을 쳤다.

"어서 썩 나가지 못하겠느냐?"

가련은 여전히 못 들은 척하며 투정을 부리고 계속 방자한 말을 내뱉었다. 노한 가모가 소리를 질렀다.

"네놈이 우리를 안중에도 안 둔다는 걸 잘 알고 있다. 네 아비를 불러오라고 해야겠구나."

그제야 가련은 슬그머니 꼬리를 내리고 밖으로 물러섰지만, 여전히 화가 풀리지 않아 집으로는 돌아가지 않고 바깥 서재로 나갔다.

방 안에 남은 형부인과 왕부인은 희봉을 나무랐고, 가모는 웃으면서 달랬다.

"무슨 대단한 일이라고 그러느냐? 아직 철없는 애들이니 바람을 피울 수도 있지, 어디 저런 일이 일어나지 않으리란 보장을 할 수 있겠니? 세상사람들은 누구나 저러면서 나이가 드는 법이니까. 모두 다 내 잘못이야. 저 애한테 술을 두어 잔 먹였더니 결국 식초까지 먹게 하고 말았구나. [3]"

사람들이 모두 웃음을 터뜨렸다.

가모가 이번에는 희봉을 보고 말했다.

"너도 이젠 너무 걱정 마라. 내일 내가 그놈을 불러다 네 앞에서 사과하도록 하마. 오늘은 집에 돌아가지 마라. 공연히 또 그놈에게 창피를 주다가 싸움만 도질라. 그런데 평아란 년은 평소에 그렇게 안 보았는데 뒷구멍에서 어찌 그렇게 못된 짓을 할 수가 있단 말이냐."

우씨가 곁에서 웃으면서 대신 변명했다.

"평아는 아무 잘못이 없어요. 희봉이 공연히 화풀이로 끌어들인 거라고요. 부부가 맞대놓고 싸우기가 뭣하니까 평아를 끌어다 성질을 부린 것이었어요. 평아로서는 억울하고 원통하기 그지없는데 노마님까지

---

3 '식초를 먹다(吃醋)'는 질투한다는 의미.

나서서 욕하시면 어떻게 해요?"

"아, 그랬어? 내가 보아도 그 아이는 불여우 같지는 않았는데 말이야. 그렇다면 정말 불쌍하게 되었군그래. 공연히 두 사람한테 화풀이를 당하기만 했으니 말이야."

가모는 곧 호박琥珀을 불러서 말했다.

"곧장 가서 평아에게 내 말을 전해라. 그 아이가 억울함을 당한 줄은 내가 잘 알고 있으니 내일 희봉이한테 사과하도록 하겠다고 말이다. 오늘은 희봉이의 생일날이니까 더 이상 아무 말 말고 덮어두라고 전하려무나."

이때 평아는 벌써 이환에게 이끌려 대관원으로 들어간 뒤였다. 평아는 여전히 고개를 떨구고 오열을 그치지 않았다. 보차가 가만히 달랬다.

"평아는 사리가 분명한 사람이잖아. 평소에 희봉 아씨가 어떻게 대해주었어? 오늘 아씨가 술을 과하게 마시는 바람에 평아에게 화풀이했던 것이지만 안 그러면 또 누구한테 그럴 수 있었겠어? 다른 사람도 다 아씨가 술이 취한 걸로 알고 있으니 이번에는 억울하지만 꾹 참고 그냥 지나가. 평소에 평아의 좋은 인상이 이럴 때 유지되어야지. 그게 모두 거짓이었단 말이야?"

그때 호박이 건너와서 가모의 말을 전해 주었다. 평아는 스스로 체면이 서는 것 같아 울적한 마음을 풀고 평정을 되찾았다. 하지만 집으로는 돌아가지 않았다. 보차 등은 잠시 쉬었다가 가모와 희봉을 보러 가고 보옥이 평아를 이홍원으로 데려가자 습인이 나와 맞이하였다.

"난 애초부터 이곳으로 데려오고 싶었는데 큰아씨마님이랑 아가씨들이 모두 함께 있어서 먼저 말을 꺼내지 못했어."

평아도 웃으며 대답했다.

"고마워. 하지만 아무 까닭 없이 남의 화풀이를 당하고 보니 이건 도대체 어디서부터 말을 해야 할지 모르겠어."

습인이 웃으며 달랬다.

"희봉 아씨마님이 평소에 얼마나 잘 대해 주셨어? 이번 일은 너무 화가 나신 까닭에 그렇게 된 거니까 이해 좀 해."

"우리 아씨마님에게야 나도 할 말이 없어. 하지만 그 화냥년만큼은 정말 참을 수가 없어. 나를 그렇게 제멋대로 갖고 놀다니. 그런데도 우리집 바보 같은 나리 양반은 또 나를 때리려 들잖아."

평아는 억울하고 분함을 참을 수 없어 또 눈물을 뚝뚝 흘렸다.

보옥이 얼른 나서서 달랬다.

"평아 누나, 제발 이제 마음 아파하지 말고 꾹 참아요. 내가 두 사람을 대신해서 이렇게 사과할게."

평아가 얼굴을 펴고 웃으며 대꾸했다.

"도련님하고 무슨 상관이라고 그러세요?"

"우린 형제자매의 사이로 같은 처지야. 그 두 사람이 남에게 죄를 졌으니 내가 대신 사과하는 것은 마땅하다구."

그리고 또 평아의 옷을 보고 말했다.

"아깝게도 새 옷이 더럽혀졌군그래. 우리집에 습인의 옷이 있으니 갈아입는 게 좋겠어. 소주를 뿜어서 다림질을 하고 머리도 새로 빗고 세수도 하자구."

보옥은 곧 어린 시녀를 시켜 세숫물을 떠오고 다리미도 가져와 달구라고 일렀다.

평아는 평소 보옥이 오로지 여자들에게 정성을 다하여 접대한다는 말을 들었는데 이제 보니 과연 그러했다. 보옥으로서는 평소 평아가 가련의 애첩이며 희봉의 심복으로 있으므로 쉽게 그녀와 가까이 할 수 없고 정성을 보일 수도 없어 안타깝게 여기고 있었다. 평아는 지금 보옥의 상냥하고 친절한 태도를 보고는 마음속으로 과연 헛말이 아니라고 여기게 되었다. 보옥의 친절은 정말 자상하고 섬세하였다. 이어서 습인이 특별히 자신의 옷상자를 열고 별로 입지 않은 새 옷이나 다름없는 옷 두 벌을 꺼내어 그녀에게 갈아입도록 하였다. 평아는 얼른 자신의 옷을 벗고 세수를 하였다. 옆에서 보옥이 웃으면서 살짝 일러준다.

"평아 누나, 연지와 분을 좀 바르는 게 낫겠어. 그렇잖으면 희봉 누님한테 여전히 노여움을 품고 있는 것처럼 보일 거 아냐. 하물며 오늘은 그분의 좋은 날인데. 할머님도 사람을 보내 누나를 위로했잖아."

평아는 그 말에 일리가 있다고 여겨 분을 찾았지만 보이지 않았다. 보옥은 얼른 화장대 앞으로 가서 명나라 선덕宣德연간의 도자기 분합을 열었다. 안에는 옥잠화 꽃술 모양의 고체분 열 개가 나란히 담겨져 있었다. 보옥은 그 중에서 하나를 꺼내 평아에게 건네주었다.

"이건 납으로 만든 연분鉛粉이 아니고 빨간 말리화茉莉花 꽃씨를 빻아서 향료를 섞어 만든 것이야."

평아가 손바닥에 문질러 살펴보니 과연 얇게도 바를 수 있고, 두껍게도 바를 수 있고 비치는 붉은 색도 좋고 피어나는 향기도 좋아 네 가지가 모두 다 마음에 들었다. 얼굴에 바르니 고르게 퍼지고 살결에 윤기가 흐르며 다른 분처럼 거칠고 텁텁하지 않아 정말 좋았다. 연지를 보니 역시 한 장 한 장 종이에 묻힌 것이 아니고 작고 정교한 백옥白玉의 갑 속에 장미연고같이 가득 담겨져 있는 것이었다. 보옥이 웃으면서 말했다.

"시중에서 파는 연지는 깨끗하지가 못해. 색깔도 엷고. 이건 아주 좋은 상등품의 연지에서 즙을 내서 찌꺼기를 걸러내고 꽃 향수를 넣어 쪄낸 거야. 이걸 쓸 때는 가는 비녀 끝으로 찍어서 손바닥에 놓고 물에 개어 입술에 바르면 되는데 손바닥에 남은 것만 해도 아마 두 볼에 충분히 바를 수 있을걸."

평아는 보옥의 말대로 화장을 마쳤다. 과연 연지의 색깔은 선명하기 그지없고 두 볼에서는 향긋한 냄새가 풍겼다. 보옥은 화분에서 꼭지가 나란히 달린 가을 난초의 꽃을 대나무 가위로 잘라 평아의 귀밑머리에 장식으로 꽂아주었다. 그때 이환이 시녀를 보내 평아를 부르러 왔다. 평아는 서둘러 따라나섰다.

보옥은 지금까지 평아에게 단 한 번도 제대로 마음을 써 볼 기회가 없었다. 평아는 지극히 총명하고 티없이 맑아 속된 무리들과는 전혀 다른 뛰어난 여인임에 틀림없었다. 그러한 그녀에게 단 한 번도 마음 쓸 기회가 없었음이 한스러웠던 것이다. 오늘은 마침 죽은 금천아의 생일이었다. 보옥은 하루 종일 마음이 무거웠는데 뜻밖에 이런 사건이 터지는 바람에 조금이라도 평아에게 정성을 바칠 기회가 생긴 것이다. 이는 생각지도 못했던 기쁨이었다.

보옥은 침상에 비스듬히 기대어 마음속으로 흐뭇하게 생각하고 있었다. 하지만 또 평아가 가엾은 생각이 들었다. 가련은 단지 음란한 즐거움을 누릴 줄만 알고 여성의 진정한 아름다움을 몰랐다. 평아는 부모도 없고 형제자매도 없는 천애의 고아로 가련 부부를 위해 몸을 바치고 있는 것이 아닌가. 가련의 속됨과 희봉의 위세 앞에 평아는 정성을 다하여 보살폈는데도 오늘처럼 지독한 봉변을 당하였으니 이 사람도 박복하기가 오히려 대옥보다도 더하다 싶었다. 그런 생각에 잠기자 갑자기 마음이 아리면서 불현듯 눈물이 주르륵 흘렀다. 마침 습인 등도 방에 없었으므로 보옥은 마음껏 눈물을 흘렸다.

잠시 후 일어나 보니 방금 전에 술을 뿌려 놓았던 평아의 옷이 절반은 말라 있었다. 보옥은 직접 다리미를 가져다 깨끗이 다리고 고이 개어두었다. 마침 그녀가 잊고 남겨 놓은 손수건을 보니 눈물자국이 얼룩져 있기에 세숫대야에 가져가 깨끗이 빨아 널었다. 보옥은 기쁨과 슬픔이 엇갈려 한참 넋을 놓고 앉아 있었다. 그러다가 도향촌으로 가서 잠시 얘기를 나누고 등불을 켤 때쯤 되서 자기 처소로 돌아왔다.

평아는 이환의 집에서 하룻밤을 지냈고 희봉은 가모의 거처에서 지냈다. 가련이 밤늦게 집으로 돌아오니 아무도 없이 썰렁하였다. 그렇다고 사람을 보내 불러올 수도 없어 그냥 되는 대로 하룻밤을 혼자 지냈다. 다음날 아침 깨어나 어제의 일을 생각해보니 정말 쑥스럽고 후회막급일 뿐이었다. 형부인은 어제 가련이 취중에 난리를 친 일이 맘에 걸려 아침 일찍 건너와 가련을 불러서 가모한테 인사드리도록 데리고 왔다.

가련은 어쩔 수 없이 부끄러움을 무릅쓰고 가모 앞에 무릎을 꿇었다.

"무슨 일이냐?"

가모가 냉랭하게 묻자 가련이 억지웃음을 띠며 대답했다.

"어제는 술이 취하여 할머님을 놀라게 해드렸습니다. 용서를 빌러 왔습니다."

가모는 코웃음 치며 말했다.

"이 못된 녀석아. 황탕〔黃湯: 술을 말함〕을 처먹었으면 그냥 조용히 돌아가 송장처럼 뻗어 잠이나 잘 것이지 왜 지 계집을 두들겨 패고 난리법석을 떨었느냐? 평소에는 하루 종일 떠들며 패왕처럼 군림하던 희봉이 어제는 놀라서 떨고 있는 것이 불쌍하기만 하더라. 내가 없었다면 네놈은 그애를 기어이 죽이고야 말았을 거 아니냐. 이놈아!"

가련은 제 나름대로 억울한 생각이 가득 있었지만 일일이 따질 수 없어 그냥 잘못을 인정하기만 하였다. 가모가 또 한마디를 덧붙였다.

"그래도 희봉이나 평아나 모두 어디다 내놓아도 손색이 없는 미인 중의 미인이 아니더냐. 그런데도 뭐가 아직 부족해서 매일같이 이년저년 온갖 잡된 것들을 다 방 안으로 끌어들인단 말이냐! 그리고 그런 화냥년을 두둔하느라고 제 마누라한테 손찌검하고 제 방에 데리고 있는 사람을 두들겨 팬단 말이냐. 그러고도 네놈이 대갓집의 공자라고 할 수 있느냐. 그야말로 망신살이 뻗쳤구나! 네 눈에 이 할미가 있다면 지금 당장 일어나라. 내가 용서해주마. 그러니 넌 아무 말 말고 네 식구한테 잘못을 빌고 데리고 집으로 돌아가거라. 그러면 내가 마음을 놓을 것이다. 그렇잖으면 지금 당장 나가거라. 네 절도 안 받겠다."

가모의 말을 듣고 가련이 고개를 들어보니 희봉이 바로 그 곁에 서 있었다. 옷을 제대로 차려 입지도 않고 울어서 눈이 퉁퉁 부은 상태로 연지도 분도 바르지 않은 채 누렇게 뜬 얼굴이었다. 전보다 훨씬 가련하게 느껴지고 또 사랑스럽게 보이기도 하였다.

'사과하고 서로간에 좋아지는 게 낫겠다. 할머니도 좋아하실 테니.'

가련이 생각을 정한 다음 만면에 웃음을 띠고 말했다.

"할머님의 말씀을 제가 어찌 따르지 않을 수 있겠습니까? 하지만 그러면 저 사람을 더욱 방자하게 만들지나 않을까요…."

"쓸데없는 소리! 희봉이의 예의범절은 내가 잘 안다. 다신 달려들지 않을 거야. 앞으로 너한테 달려들면 그때는 내가 나서서 너에게 복종하도록 하겠다."

가련이 비로소 일어나 희봉을 향해 허리 굽혀 읍하고 웃으면서 말했다.

"애초에 내가 잘못했소. 아씨마님께선 나를 용서해 주시구려."

방 안에 있던 사람들이 다 같이 웃음을 터뜨렸다. 가모도 웃으면서 거들었다.

"희봉아, 이제 화를 풀어라. 자꾸 그러면 내가 도리어 화를 내겠다."

가모는 곧 이어 평아를 불러오도록 했다. 그리고 희봉과 가련이 다함께 평아를 위로하라고 일렀다. 가련은 평아를 보자 더는 체면을 보살필 것이 없이 곧바로 달려갔다. 이른바 '마누라는 첩보다 못하고 첩은 남의 여자보다 못하다'는 격이었다. 가모의 말이 떨어지기가 무섭게 평아의 곁으로 달려간 가련은 허리를 굽히며 말했다.

"아가씨! 어제는 참으로 욕을 보았소. 그게 다 내 잘못이오. 마님이 잘못한 것도 다 나 때문에 생긴 일이오. 내 잘못과 마님의 잘못을 함께 사과할 터이니 받아주시오."

가모와 희봉이 다 같이 웃었다. 가모는 희봉에게도 평아에게 사과하라고 일렀다. 그 말을 듣고 평아가 얼른 희봉 앞으로 달려와 머리를 조아리며 말했다.

"아씨마님 생신날 제가 마님의 화를 돋우었으니 죽어 마땅하옵니다."

희봉은 그러잖아도 어제 술에 취해 평소의 깊고 애틋한 정분을 생각지 않고 경거망동한 일을 후회하던 참이었다. 남의 말만 듣고 공연히 애꿎은 평아에게 창피를 주었는데 평아가 이렇게 나오니 오히려 부끄럽고 가슴이 쓰려왔다. 얼른 평아를 잡아 일으키며 눈물을 떨구자 평아가 말했다.

"아씨마님을 모신 지 여러 해가 되었지만 손끝 한 번 대신 적이 없었어요. 어제 저를 때리신 일도 모두 그 음탕한 화냥년 때문에 생긴 일이지 마님을 원망하지 않아요. 마님이 화를 내신 일도 무리가 아니었으니까요."

평아도 함께 눈물을 뚝뚝 흘렸다. 가모는 세 사람에게 집으로 돌아가라고 명했다.

"누구든지 이번 일을 다시 입에 올리는 사람이 있으면 즉시 내게 데려오너라. 누구를 막론하고 몽둥이찜질을 하고야 말겠다."

세 사람은 다시 한 번 가모와 형부인, 왕부인에게 머리를 조아리고 일어났다. 늙은 할멈이 세 사람을 집으로 인도했다. 방 안에 들어간 희봉이 주변에 사람이 없자 곧 가련에게 따져 물었다.

"내가 어째서 염라대왕 같고 야차 같다는 거예요? 그 갈보년이 내가 죽으라고 저주를 퍼붓고 있는데 당신마저 맞장구를 치다니 정말 너무 하세요. 천일 동안 나빴다고 해도 어느 하루는 좋은 날이 있었을 거 아니에요? 아이고, 원통해라. 수많은 세월을 견뎌온 지난날이 겨우 그런 갈보년보다도 못하다니. 내가 무슨 낯으로 앞으로 살아간단 말이에요?"

희봉은 말끝에 울음을 터뜨렸다. 그러자 가련이 대꾸했다.

"아직 성이 덜 풀린 거요? 가만히 생각 좀 해봐요. 어제 누구의 잘못이 더 많았는가? 오늘 사람들 앞에서 내가 무릎을 꿇고 사과까지 했으니 당신은 빛날 만큼 빛나지 않았소. 그런데 지금 자꾸 떠들게 뭐가 있다는 게요? 그럼 당신한테 한 번 더 무릎이라도 꿇어야 한다는 거요? 너무 끝까지 뻗대도 좋지 않잖소."

희봉은 더 이상 할 말이 없었다. 평아도 피식 웃음을 터뜨렸다. 가련도 웃으면서 한마디 덧붙였다.

"이젠 다 풀렸겠지? 정말로 더 이상은 방법이 없어!"

그때 일하는 어멈이 들어와 전갈을 하였다.

"포이댁이 목을 매고 죽었답니다."

가련과 희봉이 모두 깜짝 놀랐다. 희봉은 곧 두려운 빛을 거두면서 도리어 앙칼지게 한마디 내뱉었다.

"죽으려면 죽으라지, 그게 뭐가 놀랄 일이라고 난리법석이야!"

잠시 후 임지효댁이 들어와 가만히 희봉에게 귀띔을 했다.

"포이댁이 목을 매고 죽었는데 그 친정집 식구들이 고소를 하겠다고 들고 일어났답니다."

희봉이 웃으면서 대꾸했다.

"그것 참 잘되었군. 그러잖아도 나도 소송을 걸 생각이었으니까."

임지효댁이 말했다.

"제가 방금 사람들과 함께 그들을 설득하면서 으름장을 놓았지요. 그리고 돈 몇 푼을 준다고 했더니 겨우 말을 들었어요."

희봉이 쌀쌀하게 대답했다.

"난 한 푼도 없어. 돈이 있더라도 절대 안 줄 테니 맘대로 고소하라고 해. 가서 설득하지도 말고 협박할 필요도 없으니 제멋대로 가서 고소나 하라고 하란 말이야. 고소를 안 하면 내가 그놈들을 고발하겠어. 송장을 가지고 돈을 뜯으려고 사기를 친다고 말이야."

임지효댁이 난감해 하고 있을 때 가련이 얼른 눈짓을 보냈다. 그녀는 무슨 뜻인지 알아차리고 밖으로 나와 기다리고 있었다. 가련이 말했다.

"내가 좀 나가서 봐야겠군. 어떻게 되었는지."

"절대로 돈을 주면 안 돼요!"

희봉이 뒤에서 악을 썼지만 가련은 밖으로 나와 임지효와 직접 상의하였다. 사람을 보내 협상을 벌인 뒤에 2백 냥을 보내는 것으로 마무리지었다. 가련은 또 무슨 사단이 일어날까 걱정이 되어 왕자등王子騰에게 사람을 보내 말을 전하고 인부와 검시관을 보내라고 하여 장사를 치르는 데 돕도록 하였다. 그쪽 사람들은 그 모습을 보자 설사 좀더 따지고 싶어도 감히 그럴 수가 없어 소리 죽인 채 참는 수밖에 없었다. 가련은 다시 임지효에게 2백 냥을 장부상에 여기저기 분산하여 나누어 기록하도록 하였다. 또 직접 포이에게 돈을 쥐어 주면서 위로하였다.

"나중에 좋은 여자를 골라 마누라로 얻어주겠다."

포이는 체면도 서고 돈도 생겼으므로 그대로 따르지 않을 까닭이 없어 여전히 가련을 받들고 모셨다. 그 얘기는 그만 하기로 한다.

한편 희봉은 겉으로는 아무 일 없다는 듯 대수롭지 않게 대했지만 마음은 여전히 편하지 않았으므로 방 안에 아무도 없을 때 평아를 끌어당기며 웃음을 띠고 물었다.

"내가 어제 술에 너무 취했었나 봐. 원망하지 마. 자, 어디를 맞았는지 한 번 보자꾸나."

"그다지 심한 건 아니에요."

평아의 말이 끝나기 무섭게 바깥에서 전하는 목소리가 들려왔다. 아씨마님과 아가씨들이 들어온다는 전갈이었다.

무슨 일인지 궁금하면 다음 회를 보시라.

金蘭契

互刜

金蘭語風雨

夕悶製

風雨詞

제45회

도롱이를 쓴 보옥

오가는 우정 속에 흉금을 털어 놓고
비바람 부는 저녁 풍우사 읊조리네

金蘭契互剖金蘭語 風雨夕悶製風雨詞

왕희봉이 평아를 위로하고 있을 때 마침 여러 자매들이 들이닥쳤다. 희봉은 서둘러 자리를 권하고 평아는 곧 차를 따라 대접하였다. 희봉이 웃으면서 물었다.

"오늘 이렇게 여러분이 한자리에 모이신 것이 꼭 청첩장이라도 받고 오신 분들 같군요."

탐춘이 웃으면서 먼저 말을 꺼냈다.

"오늘은 두 가지 일이 있어서 찾아온 거예요. 하나는 제 일이고 또 하나는 석춘의 일이에요. 노마님께서 말씀하신 것도 있고요."

희봉이 역시 웃으면서 물었다.

"무슨 일인데 그렇게도 중요하지요?"

탐춘이 말했다.

"우리가 시모임을 만들었는데 첫 번째 모임에 다 모이지 못했어요. 다들 엄하게 다스리지 못하니까 규율이 서지 않는 거지요. 제 생각에

111

올케 언니가 우리 시모임의 감찰어사를 맡아주셔야겠어요. 인정사정 보지 않는 철면피라야 제격이에요. 또 넷째 동생 석춘이 대관원 그림을 그리려고 하는데 쓸 도구가 이것저것 부족한 게 많아요. 할머님한테 말씀드렸더니 뒤편 누각 아래에 전에 쓰던 게 남아 있을지 모른다며 찾아봐서 있으면 꺼내 쓰고 없으면 사람을 시켜 사오라고 하셨어요."

희봉이 빙글빙글 웃으면서 대꾸하였다.

"난 원래부터 시 같은 것을 도통 모르는 사람인데 나더러 밥이나 사라고 하는 거 아녜요?"

"올케 언니가 비록 시를 지을 줄 모르지만 시를 지으라고 시키는 것도 아니고 단지 우리 사이에 누가 꾀를 부리고 누가 게으름을 피우는지 감독이나 하고 어떻게 벌칙을 주어야 할지만 생각하면 되는 거예요."

"얼렁뚱땅 나를 속이려고 하지 말아요. 내가 맞혀볼까? 나를 데려다 무슨 감찰어사를 시킨다고 그래? 틀림없이 나를 불러내서 돈이나 내는 물주로 삼으려는 것이 분명하지. 당신네들이 무슨 시모임을 한답시고 그래. 틀림없이 돌아가면서 한턱내려는 수작일 거야. 자기들 월급으로는 모자랄 테니 이런 수법으로 나를 끌어들여 돈을 우려내려는 게 분명하잖아?"

그 말에 다들 까르르 웃음을 터뜨렸다.

"정말 이 사람 속이야말로 수정이나 유리알 같다니까. 도대체 속여먹을 수가 없으니 말이야."

이환의 웃음 섞인 말을 듣고 희봉이 받아쳤다.

"아이고, 큰아씨가 되어가지고 그걸 말씀이라고 하시는 거요? 아가씨들을 큰아씨한테 맡긴 건 데리고 다니며 공부시키고 예의범절이나 잘 가르치라고 한 것이니 아가씨들이 잘못하면 좀 타일러야 하잖아요. 이번에 아가씨들이 시모임을 만들었으면 그까짓 게 얼마나 들겠어요? 노마님과 마님이야 조정에서 봉호를 받은 고명誥命부인이니까 그렇다

치고, 형님이야 한 달에 열 냥의 월급을 받으니 저들보다 두 배나 받는 거잖아요. 노마님과 마님은 형님이 과수댁으로 일도 없이 지낸다고 불쌍히 여겨 걱정하시고 또 어린것이 딸려 있다는 핑계로 열 냥이나 더 보태주시잖아요. 노마님이나 마님하고 맞먹는 돈을 받고 있단 말이에요. 게다가 정원 딸린 저택도 받고 세도 받고 있지요. 연말에 돈을 나눌 때도 형님이 가장 많이 나눠 갖고요. 형님네 모자에다 하인까지 집안 통틀어서 열 명도 안 되는데 먹고 입는 것은 또 공금으로 쓰시고 있잖아요. 일 년간 쓰는 돈을 다 셈해봐도 은자 사오백 냥은 족히 남을 거고요. 그래 이런 기회에 형님이 한 일이백 냥쯤 내어서 아가씨들하고 시모임을 하고 놀면 좀 좋아요? 이런 시모임이 겨우 몇 해나 계속되겠어요. 머지않아 아가씨들 시집가고 나서도 설마 그 돈을 계속 내라고 하겠어요? 그런데도 지금 돈쓰는 게 겁이 나서 아가씨들을 꼬드겨 나한테 몰려와 난리치고 있으니 내 그냥 즐거운 마음으로 가서 몽땅 먹어주고 마셔주겠어요. 나야 아무것도 모르는 사람이니까요."

희봉의 장광설에 이환이 기가 막혀 웃으면서 대꾸하였다.

"자, 다들 들었지요? 내가 겨우 한마디 했더니 이 사람은 아예 미쳐버린 모양이야. 말도 안 되는 엉뚱한 소리로 미주알고주알 돈푼이나 따지는 속된 소리를 두어 수레나 쏟아 붓고 있군그래. 대대로 시서詩書를 읽고 벼슬살던 명문 대갓집의 귀하신 따님이 시집온 건데도 이런 지경이니 만약에 가난하고 초라한 집안에서 태어난 사내자식이었으면 얼마나 더 지껄여댔을까. 온 천하의 사람 중에 자네의 말 속에서 살아남을 사람은 한 사람도 없을 것이네. 어저께는 평아한테 손찌검을 하지 않았어? 옆에서 보던 내가 다 화가 나서 평아를 변호하여 한마디 해주고 싶었지. 하지만 한참 생각해보니 그래도 귀빠진 날인데 어쩌겠어. 노마님이 언짢아하실까 봐 불만을 꾹 참고 있었지. 그런데 오늘은 아예 나를 물고 늘어지네그래. 평아 신발이나 챙겨주며 모시는 일로도 모자랄 것 같으니 아예 두 사람이 서로 맞바꾸는 게 제격이겠어."

그 말에 사람들이 다들 웃었다. 희봉이 가만있지 못하고 다시 웃으며 대꾸했다.

"아하! 그러고 보니 시를 짓고 그림 그리는 일로 나를 찾아온 게 아니라, 결국 평아의 억울함을 풀어주려고 날 찾아온 모양이군 그래요. 평아한테 이처럼 든든한 뒷심이 있는 줄은 미처 몰랐네요. 일찌감치 알았더라면 설사 귀신이 달려들어 내 손을 당겨다 평아한테 손찌검하라고 했더라도 절대로 때리지 않았을 텐데. 평아 아가씨! 이리 좀 와 봐요. 내가 큰아씨와 여러 아가씨들 앞에서 다시 한 번 정식으로 사과할 테니 그냥 술기운에 잘못한 것으로 여기고 너그럽게 받아주세요."

희봉의 말에 역시 여러 사람들이 다 같이 웃었다.

이환이 평아에게 물었다.

"어때, 됐어? 널 위해서 꼭 한 번 분풀이 해준다고 말했잖아."

"아씨마님들이 그렇게 놀리시니 저는 몸 둘 바를 모르겠어요."

평아의 말에 이환이 계속 나선다.

"뭐가 쑥스럽다는 거야? 여기 내가 있잖아. 그건 그렇고, 네 주인께서 다락에 올라가 물건이나 찾아오시도록 어서 열쇠를 드려."

희봉이 말했다.

"형님! 이제 제발 아가씨들 데리고 대관원으로 돌아가세요. 난 우선 여기 쌀 장부를 맞춰봐야 하고, 저쪽 우리 시어머님도 사람을 보내 날 찾으시니 무슨 말씀인가 가봐야 하고요. 또 연말에 여러분들한테 내드릴 설빔 옷감도 아직 챙기지 못했다고요."

"그런 일들은 다 몰라. 우선 내 일이나 끝마치게 해 줘. 공연히 이 아가씨들이 나한테 계속 귀찮게 하지 않도록 말이야."

"형님! 제발 시간말미를 좀 주세요. 형님은 날 제일로 생각해주셨잖아요. 오늘은 어찌 된 일인지 평아의 일로 나를 미워하기만 하시는군요. 전에 늘 나한테 뭐라고 하셨어요? 일이 많더라도 몸 생각을 해서 틈 봐가며 좀 쉬어야 한다고 하셨잖아요. 그런데 오늘은 정말 나를 어지간 히도 볶아대시는군요. 하물며 남의 옷이라면 몰라도 아가씨들 세밑에 입을 옷이 제때 마련되지 못하면 형님 책임이에요. 노마님께서 형님한 테 뭐라고 하시겠어요. 왜 그렇게 소홀히 하느냐고 한마디 하실 텐데 차라리 제가 잘못하는 게 낫지 어떻게 형님한테까지 누를 끼칠 수 있겠 어요?"

이환이 희봉의 말을 듣고 웃으며 말했다.

"저 말씀 좀 들어봐요. 뭐라고 말하는가. 저 말솜씨 좀 보라니까. 단 도직입적으로 묻겠는데 도대체 이 시모임에 참여할 거야, 안 할 거야? 그것부터 분명히 말하라고."

"그게 무슨 말씀이세요? 내가 돈 몇 푼 아끼려고 시모임에 안 들어갔 다간 이 대관원 천지에서 그야말로 역적이 되고 말게요. 그러면 아예 여기서 밥도 못 얻어먹고 말겠지요. 내일 아침 일찌감치 부임하여 인수 印綬를 전해 받고 우선 먼저 은자 오십 냥을 바쳐 여러분들이 마음 놓고 놀도록 뒷바라지를 해드리지요. 며칠 지나고 내가 시도 못 짓고 그저 속인일 뿐이라는 것이 탄로가 난들, 또 감찰을 제대로 하거나 말거나 어쨌든 돈을 냈으니까 설마 나를 내쫓기야 하겠어요?"

희봉의 말에 다 같이 웃음을 터뜨렸다. 그녀는 다시 말을 이었다.

"조금 있다가 창고 문을 열어서 이 물건들이 있으면 모두 가져와 보여 드릴 테니 쓸 만하면 남겨서 쓰시고 부족한 게 있으면 써주신 목록대로 사람을 보내 사오게 할게요. 그림 그릴 비단도 마름해 놓고요. 그림 도 안은 이곳 마님한테 없고 큰댁의 가진 나리한테 있어요. 아가씨들이 갔 다가 공연히 퇴짜 맞을지도 모르니, 아예 내가 가져다 놓도록 하지요. 백반을 물에 개어 비단에 먹여 놓도록¹ 식객들에게 얘기해 두는 게 어떨 까요?"

"그럼 수고가 많겠네. 그렇게만 해준다면 정말 고맙지. 그럼 우린 돌아갈게. 기다려도 보내주지 않으면 다시 와서 난리를 치자구."

이환이 여러 자매들을 데리고 돌아가려 하자 희봉이 또 한마디 했다.

"이런 일을 꾸밀 사람은 틀림없이 보옥 도련님이지."

그 말에 이환이 화들짝 놀라면서 말했다.

"아이쿠, 내 정신 좀 봐. 보옥 도련님 때문에 왔는데 깜빡했네. 첫 번째 모임에 보옥 도련님이 빠졌잖아. 우린 다들 마음이 여려서 아무 말도 못하고 어떻게 벌칙을 정했으면 좋을지 몰라서 그걸 상의하려던 거였는데."

희봉이 잠시 생각하더니 웃으며 대꾸했다.

"다른 방법이 없겠군요. 여러분의 방청소를 벌칙으로 시키는 수밖에."

"정말 그게 좋겠어요!"

다들 손뼉 치며 즐거워했다. 여러 사람들이 막 돌아가려는데 시녀 하나가 뇌대의 어머니 뇌마마賴嬤嬤를 부축하고 안으로 들어섰다. 희봉이 얼른 일어나 웃으면서 맞았다.

"여기 앉으세요."

그리곤 뇌마마에게 축하의 말을 전했다. 손자가 벼슬자리에 올랐기 때문이다. 뇌마마는 구들 침상 끝에 걸터앉으며 답례를 했다.

"저희도 기쁘지만 주인님들도 기뻐해 주시니 너무나 고맙습니다. 주인님들의 하늘 같은 은혜가 아니었으면 어떻게 이런 기쁜 일이 생기겠어요? 어제 아씨마님께서 채명이 편에 축하선물을 보내주셔서 제 손자는 문 앞에 나가 댁을 향해 절을 올렸답니다."

---

1 그림을 그릴 때 먹물과 물감이 번지지 않도록 백반을 갈아 푼 물에 아교를 섞은 도사(陶砂)를 비단이나 종이에 먹임.

"언제 부임하게 되는가요?"

이환의 물음에 뇌마마가 한숨을 쉬며 대답하였다.

"제가 어떻게 그런 것까지 알 수 있나요? 아이들 뜻대로 하는 거지요. 어저께 집안에서 저한테 절을 하기에 이렇게만 말해 주었답니다. '얘 야, 네가 벼슬자리에 올랐다고 해서 절대로 함부로 날뛰어서는 안 된단 다. 너도 올해로 서른 살이나 먹었는데, 비록 남의 종으로 태어났지만 어미 뱃속에서 나오자마자 주인님의 은혜를 입어 종의 신분에서 해방 시켜 주었지 않았느냐. 그건 다 위로는 주인님의 하늘 같은 은혜 덕분 이고 아래로는 네 아비어미의 덕분인 줄 알아라. 그래서 대갓집의 도련 님처럼 책 읽고 공부할 수 있게 되었던 것이고 시녀와 할멈과 유모가 너 를 봉황처럼 받드는 가운데 이렇게 자라온 것이 아니더냐. 네가 하인이 란 것이 어떤 것인지나 아느냐. 그저 굴러온 복을 누릴 줄만 알았지, 네 할아버지와 네 아비가 얼마나 힘들게 애를 써서 몇 대에 걸쳐 노력한 끝 에 겨우 너 하나를 만들어냈다는 사실을 아느냔 말이다. 어려서부터 삼 재三災니 팔난八難이니 하여 온갖 재앙을 이겨내느라고 들인 돈만 해도 쌓아놓으면 네 키만 할 게다. 스무 살 무렵에 또 주인님의 은덕을 입어 네 앞날을 위해 돈을 들여 공부시킨 것이 아니더냐. 너도 다 보았겠지 만 제대로 태어난 집안의 자손들도 끝내는 배곯고 굶주리는 사람이 얼 마나 많더냐. 하물며 너같이 남의 집 하인의 종자로 태어난 경우에야 말할 필요가 있겠느냐. 지금까지 십 년간이나 어찌 되었든 신령과 귀신 의 도움으로 주인님한테 빌어서 벼슬자리를 구하였으니 주현관州縣官 이 비록 낮은 자리지만 일은 분명 작지 않을 것이다. 한 고을을 다스리 는 관리가 되면 이는 그 고을의 부모와 마찬가지가 아니더냐. 네가 제 분수를 지켜 나라에 충성하고 주인님한테 정성을 바치지 않는다면 아 마 훗날 하늘이 너를 용서하지 않을 것이야'라고 말이지요."

이환과 희봉이 다함께 웃으면서 말했다.

"할머니는 너무 공연한 걱정을 하시는군요. 저희가 보기에는 손자분이 아주 훌륭하던데요, 뭘. 몇 년 전에도 두어 번 왔다 갔었고, 요 몇 년 사이엔 안 왔지만 연말이나 생신 때는 명첩을 보내오곤 했지요. 얼마 전 노마님과 마님께 인사를 드리러 왔을 때 노마님 저택에서 보니까 새로 입은 관복이 아주 멋지고 위풍이 당당하더라고요. 전보다 살도 찐 것 같았고요. 이번에 벼슬길에 나아가게 되었으니 할머니가 기뻐해야지 걱정은 무슨 걱정이세요? 설사 손자가 잘못된다고 해도 또 아드님이 계시니 무슨 수가 있지 않겠어요? 할머니는 그저 떨어진 복이나 누리시면 되는 거예요. 한가하시면 가마타고 들어오셔서 우리 노마님과 함께 골패놀이나 하시고 한담이나 나누시면 누가 할머니를 박대하겠어요? 집에 가서서도 고래등 같은 저택에다 고대광실에 사시니 어느 누가 제대로 모시지 않겠어요? 자연히 우리집 노마님과 다를 바 없지요."

그때 평아가 차를 우려서 내다주니 뇌마마는 황급히 일어나 찻잔을 받았다.

"다른 애들 시켜도 되는 일인데 어떻게 아가씨가 손수 차를 내오세요. 제가 몸 둘 바를 모르겠군요."

뇌마마는 차를 받아 마시며 다시 말을 이었다.

"아씨마님은 잘 모르세요. 이런 애들은 그저 엄하게 다스려야지 조금이라도 놓아주면 언제든 틈을 타서 말썽을 부려 결국은 어른들을 걱정하게 만든다니까요. 사정을 잘 아는 사람은 그래도 애들 장난으로 알겠지만 모르는 사람은 재물과 권세를 믿고 남들을 업신여긴다고 할 게 분명하죠. 주인님의 명성에 누를 끼치게 될 테니까요. 저로서는 어쩔 도리가 없어 늘상 아비를 불러다 한바탕 야단치고 나야 좀 풀린답니다."

그리곤 곧 보옥을 가리키며 말했다.

"도련님이 절 미워한다고 해도 어쩔 수 없어요. 지금 대감마님께선 도련님을 엄하게 다스리려 하시지만 안에서는 노마님이 늘 감싸주시잖아요. 예전에 대감마님 어렸을 때 자주 할아버님한테 매 맞으시는 것을 저는 다 보았다고요. 나리께서 어렸을 때는 그래도 지금 도련님처럼 천방지축으로 굴지는 않았지요. 도련님 큰아버님도 비록 장난기가 많았지만 도련님처럼 아무 일도 않고 놀려고 하진 않았는데 그래도 매일 매를 맞았지요. 게다가 저쪽 큰댁 가진 나리의 할아버님은 정말로 성질이 불같으셔서 한 번 성이 나면 아들을 아예 도둑 잡듯 했다니까요. 지금도 가진 나리께서 아드님 다스리는 법은 옛날 법도를 그대로 잇는 것 같아요. 다만 제대로 관장을 못하실 뿐이지요. 자기 자신을 절제 있게 잘 다스리지 못해서 동생이고 아들이고 간에 무서운 줄 모르죠. 도련님도 분명히 알아들으셨다면 제 말을 좋아하실 테지만 이해가 안 되면 속으로는 저를 욕하실 겁니다."

그런 말을 하고 있을 때 마침 뇌대댁이 찾아왔고 또 주서댁과 장재댁도 함께 들어와 무언가 보고하려는 눈치였다. 희봉이 웃으면서 말했다.

"할머니, 며느리가 모시러 왔네요."

"저희 시어머니를 모시러 온 건 아니고, 아씨마님과 아가씨들을 집으로 모시려고 하는데 괜찮으신지 여쭤보러 왔습니다!"

뇌대댁의 말을 듣고 뇌마마는 그제야 생각난 듯 웃으며 말을 이었다.

"아참, 내 정신 좀 봐! 정말로 해야 할 말은 안하고 쓸데없는 잡소리만 잔뜩 했구먼그래. 사실은 우리 손자아이가 벼슬길에 나가게 돼서 여러 친구들이 축하하며 전송하는 술자리를 마련한다는군요. 생각해보니 하루 잔치를 열어서야 누구는 청하고 누구는 청하지 않을 수가 없어서 안 되겠더군요. 주인님들 덕분에 생각지도 못한 큰 복을 누리게 되었으니 집안 살림을 다 털어서라도 인사해야 마땅하다는 생각이 들었죠. 그래서 아비더러 사흘간 잔치를 열라고 했습니다. 첫날은 저희집 정원에서 술자리를 차리고 연극공연도 해서 노마님과 마님들, 아씨님,

아가씨들을 모시고요, 바깥 대청에도 연극무대와 술자리를 마련하여 대감마님과 나리님들을 모셔서 자리를 빛낼 생각이에요. 둘째 날은 친척과 친구를 부르고, 셋째 날은 저희 양부兩府에서 일하는 동료들을 모두 청하여 놀아보려고요. 사흘 동안 열리는 즐거운 잔치에도 주인님들의 하늘 같은 은혜에 힘입어서 빛이 나도록 다들 꼭 와 주세요."

이환과 희봉이 함께 물었다.

"날짜가 언제인가요? 우리야 꼭 가야지요. 노마님도 즐거워하실 거예요. 꼭 가실지는 모르지만."

뇌대댁이 얼른 대답했다.

"열나흗날이에요. 우리 시어머님의 체면을 봐서라도 꼭 와주세요."

희봉이 웃으며 대답했다.

"다른 사람은 몰라도 나는 꼭 갈게요. 먼저 말하겠는데 나는 축하선물을 안 가지고 갈 거예요. 무슨 상 같은 것도 내리지 않을 거고. 밥만 다 먹으면 바로 나올 테니 비웃지 마세요."

뇌대댁이 말했다.

"아씨께선 무슨 말씀을 하시는 거예요. 아씨께서 상을 주시려고 맘만 잡수시면 은자 이삼만 냥쯤이야 물론 있으시겠죠."

"내가 방금 노마님한테 들러서 청했더니 오신다고 했어요. 그래도 제 늙은 체면을 살려주신 거죠."

뇌마마가 이렇게 한마디 하고 당부의 말을 하면서 자리를 뜨려다가 마침 주서댁이 와 있는 것을 보고 생각난 듯 물었다.

"그러잖아도 아씨께 물어보고 싶었는데요, 이 주씨 아줌마의 아들이 무슨 죄를 지어서 일을 주지 않고 내쫓았다는 거지요?"

희봉이 듣고 대답했다.

"저도 지금 할머니 며느님한테 말하려던 참이었는데 일이 많다 보니 깜빡했네요. 뇌씨 아줌마는 돌아가서 아저씨한테 말을 전하세요. 우리 양쪽집 어느 쪽에서든 그놈을 남겨놓고 일을 시켜서는 안 된다고요. 그냥 혼자 나가 일하도록 내보내세요."

뇌대댁은 그저 "네, 네" 하고 대답을 할 뿐이었다. 주서댁이 얼른 엎드려 머리를 조아리며 통사정을 했다.

뇌마마가 얼른 희봉한테 물었다.

"무슨 일인데요? 나한테 한 번 말씀 좀 해보세요. 내가 시비를 가려 볼 테니."

"지난번 내 생일날 일인데요, 안에서는 아직 술을 먹기도 전인데 그녀석은 벌써 잔뜩 취해서 난리를 부렸다는군요. 우리 친정에서 선물을 보내왔는데 나가서 얼른 받을 생각도 않고 남들 욕이나 하고 있었다잖아요. 일하는 어멈들이 들어와서야 겨우 일어나 하인들을 데리고 안으로 메고 들여오는데 그놈은 옮기던 함을 놓쳐 땅바닥에 떨어뜨리는 바람에 온 바닥에 만두가 굴러다녔다고 해요. 손님들이 돌아가고 나서 채명이를 시켜 그놈을 나무라게 했더니 되레 욕을 퍼부었다고 하더라고요. 그렇게 세상모르고 날뛰는 고약한 놈을 어떻게 안 쫓아내고 그냥 두겠어요."

뇌마마가 다 듣고 웃으면서 달랬다.

"난 또 무슨 일인가 했더니 그 일 때문이었구먼. 아씨! 제 말이나 좀 들어보세요. 그 아이가 잘못이 있으면 당연히 욕하거나 매를 때리거나 해서 고쳐 줘야지 내쫓아서 인연을 끊는 것은 절대 안돼요. 그애는 또 우리집에서 태어난 아이도 아니고 지금은 마님의 방에 매인 사람이잖아요. 아씨께서 기필코 그 아이를 내쫓겠다고 우기시면 오히려 마님의 입장이 난처해질 수 있을 거예요. 아씨께서 그애를 호되게 곤장을 쳐서 다시는 그러지 못하도록 훈계하고 그냥 남겨두는 것이 좋겠어요. 그 어미를 봐서가 아니라 마님을 생각해서 그러는 게 나을 거예요."

그 말에 희봉은 곧 뇌대댁에게 말했다.

"정 그러하다면 그 녀석에게 곤장 사십 대를 때리고 앞으로는 술을 못 먹도록 일러라."

뇌대댁이 대답하였다. 주서댁은 고개를 조아려 감사의 표시를 하였다. 또 뇌마마에게도 고개를 조아리려고 하니 뇌대댁이 끌어당기며 그만 됐다고 했다. 세 사람이 먼저 나가고 이환 등은 대관원으로 돌아왔다.

저녁 무렵이 되자 과연 희봉은 사람을 시켜 전에 모아두었던 수많은 그림도구를 대관원으로 보내왔으므로 보차 등이 살펴보고 골랐다. 하지만 개중에서 쓸 만한 것은 겨우 절반에 그쳤으므로, 나머지 절반은 목록을 적어서 희봉에게 보내 그대로 구입하도록 했다. 그 일은 그만 말한다.

그러던 어느 날, 밖으로부터 백반을 먹인 비단과 밑그림이 만들어져 보내왔다. 보옥은 매일 석춘의 집에서 그림 그리는 일을 도왔고 탐춘과 이환, 영춘, 보차 등도 자주 그곳에 와서 둘러보았다. 그림 그리는 것을 둘러보기 위함도 있었지만 서로 만나기가 편하기 때문이기도 했다. 보차는 날씨가 점점 서늘해지고 밤이 차츰 길어지자 자기 어머니를 찾아가 바느질거리를 챙겨서 돌아왔다. 하지만 낮에는 가모와 왕부인의 거처로 인사를 드리러 찾아가 함께 얘기 나누며 시간을 보냈고, 또 대관원 자매들과 상당한 시간을 보내기가 일쑤였다. 그래서 한낮에는 제대로 틈을 낼 수 없었고 밤이 되어서야 겨우 바느질거리를 손에 잡아 한밤중까지 일을 하곤 했다.

대옥은 원래 해마다 춘분이나 추분이 되면 꼭 해수병咳嗽病이 도지곤 했다. 올 가을에는 가모가 특별히 즐거워하는 바람에 두어 번이나 더 바깥에서 놀 기회가 있어서 다른 해보다 몸이 더 노곤했다. 그래서 요즘에는 기침이 잦아지고 전보다 몸이 무겁게 느껴져 문밖출입을 않고 방 안에서만 지내며 정양하고 있었다. 그러다 답답해지면 자매들이 찾아와 애기라도 나눠주기만을 기다리곤 했다. 가끔 보차 등이 찾아와 서너 마디 애기를 나누다 보면 다시 곧 피곤한 기색이 역력했다. 사람들은 그녀의 몸이 편치 않고 또 평소 몸이 허약해 약간의 불편함이나 억울함도 이겨내지 못하는 사람임을 잘 알고 있었으므로 그녀가 손님대접을 부실하게 하거나 예의상 조금 부족한 면이 있더라도 크게 나무라지 않았다.

그날은 보차가 대옥을 찾아간 날이었다. 대옥의 병세에 대한 말이 나와 애기를 나누다 이런저런 말이 오가게 되었다. 보차가 먼저 말했다.

"이곳에 출입하는 궁중 태의太醫 몇 분이 있는데 모두가 훌륭한 분들이긴 하지. 하지만 대옥인 그 사람들이 처방해 준 약으로는 제대로 효험을 보지 못하였잖아. 그러니 아무래도 고명하신 의원을 한 분 불러다 치료해보는 게 좋을 것 같아. 해마다 봄가을로 한 번씩 이게 뭐야. 더하지도 않고 덜하지도 않으니 도대체 어떻게 견뎌내겠어? 이대로 가다간 아무래도 안 되겠어."

"언니, 다 소용 없다니까요. 내 병은 아무래도 고칠 수 없다는 걸 내가 더 잘 안단 말이에요. 병이 도졌을 때는 말할 것도 없고 멀쩡할 때 내가 어땠는지 생각하면 알 수 있잖아."

대옥의 대답에 보차가 고개를 끄덕이며 덧붙였다.

"내 말이 바로 그 말이야. 옛말에도 '사람은 밥심으로 산다〔食穀者生〕'고 했잖아. 대옥이 평소 먹는 것으로는 기혈과 원기를 돋우지 못하고 있는데 그게 바로 문제야."

대옥이 그 말에 다만 한숨을 내쉴 뿐이었다.

"죽고 사는 것도 운명이고 부귀공명도 하늘에 달렸다는 말이 있잖아요. 사람의 힘으로 어떻게 하겠어요. 올해는 지난해보다 더 몸이 무거워지는 것 같아요."

대옥은 말을 하는 도중에도 벌써 몇 차례나 기침을 해댔다. 보차는 더욱 걱정이 되었다.

"어제 대옥의 처방을 잠깐 보았더니 인삼과 육계肉桂가 좀 많이 들었던 것 같더라고. 비록 기혈을 보충하는 약이라고는 하지만 너무 더우면 좋지가 않거든. 내 생각에는 말이야, 우선 간을 잘 다스리고 위장을 튼튼하게 하는 게 급선무인 것 같아. 간의 열기가 식으면 위장이 잘 다스려져 위에 병이 없어지고 식욕이 당겨 몸이 좋아질 거란 말이야. 매일 아침 일찍 연와탕燕窩湯 한 냥에 얼음설탕 닷 돈을 작은 솥에 죽으로 끓여 장복하면 약보다 훨씬 나은 원기회복제가 될 거야."

그 말을 듣고 대옥은 또 긴 한숨을 내쉬었다.

"언니는 평소 사람을 대하는 데 참으로 지극정성을 다하는군요. 그런데 난 오히려 의심이 많고 생각이 좁아 언니가 음흉할 거라고만 여겼었지요. 지난번 언니가 나한테 잡스런 책들은 좋지 않다고 충고하면서 여러 가지 좋은 말을 해주었을 때 난 정말로 언니한테 감동했어요. 지난날 난 잘못을 깨닫지 못해서 지금까지 이렇게 지내온 거예요. 가만히 생각하면 전 어머니가 일찍 돌아가시고 또 형제자매도 없이 지금까지 열다섯 해를 지내오면서 어느 누구 하나 언니처럼 가르쳐 준 사람이 없었지요. 상운이 늘 언니가 좋은 사람이라고 입버릇처럼 한 말이 이젠 이해가 돼요. 전에는 상운이가 언니를 칭찬할 때면 나는 견딜 수가 없었는데 엊그제 직접 겪어본 다음에 비로소 알게 되었어요. 만일 지난번 그걸 알아내지 못했다면 오늘 이 말도 언니한테 하지 못했을 거예요. 언니는 나보고 연와탕을 먹어보라고 말했잖아요. 사실 연와탕이 비록 쉽게 구할 수 있는 것이지만 내 몸이 워낙 시원찮은 데다 해마다 이런 병이 도지곤 하니 아주 요긴하다고는 말할 수 없겠지요. 의원을 청해오고 약을 달인다, 인삼과 육계를 넣는다 하고 온갖 소란을 다 피웠는데 이제 와서 내가 또 새로운 처방을 내면서 연와탕이니 뭐니 내놓으라고 청하면 노마님이나 마님, 그리고 희봉 언니까지야 아무 말이 없을 수 있겠지만 밑에서 일하는 할멈이나 시녀들은 틀림없이 투덜댈 거란 말이에요. 언니도 알잖아요. 그런 사람들 생리가 어떤지. 노마님이 얼마나 보옥 오빠나 희봉 언니를 좋아하는지는 세상 사람이 다 아는데도 그 사람들은 호시탐탐 뒷구멍에서 뭐라고 볼멘소리로 투덜대는데 하물며 저 같은 사람이야 어떻겠어요. 저야 이 집의 정식 주인도 아니고 그저 오갈 데가 없어서 얹혀사는 주제가 아닌가요. 그 사람들은 진작부터 저를 싫어하고 있었을 거예요. 제가 앞뒤 사정도 모르고 천방지축으로 뭘 해달라고 해서 굳이 그 사람들의 원망을 들을 까닭이 어디 있겠어요?"

"굳이 그렇게 말하면 대옥이나 나나 다를 게 없지."

보차의 대답에 대옥이 얼른 말을 받았다.

"언니가 어떻게 나하고 비교할 수 있겠어요. 언니는 모친도 계시고 오라버니도 계시잖아요. 이곳에 가게도 있고 땅도 있고 고향에는 집도 땅도 다 그대로 남아 있잖아요. 언니야 이곳에서 친척의 명분으로 그냥 살고 있는 거니까 일단 크고 작은 일이라도 생기면 이 집에 단 한 푼도 신세질 필요 없이 언제든 떠날 수 있잖아요. 그렇지만 저는 달라요. 제 손에 가진 거라고는 하나도 없는데 먹고 입고 쓰는 것, 풀 한 포기, 종이 한 장까지도 모두 이 집 아가씨들과 마찬가지로 하고 있으니 이 집 하인들이 보기에 어떻게 밉지 않겠어요?"

대옥의 일장 연설에 보차가 웃으면서 대꾸하였다.

"장차 시집갈 때 혼수품이나 하나 더 해주는 셈 치면 되는데 지금 그런 걱정을 왜 하고 그래?"

대옥은 금세 얼굴이 빨개지며 샐쭉하여 대들었다.

"남은 진지하게 언니를 점잖은 사람으로 여기고 힘든 속내를 다 털어놓았건만 언니는 되레 사람을 놀리는군요."

"알았어, 알았어. 농담이었지만 사실은 사실이잖아. 걱정 마, 내가 여기 있는 동안은 언제든 함께 있어줄 테니까. 무슨 일이든 억울하고 힘든 일이 있으면 나한테 말만 해. 내가 할 수 있는 일은 곧바로 해결해 줄게. 나한테 오라버니가 있기는 하지만 대옥이도 어떤 사람인지는 다 알고 있잖아. 다만 어머니가 계시다는 게 대옥이보다 나으면 낫다고 할 수 있지만 어쨌든 우리는 동병상련이라고 할 수 있어. 대옥이도 똑똑한 사람이니까 형제 없음을 안타까워하는 '사마우司馬牛의 탄식'[2]을 굳이 강조할 필요가 있겠어? 내일 집에 가거든 어머니께 말씀드려볼게. 우리집에 아마 좀 남아 있을 거야. 몇 냥을 보내볼 테니 시녀아이들한테 시켜서 죽으로 끓이라고 하면 간편하고 여러 사람을 동원하지 않아도 될 거야."

대옥이 얼른 웃으면서 답례한다.

"주겠다는 물건보다 그렇게 신경 써주는 언니의 마음이 더 고마워요."

"그런 말을 왜 해. 그보다는 남한테 실례되는 일이 있을까 그게 걱정일 뿐인 걸. 대옥이도 피곤할 테니 이젠 돌아가야겠어."

보차가 일어서자 대옥이 인사말을 하였다.

"저녁에 다시 와서 얘기나 나눠요."

보차는 그러겠노라고 대답하고 나갔다. 보차가 돌아간 이후의 얘기는 그만 한다.

한편 대옥은 죽을 두어 모금 마시고 다시 침상에 누웠다. 잠시 후 뜻밖에도 해가 아직 저물지 않았는데 날씨가 급변하면서 후드득 빗방울이 떨어지기 시작했다. 가을날 빗줄기 소리만 들어도 마음이 쓸쓸한 데다 저물어가는 황혼녘이라 응달진 곳은 어둠이 짙게 깔리기 시작했고 빗방울이 대나무 가지에 떨어지는 소리는 더욱 처량하게 들렸다. 비 때

---

2 공자의 제자인 사마우(司馬牛)가 형제가 없어 탄식한 말이 《논어》에 실려 있음.

문에 저녁에 보차가 오지 못할 것으로 생각하고 등불 아래서 책을 펼쳐
들었다. 《악부잡고樂府雜稿》였다. 그 속에는 가을날 규중의 원망을 그
린 〈추규원秋閨怨〉과 님과 이별하는 원한을 그린 〈별리원別離怨〉 등의
사詞가 들어 있었다. 대옥은 자신도 모르게 마음속으로 느끼는 바가 생
겨 〈대별리代別離〉 한 수를 지었다. 당나라 장약허張若虛의 〈춘강화월
야春江花月夜〉의 운을 본 따 만든 것으로, 부제는 〈추창풍우석秋窗風雨
夕〉, 즉 〈가을저녁 비바람 부는 창가에서〉라는 의미였다. 노래의 가사
는 다음과 같다.

가을 저녁 비바람 부는 창가에서   秋窗風雨夕

가을꽃은 처량하고 가을 풀은 누렇나니,   秋花慘淡秋草黃,
깊은 시름 등불 아래 가을밤은 길어라.   耿耿秋燈秋夜長.
가을 창가 너머에는 아직도 가을인데,   已覺秋窗秋不盡,
비바람 몰아치면 그 처량함 어이하랴!   那堪風雨助凄涼!
가을저녁 비바람 어찌 급히 몰아치는지,   助秋風雨來何速,
가을 창가 초록빛 꿈은 놀라서 부서지네.   驚破秋窗秋夢綠.
가을밤 깊은 정을 품에 안고 잠 못 이뤄,   抱得秋情不忍眠,
가을 병풍 마주하고 촛농 심지 돋우노라.   自向秋屏移淚燭.
촛대 불꽃 흔들흔들 짧은 촛대 태우려나,   淚燭搖搖爇短檠,
근심 원망 자아내듯 이별의 정 일으키네.   牽愁照恨動離情.
어느 집 가을 정원에 가을바람 불지 않고,   誰家秋院無風入,
어느 집 가을 창가에 빗소리 들리지 않으랴!   何處秋窗無雨聲!
비단 금침도 가을바람은 막을 수가 없으리,   羅衾不奈秋風力,
늦은 밤 물시계는 가을비를 재촉하네.   殘漏聲催秋雨急.
밤새도록 주룩주룩 쏴아쏴아 요란한 소리,   連宵脈脈復颼颼,
등불 앞에 헤어지는 님과 함께 눈물 쏟듯.   燈前似伴離人泣.
싸늘한 연기 속에 정원 안은 스산하고,   寒煙小院轉蕭條,
대나무 성긴 텅 빈 창가 빗소리만 주룩주룩.   疏竹虛窗時滴瀝.

몰아치는 비바람은 어느 때에 그치려나,　　　　不知風雨幾時休,
하릴없이 눈물 뿌려 창호지만 젖는구나.　　　　已教淚洒窗紗濕.

대옥이 시를 다 읊고 나서 붓을 놓고 막 잠자리에 들려는데 시녀가 알리는 소리가 났다.

"보옥 도련님께서 오셨습니다."

그 말이 채 끝나기도 전에 보옥이 머리에 커다란 대나무 삿갓을 쓰고 도롱이를 걸친 모습으로 나타났다. 대옥은 저도 모르게 실소를 하였다.

"에구머니나! 어디서 고기 잡는 늙은이[漁翁]이 한 분 나타나셨네요!"

보옥이 그 말에 대답은 않고 얼른 몇 가지 질문을 한꺼번에 던졌다.

"오늘은 좀 나았어? 약은 먹었어, 안 먹었어? 오늘 밥은 얼마나 먹었어?"

보옥은 삿갓과 도롱이를 벗고 얼른 한 손으로 등불을 들고 다른 한 손으로 불빛을 가리면서 대옥의 얼굴을 향해 자세히 비쳐 살펴보고는 웃으면서 말했다.

"오늘은 기색이 많이 좋아졌구나."

대옥은 도롱이를 벗은 보옥의 모습을 바라보았다. 속에는 좀 낡은 붉은색 짧은 비단 저고리를 입고 있었고 초록색 땀수건을 허리에 두르고 있었다. 무릎아래에는 꽃무늬가 놓인 초록색 명주바지를 입었고 발에는 금색 단을 두른 수놓은 면사 양말을 신었으며 나비와 낙화가 수놓아진 신발을 신고 있었다.

"아니, 머리에 비 맞을까 봐 걱정하면서 발에 신은 양말이며 신발은 비 맞을 걱정을 안 했단 말인가요? 정말 깔끔한 것으로 신었네요."

대옥의 말에 보옥이 웃으면서 대답했다.

"오늘 내가 입은 것은 모두가 한 벌이야. 팥배나무 나막신도 신고 왔

128

는데 방금 처마 밑에 벗어두고 들어왔지."

대옥은 도롱이와 삿갓이 보통 시장에서 살 수 있는 것이 아니라 아주 정교하게 만들어진 것임을 한눈에 알아보았다.

"그건 무슨 풀로 엮은 것인가요? 어쩐지 그걸 썼는데도 고슴도치 같지가 않으니 말이에요."

"이 세 가지는 모두 북정왕 전하께서 하사하신 거야. 전하도 한가할 때 비가 오면 저택에서 이렇게 하고 계신다면서. 대옥 누이도 이걸 좋아하면 내가 한 벌 구해다 줄게. 다른 건 다 그렇다 치더라도 이 삿갓이야말로 참 재미있어. 이건 접었다 폈다 할 수 있는 거야. 윗부분의 이 정수리 부분을 조절할 수가 있어. 겨울에 눈이 내릴 때 모자로 쓸 수도 있어. 이 대나무 판을 꺼내 정수리를 치우고 나면 이 테두리만 남게 되지. 눈이 올 때 남자나 여자 모두 쓸 수 있어. 내가 하나 보내줄 테니 겨울에 눈이 오면 한 번 써봐."

"난 사양하겠어요. 그걸 머리에 쓰면 그림 속이나 연극무대에 등장하는 고기 잡는 할망구〔漁婆〕가 되는 것 같잖아요."

대옥이 막상 말을 하고 나니 방금 보옥에게 고기 잡는 어옹이라고 한 말이 생각나 후회막급이었다. 대옥은 홍당무가 되어 얼른 탁자 위에 엎드려 연거푸 기침을 해댔다.

하지만 보옥은 그 눈치를 제대로 알아차리지 못하고 다만 책상 위에 놓인 시를 집어다 한 번 훑어보았다. 그리곤 정말 잘 지었다며 감탄을 연발했다. 대옥이 얼른 일어나 빼앗아서 등불에 대고 불사르려 했다. 보옥이 웃으면서 말했다.

"난 벌써 다 외웠는걸. 태워버려도 상관없어."

"나도 이젠 많이 좋아졌어요. 오빠가 날마다 이렇게 몇 차례씩이나 찾아오고 또 오늘은 비도 내리는데 와 주어서 고마워요. 이젠 밤도 늦었으니 나도 쉬어야겠어요. 오늘은 돌아가시고 내일 오세요."

대옥이 정색하고 말하자 보옥은 품속에서 호두알만 한 금색 회중시계를 꺼내 보았다. 시침은 벌써 술시戌時와 해시亥時 사이를 가리키고 있었다. 밤 아홉시 무렵이 된 것이었다. 그는 잠깐 생각에 잠겼다가 말했다.

"그래, 이젠 잘 때가 되었네. 한참이나 너를 피곤하게 한 것 같구나."

보옥은 다시 도롱이를 입고 삿갓을 쓰고 밖으로 나오려다 물었다.

"무엇이든 먹고 싶은 게 없어? 뭐든 나한테 말만 해. 내일 할머니한테 말씀드릴 테니까. 그게 일하는 할멈한테 부탁하는 것보다 훨씬 나을 거야."

"생각해보고 내일 아침에 얘기할게요. 저 소리 좀 들어봐요. 빗소리가 점점 거세지고 있으니 얼른 돌아가세요. 누구 따라온 사람이 있어요?"

그 말에 곁에 있던 두 할멈이 얼른 대답하였다.

"예. 밖에서 우산을 들고 등불에 불을 붙이고 있어요."

"이런 날씨에 등불을 든다고?"

대옥이 웃으며 묻자 보옥이 대답했다.

"상관없어. 물에 안 젖는 명와등明瓦燈[3]이어서 비가 와도 걱정 없거든."

대옥은 그 말을 듣고 서가 위에서 둥근 유리등을 꺼내어 작은 촛불에 불을 붙여 보옥에게 건네주었다.

"이게 아마도 그거보다는 밝을 거예요. 이게 바로 비오는 날 쓰는 등이에요."

"나도 그게 하나 있지만 저애들이 미끄러져 깨뜨릴까 봐 쓰지 않았어."

---

3 굴 껍질을 갈아 얇고 반투명하게 만들어서 빛을 통하도록 만든 등.

"등이 깨지는 게 문제인가요, 사람이 다치는 게 문제죠. 오빠는 또 나막신 신는 게 서툴잖아요. 저 등은 사람들보고 앞에서 비추라고 하고 이건 가볍고 밝으니까 오빠가 손수 들고 가는 게 훨씬 좋아요. 비오는 날 자신이 직접 드는 등이에요. 등은 내일 보내오면 돼요. 실수해서 깨는 일이 자주 있는 건 아니잖아요. 오늘은 어떻게 그렇게 갑자기 '제 배를 갈라서 보물을 감추는 사람'처럼 구두쇠가 되었단 말이에요?"

그 말에 보옥이 얼른 등롱을 받았다. 앞장선 두 할멈은 우산을 받치고 명와등을 들었고 뒤에 또 두 명의 어린 시녀가 우산을 받치고 따랐다. 보옥은 유리등을 시녀에게 들라고 하고 자신은 시녀의 어깨를 잡고 걸어 집으로 돌아왔다.

한편 대옥의 방에는 형무원에서 보낸 노파가 고급 연와를 한 그릇 가져왔다. 또 깔끔한 화분花粉으로 빚어 매화꽃 모양으로 만든 새하얀 서양 사탕이 한 봉지 들어있었다. 할멈이 말했다.

"이것은 밖에서 산 것보다 훨씬 좋은 거예요. 우리 아가씨께서 말씀하시길, 대옥 아가씨가 다 드시면 또 보내드린다고 했어요."

"돌아가거든 마음 써주셔서 고맙다고 전해줘요."

대옥은 노파에게 응접실에 나가 앉아 차를 마시라고 했다.

"괜찮아요. 또 다른 일이 있어서 곧 가봐야 해요."

"나도 알아요. 할머니들은 여간 바쁘지 않으시겠죠. 오늘같이 날씨가 시원하고 밤도 긴 날에는 노름판을 벌여 두어 판 놀아보려는 것이죠?"

대옥의 말에 할멈이 웃으면서 대답했다.

"아가씨한테 솔직히 말씀드리면 올해 전 아주 운수대통이에요. 어쨌든 매일 밤마다 곳곳에서 숙직하는 사람들이 많지요. 숙직시간을 어길 수도 없으니까 차라리 밤새 노름이나 하는 거예요. 숙직도 하고 심심하지도 않지요. 오늘은 마침 제가 물주가 되거든요. 지금은 대관원 문도 닫아걸었을 테니 슬슬 시작할 때가 되었을 거예요."

"그렇다면 미안하군요. 돈푼깨나 벌 수 있는 기회를 놓치고 빗속에 나한테 일부러 왔으니."

그러고는 사람을 불러 몇백 문을 주어 술이나 사먹고 빗속에 기분을 풀게 하라고 일렀다.

"아가씨께서 특별히 술값까지 내려주시니 고맙기 그지없습니다."

할멈은 머리를 조아려 인사하고 밖에서 돈을 받아 돌아갔다.

자견은 연와를 받아 챙겨 넣고 등불을 옮겨두고 발을 내려 대옥이 잠자리에 들도록 했다. 대옥은 홀로 누워 보차의 생각에 깊이 잠겼다. 보차에게는 어머니와 오라버니가 있다는 게 부러웠다. 또 보옥 생각도 났다. 보옥과는 비록 평소에는 사이가 좋지만 끝내는 어딘가 믿지 못하고 의심을 떨칠 수가 없었다. 창밖의 대나무 가지와 파초 잎 위로 후둑후둑 떨어지는 빗소리와 휘장 안으로 스며드는 차가운 기운에 대옥은 자신도 모르게 갑자기 두 눈에 눈물이 주르륵 흘러내렸다. 자정 넘어 사경四更이 지나서야 비로소 잠이 들었다.

이날 밤은 더 이상 아무 일이 없었다. 뒷일이 궁금하시다면….

鴛簷人難免鴛簷事
營營女輩化鴛簷偶

제46회

청혼을 거절한 원앙

난처한 형부인에겐 거북한 일만 생기고
올곧은 원앙은 맹세코 첩되길 거절하네

尷尬人難免尷尬事 鴛鴦女誓絶鴛鴦偶

대옥은 사경이 다 지날 무렵에야 겨우 잠이 들었고 밤새 아무 일도 없었다. 지금부터는 왕희봉의 얘기를 하자. 희봉은 형부인의 부름을 받자 무슨 일인지 궁금해하며 서둘러 옷을 차려입고 수레에 올라 시댁으로 달려갔다. 형부인은 방에 있던 하인들을 밖으로 내보내고 나서 조용히 희봉에게 말했다.

"너를 부른 건 다름이 아니라 한 가지 어려운 일이 있어서란다. 네 시아버님이 나한테 부탁하기에 나도 어떻게 해야 할지 몰라 우선 너하고 상의하려는 것이야. 대감께서 요즘 갑자기 어머님 곁에서 시중드는 원앙이란 아이한테 마음을 빼앗겨 그 아이를 불러들여 가까이 두려 하시는구나. 그래서 나더러 노마님한테 말씀을 드려보라고 하니 어떻게 하면 좋겠니? 사실 이런 일이야 늘상 있는 일이지만, 다만 노마님께서 선뜻 내주려 하지 않으실 테니 네게 무슨 좋은 방도라도 있느냐?"

희봉이 그 말을 듣고 얼른 대답했다.

135

"어머님! 제 생각에는요, 공연히 야단이나 맞고 거절당할 게 뻔한 일은 그만두시는 것이 좋아요. 지금 할머님은 원앙이 없으면 밥 한술도 제대로 넘기지 못하시는데 어떻게 그 아이를 내주겠어요? 하물며 평소에 할머님은 한가한 말씀을 나누다가 늘 아버님 얘기가 나오면 '나이도 그만큼 들었는데 집안에 좌우로 어린 계집을 두어서 무엇 하느냐'고 말씀하시곤 했거든요. 그래서 그 사람들 일생을 망치기만 하고 자신의 몸도 제대로 보양하지 못하게 되는 게 아니냐고요. 관청 일도 제대로 건사하지 못하면서 온종일 어린 첩들하고 술이나 먹고 다니면 되겠느냐고 걱정하셨어요. 이 말씀을 들으시고도 아버님의 뜻대로 해주시면 안 되지 않겠어요? 이번에는 피할래야 피할 수도 없게 되었네요. 몽둥이로 호랑이 콧구멍을 쑤셔대는 꼴이 될 테니 말예요. 어머님 언짢게 생각마세요. 저는 감히 그 말씀을 드릴 수가 없습니다. 소용없는 일임을 분명 알면서도 오히려 껄끄러운 일을 불러들일 필요는 없잖아요. 아버님께서도 이젠 연세가 지긋하게 드셨으니 행여 일을 잘못하시는 게 있으시면 어머님께서 타이르시고 충고하셔야죠. 젊은 시절에는 무방하지만 지금이야 다르지 않겠어요? 지금은 아우나 조카, 손자들이 줄줄이 보고 있는데 이런 일로 소동을 일으키면 어떻게 남들 앞에 얼굴을 드실 수 있으시겠어요."

희봉의 말을 형부인은 코웃음으로 받았다.

"대갓집에서 첩을 서너 명씩 들이는 것이야 다반사가 아니냐. 어째서 우리집 영감만 그렇게 할 수 없다는 것이냐. 내가 타이르거나 충고한다고 해도 들으실 양반이 아니시지 않느냐. 설사 노마님께서 가장 아끼는 몸종이라 해도 이렇게 수염이 허연 큰아들이, 더구나 큰 벼슬감투까지 쓴 양반이 시첩으로 달라는데 매정하게 뿌리치실 까닭이야 있겠느냐? 내가 너를 오라고 한 건 그저 함께 상의하려는 것일 뿐이지 너를 먼저 보내 말을 비치라는 게 아니야. 말씀이야 당연히 내가 드리러 가야지.

그리고 나더러 네 시아버님한테 충고의 말을 하라고 하는데 넌 아직 그 양반의 쇠고집을 모른단 말이냐. 타이르기는커녕 먼저 벌컥 화를 내곤 하시지 않느냐!"

희봉은 가사의 뜻에 순종하면서 자신의 위치를 확보하려고만 하는 어수룩하고 무던한 형부인의 성미를 너무나 잘 알고 있었다. 그저 조금씩 남몰래 재물을 모으는 것으로 만족했고 집안일은 일체 가사의 뜻에 따라 움직임으로써 금전의 출납문제는 모두 자신의 손에서 다룰 수 있었다. 그래서 특별히 인색하게 굴었으며 가사의 낭비가 심하다는 핑계로 '자신이 근검절약해야 그나마 보상할 수 있다'고 굳게 믿고 있었다. 자식이든 하인이든 그 누구에게도 의지하지 않았고 그 누구의 말도 들으려 하지 않았다. 희봉은 형부인이 하는 말을 듣고 그녀가 고집이 있어 충고해도 소용없음을 알고는 곧 태도를 바꿔 웃음을 띠며 말했다.

"어머님 말씀이 과연 지당하십니다. 제가 살면 얼마나 살았다고 그런 일의 경중을 가늠할 수 있겠어요. 생각해보니 부모님 앞이라면 시녀 하나가 아니라 그보다 더한 살아있는 보물이라도 아버님 아니면 누굴 주시겠어요. 제가 뒤에서 들었다는 말도 사실은 믿을 만하지 못한 거예요. 제가 바보였어요. 만약 우리 교저 아범이 무슨 잘못을 저지르면 아버님과 어머님은 잡아다 때려죽이고 싶을 지경으로 밉겠지요. 하지만 막상 눈앞에 나타나면 결국 다 잊어버리고 아버님과 어머님이 가장 소중히 여기는 보물을 상으로 내려주시는 것과 같은 이치겠죠. 할머님이 아버님을 대하시는 것도 자연히 이러할 게 분명하지요. 제 생각에는 할머님이 오늘 기분이 좋으시니까 오늘 가서 말씀드리는 게 나을 듯해요. 제가 먼저 가서 할머니를 기분 좋게 해드려서 웃으시게 한 다음에 어머님이 건너오시면 저는 적당히 얼버무리고 비켜나면서 방 안의 사람들을 데리고 나올게요. 그러면 어머님은 할머니한테 직접 말씀드릴 수 있으시잖아요. 원앙을 주시겠다면 더욱 좋고, 만약 안 주시겠다고 해도 상관없어요. 아무도 모르는 일이 될 테니까요."

형부인은 희봉의 말을 듣고 기분이 좋아졌다.

"내 생각에는 말이다. 노마님한테 먼저 말씀드리면 안 될 것 같다. 만일 노마님이 안 된다고 하면 이 일은 그만 끝장이야. 가만히 생각해 보니까 먼저 원앙이한테 슬그머니 말을 꺼내보는 게 좋겠어. 그애가 부끄러워하겠지만 내가 세세하게 말해주면 더 이상 말이 없을 테지. 그렇게 합의를 본 후 그때 노마님한테 말씀드리면 될 것 같아. 설사 노마님이 싫다고 하셔도 이미 당사자가 원한다는데 어쩌시겠어. 속담에도 '간다는 사람 잡아둘 수는 없는 법'이라고 하잖아. 자연히 허락하시겠지."

희봉은 웃으면서 얼른 시어머니의 비위를 맞췄다.

"과연 어머님의 지략이 대단하세요. 그렇게 하시면 틀림없이 성사될 거예요. 원앙뿐만 아니라 그 누가 지체 높은 자리에 올라 출세 한 번 해보려 하지 않겠어요. 절반은 주인마님이 되는 일인데, 그걸 마다하고 천한 시녀노릇이나 하다가 아무 하인놈한테나 시집가서 일생을 망치려고 하겠느냐는 말이죠."

형부인이 웃으면서 맞장구를 쳤다.

"그래, 내 말이 바로 그 말이야. 원앙이 아니라 집사일을 맡은 지체 있는 계집이라 해도 누가 이런 걸 마다하겠어. 네가 먼저 건너가려무나. 낌새를 먼저 알아차리게 하지는 말고. 난 저녁밥을 먹고 곧 건너가마."

그때 희봉은 속으로 가만히 생각해 보았다.

'원앙의 평소 언행을 보면 독한 구석이 있어. 말을 비록 그렇게 했지만 그애가 쉽게 허락할 리는 없을 거야. 내가 먼저 건너가고 시어머니가 나중에 건너가셨을 때 만약 원앙이 허락한다면야 내가 할 말이 없겠지만, 혹시 허락하지 않으면 어머님은 의심이 많은 분이시니 내가 먼저 건너가서 무슨 귀띔이라도 해서 원앙이년이 유세를 부린다고 의심하실

지도 모를 일이야. 그러면 어머님은 부끄러운 나머지 나한테 화풀이하려 들지도 몰라. 차라리 어머님과 함께 건너가는 게 낫겠어. 원앙이 허락하든 안 하든 나한테 의심을 두지는 않게 될 테니까.'

그렇게 생각하고 희봉은 웃음을 띠며 말했다.

"어머님! 조금 전에 집에서 나올 때 외숙모댁에서 마침 메추리고기 두 광주리를 보내왔기에 그걸 튀겨 놓으라고 일러두고 왔어요. 어머님 저녁 진짓상에 보내려고 했던 것이에요. 그리고 방금 전에 여기 들어올 때 보니까 하인 녀석들이 어머님 수레의 이음매가 벌어졌다면서 수리하러 메고 가던데, 저와 함께 제 수레를 타고 건너가시는 게 좋겠어요."

형부인은 곧 사람을 불러 옷을 갈아입었고 희봉은 옆에서 시중을 들었다. 시어머니와 며느리 두 사람은 수레를 타고 안채로 건너왔다. 희봉이 또 말했다.

"어머님은 할머님 댁으로 가 계세요. 제가 함께 따라 들어가면 할머님은 제가 어머님한테 건너가서 무슨 일이 있었느냐고 물으실 테니 그러면 곤란해질 수도 있잖아요. 어머님 혼자 들어가시고 저는 옷을 갈아입고 뒤따라 들어갈게요."

형부인도 그 말이 일리 있다고 여겨 혼자 가모의 처소로 들어갔다. 잠시 한담을 나누다가 나와 왕부인 방으로 간다는 핑계로 뒷문으로 빠져나와 원앙의 침실 앞으로 지나갔다. 원앙은 마침 수를 놓던 중이었다. 원앙이 형부인을 보고 얼른 일어나 맞이하자 형부인이 물었다.

"무엇을 만들고 있느냐? 내가 한 번 볼까? 네가 놓는 꽃 자수가 갈수록 좋아지는구나."

형부인은 원앙의 손에서 자수감을 받아 찬찬히 들여다보면서 입으로 칭송을 그치지 않았다. 자수감을 내려놓더니 이번에는 온몸을 위아래로 훑어보며 몸매를 살펴보았다. 원앙은 약간 낡은 붉은빛이 감도는 엷은 녹색의 비단 저고리에, 푸른 비단에 선을 두른 조끼를 입었고 아래는 물빛 치마를 두르고 있었다. 그야말로 개미 같은 잘록한 허리와 깎아지른 듯한 등판에 계란처럼 갸름한 얼굴이었고 머리에는 검은 기름이 자르르 흘렀으며 오똑한 콧날에 두 뺨에는 옅은 주근깨가 약간 보였다. 원앙은 형부인이 자신을 그렇게 뚫어져라 살펴보자 어딘지 거북해지며 속으로 이상한 생각이 들었다.

"마님! 지금 시간에 여기에는 무슨 일로 건너오셨나요?"

형부인은 눈짓으로 뒤따라 온 하인을 내보냈고 원앙의 곁에 앉아 그녀의 손을 끌어당기며 웃음을 지었다.

"너한테 축하의 말을 해줄 게 있어서 이렇게 일부러 왔단다."

원앙은 벌써 대강의 뜻을 알아차리고 저도 모르게 얼굴이 붉어져 고개를 숙이며 한마디 말도 꺼내지 못하고 형부인의 말을 들을 뿐이었다.

"지금 우리 대감님 곁엔 믿을 만한 사람이 아무도 없다는 거야 너도 잘 아는 사실이지. 그래서 한 사람을 더 마련하려고 하는데 거간꾼들이 보내주는 애들이야 속을 알 수도 없고 깔끔하지도 않은 데다 무슨 까탈이 있는지도 모르지 않느냐. 그래서 우리 집안에서 태어난 시녀아이를 하나 거두어보려고 했지만 하나같이 반반한 아이가 없구나. 지난 반년간이나 골라보았지만 제대로 된 아이를 고르지 못했단다. 여자애들 중에서는 오직 너 하나만이 뛰어나 생김새나 인품이나 일하는 태도에서나 온순하고 믿을 만하며 모든 것을 다 갖추었다는 걸 알게 되었지. 그래서 노마님께 말씀드려 너를 새 안방마님으로 삼을까 한다. 우리로서도 밖에서 사들여온 사람보다야 낫고 너로서도 이렇게 들어가 얼굴 화장하고 정식으로 작은마님의 자리에 앉으면 체면도 서고 귀한 신분이 되는 게 아니겠니? 넌 원래 남에게 지기 싫어하는 성격이 아니더냐. 속담에도 '금은 결국 금으로 바꾸는 법'이라는 말이 있듯이 우리 대감님이 너를 마음에 둘 줄이야 어찌 알았겠느냐. 자, 내가 기왕 이렇게 찾아왔으니 이 기회에 너는 평소 품었던 뜻을 펼 수 있게 된 거야. 공연히 너를 시기하고 질투하던 애들의 입을 틀어막을 수 있지 않겠느냐. 지금 나를 따라 노마님한테 함께 가자꾸나."

형부인은 곧 원앙의 손을 잡아끌고 나가려고 했다. 원앙은 얼굴을 붉히며 손을 뿌리치고 따라가려 하지 않았다. 형부인은 원앙이 부끄러워서 그러는 줄로만 알고 한마디 더 한다.

"이게 뭐 그리 부끄러워 할 일이냐? 너는 그저 아무 말할 필요가 없고 나만 따라오면 되느니라."

원앙은 여전히 고개를 푹 숙이고 꿈쩍도 하지 않았다. 그 모습을 보고 형부인이 물었다.

"설마 네가 원치 않는다는 뜻은 아니겠지? 정말 원하지 않는다면 넌 바보가 틀림없구나. 주인 마나님이 되는 일을 마다하고 천한 시녀로 지내겠다는 말이냐? 이삼 년 지나 시집이라고 가봐야 여전히 하인놈한테 가게 될 테지. 네가 나를 따라가면 얼마나 좋은 줄 아느냐? 너도 알다시피 내가 성질이 못돼 첩을 용납하지 않는 사람도 아니고, 대감도 너를 잘 대해주고 말이다. 그러다 일이 년 있다가 아들이고 딸이고 하나 낳으면 넌 그대로 나하고 같은 위치에 서게 될 것이고 집안의 하인들도 어느 누가 네 말을 고분고분 듣지 않겠느냐. 다 만들어 놓은 주인자리를 마다하고 이 좋은 기회를 놓치면 후회해도 소용없다."

하지만 원앙은 여전히 고개만 숙이고 말이 없었다. 형부인이 참지 못하고 또 입을 열었다.

"너같이 영리하고 활달한 아이가 오늘은 어찌 그렇게 꾸물대고 미적대는 거냐? 마음속에 내키지 않는 일이 있거든 어려워하지 말고 맘 놓고 말해 보렴. 네가 하고 싶은 대로 해줄 테니까."

원앙이 여전히 아무 말을 하지 않자 형부인은 웃음을 띠며 말했다.

"아, 알겠구나. 너한테도 부모가 있으니 네 스스로는 말하지 않으려는 셈이구나. 부끄러워서 그러는 게지. 너희 부모가 물을 때를 기다리겠다는 것인데 그것도 일리가 있는 말이구나. 내가 네 부모를 불러 너에게 직접 물어보도록 할 테니 할 말이 있거든 네 부모한테 직접 하려무나."

형부인은 그 말을 마치고 곧 희봉의 방으로 건너갔다.

그보다 앞서 희봉은 일찌감치 옷을 갈아입고, 마침 방에 아무도 없자 형부인의 말을 평아에게 건넸다. 평아는 고개를 절레절레 흔들며 웃었다.

"제가 보기에는 이 일은 마땅치가 않아요. 평소에 우리끼리 뒤에서 하는 말을 들어보면 그애의 생각은 아주 단호하기 때문에 절대로 허락하지 않을 거예요. 그냥 말이나 해보고, 두고 보는 거지요."

희봉이 말했다.

"어머님이 곧 이 방으로 오셔서 상의하실 텐데 그애가 허락한다면 모르지만 만약 거절한다면 공연히 창피 당하는 꼴이니 너희 앞에서 체면이 어찌 되겠니. 어서 나가 바깥사람들한테 메추리 고기를 튀기도록 하고 몇 가지 요리를 더 만들어 저녁상을 잘 준비하라고 일러두고 넌 다른 곳에 가서 바람이나 쐬고 오너라. 대충 짐작으로 어머님이 돌아가시고 난 뒤에 돌아오려무나."

평아는 희봉의 말대로 할멈들에게 이르고 자신은 어슬렁어슬렁 대관원으로 놀러갔다.

한편 원앙은 형부인이 나가 분명 희봉의 방으로 상의하러 갔을 것이고 곧 누군가를 보내 자기한테 물어올 것이 틀림없을 것이란 생각에 차라리 몸을 숨기는 게 낫겠다고 여겨졌다. 그래서 얼른 호박琥珀을 불러서 당부했다.

"노마님이 나를 찾으시거든 내가 병이 나서 아침밥도 안 먹고 대관원에 들어가 바람이나 쐬다가 온다고 하면서 나갔다고 말씀드려라."

호박이 그러겠노라고 대답하자 원앙은 대관원에 들어가 이곳저곳을 거닐다가 뜻밖에 평아와 마주쳤다. 주위에 아무도 없는 것을 알고 평아는 큰소리로 놀린다.

"새 아씨마님이 납시었습니다!"

원앙은 금세 얼굴이 빨개지며 달려들었다.

"흥! 다 한통속이 되어서 나를 가지고 놀고 있었군그래! 내가 너네 주인한테 찾아가 결판낼 작정이니 기다리라고 그래!"

그 말을 듣자 평아는 스스로 실언했음을 후회하면서 얼른 원앙을 단풍나무 아래로 끌고 가서 평평한 돌을 찾아 앉았다. 그리고 차라리 다 밝혀주는 게 좋겠다는 생각에 조금 전 희봉이 형부인한테 갔다온 전후사정을 낱낱이 말했다. 원앙은 얼굴을 붉히며 평아를 향해 쓴웃음을 지었다.

"이건 우리 사이가 특별히 좋으니까 하는 말이야. 습인, 호박, 소운, 자견, 채하, 옥천아, 사월, 취묵 그리고 사상운 아가씨를 따라다니는 취루, 죽은 가인可人과 금천아, 쫓겨난 천설, 거기에 너하고 나까지 이렇게 열 몇 명은 서로 어려서부터 무슨 말이든 못하는 이야기가 없었고 무슨 일이든 못하는 것이 없었잖아. 이젠 나이가 들어 각자 자신의 할일을 하고 있지만 난 마음속으로 여전히 옛날처럼 솔직하게 말하고 싶은 게 있어. 이건 너한테만 하는 말이니까 속에 담아두고 희봉 아씨한테도 말하지 마. 사실 말이지, 난 큰 대감마님이 나를 첩으로 불러 앉히려는 건 고사하고 설령 이 순간에 마님이 돌아가셔서 내로라하는 중매쟁이를 불러다 나를 모셔 정실부인으로 앉혀준다고 해도 갈 생각이 없단 거야."

평아가 막 웃음을 띠며 대답하려는 순간 산석山石 뒤에서 커다란 웃음소리가 들렸다.

"정말 염치없는 계집애로군. 낯간지러운 말을 넉살좋게 해대다니."

두 사람이 깜짝 놀라 돌아보니 다른 사람이 아니라 습인이 걸어 나오고 있었다.

"무슨 일이야? 나한테도 말해 줘."

세 사람은 돌 위에 나란히 앉았다. 평아가 방금 전 얘기를 다시 습인에게 들려주었다. 습인이 말했다.

"이건 말이야, 우리가 해서는 안 되는 말이지만 큰 대감나리는 너무 색을 밝히는 것 같아. 웬만큼 반반한 얼굴이면 꼭 자기 손에 넣으려고 하신다니까."

평아가 말을 이었다.

"네가 원하지 않는다면 내가 한 가지 방법을 일러줄게. 힘들이지 않고 해결할 수가 있지."

"무슨 방법인데? 한 번 말해 봐."

원앙의 물음에 평아가 빙글빙글 웃으면서 말했다.

"너는 말이야, 그냥 노마님한테 찾아가서 벌써 가련 나리께 몸을 바치기로 했다고만 말씀드려. 그러면 큰 대감님께서 억지로 달라고는 못하실 거야."

"뭐야? 그걸 말이라고 지껄이고 있어! 지난번에 네 주인아씨가 함부로 말한 줄 알았더니 오늘 보니까 그게 사실이었군그래."

습인이 역시 웃으면서 끼어들었다.

"그 두 사람이 다 싫다면 내가 대신 노마님한테 말씀드릴게. 너를 보옥 도련님한테 주기로 했다고 말씀하시도록 해볼게. 그럼 큰 대감님께서도 마음을 접으실 거야."

원앙은 더더욱 화가 나고 열이 올라 마구 욕을 해댔다.

"이 망할 계집애들 같으니라고. 그러다간 결국 제명에 죽지 못할 거야. 힘들고 괴로워도 너희를 친구로 생각해서 속마음을 털어놓고 위기를 해결해 달라 했더니 오히려 나를 놀림감으로 삼는단 말이야? 너희는 제각기 장래가 정해져서 앞으로 작은마님이 되겠다고 좋아하는 모양이지만 내가 보기엔 세상일이란 본디 제 마음대로 이루어지는 법이 없다는 거야. 당신들도 언젠가 접어야 할 때가 올 테니 너무 좋아하지들 말라고!"

두 사람은 원앙이 불같이 화를 내자 얼른 웃으면서 달랬다.

"알았어. 제발 화내지 말고 들어봐. 우리는 어려서부터 친자매처럼 지내왔잖아. 그래서 다른 사람이 없기에 잠깐 장난으로 한 말일 뿐이야. 네 생각을 우리한테 말해줘. 그래야 우리도 마음을 놓을 거 아냐."

"생각은 무슨 생각이야, 내가 안 간다면 안 가는 거지."

원앙의 말에 평아가 고개를 가로 저었다.

"네가 안 간다고 해서 이 일이 그대로 쉽게 끝나진 않을 것 같은데. 큰 대감나리 성격은 너도 잘 알잖아. 네가 노마님 방에서 일하는 사람이니까 지금이야 당장 어떻게 할 수가 없겠지만 장차 노마님하고 한평생을 같이 살 수는 없는 일이잖아. 결국은 나가야 하겠지. 그때 대감의 손에 떨어지면 힘들게 되지 않겠어."

원앙은 코웃음을 쳤다.

"노마님이 계시는 동안에는 난 하루도 이곳을 떠나지 않을 테야. 만일 노마님이 세상을 떠나신다고 해도 대감님은 아들이니 3년상은 지키시겠지. 제 어머니가 방금 죽었는데 상중에 첩부터 맞아들인다고 난리 칠 리야 없지 않겠어! 3년이 지나고 나면 어떻게 지낼 것인지 그거야 그때 가서 보는 거지. 설령 다급한 순간에 이른다고 해도 난 머리 깎고 비구니가 될지언정 첩은 되지 않을 테야. 그것도 아니면 죽어버리고 말 거야. 한평생 남자한테 시집 안 간다고 누가 뭐라겠어. 깨끗하게 혼자 즐기며 사는 거지 뭐!"

평아와 습인이 웃었다.

"이 계집애가 정말 염치도 없네. 그냥 제멋대로 지껄인다고 다 말인 줄 알아."

"일이 이렇게 된 이상 부끄러워한들 소용없잖아! 너희가 정 못 믿겠으면 천천히 두고 보면 될 거 아냐. 아까 마님이 우리 부모님을 찾겠다는데 어디 남경까지 찾으러 가나 두고 보겠어!"

원앙의 말을 평아가 이었다.

"너희 부모님은 모두 남경의 옛날 저택을 지키며 이곳엔 안 오셨으니 찾으려면 끝내 찾을 수 있을 테지만 이곳에 네 오라비와 올케가 있잖아. 또 넌 이 집의 시녀로 태어난 몸이라서 우리 두 사람처럼 홀로 몸만 들어와 있는 처지와는 달라."

"이 집에서 태어난 몸이면 또 어떻다는 말이야? '물 안 마시려는 소 대가리를 억지로 누르겠다'는 말이야? 내가 싫다는데 우리 어머니, 아버지를 죽이기라도 하겠다는 거야 뭐야?"

바로 그때 저쪽에서 원앙의 올케가 왔다.

"네 부모를 찾지 못했으니 네 올케를 찾은 모양이야."

습인의 말을 원앙이 받았다.

"저 화냥년은 오로지 남한테 밥 먹듯 아양이나 떠는 사람인데 그 말을 듣고 얼씨구나 하지 않을 까닭이 있겠어."

그 사이에 원앙의 올케는 벌써 그들의 코앞에 다가와서 헤헤 웃으며 말을 건넸다.

"사방을 다녀도 못 찾겠더니 아가씨가 여기에 와 있었군요. 잠깐 할 말이 있으니 나하고 같이 좀 가요."

평아와 습인이 일어나 자리를 양보하니 원앙의 올케는 손을 내저었다.

"아가씨들은 그냥 앉아 있어요. 우리 아가씨한테 할 말이 있어서 찾아온 거니까요."

습인과 평아는 아무것도 모르는 것처럼 웃으며 물었다.

"무슨 일인데 그렇게 바빠요? 우린 지금 여기서 맞춘 사람이 손바닥 때리기로 수수께끼 놀이를 하는 중인데. 이거 한 번 맞혀보고 가세요."

"무슨 말인지 말해봐요."

원앙이 재촉하자 그녀의 올케는 웃으면서 그녀를 끌고 다른 곳으로 가려 했다.

"날 따라와 봐요. 저쪽에 가서 말해 줄게. 어쨌든 좋은 얘기니까."

"큰마님이 말한 그 얘기잖아요?"

"아가씨도 벌써 알고 있으면서 왜 나를 힘들게 하는 거예요? 어서 가자고요. 내가 상세하게 말해줄게. 이거야말로 세상이 놀랄 만한 좋은 일이라니까."

원앙이 벌떡 일어서더니 올케의 얼굴에 있는 힘을 다해 침을 탁 뱉었다. 그리고 손가락질을 하며 욕을 해댔다.

"빨리 그 더러운 아가리 닥치고 여기서 떠나지 못해요! 도대체 뭐가 좋은 얘기話¹라는 거야! 송나라 휘종徽宗이 그린 매야, 조맹부趙孟頫가 그린 말이야? 그런 것이 정말로 좋은 그림畵이라고 할 수 있지. 도대체 뭐가 기쁜 일이라는 거야? 문둥병에 걸려 고름이 가득해도 죽지는 않을 거라고 해서 기쁘다는 거야? 어쩐지 날마다 남의 집 딸들이 첩으로 팔려가는 걸 부러워하더라니. 온 집안이 딸년 하나 믿고 온갖 거드름을 다 부리는 꼴이니 말하자면 식구 수대로 남의 첩이 되는 셈이 아니야! 그걸 익히 봐 왔으니 나를 이렇게 불구덩이로 처넣으려는 것이지. 내가 체면을 세우면 당신들이 밖에서 거드름이나 실컷 부리며 스스로 처남 어르신으로 봉하여 날뛸 게 분명하겠지. 그러다 내가 제대로 득세하지 못하면 그 더러운 모가지를 쏙 집어넣고 내가 죽든 살든 상관도 안 할 게 분명하잖아."

원앙은 제 올케를 향해 폭언을 퍼부으며 눈물을 펑펑 쏟아냈다. 평아와 습인이 좋은 말로 달랬다. 원앙의 올케는 얼굴을 꼿꼿이 들고 쏘아

---

1 발음이 화(畵)와 같아서 아래의 그림 이야기로 이어지는 것임.

보면서 말했다.

"원하든 원치 않든 아가씨가 정하는 거지 공연히 남까지 끌고 들어갈 필요는 없잖아. 속담에도 '난쟁이 앞에서 키 작다는 얘긴 말라'고 했는데, 시누이가 날 욕하면 나야 감히 대들 생각은 없지만 이 두 아가씨는 시누이한테 무슨 잘못한 일이 있어? 공연히 남의 첩이니 뭐니 하고 에둘러 욕을 해대면 남의 체면은 뭐가 되는지 모르겠네."

습인과 평아가 얼른 나서서 시비를 가렸다.

"말을 그렇게 하면 안 되지요. 원앙이 우리를 지목해서 한 말이 아닐진대 댁이야말로 왜 공연히 남을 끌고 들어가는 거야? 당신은 도대체 어느 나리마님한테서 우리를 작은마님으로 봉한다는 말씀을 들었단 말이에요? 하물며 우리 두 사람은 이곳에 엄마 아버지도 없고 오빠 동생도 없어서 거드름 피울 사람이 아예 없는데도 말이야. 원앙이 욕하는 사람은 따로 있기 마련일 테고 우리하고는 아무 상관도 없다고요."

"저 사람이 나한테 욕을 얻어먹고 무안하고 체면이 서지 않으니까 말을 만들어서 너희 둘을 끌어들이려는 것이었어. 다행히 너희가 분명히 알고 있었으니 됐지만 말이야. 내가 너무 화가 나는 바람에 제대로 구별하지 못하니까 저 사람이 그 틈을 타고 끼어들려는 것이었어."

원앙의 말에 원앙의 올케는 무안하고 머쓱하여 화를 내며 가버렸다. 원앙은 여전히 화가 풀리지 않아 욕을 해댔으며 평아와 습인이 달래서야 겨우 멈췄다. 평아가 습인에게 물었다.

"아참, 그런데 방금 전에 바위 뒤에서 뭘 하고 있었던 거야? 우린 네가 온 걸 전혀 몰랐는데 말이야."

"석춘 아가씨네 방으로 보옥 도련님을 찾으러 가려는 길이었어. 헌데 한발 늦어서 가보니까 벌써 집으로 돌아가셨다는 거야. 그래서 오던 길목에서 어떻게 서로 만나지 못했을까 하고 이상하다 싶어 대옥 아가씨한테로 가려던 길이었는데 또 마침 그쪽 사람을 만나 물어보았더니 그곳에도 안 왔다는 거야. 그럼 대관원 밖으로 나가신 게 아닐까 생각하면서 이곳에 서 있었는데 네가 저쪽에서 오는 게 보였어. 그래서 살짝 뒤로 숨었지. 뒤이어 원앙이 나타나기에 얼른 이 나무 뒤로 돌아가 바위 뒤에 몸을 숨겼던 거야. 난 너희 두 사람이 애기하는 걸 다 보고 있었는데 너희는 눈깔 네 개를 가지고 나를 알아보지도 못했단 말이야?"

그 말이 끝나기도 전에 그들의 뒤편에서 웃음소리가 터지며 말소리가 들려왔다.

"눈깔 네 개를 가지고 자기를 알아보지 못했다고 하면서 너희는 눈깔 여섯 개를 가지고 나 하나를 알아보지 못하는구나!"

세 사람이 깜짝 놀라 뒤를 돌아보니 보옥이 걸어 나오고 있었다. 습인이 먼저 웃으면서 반가워했다.

"제가 얼마나 찾아다녔는데, 도대체 어디서 오시는 거예요?"

"응! 넷째 누이네 집에서 나와 돌아오려는데 습인이 오는 거야. 당연히 나를 찾으러 오는 건 줄 알았지. 그래서 난 얼른 숨어서 놀라게 해주려고 했어. 그런데 고개를 푹 숙이고 부지런히 걷기만 하면서 나를 지나쳐 안으로 들어가더니 마당에 섰다가 바로 나오더라고. 그리고 사람을 만나 물어보는 거야. 나는 숨어서 고소하다 싶어서 습인이 내 앞에 나타나면 깜짝 놀라게 해주려고 했지. 그런데 이번에는 누군가를 보고 습인이 몸을 살짝 숨기는 거야. 남을 놀라게 해주려는 것 같았어. 그런데 가만히 고개를 내밀고 앞을 보니까 저 두 사람이 보이는 거야. 그래서 난 살그머니 돌아서 습인이 뒤로 와서 숨어 있었던 거지. 습인이 숨었다가 나간 뒤에 내가 바로 그곳으로 몸을 옮겨 숨어 있었던 거구."

평아가 웃으면서 말했다.

"우리 뒤에 누가 또 숨어있나 한 번 찾아봐야겠어. 아직도 한 두어 사람은 더 나올지도 모르잖아."

보옥이 고개를 저었다.

"이젠 더 이상 없을 거야."

원앙은 자신의 얘기를 보옥이 다 들었음을 알았지만 돌에 엎드려 잠이 든 척하고 있었다. 보옥이 원앙을 깨웠다.

"돌 위에 엎드리면 너무 차가우니까, 우리집에 가서 한숨 자는 게 좋지 않겠어?"

원앙을 잡아 일으키며 또 평아에게도 집으로 가서 차를 마시자고 졸랐다. 평아와 습인도 원앙을 달래며 함께 가자고 권했다. 원앙이 비로소 일어나 네 사람이 다 같이 이홍원으로 왔다. 보옥은 방금 사건의 전모를 이미 들었기 때문에 자연 기분이 언짢아 말없이 침대에 누워 있었다. 그들 세 사람은 바깥방에서 서로 얘기를 나누고 있었다.

한편 이에 앞서 형부인이 희봉에게 원앙의 부모에 대해 묻자 희봉이 대답했다.

"그 아이의 아비는 김채金彩라고 하는데요, 부부가 남경에서 옛 저택을 지키고 있습니다. 애초에 경성으로 따라오지 않았지요. 김문상金文翔이라는 그애 오라비가 지금 노마님네 매판買辦으로 일하고 있습니다. 그애 올케도 노마님네 쪽에서 세탁일을 도맡아보고 있고요."

형부인은 사람을 불러 그들 내외를 오라고 하여 자세하게 일렀다. 김문상의 아내는 자연히 뛸 듯이 기뻐하면서 원앙을 찾아나섰다. 한마디만 건네면 바로 허락할 줄로만 알고 갔는데 뜻밖에 면전에서 호되게 면박을 당한 것이었다. 게다가 습인과 평아한테까지도 몇 마디 핀잔을 받은 터라 부끄럽고 화가 치민 상태로 돌아와 형부인에게 이실직고했다.

"소용이 없겠습니다요. 오히려 저를 한바탕 욕하더라니까요."

바로 곁에 희봉이 있었으므로 감히 평아의 이름을 곧이곧대로 이르지는 못하고 습인의 이름만 거론했다.

"글쎄, 옆에서 습인까지도 원앙이 편을 들어 나를 나무라면서 별의별 말을 다 하더라니까요. 차마 주인마님한테 말씀드릴 수도 없고 입에 담을 수도 없는 말들이에요. 대감나리와 의논하셔서 새로 첩을 사들이시는 게 좋겠습니다. 그년은 그런 복도 타고나지 못한 모양이에요. 우리도 그 복을 누릴 팔자가 아니고요."

형부인은 가만히 듣고 있다가 말을 꺼냈다.

"습인이년은 무슨 상관이란 말이야? 도대체 그애들이 어떻게 알았단 말이야?"

그리곤 이어서 물었다.

"곁에 누가 또 없었느냐?"

"평아가 함께 있었어요."

그 말에 희봉이 얼른 나서 소리를 질렀다.

"그럼 자넨 왜 그 자리에서 그년의 따귀라도 한대 올려붙이지 못하고 돌아왔는가? 내가 집을 비우고 나간 후 그년도 바로 놀러 나갔으니 말이야. 내가 집에 오니 그년 그림자도 안 보이더라고. 그년도 뭔가 한마디 거들었을 테지!"

그러자 원앙의 올케가 한발 물러서며 말했다.

"아니에요. 평아는 바로 옆에 있지 않았고 멀리서 보니까 평아같이 보였을 뿐이었어요. 꼭 평아인지는 모르겠고 그렇게 추측한 것뿐이에요."

희봉이 명령을 내렸다.

"당장 그년을 데리고 오너라. 내가 집에 돌아왔다고 이르고 또 마님께서 여기와 계신다고 알려드려. 어서 와서 일을 도와드리라고 말이야."

풍아가 얼른 나서서 아뢰었다.

"대옥 아가씨가 사람을 보내 서너 번이나 초청을 해서야 비로소 평아가 간 것입니다. 아씨께서 집에 돌아오시고 곧 부르러 갔는데 대옥 아가씨가 특별히 부탁할 일이 있다고 하면서 아씨께 말씀 전하라고 하셨어요."

희봉이 듣고서 알았다고 하면서 그래도 일부러 한마디를 덧붙였다.

"날마다 무슨 일이기에 그애를 데려가서 일을 시킨단 말이야?"

형부인은 다른 방도가 없자 저녁밥을 먹고 집으로 돌아가 밤에 가사에게 사정을 말했다. 가사는 잠시 생각하더니 곧바로 가련을 불러들였다.

"남경의 저택에는 지키는 이가 아직 여럿이 있지 않으냐. 곧 김채를 불러올리도록 하라."

"지난번 남경에서 온 편지에 의하면 김채가 천식을 앓아 그쪽에서는 이미 관목도 마련하고 장례비도 내려주었다고 하더라고요. 지금쯤은 벌써 죽었는지도 모릅니다. 설사 살아있다고 해도 인사불성일 테니 데려와도 소용이 없습니다. 게다가 안식구는 귀머거리입니다."

가사가 그 말을 듣고 대갈일성하면서 욕을 해댔다.

"이 못난 놈 같으니라고! 누가 그런 것까지 알고 있으라고 했더냐. 당장 꺼지지 않고 무엇 하느냐!"

놀란 가련은 밖으로 물러나왔다. 곧 김문상이 불려 들어갔다. 가련은 바깥 서재에서 대기하면서 감히 집으로 돌아가지 못하고 있었다. 그렇다고 다시 들어가 자기 부친을 대면할 수도 없어서 그저 안채의 소식을 알아보고만 있었다. 한참 후에 김문상이 나오고 다시 알아보니 가사가 비로소 잠이 들었다고 해서 그제야 겨우 집으로 돌아올 수 있었다. 저녁에 희봉이 전후 사정을 말해준 뒤에야 겨우 무슨 영문인지 알게 되었다.

원앙은 밤새 잠을 못 이루었는데 이튿날 그녀의 오라비가 들어와 가모에게 그녀를 잠시 집으로 데려가겠다고 청했다. 가모는 다녀오도록 허락했다. 원앙은 나가고 싶지 않았지만 가모가 의심할까 봐 억지로 나갔다. 그녀의 오라비는 앞으로 체면을 번듯하게 세워 주고 집에서는 작은마님으로 대접하겠노라고 약속했다는 가사의 말을 그녀에게 전했다.

하지만 원앙은 이를 악물고 원하지 않는다고 했다. 그녀의 오라비도 결국은 어쩔 수 없자 결국 가사에게 그대로 보고했다. 가사는 분노가 치밀어 올라서 소리쳤다.

"내 지금 너한테 하는 말을 네 마누라를 시켜 그대로 그년한테 전하도록 해라. 내가 그러더라고 그러란 말이다. '예부터 월궁선녀 항아 같은 젊은 여자는 젊은 놈을 좋아한다'고 하였으니 그년도 필시 내가 늙었다고 싫어하는 것일 게다. 아마도 속으로 도련님들을 그리고 있을 테고. 모르긴 몰라도 보옥이한테 마음을 두고 있겠지. 아니면 가련이거나. 과연 그러하다면 일찌감치 그런 마음을 접으라고 일러두어라. 내가 오라고 했는데도 오지 않은 년을 앞으로 어느 누가 감히 받아들일 수가 있겠어. 우선 이게 첫째이고, 둘째로는 노마님이 그년을 총애하여 앞으로 자연히 밖에서 좋은 배필을 골라 제대로 시집보내줄 것으로 기대하는 모양인데 가만히 생각 좀 해보라고 해라. 그년이 누구한테 시집가든 내 손아귀를 벗어날 수가 있겠느냔 말이다. 제년이 죽어버리던지 아니면 평생 남자한테 시집을 안 간다고 하면 내가 그냥 놔두겠어. 하지만 그렇지 않다면 일찌감치 마음을 돌려먹으라고 전해라. 그래야 여러 가지로 신상에 좋을 거라고 말이야."

가사의 한마디 한마디에 김문상은 연신 전하겠다는 대답을 했다. 가사가 또 다짐을 받는다.

"네놈도 나를 속일 생각일랑 아예 말아! 내가 내일 우리 집사람을 보내서 원앙이한테 직접 물어보게 할 것인즉 너희가 말했는데도 그년이 허락지 않으면 너희 잘못은 없는 것이지만 만일 그년한테 다시 물어서 그때 다시 허락한다면 네 머리통을 날려버릴 줄 알아라!"

김문상은 "예, 예" 하고 대답하곤 집으로 돌아갔다. 제 아내한테 말을 전하게 할 여유도 없어 곧장 원앙을 대면하고 그 말을 전해버렸다. 원앙은 분하고 화가 치밀어 아무 말도 답하지 못하고 잠시 생각에 잠겼다가 이윽고 이렇게 말했다.

"설사 내가 허락한다 해도 일단 나를 데리고 노마님 앞에 가서 말씀을 드리도록 해야 하지 않아요?"

그녀의 오라비와 올케는 그 말을 듣고 생각을 돌린 것으로 여기고 여간 기뻐하지 않았다. 그녀의 올케는 즉시 그녀를 데리고 가모를 찾아왔다. 하필이면 바로 그때 그곳에는 왕부인과 설부인, 이환, 희봉, 보차 그리고 여러 자매들이 다 모여 있었고 밖에서 일하는 큰 집사들의 안식구들도 함께 모여 가모 앞에서 재미있게 얘기를 나누고 있었다.

원앙은 더욱 잘되었다고 생각하고 올케의 손을 끌고 곧장 가모의 앞으로 가서 무릎을 꿇고 울면서 하소연하였다. 처음 형부인이 어떻게 말했는지, 대관원 안에서 올케가 어떻게 말했는지, 그리고 조금 전에 오라비가 뭐라고 말했는지 일일이 다 까발렸다.

"제가 결국은 거절하니까, 방금 전에는 큰 대감님께서 제가 보옥 도련님한테 마음을 두고 있거나 아니면 밖에서 번듯한 신랑감을 구하려고 그런다고 말씀하시며 제가 하늘로 간다고 해도 이 한평생 대감님의 손아귀를 벗어날 수 없으며 결국은 복수를 받게 될 것이라고 하셨답니다. 저는 여러분들이 계신 이 자리에서 아예 독한 마음을 먹고 단호한 맹세의 말씀을 올리겠습니다. 저는 한평생 보옥 도련님은 말할 것도 없고 보금寶金이나 보은寶銀이나, 심지어 보천왕寶天王이나 보황제寶皇帝라고 하더라도 어쨌든 절대로 시집가지 않을 겁니다. 노마님께서 억지로 강권하신다면 저는 칼로 목을 그어 죽는 한이 있더라도 그 명을 따르지 않겠습니다. 만일 천행으로 제가 노마님보다 먼저 세상을 뜨게 되면 물론이고 설사 불행하게도 살아남는다면 노마님께서 돌아가실 때까지 옆에서 모시겠어요. 그러다 죽든지 머리를 자르고 비구니가 되는 한이 있더라도 절대로 부모 곁이나 오라비한테 가지는 않을 것입니다. 만일 지금 제 말이 진실이 아닌 임시방편으로 지껄인 것이거나 훗날 딴 마음

154

을 먹는다면 천지신명과 일월성신의 빛이 제 목구멍을 비추어 목구멍 안에 독창이 퍼져 문드러지고 녹은 고름이 잔뜩 고이게 될 거예요."

원앙은 애초에 들어올 때부터 소매 속에 가위를 하나 감춰 넣고 있었으므로 그렇게 말하면서 왼손으로 머리를 풀고 오른손으로 가위를 잡아 곧장 머리카락을 자르기 시작했다. 곁에 있던 할멈들과 시녀들이 달려들어 제지했지만 이미 머리카락은 반 타래쯤 잘려진 상태였다. 다행히 원앙이 머리숱이 많고 가위질을 끝까지 하지 못했기 때문에 사람들은 얼른 머리를 묶어 올려주었다.

가모는 원앙의 말을 듣고 온몸을 부들부들 떨며 입으로 중얼거렸다.

"나한테 믿을 사람이라고는 이 아이 하나밖에 없는데 너희가 얘마저 빼앗으려 한단 말이지!"

그리고 마침 가까이 왕부인이 앉아 있는 것을 보고 가모는 그녀를 향해 꾸짖었다.

"너희 모두가 나를 속이고 있었구나. 겉으로는 효도하는 척하면서 속으로는 나한테 어떻게 해서든지 해코지를 하려는 것이었어. 좋은 물건이 있으면 달려와 빼앗아가고 좋은 사람이 있어도 달려와서 데려가 버렸지! 이제 겨우 저 어린 시녀 하나가 남았는데 내가 잘 대해주는 것 같으니까 너희는 그게 못마땅하여 그애를 빼앗아 내 곁에서 떼어놓고 나를 마음대로 농락하겠다는 심보가 아니더냐!"

왕부인은 그 말에 깜짝 놀라서는 벌떡 일어나 감히 아무런 대꾸도 못하고 있었다. 설부인은 왕부인에게 불똥이 떨어지자 나서서 달래기도 뭣하여 가만히 있었다. 이환은 원앙의 하소연이 시작되자 일찌감치 자매들을 데리고 밖으로 나갔다. 탐춘만은 뜻이 깊은 사람이라 이렇게 생각했다.

'왕부인은 비록 억울하지만 감히 변명하지 못하고 설부인도 친자매 사이니까 자연 직접 나서서 변명하기 어려운 상황이다. 또 보차가 이모를 위해 편들고 나서기도 쉽지 않은 일이고 이환과 희봉, 보옥이 다 같이 감히 나서지 못하는 마당이니, 이러한 때가 바로 딸들이 나서야 할 적기이다. 하지만 영춘은 너무 얌전하기만 하고 석춘은 아직 어려서 물정을 모르니 바로 내가 나서야 할 시점이겠지.'

탐춘은 창밖에서 말을 듣고 곧 안으로 들어가 웃음을 띠면서 가모의 앞에 나섰다.

"할머님! 이번 일이 마님과 무슨 상관이 있겠어요? 할머님도 한 번 생각해보세요. 시아주버님이 안방에 작은마님을 들이려는 일을 어떻게 계수씨가 알 수 있단 말인가요? 설사 만에 하나 알았다고 하더라도 그저 모르는 척하는 수밖에는 없지 않겠어요?"

탐춘의 말이 채 끝나기도 전에 가모는 껄껄 웃으며 잘못을 시인했다.

"그래, 그래. 내가 망령이 들어 헛소리를 한 모양이구나. 사돈은 나를 너무 비웃지 마시오. 언니 되는 보옥 에미는 나한테 아주 효성이 지극하거든. 저쪽 큰며느리처럼 오로지 남편한테 매여서 시어미 앞에서 그냥 겉치레만 하는 것하고는 다르지. 이번엔 보옥 에미가 억울하게 되었군그래."

설부인은 그저 '네, 네' 하고 대답하곤 이어서 한마디를 덧붙였다.

"노마님께서 작은며느리를 너무 편애하시는 거죠. 그런 일이야 늘 있는 일이니까요."

"편애가 아닙니다!"

가모는 보옥을 향해 계속 말을 이어갔다.

"보옥아! 너는 내가 네 어미를 탓하는데도 어째서 한마디 돕지도 않고 네 어머니가 억울한 누명을 쓰는 걸 보고만 있었느냐?"

"그렇다고 제가 어머니만 생각하고 큰아버님과 큰어머님에 대해 뭐라고 말씀드릴 수 있겠어요? 어쩌다가 한 가지 잘못된 일이 생겼다면, 우리 어머니가 여기서 책임지지 않으시고 누구한테 떠넘길 수 있겠어요? 만일 제가 나서서 그게 다 제 잘못이라고 하면 할머님은 믿으시겠어요?"

"그 말에도 일리가 있구나. 너는 당장 네 어머니한테 무릎을 꿇고 나를 대신해서 용서를 빌어라. '어머니! 마음을 푸세요. 할머니가 나이가 많이 들어 그러신 거니까 제 얼굴을 봐서라도 용서하세요'라고 말이다."

가모의 말을 듣고 보옥이 얼른 일어나 왕부인의 앞에 나아가 무릎을 꿇으려고 하니 왕부인이 급히 보옥을 붙잡아 일으켰다.

"어서 일어나라. 네가 할머니를 대신해서 나한테 용서를 구하게 할 수는 없는 일이야."

보옥은 하는 수 없이 일어났다. 가모는 이번에는 희봉을 나무랐다.

"희봉이는 왜 나한테 한마디도 일깨워주지 않았지?"

"제가 할머님의 잘못을 일깨워드리지 않았다고 해서 되레 저를 물고 늘어지시니 이를 어쩌죠?"

희봉의 말에 가모는 여러 사람들과 함께 큰소리로 웃었다.

"그래? 그거 이상하구나. 그 잘못이라는 게 뭔지 한 번 들어보자꾸나."

"누가 할머님한테 사람을 그렇게 매끈하게 잘 만들어내라고 했나요? 물찬 제비처럼 날씬하고 예쁘게 만들어 냈으니 남들이 눈독 들이는 거야 당연하죠. 저야 손주며느리가 되었으니 다행이지만 만일 손자가 되었더라면 지금껏 기다리지 않고 일찌감치 아예 제게 달라고 했을걸요."

"그게 내 잘못이라고?"

"물론이죠. 그게 바로 할머님의 잘못이에요."

"그렇다면 나도 갖고 싶지 않으니 네가 데려가려무나."

"이번 세상에서 잘 수양을 해서 내세에 남자로 태어나거든 그때 가서 데려가도록 하죠."

"네가 데려가서 네 서방 방에 넣어주면 그래도 너희 염치없는 시아버지가 여전히 달라고 떼를 쓰려는지 구경 한 번 해보자꾸나."

"우리 서방한테는 분에 넘치는 걸요! 그저 구운 밀개떡처럼 평평하고 못난 저하고 평아가 제격이니 그렇게 살아가도록 두세요."

그 말에 다들 까르르 웃음을 터뜨렸다.

그때 밖에서 시녀의 목소리가 들렸다.

"큰마님께서 오셨습니다."

왕부인이 얼른 일어나 맞으러 나갔다. 뒷이야기가 궁금하시다면….

默霸王調
情遺
苦打冷郎
君懼
禍走他鄉

매를 맞은 설반

어리석은 설반은 모진 매질 당하고
쌀쌀맞은 상련은 화를 피해 떠났네

呆霸王調情遭苦打　冷郎君懼禍走他鄉

왕부인은 형부인이 왔다는 말을 듣자 얼른 일어나서 맞으러 나왔다. 형부인은 가모가 원앙의 일을 벌써 알고 있는지는 전혀 모르고 지금 그 일을 의논하러 찾아오는 중이었다. 원문院門에 들어서니 그제야 몇몇 할멈이 얼른 안의 소식을 슬그머니 전했다. 형부인은 비로소 사태를 짐작하고 돌아가려고 했지만 안에서 이미 자신이 온 것을 알았고 왕부인이 벌써 문밖으로 마중까지 나온 마당이라 결국 안으로 들어갈 수밖에 없었다. 먼저 가모에게 안부를 여쭈었으나 가모는 한마디 말도 하지 않고 묵묵부답이었다. 형부인은 후회막급이었지만 어쩔 수가 없었다. 희봉은 일찌감치 다른 일을 핑계로 자리를 피하였고 원앙도 제 방으로 돌아가 혼자 화를 삭이고 있었다. 설부인과 왕부인 등은 형부인의 체면을 생각하여 차츰 자리를 떴다. 하지만 형부인은 감히 빠져나갈 수가 없었다. 가모는 주변에 아무도 남아있지 않자 비로소 입을 열었다.

“들자하니 네가 남편을 위해 첩을 구해주려고 중매에 나섰다고 하더구나. 자네로서야 여인으로서 지켜야 할 삼종지덕三從之德을 따르려는 것이겠지만 이번에는 그 정도가 지나쳤다. 이젠 너희 부부에게도 아들과 손자가 한가득인데 아직도 남편한테 쥐어 살면서 그래 두어 마디 따끔하게 충고하는 말도 못한단 말이냐? 그냥 남편 성질에 맞춰 제멋대로 하게 내버려 두어서야 쓰겠어?"

형부인은 얼굴이 온통 벌겋게 달아올라서 모기소리만 하게 대답했다.

"제가 몇 차례나 충고했는데도 영 말을 듣지 않아요. 어머님이 그이의 성질머리는 너무 잘 아시잖아요. 저로서도 별 도리가 없는데 어떡해요."

"그럼 네 남편이 너한테 사람이라도 죽이라면 죽일 작정이냐? 너도 한 번 곰곰이 생각해봐. 네 동서는 사람이 착실하지만 또 몸이 허약하고 병이 많은데도 집안의 위아래 모든 일을 다 신경 쓰고 있잖아. 네 며느리가 비록 돕고 있지만 매일 '두레박 내려놓자 빗자루 잡아야 하는 식'으로 일손이 바쁜 사람이지 않으냐. 그래서 어떤 일이든 난 지금 조금이라도 줄이려고 하고 있어. 저 두 사람이 미처 챙기지 못하는 일도 간혹 있게 마련인데 그걸 원앙이가 대신하고 있는 거야. 그앤 참으로 세심해서 내 일에 대해 빈틈없이 챙겨주지. 원앙이 그렇게 하지 않으면 네 동서와 네 며느리가 안팎으로 대소사를 다 처리하는 마당에 어떻게 한두 가지 작은 일을 소홀히 하지 않을 수 있겠느냐? 그러면 지금처럼 내가 별다른 걱정 없이 지낼 수 있겠느냐? 내가 매일 이것저것 따져보고 너희한테 신경 쓰이게 하면서 지내야겠냐? 지금 내 방에는 원앙이 하나밖에는 쓸 만한 애가 없다. 나이가 들면서 오랫동안 같이 지내와서 그애는 내 성질이고 습성이고 훤히 알고 있는 데다 절대로 나를 빌미로 마님들이나 아씨들을 찾아다니며 옷가지나 돈푼을 요구하는 법도 없었단 말이야. 그래서 요 몇 년간 그애가 집안일을 맡아서 처리하는 동안 네 동서나 네 며느리, 온 집안 아랫사람에 이르기까지 어느 하나 못미더워하는 사람이 없었다. 그러니 나 하나만 그애한테 의지하는 게 아니라 네 동서나 며느리까지도 일을 덜 수 있었던 거지. 만일 그런 아이를 데려간다면 너희는 도대체 어떤 사람을 데려다 내 곁에 놓을 작정이냐? 너희가 설사 진주알같이 생긴 아이를 구해준다고 해도 말을 제대로 할 줄 모르면 그것도 소용이 없는 것이야. 그렇지 않아도 내가 사람을 보내 네 남편한테 말을 전하려고 했다. 어떤 사람이든지 필요하면 나한테 돈은 얼마든지 있으니 팔천 냥이고 만 냥이고 간에 사들이라고 말이다. 하지만 이 아이만은 안 돼. 그애를 남겨두어 앞으로 몇 년이고 나를 시중들게 하는 것이 너희가 효도하는 길이다. 마침 잘 찾아왔다. 네가 직접 가서 네 남편한테 잘 말하는 것이 좋겠구나."

가모는 말을 마치자 시녀를 시켜 사람들을 불러모았다.

"어서 가서 설씨댁 사돈과 아가씨들을 다 불러오도록 해라. 재미있는 얘기라도 나누고 즐겁게 보내야지 왜 다들 나가버렸느냐?"

시녀들이 대답하고 나가니 곧이어 사람들이 급히 돌아왔다. 설부인만은 시녀에게 사양의 말을 전했다.

"내가 방금 돌아왔는데 또다시 건너가서 뭐하겠니? 내가 잠이 들었더라고 가서 전해 올려라."

하지만 시녀는 임무가 막중한지라 통사정을 했다.

"아이고, 친절하신 우리 이모님께서 왜 또 그러세요. 이모할머님! 우리 노마님께서 역정 내고 계시잖아요. 이모님이 안 가시면 풀리지 않으실 거예요. 제발 저희 얼굴을 봐서라도 일어나세요. 피곤하셔서 그러시면 저희가 업고서라도 갈게요."

설부인이 마지못해 일어났다.

"아이고, 못 말리는 애들이구나. 뭐가 그리 겁이 나느냐? 몇 마디 꾸중을 들으면 그만이지."

설부인이 방에 들어서자 가모가 웃으며 자리를 양보하였다.

"우리 골패놀이라도 하면서 놀아봅시다. 사돈도 골패를 잘하지는 못하니까 우리가 한군데 앉도록 하죠. 저 희봉이한테 속지 않도록 조심하셔야 해요."

"네. 그러는 게 좋겠어요. 노마님께서 제 것까지 잘 좀 봐주세요. 우리 네 사람이 노는 건가요, 아니면 사람을 더 보탤 건가요?"

설부인의 말에 왕부인이 대답했다.

"우리 넷만 함께 하면 되지 뭐."

"한 사람을 보태면 훨씬 더 재미가 있어요."

희봉의 말을 듣고 가모가 덧붙였다.

"그럼, 원앙이를 불러오자꾸나. 우리 같은 하수들 사이에 앉도록 하면 되잖아. 이 사돈의 눈도 흐려졌다니 우리 두 사람의 패를 원앙이한테 봐 달라고 하면 되겠지."

그러자 희봉이 한숨을 내쉬며 탐춘에게 한마디 하였다.

"아가씨들같이 글공부한 사람들이 어째 점치는 건 안 배운단 말이야?"

"그거 참 이상한 말씀만 하시네. 이런 순간에 정신을 똑바로 차려 할머니 돈이나 몇 푼 뜯어먹을 생각은 않고 생뚱맞게 무슨 점치는 소리를 하는 거예요?"

탐춘의 대답에 희봉이 말을 이었다.

"오늘 점을 한 번 쳐보려는 거지, 도대체 얼마나 잃게 될까 하고 말이야. 이기는 거야 애초에 글렀지. 자, 한 번 보시라고. 아직 판도 안 벌였는데 좌우에 복병이 쫙 깔려 있잖아."

그 말에 가모와 설부인 등이 모두 웃음을 터뜨렸다.

곧 원앙이 들어와 가모의 옆에 앉았고 이어서 희봉이 앉았다. 붉은 담요를 깔아놓고 패를 섞어 골패를 나누기 시작했다. 다섯 사람이 시작하였다. 잠시 놀다가 원앙이 가모의 패를 슬쩍 보니 십엄十嚴[1]이 되어 있어 이제 이병二餠[2] 한 장만 나오면 되는 판이었다. 원앙은 얼른 희봉

에게 신호를 보냈다. 마침 희봉이 패를 내놓을 차례였다. 일부러 한참
이나 머뭇머뭇 주저하며 구시렁댔다.

"이 패는 틀림없이 이모님 손에 잡혀 있을 것 같고, 그렇다고 이걸 내
놓지 않을 수도 없고 어떻게 하면 좋죠?"

설부인이 거들었다.

"내 손에는 자네의 패가 없는걸."

"나중에 조사해 볼 거예요."

"맘대로 조사해 보라고 그래. 한 번 까놓고 보자니까. 도대체 뭘 들
었기에 그래?"

희봉은 설부인 앞으로 슬쩍 내밀었다. 설부인이 보니 그것은 이병이
었다. 설부인은 웃으면서 시침을 떼며 말했다.

"난 그런 거 받아보았자 별로야. 혹시 노마님한테나 소용 있을지 모
르겠네."

희봉이 그 말을 듣고 얼른 웃으면서 말했다.

"에구머니나, 제가 잘못 냈어요!"

가모는 벌써 만면에 웃음을 띠고 패를 까발리며 선언한다.

"누가 물린다고 그래? 누가 잘못 내라고 하기라도 했더냐?"

"그러기에 아까 점이라도 쳐보려고 했던 거잖아요! 제 스스로 낸 것
이니 누굴 원망하겠어요?"

가모는 희봉의 말에 고소하다는 듯이 웃었다.

"그래, 누가 아니래? 그렇게 원통하거든 제 방정맞은 주둥이나 때려
줘야지 남 원망은 왜 해?"

그리곤 또 설부인을 보고 웃었다.

---

1 마작을 할 때 패가 다 맞춰지고 마지막으로 필요한 패 하나만 나오면 이길 수 있을
때를 말함.
2 골패의 무늬. 위아래 두개의 둥근 떡 모양의 무늬가 있음.

"내가 속 좁은 사람이라 돈푼이나 따려고 하는 게 아니라오. 이건 그저 운이 좋아 돈이 저절로 굴러 들어온 것뿐이라니까."

"그야, 물론이고말고요. 노마님께서 돈푼에나 매달린다고 말할 멍텅구리 바보가 세상에 어디 있겠어요."

희봉은 마침 제 앞의 돈을 세고 있다가 그 말을 듣고 얼른 동전을 끈에 꿰면서 모두를 보고 말했다.

"그래, 맞아요. 저한테 다 뒤집어씌우시라고요. 돈을 따려고 하지도 않으시는데 그저 운이 좋아 돈이 굴러 들어오신다 이 말씀이죠. 저야 원래 쩨쩨하니까 단돈 몇 푼을 잃고서도 속이 상해 남은 돈이나 세고 있었죠. 그럼, 이만 판을 거둘까 봐요."

가모의 차례가 되면 원앙이 대신 패를 섞도록 하는 게 상례였다. 그런데 지금 설부인과 우스갯소리를 하다가 보니 원앙이 손을 멈추고 패를 섞지 않고 있었다.

"넌 왜 그렇게 가만히 있기만 하는 거냐? 어서 패를 돌리지 않고서."

원앙이 패를 집어 들고 희봉을 가리키며 웃으면서 말했다.

"희봉 아씨께서 아직 돈을 내지 않으셨잖아요."

"뭐, 돈을 안 내겠다고? 그러면 운수대통이게? 애야, 저 아씨마님한테서 돈 일천 전을 이리 옮겨오너라."

가모의 명을 받은 어린 시녀가 진짜로 돈 일천 전을 가모의 옆으로 가져갔다.

"제발 제 돈을 도로 주세요. 진만큼만 당장 낼게요."

희봉이 엄살을 부리자 설부인이 나섰다.

"과연 희봉이 간이 콩알만 해졌네요. 그냥 웃자고 한 일인데."

희봉은 그 말을 듣고는 얼른 일어나 설부인을 끌어당기며 가모가 평소 돈을 담아두는 작은 나무상자를 가리켰다.

"이모님, 저것 좀 보세요. 저 상자 속에 저희한테서 딴 돈이 얼마나 들어갔는지 몰라요. 이 한 꿰미 돈도 반시간 내에 저 상자가 손짓을 해서 끌어들이고 말 거예요. 이 돈마저 다 들어가야 골패도 그만 놓고 우리 노마님 기분도 넉넉해지셔서 다른 일을 말씀하실 거란 말이에요."

그 말이 채 끝나기도 전에 다들 와하하 웃음을 터뜨렸다. 그때 마침 평아가 희봉의 노름밑천이 모자랄 것으로 생각하고 돈 일관 문을 더 가져왔다. 희봉이 말했다.

"내 앞에 놓을 것도 없이 아예 노마님 앞에다 갖다드리는 게 낫겠다, 애. 어차피 저쪽으로 건너갈 돈이니까 두 번 일할 것도 없고, 괜히 상자 속 돈들까지 나서 고생스럽게 불러들이는 수고를 할 것도 없을 테니까."

가모는 웃음을 참지 못하고 손에 쥐고 있던 골패를 탁자 위에 내던지며 원앙에게 소리쳤다.

"어서 저 방정맞은 주둥이를 당장 찢어주지 못하겠니!"

평아는 돈을 내려놓고 한참 웃다가 곧 밖으로 나왔다. 마침 원문 앞에서 가련을 만났다.

"어머님이 안에 계시더냐? 아버님이 빨리 모셔오라고 하시는데 어찌하면 좋겠느냐?"

"지금 노마님 방에 계시는데 지금껏 꼼짝 못하고 계세요. 일찌감치 그 말씀은 접어두고 손을 떼시는 게 좋겠어요. 노마님도 한참 역정을 내시다가 이제 겨우 아씨마님이 나서서 기분을 풀어드리는 바람에 조금이나마 풀어지셨는걸요."

"난 그저 잠시 들어가 할머님이 오는 열나흗날 뇌대집에 가실 것인지만 여쭤보려는 것뿐이야. 가마를 미리 준비해야 되니까. 그리구 어머님도 불러내고 할머님도 위로해 드리면 좋지 않겠어?"

"글쎄, 제 말씀 좀 들어보세요. 아무래도 안 들어가시는 게 좋겠어요. 온 집안사람이 야단을 맞고 작은댁 마님과 보옥 도련님까지도 호되게 꾸중 들었는데 이번엔 서방님까지 괜히 욕먹을 까닭이 뭐 있어요?"

"이제 다 끝난 일인데 설마 또 꼬투리를 잡지는 않으시겠지. 나하고 는 아무 상관없는 일이고. 또 아버님이 어머니를 모셔오라고 내게 직접 하명하셨는데 남을 시켰다가 나중에 아버님이 아시면 그러잖아도 기분 이 언짢으신 마당에 그걸 꼬투리로 호되게 야단치시지 않겠어?"

가련은 말을 마치고 곧장 안으로 들어갔다. 평아도 가련의 말이 일리 가 있다고 여겨 함께 뒤를 쫓아 들어왔다.

가련은 대청마루에 이르러 발걸음을 조심조심 옮기면서 안쪽의 상황 을 살폈다. 안에는 형부인이 서 있었다. 그래도 희봉이 눈치가 빨라 먼 저 가련을 알아보았다. 들어오지 말라고 얼른 눈짓을 보냈다. 형부인 한테도 가련이 왔음을 눈짓으로 알렸다. 형부인은 곧바로 나갈 수가 없 어 차를 한 잔 따라서 가모에게 올렸다. 가련은 조심하지 않고 있다가 미처 몸을 숨기지 못하고 가모의 눈에 띄었다.

"밖에 누가 왔느냐? 웬 녀석이 고개를 빼고 안을 염탐하고 있는 게냐?"

희봉이 얼른 일어나 말을 막았다.

"저도 무슨 사람그림자를 본 것 같아요. 제가 밖에 나가보고 올게요."

희봉이 막 일어나 나가려는데 가련이 급히 들어와 웃음을 띠며 인사 를 했다.

"이번 열나흗날 할머님께서 뇌대의 집에 가시려는지 알아보려고 왔 습니다. 가마를 준비해 놓으려고요."

"그렇다면 썩 들어서지 않고 왜 밖에서 머뭇거렸느냐? 무슨 은밀한 수작을 부리려고 했던 게냐?"

가모의 말에 가련이 웃음을 머금고 대답했다.

"할머님이 골패놀이를 하고 계셔서 방해드리지 않으려고 했던 거예 요. 그냥 집사람을 불러내어 잠깐 물어보려고 했던 거라고요."

"조금 있다가 네 식구가 집에 돌아가면 그때 물어도 될 것을. 그래, 이번엔 어쩐 일로 그렇게 조심조심 찾아와서 귀에다 대고 무얼 속삭이려 한단 말이냐. 무슨 염탐꾼처럼 슬금슬금 눈치를 보면서 귀신놀음 같은 짓을 하니 내가 놀라지 않았겠어? 아이고, 이 못난 놈아! 네 식구는 나하고 골패놀이를 하고 있으니 아직도 한나절은 더 해야 한단다. 그러니 네놈은 집으로 돌아가 그 조이趙二의 마누라인지 하는 년하고 네 식구 내쫓을 궁리나 하고 있으려무나."

가모의 말에 모두들 까르륵 웃음을 터뜨렸다. 원앙도 웃음을 참지 못하며 얼른 고쳐준다.

"포이鮑二의 마누라예요. 노마님은 또 아닌 밤중에 홍두깨라고 웬 조이 마누라를 들먹이세요?"

"그렇구나! 하지만 내가 그 사람이 포이인지 포옹인지 기억이나 할 수 있느냐. 그 일만 생각하면 나도 모르게 화가 치밀어 오르는구나! 내가 이 집안에 증손자 며느리로 시집을 와서 이제 나한테도 증손자 며느리가 생기고 벌써 쉰 네 해나 지났단 말이다. 그동안 놀랍고 험악하고 온갖 기괴한 일을 다 겪었지만 그래도 이런 일은 본 적이 없었느니라. 그러니 당장 이 자리에서 나가지 않고 뭣 하느냐?"

가련은 단 한마디 대꾸도 못하고 얼른 몸을 빼내 밖으로 나왔다. 평아가 창밖에서 기다리고 서 있다가 슬며시 웃으면서 핀잔을 줬다.

"제 말씀을 안 듣고 고집을 피우시더니 결국 그 꼴이 되셨군요."

그때 마침 형부인도 틈을 보아 밖으로 나왔다.

가련이 먼저 볼멘소리를 했다.

"이 모두가 아버지 때문이에요. 결국 어머니하고 저한테 불똥이 떨어지잖아요."

형부인이 역정을 냈다.

"효심이라고는 눈곱만큼도 없는 이 벼락 맞아 죽을 못된 놈아! 남들은 제 아비를 위해 목숨도 내놓는다는데 너는 겨우 몇 마디 말만 듣고 무슨 원망을 한단 말이냐. 네 아버지는 요 며칠 사이 화가 잔뜩 나셨으니 너도 곤장이나 맞지 않으려거든 조심해야 할 거다."

"그나저나 어머니나 빨리 가보세요. 저보고 어머니를 어서 불러오라
고 한나절이나 닦달하셨다니까요."

가련은 형부인과 함께 나와 집으로 모시고 갔다.

형부인은 방금 있었던 일을 몇 마디로 대강 알려주었다. 가사는 어쩔
도리가 없는 데다 부끄럽기도 해서 그날 이후로는 병을 핑계 삼아 문안
인사도 가지 않고 형부인과 가련을 보내 문안을 여쭐 뿐이었다. 그리고
각처에 사람을 보내 물색하여 결국 8백 냥에 열일곱 살 먹은 언홍嫣紅이
라 불리는 여자애를 구하여 방 안에 두고 시중들게 하였다. 그 일은 그
만 얘기하도록 한다.

한편 가모의 방에서는 한나절이나 골패를 놀고 저녁밥을 먹고서야
흩어졌다. 그로부터 하루이틀은 아무 일 없이 잘 지나갔다.

어느덧 열나흘날이 되었다. 아직 어둠이 가시지 않은 새벽녘에 뇌대
댁은 벌써 들어와 가모를 청하였다. 가모는 마음이 들떠 왕부인과 설부
인, 그리고 보옥과 다른 손녀들을 데리고 뇌대의 정원으로 갔다. 그 정
원은 물론 대관원에야 비할 바가 아니었지만 그래도 상당히 넓은 터에
정교하게 꾸며진 샘물, 바위와 나무, 누각과 정자 등이 가지런히 갖춰
져 있어 사람을 놀라게 할 만한 곳이 여러 곳 있었다. 바깥 대청에는 설
반과 가진, 가련, 가용 등과 가까운 일가친척이 와 있었다. 다만 먼 친
족은 오지 않았고 가사도 참석하지 않았다. 뇌씨네 집안에서도 현직 관
리나 대갓집 자제들을 여럿 불렀는데 그 중에 유상련柳湘蓮이란 자가 있
었다.

설반은 지난번 그를 한 번 만난 이후 잊지 못해 연연해하고 있었다.
설반은 그가 연극배우로 나서길 좋아한다는 것과 그것도 주로 남녀 젊
은 주인공들의 애정이야기에 출연한다는 사실을 알아내고는 자연히 그

가 풍류를 즐기는 젊은 귀공자 부류일 것이라고 지레 짐작하였다. 그래서 그와 사귀어보기로 맘을 먹고 있었다. 설반은 어떻게 해서든지 그를 끌어들여 보려는 심사였는데 마침 오늘 공교롭게도 이곳에서 다시 만나게 되었으니 기회라 생각하고 수작을 걸기 시작했다. 가진 등도 그의 이름을 전부터 들어왔던 터라 술이 얼큰하게 취한 김에 유상련에게 창극을 한 번 불러보라고 했다. 부르고 내려오니 설반이 자리를 옮겨와서는 그의 곁에 붙어 앉아 이것저것을 묻는 등 사람을 성가시게 해댔다.

유상련은 본래 대갓집 귀공자 출신으로 조실부모하여 공부는 끝까지 하지 못했지만 성격이 털털하고 호협하여 작은 일에 구애받지 않으며 창이나 칼 쓰기를 즐기고 노름과 술 마시는 데도 이골이 난 사람이었다. 화류계 여자들을 데리고 노는 일이나 피리와 칠현금 연주도 어느 하나 빠지는 게 없는 팔방미인이었다. 하지만 아직 젊은 나이에다 준수한 외모로 그의 신분을 잘 모르는 사람들은 그를 몸이나 파는 창극배우쯤으로 오인하기가 십상이었다. 뇌대의 아들 뇌상영이 평소 그와 교제가 있어 오늘 손님으로 초청된 것인데 뜻밖에도 술자리가 무르익게 되자 다른 사람은 가만있는데 오직 설반은 고질병이 도져 집요하게 집적대기 시작하였다. 유상련은 벌써부터 마음이 언짢아져서 자리를 뜨려고 했지만 뇌상영이 한사코 놓아주지 않았다.

"방금 전에 보옥 도련님이 저한테 당부하셨소이다. 보옥 도련님이 아까 대문에 들어설 때 잠시 형씨를 보기는 했지만 남들이 있어 서로 얘기를 나누지 못했으니 조금 있다가 술자리가 파하면 먼저 가지 말고 잠시 남아있으라 전해달라고요. 따로 하실 말씀이 있다고 말이에요. 굳이 먼저 가시려거든 제가 보옥 도련님을 불러다 드릴 테니 만나보고 가시는 게 좋겠소이다. 저하고는 상관이 없습니다만."

뇌상영은 곧 시동을 불러 보옥을 불러오도록 했다. 잠시 후 과연 보옥이 나왔다.

뇌상영이 보옥에게 웃으며 말했다.

"자, 도련님한테 이분을 인계하고 저는 손님 접대하러 들어갑니다."

보옥은 유상련을 이끌고 대청 곁에 있는 작은 서재로 들어가 함께 앉았다. 보옥은 유상련에게 요즘 진종의 묘지에 가 본 적이 있는지를 물었다. 상련이 대답했다.

"왜 안 갔겠어요? 며칠 전에도 저희 몇 사람이 매를 데리고 사냥을 갔었는데 가보니 그 친구 묘지하고 조금밖에 안 떨어진 곳이더라고요. 제 생각에 지난여름 비가 많이 왔으니 혹시 묘지가 무너지지나 않았을까 하는 생각이 들어 따로 찾아가 보았더니 과연 묘지 한 귀퉁이가 비에 쓸려 나갔더라고요. 그래서 집에 돌아와 돈 수백 전을 마련해서는 이틀 후 새벽같이 일꾼 두 사람을 데리고 올라가 고쳐놓았지요."

"역시 그랬었군그래. 지난달 우리 대관원 안의 연못에 연밥이 여물었기에 한 여남은 개를 따서 명연에게 가져가 진종의 산소에 제사지내고 오라고 보냈지요. 돌아온 명연에게 여름 장맛비에 묘지가 무너진 데는 없더냐 하고 물었더니 아예 새로 만든 봉분처럼 깔끔하게 고쳐졌다고 하더라고요. 당연히 몇몇 친구들이 새로 고쳐 놓았을 것이라고 생각했지요. 저야 매일같이 집안에만 처박혀 있다시피 지내니까 정말 답답하기만 합니다. 어느 하나 내 뜻대로 할 수 있는 일도 없고 조금만 움직이려면 남들이 눈치채고 이 사람이 말리고 저 사람이 훈계하고 그냥 말뿐이지 막상 할 수 있는 일은 없습니다. 비록 돈이 있다고는 하지만 내 뜻대로 쓰기도 어렵고요."

보옥의 말에 유상련이 대답했다.

"그런 일은 신경 쓰지 않아도 됩니다. 밖에는 내가 있으니 걱정 말고 그저 마음속에 그런 생각만 있으면 되지요. 곧 시월 초하루가 되는데 그때 성묘 가서 쓸 비용은 이미 마련되어 있어요. 잘 아시겠지만 나야 돈 한 푼 없는 가난뱅이고 집안에 모아둔 재산이라곤 없어 여유도 없는 데다가 몇 푼이라도 생기면 바로 바로 써버리는 성격이라 지금부터 그 돈을 모아두어야 한답니다. 그때 가서 대책 없이 낭패를 보지 않으려면 말이지요."

보옥이 말을 이었다.

"바로 그 일 때문에 명연을 보내 상련 형을 찾으려는 참이었습니다. 하지만 집에도 늘 안 계시고 매일 어딘가 돌아다니며 일정한 거처가 없으니 찾을 수가 있어야지요."

"그 일로 저를 찾을 필요는 없습니다. 이런 일은 그저 자신이 하고 싶은 대로 하면 됩니다. 저도 곧 어딘가 멀리 길을 떠나려고 합니다. 한 사오 년간 밖으로 나다니다가 돌아올까 생각하고 있습니다."

보옥이 놀라 급히 물었다.

"왜요?"

유상련은 차갑게 웃으면서 대답했다.

"보옥 형은 내 속마음을 알 길이 없을 거요. 때가 되면 자연히 알게 될 겁니다. 그럼 이것으로 작별하도록 합시다."

보옥이 아쉬워하며 말했다.

"겨우 만나게 되었는데 저녁에도 함께 있으면 얼마나 좋겠소?"

"보옥 형의 이종사촌이 저렇게 사람을 괴롭히는데 더 앉아 있다가는 일이 터지고 말 것 같소. 차라리 내가 자리를 피하는 게 상책이지요."

보옥이 잠시 생각에 잠기더니 이윽고 말했다.

"그렇다면 몸을 피하는 게 좋겠소이다. 하지만 정녕 먼 길을 떠나겠다면 반드시 나한테 한마디 일러나 주시오. 그냥 소리 없이 떠나지 말고."

보옥은 자신도 모르게 눈물을 떨구었다.

"떠날 때는 기별하지요. 다른 사람한테는 아무 말 하지 마시오."

상련이 일어나 나가려다 한마디를 덧붙였다.

"자, 그만 안으로 들어가시오. 날 전송할 필요는 없으니까."

유상련이 대문 앞에 이르렀을 때 설반의 눈에 띄었다. 그는 반갑게 소리치며 함부로 달려들었다.

"여봐라! 상련이를 누가 내보내려고 한단 말이야!"

그 순간 유상련은 벌써 정수리에 불꽃이 튀어오를 듯 화가 치솟았다. 그 자리에서 그냥 한 대 휘갈기고 싶었지만 술자리를 마치고 주먹질하면 결국 주인인 뇌상영의 체면을 깎는 일이 될 것이란 생각에 꾹 참고 말았다. 설반은 유상련이 밖으로 나온 걸 보고는 무슨 보물을 만난 듯 반가워서 비틀거리며 다가와 웃음을 흘리며 잡아끌었다.

"우리 상련 아우, 지금 어딜 가시려는 거야?"

"잠깐 바람이나 쐬고 돌아올 겁니다."

"아이고, 귀여운 우리 아우님! 그대가 가버리면 재미없어지는걸. 어쨌든 잠깐 앉아봐, 날 좀 생각해서 말이야. 아무리 중요한 일이 있더라도 그런 일쯤이야 다 이 형님한테 맡겨두란 말이야. 아우님은 서두를 필요가 없다구, 여기 이 형님이 계시잖아. 벼슬을 하든 돈을 벌든 그런 것쯤이야 다 누워서 떡 먹기라니까. 다 내가 알아서 할 테니까 걱정 마."

유상련은 설반이 이렇게까지 달라붙어 난처하게 만들자 부끄럽고 원망스런 마음에 곧바로 한 가지 꾀를 생각해 냈다. 곧 설반을 잡아끌고 남들이 없는 구석으로 가서 웃는 얼굴로 조용히 한마디 했다.

"노형은 진심으로 나하고 한 번 사귀어 보겠다는 거요? 아니면 거짓으로 나를 놀리자는 거요?"

설반은 그 말을 듣고 기쁜 나머지 온몸을 비비꼬며 실눈을 뜨고는 흘겨보면서 웃었다.

"아이고, 우리 귀여운 아우님! 어찌 그걸 말이라고 내게 물으시는가? 내 마음에 티끌만 한 거짓이라도 있다면 바로 이 자리에서 죽어도 싸지."

"그렇다면 이곳에선 서로가 불편하니 잠시 앉았다가 내가 먼저 나간 후 노형이 내 뒤를 따라 나오시오. 내가 지내는 곳으로 가서 우리 단둘이 밤새도록 술이나 마셔봅시다. 거기엔 우리하고 놀아줄 기가 막힌 애도 둘이나 있으니까 말이오. 아직 아무도 손대지 않은 녀석들이라오. 그곳에 가면 자연히 시중드는 놈들도 있으니까 하인은 한 사람도 데려갈 필요가 없소이다."

설반은 너무나 좋은지라 술이 절반쯤 깰 지경이었다.

"그게 정말인가?"

"뭐? 남은 진심으로 대하려는데 노형은 믿지 못하겠다 이거로군요!"

"아냐, 아냐. 내가 무슨 바보인가, 못 믿을 게 뭐 있겠어? 그렇지만 내가 길을 모르는데 내가 어떻게 찾아가면 되는 거지?"

"내가 사는 곳은 북문 밖에 있는데 오늘은 집에 돌아가지 말고 그냥 성 밖에서 하룻밤 묵을 생각이 있소?"

"상련이가 있는 곳이라면 그만이지, 내가 집에 돌아가서 뭐하겠나?"

"그렇다면 내가 북문 밖 다리목에서 기다릴 테니 우선 술자리에 들어가 술이나 마십시다. 내가 먼저 나간 걸 보고 슬그머니 따라 나오시오. 다른 사람들의 의심을 사지 않도록 말이오."

설반은 유상련의 말에 연신 고개를 끄덕이며 대답하였다. 두 사람은 다시 술자리에 돌아왔다. 잠시 술을 마시는 동안에도 설반은 진정을 못하고 유상련을 쳐다보며 속으로 쾌재를 불렀다. 좌우에 있던 술병을 가져다 누가 따라주지 않아도 스스로 끝없이 마시다 보니 어느새 거나하게 취한 상태가 되었다.

그때 유상련이 일어나 남들이 눈치채지 않을 때 얼른 자리를 빠져 나왔다. 문밖에 이르러 시동인 행노㐌奴에게 일렀다.

"먼저 집으로 돌아가 있어라. 내 성 밖에 잠시 나갔다가 곧 돌아가마."

유상련은 말을 타고 곧장 북문으로 향했다. 그리고 다리목에서 설반이 나타나기를 기다렸다. 얼마 지나지 않아 과연 설반이 커다란 말을 타고 저 멀리서 나타났다. 입을 헤벌리고 눈을 둥그렇게 뜨고 머리는 술 달린 작은북처럼 좌우를 연신 두리번거리면서 상련의 말 앞에까지 이르렀다. 그런데 멀리만 바라보며 달려가느라 눈앞을 제대로 보지 못하고 그만 유상련을 지나치고 말았다. 유상련은 우습기도 하고 또 진상맞단 생각도 하면서 말을 움직여 뒤를 따랐다. 설반이 앞으로만 내달으며 바라보니 점점 인적이 드물고 황량한 벌판으로 이어지는지라 발걸음을 멈추고는 뒤로 돌아 다시 찾기 시작했다. 뜻밖에도 유상련이 바로 뒤를 따르고 있었다. 설반은 보물을 발견한 듯 몹시 반가워했다.

"그래, 자네는 절대로 신용을 어길 사람이 아니라고 했지."

"어서 앞으로 갑시다. 남들이 보고 뒤를 따라오면 거북하니."

유상련이 앞장서서 말을 달리고 그 뒤를 설반이 바짝 쫓았다.

한참 나아가니 마침내 인적이 드물고 갈대가 우거진 물가의 공터가 나타났다. 유상련은 말에서 내려 나무에 말고삐를 매며 설반에게 말했다.

"어서 말에서 내리시오. 우선 한 가지 맹세를 해야겠소. 앞으로 만약 마음이 변해 남에게 알리기라도 한다면 단단히 보복받기로 하는 거요."

설반이 아직까지는 당당하게 나왔다.

"그야 당연한 말이지."

설반도 말에서 내려 나무에 말고삐를 매고 무릎을 꿇으며 맹세하였다.

"내가 만약 먼 훗날 맘이 변하여 남한테 우리의 일을 누설한다면 천지가 용납지 않을 거야!"

그 말이 미처 끝나기도 전에 "퍽" 하는 소리와 함께 설반은 뒤통수를 철퇴로 맞은 듯 눈에서 불똥이 번쩍 하더니 눈앞이 캄캄해졌다. 그러고는 몸을 제대로 가누지 못하고 그대로 고꾸라지고 말았다.

유상련은 가까이 다가와 설반을 내려다보았다. 칠칠치 못한 설반은 평소에 남의 매를 제대로 맞아본 적이 없기에 그만한 것도 이겨내질 못했다. 겨우 주먹 몇 대를 갈겼을 뿐인데 설반의 얼굴은 벌써 엉망진창으로 터지고 일그러져 있었다. 설반이 그래도 힘을 써 몸을 일으키려 하자 유상련은 다시 한 번 발길로 짓밟아 설반을 쓰러뜨렸다. 고꾸라진 설반이 그래도 입으로 무어라 중얼댔다.

"서로가 뜻이 맞아 만나자고 한 것일 뿐인데. 자네가 싫다면 말로 하면 될 것을 굳이 나를 불러내서 이렇게까지 때릴 건 또 뭔가?"

분한 마음에 설반은 욕을 퍼부었다. 유상련이 가만있을 리 없었다.

"네놈의 눈깔을 빼놓고야 말겠다. 이 상련 형님이 어떤 분인지 네놈이 똑똑히 알도록 해주겠단 말이다. 살려달라고 애걸복걸은 못할망정 뭐라고? 아직도 날 어떻게 해보겠다구? 이놈아! 내 너를 여기서 때려 죽여 봤자 아무런 득이 없을지니 네놈한테 내가 얼마나 지독한지 맛이나 보여주마."

유상련은 말채찍을 가져오더니 곧 설반의 등줄기부터 목덜미에 이르기까지 서른 번, 마흔 번이나 후려갈겼다. 설반은 술이 번쩍 깨면서 견딜 수 없는 아픔에 외마디 비명소리만 지를 뿐이었다.

유상련은 코웃음을 쳤다.

"그래, 네놈이 겨우 그 정도란 말이냐. 난 네놈이 그래도 이 정도의 매로는 끄떡도 하지 않을 줄로 알았다."

유상련은 다시 설반의 왼쪽 다리를 잡아끌고 갈대 속 진흙탕으로 들어갔다. 설반의 몸을 진흙탕 속에 마구 굴리면서 소리쳤다.

"이래도 네놈이 이 형님을 알아보지 못한단 말이냐!"

설반은 아무 대답 없이 엎드려서 끙끙대고 있을 뿐이었다. 유상련은 들고 있던 채찍을 내던지고 설반의 몸에 주먹을 몇 번 내질렀다. 설반은 그제야 데굴데굴 구르며 소리를 질렀다.

"아이쿠! 갈비뼈가 부러졌어. 그래, 그래. 이젠 알겠다구. 자넨 본래 올바른 행동만 하는 사람이 분명해. 내가 주변의 말을 잘못 들었던 거야."

"남 핑계는 그만 대! 지금 네놈의 생각을 말하란 말이야."

"지금 무슨 할 말이 있겠어. 자네가 바른 사람이란 거만 알았어. 내가 잘못했다구."

유상련이 다시 호통을 쳤다.

"이놈아! 더 말을 높여야 용서하겠다."

설반은 차마 입이 떨어지지 않는지 그저 끙끙대며 우물쭈물했다.

"이보게, 아우님!"

유상련은 다짜고짜 주먹을 내질렀다.

설반은 소리를 질렀다.

"아이고, 아이고! 형님!"

유상련은 여전히 말없이 연거푸 주먹을 휘둘렀다.

설반은 다급한 처지라 이젠 애걸복걸을 했다.

"아이고, 나리님! 제발 살려주시오! 제가 그만 눈이 멀어서 미처 알아뵙지 못했습니다. 앞으로는 나리님 무서운 줄 알고 잘 모시겠습니다요."

"좋아, 그렇다면 저 흙탕물을 당장 마셔라!"

유상련의 말에 설반은 미간을 찌푸리며 주저했다.

"어떻게 저 진흙탕을 마십니까?"

유상련은 또 말없이 주먹부터 내질렀다.

"네, 네, 마시겠습니다."

설반은 어쩔 수 없이 엎드려 갈대뿌리 쪽에 입을 대고 한 모금 들이켰다. 하지만 미처 목구멍으로 넘기기도 전에 방금 전에 먹었던 음식까지 다 토해내고 말았다.

"아이고 더러운 것! 당장 다시 처먹어야 네놈을 용서하겠다."

설반은 놀라서 그만 고개를 땅에 수없이 조아리며 통사정했다.

"제발 적선하시는 셈치고 저를 용서해 주세요! 이거야말로 죽는 한이 있어도 먹을 수가 없습니다."

"아이고, 그 역겨운 냄새 때문에 나까지도 속이 울렁거릴 지경이다. 이놈아!"

유상련은 설반을 내버려두고 바로 말에 훌쩍 올라 떠나갔다.

설반은 유상련이 가버리자 비로소 마음이 놓였다. 자신이 사람을 그렇게 잘못 보았던 것이 후회되기도 하였다. 겨우 몸을 추스르고 일어나려고 했으나 온몸이 쑤시고 얼얼하여 꼼짝할 수가 없었다.

한편 가진 등은 술좌석에서 그들 두 사람이 함께 보이지 않자 여러 곳을 두루 찾아보았지만 찾을 수 없었다. 누군가 그들 두 사람이 함께 북문 쪽으로 나가는 것을 얼핏 보았다고 했다. 설반의 시동들은 평소 설반을 두려워하는 데다 오늘은 특히 절대로 따라오지 말라고 신신당부를 했으므로 굳이 찾아나서려고도 하지 않았다. 한참이 지나자 아무래도 걱정이 되었던 가진이 가용에게 나가서 찾아보도록 시켰다. 가용이 하인들을 데리고 누군가 보았다는 말만 듣고 찾으러 나갔다. 북문으로 나와 다리를 건너 2리쯤 갔더니 근처의 갈대밭 웅덩이 가에 설반의 말이 매어져 있었다.

"됐어요! 말을 찾았으니까 사람도 이 근처에 있을 겁니다."

사람들이 말 가까이에 이르니 갈대밭 속에서 사람의 신음소리가 들려왔다. 달려가 보니 설반은 옷이 다 찢어지고 얼굴은 살이 터지고 퉁퉁 부어올라 엉망진창이었다. 온몸은 진흙탕에 자빠진 돼지처럼 늘어져 있었다. 가용은 속으로 대충 짐작이 갔다. 그는 얼른 말에서 내려 설반을 부축해 일으키도록 하인에게 지시하고는 웃으며 말했다.

"설반 아저씨는 가는 곳마다 재미를 보시더니 오늘은 이런 갈대숲에까지 오셔서 누워 계시네요. 필시 용왕님께서 그 풍류를 사랑하여 부마로 삼으시려고 하셨던 모양이지요. 그런데 어쩌다 그만 용의 뿔에 받히게 되셨나요?"

설반은 너무나 부끄럽고 창피하여 쥐구멍이라도 찾아 들어가고 싶었다. 가용은 설반이 지금은 말을 탈 수조차 없었으므로 근처 인가에 가서 작은 가마를 한 채 빌려와 설반을 태워 성내로 들어갔다. 가용이 일부러 설반을 데리고 굳이 뇌대집 잔치자리로 돌아가려 하자 설반은 통사정하였다. 그리고 다른 사람에게는 알리지 말라고 신신당부를 했다. 가용은 그제야 못이기는 체 그를 집으로 돌아가게 했다.

가용은 다시 뇌대의 집으로 가서 부친인 가진에게 방금 전 상황을 보고했다. 가진도 설반이 유상련으로부터 호되게 매를 맞은 사실을 전해 듣고 웃으면서 한마디 했다.

"그래, 그 친구는 혼이 좀 나는 것도 나쁘진 않을 거야."

저녁이 되어 다들 술자리가 파하자 찾아가 위문했지만 설반은 정양 중이란 핑계로 만나주지 않았다.

한편 가모 등의 일행은 뇌대의 잔치를 마치고 각자 집으로 돌아왔다.

설부인과 설보차는 집으로 돌아오자 향릉이 눈이 퉁퉁 붓도록 울고 있어 깜짝 놀라 왜 그러냐고 하면서 얼른 달려가 누워있는 설반을 살펴보았다. 설반은 얼굴이고 몸이고 온통 상처투성이였지만 다행히도 힘줄이나 뼈를 다치지는 않은 것 같았다. 설부인은 분하고 속이 상하여 유상련을 한바탕 욕하고는 곧 왕부인에게 고하여 사람을 보내 그놈을 잡아들이려고 할 태세였다. 곁에서 보차가 좋은 말로 달랬다.

"사실 따지고 보면 그리 별일도 아닌데 너무 야단법석을 떨 필요는 없을 것 같아요. 자기들끼리 함께 술 마시다 서로 싫은 소리하고 주먹질까지 하게 된 거예요. 취한 사람 쪽에서 몇 대 더 맞는 일이야 늘상 있는 일이잖아요. 더구나 우리 오라버니가 세상천지에 제멋대로 군다는 건 남들도 다 아는 일이고요. 어머니도 속상하실 테니까 화풀이를 하셔야겠죠. 그건 쉬운 방법이 있어요. 한 사나흘쯤 지나서 오라버니가 쾌차하여 외출할 수 있게 되면 저쪽 집의 가진 오라버님이나 가련 오라버님도 손을 놓고 그냥 넘어갈 양반들은 아니니 그때 가서 술상 차리고 손님들 청하고 그 사람도 오라고 해서 여러 사람 면전에서 정식으로 사과하도록 하면 되지 않겠어요? 이번에 어쩌다 한 번 당한 것을 가지고 어머니께서 새삼 일을 만들게 되면 사람들은 친척의 권세를 믿고 남을 업신여긴다고 말할 게 분명하거든요."

딸의 말을 들은 설부인이 고개를 끄덕이며 시인을 했다.

"애야. 아무래도 네가 생각하는 게 속이 참 깊구나. 내가 잠시 분한 마음에 미처 생각하지 못했어."

보차가 다시 말했다.

"그럼 됐어요. 오라버니는 어머니도 겁내지 않고 또 남의 권고도 제대로 듣지 않는 사람이라 날마다 더욱 방종이 심해가던 참이었는데 두어 차례 욕을 보더라도 그리 나쁠 건 없을 거예요."

설반은 구들에 누워 유상련을 욕해대면서 시동들에게 그의 집으로 찾아가 때려죽이라고 소리치는가 하면 또 빨리 관가에 그를 고소하라고 난리치기도 했다. 설부인은 몰래 시동들을 꼼짝 못하게 잡아두고 유상련이 술기운에 잠시 사람을 쳤지만 술이 깬 다음 겁이 나고 후회스러워 다른 곳으로 도망을 쳤노라고 설반에게 말했다. 설반도 그 말을 듣고는 더 이상 어쩔 수가 없었다.

뒷이야기가 궁금하시면….

滥情人情误
艺游慕
女雅集
雅
苦吟诗

시를 배우는 향릉

개망나니 설반은 머나먼 유람의 길 떠나고
시인을 사모한 향릉은 고심하며 시구를 읊네

濫情人情誤思游藝　慕雅女雅集苦吟詩

설반은 유상련이 도망쳤다는 말을 듣자 비로소 마음이 차츰 가라앉았다. 사나흘 지나자 몸의 통증은 나았지만 상처는 여전히 남아있어 병을 핑계로 집안에만 박혀 있으며 친구들과 만나는 것을 꺼렸다. 그러다 어느덧 시월달이 되었다. 각 점포의 점원 중에서 연말결산을 마치면 고향으로 돌아가겠다는 사람이 있어 집안에 술상을 차리고 전별잔치를 마련하게 되었다. 그 중에 장덕휘張德輝라는 자가 있었다. 환갑이 지난 나이였으나 어려서부터 설씨네 집의 전당포 일을 총괄했고 자신의 재산만도 이삼천 냥은 가지고 있어 꽤 살 만한 자였다. 금년 연말에도 집으로 돌아갔다가 내년 봄에나 다시 오겠다고 하면서 설반에게 한마디 했다.

"금년에는 종이와 향료의 공급물량이 부족하였으니 내년에는 필시 값이 뛰어오를 것입니다. 내년엔 저희 큰아이놈을 먼저 보내 전당포의 일을 보도록 하고 저는 단오절 이전에 종이와 향료, 그리고 부채 등을 구입하여 가져오겠습니다. 그러면 세금이나 비용 등을 다 제하더라도 몇 갑절의 이윤을 볼 수 있을 것입니다."

설반이 듣고 마음속으로 가만히 생각해 보았다.

'지금 남한테 얻어맞아 사람들을 만나기도 거북한 입장이어서 한 일 년이고 반년이고 어디 숨어있을 데가 없을까 생각해 보았지만 갈 곳이 없던 참이었다. 그렇다고 날마다 병을 핑계대서 집구석에 처박혀 있는 것도 할 일이 아니다. 이 나이가 되도록 글공부도 제대로 못하고 무술을 익힌 것도 아니다. 장사를 한다고는 하지만 내 자신이 저울이나 주판 한 번 만져본 적이 없었고 지방의 풍속이나 원근의 길조차 제대로 알지 못하고 있다. 그러니 이참에 아예 밑천을 몇 푼 준비해서 장덕휘를 따라 한 일 년쯤 떠돌아다니다 돌아오는 것도 좋겠다. 돈이야 벌어도 그만이고 못 벌어도 그만 아닌가. 창피한 이 순간을 피할 수 있어서 좋고 또 산천경개 살펴보며 유람하는 것도 나쁘지는 않겠지.'

마음이 정해지자 곧 술자리가 파한 후에 장덕휘에게 그 뜻을 전하고 하루이틀 뒤에 함께 출발하자고 했다. 설반은 또 제 모친을 찾아갔다. 설부인은 처음엔 기뻐했지만 본전을 까먹는 건 둘째 치더라도 밖에 나갔다가 무슨 일이라도 벌어질까 걱정 돼서 가지 못하도록 했다.

"어쨌거나 너는 집에 남아 있는 게 좋겠다. 그래야 내가 마음을 놓을 수가 있어. 네가 그런 장사 하지 않아도 그만이고 그까짓 돈 몇백 냥 안 벌어도 상관없단다. 그저 집에서 아무 말썽 없이 잘 지내주는 것이 돈 몇백 냥 버는 것보다 훨씬 낫단 말이다."

그렇지만 설반은 이미 작심한 뒤라 그 말을 들을 리가 없었다.

"날마다 제가 세상일을 모른다고 말씀하셨잖아요. 이것도 저것도 모르는 바보라고. 지금 제가 큰 맘 먹고 쓸모없는 인간들과 절연하여 제대로 일을 한 번 해보고 장사하는 법이라도 배워보려는데 이번엔 또 허락을 안 하시면 절더러 어쩌라는 겁니까? 제가 집구석에나 있어야 하는 계집애도 아닌데 저를 언제까지 집에다 붙잡아둘 생각이신가요? 장덕휘는 나이도 지긋하고 덕망이 있는 사람인 데다 우리집에서 오랫동안 있었으니 제가 지금 그와 함께 가면 무슨 잘못된 일이 생기겠어요? 제가 조금이라도 잘못된 일을 하면 자연히 그 사람이 저를 일깨워 줄 테고요. 그리고 물건값이나 자세한 물정은 그가 잘 아는지라 매번 그한테 물으면 순리대로 잘되지 않을 턱이 없어요. 이틀쯤 있다가 어머님께 말씀 안 드리고 몰래 짐을 꾸려서 그냥 떠날 겁니다. 돈을 많이 벌어서 내년쯤 집에 돌아오면 그때나 저를 보시게 될 거예요."

설반은 화가 난 채로 자기방으로 돌아가 버렸다.

설부인은 설반의 말을 듣고 보차와 상의했다. 보차가 웃으면서 말했다.

"오라버니가 정말 제대로 일을 한 번 해보고자 그런다면 오죽이나 좋겠어요. 집에서는 듣기 좋게 말을 했지만 밖에 나가면 으레 못된 버릇이 도질 테니 그때 가선 막을 도리가 없게 될 거예요. 하지만 너무 걱정하지 않으셔도 돼요. 오라버니가 정말 새사람이 된다면 그야말로 오라버니 일생일대의 행복이지요. 만일 고치지 못한다면 어머니도 다른 방도가 없을 거예요. 진인사대천명盡人事待天命이라고 그저 최선을 다하고 나서 천명을 기다려 볼 수밖에 없는 거지요. 그만한 나이가 되었는데 오로지 세상물정을 모른다고 문밖에도 못나가게 하고 일도 못하게 하면 어떡하겠어요. 이번에 오라버니가 제정신을 차리려고 일리 있는 말을 했으니 어머니는 그저 팔백 냥이고 천 냥이고 잃어버렸다 생각하시고 밑천삼아 한 번 해보라고 하세요. 어쨌든 점원들이 도와줄 테니 누구든 그렇게 손쉽게 속임수를 쓰지는 못할 거예요. 또 하나, 오라버니가 멀리 나가면 곁에서 부추기는 사람도 없을 테고 의지할 사람도 없게 되니 밖에서야 누가 누구를 겁내겠어요. 고개 들어봐도 누구 하나 기댈 데가 없다면 오라버니도 정신을 차리게 되겠죠. 가만히 집에만 있는 것보다 나을지도 몰라요."

설부인은 보차의 말을 듣고 한참 생각에 잠겼다가 말했다.

"하긴 네 말에도 일리가 있구나. 돈 몇 푼 들여서 그애가 사람이 되어 돌아온다면 당연히 그만한 가치가 있고말고."

두 사람은 상의를 마치고 잠이 들었다.

다음날 설부인은 장덕휘를 불러들이고 설반에게 서재에서 술자리를 마련하여 잘 대접하도록 했다. 그리고 자신은 뒷켠 낭하廊下에서 창문을 사이에 두고 여러 가지 말로 장덕휘에게 설반을 잘 보살펴달라며 신신당부했다. 장덕휘는 말끝마다 "네, 네" 하면서 대답했다. 그는 잠시 후 식사를 끝내고 설반에게 인사하면서 말했다.

"오는 열나흗날이 아주 길일이라고 하니 그날 떠나겠습니다. 도련님께선 곧 여장을 꾸리시고 노새도 구해 놓으셔야겠어요. 아침 일찍 장도에 오르겠습니다."

설반은 기뻐하면서 그 말을 설부인에게 전했다. 설부인은 보차와 향릉, 그리고 노파 두 사람을 데리고 설반의 행장을 꾸렸다. 따라갈 하인들로는 설반의 유모 남편인 늙은 노복 한 사람과 옛날부터 집안을 잘 알던 하인 두 사람, 그리고 설반의 시중을 들 시동 두 명을 정했다. 주인과 하인 합해서 모두 여섯 명은 수레 세 대를 세내어 짐차로 삼고 따로 먼 길을 갈 노새 네 마리를 준비했다. 설반은 집에서 기르던 커다란 검정 노새 한 마리를 타고 예비로 말 한 마리를 따로 준비하였다. 모든 준비가 끝나자 설부인과 보차 등은 밤새 설반에게 당부의 말을 아끼지 않았다.

열사흗날이 되었을 때 설반은 우선 외숙부를 찾아가 작별인사를 하고 가씨 댁의 여러 식구들에게도 인사했다. 가진 등이 자연 전별의 자리를 마련하였음은 말할 필요도 없다. 다음날 아침 일찍 설부인과 보차 등은 대문 밖까지 나가 설반을 전송하였다. 설반을 떠나보내는 두 모녀의 눈에는 눈물이 가득 고여 있었다.

설부인이 금릉에서 상경할 때 함께 온 사람들은 네댓 집안의 하인가족과 두세 명의 노파와 어린 시녀들뿐이었다. 지금 설반이 떠나가니 밖에는 한두 사람의 남자 하인이 있을 뿐이었다. 설부인은 그날로 서재에 들어가 일체의 진열품과 골동품, 휘장 등을 거두어 옮겨와서 따로 보관해두었다. 또 설반을 따라간 두 하인의 아내도 모두 안채로 들어와 자도록 조치하고 향릉에게도 방을 깨끗이 정리하도록 했다.

"방문을 걸어 잠그고 밤에는 방에서 나와 함께 잠을 자라."

보차가 곁에서 말했다.

"어머니는 다른 사람들하고도 함께 지내야 하실 테니 향릉은 저하고 함께 있는 게 좋겠어요. 대관원 안의 형무원은 텅 비어 있고 밤도 길어졌으니 매일 밤 일을 하려면 한 사람이라도 더 있어야 하겠어요."

"내가 깜빡 잊고 있었구나. 그래 너하고 함께 지내도록 하는 게 좋겠다. 전에 네 오라비한테도 말한 적이 있었지. 문행文杏은 너무 어려 철이 없고 앵아 한 사람으로는 시중들기가 바쁠 테니 시녀 한 사람을 더 구해서 네게 주려고 생각했단다."

"사들여오는 사람은 속내를 알 수 없어요. 행여 잘못되면 돈을 버리는 것은 둘째 치고 말썽이나 일으키지 않을까 걱정이에요. 천천히 알아보고 속내를 아는 사람이 나타나면 사들이도록 하세요."

보차는 향릉에게 이부자리와 경대를 챙기라고 이른 후 할멈 하나와 향릉의 시녀인 진아臻兒를 먼저 형무원으로 보내고 자신은 향릉과 함께 뒤를 따라 대관원으로 들어갔다.

"제가 마님께 나리가 가시면 아가씨와 함께 지내겠다고 말씀을 드리려고 하던 참이었어요. 하지만 혹시 마님이 어떻게 생각하실지, 제가 대관원 안에 들어가 놀고 싶어서 그런다고 생각하실지 몰라 망설이고 있었어요. 아가씨께서 먼저 말씀해 주셔서 너무나 다행이에요."

"나도 향릉이 대관원 안에서 지내고 싶어 안달이란 걸 진작부터 알고 있었어. 하지만 어디 틈이 나야지. 매일 한 차례 집에 돌아온다고 해도 그저 정신없이 지내거나 얘기할 분위기도 아니었고 말이야. 이번 기회에 차라리 한 일 년쯤 함께 있으면 나도 동무가 생기는 셈이고 향릉이도 소원을 푸는 셈이 아니겠어."

보차의 말에 향릉은 마침내 평소의 소원을 말했다.

"아가씨, 제가 이곳에 있는 동안에 제발 저한테 시 짓는 법이나 꼭 가르쳐 주세요."

"속담에 '농〔隴: 감숙성〕의 땅을 얻으면 촉〔蜀: 사천성〕의 땅까지 바라본다'더니 향릉의 욕심은 끝이 없네그래. 오늘은 들어온 첫날이니까 대관원 동쪽 샛문으로 나가 노마님부터 시작하여 각 처소의 사람들을 만나 인사를 올려야 하지 않겠어? 그렇다고 뭐 굳이 이사 들어왔다는 말은 할 필요가 없고, 까닭을 물으면 그냥 내 곁에서 말벗이나 하려고 왔다고만 해. 대관원에 들어와서는 각처의 아가씨들 방에도 한 번씩 돌아야 하고 말이야."

마침 평아가 서둘러 달려 들어왔다. 향릉이 먼저 인사하니 평아도 웃으며 마주 인사를 했다. 보차가 평아에게 웃으며 말했다.

"오늘 막 향릉을 데리고 들어왔어, 동무 삼으려고. 지금 너네 아씨마님께 인사가려는 참인데."

"아가씨가 그리 말씀하시면 제가 무슨 말씀을 드릴 수 있겠어요?"

"그게 사리에 맞는 거지. 절에도 주지가 있는 법이거든. 설사 작은 일이라 하더라도 서로 인사하고 알릴 것은 알려야지. 대관원의 야간 당직자들에게도 저들 두 사람이 더 늘었다는 걸 알려야 문단속을 잘하게 될 거 아냐. 평아가 돌아가는 길에 한마디 해줘. 내가 따로 사람을 보내지 않을 테니까 말이야."

평아가 향릉에게 물었다.

"향릉이 이곳에 왔으니 주변 이웃들한테 인사는 한 번 해야 하지 않아?"

보차가 대신 대답했다.

"지금 막 보내려던 참이었어."

"그럼 우리집엔 가지 않아도 돼요. 나리께서 몸이 편찮아서 집에 누워계시거든요."

평아의 말에 향릉은 우선 가모의 거처를 시작으로 인사를 다녔다. 그 얘기는 그만 한다.

한편 평아는 향릉이 나가자 보차를 잡아끌며 성급하게 말했다.

"아가씨, 저희집 소식 들으셨어요?"

"글쎄, 아무 소식도 듣지 못했는걸. 매일같이 우리 오라버니 길 떠날 채비를 하느라고 이곳 소식을 들을 새도 없었지. 이곳의 아가씨들을 만나본 지도 벌써 여러 날 되었어."

"저희 대감마님께서 우리 서방님을 얼마나 심하게 때리셨는지 지금 몸도 제대로 움직이지 못하고 계세요. 정말 그런 소식 못 들으셨어요?"

"아, 그러고 보니 얼핏 한두 마디 들었는데 그저 헛소문인가보다 하고 믿지 않았어. 그러잖아도 지금 너희 아씨마님을 만나보려는 참이었는데, 평아가 먼저 찾아온 거야. 근데, 왜 그렇게 심하게 때리신 거야?"

보차의 말에 평아는 이를 갈면서 욕을 해댔다.

"그게 다 그 못된 가우촌인가 뭔가 하는 작자 때문이란 말이에요. 어디서 굴러먹다 말라비틀어진 뼈다귀인지 모르지만 이 집에 출입한 지 십 년도 안 되어 벌써 얼마나 많은 사단을 일으켰는지 모른다니까요. 올 봄에 대감님께서 어디 지방에선가 골동부채를 보고 마음에 드시는 바람에 집에 돌아오셔서는 집에 있는 모든 부채가 하나도 마음에 들지 않는다고 즉시 사람을 시켜서 그 골동부채를 어떻게 해서든지 구해오라고 하신 거예요. 그런데 하필이면 제 죽는 줄 모르고 달려드는 전생의 원수 같은 놈이 있었대요. 사람들이 그를 아무렇게나 '돌대가리 명청이石못子'라고 불렀다나 봐요. 똥구멍이 찢어지게 가난해서 끼니도 못 이을 지경인데 하필이면 그 집구석에 골동부채가 스무 개나 있었다네요. 근데도 죽어라하고 내놓지 않았다는 거예요. 서방님이 슫하게 중간에 사람을 넣어 겨우 그 사람을 만나 거듭거듭 통사정해서 그의 집으로 가 그 부채를 꺼내 잠시 살펴볼 수가 있었대요. 사실 말이지, 그 골동부채는 세상에 다시없는 보물은 보물이었다나 봐요. 각각 상비湘妃 대나무, 종려棕櫚 대나무, 미록麋鹿 대나무, 옥죽玉竹[1] 등으로 만든 것들인데 부채마다 옛날 그림과 글씨가 들어있는 골동품이었어요. 그래서 곧바로 대감님께 말씀을 드리니 그걸 사오라고 하셨대요. 돈은 달라는 대로 주라고 하시면서.

그런데 참 이상한 일도 있지요. 그 바보 같은 돌대가리 명청이가 '굶어 죽든, 얼어 죽든 천 냥을 준대도 절대로 그것만은 팔지 않겠다'고 하더라는 거예요. 그러니 대감님으로서도 어쩔 수가 없어서 날마다 서방님이 재주가 없다고 욕을 하시면서 오백 냥을 줄 테니 먼저 돈을 갖다주고 부채를 가져오라 했지만 그놈은 죽어라하고 팔지 않겠다는 거였어요. 그러면서 '부채를 갖고 싶으면 먼저 내 목숨부터 앗아가라'고 큰소리를 쳤다는 거예요. 정말 못 말리는 놈이죠.

아가씨, 한 번 생각해보세요. 그쯤 되면 도대체 무슨 방법이 있을 수 있겠어요. 하지만 그 가우촌인가 하는 막나가는 못된 놈이 그 말을 듣고 바로 방도를 생각해냈죠. 그놈이 관청에 내야 할 세금을 못낸 것을 빌미 삼아 그를 잡아들이고 가산까지도 몰수한 거예요. 몰수재산 가운

---

1 이 네 가지는 모두 유명하고 진귀한 대나무로, 무늬가 아름다워 부챗살을 만드는 데 쓰임.

데 당연히 골동부채도 있었겠죠. 그는 곧 그걸 이리로 보내왔다잖아요. 그 돌대가리 멍청이가 지금쯤은 벌써 뒈졌는지 어쩐지는 알 수 없죠. 대감님은 골동부채를 받아들고 서방님을 야단치셨대요. '남들은 이런 걸 어찌 이렇게 쉽사리 가져올 수 있단 말이냐.' 그래서 서방님이 단 한마디 했다나 봐요. '그런 소소한 일을 가지고 결국 남의 집안을 박살내고 패가망신하게 하는 일이 무슨 잘한 일이겠습니까?'

그랬더니 대감님이 펄쩍 뛰면서 노발대발 화를 내신 거죠. 그런 말로 제 아비의 입을 막을 작정이었느냐고 하시면서. 그게 가장 큰 원인이었죠. 요즘 그것 말고도 몇 가지 자질구레한 일들이 더 있었는데 생각도 잘 안 나는 것들이에요. 어쨌든 그런 걸 다 싸잡아서 한꺼번에 매를 들었나 봐요. 그것도 곤장이나 몽둥이도 아니라는데 무엇으로 마구 때렸는지 얼굴에서 두어 군데나 피가 터졌어요. 이모님 댁에 상처에 바르는 좋은 환약이 있다고 하여 찾아온 거예요."

보차가 곧바로 앵아를 불러 약을 찾아 건네주었다.

"그렇다면 내 대신 안부 말씀이나 잘 전해 줘. 그럼 난 가지 않을게."

평아는 약을 받아들고 돌아갔다. 그 얘기는 그만 한다.

한편 향릉은 여러 사람을 만나 인사한 다음 저녁을 먹고 나서 보차 등이 가모의 처소로 가자 자신은 혼자 소상관으로 대옥을 찾아갔다. 그때 대옥은 몸이 많이 좋아져 있었다. 대옥은 향릉이 대관원으로 들어와 살게 되었다는 말을 듣고 자신의 일처럼 좋아했다.

"제가 이곳으로 들어온 뒤로는 그나마 틈을 좀 낼 수가 있거든요. 저한테 이 기회에 시 짓는 법이나 가르쳐 주신다면 정말 행운일 거예요."

"시를 지으려면 나를 선생님으로 모셔야지. 내 비록 시에 통달하진 않았지만 그래도 조금은 가르칠 수 있을 테니 말이야."

대옥이 웃음을 띠면서 스스로 자청하자 향릉이 웃으며 선선히 대답하였다.

"물론이지요. 아가씨를 저의 스승으로 모시겠어요. 그 대신 귀찮아하지 마시고 잘 가르쳐 주셔야 해요."

"그게 뭐 그리 어렵다고 그래. 그냥 배울 만해. 사실 모두가 기승전결起承轉結일 뿐이니까. 그 속에서 승과 전이 두 구절씩 서로 대구가 되면 되는 것이고, 평성平聲은 측성仄聲의 대구로 안배하고 허자虛字와 실자實字도 서로 대를 이루게만 하면 되는 건데 뭐. 사실 기발한 글자가 있으면 굳이 평측이니 허실이니 하는 대구를 따지지 않아도 전혀 상관없는 것이야."

대옥이 이렇게 말하자 향릉이 웃으며 대답했다.

"어쩐지 그랬군요. 전에 옛날 시집을 구해서 틈틈이 한두 수씩 본 적이 있는데 어떤 것은 대구가 아주 정교하고 어떤 것은 그런 율격에 구애받지 않은 작품도 있었거든요. 그리고 '1, 3, 5 구절은 상관 말고 2, 4, 6 구절만 분명히 해야 한다〔一三五不論, 二四六分明〕'²고 들었지만 옛사람의 시를 살펴보면 어떤 것은 그대로 지킨 것도 있지만 또 어떤 것은 2, 4, 6 글자의 평측이 맞지 않는 곳도 있었거든요. 그래서 늘 의심이 풀리지 않는데 지금 아가씨 말씀을 들으니 그런 형식이나 격률은 다 부차적인 것이군요. 기발한 생각으로 멋진 구절을 만드는 게 가장 우선이란 말씀이죠?"

대옥의 말이 이어졌다.

"그래 바로 그 말이야. 사실 시를 지을 때 시구 자체는 별로 중요하지 않아. 가장 중요한 건 이른바 입의立意라는 것인데 어떻게 구상하느냐는 것이지. 착상만 좋다면 그까짓 시구야 별다른 수식이 없어도 저절로

---

2 칠언율시(七言律詩)에서 첫 번째, 세 번째, 다섯 번째 글자는 율격에 크게 구애받지 않지만, 두 번째, 네 번째, 여섯 번째 글자는 율격이 엄격하다는 말임.

멋진 시가 되는 것이란 말이야. 그런 것을 이른바 '글자로 인해 착상을 해치지 않는다〔不以詞害意〕'라고 하는 거지."

향릉이 얼른 대답하였다.

"제가 좋아하는 육유陸遊의 시 구절에 이런 대목이 있어요. '발을 드리우고 걷지 않으니 향기 오래 머물고重簾不卷留香久, 낡은 벼루 우묵한 곳에 먹물 가득 고였구나古硯微凹聚墨多.' 정말 그 착상이 재미있지 않아요?"

"하지만 그런 시는 절대로 배우면 안 되는 거야. 향릉은 아직 시를 제대로 모르니까 그런 천박한 구절을 보면 곧바로 좋아할 테지만 그런 데 잘못 발을 디디면 다시는 제대로 배울 수가 없게 돼. 내 말을 잘 들어봐. 정말 시를 배우려면 나한테 왕유王維의 전집이 있으니까 그 중에서 오언율시를 한 백 수가량 읽어 봐. 아주 꼼꼼하게 음미하면서 새겨 읽어야 할 거야. 그리고 다시 두보杜甫의 칠언율시와 이백李白의 칠언절구를 백 수나 이백 수쯤 읽어보도록 해. 우선 이 세 사람의 시를 머리 속에 집어넣어 기초를 잘 다진 다음에 도연명陶淵明과 응창應瑒, 사령운謝靈運, 완적阮籍, 유신庾信, 포조鮑照 등의 시를 읽으면 될 거야. 향릉은 똑똑한 사람이니까 일 년 이내에 곧 시인이 되고 말 테니 걱정 마."

향릉이 웃으며 책을 달라고 하였다.

"그렇다면 아가씨, 그 책을 지금 바로 빌려주세요. 밤마다 좋은 걸로 외워볼게요."

대옥은 왕유의 오언율시를 향릉에게 건네주었다.

"이 속에서 붉은 동그라미 표시한 것만 읽으면 돼. 내가 뽑아 놓은 거니까. 한 수씩 읽어나가다가 모르는 게 있으면 보차 아가씨한테 물어보고 혹시 나를 만나면 내가 일러주면 되고."

향릉은 시집을 가지고 형무원으로 돌아와 다른 일은 돌보지 않고 오로지 등불 아래 앉아 시만 한 수씩 읽어 내려가기 시작했다. 밤이 늦어

보차가 몇 차례나 어서 잠을 자라고 했지만 향릉은 여전히 잠자리에 들지 않았다. 보차는 향릉이 너무나 열심이었기에 그냥 내버려두었다.

그러던 어느 날 대옥이 막 세수를 끝내고 머리단장을 마쳤을 때 향릉이 싱글벙글 웃으며 찾아와서는 빌려갔던 책을 내놓으며 이번엔 두보의 율시를 빌려달라고 했다.

"그래 지금 몇 수나 외울 수 있는데?"

"붉은 색 동그라미 친 시는 모두 읽었어요."

"그럼 시의 맛을 조금은 느낄 수 있겠네?"

"네. 맛을 느낄 수는 있는데 그게 맞는지 틀리는지는 모르겠어요. 한번 말씀드릴 테니 들어보세요."

"그럼, 그럼. 연구하고 토론해야 발전이 있는 거야. 어서 한번 말해봐."

향릉이 제 생각을 대옥에게 말하기 시작했다.

"제가 보니까 시의 진정한 장점은 입으로 말하기 어려운 것 같아요. 하지만 생각하면 정말 생동하는 맛이 있어요. 이치에 닿지 않는 것 같으면서도 곰곰이 음미하면 이치에도 맞고 정리에도 맞는다는 거예요."

"그 말이 참으로 그럴듯하네. 어디서 그런 생각을 했지?"

"왕유의 〈변방에서[塞上]〉³를 보았더니 이런 구절이 있더라고요.

사막엔 곧은 연기 피어오르고,　　　　　　大漠孤煙直,
장강엔 둥근 해가 지고 있구나.　　　　　　長河落日圓.

그런데 연기가 곧게 올라간다는 말이 이상하잖아요. 해가 둥글다는 건 이해가 되지만. 그래서 이 곧다[直]는 글자는 이치에 닿지 않는 듯하

---

3 향릉이 말하고 있는 〈새상(塞上)〉이라는 시는 〈사지새상(使至塞上)〉을 말함.

고 둥글다〔圓〕는 말은 너무 속된 듯하죠. 헌데 가만히 눈을 감고 음미해 보면 바로 그러한 경지가 눈에 들어오는 듯하지 않겠어요. 만일 이 두 글자를 다른 자로 바꾸려 해도 아마 마땅한 글자가 없을 거예요. 왕유의 또 다른 시[4]에 이런 구절이 있어요.

해가 지면 강물과 호수는 하얗게 변하고,　　　日落江湖白,
파도가 치면 하늘과 땅은 점점 검푸르게 변한다.　潮來天地青.

여기서 하얗다〔白〕는 말과 검푸르다〔青〕는 말은 이치에 닿지 않는 듯하면서도 생각해보면 결국 이 두 글자로써 완전하게 뜻을 드러낸다는 거예요. 입으로 읊으면 마치 수천 근이나 되는 감람과 같은 무게를 느낀단 말이에요. 또 다른 시[5]에 이런 구절도 있어요.

나루에는 지는 해가 남아있고,　　　渡頭餘落日,
인가에서 피운 연기 외롭게 오르네.　墟里上孤煙.

여기서 남다〔餘〕와 오르다〔上〕는 도대체 어떻게 생각해낸 것인지 모르겠어요. 정말 기가 막히지 않아요? 저희가 전에 경성으로 올라오던 날이 생각나요. 그날 저녁 무렵 나루터에 배를 정박하였는데 기슭에는 사람 그림자도 보이지 않고 나무만 몇 그루 드문드문 서 있었지요. 멀리 인가에서 저녁밥 짓는 연기가 피어오르고 있었는데, 푸르스름한 빛을 띤 연기는 구름 속으로 곧장 치솟아 올라갔어요. 어젯밤 이 시 구절을 읽노라니 마치 바로 그 자리로 돌아가 서있는 것만 같더라고요. "

마침 그때 보옥과 탐춘도 찾아와서 향릉이 하는 말을 듣고 있었다.

---

4 왕유의 시 〈송형계주(送邢桂州)〉.
5 왕유의 시 〈망천한거증배수재적(輞川閑居贈裴秀才迪)〉.

보옥이 문득 한마디 하였다.

"그만한 경지에 이르렀다면 따로 시를 볼 필요도 없는 거야. 이른바 '마음이 닿는 곳은 많지 않은 법〔會心處不在多〕'인데 지금 말을 듣고 보니 향릉은 벌써 삼매경에 푹 빠졌다고 할 수 있는걸."

대옥이 말했다.

"방금 향릉은'연기 외롭게 오르네〔上孤煙〕'의 구절이 잘되었다고 칭찬했지만 사실 그 구절은 옛사람의 구절을 모방한 데 불과한 거야. 내가 한 구절을 보여줄 테니 이것과 비교해 봐, 얼마나 더 담백하고 어울리는가."

대옥은 곧 도연명의 시[6] 한 구절을 향릉에게 보여주었다.

저 멀리 인가는 어스름에 묻혔는데,	曖曖遠人村,
마을에는 하늘하늘 연기만 오르네.	依依墟裏煙.

향릉이 보고 나서 곧 웃으며 말했다.

"그러고 보니 왕유 시에서 오르다〔上〕라는 구절이 바로 도연명의 하늘하늘〔依依〕에서 변한 말이로군요."

보옥이 소리 내어 큰소리로 웃었다.

"이젠 시인이 다 되었네. 더 이상 설명할 필요도 없게 되었어. 자꾸 말만 하면 더욱 배우기 어려워지니 지금 바로 붓을 들어 지으면 틀림없이 좋은 시가 될 거야."

탐춘도 웃으며 말했다.

"내일 임시 청첩을 보낼 테니 우리 시사詩社에 가입하도록 해."

"아가씨, 왜 공연히 저를 놀리시려는 거예요? 전 그냥 시 짓는 것이

---

6 도연명의 시 〈귀원전거오수(歸田園居五首)〉.

부러워 장난삼아 배워보려는 것뿐인데요."

향릉이 발뺌을 하자 탐춘과 대옥이 모두 웃었다.

"누구는 장난삼아 하는 게 아닌가 뭐? 우리라고 해서 정말로 진짜 시인노릇 하려는 줄 알아? 만일 우리가 진짜 시를 썼다고 대관원 밖에 내보인다면 세상 사람들이 이빨이 빠질 만큼 웃어젖힐걸."

보옥이 약간 정색을 하였다.

"그건 스스로를 너무 과소평가한 거야. 지난번에 밖에서 식객들과 그림얘기를 나눌 때 우리가 시모임을 만들었다는 말을 했더니 우리 시 원고를 보여달라고 하더라고. 그래서 몇 수 적어 보여주었더니 정말로 다들 탄복하더라니까. 그 사람들 그걸 인쇄해야겠다며 가져갔는걸."

탐춘과 대옥이 다 같이 놀라며 물었다.

"그게 정말이에요?"

보옥은 곧이곧대로 말했다.

"그럼, 정말이고말고. 거짓말하는 놈은 저 새장의 앵무새뿐이야."

"이거야 정말 큰일 날 소리네요! 시가 되든 안 되든 그게 문제가 아니고 설사 제대로 된 시라고 하더라도 우리가 지은 시를 남들한테 돌린다는 게 말이나 돼요?"

"뭐가 그리 걱정된다고? 옛날부터 규중의 시를 밖으로 전해주지 않았다면 지금 어떻게 사람들이 그런 시를 알 수 있겠어?"

그때 마침 석춘이 시녀인 입화入畫를 보내 보옥을 불렀다. 보옥은 바로 나가버렸다.

향릉은 다시 대옥을 졸라 두보의 율시를 보여 달라고 했다. 그리고 대옥과 탐춘에게 부탁했다.

"제목을 내주세요. 제가 한 번 시를 지어볼게요. 제가 지은 초고를 한 번 보고 고쳐주세요."

대옥이 대답했다.

"어젯밤에 달빛이 참 좋던데, 내가 한 번 지어볼까 생각했지만 아직 짓지 못했거든. 향릉이 그 제목으로 지어봐. 시운 열네 번째 한寒 자를 운으로 써서 말이야. 향릉이 좋아하는 시구를 많이 넣어 봐."

향릉은 좋아라하고 시를 가지고 돌아와 한참을 열심히 생각하여 두 수의 시를 지었다. 또 두보의 시를 놓을 수 없어 두 수를 읽으며 음미했다. 그렇게 하여 향릉은 밥 생각조차 없이 앉지도 눕지도 못하고 오로지 시 생각에만 골몰했다.

보차가 보다 못해 한마디 했다.

"뭐하자고 그렇게 사서 고생하고 있어? 다 대옥이 그렇게 만든 거지? 내가 가서 한 번 따져야겠어. 멍청한 데가 있는 향릉이가 이러다가 아주 바보가 되고 마는 거 아냐?"

"아가씨! 정신없게 하지 마시고, 제발 절 가만히 두세요."

향릉은 시 짓기에 몰두하여 시를 한 수 지어서 보차에게 먼저 보여주었다. 보차가 보고는 웃었다.

"이건 안 좋아. 이렇게 짓는 게 아니라니까. 하지만 부끄럽게 생각하지 말고 그대로 대옥 아가씨에게 보여드려. 대옥 아가씨가 뭐라고 말하시나 한 번 보게."

향릉은 곧 시를 가지고 대옥을 찾아갔다. 대옥이 보니 이런 시였다.

중천에 달 뜨니 밤기운이 차가워라,	月掛中天夜色寒,
달빛은 교교하고 달무리는 동그랗네.	淸光皎皎影團團.
시인은 흥이 나서 함께 놀고 싶어 하나,	詩人助興常思玩,
나그네는 수심에 차 차마 보지 못하네.	野客添愁不忍觀.
비취 누각 옆에 걸린 옥 거울인 양,	翡翠樓邊懸玉鏡,
진주 발 밖에 걸린 얼음 쟁반인 양.	珍珠簾外掛冰盤.
이리도 좋은 밤에 은촛대를 쓰겠는가,	良宵何用燒銀燭,
휘황한 달빛만이 그림 난간 비추나니.	晴彩輝煌映畫欄.

대옥이 웃으면서 평을 하였다.

"시상은 괜찮은 편이야. 시어가 좀 우아하지 못하다고나 할까. 그건 다 향릉이 아직 본 시가 많지 않아서 그럴 거야. 이 시는 그만두고 다시 지어 봐. 격식에 얽매지 말고 좀 대담하게 지어보면 더 좋을 거야."

향릉은 말없이 생각에 잠겨 돌아와서는 아예 방으로도 들어가지 않고 곧장 연못가 나무 아래의 돌에 앉았다. 그러고는 넋을 놓고 골몰하거나 쪼그리고 앉아 땅에 글씨를 써보기도 하면서 시상에 잠겨 있었다. 지나던 사람들은 다들 이상하게 생각했다. 이환과 보차, 탐춘, 보옥 등이 그 말을 전해 듣고 멀리 산기슭에 서서 향릉을 바라보았다. 향릉은 혼자 미간을 찡그리기도 하고 빙글빙글 웃기도 하면서 정신이 나간 사람 같았다.

보차가 웃으면서 말했다.

"저애가 아무래도 미쳤나봐. 어젯밤에도 무언가 중얼중얼 외우며 자정을 넘기더니 새벽녘에야 겨우 잠자리에 들었다가 불과 몇 시간도 안 되서 날이 밝자 바로 일어나 부랴부랴 대옥을 찾아가더라고. 잠시 후에 돌아와 하루 종일 넋을 놓은 듯 시 한 수를 지어 가더니 그것도 맘에 안 들었는지 이번에 또 다른 시를 저렇게 열심히 짓고 있는 거야."

보옥이 얼른 나섰다.

"그야말로 '땅이 영험하면 사람이 영걸하다〔地靈人傑〕'더니 하늘이 사람을 낼 때 제각기 독특한 성정을 부여한 것이야. 우리는 향릉을 볼 때마다 그저 평범하다고 늘 안타까워했는데 오늘 저렇게 열심히 노력해서 시인으로 변할 줄이야 누가 알았겠어. 과연 천지만물은 다 공평한 거야."

"글쎄 말이야. 보옥 도련님이야말로 저 향릉이만큼만 열심히 공부하면 이 세상에 이루지 못할 게 뭐가 있을까."

보차가 엉뚱하게 보옥에게 화살을 돌리자 보옥은 제풀에 죽어 그만 입을 다물고 말았다.

그때 향릉은 또다시 기분이 들떠서 대옥에게 가고 있었다.

탐춘이 말했다.

"우리도 따라가 볼까요. 시를 어떻게 지었나 들어 보기로 해요."

일동은 소상관으로 향하였다. 대옥은 벌써 향릉의 시를 받아들고 토론하고 있었다. 여러 사람이 대옥에게 묻자 대옥이 말했다.

"물론 본인으로서야 대단히 애써서 지은 것이지만 여전히 썩 좋지는 않아요. 이번 시는 너무 파고든 느낌이 있어요. 아무래도 한 수 더 지어야겠어요."

일동은 다함께 향릉의 시를 살펴보았다.

은빛인지 물빛인지 창에 어린 쌀쌀함,	非銀非水映窓寒,
눈 비비고 쳐다보니 빈 하늘 옥쟁반.	試看晴空護玉盤.
담담한 매화는 달빛 아래 향에 젖고,	淡淡梅花香欲染,
실 같은 버들엔 맺힌 이슬 말랐구나.	絲絲柳帶露初乾.
섬돌 위에 분가루를 뿌렸는가,	只疑殘粉塗金砌,
옥난간에 서릿발이 솟았는가.	恍若輕霜抹玉欄.
인적 드문 서루에서 꿈을 깨어,	夢醒西樓人跡絕,
주렴 밖의 달빛만을 마주 하네.	餘容猶可隔簾看.

시를 다 보고 나서 보차가 말했다.

"이것은 달을 노래한 시가 아니야. 월月 자 아래 색色 자를 보탠 것이라면 몰라도. 자, 다들 한 번 보라구. 모두가 달빛을 묘사하고 있잖아. 그래도 이만하면 괜찮아. 본래 시라는 것은 다 허튼 소리일 뿐이니 며칠 지나고 나면 좋은 시가 나오겠는데."

향릉은 스스로 이 시가 대단히 절묘하다고 생각했는데 이렇게 말하는 걸 듣고는 기분이 싹 가셨다. 하지만 그렇다고 손을 뗄 수는 없는 일이라 다시 깊은 생각에 잠겼다. 여러 아가씨들이 웃고 떠들고 있기에 자신은 조용히 계단 앞 대나무 아래를 한가롭게 걸으며 시상을 가다듬었다. 골똘하게 시만 생각하느라 아무것도 귀에 들리지 않았고 아무것도 눈에 보이지 않았다. 탐춘이 창 너머로 웃으며 소리쳤다.

"향릉 아가씨, 좀 한가롭게 쉬었다 해요!"

향릉은 미처 말귀를 못 알아듣고 대답했다.

"한가로울 한閑자는 열다섯 번째 산刪자 운에 속해요. 아가씨가 틀렸다고요."

엉뚱한 대답에 사람들은 웃음을 터뜨렸다. 보차가 또 말했다.

"저 사람 시 때문에 귀신들린 게 아닌가? 이게 다 대옥이가 저렇게 만든 거야."

보차의 농 섞인 핀잔에 대옥이 일부러 점잖게 대답했다.

"성인께서도 '가르침에 게으르지 말라〔誨人不倦〕'고 하셨거늘, 더욱이 저 사람이 스스로 내게 물으러 찾아왔는데 내 어찌 대답하지 않을 까닭이 있으리오, 아니 그러하오?"

그때 이환이 나서서 말했다.

"우리, 향릉을 데리고 넷째 아가씨네 방으로 가는 게 어때요. 데려가서 그림 구경이라도 시키면서 정신을 좀 차리게 해주는 게 좋겠어요."

이환은 정말로 밖으로 나가 향릉을 이끌고 우향사를 지나 난향오로 갔다. 석춘은 마침 몸이 나른하여 침상에 누워 낮잠을 자고 있었다. 명주에 그린 그림은 보자기로 덮여 한쪽 벽에 세워져 있었다. 사람들은 석춘을 깨워 일으키고 보자기를 벗겨 그림을 구경했다. 그림은 약 삼할 가량만 이루어져 아직은 미완성이었다. 향릉은 그림 속에 미인이 그려져 있는 걸 보고 손가락으로 가리키며 웃었다.

"여기 우리 아가씨가 있네요. 저건 대옥 아가씨고요."

탐춘이 그 말에 이어서 말했다.

"시를 지을 줄 아는 사람은 모두 그림 속에 그려 넣게 될 테니 어서 열심히 시를 배워 멋진 시인이 되어 보라고요."

일동은 잠시 즐겁게 웃고 떠들다가 각자의 처소로 흩어졌다.

향릉은 마음속으로 여전히 시를 배우고 싶어 골똘히 생각에 잠겼다. 저녁이 되어서도 등불을 마주하고 앉아 넋을 잃고 있다가 삼경이 지나서 겨우 잠자리에 들었지만 두 눈은 말똥말똥하였고 오경이 되어서야 겨우 비몽사몽중에 깜빡 잠이 들었다. 곧 날이 밝았고 보차가 먼저 깨서 가만히 들어보니 향릉은 곤하게 잠들어 있었다.

'밤새 잠을 못 이루고 뒤척이더니 시 한 수를 지었는지 모르겠군그래. 곤하여 겨우 잠이 들었을 테니 깨우지 말고 좀더 자도록 해야겠어.'

보차가 그리 생각하고 있는데 갑자기 향릉이 잠꼬대로 중얼거리는 말이 들렸다.

"야호! 드디어 시 한 수를 얻었다. 설마 이것마저도 잘못되었다고는 하지 않겠지."

보차는 감탄하면서도 우습기도 하였다. 그냥 재울 수도 없어서 얼른 그녀를 흔들어 깨워 물었다.

"무엇을 얻었다는 거야? 그렇게 정성을 바치면 귀신하고도 마음이 통하겠어. 그러다 시도 제대로 못 배우고 병이나 덜컥 나면 어쩌려고 그래?"

보차는 세수를 마치고 자매들과 함께 가모의 거처로 건너갔다.

향릉은 시 짓는 데 온갖 정성과 노력을 다했다. 그 결과 낮에는 끝내 만들어내지 못하던 것이 오히려 한밤중의 꿈속에서 기막힌 여덟 구절을 얻어 결국 또 새로운 시 한 수를 지어냈다. 향릉은 세수를 마치고 그걸 곧바로 옮겨 적었다. 자신은 그게 잘된 것인지 어쩐지 몰라 곧 대옥에게로 가져갔다. 막 심방정에 이르렀을 때 이환과 여러 자매들이 왕부인의 처소에서 돌아오고 있었다. 보차는 그들에게 향릉이 밤새 잠을 못 자고 골똘히 시상을 가다듬던 일이며 꿈속에서 시를 지어내 잠꼬대하던 일까지 말했다. 사람들은 그 말을 듣고 깔깔대고 웃다가 고개를 들어보니 바로 향릉이 앞에서 다가오고 있었다. 다들 향릉이 꿈에서 지은 시를 보려고 달려들었다.

향릉이 어떤 시를 지었는지 궁금하면 다음 회를 보시라.

琉璃去階白雪
紅梅
脂粉香娃割腥
啖膻

눈에 덮인 대관원

유리 같은 눈꽃 세상 붉은 매화 향기롭고
아리따운 규중처녀 사슴 고기 구워먹네

琉璃世界白雪紅梅　脂粉香娃割腥啖膻

향릉은 여러 자매들이 떠들썩하게 웃으며 앞에서 다가오자 얼른 나아가 자신의 시를 내보이며 말했다.

"자, 아가씨들. 이번에 새로 지은 시를 좀 봐 주세요. 그런대로 괜찮다면 계속 시를 배울 것이고 만일 아직도 시원치 않다면 앞으로 시 짓고 싶은 마음을 일찌감치 접고 말겠어요."

향릉은 시를 대옥과 여러 자매들에게 보여주었다.

맑고 고운 저 달빛은 가릴 수가 없어라,	精華欲掩料應難,
아리따운 그 모습에 혼백마저 차갑구나.	影自娟娟魄自寒.
다듬이 소리에 천 리 땅을 비추다가,	一片砧敲千里白,
닭 우는 새벽녘엔 조각달로 남았네.	半輪雞唱五更殘.
어이하여 영원히 둥글게는 못하나,	綠蓑江上秋聞笛,
강 위의 어부는 가을 피리소리 듣고,	紅袖樓頭夜倚欄.
누각의 미녀는 밤새 난간에 기댄다,	博得嫦娥應借問,

시를 보고난 자매들은 한결같이 웃으며 칭찬했다.

"이 시는 아주 잘되었어. 시상이 새롭고 기법도 교묘하고. 그러니까 속담에도 '세상에 마음만 먹으면 어려울 게 하나 없다'고 했지 않아. 우리 시모임에도 향릉을 꼭 참가시켜야겠어."

향릉은 그 말이 믿어지지 않았다. 그저 자신을 놀리는 말로만 들렸다. 그래서 여전히 대옥과 보차에게 시를 평해달라고 졸랐다.

그때 마침 어린 시녀와 할멈 몇 사람이 급히 달려와 말을 전했다.

"저쪽에 아가씨들이랑 아씨마님들이 몇 분 오셨는데 저희는 알지 못하는 분들이에요. 어서 저쪽으로 좀 가보세요."

이환이 이상하다는 듯 물었다.

"그게 무슨 말이야? 도대체 누구네 친척인지 분명히 말을 좀 해야 할거 아냐?"

할멈과 시녀들이 다함께 웃으며 말했다.

"큰아씨마님의 동생 두 분이 오셨고, 또 한 아가씨는 설씨댁 아가씨의 누이이시고, 도련님도 한 분 계신데 설씨댁 나리의 동생이라고 하시더라고요. 지금 저희는 또 설부인 마님을 모시러 가는 중이니까요, 아씨마님과 아가씨들께서 먼저 가 보세요."

할멈과 시녀들이 떠나가자 보차가 나서서 말했다.

"그럼 우리 사촌인 설과薛蝌하고 그 누이동생이 온 모양인데요."

이환도 웃으며 말했다.

"우리집 숙모님네도 상경한 게 아닐까? 그런데 어떻게 다들 한꺼번에 나타날 수가 있지? 참으로 신기한 일이네."

일동은 왕부인의 안방으로 달려갔다. 그곳에는 벌써 사람들로 가득차 있었다.

형부인의 올케가 딸 형수연邢岫煙을 데리고 형부인을 찾아오던 중이었는데 마침 도중에 상경중이던 왕희봉의 오라버니 왕인王仁과 만나 두 친척이 함께 오던 길이었다. 그런데 또 중도에 배가 정박했을 때 이환의 숙모를 만나게 되었던 것이다. 과수댁인 이환의 숙모는 이문李紋과 이기李綺라고 하는 두 딸을 데리고 상경중이었다. 다들 얘기를 나누다가 서로 친척임을 알고 세 집안의 사람들이 함께 동행하였다. 한편 설반의 사촌 동생인 설과는 예전에 부친이 경성에 계실 때 누이동생 설보금薛寶琴을 경성 사는 매한림梅翰林의 아들과 정혼시켰으므로 이번에 혼례를 올려주려 상경한 것이었다. 마침 왕인이 상경한다는 말을 듣고 자신도 누이를 데리고 뒤를 쫓아왔던 것이고 그래서 오늘 다함께 영국부로 모여들게 되었던 것이다.

다들 서로 인사를 나누자 가모와 왕부인은 너무나 기뻐하였다. 가모가 웃으면서 말했다.

"어젯밤에 등잔의 불꽃이 자꾸 튀고 심지가 타서 뭉치기에 무슨 좋은 일이 있나 했더니 오늘 이렇게 반가운 손님들이 오려고 그랬나 보구나."

사람들은 다 같이 그동안 서로의 안부를 묻고 가지고 온 선물을 꺼내보며 음식상을 마련하도록 분부했다. 왕희봉은 원래 바쁜 사람이지만 이로 인해 더욱 분주해졌다. 이환과 보차는 또 오랜만에 만난 숙모나 자매들과 그동안의 그리웠던 정을 나누었다. 하지만 유독 대옥만이 처음엔 사람들이 많이 온 것이 기뻤지만 곧 다른 사람들은 저렇게 일가친척이 있어 찾아오는데 자신만은 혈혈단신이라 찾아올 사람이 없다는 생각에 갑자기 눈물을 흘렸다. 다행히 곁에 있던 보옥이 그 심정을 잘 헤아려 좋은 말로 달래주었다.

보옥은 곧 이홍원으로 돌아와 습인과 사월, 청문 등에게 호들갑을 떨면서 소리쳤다.

"너희도 어서 가보라고! 보차 누나의 친오라버니와는 전혀 달리 이번에 온 그 사촌 동생은 생김새도 미남이고 행동거지도 얼마나 의젓한지 완전히 딴판이야. 그야말로 보차 누나의 진짜 친남매 같아. 너희는 늘 보차 누나가 천하절색이라고 입에 침이 마르도록 칭찬했잖아. 그런데 이번에 온 그 사촌동생을 한번 보라고. 얼마나 대단한 인물인지 정말 놀랄 거야. 게다가 큰형수님의 친정 동생들도 또 얼마나 대단한지. 정말 말로서는 형용할 수도 없어."

보옥은 이번엔 혼자 중얼거리듯 스스로 감탄에 빠졌다.

"아이고, 하느님! 하느님께서는 얼마나 많은 영명하고 빼어난 정화를 가지셨기에 이처럼 뛰어난 인물들을 세상에 내셨나이까? 저야말로 우물 안의 개구리였습니다. 그저 지금까지 바라보던 몇 사람만이 세상에서 둘도 없는 절색이라고 생각했었으니 말입니다. 하지만 멀리서 찾을 필요도 없이 바로 가까운 친척들 중에서 빼어난 인물이 하나씩 나타나고 있지 않습니까? 저야말로 이번에 정말 큰 공부를 한 셈입니다. 세상엔 이 사람들 말고도 또 뛰어난 인물들이 얼마나 더 많을까요?"

보옥은 제풀에 혼자 웃기도 하고 또 탄식하기도 하며 정신을 못 차리고 있었다. 습인은 보옥이 주화입마走禍入魔에라도 걸린 듯한 모습이어서 얼른 그들을 보러 갈 생각이 나지 않았다. 청문 등 몇 사람은 벌써 달려가 구경을 하고 돌아와서 습인에게 말했다.

"언니도 어서 가 봐! 큰댁 마님의 조카따님이랑 보차 아가씨의 사촌 동생이랑 큰아씨마님의 두 동생이랑 모두가 정말 물찬 제비처럼 매끈하게 잘생겼다니까."

그 말이 끝나기 전에 탐춘도 웃으며 보옥을 찾아왔다.

"오빠! 이제 우리 시모임이 활기를 띠게 되었어요."

"그래, 누가 아니래. 네가 시모임을 만들어 놓으니 하느님도 도와서 저런 인재를 보내준 거라고. 하지만 저들도 시를 배웠는지는 모르겠네."

"그래서 내가 방금 물어보았어요. 비록 겸손하게 말하긴 했지만 가만히 보니까 시를 모르지는 않는 것 같아요. 설사 못한다고 해도 문제없어요. 향릉을 보면 알잖아요."

습인이 웃으면서 탐춘에게 물었다.

"쟤들이 그러는데 보차 아가씨의 사촌동생이 가장 미인이라네요. 아가씨가 보기엔 어때요?"

"그 말이 맞아. 내가 보기에도 그 언니가 다른 사람들보다도 훨씬 훌륭한 것 같아."

습인이 아무래도 믿어지지 않는다는 듯 다시 물었다.

"정말 이상하네요. 어떻게 생겼길래 그럴까? 나도 한 번 봐야겠어요."

"노마님이 한 번 보시고 나선 굉장히 좋아하시며 마님〔왕부인을 가리킴〕한테 수양딸로 삼으라고 억지로 시키셨다니까. 노마님이 옆에 데리고 키우시겠다며 벌써 그렇게 정했어."

보옥이 그 말을 듣고 좋아서 물었다.

"그게 정말이야?"

"내가 언제 거짓말하는 거 봤어요?"

탐춘은 다시 말을 이었다.

"안됐군요! 이제 새로운 손녀딸이 생기셔서 오빠 같은 손자는 잊히게 되었으니."

"그건 상관없어. 당연히 손녀딸을 많이 귀여워해야 이치에 맞는 거니까. 그나저나 내일이 열엿새니 시모임을 정식으로 여는 게 어때?"

탐춘이 대답했다.

"대옥 언니가 방금 앓다가 일어났는데 이번엔 둘째 영춘 언니가 또 병이 들었으니 어떡해요? 이 사람이 괜찮아졌다 싶으면 저 사람이 안 좋으니 말이에요."

"영춘 누나는 시를 별로 짓지 않으니 모임에 안 나와도 괜찮지 않을까?"

"어쨌든 며칠 더 기다렸다가 새로 온 사람들하고 어느 정도 익숙해지고 나면 한꺼번에 청하여 모임을 여는 게 좋겠어요. 요즘엔 큰올케나 보차 언니도 별로 시흥이 일어나지 않았을 테니까. 더구나 상운이도 오지 않았고 대옥이 몸도 이제 막 쾌차된 상태이니 다들 모이기가 쉽지 않아요. 지금은 할머님 방에나 가보기로 해요. 보차 언니의 사촌동생은 우리집에 묵게 될 게 확실하니까 예외로 하구요. 만일 나머지 세 사람이 이곳에 머물지 않게 된다면 그들이 대관원에서 지낼 수 있도록 할머님께 떼를 써보는 게 좋겠어요. 사람이 늘어나면 훨씬 재미있지 않겠어요?"

보옥은 뛸 듯이 기뻐하면서 탐춘에게 말했다.

"역시 셋째 누이는 똑 부러지게 분명한 데가 있어. 난 언제나 멍해서 그저 좋아할 줄만 알았지 그런 생각까지는 미처 못했는데 말이야."

그들 남매는 곧 가모의 처소로 왔다. 과연 왕부인은 벌써 설보금을 수양딸로 삼았고 가모는 흡족하며 보금을 대관원에서 지내도록 하지 않고 아예 자신의 침소에서 함께 지내도록 하였다. 그녀의 오라버니 설과는 자연히 설반이 쓰던 서재에 잠자리를 마련하였다.

가모가 형부인에게 말했다.

"너의 조카딸도 굳이 집으로 데려가지 말고 대관원에서 며칠 묵으며 놀도록 해라."

형부인의 오라버니네 집은 가세가 어려운 형편이었다. 이번에 상경하면서 애초부터 형부인한테 의지하여 묵을 곳이나 쓸 용돈 등을 부탁할 작정이었는데 그 말을 들으니 더욱 좋아하지 않을 수 없었다. 형부인은 형수연을 희봉에게 맡기면서 잘 보살펴주도록 부탁했다.

희봉은 대관원 안의 자매들이 많고 성격 또한 제각각인 데다 따로 거처를 마련하기도 쉽지 않아 영춘의 거처에 보내는 게 낫다고 생각했다.

만일 차후에 형수연에게 무슨 안 좋은 일이 생겨서 설사 형부인이 알게 된다고 해도 자신과는 상관없는 일이라 여길 것이기 때문이었다.

희봉은 앞으로 형수연이 집으로 돌아가면 그만이지만 대관원에 있게 되면 매달 영춘과 같은 용돈을 지급하기로 결정하였다. 희봉은 냉정한 입장에서 형수연의 성품과 사람 됨됨이를 살펴보았다. 하지만 수연은 형부인이나 혹은 자신의 부모들과는 달리 상당히 온순하고 귀여운 구석이 있는 아가씨였다. 희봉은 그녀의 집안형편이 어려운 점을 감안하여 다른 자매들보다도 좀더 신경을 써서 보살펴주었다. 하지만 형부인은 오히려 그다지 상관하지 않았다.

가모와 왕부인은 평소 이환이 어질고 현숙한 데다 젊은 나이에 과부로 수절하고 있다는 것을 측은해 하면서도 늘 높이 생각하고 있었다. 그래서 이번에 찾아온 그녀의 숙모 역시 과부였는데 밖에서 거주하게 하지 않고 대관원에서 머무르도록 하였다. 이환의 숙모는 처음에는 사양했으나 결국 가모의 고집을 이길 수가 없었으므로 이문과 이기를 데리고 도향촌에 들어가기로 하였다.

손님들의 거처가 대부분 정해지자 이번에는 보령후保齡侯 사내史鼐가 지방의 고위직으로 발령을 받아 며칠 내로 가족을 이끌고 부임지로 떠나게 되었다는 소식이 전해졌다. 가모는 차마 상운을 그냥 보낼 수가 없어 집으로 데려와 희봉에게 따로 거처를 마련해 주라고 일렀다. 하지만 상운은 별도의 거처를 거절하고 기어이 보차와 함께 지내겠다고 고집을 부렸다. 그래서 그렇게 정해졌다.

이제 대관원은 전보다 훨씬 북적거리며 활기를 띠게 되었다. 이환을 위시하여 영춘과 탐춘, 석춘, 보차, 대옥, 상운, 이문, 이기, 보금, 형수연 등에다 희봉과 보옥까지 합치면 모두 열세 명이나 되었다. 나이 순서로 따지면 이환이 가장 많았고 나머지는 대개 열다섯이나 열여섯, 많아야 열일곱 살 정도였다. 혹은 세 사람이 동갑이기도 하고 혹은 다섯 사람이 동갑이기도 하고 심지어 누구누구는 같은 달 같은 날 생일이기도 하고 어떤 이들은 아예 출생시간까지도 거의 같아 불과 몇 분만 차이가 나는 사람들도 있었다. 그들 자신도 너무 세세하게 나눌 수가 없어 그저 동생, 오빠, 언니, 누이 등의 호칭을 아무렇게나 서로 불러댔다.

향릉은 또 시를 짓고 싶은 마음에 안달이 날 지경이었는데 매번 보차를 귀찮게 할 수도 없어 안타까워하고 있었다. 그런데 마침 상운이 오게 되자 향릉은 아주 반가워했다. 더구나 상운은 이야기를 좋아하는 사람이라 향릉이 시를 짓는 방법을 묻자 신이 나서 밤낮없이 고담준론高談峻論을 늘어놓았다.

보차가 한마디 하였다.

"정말 시끄러워서 견딜 수가 없네. 규방 아가씨 신분으로 시 짓는 일을 무슨 대단한 학문처럼 가르치려 한다면 오히려 본분을 못 지키는 사람이라고 비웃음을 받을 텐데. 향릉이 하나만으로도 정신이 없는 판이었는데 상운이 같은 이야기주머니까지 하나 더 가세하니 온통 정신이 없네. 두보의 시는 침울하고 위응물韋應物의 시가 담백하다는 둥, 온정균溫庭筠의 시는 화려하고 이상은李商隱의 시는 괴벽하다는 둥 웬 말이 그리도 많단 말이야. 공연히 눈앞에 멀쩡하게 살아있는 시인을 가만 놔두고 그런 옛날 시인들만 자꾸 끄집어내서 뭐하자는 거야?"

상운이 얼른 물었다.

"그게 누군데? 언니, 제발 알려 줘."

"바보같이 애만 쓰시는 향릉과 미친 듯이 말 많은 상운 아가씨가 아니고 누구겠어?"

상운과 향릉이 듣고 다함께 깔깔 웃었다.

그때 마침 설보금이 찾아왔다. 그녀는 머리에서부터 긴 망토를 걸치고 있었는데, 푸르른 금빛이 휘황찬란한 것이 무엇으로 만든 것인지 알 수 없었다.

"그건 어디서 난 거야?"

보차의 물음에 보금이 대답했다.

"밖에 굵은 눈송이가 펑펑 내리니까 노마님이 이걸 찾아주셨어요."

향릉이 보고는 말했다.

"정말 멋있네요. 이건 공작털로 짠 거예요."

"공작털은 무슨 공작털이야? 들오리 대가리털로 만든 게 분명한데그래. 어쨌든 할머님이 너를 끔찍이도 생각하시는 모양이야. 그렇게 아끼는 보옥 오빠에게도 이것만큼은 입으라고 내주지 않으셨거든."

상운의 말에 이어 보차가 말했다.

"정말 속담에도 '사람마다 제 연분이 있다'고 하더니 보금이 자신도 여기에 와서 이렇게 노마님의 사랑을 듬뿍 받게 될 줄은 미처 생각하지 못했을 거야."

상운이 보금에게 농 섞인 말을 했다.

"보금 아가씨는 할머니 처소나 아니면 우리 대관원으로 와. 여기서는 얼마든지 마음대로 먹고 마시며 떠들고 놀 수가 있으니까. 마님이 계실 때는 마님 처소에서 잠시 마님과 얘기를 나눠도 좋지만 만일 마님이 안 계시면 절대로 그곳에는 가지마. 그쪽 방에는 마음씨가 못된 사람들이 있어서 모두 보금일 해치려고만 할 테니까 말이야."

그 말에 보차와 보금, 향릉, 앵아가 모두 웃었다.

보차가 상운을 보며 말했다.

"상운이는 속도 없는 사람이라고 하더니 지금 보니까 속이 꽉 찬 사람이네. 비록 속이 찼지만 말이 너무 많은 게 흠이야. 우리 보금이도 상운이와 비슷한 면이 있지. 그동안 상운이는 날 친언니로 삼겠다고 늘 말했잖아. 이번에 아예 보금일 친동생 삼으면 되지 않겠어?"

상운은 보금이 입은 망토를 한참 쳐다보다가 입을 열었다.

"이 옷은 보금에게만 어울리는걸. 다른 사람이 입으면 절대로 어울리지 않겠어."

한참 얘기를 나누는 중에 호박이 찾아와 웃으면서 전했다.

"노마님께서 말씀하시길 보차 아가씨께서는 보금 아가씨가 아직 어리니 힘든 일은 시키지 말라고 하셨어요. 무엇이든 좋아하는 게 있으면 하도록 해주고 뭐든 필요한 것은 다른 생각 말고 언제든 가져가라고 말씀하셨어요."

보차는 보금의 옆구리를 건드리며 웃었다.

"넌 도대체 어디서 그런 복을 타고난 거냐? 그러지 말고 너 그냥 돌아가는 게 낫겠어. 공연히 여기 있다가 우리한테 구박이나 받지 말고. 내가 너보다 뭐가 부족한지 정말 모르겠네."

그때 마침 보옥과 대옥이 찾아왔다. 보차가 여전히 웃으며 보금을 놀려주고 있으니 상운이 말했다.

"보차 언니! 언니는 농담으로 그렇게 말하지만 지금 이 자리의 어떤 사람은 정말로 그렇게 생각하고 있을지도 몰라요."

그때 호박이 나서 손으로는 보옥을 가리키며 말했다.

"정말로 꽁한 생각을 할 사람은 다름이 아니라 저분일 거예요."

보차와 상운이 함께 웃으면서 부정하였다.

"저 양반은 그럴 사람이 아니야."

호박이 이번에는 대옥을 지목하면서 말을 하였다.

"그분이 아니라면 이분이시겠죠."

그 말에 상운은 입을 다물었다.

보차가 나서서 얼른 웃으면서 말했다.

"더더욱 그럴 사람이 아니지. 내 동생을 자기의 동생같이 생각하는데 그럴 리가 있겠어. 내가 좋아하는 것보다도 더 보금일 아껴주고 있는데. 너야말로 상운이 한 말을 다짜고짜 다 믿는 거야? 상운이가 제멋대로 지껄인 게 무슨 증거가 있다고."

보옥은 평소에 대옥의 속이 좁아 화를 잘 낸다는 걸 알고 있었다. 더구나 요즘 보차와 대옥 사이에 일어난 일을 모르는 터라 지금 가모가 설보금을 끔찍이 아끼는 일에 대해 대옥의 속마음이 불편할 것이라 여겼다. 지금 상운의 말에 보차가 대답하는 걸 듣고 보니 대옥의 목소리나 안색이 평소와 다르다는 생각이 들었다. 과연 보차의 말대로 라고 여겨 속으로 궁금한 마음을 금할 수가 없었다.

'저 두 아가씨 사이가 전에는 이렇게 좋지 않았는데 오늘은 다른 사람보다 열 배는 가까워 보이니 웬일일까?'

대옥은 곧 보금에게 다가가서 이름도 부르지 않고 곧장 '애야'라고 부르며 친동생처럼 대했다. 설보금은 나이는 어렸지만 열성적이고 본성이 총명하였으며 어려서부터 책을 읽고 글을 배운 터였다. 대관원에서 며칠 지내고 보니 이 집안의 중요한 사람들도 거의 알게 되었다. 지금 대관원의 여러 자매들 중에는 경박하게 행동하는 사람들이 없었고 모두 보차와도 잘 지내는 터였으므로, 보금은 그들에게 모두 잘 대하지 않을 수 없었고, 그중에서 특히 대옥은 인품과 재주가 남보다 월등하였으므로 특히 친밀하게 느끼며 존경의 마음을 품고 있었다. 속사정을 모르는 보옥으로서는 그저 어리둥절할 뿐이었다.

보차 자매는 설부인의 집으로 돌아가고 상운은 가모의 처소로 갔다. 대옥이 방으로 돌아와 쉬고 있을 때 보옥이 찾아와서 말했다.

"내가 전에 《서상기》를 읽었을 때 잘 알던 몇 마디로 누이한테 농담했다가 누이 화를 돋운 적이 있었잖아. 지금 생각해보니 어느 한 구절이 잘 이해가 안 되거든. 내가 읊어볼 테니 한 번 풀어보겠어?"

대옥은 무슨 사연이 있나보다 생각하였다.

"그럼 내가 한 번 들어볼 테니 읊어보세요."

"《서상기》의 〈편지소동〔鬧簡〕〉 대목을 보면 아주 멋진 말이 있잖아.

'어느새 맹광孟光이 양홍梁鴻의 밥상을 받았단 말인가' 하는 구절 말이야. 정말 기막힌 문답이잖아. 그 구절은 원래 전해오는 고사지만 '어느새'라는 구절은 정말 멋진 말이야. '어느새' 그렇게 되었느냐고, 한 번 말 좀 해봐. "[1]

대옥이 웃음을 참지 못하고 말했다.

"호호호, 그 질문이 참으로 좋네요. 홍낭紅娘[2]의 질문이 좋기도 하거니와 오빠의 질문도 아주 멋져요. "

"저번에는 그냥 나를 의심하더니 이번엔 어째서 말도 없이 나를 따돌리는 거지?"

"알고 보니 보차 언니가 진짜 좋은 사람이더라고요. 난 평소에 언니가 속으로 못된 마음만 먹고 있다고 생각했거든요. "

그리고 대옥은 주령酒令에서 《서상기》의 구절을 실수로 말한 대목부터 보차가 연와탕을 보내온 사연에 이르기까지 상세하게 보옥에게 말해 주었다. 보옥은 비로소 연유를 알게 되자 웃으며 말했다.

"어쩐지 그랬었군그래. '어느새 맹광이 양홍의 밥상을 받았단 말인가'가 무슨 뜻인가 했더니 알고 보니 '어린애 입은 가리지 않고 제멋대로 떠든다'[3]는 구절처럼 어릴 때부터 벌써 밥상을 받았다는 말이로군그래. "

대옥은 이 순간 보차의 얘기가 나오자 자신은 형제자매도 없다는 사실이 다시 떠올라 그만 눈물이 쏟아졌다. 보옥이 얼른 달래며 말했다.

"괜히 또 혼자 우울해하네. 이것 좀 봐. 올해는 지난해보다도 더 수

---

1 이 구절은 후한 때의 은자인 맹광과 그의 처 양홍이 가난하면서도 서로 존경하고 아끼며 살았다는 이야기인데, 《서상기》에서 앵앵과 장생이 밀회를 약속하자, 시녀 홍낭이 어느새 자신도 모르게 두 사람 사이가 그렇게 발전했는지 놀리면서 불렀던 노래임. 여기서는 보옥이 대옥과 보차가 자신도 모르게 어느새 그렇게 친밀하게 발전했는지 은연중 놀리는 투로 말한 것임.
2 《서상기》의 여주인공 앵앵의 시녀.
3 이 구절도 《서상기》에 나오는 노래임.

척해졌잖아. 제 몸은 제대로 돌볼 생각도 않고 말이야. 언제나 멀쩡하다가도 쓸데없이 자신을 괴롭혀 결국엔 눈물을 한바탕 쏟아내고 나야 겨우 하루 일을 끝내니 어떡하겠어."

대옥이 눈물을 닦으며 말했다.

"요즘 들어 어쩐지 가슴이 쓰리고 눈물도 말라버린 것 같아요. 그저 마음만 쓰릴 뿐 눈물도 나지 않네요."

"그건 다 누이가 늘 믿지 못하고 우는 게 습관이 돼서 그래. 눈물이 어떻게 마를 수가 있겠어?"

두 사람이 그런 얘기를 하는 사이에 보옥의 방에 있는 어린 시녀가 붉은 털 망토⁴를 가지고 와 전하면서 말했다.

"큰아씨마님께서 사람을 보내왔습니다. 지금 눈이 내리고 있으니 내일 아침 사람들을 불러 시 짓는 일을 상의하고 싶으시답니다."

그 말이 끝나기도 전에 이환의 시녀가 대옥을 찾아왔다. 보옥은 곧 대옥과 함께 도향촌으로 갔다. 대옥은 금실로 구름무늬를 새긴 붉은 양 가죽 장화를 신고, 붉은색 우단에 흰 여우털로 속을 댄 학창鶴氅⁵을 입고, 금실로 짠 청록빛이 감도는 쌍고리에 네 가닥으로 된 명주 허리띠를 매고, 머리에는 눈 모자를 썼다.

보옥과 대옥은 함께 하얀 눈을 밟으며 이환이 사는 도향촌에 도착했다. 벌써 여러 자매들이 그곳에 와 있었다. 모두들 붉은 털실이나 우단으로 만든 망토를 걸치고 있었다. 하지만 이환과 보차, 수연만은 입은 모습이 약간씩 달랐다. 이환은 검은색 서양식 털옷을 입었고, 보차는 연푸른 보랏빛의 둥근 지문모양 무늬를 새긴 비단에 서양실로 수를 놓은 두루마기를 입었으며, 형수연은 여전히 늘 집에서 입던 대로 입어

---

4 원문은 두봉(斗蓬)이며 어깨에 둘러쓰는 소매 없는 긴 외투를 말함.
5 새의 깃털을 잘라 만든 갖옷으로 망토(斗蓬)와 같은 방한용 외투.

따로 눈을 막는 복장을 차리지 않았다.

얼마 후 상운이 왔다. 그녀는 전에 가모가 건네준 수달피 머리 가죽에 검은 회색 다람쥐 털로 안팎을 댄 두루마기를 입고 머리엔 노란 바탕에 구름무늬를 금박으로 수놓은 안감에 검붉은 털로 만든 왕소군王昭君 모자를 쓰고 목에는 또 담비가죽 목도리를 두르고 있었다. 대옥이 먼저 웃으며 소리쳤다.

"저기 좀 보세요. 저기 손오공이 왔습니다. 상운이는 똑같은 눈 마고자를 가지고도 저렇게 멋을 내어 일부러 몽골 총각처럼 치장을 했네요."

상운도 웃으면서 대꾸하였다.

"여러분, 저의 속옷 치장도 한 번 봐 주세요."

상운은 마고자를 벗어 던지고 안에 입은 옷을 보여주었다. 상운은 소매가 좁은 짧은 저고리를 입고 있었다. 저고리는 깃과 두 소매에 연한 녹색 선을 두르고 금빛 오색실로 용을 수놓은 연두색 가죽에다 족제비 털로 만든 것이었다. 안에는 또 분홍빛 비단가죽에 여우 겨드랑이털로 만든 속저고리를 입고 있었다. 허리는 나비매듭과 긴 술로 장식을 한 오색 띠로 단단히 조였고, 발에는 작은 사슴가죽장화를 신고 있었다. 보면 볼수록 영락없이 잘록한 개미허리와 긴 원숭이 팔에 껑충한 학의 자태와 사마귀의 모습이었다.

사람들이 모두 상운의 차림새를 보고 웃으면서 말했다.

"상운이는 언제나 저렇게 사내 모양으로 옷을 차려입기를 좋아한단 말이야. 사실 아가씨 복장을 한 것보다 훨씬 더 맵시가 나는걸."

상운이 얼른 화제를 돌렸다.

"어서 시 지을 생각이나 하세요. 도대체 누가 주관하는 거예요?"

이환이 나섰다.

"내가 생각해 보았는데요, 본래는 어제가 시회를 여는 제 날짜지만 벌써 지났고, 또 다음번 제 날짜는 너무 많이 남았잖아요. 오늘 마침 눈도 내렸기에 다들 모여서 시모임을 갖는 게 좋겠다고 생각한 거예요. 새로 오신 분들의 환영회도 겸해서요. 여러분 생각은 어떠세요?"

보옥이 먼저 대답했다.

"아주 지당하십니다. 하지만 오늘은 이미 늦었고 내일 날이 개면 흥이 깨지게 될 테니 어쩌지요?"

"이렇게 오는 눈은 내일까지도 그치지 않을 겁니다. 설사 갠다고 해도 오늘밤 내린 눈만으로도 충분하고요."

여러 사람이 그렇게 하는 말을 듣고 이환이 또 의견을 냈다.

"이곳은 별로고 아무래도 노설엄蘆雪广⁶이 나은 것 같아요. 내가 벌써 사람을 보내 구들에 불을 지피게 했으니 우리 모두 함께 화로에 둘러앉아 시를 지으면 운치가 있을 거예요. 우리끼리 가볍게 노는 일이니 할머님한테는 말씀드리지 않는 것이 낫겠어요. 그러니 희봉 아씨한테나 소식을 전하면 될 거예요. 사람마다 한두 냥씩 내면 충분할 것 같으니 나한테 보내면 됩니다."

보차 등이 다 같이 그렇게 하겠노라고 했다. 시의 제목과 운자에 대해서는 어떻게 하느냐고 하자 이환이 벌써 생각해 놓았다는 듯 말을 꺼냈다.

"내가 이미 정해놓았습니다. 내일 모임을 열면 자연히 알게 될 테니 걱정들 마세요."

잠시 얘기를 주고받다가 가모의 거처로 찾아갔다. 그날은 더 이상 별일이 없었다.

다음날 이른 아침이었다. 보옥은 오늘의 일 때문에 밤새 설레며 잠도 제대로 자지 못했다. 날이 밝자 얼른 자리에서 일어나 휘장을 열고 밖

---

6 다른 판본에서는 노설암(蘆雪庵), 노설정(蘆雪亭)으로 썼으나 번역의 저본에서는 엄(广)이라고 썼음. 엄은 바위에 걸쳐 앞이 트이게 지은 집.

을 쳐다보았다. 비록 창문은 아직 닫혀 있었지만 창으로 밝은 빛이 들어오고 있었다. 보옥은 머뭇거리며 틀림없이 눈이 그치고 날이 개여 햇빛이 나온 것이라 여겨 내심 실망하였다. 덧창을 열어젖히고 유리창을 통해 밖을 내다본 보옥은 그게 햇빛이 아니라 밤새 큰 눈이 내린 것이었음을 알았다. 눈은 한 자가량이나 내렸고 아직까지도 하늘에서 솜뭉치 같은 눈송이가 펑펑 내리고 있었다. 보옥은 뛸 듯이 기뻐하였다. 당장 사람을 불러 깨워 세수를 마치고 여우털로 안감을 댄 가지색 서양 가죽 저고리에 작은 매 날개무늬의 수달피 조끼를 받쳐 입고 허리띠를 매고 용수염풀로 엮은 도롱이를 어깨에 걸치고 등나무 삿갓을 쓰고 사당沙棠나무 나막신을 신고 서둘러 노설엄을 향해 집을 나섰다.

이홍원을 나와 사방을 둘러보니 세상은 온통 흰색이었고 멀리 아득한 곳에 푸른 소나무와 대나무의 모습이 희미하게 보일 뿐이었다. 자신은 마치 유리함 속에 들어앉아 있는 듯하였다. 산 아래에 이르러 기슭을 따라 모퉁이를 막 돌아서니 찬 기운 속에서 한줄기 향기가 코를 스치고 스며들어왔다. 묘옥이 사는 농취암 안에 십여 그루의 붉은 매화가 눈 속에 연지처럼 붉게 피어 있어 그윽하면서도 독특한 아취를 풍기고 있었다. 보옥은 그 순간 넋을 잃고 한참 동안이나 가만히 음미하다가 다시 발걸음을 옮겼다. 마침 그때 봉요교의 널다리 위에 한 사람이 우산을 받쳐 들고 걸어오고 있었다. 이환이 희봉을 부르러 보낸 사람이었다.

보옥이 노설엄에 도착해보니 시녀와 할멈들이 막 눈을 쓸며 길을 트고 있었다. 노설엄은 본래 배산임수背山臨水의 형세로 물가에 세운 집이었다. 그 일대의 몇몇 집은 모두 초가지붕에 토담을 쌓았고 무궁화 울타리와 대나무 침상을 쓰고 있었다. 그냥 창문을 열어젖히면 바로 낚시를 드리울 수 있는 곳이었고 사방이 모두 갈대와 억새로 뒤덮여 있었다. 그 갈대숲으로 난 구불구불한 작은 오솔길을 따라 걸어가면 우향사의 대나무 다리였다. 시녀와 할멈들은 보옥이 도롱이를 걸치고 삿갓을 쓰고 나타나자 다들 웃으면서 말했다.

"저희는 방금까지도 이런 경치에 고기 잡는 어부 한 사람이 있어야겠다고 말했는데 이제야 다 갖춰지게 되었군요. 아가씨들은 아침식사를 하시고 오신대요. 도련님은 참 성질도 급하시지."

보옥은 어쩔 수 없이 발길을 돌려 밖으로 나왔다. 심방정에 이르렀을 때 탐춘이 추상재로부터 나오고 있었다. 탐춘은 붉은 모직 망토를 걸치고 관음보살이 쓰는 모자 모양의 방한모를 쓰고 있었다. 어린 시녀를 데리고 오는데 뒤에선 어멈 하나가 푸른 비단우산을 받쳐주고 있었다. 보옥은 정자 옆에 서서 탐춘이 다가오기를 기다렸다가 함께 대관원을 나와 가모에게로 갔다. 설보금은 이제 막 방 안에서 세수를 마치고 옷을 갈아입는 중이었다. 잠시 후에 자매들이 다들 모여들었다. 보옥은 배가 고프다며 어서 밥을 차려달라고 떼를 썼다. 겨우 아침 밥상이 차려졌는데 처음 나온 요리는 우유를 넣어 찐 양의 태반이었다.

가모가 말했다.

"이건 우리 같은 늙은이들이 먹는 약이란다. 미처 해를 보지 못한 새끼 양으로 만든 것이지. 안타깝게도 너희 같은 어린애들은 먹을 수 없는 거란다. 오늘은 따로 신선한 사슴고기를 준비해 두었으니 너희는 그거나 마음껏 먹도록 하여라."

다들 그렇게 하겠노라고 대답했다. 하지만 보옥만은 더 이상 참을 수가 없어서 찻물〔茶水〕에 밥을 한 그릇 말아서 꿩고기 장조림을 반찬으로 단숨에 먹어버리고 말았다.

가모가 눈치를 챈 모양이었다.

"오늘 너희들 무슨 모임인가 있는 모양이구나. 밥 먹을 생각조차 제대로 안 하는 걸 보니."

가모가 희봉을 불러 일렀다.

"사슴고기를 남겨서 저녁때 저 아이들이 먹도록 하려무나."

"아직 많이 남아 있어요."

희봉이 대답하자 더 이상 말이 없었다.

상운이 보옥에게 가만히 상의하였다.

"오빠! 신선한 사슴고기가 있다는데 아예 한 덩이 달라고 해서 대관
원 안으로 가져가면 좋지 않을까. 직접 해먹으면 재미있을 거 아냐."

보옥은 그 말을 듣자 곧바로 희봉에게 한 덩이 달라고 하여 할멈에게
대관원으로 가져가도록 했다.

가모의 처소에서 나와 다 같이 노설엄으로 갔다. 이환이 시의 제목
을 내고 운자를 불러주려고 하였다. 하지만 상운과 보옥이 보이지 않
았다.

대옥이 말했다.

"그 두 사람은 절대로 함께 가도록 하면 안 돼. 어디든 같이 가기만
하면 반드시 일을 내고야 만다니까. 이번에는 틀림없이 사슴고기 먹을
궁리를 하러 같이 갔을 거야."

그때 이환의 숙모가 시모임을 구경하러 들어오면서 이환에게 말했다.

"글쎄 그 옥을 달고 다니는 도련님이랑 금기린金麒麟을 차고 있는 아
가씨가 말이야. 아니 그렇게 깔끔하고 어여쁘게 생긴 두 사람이 뭐가
그리 먹을 게 부족한지, 지금 저쪽에서 생고기 먹을 궁리를 하고 있더
란 말이야. 온갖 궁리를 다하는 모양인데 정말 고기를 날것으로 먹을
수나 있는 것인지 난 믿을 수가 없어."

사람들이 듣고 다들 놀라며 소리쳤다.

"큰일 났네요. 어서 그 두 사람을 붙잡아요."

대옥이 거들었다.

"이건 필시 상운이가 일을 낸 거야. 내 예상이 맞아떨어진 거라고."

이환 등이 급히 나와 두 사람을 찾아서 말해주었다.

"지금 두 사람이 생고기를 먹는다고 하니까, 당장 노마님한테로 보내 주겠어. 먹으려면 거기 가서 먹으라고. 생 사슴고기를 먹다가 병이 나더라도 나하고는 상관이 없는 일이야. 이렇게 큰 눈이 내린 추운 날 날고기를 먹겠다니, 지금 일부러 말썽을 일으켜서 날 골탕 먹일 작정을 하는 거지?"

보옥이 웃으면서 대답했다.

"그런 게 아니에요. 우린 구워먹을 생각이었는데요."

"그렇다면 혹시 몰라도."

이환은 한 걸음 뒤로 물러섰다. 그때 할멈들이 쇠 화로와 부젓가락, 석쇠 등을 들고 들어왔다. 이환이 또 조심을 당부했다.

"손을 베서 울지 말고 조심해."

이환은 곧 탐춘과 함께 돌아갔다.

희봉은 평아를 보내 지금은 연말 용돈을 배분하는 일로 너무 바빠서 올 수 없다고 회신을 보내왔다.

상운이 평아를 보더니 그냥 보내려고 하지 않았다. 평아도 놀기를 좋아하는 사람이라 평소에 희봉을 따라 안 가본 곳이 없던 터였다. 지금 이렇게 우아하고 재미있는 일을 보고 그냥 지나칠 수가 없었다. 평아는 곧 손목에서 팔찌를 뺐고 세 사람은 화로에 둘러앉아 우선 고기 석 점을 구워 먹었다.

한편 저쪽 편에 있던 보차와 대옥은 평소 많이 보아오던 광경이라 별로 놀라지 않았지만 보금과 이환 숙모 등은 굉장히 신기한 일로 생각했다. 탐춘과 이환 등은 이미 시제와 운자를 정해두고 있었다.

탐춘이 웃으며 자기도 구운 고기를 먹으러 가겠다고 했다.

"자, 자! 냄새 한 번 맡아 보세요. 고기 굽는 냄새가 여기까지 풍겨오잖아요. 나도 먹으러 가야겠어요."

이환도 뒤이어 따라와서 말했다.

"손님이 다 모였는데, 아직도 덜 먹었어?"

상운이 구운 고기를 먹으면서 대꾸했다.

"저는요, 이렇게 구운 고기를 먹을 때는 꼭 술을 마셔야 하거든요. 술을 마시면 시가 바로 나오잖아요. 이 사슴고기가 없다면 오늘은 결코 시를 지을 수 없을 거예요."

그때 마침 보금이 물오리털로 만든 외투를 입고 한켠에 서서 웃음을 지었다.

상운이 보금을 불렀다.

"이 바보야. 어서 와서 한 점 먹어봐."

"아이, 더러워!"

보금의 말에 보차가 다시 권했다.

"한 번 먹어봐. 맛있다니까. 너네 대옥 언니는 몸이 약해서 먹으면 소화를 못 시킬까 봐 안 먹지만 그게 아니라면 대옥이도 아마 좋아할걸."

보금이 그 말을 듣고 겨우 다가와 고기 한 점을 먹어보더니 과연 맛이 있었으므로 그제야 본격적으로 먹기 시작했다.

잠시 후에 희봉이 시녀를 보내 평아를 오라고 불렀다.

"상운 아가씨가 나를 잡아두었다고 말씀드려. 너 먼저 가, 내가 곧 뒤따라갈게."

시녀가 돌아가고 나니 잠시 후에 희봉도 망토를 걸치고 나타났다.

"좋은 거 먹을 때는 나한테 알려주지도 않는구나!"

그리곤 곧 불고기판 앞으로 달려들어 함께 먹기 시작했다.

대옥이 웃으며 말했다.

"세상에 이런 거지 떼거리를 어디서 데려왔나? 아서라, 아서! 오늘 노설엄이 아예 큰 변을 당하는구나, 변을 당해! 이게 모두 다 저 상운이가 망쳐놓은 거라고. 내 여기서 노설엄을 위해 대성통곡 하노라!"

상운이 듣고 코웃음을 쳤다.

"언니가 알기는 뭘 알아? '세상에 진짜 명사는 풍류를 알아야 하는 법', 당신들은 모두가 가짜로 고상한 체하는 거라고요. 그런 사람이 가장 밉다니까. 우리는 지금 이 순간 비린내를 풍기며 게걸스럽게 먹고 있지만, 잠시 후에 시를 지을 때는 비단결 마음에 수를 놓은 것처럼 아름다운 구절을 써낼 테니 두고 보라고요."

보차가 웃으면서 다짐을 받았다.

"잠시 후에 좋은 시를 못 지어내면 사슴고기를 다 토해내게 하고 눈 속에 파묻힌 갈대를 대신 처넣을 테니 그리 알아! 당한 만큼 갚아 벌을 받게 할 테니까."

그러는 동안 일동은 사슴 불고기를 다 먹고 나서 손을 씻고 양치질을 했다. 그런데 평아가 빼놓은 팔찌 하나가 보이지 않았다. 여기저기 한바탕 찾아보았지만 종적이 묘연했다. 다들 이상하게 여기고 있을 때 희봉이 말했다.

"난 팔찌의 행방을 알고 있지. 당신들은 시나 부지런히 지으세요. 우리도 그까짓 팔찌는 찾을 필요가 없으니. 그대로 밀고 가면 사흘 뒤에는 자연 나타날 게 뻔하다니까."

그리곤 다시 다른 말로 화제를 돌렸다.

"오늘은 무슨 제목으로 시를 짓기로 한 거야? 노마님이 말씀하시길 설날도 얼마 안 남았으니 정월달에 등불 수수께끼 놀이나 하면서 다들 즐겁게 한 번 놀자고 하시던데."

사람들은 모두 웃었다.

"그걸 깜빡 잊었네. 지금 어서 좋은 것으로 몇 수 만들어서 정월에 쓰도록 해야겠어요."

그리곤 다 같이 구들이 깔린 방으로 달려갔다. 그곳엔 술잔과 과일과 채소가 담긴 쟁반이 놓여 있었고 벽에는 이미 시제와 각운, 격식 등이 적혀 있었다. 보옥과 상운이 바라보니 제목은 "즉경연구卽景聯句"로 하

고 오언율시이며 두 번째 소蕭자 운을 쓴다고 하였다. 뒤편에는 아직 순
서가 매겨져 있지 않았다.

이환이 말했다.

"나는 시를 잘 못 지으니까 우선 새 구절로 시작하겠어. 그리고 누구
든 먼저 지은 사람이 뒷구절을 이어가면 되는 거야."

보차가 말했다.

"그래도 순서는 있어야 하잖아요."

뒷이야기가 궁금하면 다음 회를 보시라.

---

7 연구(聯句)란 이전에 시를 지을 때 사용하던 방식으로 두 사람 혹은 여러 사람이
 함께 서로 연이어 시를 읊어 가며 시 한 수를 완성하는 것을 말함.

蘆雪亭爭
聯即景
詩暖香塢
雅製春
燈謎

설경시와 수수께끼

노설엄에선 다투어 설경을 연작으로 읊고
난향오에선 다함께 설날의 수수께끼 짓네

蘆雪广爭聯卽景詩 暖香塢雅製春燈謎

설보차는 다시 한 번 강조하여 말했다.

"아무래도 순서는 있어야 해요. 내가 써볼게요."

여러 사람들에게 제비를 뽑도록 하였더니 첫 번째가 공교롭게도 마침 이환이 되었고 나머지가 순서대로 정해졌다.

희봉이 말했다.

"그렇다면 나도 첫머리에 한 구절만 말할 거야."

사람들이 다 같이 말했다.

"그게 좋겠군요."

보차는 이환의 아호인 도향노농稻香老農의 이름 앞에 '봉鳳'자를 하나 보충해 써넣었다. 이환은 다시 한 번 시제를 희봉에게 들려주었다.

희봉은 한참 생각에 잠겼다가 웃으며 말했다.

"제발 비웃지 말아요. 내가 말할 수 있는 거야 제멋대로 된 구절 하나밖에 없으니까. 그 나머지는 난 몰라."

일동은 웃으면서 말했다.

"제멋대로일수록 더욱 좋아요. 어서 한마디 하고 볼일이나 보세요."

"내 생각에 눈이 내리려면 북풍이 불 것이 분명하지요. 그래서 어젯밤에도 밤새 북풍이 몰아쳤다고요. 그래서 만든 구절 하나. '밤새도록 찬바람 매섭게 몰아치더니' 어때요? 쓸 만한가요?"

사람들은 듣고 나서 의외라는 듯이 서로를 쳐다보았다.

"시구가 비록 거칠고 이어지는 구절이 없기는 하지만 시를 짓는 첫 구절로는 상당히 좋아요. 뒷사람들에게 많은 상상의 공간을 제공하잖아요. 그럼 바로 이 구절을 시작으로 적어놓고 도향노농께서 계속 하시지요."

희봉과 이환의 숙모와 평아는 또 술을 두 잔 마시고 나가버렸다. 남아있던 이환이 우선 구절을 적었다.

| 밤새도록 찬바람 매섭게 몰아치더니, | 一夜北風緊, |
| 대문 열면 흰 눈송이 펄펄 날아드네. | 開門雪尙飄. |

그리고 자신의 시구를 지어 대구를 만들어 놓고 다음 사람을 위해 한 구절 읊었다.

| 진흙에 들어가니 아까워라 순백이여, | 入泥憐潔白, |
| 아쉽게 흩어지는 구슬 같은 눈송이여. | 匝地惜瓊瑤. |

향릉이 대구를 부르고 다시 새로운 구절을 제시하자 여러 자매들이 연작시를 이어나갔다.

| 마른풀에 하얀 눈꽃 피우고, | 有意榮枯草, |
| 시든 풀을 그저 꽃단장하네. | 無心飾萎苕. |

탐춘이 받아서 대구하고 다시 한 구절 불렀다.

농익은 시골 막걸리 값만 오르고,   價高村釀熟,
곡창엔 풍년으로 오곡이 가득해라.   年稔府梁饒.

이기의 노래가 이어졌다.

갈대청 재가 날면 절기를 점쳐보니,   葭動灰飛管,
북두칠성 돌아서 동지가 되었구나.   陽回斗轉杓.

이문이 이어서 노래했다.

눈 덮인 겨울산엔 푸른빛이 사라지고,   寒山已失翠,
꽁꽁 언 포구에는 파도소리 안 들리네.   凍浦不聞潮.

형수연이 노래했다.

성긴 버들가지에 매달리는 고드름,   易掛疏枝柳,
부서진 파초 잎에서 떨어지는 눈.   難堆破葉蕉.

사상운이 바로 노래했다.

사향노루 검은 석탄 화로에서 타오르고,   麝煤融寶鼎,
소매 저고리는 담비가죽 으뜸이네.   綺袖籠金貂.

설보금이 노래했다.

창문에 어린 눈빛 거울보다 밝고,   光奪窗前鏡,
담벼락에 물은 눈 산초보다 향기롭네.   香粘壁上椒.

대옥이 노래했다.

간간이 불어오는 비낀 바람,　　　　　　斜風仍故故,
끊어질듯 이어지는 맑은 꿈길.　　　　　　清夢轉聊聊.

보옥이 노래했다.

어디선가 들리는 매화 피리소리,　　　　　何處梅花笛?
누군가 불어대는 벽옥 퉁소소리.　　　　　誰家碧玉簫?

보차가 노래했다.

지축이 무너질까 자라는 근심하고,　　　　鰲愁坤軸陷,

여기까지 연작시를 지어갔을 때 이환이 웃으면서 말했다.
"내가 여러분을 대신하여 술이 제대로 데워지고 있는가 보고 올게요."
이번에는 보차가 보금에게 이어서 대구를 지으라고 재촉하는데 상운
이 벌떡 일어나 앞장서 대구를 읊었다.

용들의 싸움터에 구름은 걷히누나.　　　　龍鬪陣雲銷.

상운은 곧 다음 구절을 제시하였다.

눈 내린 강가로 외딴 배 돌아오고,　　　　野岸迴孤棹,
눈보라 속 시상은 패교로 치닫네.　　　　　吟鞭指灞橋.

보금이 벌떡 일어나 대구를 읊고 다음 구절을 이었다.

털옷을 하사하여 장수를 위로하고,　　　　　　　賜裘憐撫戍,

하지만 상운이 남에게 질 사람이 아니었다. 다른 사람이 우물쭈물하는 사이에 상운은 민첩하게 일어나 얼른 대구를 지었다. 남들은 다들 그저 구경이나 하는 수밖에 없었다.

솜 한 겹 더 넣으며 낭군을 그린다네.　　　　　　加絮念征徭.

그리고 이어서 한 구절을 냈다.

울퉁불퉁 험한 길 살펴가며 걸으시오,　　　　　　坳垤審夷險,
눈 쌓인 나뭇가지 흔들릴까 걱정되네.　　　　　　枝柯怕動搖.

대구를 읊은 것은 보차였다. 상운의 시를 칭송하며 자신도 뒤를 이었다.

하얀 눈에 내딛는 가벼운 발걸음,　　　　　　　　皚皚輕趁步,
나풀나풀 춤추며 날리는 눈송이.　　　　　　　　翦翦舞隨腰.

대옥이 보차를 이어 대구를 잇고 다시 한 구절 지었다.

눈 오는 날 삶아먹는 맛있는 고구마,　　　　　　煮芋成新賞,

대옥은 동시에 보옥의 등을 떠밀며 빨리 읊으라고 재촉했다. 보옥은 보차와 보금, 대옥 등 세 사람이 함께 상운을 상대로 밀고 당기는 모습이 재미있어 넋을 잃고 바라보고 있으면서 자신은 미처 시를 지을 생각조차 하지 못하고 있었다. 대옥이 자신의 등을 밀자 그제야 정신을 차린 보옥이 우선 대옥의 시에 맞춰 대구를 지었다.

소금처럼 뿌리는 눈 멋없는 노랫가락.   撒鹽是舊謠.

그리고 새 구절을 불렀다.

도롱이 쓴 어부는 낚싯줄 드리우고,   葦蓑猶泊釣,

상운이 얼른 나선다.
"안 되겠어요. 오빠는 아무 소용없으니까 남의 방해나 하지 말고 어서 나가요!"
그때 보금이 나서서 대구를 읊었다.

나무꾼의 도끼질 소리조차 안 들리네.   林斧不聞樵.

그리고 새 구절을 불렀다.

코끼리 엎드린 듯 봉우리는 첩첩산중,   伏象千峰凸,
구렁이 서려있듯 오솔길은 구불구불.   盤蛇一逕遙.

상운이 얼른 뒤따라 대구를 짓고 다시 이었다.

얼어붙은 추위 속에 활짝 핀 눈꽃송이,   花緣經冷聚,

보차와 다른 사람들이 다 같이 칭송을 아끼지 않았다.
탐춘이 이어서 지었다.

서릿발이 두려우랴 시들지 않는 얼음꽃.   色豈畏霜凋.

그리고 새 구절을 지었다.

뜨락의 참새는 환한 눈빛에 놀라 깨고,　　　深院驚寒雀,
빈산에 늙은 올빼미 눈 속에 슬피우네.　　　空山泣老鴞.

상운이 목이 말라 얼른 차 한 잔을 마시고 있었는데 그 사이에 형수연이 순서를 빼앗아 대구를 붙이고 다시 한 구절을 이었다.

섬돌 위에 층층으로 쌓여가는 눈,　　　階墀隨上下,
연못 위에 제멋대로 흘날리는 눈.　　　池水任浮漂.

상운은 얼른 찻잔을 내려놓고 다시 시구를 이어갔다.

하얀 눈 밝은 빛은 새벽빛 같은데,　　　照耀臨清曉,
흘날리는 눈발은 밤새도록 내리네.　　　繽紛入永宵.

대옥이도 상운의 뒤를 이어 대구를 지어 구절을 이어갔다.

지성으로 눈 속 추위 잊었다는데,　　　誠忘三尺冷,
풍년 대설 임금 걱정 덜어준다네.　　　瑞釋九重焦.

상운이 또 웃으면서 대구를 잇고 다시 한 구절 지었다.

눈 속에 쓰러진 자 그 누가 물으랴,　　　僵臥誰相問,
흥겨운 손님들이 반갑게 오고 가네.　　　狂游客喜招.

설보금이 웃으면서 얼른 받아넘기고 또 읊었다.

하늘나라 직녀님이 잘라내신 명주인가,　　　天機斷縞帶,
바다용궁 인어공주 잃어버린 비단인가.　　　海市失鮫綃.

상운이 대구를 지었을 때 대옥은 상운이 다시 뒤를 잇지 못하도록 자신이 얼른 나섰다.

적막한 물가의 쓸쓸한 정자각,   寂寞對臺榭,
청빈한 집안의 그리운 표주박.   清貧懷簞瓢.

상운이 바로 뒤를 이었다. 그러자 보금도 절대 양보 못하겠다는 듯이 바로 읊어냈다.

찻물을 끓이니 얼음은 점점 끓어오르고,   烹茶冰漸沸,
나뭇잎 불에 안타는 술 데우는 아궁이.   煮酒葉難燒.

상운은 분위기가 이렇게 돌아가자 자신에 차서 웃으면서 얼른 대구를 읊었다. 대옥이 웃으면서 말했다.

산중 스님의 빗자루 눈 속에 사라지고,   沒帚山僧掃,
어린아이 메던 칠현금도 눈에 묻혔네.   埋琴稚子挑.

설보금도 웃으면서 대구를 이었다. 상운이 허리를 굽혀 웃으면서 한 구절을 읊었다. 사람들은 잘 듣지를 못하고 다시 물었다.
"도대체 무슨 말을 한 거야?"
상운이 다시 큰 소리로 외쳤다.

돌 누각에 한가롭게 조는 두루미,   石樓閑睡鶴,
따뜻한 비단 담요에 누운 고양이.   錦罽暖親貓.

대옥은 곧 제 가슴을 움켜쥐고 소리를 질러대며 뒤를 이어 대구를 불렀다. 이번에는 보금이 웃으며 첫 구를 말했다.

달빛은 은물결로 출렁이는데,　　　　　　月窟翻銀浪,
적성산 봉우리는 묻혀버렸네.　　　　　　霞城隱赤標.

그 뒤를 이은 것은 상운이었다. 이번엔 대옥이 얼른 첫 구를 말했다.

매화꽃의 눈 씹으면 더 없이 향기롭고,　　　沁梅香可嚼,
대나무에 눈 젖으면 취한 듯 노래하네.　　　淋竹醉堪調.

대옥의 뒤를 보차가 이었다. 보금이 다시 첫 구를 냈다.

촉촉이 적신 원앙 허리띠,　　　　　　　或濕鴛鴦帶,
얼어붙은 비취 머리장식.　　　　　　　時凝翡翠翹.

뒤를 이은 건 상운이었다. 다시 대옥이 첫 구를 구절을 내니 이어서
보금이 노래했다.

바람이 없어도 여전히 휘날리고,　　　　無風仍脈脈,
비오지 않아도 분분히 날리누나.　　　　不雨亦瀟瀟.

　상운은 벌써 웃음을 참지 못하고 엎드려 포복절도했다. 일동은 상운
과 대옥, 보금이 서로 다투어 시를 짓는 모습을 지켜보느라 시를 짓지
도 못하고 웃기만 했다. 대옥이 상운을 흔들면서 어서 다음 구절을 지
으라고 재촉했다.
　"상운이도 재주가 바닥날 때가 있단 말이야? 무슨 말로 되받아칠지
어서 한번 들어보자구."
　상운은 여전히 보차의 품안에 엎드려 웃음을 멈추지 못하고 있었다.
보차가 상운을 잡아 일으키며 말했다.
　"자, 있는 재주를 맘껏 부려봐. 소蕭자 운을 한번 다 써보라니까. 그

럼 내가 두 손을 들 테니."

상운은 앉으며 웃었다.

"내 생각에도 시를 짓는 게 아니라 아예 목숨 걸고 싸우는 거라니까요."

일동이 웃으며 말했다.

"그나저나 어서 상운이가 이어봐."

곁에 있던 탐춘은 자신이 이어갈 말이 없다 여기고 얼른 적을 생각만 하고 있었다.

"아직 안 끝난 거야?"

이환이 그 말끝에 구절을 하나를 읊으니 이기가 마지막 대구를 붙여주었다.

오늘의 즐거운 일 적어 두려고,　　　　　　欲志今朝樂,
시를 지어 요순시절을 칭송하리.　　　　　　憑詩祝舜堯.

그제야 이환이 입을 열었다.

"자, 자, 이제 그만 됐어요. 아직 완전히 운자를 다 써먹은 것은 아니지만 남은 글자를 억지로 쓴다면 오히려 좋지 않을 거야."

모두는 다시 한 번 읽어보며 시구를 감상하였다. 상운이 읊은 구절이 가장 많은 걸 보고 한마디씩 했다.

"아무래도 방금 먹은 사슴고기 덕분인가 봐."

이환이 웃으며 말했다.

"구절마다 꼼꼼하게 본다면 비평할 곳이 있겠지만 대부분 다들 잘했어요. 다만 보옥 도련님이 또 낙제를 하게 되었네요."

보옥이 웃으며 대답했다.

"전 워낙에 연작시는 잘 짓지 못하거든요. 그저 제 몫만 겨우 땜한 거죠."

"시모임을 열 때마다 도련님만 너그럽게 봐 줄 수 없는 거지요. 늘 운자가 궁벽한 글자라고 핑계대고, 제대로 마무리 못했다느니, 연작시를 못 짓는다느니, 변명하곤 했지요. 오늘은 기필코 벌칙을 내려야겠어요. 방금 전에 농취암에서 홍매화를 보았는데 아주 멋지더라고요. 그걸 한 가지 꺾어 꽃병에 꽂아두고 싶었지만 성질 괴팍한 묘옥을 상대하기 싫어서 그만두었거든요. 지금 벌칙으로 홍매화 한 가지를 꺾어오도록 해요."

이환의 말에 시 잘못 지은 벌칙으로는 참으로 우아하고 재미있는 것이라며 다들 즐거워했다. 보옥도 함께 좋아하면서 얼른 달려가려고 했다. 그때 상운과 대옥이 거의 동시에 가로막으며 말했다.

"밖에는 지금 아주 추워요. 더운 술 한잔하고 나가는 게 좋겠어요."

상운이 술 주전자를 잡고 있으니 대옥이 커다란 술잔을 가져와 한 잔 가득 따라 준다. 상운이 웃으면서 말했다.

"우리 술을 한 잔 받아 마셨으니 만일 홍매화를 꺾어오지 못하면 두 배로 벌칙을 받을 줄 아세요!"

보옥이 얼른 술잔을 받아 마시고 눈발 속으로 뛰쳐나갔다. 이환이 사람을 시켜 뒤를 따라가라고 일렀다. 대옥이 얼른 말렸다.

"필요 없어요. 다른 사람이 있으면 오히려 꺾어오지 못할 거예요."

이환이 고개를 끄덕였다. 그리고 시녀에게 미인이 어깨를 으쓱하는 모양을 한 목이 잘록한 화병을 가져다 물을 담아놓으라고 했다. 매화를 꽂으려는 것이었다.

"보옥 도련님이 돌아오면 홍매화를 읊는 시를 지어야겠구먼!"

"그럼, 내가 먼저 한 수 지어볼게요."

상운이 먼저 말을 꺼내니 보차가 지지 않고 막아섰다.

"오늘만큼은 상운이가 더 이상 시 짓는 것을 못 봐 주겠어. 상운이가 늘 먼저 채가니까 남들은 다들 재미없게 멍하니 있어야 하잖아. 보옥이 돌아오면 벌칙으로 짓게 해야 할 테고. 연작시는 못 짓는다고 자기 입으로 말했으니까 이번에는 아무거나 맘대로 지어보라고 해보자고요."

대옥이 웃으면서 그 말을 받았다.

"맞아요, 나한테 좋은 생각이 있어요. 방금 지은 연작시만 가지고는 부족해요. 많이 참여하지 못한 사람들에게 홍매화 시를 짓게 하는 거예요."

보차가 웃으며 말했다.

"그 말이 지당해. 방금 형수연과 이문, 이기 세 사람은 손님이라고 해서 별로 재주를 드러내지 못했고 보금이와 대옥이, 상운이 세 사람이 기회를 다 채가지 않았어? 이번에는 우리가 나서지 말고 저 세 분한테 기회를 주는 게 좋겠어."

이환이 그에 대해 말했다.

"내 동생 이기는 시를 잘 지을 줄 모르니까 아무래도 보금 아가씨한테 짓도록 하는 게 좋겠어."

보차가 그렇게 하라고 하고는 말했다.

"홍매화 세 글자를 써서 운자를 삼아야 하는데 각자 칠언율시를 한 수씩 짓는 거예요. 형수연 아가씨는 홍紅자, 이문 아가씨는 매梅자, 그리고 보금이가 화花자를 쓰면 되는 거예요."

이환이 말했다.

"보옥 도련님을 빼놓는 건 난 찬성할 수 없어."

상운이 얼른 대답했다.

"아주 좋은 제목이 있는데 그걸로 짓도록 하면 되지요."

일동이 무슨 제목이냐고 묻자 상운이 말했다.

"보옥 오빠한테는 '방묘옥걸홍매訪妙玉乞紅梅', 즉 묘옥을 찾아가 홍매화를 구한다는 제목으로 짓게 하면 멋지지 않아요?"

사람들이 모두 그게 좋겠다며 찬성했다.

그 말이 끝나기도 전에 보옥이 히히 웃으면서 홍매화 한 가지를 들고 들어왔다. 시녀들이 받아들어 화병에 꽂았다. 사람들은 웃으면서 고맙다고 치하하자 보옥이 웃으며 대답한다.

"여러분들은 지금 이 꽃을 감상하며 좋아하지만 내가 얼마나 힘들여서 구해 왔는지는 모를 겁니다."

그 말에 탐춘이 얼른 따뜻한 술 한 잔을 따라 주고 시녀들은 달려와 도롱이와 삿갓을 받아서 눈을 털어주었다. 각 방의 시녀들이 옷을 더 가져왔다. 습인도 사람을 시켜 여우 겨드랑이털 저고리를 가져오게 했다. 이환은 찐 토란을 한 그릇 담아오라고 하고 또 감귤과 오렌지, 감람 등을 두 그릇 담아서 습인에게 갖다 주라고 했다. 상운은 보옥에게 방금 정한 시 제목을 알려주면서 얼른 지으라고 채근했다.

"정 그러면 운자를 제한하지 말고 내 마음대로 운자를 쓰도록 해줘요."

보옥이 사정하자 사람들은 그러라고 응낙했다.

"맘대로 지어 봐요."

그 사이에 사람들은 다 같이 홍매화를 감상하였다. 매화 원줄기는 두 자가량 되는데 옆으로 종횡으로 뻗어나간 곁가지는 대여섯 자도 넘게 길었다. 그 사이에는 마치 용트림하듯 뻗어 오르거나 지렁이같이 기어 오르거나 붓대처럼 외가닥으로 자랐거나 숲처럼 무성하게 자란 잔가지들이 있었다. 매화꽃은 연지 같은 붉은빛을 토해내고 난초와 혜초 같은 향기를 뿜어내고 있어 모두들 감탄해 마지않았다. 그 사이에 형수연과 이문과 설보금이 벌써 시를 지어서 각자 써냈다.

홍매화 세 글자의 운을 따라 지은 시를 순서대로 보면 다음과 같다.

홍매화 – 홍(紅)자 운으로 형수연

복숭아꽃 살구꽃 아직 피기 이전에,
추위도 아랑곳 않고 동풍을 반기네.
유령으로 날아 간 넋 겨울인가 봄이런가,
나부산의 짙은 노을 선녀 꿈을 가로막네.
푸른 녹매 받쳐주니 붉은 촛불 녹아들고,
백의신선 취중에 무지개 잔상 넘나드네.
볼수록 빛깔은 범상한 빛 아니니,
농도는 스스로 눈과 얼음에 맞추리라.

홍매화 – 매(梅)자를 운으로 이문

백매화는 지겨워서 홍매화를 노래하니,
아리따운 자태에 꽃봉오리 눈을 뜨네.
얼어붙은 굴에는 붉은 흔적 남았고,
시린 마음 그대로 잿빛으로 되었는가.
붉은 단약 잘못 삼켜 진골이 되었는가,
요지 선녀 도망쳐서 허물을 벗었는가.
양자강 남북에 봄빛이 찬란하다고,
행여나 벌과 나비 오해를 말지어다.

홍매화 – 화(花)자를 운으로 설보금

나뭇가지 성기어도 꽃송이는 요염하네,
아가씨 봄날 치장 사치함을 다투듯이.
정원에도 난간에도 하얀 눈은 없는데,
빈산의 물가에는 붉은 노을 떨어지네.
아득한 꿈길은 선녀의 피리소리 따르고,
그윽한 향기는 신선의 뗏목에 이른다네.

詠紅梅花 – 得「紅」字

桃未芳菲杏未紅,
沖寒先已笑東風.
魂飛庾嶺春難辨,
霞隔羅浮夢未通.
綠萼添妝融寶炬,
縞仙扶醉跨殘虹.
看來豈是尋常色,
濃淡由他冰雪中.

詠紅梅花 – 得「梅」字

白梅懶賦賦紅梅,
逞艷先迎醉眼開.
凍臉有痕皆是血,
酸心無恨亦成灰.
誤吞丹藥移眞骨,
偸下瑤池脫舊胎
江北江南春燦爛,
寄言蜂蝶漫疑猜.

詠紅梅花 – 得「花」字

疏是枝條艷是花,
春妝兒女競奢華.
閑庭曲檻無餘雪,
流水空山有落霞.
幽夢冷隨紅袖笛,
游仙香泛絳河槎.

전생에 이 몸은 요대에서 살았을 것을,　　　前身定是瑤臺種,
그대의 붉은 자태 다시 의심 않겠노라.　　　無復相疑色相差.

　사람들이 보고 나서 다들 칭찬해 마지않으며 마지막 한 수가 특히 좋았다고 말했다. 보옥은 설보금이 나이가 가장 어리면서도 재주가 민첩한 것을 아주 기특하게 생각했다. 대옥과 상운은 작은 술잔에 술을 따라서 보금에게 축하주를 주었다. 보차가 대옥과 상운을 보며 웃으면서 말했다.
　"시 세 수 모두 잘 지었어. 너희 두 사람이 평소 나를 놀려대더니 그것도 지겨워 이젠 보금이를 갖고 노는구먼."
　이번엔 이환이 보옥에게 물었다.
　"도련님은 다 지었나요?"
　"네. 방금 생각이 났는데 저 세 수를 보고는 그만 놀라서 잊어버리고 말았어요. 조금만 더 생각하게 해주세요."
　상운은 그 말에 곧 구리 부젓가락을 들고 손화로를 두드리면서 말했다.
　"내가 북을 두드릴 테니 어서 지어 봐요. 북소리가 끝나도 시를 다 짓지 못하면 벌주를 각오해야 해요!"
　보옥이 그제야 웃으면서 말했다.
　"벌써 다 지었는걸."
　대옥이 붓을 들고 말했다.
　"어서 읊어 봐요, 내가 받아 적을 테니."
　상운은 한번 소리 나게 내려친 다음 웃으면서 말했다.
　"자, 북소리가 끝났습니다."
　"다 됐다니까. 어서 적어봐."
　보옥이 시를 읊자 사람들이 귀 기울여 들었다.

술항아리 열지 않으니 시구도 미완성,　　　　　酒未開樽句未裁,

대옥이 받아쓰면서 고개를 저었다.
"시작이 너무 밋밋한데."
상운이 재촉하였다.
"어서 빨리 계속해요."
보옥이 웃으면서 말을 이었다.

붉은 매화 찾고 찾아 봉래선경 이르렀네.　　　　尋春問臘到蓬萊.

대옥과 상운이 그제야 고개를 끄덕이며 말했다.
"이제 그럴듯해지는군요."
보옥이 계속 읊었다.

관음보살 호리병 속 불사약은 마다하고,　　　　不求大士瓶中露,
항아선녀 난간 밖의 매화꽃을 달라했네.　　　　爲乞嫦娥檻外梅.

대옥이 쓰다 말고 또 고개를 저었다.
"그저 갖다 끼워 맞추고 있군요."
상운이 얼른 둘째 북소리로 재촉하였다.
보옥이 웃으며 말했다.

인간세상 돌아오며 매화가지 둘러메고,　　　　入世冷挑紅雪去,
홍진세상 벗어나서 붉은 매화 베었다네.　　　　離塵香割紫雲來.
시인의 야윈 어깨 어느 누가 탄식하랴,　　　　槎枒誰惜詩肩瘦,
농취암 이끼 자국 옷자락에 묻었나니.　　　　衣上猶沾佛院苔.

대옥이 다 쓰고 나자 상운과 다른 사람이 일제히 달려들어 품평하려 할 때 어린 시녀 몇 사람이 달려 들어오며 소리쳤다.

"노마님께서 오셨습니다."

일동은 얼른 일어나 나가 맞이하였다. 사람들은 멀리 가모가 들어오는 걸 보고 웃으며 말했다.

"어찌 저렇게 기분이 좋으시지?"

가모는 커다란 망토를 두르고 다람쥐 털 방한모자를 쓰고 작은 대나무 가마를 타고 푸른색에 기름먹인 비단우산을 받치고 있었다. 원앙과 호박 등 대여섯 명의 시녀도 모두 우산을 쓰고 가마를 둘러싸고 함께 오고 있었다. 이환 등이 얼른 마중하러 나가려하니 가모가 사람을 시켜 멈추도록 하면서 말했다.

"그곳에 가만히 있어라."

그리고 가까이 다가와서 가모가 웃으며 말했다.

"내가 네 시어미와 희봉이를 따돌리고 몰래 나왔구나. 나는 가마를 타고 왔으니 그래도 괜찮지만 그 사람들마저 나와서 눈을 밟게 할 수는 없는 일이지."

사람들은 얼른 망토를 받아들고 가모를 부축하여 안으로 모셨다.

가모는 방 안에 들어서자 웃으면서 말했다.

"아주 멋진 매화로구나! 너희도 즐길 줄을 아는구나. 내가 참 잘 찾아온 것이지?"

이환은 그 사이에 사람을 시켜 늑대가죽 담요를 가져오라고 하여 가운데 펼치고 가모를 앉도록 했다.

"자, 난 상관 말고 어서 즐겁게 먹고 마시며 웃고 떠들어라. 날이 짧아졌으니 낮잠을 자기도 그렇고 해서 혼자 골패를 갖고 놀다가 너희가 생각난 거야. 나도 같이 놀아보자꾸나."

이환은 또 손난로를 가져왔고 탐춘은 따로 술잔과 수저를 마련하고 직접 따뜻한 술을 한 잔 따라 가모에게 올렸다. 가모는 한 모금 마시고 나서 쟁반 위에 담아둔 것이 무엇이냐고 물었다. 사람들이 얼른 받쳐서 가져다주며 절인 메추리 고기라고 말했다.

"그것도 괜찮겠구나. 다리를 한두 점 찢어다오."

이환이 물을 달라고 하여 손을 씻은 다음 살점을 찢어서 대접했다.

"너희는 어서 앉아서 하던 놀이를 계속 하려무나. 나도 좀 들어보게."

그리고 이환에게 분부했다.

"너도 이젠 앉아라. 내가 오기 전처럼 해야 좋지. 안 그러면 난 다시 가련다."

사람들이 그제야 순서대로 제자리에 앉았다. 이환만은 한쪽 편으로 자리를 옮겼다. 가모는 무슨 놀이를 하고 있었느냐고 물었다. 다들 시를 짓고 있었다고 대답했다.

"시를 짓는 것보다야 아무래도 수수께끼 놀이가 좀 낫지 않겠니? 정월달 놀이에도 아주 잘 어울리고 말이야."

다들 그렇게 하자고 하며 한참 떠들고 있었다. 가모가 또 한마디 했다.

"여기는 너무 습기가 많은 곳이니 오래 앉아 있다가는 몸에 안 좋겠구나. 너희 넷째 석춘이가 있는 곳이 따뜻하니 그림 구경도 할 겸 우리 그곳으로 가자꾸나. 연말에는 다 만들어지겠지."

"연말까진 절대 안돼요. 아마 내년 단오 때나 되어야 완성될걸요."

"아이쿠! 그럼 어떡한단 말이냐? 이 대관원을 만드는 시간보다 그림 그리는 시간이 더 걸린다니."

가모는 대나무 가마를 타고 나머지 사람들은 가모를 둘러싸고 우향사를 지나서 좁은 골목으로 들어섰다. 동서 양쪽에 골목으로 난 문이 있고 문 위에는 돌 판으로 박아서 만든 편액이 걸려 있었다. 지금 들어간 문은 서문인데 밖으로 향한 편액에는 '천운穿雲'〔구름을 뚫고 지나감〕이란 글씨가 있었고 안으로 향하는 편액에는 '도월渡月'〔달나라로 건너감〕이라고 쓰여 있었다. 중앙으로 들어와 남쪽으로 향한 정문에 도착해서야 가모는 가마에서 내렸다.

석춘이 벌써 알고 나와서 맞아들였다. 회랑을 지나니 곧 석춘의 침실이었다. 문틀 위에는 '난향오'라는 세 글자가 쓰여 있었다. 몇 사람이 얼른 나와 붉은색 모직 휘장을 걷어 올리자 따스한 향기가 풍겨 나와 얼굴을 스쳤다. 일동은 방으로 들어갔다. 가모는 자리를 잡고 앉기 전에 그림이 어디 있느냐고 먼저 물었다. 석춘이 웃으면서 대답했다.

"날씨가 추우면 아교성분이 금방 굳고 색깔이 매끄럽게 되지 않아서 그림이 보기가 좋지 않아요. 그래서 안에 들여다 놨어요."

"설날 전에는 꼭 보고 싶다고 했잖니. 너무 게으름 피우지 말고 어서 가져 나와 그리도록 해."

그 말이 끝나기 전에 희봉이 자주색 양털 저고리를 입고 웃으면서 들어섰다.

"할머님! 어떻게 아무한테도 말씀하지 않고 몰래 혼자 오셨어요? 제가 한참 찾았잖아요."

가모는 희봉이 찾아오자 속으로 기뻐하면서 말했다.

"네가 추위에 떨까 걱정해서 말하지 못하게 한 거야. 넌 정말 귀신같구나. 어떻게 내가 여기 있는지 찾아냈어? 굳이 이래야만 효도하는 건 아니란다."

희봉이 웃으면서 대답했다.

"제가 뭐 꼭 효도하려고 여길 찾아왔나요? 할머님 방에 갔더니 쥐죽은 듯 조용해서 애들한테 물었더니 말을 안 하려고 하면서 그냥 대관원에 가보라고만 하던걸요. 그래서 이상하다고 생각하고 있었는데 마침 비구니 스님 세 사람이 찾아왔더라고요. 그래서 제가 할머님 속셈을 눈치챘죠. 필시 비구니들이 찾아오면 설밑에 쓰는 축문이나 부적을 주면서 시줏돈이나 향 값을 달라고 할 게 아니겠어요. 할머님은 설밑에 다른 일도 많으시니까 그걸 피하시려고 살짝 나오신 거죠? 비구니 스님들한테 물었더니 과연 그래서 왔다고 하더라고요. 그래서 제가 얼른 시줏돈과 향 값을 줘 보내버렸죠. 이제 빚쟁이가 갔으니 할머님은 숨으실 필요가 없으세요. 또 아주 연하게 삶은 꿩고기도 차려놓았으니 어서 저녁진지나 드시러 가세요. 늦어지면 고기가 질겨질 테니까요."

희봉의 말을 들으면서 사람들은 대목마다 깔깔거리고 웃었다. 희봉은 가모의 말을 들을 새도 없이 곧바로 가마를 대령하라고 분부했다. 가모는 웃으면서 희봉의 손을 잡고 가마에 올라 일동을 데리고 웃고 떠들면서 골목을 지나 동문으로 나왔다. 사방은 하얀 분을 바른 듯 은빛 세상으로 변해 있었다. 그때 보금이 물 오리털 외투를 걸치고 멀리 동산 기슭에서 기다리고 서 있는 모습이 보였다. 그 뒤에는 시녀 하나가 홍매화를 꽂은 병을 안고 있었다.

사람들이 웃으면서 말했다.

"두 사람이 없어졌다 싶었더니 저기서 기다리고 있었구나. 매화를 꺾으러 갔었구먼그래."

가모가 기뻐하며 웃으면서 말했다.

"저 모습을 봐라. 눈 내린 산기슭에 어울리게 저렇게 멋진 인물이 저런 환한 옷을 입고 또 뒤에 붉은 매화를 들고 있으니 마치 무엇 같으냐?"

곁에 있던 사람들이 대답했다.

"노마님 방 안에 걸려있는 구십주仇十洲[1]가 그린 〈쌍염도雙艶圖〉와 다를 게 없네요."

가모가 고개를 저으며 웃었다.

"그림에서야 어디 저렇게 고운 옷이 있더냐? 인물도 저만큼 흰하지는 못하지."

---

1 명나라 때의 화가 구영(仇英)을 말함.

그 말이 끝나기 전에 보금의 뒤로부터 붉은색 털외투를 입은 사람이 앞으로 나왔다. 가모가 물었다.

"저 아가씨는 또 누구냐?"

"할머니! 저희는 모두 여기 있어요. 저건 바로 보옥이에요."

"내 눈이 점점 흐려져서 잘 안 보이는구나."

과연 가까이 다가가니 보옥과 보금이었다. 보옥은 보차와 대옥에게 웃으면서 말했다.

"농취암에 다시 갔더니 묘옥이 모든 사람한테 매화 한 가지씩을 다 보내주겠다고 해서 내가 벌써 사람을 시켜 집으로 보냈어."

사람들이 웃으면서 답례했다.

"신경 써줘서 고마워요."

그러는 사이 대관원 대문을 나서 가모의 방으로 돌아왔다. 저녁을 먹고 다들 한참 얘기를 나누고 있는데 뜻밖에 설부인이 왔다.

"눈이 많이 내렸는데 종일 노마님한테 와 뵙지도 못했군요. 하루 종일 답답하고 우울하셨을 텐데 눈 구경이라도 하시지 그러셨어요."

가모가 웃으면서 대답했다.

"우울하기는 왜 우울해요? 저 애들 찾아가서 한참 놀다가 돌아왔다우."

"어제 저녁부터 생각했었죠. 오늘 이곳 대관원을 하루 빌려서 술자리를 마련하고 노마님을 모셔다가 눈 구경이나 함께 할까하고 말이에요. 근데 노마님이 일찍 주무시고 또 우리 보차한테 들으니 요즘 노마님의 마음이 썩 좋지는 않으신 모양이라고 하여 감히 말씀드리지 않고 가만 있던 거예요. 진작 알았더라면 제가 모실 걸 그랬어요."

설부인의 말에 가모가 역시 웃으면서 대답했다.

"이거야 겨우 시월 첫눈인데 뭐. 앞으로도 눈 올 날은 많을 테니 그때 한번 내셔도 늦지 않을 거요."

"그렇게 된다면 제 성의를 다할 수 있겠군요."

희봉이 얼른 끼어들었다.

"이모님 나중엔 혹시 잊으실 수도 있으니까 지금 아예 저한테 오십 냥을 주시면 제가 받아 두었다가 일단 눈이 오면 곧장 술자리를 마련하겠습니다. 그러면 이모님도 걱정하실 필요 없고 잊어버릴 염려도 없지 않아요?"

가모가 웃으면서 맞장구를 쳤다.

"그렇다면 사돈 마님께서 오십 냥을 저 애한테 맡겨 두시구려. 그럼 내가 저 애하고 스물닷 냥씩 나누어 가질 테니까. 그러다 눈이 오는 날 내가 짐짓 마음이 안 좋다고 하면서 넘어가면 사돈께서도 신경 쓸 필요가 없고 나하고 희봉이는 공짜로 돈만 벌게 되는 격이니 얼마나 좋아요."

희봉이 박수를 치며 좋아했다.

"그거 정말 기막힌 생각이에요. 딱 제 생각하고 맞아떨어지네요."

사람들도 깔깔거리고 함께 웃었다. 가모가 웃으면서 희봉에게 핀잔을 주었다.

"저런 염치없는 것 같으니라고. 네 앞에선 말도 못하겠다. 장대만 세우면 곧바로 기어오르려 드는구나. 넌 마땅히 '이모님은 손님으로 저희 집에 와 계시니 여러 가지로 힘드실 텐데 저희가 자리를 마련해야지 이모님이 돈을 들여 청하시면 안 되죠' 라고 말해야지. 그런 말도 못하면서 무슨 낯짝에 오십 냥이나 우려먹자고 그러느냐? 아이고, 낯짝도 두껍구나."

하지만 희봉은 웃으며 받아넘겼다.

"우리 할머님은 정말 대단하세요. 슬쩍 한번 떠보셨다가 만일 이모님이 마음 좋게 오십 냥을 내놓으시면 저하고 나눠 가질 생각이셨잖아요. 지금 그게 안 되겠다 싶으니까 말씀을 점잖게 하시면서 저한테 씌우시는 거예요. 그러시다면 저도 이모님께 돈을 안 받고 제 돈을 들여 이모님 대신 술자리를 마련해서 할머님을 모시겠어요. 또 따로 오십 냥을 준비해서 제가 쓸데없는 일에 끼어든 것에 대한 속죄의 대가로 할머님 께 드리겠어요. 그럼 되시겠어요?"

말이 끝나기도 전에 사람들은 벌써 웃음보가 터져 허리를 쥐어 잡 았다.

눈밭에서 꺾은 매화 가지를 들고 서 있던 보금의 모습이 그림보다 더 멋있었다는 얘기를 가모가 꺼내면서 보금의 나이와 사주팔자, 집안 사 정 등을 물어보았다. 설부인은 가모의 속뜻을 헤아리며 보옥과 짝을 맺 어주려는 것이라 여겼다. 설부인은 그렇게 된다면 아주 좋겠다고 생각 했지만 보금은 벌써 매씨 집안에 허혼한 상태였다. 가모가 의사를 분명 히 밝히지 않았으므로 설부인도 먼저 나설 수 없어 우물쭈물하면서 몇 마디 덧붙였다.

"이 애가 참 복이 없나 봐요. 지지난해 제 아버지를 잃고 말았거든요. 어려서부터 제 부모를 따라 천하의 방방곡곡 안 가본 곳이 없었어요. 세상구경을 많이도 했지요. 얘 아버지가 워낙 돌아다니며 즐기는 사람 이라 가족을 데리고 각지를 다니며 장사했죠. 한 성에서 일 년쯤 살다 가 다른 성으로 가서 반년쯤 지내는 등 정처 없이 떠돌았죠. 아마도 온 천하를 반 이상은 밟고 다녔을 겁니다. 그러다 어느 해인가 이 애를 매 한림의 아들에게 허혼했답니다. 하필 그 다음 해에 아버지가 세상을 떠 났어요. 어머니도 담증에 걸리게 되었고요."

희봉이 설부인의 말을 다 듣지 않고 탄식하며 발을 굴렀다.

"정말 안 되었군요. 제가 중매를 설까 했는데 벌써 다른 데와 약혼했 다니 아쉽군요."

가모가 웃으면서 물었다.

"누구한테 중매 서 주려고 했느냐?"

"할머님은 아실 필요 없어요. 제 생각에 그 두 사람은 안성맞춤이거든요. 이미 허혼했다니 말해야 소용없는 일이죠. 말하지 않는 게 좋겠어요."

가모도 이미 다른 사람과 정혼했다는 말을 듣고는 더 이상 얘기를 꺼내지 않았으며 그들은 잠시 더 한담을 나누다가 헤어졌다. 밤에는 아무 일도 없었다.

다음날 아침 눈이 그쳤다. 식사 후 가모는 석춘에게 직접 말을 건넸다.

"날씨가 춥거나 덥거나 상관 말고 너는 그림이나 부지런히 그려라. 설날 전까지는 다 완성해야 한다. 최선을 다했는데도 안 되는 거야 어쩔 수 없지만 말이야. 하지만 다른 건 몰라도 어제 보금이와 시녀가 붉은 매화를 들고 서 있던 모습은 꼭 그대로 그려 넣어야 하느니라. 선 하나라도 다르지 않게 어서 그려 넣어라."

석춘은 난감했지만 그렇게 하겠노라고 대답할 수밖에 없었다. 잠시 후 여러 사람들이 그림을 어떻게 그리는지 보려고 찾아왔다. 그때 석춘은 그림 구상을 하느라고 넋을 놓고 있었다. 이환이 웃으면서 말했다.

"그림은 석춘 아가씨 혼자 구상하라고 하고 우린 얘기나 나눕시다. 어제 노마님께서 등롱 수수께끼를 만들어보라고 하셨잖아요. 집에 돌아간 후 잠도 안 오길래 우리집의 이기, 이문과 함께 생각해 보았지요. 난 《사서》에 있는 걸로 두 가지 지었고 그 애들도 각각 두 개씩 만들었어요."

사람들이 말했다.

"그렇군요. 수수께끼를 만들어야 하는데 말이에요. 우선 만든 거나 먼저 말씀해 보세요. 우리가 맞혀볼 테니."

이환이 웃으며 말했다.

"관음미유세가전觀音未有世家傳, 관세음보살님은 세가에 열전이 없으시다는 건데 《사서》의 구절에서 찾아보세요."

상운이 대답했다.

"재지어지선在止於至善[2]입니다."

보차가 웃으며 말했다.

"잘 생각 좀 해 봐. '세가전[世家傳:《사기》의 〈세가〉]'이란 세 글자를 생각하고 맞혀 보란 말이야."

대옥이 웃으며 대답했다.

"음. 알았다! '수선무징雖善無徵[3]'이야."

"그래! 맞았어요."

이환이 또 수수께끼를 불렀다.

"일지청초청하명—池青草青何名, 연못 속의 푸른 풀이 가득한데 무슨 풀일까 하는 겁니다."

상운이 또 나섰다.

"그건 틀림없이 '포로야蒲蘆也[4]'가 분명해. 설마 또 틀리진 않았겠죠?"

"참 어렵사리 맞혔군요. 이문이 지은 것은 수향석변유출냉水向石邊流出冷, 돌 옆으로 흐르는 물이 차갑게 흐른다는 건데 옛사람의 이름을 알아맞혀 보세요."

탐춘이 나서서 웃으며 말했다.

"혹시 산도山濤[5]가 아닌가요?"

"맞았어요."

"이기가 지은 것은 형螢자입니다. 한 글자를 알아맞히는 겁니다."

사람들이 한참 동안 맞혀보려고 애를 썼다. 보금이 마침내 웃으면서 대답했다.

---

2 덕행이 가장 완전하고 아름다운 경지에 도달한 것을 뜻함. 《대학(大學)》의 구절.
3 관음보살이 지극히 선하지만 아직 나타나지 않은 것을 말함. 《중용(中庸)》의 구절.
4 부들과 갈대. 정치라는 것은 갈대와 같다는 말에 보임. 《중용(中庸)》의 구절.
5 진나라 시인으로 죽림칠현의 한 사람.

"그건 의미심장하군요. 혹시 화초의 화花자가 아닌가요?"

이기가 웃으면서 대답했다.

"네, 맞았어요."

사람들이 의아해하면서 물었다.

"형자와 화자가 무슨 상관이에요?"

대옥이 말했다.

"그것 참 오묘하기 짝이 없군요. 반딧불은 썩은 풀이 변해서[6] 만들어진다고 하지 않던가요?"

그제야 사람들이 알아듣고 모두 웃으면서 말했다.

"좋아요, 좋아!"

보차가 말했다.

"좋기는 하지만 그런 건 노마님의 취향에 맞지 않아. 좀더 친근하고 쉬운 물건으로 지어서 누구나 즐길 수 있게 해야 해요."

"그래요. 흔한 물건으로 하자고요."

사람들의 말에 상운이 웃으며 말했다.

"내가 〈점강순點絳脣〉 한 곡을 지을 테니 한번 알아맞혀 보세요. 아주 흔한 물건이에요."

상운이 다음과 같이 읊었다.

깊은 계곡 떠나와서,	溪壑分離,
홍진세계 노니나니,	紅塵游戱,
정녕 그대 어떠한가?	眞何趣?
명리가 다 허망하니,	名利猶虛,
후사를 잇기가 어렵구나.	後事終難繼.

---

6 《예기(禮記)》에 썩은 풀이 변해 반딧불이 되었다는 말이 있는데, 초화(草化)를 화초(花草)로 생각한 것임.

사람들은 한참을 궁리해보았지만 답을 알 수 없었다. 누군가는 중이라고 하고 누군가는 도사라고도 했다. 보옥이 한참 웃고 있다가 말했다.

"다 틀렸어요. 내가 알아맞혀 보겠어. 곡마단의 원숭이가 틀림없지!"

상운이 말했다.

"맞았어요."

사람들이 물었다.

"처음에는 다 좋았는데 마지막 한 구절은 어떻게 풀은 거지?"

"곡마단 원숭이치고 꼬리 안 자른 원숭이 어디 있어요?"

사람들이 비로소 모두 웃음을 터뜨렸다.

"상운이는 수수께끼를 만드는데도 괴팍하고 까다롭다니까."

이환이 말했다.

"어제 이모님께서 하신 말씀을 들으니 보금 아가씨가 세상 구경을 많이 했다면서요. 많은 곳을 다녀봤으니 이제 실력발휘 한번 해봐요. 시도 잘 지으시니 수수께끼도 몇 개 만들어서 우리한테 내봐요."

보금은 고개를 끄덕이고는 웃음을 띠며 시상을 생각했다. 그때 보차가 먼저 생각을 다 하고는 소리 내서 읊기 시작했다.

박달나무 가래나무 층층이 갈고 다듬어,	鏤檀鍥梓一層層,
재간 좋은 목수의 재주만으로 되랴?	豈係良工堆砌成?
하늘 높이 우뚝 솟아 비바람이 지나가도,	雖是半天風雨過,
범종이고 풍경이고 소리 난 적 어딨으랴!	何曾聞得梵鈴聲!

사람들이 생각하는 동안 보옥의 시구도 완성되었다. 보옥이 읊었다.

하늘하고 인간세상 서로 달라 천양지차,	天上人間兩渺茫,
낭간[7]의 마디마디 조심조심 예방하네.	琅玕節過謹隄防.

난새와 학의 울음[8] 눈을 뜨고 기다렸다,　　鸞音鶴信須凝睇,
그 소리 그 흐느낌 하늘에다 전하리라.　　　好把唏噓答上蒼.

대옥이도 한 수가 준비되자 읊조렸다.

녹이[9]는 어이하여 붉은 끈을 얽어맸나?　　騄駬何勞縛紫繩?
성을 넘고 전장 달리는 기세가 등등해라.　　馳城逐塹勢猙獰.
주인의 호령 앞에 우레 같은 기풍이여,　　主人指示風雷動,
자라 등에 받친 삼신산 홀로 이름난다네.　　鰲背三山獨立名.

　탐춘도 한 수를 지어냈다. 막 읊으려는 순간 보금이 다가오며 웃었다.
　"제가 어려서부터 다녔던 고적지가 아주 많기는 하지만 그중에 열 곳
을 뽑아 회고시 열 수를 지어보았어요. 시가 비록 조악하지만 그래도
과거의 일을 한번 되새겨볼 수 있고 또 열 가지 흔한 물건을 비유하는
것이니 아가씨들이 한번 맞혀보세요."
　사람들이 그 말을 듣고 다 같이 말했다.
　"그것 참 기막히군요. 어디 한 번 직접 쓴 작품을 보여줘 봐요."
　어떤 시를 지었는지 궁금하다면 다음 회를 보시라.

---

7 낭간(琅玕)은 대나무를 가리킴.
8 난새와 학의 울음이란 신선 세계에서 전해 온 소식을 말함.
9 녹이는 말 이름으로 주목왕(周穆王)의 여덟 준마(駿馬) 중 하나.

256

薛小妹新編
懷古詩
胡庸醫亂用
虎狼藥

제51회

설보금의 회고시

보금은 회고시 열 수를 새로 지었고
의원은 엉터리 처방을 마구 내렸네
薛小妹新編懷古詩 胡庸醫亂用虎狼藥

사람들은 보금이 예전에 다녀보았던 각 성의 고적지를 소재로 회고
시 열 수를 짓고 또 그 속에 열 가지 사물을 숨겨두었다고 하자 다들 참
신해하며 다투어 살펴보았다. 보금의 회고시는 다음과 같다.

적벽[1] 회고시	赤壁懷古(其一)
적벽대전에 매몰된 배로 흐름도 막혔는가,	赤壁沈埋水不流,
부질없이 이름만 남아 빈 배에 실렸구나.	徒留名姓載空舟.
전장의 햇불은 스러지고 찬바람만 서러운데,	喧闐一炬悲風冷,
영웅들의 혼백만이 하염없이 맴도는구나.	無限英魂在內游.

---

1 적벽은 호북성 포기현(蒲圻縣)에 있으며 오(吳)나라 주유(周瑜)가 조조(曹操)의
군대를 대파한 곳.

교지[2] 회고시   交趾懷古(其二)

구리 녹여 만든 종은 기강을 떨치고,   銅鑄金鏞振紀綱,
명성은 바다 건너 오랑캐 땅에 이르네.   聲傳海外播戎羌.
마원의 크나큰 공로가 이미 위대하니,   馬援自是功勞大,
피리에 불던 장자방의 공에 못지않으리.   鐵笛無煩說子房.

종산[3] 회고시   鐘山懷古(其三)

공명이 언제 그대와 더불어 있었나,   名利何曾伴汝身,
공연히 불려나가 속세로 들어갔네.   無端被詔出凡塵.
명리에 얽히면 끝내 끊기조차 어렵나니,   牽連大抵難休絶,
남들의 잦은 비웃음 원망하여 무엇하리.   莫怨他人嘲笑頻.

회음[4] 회고시   淮陰懷古(其四)

장사는 미친개를 방비해야 하거늘,   壯士須防惡犬欺,
제나라 왕위는 죽어서야 정한다네.   三齊位定蓋棺時.
세상에선 가볍게 매도하지 말지니,   寄言世俗休輕鄙,
밥 한술의 은혜도 죽도록 잊지 말라.   一飯之恩死也知.

광릉[5] 회고시   廣陵懷古(其五)

매미와 까마귀 우짖던 순식간이라,   蟬噪鴉栖轉眼過,
수나라 운하제방 풍경이 어떠하뇨.   隋堤風景近如何.
오로지 풍류스런 이름을 독점하니,   只緣占得風流號,
분분한 구설수를 끝없이 일으키네.   惹得紛紛口舌多.

---

2 교지는 지금의 베트남 북부에 있음. 한나라 무제 때 군을 설치하였으며 후한 초
    마원(馬援)이 정벌하였음.
3 종산은 남경(南京)의 중산문(中山門) 밖에 있는 산.
4 회음은 지금의 강소성(江蘇省) 청강시(淸江市). 한나라 장군 한신(韓信)의 출생
    지로 한신은 후에 회음후(淮陰侯)로 봉해진 바 있음.
5 광릉은 지금의 강소성 양주(揚州). 수 양제(煬帝)가 양주를 관통하는 대운하를
    만들었는데 수로의 언덕 양옆으로 수양버들을 심어 수제(隋堤)라고도 함.

도엽도[6] 회고시

마른풀 시든 꽃은 얕은 연못 비추고,
복숭아 가지와 나뭇잎은 결국 나뉘네.
육조의 나라동량 그렇게 시들어가고,
쓸쓸한 초상화만 덩그러니 걸렸구나.

桃葉渡懷古(其六)

衰草閑花映淺池,
桃枝桃葉總分離.
六朝梁棟多如許,
小照空懸壁上題

청총[7] 회고시

아득한 북녘의 강물도 목메어 멈춰서고,
차가운 비파 줄에 배어있는 진한 슬픔.
한나라 예의 법도 참으로 한스러우니,
무능한 궁중 사람 만고에 부끄럽구나.

靑塚懷古(其七)

黑水茫茫咽不流,
氷弦撥盡曲中愁.
漢家制度誠堪嘆,
樗櫟應慚萬古羞.

마외[8] 회고시

연지자국 땀방울에 쓸쓸히 비치며,
아스라이 사라져간 양귀비의 따스함.
남겨진 건 오로지 풍류의 자취뿐,
치마폭의 향기는 아직도 서려있네.

馬嵬懷古(其八)

寂寞脂痕漬汗光,
溫柔一旦付東洋.
只因遺得風流跡,
此日衣衾尚有香.

포동사[9] 회고시

비천한 홍낭의 몸 경박하기 으뜸이라,
은근히 두 손 끌어 만남을 이루었네.
부인에게 발각되어 혼쭐이 났었지만,
두 사람 깊은 인연 어느새 맺어졌네.

蒲東寺懷古(其九)

小紅骨踐最身輕,
私掖偸攜强撮成.
雖被夫人時吊起,
已經勾引彼同行.

---

6 도엽도는 남경의 진회하(秦淮河)와 청계(靑溪)가 합류하는 곳.
7 청총은 한나라 때 흉노의 선우(單于)에게 시집간 왕소군(王昭君)의 묘. 내몽고의
  호호호트(呼和浩特, Hohhot) 근처에 있음.
8 마외는 지금의 섬서성(陝西省) 마외진(馬嵬鎭). 당 현종이 양귀비를 데리고 사천
  (四川)으로 도망가다가 양귀비를 목매어 죽이고 이곳에 묻었다고 함.
9 포동사는 《앵앵전》에서 장생과 최앵앵이 처음 만났던 장소. 지금의 산서성 포진
  (蒲津)에 있는 보구사(普救寺).

매화관[10] 회고시　　　　　　　　　　　　梅花觀懷古(其十)

매화 곁에 있거나 버들 곁에 있거나,　　　　不在梅邊在柳邊,

그 속에서 고운 자태 거두게 되리라.　　　　個中誰拾畫嬋娟

님과의 만남에 춘향 생각 잊게 되니,　　　　團圓莫憶春香到,

한 번의 이별 어느새 또 한해가 지네.　　　　一別西風又一年.

사람들이 살펴보고 모두 칭송하기를 마지않았다. 보차가 먼저 말했
다.

"앞의 여덟 수는 모두 역사 기록에 근거가 있는 것이지만 뒤의 두 수
는 근거가 거의 없는 것이어서 우리도 제대로 모르는 것이니 차라리 따
로 두 수를 짓는 게 낫지 않을까."

그 말을 대옥이 가로막고 나섰다.

"보차 언니는 너무 고지식한 게 탈이에요. 그렇게 억지로 하면 인위
적이에요. 그 두 수는 비록 역사적 사실을 고찰할 수 없고 그 외전을 보
지 않아 근거를 알 수는 없지만 그래도 그 두 희곡은 늘 보았잖아요. 세
살짜리 애들도 다 아는 얘기인데 우리가 그걸 모른다고 할 수 있나요?"

이환도 거들었다.

"게다가 보금 아가씨는 그곳에 가보았다고 하잖아. 두 가지 얘기는
근거가 없는 것인데도 호사가들이 일부러 그런 유적지를 만들어 사람
들을 바보로 만들고 있지. 전에 경성으로 올라올 때 보니까 관우關羽[11]
의 묘만 하더라도 서너 군데나 되더군요. 관우의 사적은 너무나 뚜렷한
근거가 있는데도 어떻게 그렇게 많은 묘가 만들어질 수 있겠어? 그건
다 후세 사람들이 관우의 생전 행적을 존경하고 사모하는 지극한 정성
이 만들어낸 거라고도 볼 수 있겠지. 《광여기廣興記》〔명대 육응양(陸應暘)

---

10 매화관은 《모란정》에서 두려낭(杜麗娘)의 묘를 보호하기 위해 세운 도관.

11 관우는 민간에서 관제(關帝)라고 높여 불리며 곳곳에 사당이 세워져 있음.

의 지리서)란 책을 보니까 관우의 묘만 많은 게 아니라 예로부터 명망 있는 유명인사는 묘가 한두 개가 아니더라고. 고증할 수 없는 고적지는 더욱 많고 말이야. 지금 보금의 시에서 마지막 두 수가 비록 고증할 수 없다고 해도 설창이나 연극 심지어는 복을 비는 점괘에까지도 주석으로 들어있으니 남녀노소를 불문하고 입에서 입으로 전해지면서 모르는 사람이 없게 되었지. 그리고 또 《서상기》나 《모란정》과 같은 못된 책을 보고 지은 것은 아니니까 그냥 두어도 괜찮을 거야."

보차는 그 말을 듣고 더 이상 말하지 않았다. 보금이 회고시 열 수 안에 열 가지 문제를 숨겨놓았다고 해서 다들 수수께끼를 풀어보려고 했지만 아무도 맞히지 못했다.

겨울날은 짧았다. 어느새 저녁 먹을 때가 되어 다들 앞채로 건너가 식사를 했다. 누군가 왕부인에게 말했다.

"습인의 오라비 화자방花自芳이 찾아왔습니다. 병중에 있는 모친이 위중한데 딸을 보고 싶어 하니 습인을 집으로 며칠 데리고 나가도록 특별히 허락해 주십사 청해 왔습니다."

"모녀간에 만나려는 것인데 허락하지 않을 수 있겠나?"

왕부인은 곧 희봉을 불러 적당하게 알아서 처리하라고 일렀다. 희봉은 집으로 돌아와 주서댁을 불러 습인에게 전하도록 하고 또 주서댁에게 한마디 했다.

"그리고 주서댁이 어멈 한 사람과 시녀 두 사람을 데리고 습인을 따라가도록 해요. 밖에는 나이 지긋한 사람 넷을 수레에 따르도록 하고. 큰 수레에는 자네 두 사람이 함께 타고 작은 수레엔 시녀들을 태우도록 해요."

주서댁이 나가려는데 희봉이 다시 불렀다.

"습인은 원래 일을 간소하게 하려는 사람이니까 내가 그러랬다고 해요. 색깔 곱고 좋은 옷으로 골라 입고 큰 보자기에 옷을 여러 벌 싸서 가지고 가고 보자기도 좋은 것으로 하라고. 손난로도 좋은 것으로 챙겨 가고 나갈 때 나한테 와서 보여주고 가라고 해요."

한참 후에 습인이 다 차려입고 왔다. 시녀 둘과 주서댁이 손난로와 옷 보따리를 들고 있었다. 희봉이 습인의 옷차림을 보니 머리에는 금비 녀를 여러 개 꽂았고 손목에는 진주 팔찌를 끼워 그런대로 화려했다. 몸에는 분홍색 바탕에 백자도百子圖를 수놓은 은서피 저고리와 초록바 탕에 오색 금실로 수를 놓은 비단치마를 받쳐 입었다. 그리고 겉에는 회서피 청단 두루마기를 덧입었다.

희봉이 웃으면서 말했다.

"그 세 가지 옷은 마님이 주신 거라 괜찮은 것이군그래. 하지만 두루 마기는 좀 밋밋한 것 같아. 지금 입기에도 좀 추울 듯하고. 큰 털외투를 입는 게 좋겠어."

"마님이 주신 것은 이거 말고 은서피 두루마기도 있어요. 그리고 연 말에는 털외투를 만들어 주신다고 했어요."

습인의 대답을 듣고 희봉이 웃으며 말했다.

"나한테 털외투 하나가 있는데 입을래? 난 단에 털이 길게 보이는 게 싫어서 고치려고 했던 거거든. 그러니 잘 됐지 뭐. 먼저 너한테 줄 테니 입고 가. 연말에 마님이 습인 옷을 만들어 주실 때 나도 고쳐 입으면 되 니까. 그때 가서 습인이 나한테 돌려주면 되지."

사람들이 모두 웃었다.

"아씨는 꼭 그렇게 말씀하시는 게 버릇이라니까요. 일 년 내내 큰손 으로 넉넉하게 마님을 대신해서 얼마나 많은 물건을 내주고 있으신데 요. 말 못하는 손해도 얼마나 많고요. 그런 걸 어떻게 일일이 마님한테 셈을 해서 받아내겠어요? 그런데 하필 이번에도 굳이 그렇게 속 좁은 말씀을 농담처럼 하시는 거예요?"

희봉이 웃으며 말했다.

"마님이 그런 자질구레한 일까지 어떻게 생각하시겠어? 하찮은 일이지만 그렇다고 챙기지 않으면 대갓집 체통이 서지 않지. 내가 손해 본다고 해도 말할 수는 없는 것이고 다들 체면을 세우려면 내가 이름 좀 난다고 해서 그만둘 수 있나. 사람마다 눌어붙은 밀개떡처럼 꼴이 우습게 되면 남들이야 살림하는 나를 비웃으면서 식구들을 모두 거지꼴을 만들었다고 욕하겠지."

사람들이 모두 감탄했다.

"아씨마님처럼 사리를 밝게 하시는 분이 어디 계시겠어요? 위로는 마님께 잘해 드리고 아래로는 하인들을 그렇게 돌봐주시니 말이에요."

그때 희봉은 평아에게 분부하여 어제 입었던 석청색 비단바탕에 금실로 여덟 개 둥근 도안을 수놓은 천마피(天馬皮: 사막여우의 가죽) 가죽으로 된 저고리를 습인에게 가져다주도록 했다. 옷을 싼 보자기를 보니 검은 먹물 뿌린 무늬의 명주에 연붉은 비단으로 안감을 댄 것이었다. 그 안에는 평소 입던 솜저고리와 가죽 적삼이 들어 있을 뿐이었다. 희봉은 곧 평아에게 말해서 옥색비단을 안감으로 한 나사 보자기를 가져오도록 하고 또 눈 올 때 입는 마고자를 한 벌 싸도록 했다.

평아가 들어가더니 붉은 털외투와 붉은 우사로 만든 저고리를 가지고 나왔다.

습인이 "하나만 해도 과분해요"라고 하자 평아가 웃으면서 말했다.

"이 붉은색 털외투를 가져 가. 이게 마침 손에 잡히기에 같이 갖고 나온 거야. 형수연 아가씨한테 보내도록 해. 어제 그렇게 눈이 쏟아지는 날씨에 남들은 다들 붉은 털외투나 우단羽緞 아니면 우사羽紗로 된 것으로 열 벌이나 되는 붉은 옷을 입어서 눈빛에 비쳐져 기막히게 멋있던데, 수연 아가씨만은 오래된 털 망토만 걸치고 있어서 어깨를 움츠리고 등허리가 구부정한 게 어찌나 안 되어 보이던지. 이 옷은 수연 아가씨한테 드리도록 해."

희봉이 웃었다.

"내 물건을 가지고 저 애가 멋대로 선심을 잘도 쓰고 있군그래! 나혼자 내다 주는 것도 모자라서 너까지 나서 끼어들고 있단 말이냐?"

사람들이 한바탕 웃었다.

"그거야 아씨마님께서 평소에 마님을 잘 모시고 하인들을 잘 대해 주어서 그런 거지요. 만일 아씨께서 평소 속 좁게만 생각하시며 물건만 챙기려 하고 아랫사람들을 돌보지 않았다면 평아 아가씨가 어떻게 감히 그럴 엄두를 내겠어요?"

"그래서 내 속을 아는 사람이라고 하지만, 그래도 겨우 열에 셋 정도나 알까 몰라."

희봉은 계속해서 습인에게 당부의 말을 했다.

"네 모친께서 쾌차하시게 되면 다행이지만, 만일 힘들어지면 그대로 거기 머물도록 하여라. 그리고 사람을 보내 알려주기나 해. 내가 따로 사람을 시켜 이부자리를 보내주마. 이부자리나 머리장식, 화장도구 같은 거 남의 것 쓰지 말고."

희봉은 이어서 주서댁에게도 당부했다.

"자네들도 여기 법도를 잘 알 테니 내가 따로 당부하지 않아도 되겠지?"

"잘 알고 있습니다. 저희가 저쪽 집에 가게 되면 그쪽 사람들을 피해 방 두어 칸을 따로 내도록 하겠습니다."

주서댁은 곧 습인을 따라 나가 등롱을 준비하라고 이르고는 수레를 타고 화자방의 집으로 갔다. 그 일은 그만 얘기하기로 한다.

한편 왕희봉은 이홍원의 할멈 두 사람을 불러 분부했다.

"습인이 지금 자기 집에 나갔는데 아마도 오늘 안으로 돌아오지는 못할 것이야. 자네들은 평소 시녀들의 형편을 잘 알고 있을 것이니 눈썰미 있는 애를 두 명 골라 보옥의 방에서 숙직하도록 해요. 그 애들을 잘 관리하고 보옥이 소란을 일으키지 않도록 보살펴 주도록 해."

두 사람이 잠시 나갔다가 곧 돌아와 말했다.

"청문이와 사월이를 방 안에 있게 했고 우리 네 사람이 돌아가며 숙직하도록 했습니다."

희봉이 듣고 고개를 끄덕였다.

"밤에는 일찌감치 잠들도록 하고 아침에도 일찍 일어나라고 해요."

할멈들은 대관원으로 돌아갔다. 얼마 뒤에 과연 주서댁이 희봉에게 소식을 보내왔다.

'습인의 모친이 이미 저 세상 사람이 되었으니 돌아올 수 없게 되었습니다.'

희봉은 왕부인에게 소식을 전하고 사람을 대관원으로 보내 습인의 이부자리와 화장도구를 챙겨주도록 했다. 보옥은 청문과 사월에게 습인의 것을 잘 챙겨 보내도록 했다. 짐이 나간 뒤에 청문과 사월은 화장을 풀고 저고리와 치마를 벗고 잠자리를 준비하였다. 청문이 혼자 훈롱熏籠[12]가에 쪼그리고 앉아 몸을 녹이고 있으니 사월이 웃으면서 핀잔을 주었다.

"제발 공주님처럼 그렇게 앉아 있지만 말고 좀 움직여 일을 해 봐."

"너희들 다 나간 뒤에 나보고 일하라고 해도 안 늦을 거야. 너희가 있는 한 나도 좀 편안히 앉아 덕을 좀 봐야겠어."

청문이 뻔뻔스럽게 말하자 사월이 여전히 웃으면서 사정했다.

"아이고, 청문 언니! 내가 침상을 펼 테니까 언니는 저 경대보를 덮고 눌림 집게를 잘 고정시켜 봐. 나보다 키가 크잖아."

사월이는 보옥의 침상으로 가서 잠자리를 폈다. 청문은 한숨을 쉬고

---

12 화로 위에 덮는 상자 형태의 덮개로 화상(火箱)이라고도 함.

웃으면서 한마디 했다.

"남은 이제 겨우 몸을 좀 녹이려고 앉았는데 또 난리법석이네."

그때 보옥은 가만히 앉아 습인의 모친이 지금쯤 어떻게 되었을까 골똘히 생각에 잠겨 있다가 청문의 말을 듣고 벌떡 일어나 경대보를 덮고 고정 집게를 걸었다.

"너희는 몸이나 녹이고 있어. 다 끝냈으니까 걱정 마."

청문이 웃으며 말했다.

"몸만 녹이고 있을 수도 없겠어요. 밖에서 탕파자湯婆子[13]를 아직 안 들여온 게 생각났거든요."

사월이 얼른 말을 이었다.

"정말 고맙게도 그걸 생각해냈구나! 하지만 도련님은 평소 탕파자를 잘 안 쓰시니 우리 다 같이 훈롱에 앉아 몸을 녹이는 게 좋겠어. 저 썰렁한 방 안의 구들 위보다는 낫잖아. 오늘은 탕파자를 안 써도 괜찮을 거야."

보옥이 말했다.

"그렇다면 너희 두 사람은 그 훈롱 위[14]에서 자 보라고! 하지만 난 곁에 아무도 없으면 무서워서 잠을 잘 못 잔다는 걸 알아야 해."

청문이 말했다.

"난 여기 있을 테니까 사월이가 도련님 곁의 침상에 가서 자."

서로 얘기하는 중에 벌써 이경二更이 지났다. 사월은 침상 휘장을 내리고 등불을 옮겨다가 향을 태우고 보옥의 잠자리 시중을 들었다. 그리고 두 사람도 마침내 잠자리에 들었다.

청문은 바깥방 훈롱 위에서 자고 사월은 난각 곁방에서 자고 있었는

---

13 뜨거운 물을 넣은 물병으로 이불속을 덥히는 난방기구.
14 대형 훈롱은 탁자와 의자가 조합된 형태로 되어 있어서 화로를 탁자 아래 놓고 주 위에 앉아 불을 쬐거나 그 위에서 잠을 잘 수도 있음.

데 삼경이 지난 뒤에 보옥이 꿈속에서 잠꼬대로 습인을 두어 번 찾았다. 대답이 없자 보옥은 잠에서 깨어나 습인이 곁에 없음을 알고 혼자 쓴웃음을 지었다. 청문도 그 소리에 잠이 깨서 사월을 불러 깨웠다.

"나까지도 잠이 깼는데 곁에서 자는 사람이 깜깜하게 모르고 있으니 송장만도 못하구나."

사월이 하품하면서 웃었다.

"습인 언니를 부르는데 나하고 무슨 상관이야?"

그리고는 보옥에게 무슨 일이냐고 물었다. 보옥이 차를 달라고 하자, 사월은 얼른 일어났다. 그런데 사월은 몸에 붉은 명주 홑저고리만 걸치고 있었다.

보옥이 말했다.

"내 저고리를 걸치고 나가. 감기 걸리지 않도록 조심해야지."

사월은 보옥이 밤에 입는 담비털가죽 외투를 걸치고 나가 대야에 손을 씻고 먼저 따뜻한 물을 큰 그릇에 따라서 가져왔다. 보옥이 한 모금 양치를 하였다. 사월은 다시 찻장에서 찻잔을 꺼내 먼저 따뜻한 물로 한 번 헹궈서 씻어내고 찻주전자에서 반 잔을 따라 보옥에게 건네주었다. 사월이도 양치를 하고 반 잔을 마셨다.

청문이 웃으면서 말했다.

"사월아! 나한테도 한 모금 줘 봐."

"점점 염치가 없으시군."

사월이 빈정댔지만 청문은 계속 사정했다.

"사월아! 내일 밤에는 가만히 있어. 내가 밤새 시중을 들 테니까, 어때?"

사월은 어쩔 수 없이 청문에게도 양치를 하게 하고 반 잔을 따라 건네주었다.

"두 사람 모두 잠이 깼으니 얘기나 나누고 있어요. 난 잠깐 나갔다 올 테니까요."

사월의 말에 청문이 겁을 줬다.

"밖에 귀신이 기다리고 있는데?"

보옥이 말했다.

"밖에는 달이 휘영청 밝을 거야. 우리는 얘기하고 있을 테니 마음 놓고 갔다 와."

보옥은 두어 번 기침을 했다.

사월이 후문을 열고 모직 휘장을 열어젖히니 과연 달빛이 좋았다. 청문은 사월이 나간 뒤에 그녀를 놀라게 해주려고 마음먹었다. 청문은 평소 남보다 건강하였고 추위를 겁내지 않았으므로 옷을 걸치지도 않고 속옷만 입은 채 뒤꿈치를 들고 살금살금 화롯가에서 내려와 사월의 뒤를 쫓아 나갔다.

보옥이 한마디 했다.

"그러다 감기 걸려! 장난치지 마."

청문은 말없이 손만 저으면서 사월의 뒤를 따라 방문을 나섰다. 달빛은 물 흐르듯 교교하게 흘렀다. 갑자기 싸늘한 바람이 몸을 감싸 뼛속으로 스며들면서 온몸에 모골이 송연하였다. 청문은 속으로 생각했다.

'사람들 말에 따뜻한 몸으로 찬바람을 쐬면 안 된다고 하던데 냉기가 참 대단하구나.'

그래도 뒤에서 사월을 놀라게 해주려고 하는 마당에 보옥이 큰소리를 질렀다.

"청문이가 나갔어!"

그 소리에 청문은 얼른 뒤돌아서 방으로 뛰어 들어왔다.

"누가 놀랜다고 죽기라도 하는 줄 알아요? 할망구처럼 하찮은 일에 놀라기는 왜 그렇게 놀라서 소리쳐요?"

"사월이 놀랄까 봐 그런 것보다 우선 네가 감기 들까 봐 그런 거야.

또 사월이가 정말 놀라서 소리라도 지르면 다른 사람을 깨울 게 아냐.
우리가 장난치느라고 그랬다고는 않고 습인이 하루 없는 사이에 너희
가 귀신을 보았다는 등 소란을 피웠다고 말할 거 아냐. 자, 어서 여기
내 이불 속에 손을 집어넣어 봐."

청문이 팔을 뻗어 이불 속에 손을 집어넣었다. 보옥이 만져보았다.

"이것 봐! 그 사이에 꽁꽁 얼었잖아? 내가 뭐랬어? 감기 든다고 했
잖아."

보옥이 발갛게 달아오른 두 뺨을 손으로 어루만져보니 역시 차가웠다.

"어서 들어와 몸을 좀 녹여 봐."

그 말이 채 끝나기도 전에 덜커덩 문소리가 나면서 사월이 후다닥 안
으로 뛰어들어 왔다.

"어휴! 놀라 죽을 뻔했어요. 시커먼 그림자가 동산의 바위 뒤에 웅크
리고 있는 거예요. 사람인 줄 알고 소리 지르려고 하다가 가만히 보니
까 커다란 금계錦鷄 한 마리가 사람을 보고 놀랐는지 푸드덕 날아가더
라고요. 밝은 데서 보니까 잘 보이데요. 만약 놀라서 소리라도 질렀더
라면 공연히 소동을 일으킬 뻔했지 뭐예요."

사월은 손을 씻고 나서 또 웃으며 말했다.

"청문이 나왔다는데 왜 못 봤죠? 나를 놀라게 하려고 그랬던 거죠?"

보옥이 나섰다.

"여기서 지금 몸을 녹이고 있잖아. 내가 빨리 불러들이지 않았으면
널 놀라게 했을 거야."

"내가 놀라게 해주려고 갈 필요도 없이 저 혼자 놀라서 기절초풍 했구
먼그래."

청문은 다시 제 침상의 이불 속으로 돌아갔다. 사월이 말했다.

"아니 그럼 곡마단 단원같이 반 벌거숭이로 밖에 나갔단 말이야?"

"누가 아니래? 바로 그렇게 하고 나갔다니까."

보옥의 말에 사월이 다시 말했다.

"아이고! 정말 죽으려고 환장했군그래. 잠시 나가서 서 있어 보라지. 금방 살갗이 터지고 꽁꽁 얼어붙을 텐데."

사월은 훈롱의 쇠 덮개를 열고 부삽으로 숯을 몇 개 새로 더 묻고 향을 조금 뿌리고는 뚜껑을 덮었다. 병풍 뒤로 가서 등불 심지를 돋우고 비로소 잠자리에 들었다.

청문은 방금 찬바람을 쐬고 나서 다시 따뜻해지는 바람에 자신도 모르게 두어 번 재채기를 했다. 보옥이 걱정했다.

"저런? 결국 감기에 걸리고 만 거야?"

사월이 웃으면서 말했다.

"그러기에 뭐랬어? 아침부터 몸이 불편하다고 하면서 종일 먹지도 않더니. 이번엔 또 몸도 차게 했지. 그런데도 나가서 사람을 놀라게 하려고 하다니! 내일 병나면 그게 다 자업자득인 거야."

"머리에 열이 나?"

보옥의 묻는 말에 대답할 겨를도 없이 청문은 기침을 두어 번 했다. 그러고 나서 말했다.

"괜찮을 거예요. 설마 그렇게 약골일라구요."

그때 바깥방 격자 찬장 위에 놓여 있던 자명종이 두 번 쳤다. 밖에서 숙직하는 할멈이 두어 번 기침소리를 내고 안에다 대고 말했다.

"아가씨들 어서 주무시고 내일 얘기하세요."

보옥이 가만히 웃으면서 나직이 말했다.

"이제 우리 그만 얘기하자. 저 할멈들이 자꾸 뭐라고 그러겠어."

그리고는 다들 잠이 들었다.

다음날 청문은 코가 막히고 목소리가 갈라지고 몸이 무거워졌다. 보옥이 엄명을 내렸다.

"절대로 소문내지 마. 어머님이 아시면 너를 집으로 내보내서 정양하게 할 거야. 집이 좋기는 하겠지만 아무래도 추울 거 아니야. 여기 있는 게 낫겠지. 그러니까 안으로 들어와 누워 있는 게 좋겠어. 내가 몰래 뒷문으로 의원을 불러와서 진찰하게 할 테니 걱정 마."

청문이 말했다.

"말은 그렇게 하시지만 그래도 큰아씨마님께는 말씀을 드리는 게 나을 거예요. 갑자기 의원이 왔는데 누군가 물으면 뭐라고 대답하겠어요?"

보옥도 그 말에 일리가 있어 할멈을 불러서 이환에게 찾아가 말하도록 단단히 분부했다.

"큰아씨마님께 가서 청문이 코감기가 들었는데 습인도 집에 없으니까 청문이마저 제집으로 나가면 이홍원에 사람이 다 없어진다고 말하고 의원을 한 사람 불러주고 몰래 후문으로 들어오도록 하고 마님께는 말씀드리지 않는 게 좋겠다고 잘 말씀드려."

할멈이 나간 지 한참 만에 돌아와서 아뢰었다.

"큰아씨마님께서 알았다고 하셨어요. 두 첩가량 먹어서 낫는다면 그만이지만 만일 병이 안 나으면 아무래도 나가는 게 옳다고 했어요. 요즘같이 고르지 못한 날씨에 남한테 병을 옮기는 것도 그렇고 특히 아가씨들에게 전염이라도 되면 큰일이라고 말이에요."

청문이 난각 안에 누워서 기침하다가 그 소리를 듣고 화가 치밀어 소리를 질렀다.

"내가 무슨 전염병 같은 중병에 걸렸다는 거야? 남한테 옮길까 봐 그 걱정부터 하게? 내가 나가면 되잖아. 여기 남은 사람들은 한평생 머리도 안 아프고 열도 안 나는지 두고 볼 테야."

청문은 아픈 몸으로 일어나려고 애썼다. 보옥이 얼른 다시 눕히면서 달랬다.

"제발 화 좀 내지 마. 할멈이야 자기 소임을 다하려는 건데 왜 그래?

혹시 우리 어머님이 아시게 되면 야단치실까 봐 일부러 한마디 한 것뿐이야. 평소에도 화를 잘 내는 성격인데 지금 몸이 아프니까 간의 화기가 성해져서 그런 생각이 드는 거야."

그 말을 하고 있을 때 의원이 도착했다는 전갈이 왔다. 보옥은 곧 서가 뒤로 피했다. 후문을 지키는 할멈 두세 명이 의원을 데리고 들어왔다. 시녀들은 모두 피하였다. 서너 명의 할멈들이 난각의 붉은색 수놓은 휘장을 내려서 쳤다. 청문은 휘장 속에서 팔을 밖으로 뻗었다. 의원은 청문의 손톱 두 개가 세치나 되게 길고 또 봉선화 물을 발갛게 들인 흔적을 보고 의아해 하며 얼른 고개를 돌렸다. 할멈이 손수건을 가져와 가렸다. 의원은 한참 맥을 짚어보더니 일어나 밖으로 나가서 할멈에게 말했다.

"아가씨는 감기에 걸린 데다 급체했습니다. 요즘에는 일기가 불순하여 감기 걸리기 좋은 때입니다. 다행히 아가씨가 평소 소식을 한 데다 감기도 심하지 않아 잠시 혈기가 허약하여 우연히 체한 것입니다. 약 두어 첩만 드시고 열을 내리면 될 듯합니다."

그리고는 할멈들을 따라 나갔다. 그때 이환은 벌써 후문 쪽 사람이나 각처의 시녀들에게 회피하도록 일러두었으므로 의원은 다만 대관원의 경치를 구경하였을 뿐 여자구경은 하나도 못해보고 그냥 대문을 나갔다. 의원은 대문을 지키던 시동의 숙직 방에 앉아서 약방문을 썼다. 의원이 처방을 쓰고 나자 할멈들이 말했다.

"의원님께선 나가지 마시고 잠시 기다리세요. 우리 도련님은 잔소리가 많으니까 뭔가 할 말이 더 있을 겁니다."

의원이 놀라서 물었다.

"방금 진찰받은 분이 아가씨가 아니고 도련님이셨단 말인가요? 그 방은 완전히 아가씨 방 같았는데요. 또 침상 휘장까지도 내리시던데 어떻게 도련님 방일 수가 있습니까?"

274

할멈들이 가만히 웃으면서 말했다.

"아이고, 우리 의원님이 왜 이러실까. 방금 시동들이 새로 오신 의원님을 모신다고 말하더니만, 정말 우리집 일을 전혀 모르시고 계시군요. 그 방은 우리 도련님 방이고요, 그 사람은 도련님 방의 시녀예요. 일하는 큰 시녀요. 아가씨는 무슨 아가씨에요? 만일 아가씨의 침실이고 아가씨가 병이 났으면 그렇게 쉽사리 들어갈 수 있는 줄 알아요?"

할멈은 말을 마치고 약방문을 가지고 안으로 들어갔다. 보옥이 받아보니 종이에는 자소紫蘇, 길경桔梗, 방풍防風, 형개荊芥 등의 약 이름에 이어서 뒤에 지실枳實, 마황麻黃의 이름이 적혀 있었다. 보옥은 버럭 화를 냈다.

"이런 죽일 놈이 있나. 여자애들에게 남자한테 쓰는 약을 처방하면 어쩌자는 거야! 그런 걸 쓰면 안 되지. 아무리 속으로 체했다고 해도 지실과 마황은 써서는 안 되는 거란 말이야. 누가 그런 돌팔이를 데려왔어? 당장 내쫓고 잘 아는 의원을 다시 데려 와."

할멈이 황망하여 대답했다.

"약 처방에 대해선 저희는 모르옵니다. 시동을 시켜 왕태의를 데려오는 것은 문제없습니다만 방금 온 이 의원은 총관에게 말하고 데려온 것이 아니라서 오고가는 거마비는 주어야 할 것 같습니다."

"얼마를 줘야 하는데?"

"너무 적어도 민망하고요, 한 냥은 되어야 가문의 체면이 서겠지요."

할멈의 말에 보옥이 계속 물었다.

"왕태의가 오면 매번 얼마씩 주었는데?"

"왕태의와 장태의는 늘상 오시기 때문에 오실 때마다 돈을 드리지는 않고 매년 계절마다 한꺼번에 셈을 하고 선물을 보냅니다. 일정한 연봉이 있는 것이죠. 지금 왔던 의원은 처음 온 사람이라 한 냥은 주어서 보내야 할 것입니다."

보옥은 곧 사월을 시켜 돈을 찾아보라고 했다.

"습인 언니가 어디다 두었는지 알 수가 있어야지요."

"내가 보니까 습인은 늘 자기가 쓰는 자개농에서 돈을 꺼내는 것 같았어. 우리 함께 찾아보자."

두 사람은 함께 보옥이 물건을 쌓아두는 방으로 들어가 자개농을 열어 보았다. 위쪽의 첫 칸은 모두 붓과 먹, 부채, 향, 여러 가지 염낭주머니, 허리에 차는 땀수건들이 있었고 아래 칸에는 몇 꾸러미의 돈이 들어 있었다. 서랍을 열어보니 작은 바구니 안에 몇 개의 은괴 돈 덩이와 저울 한 개가 들어 있었다. 사월이 은 한 덩이와 저울을 꺼내며 보옥에게 물었다.

"어디가 한 냥짜리 눈금이에요?"

보옥이 웃으면서 대꾸하였다.

"지금 나한테 그걸 물어? 정말 재미있군그래. 넌 어디서 방금 나타난 사람처럼 왜 그래?"

사월이 웃으면서 밖으로 나가 사람들한테 물어보려고 하였다.

"저 큰 거로 하나 집어서 주면 될 걸 가지고 뭘 그래? 장사로 거래하는 것도 아닌데 뭘 그렇게 따질 게 있어?"

사월은 그 말에 저울을 내려놓고 큰 돈덩이를 하나 주워서 손으로 무게를 대중하여 보았다.

"이게 한 냥은 되겠는데요. 그래도 넘는 게 낫지 모자랄 수는 없잖아요. 덜 주면 가난뱅이들이 비웃게 되잖아요. 우리가 저울눈을 모른다고 하지는 않고 속이 좁아 쩨쩨하다고 말하겠죠."

바깥 계단 위에 서 있던 할멈이 웃으면서 말했다.

"그건 닷 냥짜리 은덩이를 반쪽으로 나눈 거라고요. 두 냥은 넘을 것 같구먼그래. 지금 나눌 가위도 없고 하니 그건 집어넣고 작은 거로 집어 주세요."

276

사월은 자개농을 덮고 나와서 웃으며 말했다.

"누가 또 새로 찾으란 말이야? 남으면 그냥 가져요."

보옥이 말했다.

"명연이를 시켜 왕태의나 어서 불러오란 말이야."

할멈은 은자덩이를 받아들고 나가서 처리했다.

잠시 후 명연이 과연 왕태의를 청하여 데리고 들어와 진맥을 했다. 그가 말하는 병세는 아까와 비슷했다. 다만 처방에는 지실이니 마황이니 하는 약이 없이 당귀當歸, 진피陳皮, 백작白芍 등의 약이 들어 있었고 분량도 앞서보다는 적었다.

보옥이 기뻐하면서 말했다.

"이렇게 해야 여자애들 약이라고 할 수 있지. 열 내리는 것이라고 해도 너무 많이 넣어선 안 되지. 지난해 감기 걸리고 속이 체했을 때 그 사람이 보더니 나 같은 사람도 마황과 석고石膏, 지실과 같은 독한 약은 이겨내지 못할 것이라고 하였단 말이야. 사실 나하고 너희를 비교해서 말하면 내가 황량한 벌판 무덤가에 자란 수십 년 묵은 늙은 버드나무라고 한다면 너희는 지난가을에 가운이 가지고 와서 나한테 주었던 막 핀 흰색 해당화 같은 존재가 아니냐. 그러니 내가 이겨내지도 못할 약을 너희가 어떻게 견딜 수 있겠어?"

사월이 웃으면서 말했다.

"들판 무덤가에 버드나무만 있나요? 소나무와 잣나무는 없단 말인가요? 난 버드나무가 가장 싫어요. 그렇게 덩치 큰 나무가 나뭇잎은 그렇게 조금 달리고 바람이 조금만 불어도 시끄럽게 소리를 내잖아요. 하필이면 그 나무하고 비유하다니 너무 저속하군요."

보옥이 웃으며 대답했다.

"소나무나 잣나무에는 감히 비유할 수 없어서 그랬지. 공자님께서도 그러셨잖아. '날씨가 추워진 뒤에야 소나무와 잣나무가 나중에 잎이 진다는 것을 안다'[15]고 말이야. 그 말씀에서 두 가지 나무가 고상하고 우아하다는 걸 알 수 있는데, 부끄러움을 모르는 사람들이나 아무렇게나 거기에 비유를 하는 거야."

잠시 후 할멈들이 약을 지어서 돌아왔다. 보옥은 은으로 된 약탕기를 찾아서 화로 위에서 데우라고 했다. 청문이 말했다.

"저 사람들한테 주어서 차방에 가져가서 데워오라고 해요. 공연히 방에 약냄새가 배어들면 어떻게 해요."

보옥이 말했다.

"약냄새는 다른 모든 꽃향기나 과실향기보다 훨씬 고상한 거야. 신선들이 약재를 캐고 약을 달이고 또 고상한 은둔자가 약재를 캐고 또 약치료를 할 때 가장 기가 막힌 한 가지가 바로 약냄새야. 우리 방에는 세상의 모든 향이 다 있지만 오직 약의 향기 한 가지가 없었는데 이제 다 모이게 되었군그래."

보옥은 사람을 시켜 불에 올려놓아 달이라고 했다. 또 사월에게 물건을 준비하여 할멈을 시켜 습인에게 보내면서 너무 과도하게 슬퍼하지 말라고 당부하고 일이 하나씩 제대로 되자 앞쪽의 가모와 왕부인의 처소로 와서 문안드리고 밥을 먹었다.

마침 그곳에선 희봉이 가모와 왕부인을 모시고 논의하고 있었다.

"날도 짧아지고 추워졌으니 앞으로는 큰아씨마님이 아가씨들을 데리고 대관원에서 식사하도록 하는 게 좋겠어요. 날이 길어지고 날씨가 풀리면 그때 다시 여기 와서 식사해도 무방하겠지요."

왕부인이 말했다.

"그것도 좋은 생각이구나. 바람 불거나 눈이 내릴 때도 안심이고 밥

---

15 원문은 "세한연후지송백지후조야(歲寒然後知松柏之後凋也)"로 《논어》의 〈자한〉편에 나오는 말.

먹고 바로 찬바람을 쐬는 것도 좋지 않을 테니까. 그러니 차라리 대관원 안에다 다섯 칸짜리 큰집을 주방으로 삼고 어쨌든 숙직하는 일꾼 아줌마들이 있으니까 주방일 할 사람으로 두엇 골라서 있게 하면서 자매들에게 밥을 마련해주면 되는 거지. 신선한 야채는 제몫이 있는 거니까 총관의 방에서 돈으로 타가든 물건으로 지급받아가든 하면 되는 것이고 꿩이나 노루, 큰사슴 등의 고기는 여기서 직접 보내주어도 되잖아.”

가모가 말했다.

“나도 막 그런 생각을 하던 참이란다. 다만 주방을 또 하나 만들어야 하는 번거로움이 걱정이었지만.”

희봉이 말했다.

“그렇게 번거로운 일은 아니에요. 똑같이 나눌 거니까 이쪽에서 보태고 저쪽에서 덜면 돼요. 일이 좀 많아지지만 아가씨들이 찬바람을 쐬는 것보다야 낫지요. 다른 사람은 그렇다 치더라도 대옥 아가씨만은 견디기 힘들 거예요. 보옥 도련님도 견디기가 힘든데 다른 아가씨들이야 더 말해 뭐 하겠어요?”

가모가 말했다.

“그래, 내 말이 바로 그 말이야. 지난번에 그 말을 하려던 참이었는데 너희가 일이 많아 너무 바쁜데 그런 일을 덧붙이면 어떻게 하나 하고….”

다음 일이 궁금하시면….

俏平兒情掩蝦鬚鐲
勇晴雯病補雀金裘

공작털 짜깁기한 청문

영리한 평아는 새우수염 팔찌 훔친 일 덮어주고
용감한 청문은 공작털 외투를 병중에 기웠네

俏平兒情掩蝦鬚鐲　勇晴雯病補雀金裘

가모가 이어서 말했다.

"그래, 바로 그 말이야. 지난번에 말하려고 했지만 보아하니 너희가 워낙 일도 많은 데다 내가 또 그런 일까지 덧보태면 안 될 것 같았지. 너희야 설마 감히 원망하지는 않겠지만 내가 어린 손자 손녀들만 귀여워하고 너희 집안일 도맡아하는 사람들 고충은 몰라준다고 여길 게 아닌가. 어쨌든 지금 얘길 꺼낸 마당이니 더욱 잘되었구나."

그때 설부인과 이환의 숙모도 마침 자리에 있었고, 형부인과 우씨네 고부도 인사하러 건너왔다가 아직 돌아가지 않았던 참이라 가모는 왕부인 등에게 웃으며 말했다.

"평소에 아무 말 하지 않고 있다가 오늘에서야 겨우 말을 꺼내는 건 첫째 희봉이 너무 얼굴을 들고 으스대며 다닐까 봐 그러했고, 둘째는 다들 불복할까 봐 그랬던 거야. 지금 마침 다들 모였는데 모두가 동서지간이고 또 시어미 며느리 사이이지만 저 사람처럼 세심하게 생각한 사람이 누가 있었느냐 말이야."

설부인과 이환의 숙모와 우씨 등이 웃으면서 하나같이 말했다.

"그럼요. 정말 드물고말고요. 다른 사람이라면 그저 겉치레 예의상으로 인정을 베푸는 양 하지만 이 사람은 정말로 시누이, 시동생들을 마음속으로 아끼고 사랑하지요. 할머님한테도 효성이 지극정성이고요."

가모가 고개를 끄덕이며 말했다.

"내 비록 저 애를 귀여워하긴 하지만 너무 총명한 게 그다지 좋다고는 할 수 없어."

희봉이 그 말을 바로 받았다.

"할머님의 그 말씀이 뭔가 잘못되었어요. 세상 사람들이 너무 총명하고 영리하면 오래 못 산다고 하더라고요. 세상에서 다 그렇게 얘기하고 또 그렇게 믿고들 있잖아요. 하지만 할머님만큼은 절대로 그 말씀하시면 안 되세요. 그걸 믿으셔도 안 되고요. 할머니는 저보다 열 배는 더 총기가 있으신데 어떻게 그렇게 수복을 다 겸하신 거예요? 저도 잘하면 할머니보다 두 배는 살 수 있을지 모르겠어요. 저는 한 천 년을 살다가 할머니께서 서방정토로 가신 다음에나 죽을까 해요. 호호호."

가모가 껄껄 웃었다.

"다들 죽고 없는데 오로지 우리 두 사람만 죽지 않고 늙은 귀신같이 살아있다면 그 무슨 재미가 있겠어?"

그 말에 다들 까르르 웃음을 터뜨렸다.

보옥은 아무래도 청문과 습인의 일이 걱정되어 슬그머니 먼저 일어나 대관원으로 돌아왔다. 이홍원으로 들어가니 방에는 온통 약냄새가 진동하였지만 곁에는 한 사람도 보이지 않고 다만 청문이 혼자서 구들 위에 누워있을 뿐이었다. 얼굴은 열에 들떠서 벌겋게 달아올라 있었다. 손으로 짚어보니 불덩이처럼 뜨거웠다. 제 손이 차가워서 그런가 하고 다시 화로에 손을 녹여서 몸에 손을 대보아도 여전히 펄펄 끓었다.

보옥이 원망 섞인 목소리로 말했다.

"다른 애들은 다들 그렇다 치더라도 사월이나 추문이도 어찌 이렇게 매정하게 팽개치고 가버릴 수가 있단 말인가."

청문이 겨우 대답했다.

"추문이는 밥 먹고 오라고 내가 억지로 내보냈어요. 사월이는 방금 평아가 와서 밖으로 불려 나갔는데 두 사람이 뭐라고 쑥덕대고 있어요. 도대체 무슨 말을 하는지 모르겠어요. 병이 났으면 당장 집으로 가야지 왜 가지 않느냐고 틀림없이 내 얘기를 하고 있을 거예요."

"평아는 그럴 사람이 아니야. 게다가 네가 병났다고 특별히 보러 찾아온 것도 아니잖아. 아마 사월이를 찾아와서 뭔가 할 얘기가 있었겠지. 그러다 네가 몸져누운 걸 보게 된 걸 거야. 그래서 겸사겸사 너한테 병문안을 했겠지. 그거야 누구에게나 흔하게 있을 수 있는 일이잖아. 네가 집에 돌아가지 않았다고 그 잘못이 평아하고 무슨 상관이 있겠어? 너도 평아하고 평소에 사이가 좋았으니 굳이 아무 상관없는 일을 가지고 공연히 서로의 감정을 해치지마."

보옥이 좋은 말로 달랬다. 청문의 의심은 그래도 가셔지지 않았다.

"그 말도 그럴듯하지만 왜 그 두 사람이 갑자기 나한테는 숨기면서 무언가 귀엣말을 나누겠어요?"

"내가 뒷문으로 나가 창 밑에서 그 사람들이 무슨 말을 하는지 들어보고 와서 알려줄게."

보옥이 웃으면서 정말로 뒷문으로 나와 창 밑에서 몰래 두 사람의 말을 엿들었다.

나지막이 말하는 사월이의 목소리가 들려왔다.

"그걸 어떻게 다시 찾았어요?"

그러자 평아가 대답했다.

"그날 세수할 때 눈에 보이지 않더라고. 희봉 아씨는 공연히 떠벌리지 말라고 하시면서 곧 대관원의 곳곳에서 일을 맡아보는 어멈들에게 슬쩍 분부하여 가만히 찾아보라고 하셨지. 우린 그저 형수연 아가씨의 시녀를 의심했어. 원래 가난한 데다 어린 마음에 전에 보지 못하던 거니까 그걸 슬쩍 가져갈 수도 있겠다 싶었던 거지. 하지만 여기 이홍원에 있는 애가 그랬다고는 생각지도 못했던 일이야. 다행히 아씨께서 집에 안 계실 때 너희집 송씨 어멈이 이 팔찌를 가져왔기 망정이지. 글쎄 그 추아墜兒란 어린것이 훔쳐내서 그걸 어떻게 하려다가 자기한테 들켰다고 하면서 가져왔다고 하더라고. 난 얼른 팔찌를 받아놓고 한참 생각했지. 보옥 도련님은 원래 너희 시녀들한테 특별히 신경 써주고 감싸주려고 애쓰는 사람이잖아. 어느 해인가 양아良兒라고 하는 아이가 옥을 훔친 일이 있었어. 그러고 나서 한두 해가량 잠잠했거든. 그런데 누군가 다시 그 얘기를 꺼내 그 일이 불거진 거야. 이번에 또 금팔찌를 훔친데다 밖으로까지 빼돌린 엄청난 일이 생긴 거잖아.

도련님이 바로 그런 사람인데 하필이면 이홍원 시녀가 그런 일을 저질렀으니 이를 어쩌면 좋아. 그래서 난 얼른 송씨 어멈한테 신신당부했지. 절대로 보옥 도련님한테는 알리지 말라고 이르고 그저 아무 일도 없었던 듯 어느 누구한테도 절대 전하지 말라고 말이야. 노마님이나 마님이 그 일을 아시면 역정을 내실 테고 또 습인이나 너희도 체면이 서지 않겠지. 그래서 아씨한테는 얼른 둘러대서 말씀드렸어. '제가 마침 큰 아씨댁에 갔는데 도중에 팔찌의 이음새가 풀려서 풀밭에 떨어졌어요. 그때는 눈이 많이 쌓여서 찾을 수 없었는데 지금 눈이 녹고 나니 누런 금빛이 햇빛에 번쩍이며 아직도 거기 있더라고요.' 그랬더니 우리 아씨 마님도 그대로 믿으시더라고. 지금 조용히 너희한테 말하겠는데 앞으로도 그 애를 잘 단속하고 다른 곳으로 심부름 보내지 않는 게 좋겠어. 습인이 돌아오면 잘 상의해서 다른 구실로 그 애를 내보내버리든지 말이야."

평아의 말끝에 사월이 말을 이었다.

"그 망할 년이 그런 것쯤이야 늘 봤을 텐데 어째 그렇게 눈이 뒤집혀서 손을 댔단 말이야?"

"어쨌든 그 팔찌 하나가 얼마 나가겠어? 우리 아씨가 그 팔찌한테 별명을 붙여서 '새우수염 팔찌'라고 했다니까. 다른 건 별거 아니고 그 속에 박힌 보석이 괜찮다는 거야. 청문이 저년은 성질머리가 불같이 고약해서 그 말을 들으면 절대 참지 못하고 당장 화낼 거야. 그년을 불러다 때리고 욕해댈 것이 분명하니, 너한테만 조용히 말하는 것이니까 조심하면 돼."

평아는 그렇게 당부하고 곧 가버렸다.

보옥은 그들의 말을 몰래 엿듣고는 기쁘기도 하고 화가 치밀기도 하는 등 복잡한 감정에 사로잡혔다. 우선 기쁜 마음이 드는 것은 평아가 자신을 그렇게 살뜰하게 알아주는 것이었고 또 화가 치밀어 오르는 것은 그렇게 영리하던 추아가 그런 못된 짓을 저질렀다는 것이었다. 보옥은 긴 한숨을 내뱉고 방으로 돌아와 평아가 한 말을 일일이 청문에게 전해주었다. 그리고 한마디 덧붙여 말했다.

"평아가 그러는데 너는 성격이 너무 고약해서 지금 병든 몸인데 그런 말 들으면 병이 더 크게 도질까 봐 다 나은 다음에 말해주려고 했단다."

청문은 보옥의 말을 듣고 과연 화가 치밀어 미간을 찡그리고 눈을 부릅뜨며 곧바로 추아를 불러들이려고 했다. 보옥이 얼른 말렸다.

"네가 지금 당장 그 애를 불러 닦달하면 방금 평아가 애써 감싸주며 너나 나한테 알리지 않으려던 그 착한 마음을 저버리는 게 아니겠어? 평아의 착한 마음을 우리가 받아들이고 나중에 기회를 보아 그 애를 내보내면 될 게 아냐."

"그렇기는 하지만 당장 치밀어 오르는 분을 어떻게 참아요?"

"그게 뭐 그렇게 화낼 일이라고 그래? 어서 병이나 추스르고 일어나란 말이야."

청문은 곧 약을 먹고 쉬었다. 밤에 다시 두 첩을 더 먹고 땀을 냈지만 여전히 차도는 없었다. 열이 가라앉지 않고 머리가 아프고 코가 막히고 목소리가 갈라져 나왔다. 다음날 왕태의가 와서 진맥했다. 따로 보탤 건 보태고 뺄 건 빼서 약을 새로 지었다. 열이 약간 내리기는 했지만 두통은 여전했다.

보옥은 사월한테 일렀다.

"가서 비연鼻煙을 가져오너라. 청문에게 코에 대라고 하여 몇 번 재채기를 하게 하면 코가 좀 뚫어질지 몰라."

사월이 얼른 가서 금박 입힌 납작한 함을 가져왔다. 반짝이는 유리함이었다. 보옥이 뚜껑을 열어보니 안쪽에는 사기로 만든 금발의 나체 여인이 있었다. 양쪽 겨드랑이에 날개가 돋아 있었다. 그리고 유리함에는 서양식 비연 연고가 들어있었다. 코에 대고 들이마시는 약의 일종이었다. 청문은 서양 여인 그림에 정신이 팔려 있었다. 보옥이 재촉했다.

"어서 냄새를 맡아봐. 냄새가 다 나가면 안 돼."

청문은 얼른 손톱으로 조금 찍어서 콧속에 넣고 들이마셨다. 아무 반응이 없었다. 그래서 조금 더 찍어 콧속에 집어넣고 숨을 깊이 들이마셨다. 그러자 갑자기 콧구멍이 찡하더니 정수리까지 화끈 달아오르면서 연거푸 대여섯 번 재채기를 해댔다. 곧이어 눈물콧물이 마구 쏟아졌다. 청문은 얼른 유리함을 닫으면서 웃으면서 말했다.

"아이고 지독해라. 콧구멍이 다 찡하네. 빨리 휴지 좀 가져다 줘."

어린 시녀가 얼른 보드랍고 얇은 휴지덩이를 한 다발 갖다 주었다. 청문은 한 장씩 꺼내서 코를 풀었다.

"어땠어?"

"정말 시원하네요. 그래도 관자놀이는 아직 아프군요."

청문의 대답에 보옥이 웃으면서 또 말했다.

"그럼 아예 서양식 약으로 치료해보는 게 좋겠어. 그러다 다 나을지도 모르잖아."

보옥이 사월을 불러다 일렀다.

"내가 그러더라고 하고 희봉 형수님한테 가서 부탁 좀 해봐. 희봉 형수님 댁에는 두통에 붙이는 서양식 고약이 늘 있었으니까. 이름을 '이푸나〔依弗哪: emplstra〕'라고 하는 건데 하나 얻어와."

사월이 한참 만에 고약 토막을 얻어서 돌아왔다. 그녀는 붉은 비단조각을 동그란 손톱만 하게 두 개 오려내어 고약을 녹여 붙인 다음 비녀로 눌러 발라서 청문에게 주었다. 청문은 손거울을 들여다보며 양쪽 관자놀이에 고약을 붙였다.

사월이 웃으면서 물었다.

"귀신처럼 봉두난발하고 병들어 누웠어도 고약을 붙이고 보니 제법 예뻐 보이는데 그래. 희봉 아씨는 늘 붙이고 다니니까 별로 드러나지도 않았는데."

그리곤 다시 보옥에게 말했다.

"아씨마님께서 그러시는데요, 내일은 왕자등 외삼촌 나리 생신이시니까 도련님이 가셔야겠다고 마님께서 말씀하셨대요. 그럼 내일 무슨 옷을 입으시죠? 내일 아침 일찍 나서려면 분주하니까 오늘 저녁에 미리 준비해야 하잖아요."

"그냥 손에 잡히는 대로 입으면 되지 뭘 걱정해. 일 년 내내 생일잔치가 끝날 날이 없을 텐데."

보옥은 아무렇지도 않게 대답하고 곧 일어서서 석춘의 방으로 그림을 구경하러 나섰다. 막 대문을 나서는데 보금의 시녀인 소라小螺라는 아이가 오고 있었다.

"어딜 가니?"

"우리집 두 아가씨가 모두 대옥 아가씨네 집에 있거든요. 지금 그곳으로 가는 중이에요."

보옥도 곧 방향을 바꿔 소라와 함께 소상관으로 갔다. 보차와 보금이뿐만 아니라, 형수연도 그곳에 와 있었다. 네 사람은 화롯가에 둘러앉아 한담을 나누고 있었다. 자견은 따스한 난각 안에서 창문을 마주하고 침선을 하다가 보옥이 오는 것을 보고 일어나서 웃으며 맞이했다.

"또 한 분이 오시는군요. 하지만 어쩌죠? 도련님 자리는 없는데요."

보옥은 그저 웃으면서 말했다.

"그야말로 한 폭의 그림인걸. 이름하여 '동규집염도(冬閨集艷圖)'라고나 할까. 겨울날 규중에 모인 미녀들의 그림이 바로 이게 아니겠느냐. 애석하게도 내가 한발 늦었군그래. 어쨌든 이 방은 다른 방보다 따뜻하니 이 의자에 앉아도 무방할 거야."

보옥은 대옥이 늘 앉았던 회서(灰鼠: 친칠라) 가죽을 씌운 의자 위에 걸터앉았다. 마침 난간에는 화분에 수선화 서너 그루가 잘 가꾸어져 있었고 그 주변에는 안휘성 선성宣城에서 나는 하얗고 기이한 모양의 돌들이 운치 있게 놓여 있었다. 보옥이 그걸 보고 찬탄을 금치 못하며 말했다.

"정말 좋은 꽃이야! 방 안이 점점 따뜻해지니 저 꽃의 향기도 더 맑게 풍기는가 보군. 어제까지도 못 보던 꽃인데."

대옥이 바로 보옥의 말을 받아서 말했다.

"이 꽃은 말이에요, 오빠네 대총관 뇌대賴大네 아주머니께서 여기 보금 아가씨한테 보내온 거예요. 납매臘梅 화분 두 개와 수선화 화분 두 개를 보내셨는데 보금 아가씨가 수선화 하나는 나한테 주고 납매 하나는 탐춘 아가씨한테 보냈어요. 난 원래 안 받으려 했지만 보금 아가씨가 섭섭히 생각할까 봐 그냥 받아두었죠. 오빠가 갖고 싶으면 제가 드릴 용의가 있어요."

"이것보다는 좀 못하지만 우리집에도 화분 두 개가 있어. 보금 누이가 대옥 누이한테 준 거라면 어떻게 남한테 또 줄 수 있겠어. 그건 절대로 안 될 말이지."

보옥이 극구 사양하자 대옥이 또 말했다.

"전 하루라도 약탕기가 화로에서 떠날 날이 없잖아요. 그냥 약냄새가 항상 제 곁을 감싸고 있을 뿐이죠. 꽃향기에 흠뻑 빠져 있을 날이 어디 있겠어요? 점점 허약해지니 어쩔 수가 없어요. 이 방엔 약 냄새가 진동하니 오히려 꽃향기를 망치기만 한단 말이에요. 차라리 오빠가 가져가는 게 낫겠어요. 다른 잡냄새에 시달리지 않고 깨끗하고 맑은 향기를 풍길 수 있을 테니까요."

보옥이 대꾸하였다.

"지금 우리집에도 환자가 있어서 약을 끓이는데 그걸 어떻게 알았어?"

대옥이 곧 웃으면서 말했다.

"거참 이상하시군요. 전 아무 생각 없이 한 말인데 누가 오빠네 집안 사정을 알았다고 하는 거예요? 좀더 일찌감치 와서 고기古記[1]나 들을 것이지 이제 와서 공연히 놀라는 척하는 건지 원."

보옥이 웃었다.

"자, 그러면 다음번 시모임에는 벌써 제목이 정해진 셈이로군그래. 수선화와 납매를 읊기로 하자."

"그만두어요. 전 다시 시 따위는 짓지 못하겠어요. 시 한 수 지을 적마다 벌을 받게 되니 정말 창피하기 그지없잖아요."

대옥은 말끝에 얼른 두 손으로 얼굴을 감싸 안았다.

보옥이 또 웃으며 말했다.

"공연히 왜 또 트집이야? 나를 놀려먹어서 뭐에 쓰려고. 나도 부끄러

---

1 경물이나 사적에 관한 이야기이나 여기서는 고사나 전설을 말함.

운 줄 모르고 있는데 누이가 왜 얼굴을 가리고 야단이야?"

곁에 있던 보차가 나섰다.

"다음엔 내가 시모임을 주최할게. 시제詩題를 네 개 내고 사제詞題를 또 네 개 내어서 각자 모두 시 네 수와 사 네 곡을 짓게 하는 거야. 첫 번째 시제는 '태극도太極圖[2]를 노래하며'로 하겠어. 오언율시를 짓는데 선先자를 운으로 하면서 운부의 글자를 하나도 남김없이 다 쓰도록 하는 거야."

그때 보금이 웃으면서 자신의 생각을 말했다.

"언니의 말을 들어보면 언니가 정말로 시모임을 열고자 하는 것이 아닌 게 분명해요. 사람들을 골탕 먹이려고 하는 것이죠. 물론 억지로라도 지으려면 지을 수는 있겠지만 결국 《주역》에 나오는 말들을 앞뒤로 이리저리 집어넣을 뿐일 테니 그게 무슨 재미가 있겠어요.

제가 여덟 살 무렵 아버지가 서쪽 바닷가에 서양 물건을 사러 가셨을 때 따라간 적이 있거든요. 그때 진진국眞眞國[3] 이라는 나라에 열다섯 살 먹은 여자아이가 있었는데 얼굴이 서양 그림 속에 나오는 미녀의 모습과 꼭 닮았어요. 금발머리를 땋아서 늘어뜨리고 머리에 온통 산호와 묘안석, 에메랄드 보석으로 장식하고 몸에는 금실로 짠 갑옷무늬 서양 비단저고리를 입었는데 금은보화로 장식한 일본도를 차고 있었어요. 정말 그림보다도 더 멋진 모습이었거든요. 누군가 말하길 그 애는 중국의 시서에 통하고 오경을 강술할 수 있고 시사를 능히 지을 수 있다고 했어요. 그래서 우리 아버지께서 통역관 한 사람에게 사정하여 글을 한 장 써달라고 부탁했지요. 그때 그 애가 자작시를 써서 주었어요."

보금의 말을 듣던 사람들이 다 같이 감탄하며 기이한 일이라고 놀라

---

2 북송(北宋) 주돈이(周敦頤)가 우주 만물의 생성 과정을 설명하기 위해 만든 도해(圖解).
3 서양에 있다고 여겨졌던 상상의 나라.

위했다.

보옥이 웃으면서 간청했다.

"보금이 누이, 지금 그걸 좀 우리한테 보여줄 수 있어?"

"지금 남경 집에 남겨두고 왔는데 어떻게 그걸 가져온단 말이에요?"

보금의 대답을 듣고 보옥이 적이 실망을 감추지 못하였다.

"아, 그런 보배를 직접 볼 수 없다니 정말 난 복도 없나봐."

그때 대옥이 보금을 잡아당기며 소리를 질렀다.

"공연히 우리를 속이려고 하지 말라고! 네가 경성 올 때 그 물건을 남경에 두고 왔을 까닭이 있겠어? 모두 가지고 왔을 텐데 그걸 안 가져왔다고 거짓말하는 거지? 남들은 믿을지 모르지만 난 절대 안 믿어."

보금은 얼굴이 빨개져 고개를 숙이고 미소만 지을 뿐 입을 열지 않았다.

"정말 우리 대옥 아가씨는 말릴 수가 없는 사람이야. 굳이 그렇게 까발려야 하겠어? 누가 똑소리 안 난다고 할까 봐."

보차가 웃으며 대옥을 가볍게 핀잔했다. 대옥은 여전히 다그쳤다.

"기왕에 가지고 왔으면 우리한테 한 번 구경시켜 줘요."

그러자 보차가 대신 변명했다.

"가져온 물건 상자나 대나무 옷장 등이 뒤엉켜 있어서 아직 정리되지 못한 상태인데 어디 들어있는지 알 수 있겠어? 며칠 지나고 물건을 제대로 정리하면 찾아다 여러 사람한테 보여주도록 할게."

그리고 이어서 보금에게 청했다.

"보금아, 지금이라도 기억이 나면 우리한테 읊어서 들려주면 되잖아."

그제야 보금이 대답했다.

"지금 기억나는 건 첫 번째 오언율시 뿐이에요. 외국여자가 지은 것으로는 정말 대단해요."

그때 보차가 잠깐 중단시켰다.

"잠깐만 기다려. 잠시 외우지 말고 있어 봐. 상운이도 불러와 듣도록 하는 게 좋겠어."

곧 설보금의 시녀인 소라를 불러서 심부름을 시켰다.

"너 지금 우리집에 가서 외국의 미녀 한 분이 오셨다고 전하고 아주 멋진 시를 지었다고 말씀드려라. 그 시에 미친 사람〔詩痕子: 상운을 가리킴〕을 모셔오도록 하고 그리고 간 김에 우리집 시에 빠진 바보〔詩呆子: 향릉을 가리킴〕도 함께 데려 오도록 하여라."

보차의 말에 소라는 웃으면서 나갔다.

한참 만에 상운이 웃으면서 먼저 들어서는 소리가 들렸다.

"어떤 외국 미녀가 왔다는 거야?"

상운은 과연 향릉과 함께 방으로 들어섰다. 사람들이 함께 웃었다.

"사람 모습은 안 보이는데 목소리가 먼저 들리네."

보금이 얼른 일어나 자리를 권하고 방금 전에 있었던 일을 말했다.

상운이 웃으면서 당장 재촉하였다.

"그럼 얼른 외워봐, 내가 들어보게."

그제야 보금이 시를 외웠다.

어젯밤 붉은 누각에서 꿈을 꾸었고,	昨夜朱樓夢,
오늘밤 물의 나라에서 시를 읊네.	今宵水國吟.
넓은 바다 섬 위엔 구름 피어오르고,	島雲蒸大海,
깊은 산 숲 속엔 안개 가득 서렸네.	爐氣接叢林.
달빛은 예나 지금이나 한결같아도,	月本無今古,
사랑은 절로 깊고 옅은 차이가 있네.	情緣自淺深.
남국의 봄날이 눈앞에 역력한데,	漢南春歷歷,
어이하여 내 마음 끌리지 않으리.	焉得不關心.

보금이 시 읊기를 끝내자 사람들이 하나같이 칭찬해 마지않았다.

"정말 대단하구나! 우리 중국 사람들보다도 나은 것 같은데."

그 말이 끝나기도 전에 사월이 달려 들어와 왕부인의 말을 전했다.

"마님께서 보옥 도련님께 전하라는 말씀인데요, 내일 아침 일찍 외삼 촌댁에 가셔야 한대요. 마님께서는 몸이 편찮으셔서 몸소 인사가지 못 하신답니다."

보옥이 얼른 일어나 대답했다.

"알았다구 전해라."

그리고 곧 보차와 보금에게도 함께 가겠냐고 물었다. 보차가 대답 했다.

"우린 안 갈 거야. 어제 생신축하 예물을 보내는 것으로 대신했어."

다들 잠시 더 얘기를 나누다 자리에서 일어났다.

보옥은 다른 자매들에게 앞장서 먼저 가라고 이르고 자신은 뒤로 처 졌다. 대옥이 곧 보옥을 불러 물었다.

"습인은 도대체 언제 돌아온다고 그래요?"

"장례식이 끝나면 당연히 돌아오겠지 뭐."

대옥은 여전히 마음속에 하고 싶은 말이 있었지만 입 밖에 내진 못하 고 잠시 물끄러미 바라보다가 겨우 말을 내뱉었다.

"그럼 가보세요."

보옥의 마음속에도 숱하게 많은 하고픈 말이 있었지만 무슨 말을 해 야 할지 몰라서 잠시 생각에 잠겼다가 웃으며 겨우 한마디 내뱉었다.

"그럼 내일 다시 얘기 해."

보옥은 돌계단을 내려와 고개를 숙이고 성큼 발걸음을 옮기려다가 말고 무슨 생각이 났는지 얼른 다시 대옥에게 물었다.

"요즘엔 밤이 점점 길어지고 있어. 한밤에 기침을 몇 번이나 해? 몇 번이나 잠을 깨는 거야?"

"어젯밤은 그래도 괜찮았어요. 기침도 두 번밖에 안 했는걸요. 잠이 안 와 밤새 뒤척이다 새벽녘에 겨우 두어 시간쯤 잤어요."

보옥이 다시 웃으며 말했다.

"긴한 말을 하려고 했는데 이제 겨우 생각이 났어."

보옥은 대옥에게 한발 가까이 다가가 소곤댔다.

"내 생각에 말이야. 보차 누나가 대옥이한테 보낸 연와탕이 말이야…."

보옥의 말이 미처 끝나기도 전에 조이랑이 들어와 대옥을 보고 안부를 물었다.

"아가씨! 요 며칠 사이에 몸은 좀 좋아졌어요?"

대옥은 조이랑이 탐춘의 거처에 갔다 오며 이곳을 지나다가 그저 인사치레로 하는 말이라는 걸 잘 알고 있었다. 대옥은 곧 만면에 웃음을 띠며 안으로 들어와 앉으라고 권하였다.

"그렇게 생각해주시고 이렇게 추운 날씨에 몸소 찾아주시니 정말 고맙습니다."

그리곤 곧 차를 대접하게 하면서 슬쩍 보옥에게 눈짓을 보냈다. 보옥은 눈치를 채고 곧 밖으로 나와 왕부인에게 찾아갔다. 왕부인은 다시 한 번 내일 아침 일찍 가보라는 당부의 말을 잊지 않았다. 보옥이 집으로 돌아와서 청문이 약을 먹는 걸 보고 따뜻한 난각에서 나오지 말고 그대로 자라고 이르고 자신은 청문의 곁을 떠나지 않았다. 또 사월에게 명하여 훈롱을 청문이 있는 난각 앞에 갖다 놓으라고 하였다. 그날 밤은 별일 없이 지났다.

다음날 아침 날이 아직 밝기 전에 청문이 먼저 사월을 불러 깨웠다.

"사월아. 이제 그만 좀 자고 일어나. 아직도 잠이 부족해? 얼른 나가서 아침에 도련님 마실 차를 준비하라고 시켜줘. 도련님은 내가 깨울 테니."

사월이 옷을 걸쳐 입고 일어나며 입을 열었다.

"우리가 먼저 도련님을 깨워 옷을 입혀드리고 훈롱을 옮겨 놓은 뒤에 밖의 할멈들을 불러들이는 게 낫겠어. 할멈들은 벌써부터 도련님께 병을 옮길지도 모른다고 언니를 이곳에서 자지 못하도록 말했거든. 그 사람들이 우리가 여기에 같이 있는 걸 보면 틀림없이 잔소리할 거야."

"나도 그렇게 생각해."

청문과 사월이 막 깨우려던 참인데 보옥은 벌써 일어나 바삐 옷을 입고 있었다. 사월은 어린 시녀들에게 필요한 준비를 하도록 시켰다. 그리고 추문秋紋과 단운檀雲을 들어오라고 하여 함께 보옥의 세수 시중을 들었다.

사월이 말했다.

"날씨도 우중충한 걸 보니 눈이라도 내릴지 모르겠어요. 저 털외투를 입고 가시는 게 좋겠어요."

보옥은 고개를 끄덕이며 곧 옷을 갈아입었다. 어린 시녀가 작은 소반에다 복건산 연밥과 붉은 대추를 넣어 끓인 연밥대추탕을 받쳐 들고 왔다. 보옥은 탕을 두어 모금 마셨다. 이어서 사월이 작은 접시에 전통방법으로 만든 연한 자색 생강절임〔法制紫薑〕을 들고 들어왔다. 보옥이 그중의 하나를 집어 맛을 보고, 다시 청문에게 몸조리하라고 몇 마디 당부의 말을 하곤 곧 가모의 처소로 갔다.

그때 가모는 아직 자리에서 일어나지 않았지만 보옥이 곧 외출해야 한다는 것을 알고 있었으므로 보옥을 들어오게 하였다. 보옥은 가모의 침상 뒤쪽에 보금이 아직 깨지 않고 잠들어 있는 것을 얼핏 보았다.

가모는 보옥이 입은 옷을 살펴보았다. 보옥은 검붉은 여지색의 서양 털실로 짠 옷에 천마피天馬皮를 소매에 댄 저고리를 입고 겉에는 빨간 모전바탕에 금빛 수를 놓고 석청색의 비단으로 끝단을 대고 두 줄로 술을 늘어뜨린 마고자를 입고 있었다.

가모가 물었다.

"밖에 눈이 오느냐?"

"하늘이 흐리긴 하지만 아직 눈은 안 내려요."

가모가 원앙을 불러 분부했다.

"어저께 그 사막여우 목덜미 가죽으로 만든 외투를 가져오너라."

원앙이 곧 나가서 눈 올 때 입는 외투 한 벌을 가져왔다.

그 옷은 금빛과 비취빛이 영롱하게 빛나고 푸른빛이 감도는 것이었다. 그것은 설보금이 입고 있던 물오리 털외투와도 달라 보였다. 가모가 웃으면서 말했다.

"이 옷은 '작금니雀金呢'라고 부르는 것인데 러시아산 공작털에 금실을 꼬아서 만든 옷감이란다. 지난번에 물오리 털외투는 보금이한테 주었는데 이번엔 이걸 너한테 주마."

보옥이 고개 숙여 감사의 절을 하고 옷을 받아 몸에 걸쳐 보았다.

"얼른 네 엄마한테 가서 보여드려라."

보옥이 대답하고 문을 나왔다. 마침 원앙이 땅바닥에 쭈그리고 앉아 눈을 비비고 있었다. 원앙은 지난번 독한 마음을 먹고 맹세한 다음부터 어찌 되었든 보옥과는 말을 건네지 않고 있었다. 보옥은 그 일로 인해 밤낮으로 마음이 편치 못하였다. 이번에도 원앙이 이렇게 자신을 피하자 보옥이 다가서며 웃음을 띠고 일부러 말을 걸었다.

"원앙 누나, 나 좀 봐줘. 내가 입은 이 외투가 멋져 보여?"

하지만 원앙은 대답도 없이 벌떡 일어나 휑하니 가모의 방으로 들어갔다. 보옥은 머쓱하여 말없이 돌아서서 왕부인의 방으로 가서 옷 입은 모습을 보여주고 대관원으로 돌아왔다. 청문과 사월에게 옷을 보여준 다음 다시 가모의 방으로 돌아왔다.

"어머니가 보시고는 소중한 옷이니까 공연히 옷을 망치지 않도록 조심해서 잘 입으라고만 했어요."

"그래. 이젠 그 옷 한 벌밖에 안 남았으니까. 네가 옷을 망쳐버리면 다신 더 구할 수가 없단다. 이번처럼 너를 위해 특별히 만들어주는 일도 더 이상은 없을 거야."

가모는 몇 마디 더 당부의 말을 하였다.

"술도 적당히 마시도록 하고 일찌감치 돌아오너라."

보옥은 연거푸 "네, 네" 하고 대답만 했다.

밖으로 나오자 유모들이 따라 나오며 대청까지 이르렀다. 유모들의 아들로서 보옥에게는 이른바 형뻘인 이귀李貴와 왕영王榮, 장약금張若錦, 조역화趙亦華, 전계錢啓, 주서周瑞 등 여섯 사람이 명연과 반학伴鶴, 서약鋤藥, 소홍掃紅 등 네 명의 하인을 밖에서 대기시킨 지 벌써 오래되었다. 그들은 옷가방을 둘러메고 앉은 방석을 끌어안은 채 타고 갈 백마를 둘러싸고 있는데 말안장은 예쁘게 무늬가 새겨져 있었고 말고삐는 오색으로 장식되어 있었다. 할멈들은 이들 여섯 사람에게 재차 신신당부를 하였고 그들은 서둘러 채찍을 보옥에게 넘겨주고 등자를 내려 말에 오르도록 하였다. 보옥은 등자를 밟고 천천히 말에 올랐다.

이귀와 왕영이 함께 재갈을 잡고 전계와 주서가 앞에서 끌고 장약금과 조역화가 양쪽에서 보옥의 뒤쪽으로 바짝 붙어서 따랐다. 보옥이 말 위에서 웃으며 말했다.

"주형, 전형! 우리 저쪽 쪽문을 통해 나가는 게 어때? 공연히 아버님 서재 앞으로 지나가느라고 말에서 내리고 어쩌고 하지 말고."

주서가 보옥을 향해 말했다.

"대감나리께서 요즘 집에 안 계셔서 서재의 문이 날마다 잠겨 있습니다요. 도련님은 말에서 내리실 필요가 없어요."

"문이 걸려있지만 그래도 내려야지."

전계와 이귀 등이 함께 웃으면서 말했다.

"도련님 말씀이 맞습니다요. 이리저리 핑계대고 말에서 안 내리다가 혹시나 뇌대 나리나 임지효 나리가 보는 날에는 도련님한테야 뭐라고 말하지 못하겠지만, 그 모든 잘못은 몽땅 저희들한테 떨어지게 마련이죠. 저희가 도련님의 예의범절을 제대로 가르쳐드리지 않았다고 말이에요."

주서와 전계는 곧장 쪽문 쪽으로 나갔다.

말하는 중간에 바로 정면에서 뇌대가 들어왔다. 보옥이 뇌대를 보자 곧 말고삐를 당기며 말에서 내리려고 하였다. 뇌대는 얼른 달려와 보옥의 다리를 끌어안으며 말렸다. 보옥은 등자 위에 서서 뇌대의 손을 잡고 몇 마디 말을 나누었다. 이번에는 하인 하나가 빗자루를 든 이삼십 명의 인부를 데리고 들어오다가 보옥의 일행과 마주치자 담벼락 쪽으로 도열하여 두 손을 내리고 섰다. 인솔자인 하인이 허리를 굽혀 읍을 하며 문안인사를 했다. 보옥은 그의 이름을 알 수 없어 그저 미소를 지으며 고개를 끄덕였다. 말이 지나치자 그는 인부들을 데리고 들어갔다.

보옥 일행은 쪽문을 나섰다. 문밖에는 또 이귀 등한테 딸린 여섯 사람의 시동들과 몇 명의 마부가 일찌감치 말 십여 마리를 대기시켜 놓고 기다리고 있었다. 쪽문을 나서자 이귀 등은 곧 말에 올라타고 앞뒤에서 보옥의 말을 호위하며 바람처럼 앞으로 달려갔다. 그 얘기는 그만 하기로 한다.

한편 집에 남은 청문은 약을 먹었지만 병세가 호전될 기미가 보이지 않았다. 청문은 약을 처방한 의사를 지목하며 한바탕 욕을 퍼부었다.

"그저 돈을 우려먹을 궁리만 하였지 좋은 약을 지어줄 생각은 않는단 말이야."

사월이 청문을 달랬다.

"언니도 참 성질이 급하네. 아, 속담에 '병이 올 때는 산이 무너지듯 갑자기 오고 병이 갈 때는 누에 실 뽑듯 천천히 간다'는 말도 몰라. 태상

노군의 신선 단약도 아닐진대 그런 영약이 어딨겠어. 그냥 조용히 며칠 정양을 하다보면 자연히 나을 걸 가지고 왜 그렇게 급하게 난리야. 자꾸 그래봤자 점점 더 병만 깊어진다구."

청문은 아랑곳하지 않고 이번에는 어린 시녀들한테 욕을 퍼부었다.

"이년들이 도대체 어디로 다들 슬그머니 사라진 거야? 내가 병들어 누워있는 틈을 타서 아주 간덩이가 부었구나. 내 병이 낫기만 해봐라, 이년들 하나씩 혼쭐을 내고야 말겠다."

그 말을 듣고 깜짝 놀란 어린 시녀 전아篆兒가 얼른 들어와 물었다.

"언니! 무슨 일이 있어요?"

"딴 년들은 다들 죽어버리고 너 하나만 살아있단 말이냐?"

청문이 전아를 다그치는데 이번엔 추아가 꾸물대며 뒤따라 들어왔다.

"이년 좀 봐. 어째 안 온다 했지. 월급을 나눠줄 때나 과일을 분배할 때 네 년은 남 먼저 앞쪽으로 잽싸게 나오던 년이 아니냐. 앞으로 좀 나와 봐. 내가 너 잡아먹는 호랑이라도 된단 말이냐!"

추아는 어쩔 수 없이 앞으로 다가섰다. 그러자 청문은 갑자기 추아의 손을 휙 낚아채더니 베개 밑에서 가늘고 뾰족한 머리꽂이 하나를 꺼내 그녀의 손을 마구 찔러댔다. 청문의 욕설은 더욱 거세졌다.

"이따위 손모가지를 뭐에 써먹는단 말이냐? 바느질도 못하고 수도 놓을 줄 모르고 오로지 훔쳐 먹을 줄만 아는 년. 눈깔로 보는 것마다 더러운 손이나 내미려 드니 맞아도 싸지만 차라리 손모가지나 찍어 버리는 게 낫겠다."

아픔을 견디지 못한 추아는 소리를 질러댔다. 사월이 황급히 달려들어 추아를 떼어놓고 청문을 다시 자리에 눕혔다. 사월이 웃으면서 말렸다.

"겨우 땀을 좀 냈는데 또 난리를 치면 어떡해? 언니가 병이 나은 다음에 때리든 말든 할 일이지 왜 지금 야단법석이야?"

청문은 사람을 시켜 송씨 할멈을 불러들였다.

"보옥 도련님이 할멈들에게 알려드리라 했어요. 추아가 너무 게을러 도련님이 직접 심부름을 시키는데도 주둥이만 나불대고 꿈쩍도 안하고 습인 언니가 일을 시켜도 뒷전에서 욕이나 해댔단 말이에요. 오늘 어떻게든지 저 년을 내쫓고 나중에 도련님이 직접 마님께 고해바친다고 했어요."

송씨 할멈은 그 말을 듣자 곧 마음속으로 팔찌사건 때문이란 걸 알고 웃으면서 대꾸했다.

"비록 그러하지만 그래도 화씨花氏 아가씨(花姑娘: 습인을 가리킴)가 돌아온 다음에 얘기하고 내보내야 하지 않겠어."

"도련님이 오늘 신신당부를 했는데 무슨 꽃 아가씨〔花姑娘〕니 풀 아가씨〔草姑娘〕니 하고 따질 겨를이 있어요? 우리가 어련히 알아서 할 테니 할머니는 그냥 제 말대로 어서 저 년의 집에 연락해서 데려가라고 하세요."

사월이도 옆에서 거들었다.

"그래요. 어쨌든 언제 내보내도 보내야 할 사람인데 얼른 데려가면 하루라도 조용하겠죠."

송씨 할멈도 그 말에 어쩔 수가 없었던지 나가서 추아의 어머니를 불러다 추아의 물건을 다 챙겨 짐을 싸도록 했다. 추아의 어머니는 청문 등을 찾아와 따졌다.

"아가씨들 도대체 왜 그러는 거야? 우리 추아가 뭔가 잘못했으면 잘 지도하고 가르치면 될 일이지 어째서 다짜고짜 쫓아낸단 말이야? 우리들 체면도 좀 살려줘야 할 게 아니야!"

"그런 말씀은 나중에 우리 보옥 도련님이 오시거든 직접 따져보세요. 우리하고는 상관없으니까."

청문의 말을 듣고 추아의 어머니는 싸늘하게 비웃었다.

"내가 감히 도련님한테 뭘 물어보겠어? 무슨 일이든 아가씨들 말에 놀아나지 않는 게 뭐가 있다고. 설사 도련님이 말씀을 들어줘도 아가씨들이 안 된다고 하면 결국 소용없는 일이 아니야. 방금 한 말만 가지고 봐도 그렇지. 설사 사람이 없는 데라고 하더라도 아가씨들은 멋대로 도련님의 이름을 마구 부를 수 있겠지만 우리가 그렇게 했다가는 아주 막돼먹은 인간이라고 욕하지 않겠어?"

청문은 약이 올라 얼굴이 벌겋게 달아오르며 마구 달려들었다.

"내가 도련님 이름을 불러댔다고 가서 노마님 전에 고해바치라고요! 내가 제멋대로 된 년이라고 나까지도 쫓아내보란 말이에요!"

사월이 나서서 정색을 하고 끼어들었다.

"아주머니는 어서 그냥 애나 데리고 가세요. 할 말 있으면 나중에 하고. 여기가 아주머니 멋대로 소리지르며 이러니저러니 시비를 따질 곳이에요? 누가 우리하고 시비 따지는 사람 있는지 봤어요? 아주머니는 고사하고 뇌씨 할머니나 임씨 아주머니도 우리를 점잖게 대해주고 있다고요. 이름 부르는 것만 해도 그래요. 어려서부터 지금까지 늘 그래왔고 그건 모두 노마님의 분부를 받아서 그런 거예요. 잘 아시다시피 도련님이 어려서는 제대로 잘 크지 못할까 봐 여기저기 이름을 써서 붙여놓고 도련님이 잘 자라도록 수많은 사람들이 불러주도록 했잖아요. 또 하나는 우리는 늘 노마님께 말씀드려야 하는 입장인데 이름을 부르지 않고 말끝마다 도련님이라고만 할 수 있겠어요? 그러니 어느 날이고 '보옥'이란 두 글자를 수백 번씩 부르지 않는 날이 어디 있겠어요. 아주머니가 오늘 하필 그걸 문제 삼고 나오다니요. 나중에 아주머니가 시간 나면 노마님과 마님 앞에서 우리가 말씀드리는 걸 직접 들어보시면 아실 거예요. 아주머니는 노마님이나 마님을 면전에서 만날 만큼 체통 있는 일을 해보지 못하고 몇 년이고 삼문 밖의 일이나 맡아 하는 주제니까 안쪽의 예의범절을 모르는 것도 무리는 아닐 테지요. 여긴 아주머니 같은 사람이 오래 있을 곳이 못되니 어서 가세요. 이 집안에 천명에 이르는 사람이 있는데 개나 돼지나 다 달려와 떠들어대면 우린 그 이름만 외우려 해도 할 수 없는 형편이거든요."

사월은 곧 어린 시녀를 불러 분부했다.

"어서 마룻바닥이나 닦아라."

추아의 어머니는 더 이상 대꾸할 말도 없고 그냥 서 있을 수도 없어 울화를 잔뜩 품은 채 추아를 데리고 나가려고 했다. 송씨 할멈이 급히 앞을 막아서며 한마디 덧붙였다.

"과연 아주머니는 예의범절이라곤 도통 모르는구먼그래. 당신 딸이 이곳에서 한동안 일했다가 이제 떠나가려면 그래도 아가씨들한테 인사라도 드려야 하는 거 아냐. 뭐 달리 감사인사를 드리라는 건 아니고, 설사 감사인사라 해도 이상할 건 없겠지만, 그저 고개 한 번 숙이고 정성을 다하면 되는 것인데 어째 간다고 말만 하고 그대로 갈 수 있단 말이야."

추아는 어쩔 수 없이 청문과 사월에게 두 번 절하고 또 추문 등도 찾아서 인사했다. 하지만 그들은 하나같이 본체만체 냉랭하게 대했다. 추아의 어머니는 그 모습을 보고 속으로 기가 막혀 한숨만 나올 뿐이었지만 감히 말은 못하고 원한을 품은 채 추아를 데리고 나가버렸다.

청문은 방금 한바탕 소동을 겪으면서 화를 내는 바람에 병이 오히려 더욱 악화되어 저녁 무렵까지 끙끙 앓다가 겨우 안정이 되었다.

그때 보옥이 들어와 문에 들어서자마자 소리를 지르며 발을 동동 굴렀다. 사월이 황급히 무슨 일이냐고 물었다.

"오늘 할머니께서 기분 좋아하시며 이 털외투를 주셨는데 그만 실수로 뒤쪽 옷깃을 조금 태워먹었단 말이야. 그나마 날이 어두워 할머니나 어머니께서 아무 말씀하지 않으셨으니 다행이지만."

보옥은 옷을 벗으면서 말했다. 사월이 살펴보니 과연 손가락 끝마디

만큼 불에 타서 구멍이 나 있었다.

"이건 분명히 손난로의 불똥이 날아와 태운 거예요. 걱정 말아요. 곧 사람을 몰래 내보내서 솜씨 있는 재봉사한테 기워오도록 하면 되니까요."

사월은 곧 보자기에 옷을 싸서 일하는 할멈에게 주어 내보내며 말했다.

"날이 밝기 전까지는 돼야 해요. 절대로 노마님이나 마님이 아시게 하면 안 돼요."

할멈이 나간 뒤 한참 있다가 곧 그대로 가지고 돌아왔다.

"솜씨 있는 재봉사한테도 물어보았고 수놓는 바느질꾼한테도 다 물어보았는데 대체 이 옷의 재질이 무엇인지 모르겠다고 하면서 아무도 받으려고 하질 않아요."

사월이 말했다.

"그럼 이걸 어쩐다지. 내일 이 옷을 입지 않으면 될 거 아녜요?"

"무슨 소리야? 내일이 정식 생신 잔칫날이라 할머니나 어머니도 꼭 이 옷을 입고 가라고 했는데…. 하필이면 첫날 불에 태워 구멍이 났으니 정말 재수 없게 되었지 뭐야."

병상에 누워있던 청문이 한참 듣고 있다가 이내 참지 못하고 일어나며 말했다.

"이리 가져와 봐요, 내가 좀 보게. 입을 복이 없으면 그만이지 왜 그렇게 안달이에요?"

"하긴 그렇기도 해."

보옥이 조금 마음이 풀어져 웃으면서 옷을 청문에게 건네주고 등불을 가까이 대주었다. 청문이 자세히 들여다보고 말했다.

"이건 공작털 금실로 짠 외투예요. 그러니까 공작털 금실로 종횡으로 잘 짜깁기하면 그런대로 남의 눈에 안 띄게 넘어갈 수는 있을 거예요."

"공작털실이야 있지만 지금 우리집에선 언니 빼고 누가 짜깁기를 할 줄 알아?"

사월의 말에 청문이 결심을 했다.

"할 수 없지 뭐. 내가 목숨을 바쳐서라도 해 봐야지."

보옥은 몸이 아픈 청문이 그렇게 나오자 걱정이 앞섰다.

"그런 몸으로 어떻게 하려고 그래? 겨우 조금 차도가 있는가 했는데 어떻게 바느질을 할 수 있겠어?"

"도련님은 괜히 벌벌 떨지 마세요. 다 내가 알아서 할 테니까."

청문은 아픈 몸을 겨우 일으켜 머리를 매만지고 웃옷을 걸쳤다. 여전히 머리가 무겁고 다리에 힘이 없고 두 눈에서는 불꽃이 튀어 그대로 지탱할 수 없을 지경이었다. 하지만 지금 이걸 해내지 못하면 보옥이 더욱 안달할 것 같기에 이를 악물고 버티는 수밖에 없었다. 사월을 시켜 곁에서 실을 가져오라고 하여 먼저 그 중 한 가닥으로 외투색깔과 비교해 보았다.

"서로 다르긴 하지만 짜깁기를 하고 나면 그렇게 티가 나진 않을 거야."

청문의 말에 보옥이 안심하며 좋아했다.

"그래. 그러는 게 좋겠어. 지금 어디 가서 러시아 재봉사를 구해온단 말이야."

청문은 우선 외투의 깃 안을 따고 그 속에 찻잔 크기의 둥근 대나무 수틀을 단단히 물려놓았다. 그리고 불구멍 난 사방을 칼로 긁어내어 부슬부슬하게 만들고 다시 바늘 두개에 실을 꿰어 씨줄과 날줄로 삼아 짜깁기 방식으로 먼저 시침질을 해놓은 다음 원래의 무늬대로 짜나갔다. 두어 바늘 뜨고는 다시 들여다보고 두어 바늘 뜨고는 또 꼼꼼히 살펴보며 공을 들여 기웠다. 자연히 머리가 어지럽고 눈이 캄캄해지고 숨이 차오르면서 정신이 아득하여 서너 바늘 깁다가 침상에 누워 한참 동안 숨을 돌렸다.

　보옥은 그녀의 옆에 앉아 시시때때로 말을 걸었다.

　"뜨거운 물을 좀 마실래?"

　"자, 한 모금 마시고 해 봐."

　그러면서 또 회서피 망토를 가져다 청문의 등에 덮어주기도 하고 푹신한 방석을 찾아오라고 하여 청문에게 기대도록 하는 등 부산을 떨었다. 참다못해 청문이 통사정을 했다.

　"아이쿠, 우리 도련님! 제발 가서 주무시기나 하세요. 공연히 같이 밤새웠다가 내일 눈이라도 움푹 들어가면 어쩌시려고요."

　청문의 말에 보옥은 침상으로 가서 아무렇게나 누웠지만 여전히 잠은 오지 않았다. 어느덧 시계가 네 번 종을 울렸다. 그제야 겨우 짜깁기를 마친 청문은 작은 솔로 천천히 털실을 비벼서 털이 일어나도록 하였다.

　"이제 다 되었어요. 자세히 보지 않으면 아무도 알아보지 못하겠어요."

　사월의 말에 보옥도 얼른 일어나 다가가서 보았다.

　"정말 완전히 똑같네."

　그때 청문은 연거푸 기침을 몇 번이고 하면서 겨우 겨우 짜깁기를 마치자 겸손하게 한마디 했다.

　"깁기는 기웠지만 아무래도 비슷하지가 않아. 하지만 난 이제 더 이상 못하겠어요!"

　그러더니 청문은 "아이고!" 한마디 소리를 내며 그 자리에 곧바로 쓰러졌다.

　자세한 이야기가 궁금하면 다음 회를 보시라.

宁府除夕祭宗祠
荣府元宵开夜宴

제53회

그믐 제사와 보름 잔치

녕국부에선 섣달그믐 제사 지내고
영국부에선 정월보름 잔치 열었네

寧國府除夕祭宗祠 榮國府元宵開夜宴

보옥은 청문이 공작털 외투를 다 깁고 기운이 소진하여 실신하자 곧 시녀를 시켜 등을 두드리게 하였다. 시녀들이 번갈아 가며 한참을 주무르다가 멈췄다. 얼마 지나지 않아 곧 날이 밝았다. 외출하기 전에 우선 사람을 시켜 의원을 불러오도록 했다. 곧 왕태의가 와서 진맥하더니 약간 이상하다는 듯이 말했다.

"어제는 꽤 차도가 있었는데 오늘 어찌 이리 맥이 허약하고 기운이 빠진 거지요? 혹시 과식했거나 아니면 너무 신경을 쓴 것은 아닌가요? 감기는 거의 나았으나 땀 흘린 뒤에 조리를 잘못했으니 여간 큰일이 아닙니다."

왕태의는 바깥방으로 나와 약을 처방하여 가져왔다.

보옥이 처방을 받아보니 해열이나 풍한을 쫓는 약은 줄였으나 도리어 복령茯苓과 숙지황熟地黃, 당귀當歸 등 원기를 돕는 보혈제가 더 들어가 있었다. 보옥은 곧 사람을 시켜 약을 지어오라고 하였다.

"이를 어쩌면 좋단 말인가! 만일 무슨 일이라도 생기면 그게 다 내 죄가 아닌가."

청문이 침상에서 그 말을 듣고 한숨을 쉬며 핀잔을 주었다.

"도련님은 제발 도련님 일이나 보러 가세요. 내가 무슨 폐병이라도 걸렸단 말이에요?"

보옥은 어쩔 수 없이 외출하였다가 한나절 지나서 오후에 몸이 좋지 않다는 핑계를 대고 돌아와 버렸다.

청문은 이번에 비록 중병을 앓기는 했지만 다행히 평소 힘을 쓰는 일만 했지 마음을 졸이는 일은 없었고 또 음식 습관도 담백하게 먹는 데다 지나치게 굶어 속을 상하게 한 적도 없었다. 가씨 집안의 풍속 중에 전해오는 한 가지 비법은 상하 귀천을 막론하고 누구든 약간 몸이 불편하고 감기라도 들면 우선 단식을 위주로 하고 다음에 약을 복용하여 조리하도록 되어 있었다. 그러므로 전날 병이 막 들었을 때 우선 사나흘을 단식하였고 또 조심해서 약을 복용하였으므로 이번에 약간 무리하긴 했지만 며칠 더 조리하여 차차 몸이 회복되었다. 최근에는 대관원 자매들의 거처에서 각자 음식을 만들어 먹어도 된다고 하였기 때문에 필요한 음식을 만들기가 편리해졌다. 보옥이 특별히 탕이나 갱羹을 만들어 달라고 하여 청문에게 대접하였음은 물론이다. 그 얘기는 이제 그만 하기로 한다.

한편 습인은 모친의 장례를 마치고 대관원으로 돌아왔다. 사월은 평아가 말하여 알게 된 송씨 어멈과 추아에 관한 일이나 청문이 병중에 추아를 내쫓은 일, 그리고 이미 보옥에게도 다 알렸다는 말을 습인에게 했다. 습인은 더 이상 할 말이 없었지만 다만 너무 성급했다고 한마디 건넸다. 이때는 여러 사람이 참여할 수 없어 시모임도 시들해져 있었다. 이환은 날씨 때문에 감기에 걸려 있었고, 형부인이 눈병을 앓는 바람에 영춘과 형수연이 모두 그곳에 가서 조석으로 약시중을 들고 있었다. 또 이환 숙모의 아우가 이환의 숙모와 이문, 이기를 며칠간 집으로 데려가 지내게 되었으므로 역시 대관원을 떠난 상태였다. 보옥은 습인이 날마다 돌아가신 모친을 그리워하며 슬퍼하고 청문의 병도 완전히 쾌차하지는 않았기 때문에 기분이 풀리지 않았다. 사정이 이렇다 보니 시모임의 날짜에 대해서는 아무도 신경 쓸 겨를이 없었던 것이다.

어느덧 섣달이 되어 새해가 얼마 남지 않게 되었다. 왕부인과 희봉은 설날 차례를 준비하는 데 여념이 없었다. 왕자등은 구성도검점〔九省都檢點: 금군(禁軍)의 최고 통수〕으로 승진하였고 가우촌은 대사마〔大司馬: 병부상서(兵部尙書)〕를 제수받아 조정의 군정업무를 돕게 되었다.

한편 가진은 설날이 가까워오자 종실 사당의 문을 열고 사람을 보내 깨끗하게 청소한 다음, 제기를 마련하고 신주를 모셔 들었다. 또 안채 큰방을 깨끗이 청소하고 조상들의 초상화를 준비하여 걸어 놓았다. 이때는 녕국부와 영국부의 내외와 상하 모두들 정신없이 바쁘게 지냈다.

이날 녕국부의 우씨는 아침에 일어나자 곧 며느리인 가용의 처와 함께 가모에게 보낼 침선과 예물을 점검하고 있었다. 그때 시녀가 차 쟁반에 세뱃돈으로 줄 작은 금과金錁를 담아 가지고 들어왔다.

"홍아興兒가 아씨마님께 여쭈라고 하던데요. 지난번 가지고 간 금붙이는 모두 백 쉰석 냥에 여섯 돈 일곱 푼인데 각각 품질이 달라 모두 섞어서 지금 모두 이백 스무 개의 금과를 만들었답니다."

우씨가 건네주는 금과를 살펴보니 개중에는 매화 모양도 있고 해당화 모양도 있고 또 붓 모양과 여의如意 모양을 본뜬 것도 있었고 심지어 팔보연춘八寶聯春[1] 모양의 금덩이도 들어 있었다.

---

1 불교의 팔보(八寶) 도안을 새겨 넣은 것.

우씨가 살펴보고 시녀에게 분부하였다.

"이것을 잘 간수하고 흥아에게 은과銀鍋도 어서 가져오라고 일러라."

잠시 후 가진이 식사를 하러 들어오자 가용의 처가 자리를 피했다.

가진이 우씨에게 물었다.

"우리집 새해 제사를 지낼 조정의 은상恩賞은 받아왔소?"

"오늘 우리 용아를 보내 타오라고 하였어요."

"우리집은 비록 그 몇 푼의 돈 때문은 아니지만 어찌 됐든 황상의 천은이니까 일찌감치 받아다가 작은댁 할머님께 보여드리고 조상님 제사에 올려야 할 게 아니오. 그래야 위로는 황상의 은혜를 입고 아래로는 조상의 복덕을 받는 게 아니겠소. 우리가 제 돈으로라면 만 냥을 들여서라도 그런 체통을 세우지 못할 것이오. 은혜와 복덕을 입은 것이지. 우리 같은 대갓집 한두 집을 제외하면 세습 받은 가난한 벼슬아치야 그런 경비가 아니라면 또 어떻게 과세를 할 수 있겠소? 그러하니 실로 황은이 한량없고 용의주도하단 말이오."

"참으로 그러하지요."

두 사람이 대화하는 중에 누군가 아뢰었다.

"도련님께서 돌아오셨습니다."

가진은 어서 안으로 들어오라 일렀다.

가용이 두 손으로 황포黃布 주머니를 받쳐 들고 방으로 들어섰다.

"어찌하여 하루 종일 걸리게 되었느냐?"

가진의 물음에 가용이 웃음을 띠고 말했다.

"이번엔 예부에서 배부하지 않고 광록시光祿寺[2]에서 나누어 준답니다. 그래서 다시 광록시로 찾아가 수령해왔습니다. 광록시의 관리들이

---

2 광록시는 북제(北齊)부터 황실 음식을 관장하는 관서였으나 청대에는 제사만을 관장함.

모두 아버님의 안부를 여쭈면서 여러 날 뵙지 못해 진정으로 뵙고 싶다고 하였습니다."

가진이 웃으면서 말했다.

"그 사람들이 공연히 나를 보고 싶을 까닭이 있나. 보나마나 연말이 다가왔으니 내가 주는 선물이 생각나거나 술자리와 연극구경에 초청되고 싶어서 그러겠지."

가진이 황포 주머니를 바라보니 위에는 〈황은영석皇恩永錫〉[3] 네 글자가 커다랗게 쓰여 있었다. 나머지 한쪽에는 또 예부 사제사祠祭司의 직인이 선명하게 찍혀 있고 작은 글씨로 다음과 같이 쓰여 있었다.

녕국공 가연賈演과 영국공 가원賈源에게 영원토록 하사하는 춘절 제사 은상 이분二分, 순은 약간 냥을 모년 모일 용금위 후보시위 가용賈蓉이 직접 수령함. 본년도 시승寺丞 아무개.

그리고 그 아래는 붉은 글씨로 서명이 되어 있었다.

가진은 식사를 마치고 양치질까지 끝낸 다음 신발을 바꿔 신고 모자도 바꿔 쓰고 의관을 차려입은 뒤 가모와 왕부인에게 이 사실을 알려드리고 또 가사와 형부인에게도 보고한 다음 다시 집으로 돌아왔다.

황포 주머니 속의 은자는 꺼내고 주머니는 종실 사당의 향로에 넣어 태우도록 했다. 또 가용에게 분부하였다.

"너는 지금 희봉 숙모한테 가서 정월에 손님을 초청하게 될 날짜를 결정했는지 물어보고 오너라. 만약 이미 정해졌거든 우리가 나중에 청할 때 중복되지 않도록 글방의 서기들에게 제대로 초청장을 만들도록 해라. 지난해에는 조심하지 않고 쓰는 바람에 몇몇 집이 중복되었단 말이

---

3 황제의 은혜로운 영원한 하사금.

다. 우리가 조심하지 않아 실수로 그렇게 되었다고는 하지 않고 마치 우리 두 집안이 서로 짜고 돈만 적게 들이려고 빈 인사만 치른다고 할 게 아니겠느냐."

잠시 후에 새해 축하 술을 접대하는 날짜와 초청인사의 명단을 적은 명첩을 가져왔다. 가진이 살펴보고 뇌승賴昇에게 건네주라면서 손님을 청할 때 이 날짜와 겹치지 않도록 주의하라고 일렀다. 그리고 대청에서 하인들이 옮기는 병풍을 바라보고 탁자며 금은 제기를 만져보고 있는 데 하인 하나가 손에 명첩과 물품목록을 받쳐 들고 찾아와 말했다.

"흑산촌黑山村에서 오장두烏莊頭[4]가 왔습니다요."

가진이 곱지 않은 소리를 냈다.

"모가지를 비틀어버릴 그놈의 영감이 이제야 왔단 말이냐!"

가진이 혼잣말하는 사이에 가용이 명첩과 물품목록을 받아 편 뒤 두 손으로 받쳐 보여주었다. 가진은 뒷짐을 진 채 가용의 손에 펼쳐있는 붉은 명첩에 쓰인 글씨를 바라보았다.

문하의 장두莊頭를 맡고 있는 오진효烏進孝가 머리를 조아리고 대감과 마님의 만수무강을 빌며 또한 도련님과 아가씨의 옥체 건강을 비옵니다. 신춘을 맞이하여 만복이 깃드시고 가내 두루 평안하옵시고 관록승진하시고 만사형통 하시기를 기원하옵니다.

가진은 빙글빙글 웃으면서 말했다.

"시골영감이 딴에 사람을 웃기는군그래."

가용이 옆에서 얼른 한마디 덧붙였다.

"글의 법도야 보실 게 없으시고 그저 성의만 봐서 상서로움만 취하면

---

4 장두는 청대 귀족의 장원을 관리하는 자.

그만이지요."

물품목록을 살펴보니 다음과 같이 쓰여 있었다.

은사슴 30마리, 노루 50마리, 고라니 50마리, 태국 돼지 20마리,
삶은 돼지 20마리, 긴털 돼지 20마리, 멧돼지 20마리,
절인 돼지 20마리, 산양 20마리, 영양 20마리, 삶은 양 20마리,
말린 양 20마리, 심황어 2마리, 각종 잡어 200근,
산 닭과 오리와 거위 각각 200마리,
말린 닭과 오리와 거위 각각 200마리, 꿩과 토끼 각각 200쌍,
곰발바닥 20쌍, 사슴 힘줄 20근, 해삼 50근, 사슴 혓바닥 50개,
소혓바닥 50개, 말린 가리맛 20근, 개암과 잣과 호두와 은행 각각 2포대,
참새우 50쌍, 마른 새우 200근, 은상 연탄 최고급으로 1,000근,
중급으로 2,000근, 숯 30,000근, 어전연지미[5] 2섬,
푸른 찹쌀 50곡, 흰 찹쌀 50곡, 멥쌀 50곡, 잡곡 각각 50곡,
하등품 보통미 1,000섬, 각종 건채 1수레,
그밖에 양곡과 가축판매 대금으로 은 2,500냥.
그리고 도련님과 아가씨들의 장난감 삼으라는 뜻으로 산 사슴 2쌍,
산 흰토끼 4쌍, 검은토끼 4쌍, 금계 2쌍, 서양 오리 2쌍 등입니다.

가진은 다 읽고 나서 곧 오진효를 들어오라고 일렀다. 오진효는 마당
에 들어와 바닥에 엎드려 절을 하며 문안을 올렸다. 가진은 그를 일으
켜 세우라고 주위에 이르고 웃으며 말했다.

"노인장이 아직은 몸이 정정하시구먼그래!"

"네. 대감나리의 은덕으로 아직까지는 움직일 만하옵니다."

"자네 아들도 장성했으니 이제 그 애를 시키면 될 것을."

"대감나리께 솔직하게 말씀드리면 소인네가 오가는 것이 오랜 습관

---

5 황실 직속농장에서 재배하는 쌀로 옥전미(玉田米)라고도 함.

이라 이럴 때 안 오면 오히려 답답할 지경이옵니다. 저들은 한결같이 천자님의 발밑인 경성 장안에 한 번 와서 구경하는 것이 소원이지요. 저들이 아직은 젊어 오는 도중에 행여 문제라도 생길까 걱정이옵니다만 몇 년 지나면 마음을 놓을 수 있을 것이옵니다."

"그래. 오는 길에 며칠이나 걸렸는가?"

"네. 대감나리께 그간의 사연을 말씀드리겠습니다. 올해는 눈이 많이 와서 집밖에는 네댓 자의 눈이 깊이 쌓여있었습니다. 그러나 며칠 전 홀연 날씨가 풀리더니 눈이 녹아내려 길 걷기가 아주 어려워졌습니다. 그래서 며칠 늦어졌습니다. 한 달하고 이틀을 걸어왔습니다만 시간이 정해져 있는 데다 대감나리께서 초조해 하실까 봐 길을 재촉하여 온 것입니다."

"나도 어째서 이제야 겨우 왔느냐고 생각했지. 그리고 방금 물품목록을 가만히 보니까 올해는 자네가 아주 그냥 적당히 얼버무리고 넘어가려고 작정한 모양이야. 안 그런가?"

가진의 말에 오진효는 얼른 두 걸음을 앞으로 나가 간곡하게 아뢰었다.

"대감나리께 말씀 올립니다. 올해는 정말 작황이 안 좋았습니다. 삼월부터 비가 오더니 팔월까지 계속 내렸어요. 연이어 닷새를 맑았던 날이 없었지요. 구월에는 거의 사발 크기만 한 우박이 쏟아졌는데 사방 천삼백 리에 걸쳐 피해가 났었어요. 가옥과 가축과 곡식 등이 수천수만 냥이나 손실이 났습니다. 그래서 올해는 이렇게 된 것입니다요. 소인네가 절대로 속이려는 게 아니옵니다."

가진은 여전히 이맛살을 찌푸리며 편잔을 줬다.

"내가 셈을 해보니 자네가 적어도 은자 오천 냥쯤은 가져오리라 생각했는데 이걸 갖고 어디다 쓰란 말인가. 지금 우리는 모두 여덟아홉 군데의 장원을 가지고 있을 뿐인데 올해는 그 중에서 두 곳에 가뭄과 홍수를 당했다는 보고가 들어왔네. 헌데 자네마저 이렇게 얼렁뚱땅 넘어가려고 하니 우리더러 아예 설을 쇠지 말라고 하는 게 아닌가!"

"대감나리네 땅은 그래도 나은 편이옵니다. 제 아우는 백여 리 떨어진 곳에 있는데 거긴 더 엉망입니다. 지금 저쪽 부중의 장원 여덟 곳을 맡아보고 있는데 대감나리보다 몇 배가 더 많습죠. 하지만 올해 나온 소출이 겨우 이 정도에 그치고 말았습니다. 한 이삼천 냥 정도가 더 많을 뿐입니다. 그곳도 가뭄과 홍수로 그렇게 된 것이옵니다."

"하긴 그건 그러네. 우리야 그래도 괜찮은 편이지. 밖으로 무슨 큰일이 일어날 게 없고 그저 일 년 동안 쓸 비용이니 그만이지. 내가 좀 힘들더라도 절약하면 되고 연말연시에 선물이나 초청도 그저 얼굴 두껍게 하고 줄이면 그만이란 말이야. 하지만 저쪽 부중은 전혀 다르지. 요 몇 년 사이에 돈 쓸 일이 숱하게 늘었단 말이야. 어쩔 수 없이 돈은 써야 하는 판인데 들어오는 곳은 늘어나지 않아서 지난 한두 해 사이에 적자를 많이 보았지. 그러니 자네들한테 달라고 할 수밖에 더 있어? 아니면 어디 누굴 찾아가겠나."

오진효가 웃으면서 말을 받았다.

"저쪽 부중은 비록 많은 일이 새로 생겼다지만 그래도 나가는 게 있으면 들어오는 게 있을 거 아닙니까. 귀비마마와 금상폐하께옵서 보태주시는 것이 적잖을 텐데요."

가진이 가용을 바라보며 웃었다.

"아니, 저 사람 말 좀 들어봐! 얼마나 어처구니없는 말을 하고 있는지 말이야."

가용이 웃으면서 대답했다.

"자네들이야 산골짝이나 궁벽한 바닷가에 사는 사람이니 그런 이치를 알 까닭이 있겠나. 귀비마마께서 황제폐하의 금고를 털어서 줄 수 있을 것 같은가? 설사 마음속에 생각이야 있다고 하더라도 제 마음대

로 할 수 없는 일이지. 물론 상을 내리지 않을 리가 있나. 철마다 때맞
춰 그저 고운 비단이나 장난감 등을 보내주시고 가끔 은전을 내리실 때
도 있긴 하지만 겨우 금으로 백 냥일 뿐이니 그래봤자 은자 천 냥에 불
과해. 그게 일 년 살림살이에 무슨 도움이 되겠어? 요 몇 년간 어느 해
고 몇 배나 은자가 나갔는걸. 첫해 귀비께서 성친을 오셨을 때 화원을
꾸미는 일까지 그때 얼마나 들었는지 셈해보면 알 거야. 이태쯤 있다
가 한 번 더 성친을 오시게 되면 아예 바닥을 드러내고 쫄딱 망하고 말
거야."

가진이 웃으며 덧붙였다.

"그래서 자네 같은 순진한 시골사람은 밖으로 드러난 것만 보고 속으
로 힘든 일은 알 수 없다는 거야. 또 '황경피나무로 경쇠망치 만든다'고
밖으로는 번듯한 체면이지만 속으로는 썩어 들어가는 줄 모른다는 격
이지."

가용이 가진을 향해 말했다.

"아버님! 희봉 숙모가 원앙이와 몰래 상의하여 노마님의 물건을 꺼내
다 전당 잡히려고 하는 모양입니다."

"이번에도 또 네 희봉 숙모의 계략일 뿐이야. 그렇게까지 궁한 지경
에 이르지는 않았다구. 그 사람은 틀림없이 돈 나가는 일이 너무 많으니
까 적자만 보는 것이 너무 힘들었겠지. 어느 항목의 경비를 줄여야 하는
지 알 수가 없는 거야. 그래서 은근히 그런 방법을 써서 남들에게 그 정
도로 궁하게 되었다고 알려주려는 심산일 거야. 나도 속으로 가만히 셈
을 해보기는 했지만 그렇게까지 궁하지는 않은 것 같은데 말이야."

가진은 오진효를 데리고 나가 잘 접대하라고 일렀다. 그 얘기는 그만
하기로 한다.

한편 가진은 방금 들어온 각종 물품 중에서 조상님 제사에 올릴 것을 먼저 덜어 놓은 다음에 여러 가지를 조금씩 덜어서 가용을 시켜 영국부에 보냈다. 그리고 집안에 쓸 만큼 남겨놓고 나머지는 등급에 따라 한 몫씩 나누어 월대 아래 두었다가 문중의 자제들을 불러 나눠주도록 했다. 영국부에서도 조상에 제사지낼 숱한 제물과 가진에게 보내는 선물을 보내왔다. 가진은 제기를 다 마련해 놓고는 신발을 신고 스라소니털로 만든 외투를 걸치고 사람을 시켜 대청 기둥 아래 양지바른 돌계단 위에 커다란 늑대가죽으로 만든 자리를 펴도록 하였다. 그는 따뜻한 햇볕을 받으며 한가롭게 문중의 자제들이 와서 물건을 받아가는 모습을 바라보았다.

마침 가근이 물건을 수령하려 왔기에 가진은 그를 불러 가까이 오라고 했다.

"넌 무엇 하러 왔느냐. 누가 너보고 오라고 했어?"

"네, 들자하니 여기서 물건을 나눠준다고 해서 저는 미처 부르러 오기 전에 자진해서 먼저 왔습니다."

"이런 물건은 본래 너희 중에 아무 일도 맡지 못해 빈둥대며 수입이 없는 젊은애들에게 나눠주려는 것이다. 지난 2년 동안 일이 없이 놀고 있어서 네게도 준 적이 있잖으냐. 지금은 저쪽 부중에서 일을 맡고 있고 가묘에서 중과 도사를 관리하고 있는 마당에 여기 와서 이런 걸 받아가려느냐? 너무 욕심이 과하구나. 지금 너 자신을 한 번 돌아봐. 입고 있는 게 어디 제 돈을 써서 산 것인지. 전에는 수입이 없었다지만 지금은 어떠하냐, 전과는 딴판으로 다르지 않으냐 말이야."

가근이 그래도 한마디 대꾸를 했다.

"저희 집에는 식구가 많아서요, 들어가는 비용도 적지 않아요."

가진이 코웃음을 쳤다.

"그래도 뭐라고 자꾸 둘러대는 거냐. 네놈이 가묘에서 하고 있는 행

태를 내가 모를 줄 아느냐 이놈아. 그곳에 가면 자연히 도련님이 될 것
이니 누가 너한테 거역하겠어. 네 손에 돈이 다 쥐어져 있는 데다 여기
서도 멀리 떨어져 있으니 넌 그곳에서 왕노릇하면서 밤마다 못된 놈들
불러다가 노름이나 하고 첩이나 미동들을 끼고 놀지 않았느냐. 지금 그
런 모습으로 감히 물건을 받으러 와? 물건은 절대 줄 수 없고 매나 한바
탕 맞아야 하겠구나. 설날 지나고 내가 필히 네 가련 숙부한테 말해서
너를 다시 불러들이도록 하고야 말겠다."

가근은 얼굴이 벌겋게 달아오르며 감히 대답을 못했다. 그때 하인이
와서 아뢰었다.

"북정왕 전하께서 대련과 향낭 주머니를 보내오셨습니다."

가진이 급히 가용에게 명하여 후하게 접대하라고 하면서 "난 집에 없
다고 말해라"고 하였다.

가용이 나가고 가진은 물건 나눠주기가 끝나자 방으로 돌아와 우씨
와 식사를 마쳤다. 밤새 별일이 없었다. 다음날은 여느 날보다 더욱 바
빠졌음은 물론이다.

그러다 섣달 스무아흐레가 되었다. 제사를 위한 모든 준비가 완료되
었다. 두 부중에서는 모두 문신門神과 대련, 현패 등을 바꿔달고 도부桃
符[6]에 새로 기름을 발라 완연히 새 기분이 나게 하였다. 녕국부에서는
대문과 의문, 대청, 난각, 내청, 내삼문, 내의문內儀門, 내새문內塞門에
서 곧장 정당〔正堂: 내당〕에 이르기까지 모든 정문을 활짝 열고 양편 계
단 아래에는 붉은색 양초를 세워 불을 붙이니 마치 두 마리 금룡이 길게
늘어진 것 같았다.

다음날 가모 등 고봉誥封을 받은 부인들은 각각 작위 등급에 맞는 조
복을 갖춰 입고 먼저 팔인교를 탔다. 그리고 여러 사람을 데리고 궁중

---

6 재앙을 쫓는 귀신이름을 써 붙이는 부적.

에 들어가 하례인사를 올리고 연회에 참석한 후 돌아와서는 곧장 녕국부의 난각暖閣으로 가서 가마에서 내려 대기하였다. 문중 자제들 중에서 궁중에 들어가지 않은 자들은 모두 녕국부 대문 앞에서 도열하여 기다리고 있다가 종실 사당으로 들어갔다.

이때 설보금은 처음으로 가씨 사당을 구경하게 되었으므로 찬찬히 사당의 이모저모를 살펴보았다. 사당은 녕국부 서쪽에 있는 또 다른 정원 안에 있었다. 검은 칠 목책난간의 안쪽에 다섯 칸짜리 대문이 있고 위에 걸린 현판에는 '가씨종사賈氏宗祠' 네 글자가 쓰여 있었으며 그 옆에 '연성공衍聖公[7] 공계종孔繼宗이 씀'이라고 되어 있었다. 또한 양쪽으로 긴 대련이 쓰여 있는데 다음과 같았다.

나라 위해 충성 바치니,　　　　　　肝腦塗地,
억조창생이 은혜 입었고.　　　　　　兆姓賴保育之恩;
하늘 끝에 공명 닿으니,　　　　　　功名貫天,
천추만대에 제향 받도다.　　　　　　百代仰蒸嘗之盛.

그 글씨도 역시 연성공이 쓴 것이었다. 원내로 들어가니 하얀 돌이 가지런하게 깔린 통로가 나오고 양쪽에는 모두 푸른 소나무와 잣나무가 쭉 늘어져 있었다. 정전 앞 월대月臺 위에는 오래된 청록색의 구리 솥이나 옛날 술잔과 같은 제기가 놓여 있었고 포하청의 정면 위에는 황금의 아홉 마리 용으로 감겨 있는 현판이 걸려 있는데 '성휘보필星輝輔弼'[8] 글자가 쓰여 있었다. 그것은 선황의 어필이었다. 양쪽에는 다음의 대련이 걸려 있었다.

---

7 송나라 이후 공자의 후손에게 내린 작위.
8 제왕을 보필하는 중신(重臣)을 대신 지칭하는 말.

위업은 일월같이 빛을 발하고,　　　　　勳業有光昭日月,

공명은 자자손손 길이 전하리.　　　　　功名無間及兒孫.

　그 또한 어필이었다. 다섯 칸짜리 정전正殿 앞에는 석청색 바탕에 꿈틀거리는 용의 모습이 새겨진 현판이 걸려있는데 '신종추원愼終追遠'[9] 네 글자가 쓰여 있고 양편에는 다음의 대련이 있었다.

장래의 후손들은 복덕을 이어 받고,　　　已後兒孫承福德,

오늘의 백성들은 영녕을 잊지 않네.　　　至今黎庶念榮寧.

　모두가 어필이었다. 건물 안에는 향불과 촛불이 휘황찬란하게 빛나고 있었지만 수놓은 비단 장막이 드리워져 있었으므로, 여럿 모셔져 있는 신주가 분명하게 보이지는 않았다.

　가씨 집 사람들은 소목昭穆[10]을 나눠 모두 항렬에 따라 좌우로 줄을 지어 섰다. 가경이 제주祭主가 되고 가사가 배제陪祭가 되었으며 가진은 헌작[獻爵: 술을 올림], 가련과 가종賈琮이 헌백獻帛[11]을 맡았다. 보옥은 봉향[捧香: 향을 받듦], 가창賈菖과 가릉賈菱은 각각 주단을 깔고 향로지키는 일을 담당하였다. 검은 옷을 입은 악대가 연주를 시작하자 일동은 세 번 헌작하고 절한 다음 비단을 태우고 술잔을 올리고 제례를 마쳤다. 음악이 끝나자 일동은 밖으로 나왔다.

　이번에는 일동이 모두 가모를 에워싸고 조상의 영정이 모셔진 내당

---

9 신종(愼終)은 부모가 사망하여 상중에 있어서 예의를 다한다는 뜻이고, 추원(追遠)은 때에 따라서 성실하게 조상에게 제사지낸다는 뜻.

10 종묘에서 제사지낼 때의 배열 순서로 시조(始祖)를 중간에 세우고 다음 대를 소(昭)라 하여 왼쪽에 놓고 다음 항렬을 목(穆)이라 하여 오른쪽에 놓는데, 제사지내는 사람도 항렬에 따라 그런 방식으로 나누어 세움.

11 제사지내는 예법 중의 하나로 수가 정교한 견직물인 백(帛)을 바치는 것.

으로 갔다. 영정 앞에 비단 휘장을 높이 걸고 채색 병풍으로 가린 다음 향불과 촛불을 휘황하게 밝혔다. 앞쪽 위 정면에는 녕국공과 영국공 두 선조의 유상이 걸려 있는데 모두 망포를 입고 옥대를 찬 모습이었다. 양쪽으로 여러 조상의 영정이 나열되어 있었다. 가행賈荇과 가지賈芷 등은 내의문부터 내당 낭하에 이르기까지 순서대로 정연하게 도열했다. 난간 밖에는 가경과 가사가 있고 난간 안에는 부인들이 섰으며 집사들과 하인들은 의문 밖에 있었다.

　제사 음식 한 가지가 들어오면 우선 의문으로 전해지고 가행과 가지 등이 받아서 안으로 전하여 계단 위의 가경에게 이른다. 가용은 큰집의 장손이었으므로 그만은 부인네를 따라 난간 안쪽으로 들어가 있었다. 매번 가경이 제물을 받으면 안으로 가용에게 전하고 가용은 다시 그의 아내에게 전하며 다시 희봉과 우씨 등을 거쳐 곧장 제상 앞에 이르러 왕부인에게 전해졌다. 왕부인은 가모에게 전하고 가모가 비로소 제상에 올려놓는다. 형부인은 제상의 서쪽에서 동쪽을 향해 서서 가모와 함께 제물을 바치고 있었다. 밥과 탕, 제물, 제주 등이 모두 전해져 차려진 뒤에 가용은 비로소 계단을 내려와 가근이 선 대열의 첫 번째 자리로 돌아가 섰다.

　글월 문文자 돌림으로는 가경이 첫 번째이고, 아래로 구슬 옥玉자 돌림으로 가진이 첫째이며, 그 아래 풀 초艸자 머리 돌림으로는 가용이 첫째였다. 왼편에 소昭, 오른편에 목穆의 항렬로 나뉘어지고 남자가 동쪽, 여자가 서쪽에 도열하여 가모가 향을 피우고 절을 올리기를 기다려 다 같이 무릎을 꿇고 앉았다. 다섯 칸짜리 대청과 세 칸짜리 포하청, 그리고 내외 낭하와 처마 밑, 계단의 위와 아래, 붉은 칠 한 계단 아래의 안쪽에 이르기까지 각양각색의 예복을 입은 사람들로 빈틈없이 꽉 들어차 있었다. 조용하고 정숙한 분위기 속에 장내는 방울소리와 패옥소리, 엎드렸다 일어서는 소리, 신발소리와 옷깃이 스치는 소리만이 들려올 뿐이었다. 잠시 후 제례가 모두 끝나고 가경과 가사 등이 곧 밖으로 나왔으며, 영국부로 가서 따로 가모에게 세배를 올리려고 기다리고 있었다.

우씨의 안채 큰방에는 진작부터 바닥에 붉은 주단이 깔려 있었고 가운데에 금으로 상감하고 코끼리 코를 세 발로 삼은 커다란 법랑 훈롱이 놓여 있었다. 정면의 구들 위에는 진홍색의 담요가 깔려있고 붉은 채색 바탕에 구름과 용의 무늬 속에 수壽자를 수놓은 등받이 베개가 놓여 있었다. 그 위에는 검은 여우가죽 씌우개가 덮여 있었고 바닥에는 흰 여우가죽 방석이 있었다. 우씨는 가모를 상석으로 모시고 양쪽에 또 방석을 깔아 가모와 같은 항렬의 노부인들을 두어 명 앉도록 하였다. 이쪽 칸막이 뒤의 작은 구들 위에도 방석을 깔아 놓고 형부인 등을 앉도록 하였다. 마룻바닥에는 무늬 넣은 옻칠 의자 열두 개를 양쪽으로 서로 마주 보도록 놓고 그 위엔 시베리아 다람쥐 털방석을 일색으로 깔았다. 의자마다 아래쪽에 커다란 구리 훈롱을 놓았으며, 의자에는 보금 등의 자매들을 앉혔다. 희봉과 이환 등은 바닥에서 오가며 시중을 들었다. 차를 마시고 나자 형부인 등이 먼저 일어나 가모의 시중을 들었다. 가모는 차를 다 마시고 노부인들과 잠시 한담을 나누다가 곧 가마를 대령하라고 일렀다. 희봉이 달려가 가모를 부축하여 일으켰다.

우씨가 웃으면서 가모에게 말씀을 올렸다.

"여기에 벌써 노마님의 저녁 진짓상을 준비했는데요. 어쩌면 해마다 저희 집에서는 저녁을 안 드시고 가십니까? 저희 체면을 좀 세워주셔야지요. 할머님! 저희 집 대접이 그렇게 희봉 동서보다 못하단 말씀이신가요?"

희봉은 가모를 바짝 붙들면서 웃음을 띠고 말했다.

"할머님! 저런 말씀 듣지 마시고 어서 저희 집에 가서 식사하도록 하세요. 저런 사람은 상관마시고요."

가모가 웃으며 대꾸했다.

"너희는 조상님 접대하느라 너무나 바쁘지 않았느냐. 우리까지 남아서 정신없이 북적거릴 수가 있겠어? 게다가 해마다 내가 밥을 안 먹었다고 하지만 실상 너희가 항상 보내오지 않았더냐. 그러니 이번에도 보내오는 걸 받아먹는 게 낫겠지. 다 못 먹으면 두었다가 다음날 먹을 수도 있고 훨씬 더 많이 먹을 수 있지 않겠어?"

그 말에 사람들이 까르르 웃음을 터뜨렸다.

가모는 다시 당부의 말을 했다.

"밤에 향불 지킬 사람이나 잘 골라서 보내라. 그냥 함부로 소홀히 하지 않도록 말이야."

우씨가 알겠다고 대답했다.

가모는 걸어 나가 난각 앞에서 가마에 올랐다. 우씨가 병풍 안으로 잠시 몸을 비키자 시동들이 비로소 가마꾼을 데리고 와서 가마를 메고 대문 밖으로 나갔다. 우씨도 형부인 등을 따라 영국부로 건너왔다.

가마가 대문을 나서니 골목의 동쪽으로는 녕국공의 의장대와 악대가 늘어섰고 서쪽으로는 영국공의 의장대와 악대가 늘어서 있었다. 이 길에는 다른 행인이 지나지 못하도록 막아놓고 있었다. 잠시 후 영국부에 이르니 역시 대문에서 안채의 큰방까지 곧장 문이 활짝 열려 있었다. 이번에는 난각에서 가마를 내리지 않고 대청을 지나 서쪽으로 방향을 꺾은 뒤에 가모의 거처인 대청에 이르러서 가마를 멈추고 내렸다.

다른 사람들도 가모를 따라 대청으로 모였다. 이곳에도 역시 비단 자리와 수놓은 병풍이 있어 완연히 새로운 분위기였다. 가운데 있는 향로에선 송백향과 백합초를 태우고 있었다. 가모가 들어와 자리에 앉자 할멈이 따라와 아뢰었다.

"노부인들이 와서 세배를 올리겠답니다."

가모가 황급히 일어나 맞이하려고 하였다. 그때 두어 명의 같은 항렬의 노부인들이 들어왔다. 다들 손을 잡고 한참 웃고 떠들며 서로 자리를 양보하였다. 차를 마시고 난 뒤에 가모는 그들을 내의문까지 전송하고 돌아와 제자리에 앉았다.

이번에는 가경과 가사 등이 여러 자제들을 데리고 들어왔다.

가모가 웃으며 말했다.

"지난 일 년 내내 자네들이 수고가 많았네그려. 세배는 그만두게나."

하지만 남자들과 여자들이 번갈아 차례로 가모에게 세배를 올리고 좌우 양쪽에 의자를 놓아 나이와 항렬에 따라 먼저 앉도록 하고 차례로 절을 올렸다. 두 부중의 남녀 집사와 하인, 시동, 시녀들도 각각 상중하의 순서에 따라 세배를 올리고 나서 어른들은 세뱃돈과 염낭주머니, 금과, 은과 등을 나눠주었다. 그리고 단란한 화합연회를 열었다. 남자들은 동쪽에 자리 잡아 앉고 여자들은 서쪽에 앉아 사악함을 물리친다는 도소주屠蘇酒를 마시고 합환탕合歡湯과 길상과吉祥果, 여의고如意糕 등을 바쳤다. 가모는 일어나 옷을 갈아입기 위해 안으로 들어갔다. 그제야 사람들은 각기 흩어졌다.

그날 저녁 각처에 있는 불당과 조왕신竈王神 앞에 향을 피우고 제물을 바쳤다. 왕부인의 본채 정원에는 천지신령에게 올리는 제상을 차리고 신상과 말을 그린 종이를 태우고 향불을 올렸다. 대관원의 정문에도 반투명한 명각등을 높이 내걸어 안팎을 훤히 비추게 하고 각처마다 가로등을 내달았다. 상하귀천을 막론하고 사람들은 모두 화려하게 단장을 하고 끼리끼리 모여서 밤새도록 떠들썩하게 즐기며 한밤 내내 즐겼다. 폭죽 터지는 소리가 끊이지 않았다.

다음날 오경이 되자 가모 등은 또 작위의 품계대로 예복을 갖춰 입고 모든 예장을 갖추어 궁중으로 들어갔다. 황제에게 하례하고 겸하여 원춘 귀비의 천추만세를 축원하였으며, 연회에 참석했다가 돌아왔다. 다시 녕국부에 가서 조상에게 제사를 지내고 돌아와 세배를 받은 후에 옷을 갈아입고 편안히 휴식하였다. 가모는 하례오는 친척이나 지인들은 일체 만나지 않고 다만 설부인과 이환의 숙모 두 사람만을 상대로 한담을 나누었다. 때로는 보옥, 보금, 보차, 대옥 등의 자매들과 바둑을 두거나 골패놀이를 하는 등 시간을 보냈다.

왕부인과 희봉은 매일 세배오는 손님접대에 바쁘게 보냈다. 저쪽 녕국부의 대청에는 연극놀이와 술잔치가 벌어져 친척과 지인들이 항상 끊이지 않고 오갔고, 잔치는 일주일 남짓 계속되다가 겨우 끝이 났다.

그러다 정월 보름날이 점점 다가왔다. 녕국부와 영국부에서는 모두 등불을 달고 채색비단으로 울긋불긋 장식을 하였다. 열 하룻날은 가사가 가모를 청하였고 다음날은 가진이 또 청하였다. 가모는 모두 참석하여 적당히 한나절 지내다가 돌아왔다. 왕부인과 희봉은 연일 초청받아 가서 새해 축하 술을 마시며 놀았다. 그 일은 일일이 다 기록할 수가 없다.

마침내 보름날 저녁이 되었다. 가모는 대화청大花廳에 술자리를 마련하도록 하였고 작은 연극을 공연하도록 했다. 그리고 다양하고 멋진 등불을 달고 영국부와 녕국부의 자제와 손자, 손녀, 며느리들을 다 불러 잔치를 열었다. 가경은 평소 술을 먹지 않기 때문에 따로 청하지 않았다. 그는 이틀이 더 지나 열이레 날 선조 제사가 끝나면 다시 성 밖으로 나가 수도에만 전념할 사람이었다. 가경은 요 며칠간은 집에 돌아와 있었지만 역시 깨끗하고 조용한 방에서 아무것도 듣지 않고 묵묵히 정양할 뿐이었다.

가사는 가모의 은사를 약간 받고 곧 물러갔다. 가모는 가사가 이곳에 남아 있으면 피차간에 불편하다는 걸 알고 있으므로 그냥 물러가도록 내버려두었다. 가사는 집으로 돌아가 여러 문객들과 등불구경을 하며 술을 마셨다. 그곳에는 아름다운 풍악이 울리고 어여쁜 기생들이 함께 어울려 이곳과는 전혀 다른 즐거움이 있었던 것이다.

대화청에 잔치를 차린 가모는 술상에 여남은 좌석을 마련하였다. 매 좌석마다 따로 탁자 하나를 마련하여 향로와 향합, 꽃병을 갖추도록 하고 어사품인 백합궁향白合宮香을 태우게 했다. 이끼가 가득 끼고 산석을 드문드문 박아놓은 작은 분재화분도 있었는데 크기는 가로 세로 여덟 치와 네댓 치가량 되고 높이가 두세 치쯤 되는 것이었다. 화분에는 청 신한 꽃들이 피어 있었다. 그밖에 양칠을 한 작은 차 쟁반에는 이름난 도요지에서 만든 찻잔과 다양한 모양의 아담한 찻주전자가 놓여 있었 다. 안에는 상등품 명차를 우려내고 있었다. 차탁은 모두 일색으로 자 단목으로 무늬가 새겨있고 붉은 색으로 수놓은 꽃이나 초서체의 시서 를 새긴 영〔瓔珞〕[12]도 있었다.

이 영락에 수를 놓은 사람은 소주여자로 이름을 혜랑慧娘이라고 했 다. 그녀도 시서를 읽던 문인의 집안에서 태어나 원래 서화에 능통하였 는데 우연히 장난삼아 한두 가지 수를 놓았지만 시중에 팔려고 하던 것 은 아니었다. 이 병풍 속에 수놓은 꽃은 모두 당송원명 시절의 명가들 이 그린 절지折枝 꽃 그림을 본뜬 것이었다. 그러므로 격식과 배색이 모 두 우아하여 보통 장인들이 만든 농염한 분위기와는 달랐다. 각 꽃마다 옛사람이 읊은 시구나 가사를 모두 검은 실을 써서 초서체로 수를 놓았 던 것인데 붓으로 쓴 것처럼 힘이 있었다. 글자체는 힘을 주기도 하고 휘돌리기도 하고 경중輕重과 단속斷續을 적절히 배치하여 초서와 거의 다를 게 없었다. 시중에 나와 있는 억지로 꾸민 글자체와는 전혀 다른 것이었다.

그녀는 이러한 재주가 있었지만 영리를 추구하지 않았으므로 세상에 서 모두 알고는 있지만 진품을 얻기는 매우 어려웠다. 세상에서 부귀권 세를 누리는 집이라 하더라도 이 작품을 가진 곳이 아주 드물었다. 오

---

12 원래는 주옥을 꿰어 만든 목장식을 말하는데 여기에서는 술을 단 자수품을 말함.

늘날 그녀의 자수는 '혜수慧繡'라고 불리고 있다. 세상에 이득을 노리는 자들이 있어 오늘날에는 그녀의 자수 솜씨를 흉내 내어 어리석은 이들의 돈을 갈취하는 사람이 많아졌다. 안타깝게도 혜랑은 단명하여 열여덟 살에 요절하고 말았으므로, 더 이상 그녀의 작품을 얻을 수 없게 되었다. 비록 그녀의 작품을 소유한 집이라도 겨우 한두 점에 불과하며 모두 진귀한 소장품으로 아낄 뿐 실제 사용은 하지 않는다. 그러다 세상의 호사가 문인들은 '혜수'의 고귀함 속에는 아무래도 '수'자만으로는 그 정교함을 다할 수 없다고 여겼다. 오히려 그 '수'자가 당돌하게 생각되어 여럿이 상의한 결과 '수'자를 없애고 '문'자로 바꾸는 게 좋다고 하여 마침내 오늘날에는 모두 '혜문慧紋'이라고 부르게 되었던 것이다.

만일 진품 '혜문'을 한 점만 가지고 있어도 그 가격은 그야말로 헤아릴 수 없는 것이었다. 지금 가부와 같이 부귀한 집안에도 겨우 두세 점이 있을 뿐이었다. 지난해에 그 중에서 두 점을 궁중에 진상하고 현재는 이 영락 한 점만 남게 되었다. 모두 열여섯 폭 병풍인데 가모가 소중하게 아끼는 보물이라 손님 접대의 진설품으로 내놓지 않고 다만 자신의 방에 놓아두고 즐거울 때나 술자리가 파한 뒤에 감상하곤 하였다.

이밖에 각양각색의 이름난 옛 도요지에서 만든 작은 화병들에는 '세한삼우〔歲寒三友: 소나무, 대나무, 매화나무〕'와 '옥당부귀〔玉堂富貴: 백목련, 해당화, 모란〕' 등의 청신한 화초가 꽂혀 있었다.

상석에 마련한 술자리에는 이환의 숙모와 설부인 두 분이 앉았고 가모는 동쪽에 마련된 나무 침상에 앉았다. 용의 무늬가 조각된 병풍이 달려있고 짧은 다리가 있는 작은 침상인데 등받이 쿠션과 팔걸이 쿠션 및 방석이 다 갖춰져 있었다. 침상의 한쪽 끝에는 양칠하고 금빛으로 그려 넣은 아주 가벼운 작은 탁자를 놓고 있는데 그 위에는 찻주전자, 찻잔, 양치도구, 서양수건 등이 놓여 있고 안경집도 하나 있었다.

가모는 침상에 비스듬히 누워 여러 사람을 보고 한바탕 웃으며 얘기하기도 하고 안경을 끼고 연극무대를 향해 한 번 바라보기도 하였다. 그러면서 설부인과 이환의 숙모를 향해 웃으며 말했다.

"내가 늙어서 그러하니 용서하시우. 그냥 앉아 있자니 자꾸 뼛골이 쑤셔서 말이야. 방자하게 보이겠지만 비스듬히 좀 누워서 대접할 테니 너무 나무라지 마시우."

그리고 호박을 시켜 침상에 올라와 대나무로 길게 만든 미인권美人拳[13]으로 다리를 가볍게 두드리도록 하였다. 침상 앞에는 따로 자리를 깔지 않았고 다만 키 높은 탁자를 하나 놓아 영락이나 꽃병, 향로 따위를 올려놓았다. 그 옆에는 아주 정교하게 만든 작지만 키가 큰 탁자에 술잔과 수저 등이 놓여 있었다. 가모의 술좌석은 침상 옆에 마련하여 그곳에 설보금과 상운, 대옥, 보옥 네 사람을 앉도록 하였다. 매번 반찬과 과일이 나오면 먼저 가모에게 보여주었다. 마음에 들면 작은 탁자에 남겨 맛을 보았고 나머지는 네 사람이 앉은 자리로 보내 먹도록 했다. 네 사람의 좌석은 가모의 좌석에 잇대어 앉은 셈이었다. 그러므로 다음 좌석이 형부인과 왕부인의 자리이고 그 다음이 우씨와 이환, 희봉, 가용의 처 등의 자리가 되었다. 서쪽으로는 보차와 이문, 이기, 형수연, 영춘 등의 자매들이 앉았다.

양쪽의 대들보에는 서너 개의 등을 모아서 연꽃모양으로 묶고 채색 술이 달린 유리등을 각각 하나씩 걸어 놓았다. 좌석마다 앞에는 연잎 모양의 촛대가 하나씩 달려 있는데 줄기엔 칠이 되어 있고 연잎은 거꾸로 늘어진 모양이었다. 연잎에는 초를 꽂을 수 있는 초꽂이가 달려 있고 채색 양초가 꽂혀 있었다. 연잎도 역시 법랑을 새겨 넣은 것인데 초꽂이는 마음대로 움직일 수 있도록 설계되어 있었다. 지금은 연잎을 모

---

13 나무로 된 망치로 긴 대나무 자루가 장착되어 있음. 주로 노인들이 허리와 다리를 가볍게 두드리는 데 쓰는데 주먹을 대신한다고 해서 미인권이라 부름.

두 바깥쪽으로 돌려놓아 등불의 불빛이 모두 밖으로 비추도록 되어 있어서 연극무대를 똑똑하게 볼 수 있었다. 창의 격자와 문짝을 모두 떼어내고 술 달린 각종 궁중 화등을 달았으며 낭하와 처마 밑의 안팎과 양쪽 골마루의 지붕 아래에 모두 양각등, 유리등, 망사등, 수정실등을 걸었는데 그것들은 수를 놓거나 혹은 그림을 그렸으며 무늬를 따붙인 것, 홈을 파내어 조각한 것, 비단이나 종이로 만든 것 등 각양각색의 다양한 등롱이 가득 걸렸다.

낭하의 몇몇 좌석에는 가진과 가련, 가환, 가종, 가용, 가근, 가운, 가릉, 가창 등이 앉았다. 가모는 사람을 보내 문중의 남녀를 다들 청하였는데 그중에는 나이가 지긋하여 시끄러운 자리를 싫어하는 사람도 있었고 혹은 집 지킬 사람이 없어 나오기가 어려운 사람도 있었다. 병으로 누워있는 사람도 있었고 오고 싶어도 오지 못한 사람도 있었다. 또 스스로 가난함을 부끄럽게 여기고 부자들을 질투하여 오지 않은 사람도 있었고 심지어 희봉을 미워하거나 두려워하여 홧김에 안 온 사람도 있었다. 게다가 부끄러움을 심히 타서 사람들 만나기가 겁이 나 감히 오지 못한 사람도 있었다. 그리하여 문중의 사람이 비록 많다고는 하지만 여자 손님으로는 가균賈菌의 모친 누씨婁氏가 아들과 함께 온 정도고 남자로는 가근과 가운, 가창, 가릉 등 네 사람으로 모두 지금 희봉의 휘하에서 일을 맡은 사람들이었다. 지금 사람들이 다 모인 것은 아니었지만 집안에서의 작은 연회 치고는 제법 떠들썩한 잔치라고 하겠다.

그리고 또 임지효댁이 어멈들 여섯 명을 데리고 구들용 낮은 탁자를 세 개 들고 들어왔다. 그 위에 붉은 담요를 깔고 담요 위에는 조폐국에서 방금 만들어낸 듯한 반짝반짝하는 동전을 올려놓았는데 붉은 채색실에 꿰어 놓은 것이었다. 두 사람이 함께 탁자 하나씩을 들고 모두 세 개를 갖고 들어오자 임지효댁은 상 두 개를 설부인과 이부인의 좌석 아래 갖다 두고 한 개는 가모의 침상 앞에 갖다놓도록 하였다.

가모가 말했다.

"가운데다 갖다 놓아라."

일하는 어멈들은 평소 그 규칙을 너무나 잘 알고 있었으므로 탁자를 내려놓고 채색 실을 잡아당겨 동전을 풀어서 탁자 위에 수북이 쌓아놓았다.

이때 연극은 《서루기西樓記》의 〈누각에서의 밀회〔樓會〕〉[14] 대목이 다 끝나가는 중이었다. 우숙야于叔夜가 부친의 부름을 받고 화가 나서 가버리니 시동인 문표文豹가 익살스런 동작을 하며 말하였다.

"도련님께서는 화를 내시고 가셨지만 오늘은 정월 대보름날이라 영국부에서 노마님이 문중의 잔치를 열고 계신답니다. 저는 이 말을 올라타고 영국부로 달려가 과일이라도 하나 얻어먹어야 하겠습니다요!"

그 말에 가모를 비롯하여 사람들이 와하하 웃음을 터뜨렸다. 설부인 등이 이구동성으로 말한다.

"아유, 깜찍한 아이로구나. 불쌍한 것 같으니라고."

희봉이 옆에서 얼른 말했다.

"저 애는 이제 겨우 아홉 살이에요."

가모가 웃으면서 덧붙였다.

"그래 저만한 나이에 정말 쉽지 않은 일이지. 어서 상을 주려무나."

가모의 입에서 상을 주라는 말이 떨어지기 무섭게 세 명의 아낙들은 일찌감치 손에 들고 있던 광주리를 가지고 탁자로 달려가 돈을 한 광주리씩 담아 부랴부랴 무대로 올라갔다.

"노마님, 이모 마님, 사돈 마님께서 과일 사먹으라고 문표에게 내리

---

14 우숙야(于叔夜)와 기녀 목소휘(穆素徽)가 만나고 헤어지며 기뻐하고 슬퍼하는 이야기. 명말청초 원우령(袁于令)의 작임.

시는 상금이시다!"

어멈들은 무대의 한가운데 광주리의 돈을 쏟아 부었다. 짜르르 하고 동전 쏟아지는 소리가 무대에 가득 울려 퍼졌다.

가진과 가련도 이미 시동에게 명하여 큰 광주리에 돈을 담아 몰래 그 쪽에서 준비하던 참이라 가모가 상금을 내리라고 하는 소리를 듣고 역시 무대로 뛰어 올라갔다.

뒷이야기가 궁금하시면….

史太君

殿陳舊套

王熙鳳效戲

斑衣

재롱부린 왕희봉

사태군은 재자가인 진부하다 설파하고
왕희봉은 색동옷의 노래자를 본받았네

史太君破陳腐舊套　王熙鳳效戲彩斑衣

가진과 가련은 몰래 큰 광주리에 동전을 준비했다가 가모가 "상금을 내려라" 하는 소리를 듣자마자 곧바로 무대에 올라가 시동들에게 돈을 뿌리게 하였다. 무대 위는 동전 쏟아지는 소리로 가득했다. 가모는 더욱 기뻐하였다.

그 틈에 가진과 가련은 몸을 일으켰다. 시동들은 얼른 새로 데운 은 주전자를 가련의 손에 건네주었다. 가련은 가진을 따라 안으로 들어갔다. 가진은 우선 이부인의 좌석에 다가가 읍을 하고 잔을 들어 몸을 돌렸다. 가련이 얼른 술 한 잔을 따랐다. 다음에 설부인의 자리로 가서 술을 따랐다. 두 사람이 황급히 일어나 웃으면서 사례했다.

"두 분 나리께서 그냥 앉아 계시지 않고 굳이 왜 이렇게 번거로운 인사를 차리시는지요?"

이때 형부인과 왕부인을 제외한 온 좌석의 사람들이 자리에서 일어나 손을 늘어뜨리고 서 있었다.

가진과 가련은 가모의 나무 침상 앞으로 갔다. 침상이 낮았기 때문에 두 사람은 무릎을 꿇고 앉았다. 가진은 앞에서 술잔을 올리고 가련은 뒤에서 술병을 들고 도왔다. 두 사람만 술잔을 올리는 것으로 하였지만 가환과 여러 형제들은 뒤에 항렬별로 줄을 서고 있다가 두 사람이 들어 오는 걸 보고 쪼르르 뒤따라 들어와 그들이 꿇어앉으면 함께 꿇어앉았 다. 보옥이도 황급히 꿇어앉아 함께 절을 올렸다.

상운이 슬그머니 보옥을 밀면서 말했다.

"괜히 엉겁결에 같이 꿇어앉아 있으면 뭐 해요? 그럴 바에야 오빠도 나가서 술잔을 올리는 게 낫겠어요."

"좀더 기다렸다가 술잔을 올리러 갈게."

보옥은 가진과 가련이 술잔을 다 올리기를 기다렸다가 일어났다. 그 들은 또 형부인과 왕부인에게도 술잔을 올렸다.

가진이 웃으면서 말했다.

"누이들한테는 어떻게 하지요?"

가모와 여럿이 모두 웃으면서 말렸다.

"자네들은 이제 나가 보게나. 그래야 저 사람들이 편안하게 앉아 있 을 수 있겠지."

가진과 가련은 비로소 밖으로 나갔다.

그때 시간은 아직 밤 열 시가 안 되었다. 연극무대에서는 《팔의기八義 記》¹ 속의 여덟 번째 막인 〈등불구경〔觀燈〕〉 대목을 공연하는데 아주 시 끌벅적한 장면이었다. 보옥은 자리에서 일어나 밖으로 나가려고 했다.

가모가 보옥을 보고 한마디 물었다.

"너는 어딜 가려는 게냐? 밖에는 폭죽이 요란한데 공중에서 불꽃이

---

1 명나라 서원(徐元)이 지은 전기. 8명의 의사(義士)가 주인공 조순 일가를 도와주 는 내용이라 하여 《팔의기》라고 함.

떨어지니 조심해야 돼."

"멀리 안 가요. 잠시 나갔다가 곧 돌아올게요."

가모는 그래도 염려가 되어 할멈들에게 뒤따라가 잘 보살펴주라고 일렀다. 보옥이 나오니 사월과 추문 등 몇 명의 시녀가 따라 나왔다.

가모가 궁금해 하며 물었다.

"습인은 어째 보이지 않느냐? 이젠 좀 컸다고 콧대가 높아진 건 아니냐? 어린것들만 내보내는 걸 보니 말이야."

왕부인이 얼른 일어나 대답을 했다.

"그 애 어머니가 얼마 전에 돌아가셨거든요. 아직 상중이라서 나오기가 뭣해서요."

가모는 고개를 끄덕이면서도 여전히 불만스런 목소리로 말했다.

"그렇지만 상전 따라다니는 사람이 무슨 상중이고 아니고를 따질 수가 있겠느냐. 그 애가 만일 지금까지 나하고 함께 있었으면 이런 잔치에도 안 나올 수 있었단 말이냐? 그게 다 우리가 너무 물렁해서 그런 거야. 누군가 부리면서도 그런 걸 따지지 않으니 그만 버릇이 되고 만 거지."

희봉이 얼른 다가와서 웃으며 해명했다.

"그게 아니고요, 할머니! 오늘밤은 습인이 상중이라서 안 온 게 아니고 대관원을 지키느라고 못 온 거예요. 등불이며 폭죽이며 위험한 게 너무 많잖아요. 여기서 연극공연을 하는데 대관원 사람 중에 어느 누가 달려와 몰래 보지 않는 사람이 있나요? 그래도 그 애니까 걱정이 되어 각처를 잘 보살피고 있는 거예요. 또 여기 잔치가 끝나 보옥 도련님이 돌아가서 잠잘 준비도 잘하고 있을 거예요. 그래서 제가 습인에게 여긴 오지 않아도 상관없고 집이나 지키면 된다고 말했어요. 집에 돌아가면 잘 준비되어 있을 테니 여기서도 걱정이 없잖아요. 게다가 자신으로서는 예를 다하는 것이 될 거고요. 이 어찌 일석삼조가 아녜요? 그래도 할머님이 부르신다면 제가 곧 불러다 드릴게요."

가모는 희봉의 말을 듣고 황급히 말했다.

"그 말이 지당하구나. 내 생각보다 아주 주도면밀해. 공연히 부르지마라. 그런데 그 애 어미가 언제 죽었느냐? 난 왜 도통 모르고 있었지?"

"지난번 습인이 직접 말씀드렸잖아요. 그걸 벌써 잊으셨어요?"

가모가 가만히 생각해 보더니 이내 웃으면서 고개를 끄덕였다.

"그래. 생각나는구나. 내 기억력도 이젠 나빠졌어."

사람들이 모두 웃으면서 말했다.

"할머니께서 그런 일까지 어찌 다 기억하실 수 있겠어요?"

가모가 탄식했다.

"지금 가만히 생각해보니 습인이란 애는 어려서 나를 한동안 시중들었고 나중에 상운을 시중들다가 마지막에 혼세마왕混世魔王[2] 같은 보옥이 녀석에게 주었는데 요 몇 년간 고생이 많은 것 같구나. 그 애는 원래 우리 집안에서 태어난 하인 신분도 아니고 우리한테 무슨 커다란 은전이라도 입은 게 없었지. 지금 그 애 어미가 죽었다고 하기에 조의금이나 몇 푼 보내려고 생각했더니 그만 깜빡 잊고 말았구나."

"지난번 마님께서 벌써 마흔 냥을 내려주셨으니 됐습니다."

"그렇다면 됐지만. 원앙의 어미도 지난번에 죽었다는데 그 애 부모가 모두 남경에 있지 않았더냐. 원앙이도 장례식에 보내지 못했으니 이번에 그 애들 둘이 함께 있게 하도록 하려무나."

가모는 할멈을 시켜 과일과 요리, 간식 등을 그들 두 사람에게 갖다주게 하였다.

호박이 웃으면서 말했다.

"원앙이 여태껏 기다리겠어요? 지금쯤은 벌써 습인을 찾아가 얘기하고 있을걸요."

---

2 세상을 어지럽히고 사람들에게 해를 끼치는 대 악당.

사람들은 여전히 술을 마시며 연극을 구경했다.

한편 보옥은 연회 자리를 나와 곧장 대관원으로 돌아왔다. 할멈들은 그가 집으로 돌아가는 걸 보고 더 이상 뒤를 따르지 않고 대관원 문간에 있는 찻집에서 불을 쬐며 찻집 여인네들과 술을 마시고 골패놀이를 하였다. 보옥이 이홍원에 돌아오니 등불은 휘황찬란하게 빛나고 있었지만 사람소리는 들리지 않았다.

사월이 말했다.

"모두 잠이 들었나? 우리 한 번 살금살금 들어가 놀라게 해줄까요?"

그래서 다들 발꿈치를 들고 살그머니 들어가 거울 벽을 통해 안을 들여다보니 습인과 어떤 한 사람이 함께 구들에 누워있고 한쪽 편에는 할멈 두세 명이 꾸벅꾸벅 졸고 있었다. 보옥은 두 사람이 잠든 줄만 알고 바로 들어가려는데 갑자기 원앙의 한숨 섞인 소리가 들렸다.

"그야말로 세상일이란 정말 종잡을 수가 없는 모양이야. 사실 따지고 보면 넌 혼자 몸으로 이곳에 들어와 있는 것이고 부모님은 밖에 계시면서 해마다 동서남북으로 정처 없이 오가시잖아. 생각해보면 너야말로 부모님 임종을 못할 줄 알았는데 올해 마침 이곳에서 돌아가셔서 네가 임종하게 되었으니 얼마나 다행이야."

습인의 말이 이어졌다.

"그래, 누가 아니래. 나도 부모님 돌아가시는 걸 볼 수 있을 거라곤 생각도 못했지. 마님께서 또 마흔 냥이나 주셨으니 그만하면 돌아가신 우리 어머니도 나를 낳아 기른 보람이 있으셨을 거야. 나도 더 이상 쓸데없는 생각은 하지 않아."

두 사람의 얘기를 엿듣던 보옥이 가만히 사월 등에게 말했다.

"원앙이 찾아올 줄은 몰랐네. 우리가 지금 들어가면 원앙이 괜히 울컥하여 나가버릴 테니 차라리 우리가 돌아가는 게 낫겠어. 두 사람이 조용한데서 얘기 좀 나누라고 해. 그러잖아도 습인이 울적했었는데 원앙이 찾아왔으니 잘 됐어."

보옥 일행은 가만가만 발걸음을 죽이고 밖으로 나왔다.

보옥은 곧 정원에 만든 가산의 바위 뒤로 돌아가 서서 바지춤을 내렸다. 사월과 추문이 등 뒤에 서서 고개를 돌리며 입을 가리고 웃었다.

"쭈그리고 앉아서 소변을 보세요. 공연히 배에 찬바람 맞지 말고."

뒤를 따르던 어린 시녀 둘은 보옥이 소변보는 줄 알고 얼른 차 끓이는 방으로 세숫물을 준비하러 갔다. 보옥이 소변을 마치고 막 돌아서 나오는데 정면에서 일하는 어멈 두 사람이 쫓아오며 누구냐고 소리쳤다. 추문이 얼른 막아섰다.

"보옥 도련님이 여기 계셔. 그렇게 크게 소리 지르다 놀라기라도 하면 어쩌려고 그래요."

그 여자는 얼른 웃으면서 사과했다.

"우린 몰랐어요. 정초부터 큰일 날 뻔했군요. 아가씨들도 연일 수고가 많네요."

그들이 앞에 다가오자 사월이 다시 물었다.

"손에 든 건 뭐예요?"

"노마님이 원앙 아가씨와 습인 아가씨한테 상으로 주시는 거예요."

추문이 웃으면서 성씨를 가지고 빗대어 말했다.

"밖에는 지금 《팔의기》를 한창 노래하고 있고 《혼원합混元盒》[3]은 노래한 적도 없는데, 난데없이 공중에서 웬 금화낭낭金花娘娘[4]이 나오다니 대체 무슨 소리예요?"

보옥이 다가와 보았다.

---

3 명말청초의 신마극(神魔劇)으로 작자 미상의 작품.
4 《혼원합》에 나오는 인물로, 여기서는 김씨(金氏) 성을 가진 원앙과 화씨(花氏) 성을 가진 습인 두 사람을 놀린 것임.

"나 좀 보게, 어디 한 번 열어봐."

추문과 사월이 두 개의 상자를 열어보았다. 어멈들은 몸을 낮춰 보기 좋게 하였다. 보옥이 들여다보니 안에는 연회석상에 있었던 상등품 과일과 반찬들이 조금씩 담겨 있었다. 보옥은 고개를 끄덕이고 곧 큰 걸음으로 걸어갔다. 사월은 얼른 상자 덮개를 덮어주고 달려가 뒤를 따랐다.

보옥이 웃으며 말했다.

"저 아줌마들은 정말 상냥하고 말솜씨도 있는데 그래. 자기들도 날마다 고생이 많을 텐데 너희한테 고생한다고 위로할 줄 아니 말이야. 제 자랑만 하는 사람들하고는 다르네."

"좋은 사람은 아주 좋아요. 물론 막가는 사람은 막가지만."

"너희는 사리에 밝은 사람이니 저런 사람들을 불쌍하다 하고 가엾게 여겨주렴."

그들은 그 사이에 벌써 대관원의 대문에 이르렀다.

처음에 뒤를 따라오던 할멈들은 비록 술 마시고 골패놀이하고 있었지만 그래도 수시로 나와 살펴보고 있다가 보옥이 돌아오는 걸 보고 다들 나와 뒤를 따랐다. 대화청에 이르니 어린 시녀 하나는 작은 대야를 들고 다른 하나는 수건과 손에 바르는 크림 병을 들고 오래전부터 기다리고 서 있었다. 추문은 얼른 손을 넣어 대야의 물이 뜨거운지 어떤지 시험해 보더니 시녀에게 핀잔을 주었다.

"너도 점점 제멋대로구나. 물이 차갑지 않느냐."

"언니, 오늘 같은 날씨에 제가 그럴 리가 있겠어요? 저도 물이 차가울까 봐 펄펄 끓는 물을 담았는데 벌써 식어버린 거예요."

그때 마침 한 할멈이 끓인 물을 담은 주전자를 가지고 지나가고 있었다. 시녀 아이는 곧 할멈에게 사정했다.

"할머니, 여기에 뜨거운 물 좀 따라 주세요."

"아이고 이 아가씨야. 이건 노마님한테 차를 끓여드리려고 갖고 가는 물이란 말이야. 손수 가서 좀 떠오라고. 좀 걸어간다고 다리가 굵어지는 것도 아니잖아."

추문이 나섰다.

"어디로 가져가는 것이든 좀 줘 봐요. 노마님 찻주전자든 누구 것이든 부어서 손을 좀 씻을 테니까요."

할멈이 돌아보니 말하는 사람이 추문이었으므로 얼른 다가와 물을 따라주었다.

"됐어요, 됐어! 나이도 드신 양반이 왜 그리 눈치가 없어요? 누가 노마님 쓰실 물이란 걸 모르나요. 달래지 못할 사람이 감히 달라고 하겠어요?"

"제 눈이 어두워서 그만, 아가씨를 몰라보았어요."

보옥이 손을 씻고 나자 시녀 아이는 들고 있던 크림 병을 거꾸로 쏟아 보옥의 손에 발라주었다. 보옥이 손에 크림을 바르자 추문도 그 김에 더운물에 손을 씻고 크림을 바르고 나서 보옥의 뒤를 따라갔다.

보옥은 따뜻한 술병을 달라고 하여 이부인과 설부인에게 먼저 술잔을 올렸다. 두 사람이 일어나 보옥에게 자리를 권하였다.

그러자 가모가 말렸다.

"아직 어린애인데 뭘 그러시우. 그냥 술을 따르도록 하세요. 다들 이 술잔으로 건배를 합시다."

가모가 먼저 잔을 비웠다. 형부인과 왕부인도 얼른 따라서 건배하고 이부인과 설부인에게 권했으므로 두 사람은 어쩔 수 없이 잔을 비웠다. 가모는 또 보옥에게 분부했다.

"너의 누나와 누이들에게도 한 잔씩 따라주어라. 함부로 따르지 말고 모두들 한 잔씩 건배하도록 해라."

보옥은 일일이 순서대로 술을 따르고 마시도록 했다. 술잔이 대옥의 앞에 이르니 유독 대옥만 마시지 않고 잔을 들어 보옥의 입에 갖다 댔다. 보옥은 단숨에 쭉 들이켰다.

"고마워요."

대옥이 웃으면서 사례했다. 보옥은 다시 대옥에게 술 한 잔을 따라주었다. 옆에서 희봉이 웃으면서 한마디 했다.

"보옥 도련님! 찬술을 마시면 나중에 수전증이 생긴다니 조심해요. 나중에 글씨를 못 쓰게 되고 활을 당기지 못하게 되면 또 어쩌려고."

"찬술은 안 마셨어요."

"안 마셨다는 건 나도 알아요. 그렇지만 미리 당부하는 거야."

보옥은 안쪽으로 들어가서도 일일이 술을 따라 올렸다. 가용의 처에게만은 시녀가 대신 술을 따랐다. 보옥은 다시 복도로 나와서 가진과 가련 등에게 술을 따라 올리고 잠시 앉았다가 안으로 들어와 제자리에 합석하였다.

이윽고 탕국이 들어오고 이어서 보름날 먹는 원소元宵[5]가 들어왔다. 가모가 연극배우들을 잠시 쉬도록 했다.

"저 아이들도 가엾으니 뜨거운 탕국과 요리를 먹이고 나서 창을 하게 하도록 해라."

그리고 여러 가지 맛있는 다과와 원소 등 먹을 것을 주었다.

잠시 연극무대가 쉬고 있는 사이 할멈이 이번에는 집안에 단골로 오가던 두 명의 여자 장님 이야기꾼을 데리고 들어와 걸상 두 개에 앉혔다.

가모는 이부인과 설부인에게 무슨 작품을 듣겠느냐고 물었다. 두 사람이 말했다.

"뭐든 상관없이 다 좋아요."

---

5 탕원(湯圓)이라고도 하는 정월 대보름날 저녁에 먹는 음식. 소가 들어 있는 찹쌀떡의 일종으로 우리나라의 팥죽에 들어가는 새알심과 형태가 비슷함.

가모가 이야기꾼에게 물었다.

"요즘 새로 시작한 이야기가 뭐 있는가?"

두 여자 이야기꾼이 아뢰었다.

"새 이야기가 있기는 있는데, 잔당오대〔殘唐五代: 당대 말과 오대 시기〕의 이야기죠."

"제목이 무엇이냐?"

"《봉구란鳳求鸞》〔봉새가 난새를 찾다〕이라고 합니다."

"제목은 그럴듯하구나. 무슨 까닭으로 그렇게 이름 붙였는지 우선 대강 줄거리를 얘기하고 나중에 자세히 풀어 나가보면 좋겠다."

한 여자 이야기꾼이 줄거리를 말했다.

"이 책은 당나라 말기의 이야기입니다. 한 지방 호족이 있었는데 금릉 사람으로 왕충王忠이라고 했습니다. 양 대에 걸쳐 재상을 지냈고 지금은 은퇴하여 고향에 돌아와 있는데 슬하에 아들 하나 있으니 이름을 왕희봉이라고 했습니다."

사람들이 거기까지 말을 들었을 때 그만 와하하 웃음을 터뜨렸다. 가모도 웃으면서 해명을 했다.

"그 사람 이름이 우리 집 희봉이하고 똑같구나."

옆에서 어멈들이 이야기꾼을 밀치며 핀잔을 주었다.

"그건 우리집 둘째 아씨마님의 이름이시니 함부로 지껄이지 말게나."

가모가 재촉했다.

"상관없어. 어서 말해 보아라."

여자 이야기꾼은 계면쩍어 하면서 일어나 사죄했다.

"죽을죄를 졌습니다. 아씨마님의 함자인 줄은 정말 몰랐습니다."

희봉이 나서며 웃으면서 말했다.

"뭐가 무서워서 그래. 걱정 말고 계속 얘기나 하게. 세상에 동명이인이 얼마나 많은데."

이야기는 계속 되었다.

"어느 해인가 왕 대감님이 공자를 경성에 보내 과거를 보게 했답니다. 왕 공자는 도중에 소나기를 만나 비를 피하느라 어느 집에 들어갔는데 마침 그 마을의 이 대감이 왕 대감과 서로 대대로 교분이 있던 터라 왕 공자를 자신의 집 서재에 머물게 하였답니다. 이 대감의 슬하에 귀하게 자란 추란雛鸞이라는 무남독녀 외동딸 하나가 있었는데 그녀는 칠현금, 바둑, 서예, 그림에 능통하여 어느 것 하나 못하는 게 없었습니다."

그때 가모가 얼른 말을 받았다.

"어쩐지 제목을 《봉구란》이라고 했다더니. 더 말할 필요도 없네. 내가 다 알아냈으니까. 자연히 왕희봉 공자가 이추란 소저를 아내로 맞으려고 하는 얘기이겠지."

여자 이야기꾼이 웃으면서 말했다.

"노마님께서는 벌써 이 얘기를 들으셨군요."

"노마님이 무슨 얘기인들 안 들어보셨겠어. 설사 안 들어보셨어도 알아맞히신다니까."

사람들의 말에 이어 가모가 웃으며 계속했다.

"그런 얘기는 모두가 판에 박은 듯 한 가지 틀이거든. 어찌 되었든 가인재자佳人才子의 얘기일 뿐이야. 아무 재미도 없다니까. 남의 집 아가씨를 그렇게 못되게 그려놓고 그래도 말은 가인이라고 하니 눈곱만큼도 비슷한 구석이 없게 꾸며 놓는단 말이지. 입만 열면 글공부하는 선비집안이라고 하면서 부친은 상서 아니면 재상이고 외동딸은 틀림없이 금지옥엽으로 장중의 보배처럼 아낀다고 하지. 그 아가씨는 필시 시서에 달통하고 예의범절 뛰어나며 무소불통으로 박학다식한 데다 절세의 가인이 분명하겠지. 그러다 훤칠하게 생긴 멋진 남자를 보면 친척이든 친구든 막론하고 바로 종신대사를 생각하고. 그때가 되면 부모님도 다 잊고 시서예악도 다 잊어버리고 말지. 그게 도대체 뭐냔 말이야. 이것도 아니고 저것도 아니고 그걸 어떻게 가인이라고 할 수 있겠어. 설사 뱃속 가득 고상한 글공부를 했더라도 그렇게 행동하면 진정한 가인이라고 할 수가 없는 거지. 또 한 가지! 만약 대대로 학문하는 선비집안에서 태어난 대갓집 아가씨라고 한다면 부인들까지도 시서예악을 잘 아는 사람일 테고, 설사 고관대작을 지내고 은퇴하여 집으로 돌아왔다고 해도 자연히 그런 집안이라면 식구들도 물론 많을 테지. 그러면 규중처녀 아가씨를 모시는 유모와 시녀들이 또한 적지 않을 텐데 어떻게 이런 책에서는 그런 일이 일어날 수가 있단 말이야. 규중의 아가씨를 따르는 시녀가 단지 하나일 수가 있단 말이야? 그걸로 보아서도 앞뒤의 말이 서로 안 맞는 게 분명해."

사람들이 모두 웃으면서 대꾸했다.

"노마님께서 그렇게 한 번 해설해주시니 거짓 이야기가 분명하게 드러나는군요."

가모는 신이 났다.

"거기에는 그럴 만한 까닭이 있는 거지. 그런 얘기를 지은 사람은 남의 부귀를 질투하거나 제 뜻대로 되지 못한 사람들이 많지. 그래서 남의 집 사람을 욕되게 하려는 것이거든. 또 어떤 부류의 사람은 자기 자신도 그런 책을 너무 많이 보고 그것에 빠져 머릿속에서 그리던 가인을 만들어내서 얘기로 꾸며 즐겨보려는 것이야. 그런 사람은 진정으로 대대로 학문하던 선비집안의 사정과 이치를 제대로 알 리가 없거든. 그러므로 그냥 대충대충 꾸며낸 얘기에 불과한 것일 뿐이야. 그래서 난 그런 허접한 얘기들은 절대로 하지 못하도록 했단다. 시녀들까지도 그런 얘기는 모르고 있어. 지난 수년 사이에 나는 점점 늙어가고 우리 손녀들과도 좀 떨어져 살고 있으니까 내가 가끔 심심하고 답답하면 우연히 몇 마디 들어보곤 했는데 그래도 저 애들이 들어오면 얼른 그치게 하곤 했지."

이부인과 설부인이 이구동성으로 말했다.

"그게 바로 대갓집 법도이지요. 저희 집안 같은데도 그런 잡스런 얘기들은 아이들한테 들려주지 않는답니다."

그때 희봉이 다가와 술을 따라 주며 말을 막았다.

"할머니! 됐어요. 이제 그만 하세요. 술이 다 식겠어요. 할머니 목이나 축이시고 나서 거짓말을 밝히시는 게 낫겠어요. 자, 이번 이야기는 《거짓말 분별하기〔辦謊記〕》라고 하는 작품인데, 바로 이 순간 이 자리에서 일어난 일이옵니다. 아무리 노마님이라도 한 입으로 두 가닥의 얘기를 동시에 말씀하시지는 못하실 것이옵니다. 두 송이 꽃이 피고 각각 가지가 뻗어나니 어느 것이 참인지 거짓인지 알 수가 없습니다. 꽃등을 구경하고 연극을 관람하시는 여러분들, 잠시 정리정돈 하겠습니다. 노마님께서도 저 두 분 친척 어르신께 술 한 잔을 권하시고 두어 대목 연극구경을 마저 하시고 나서 지난 시대의 얘기를 분석하심이 어떠하시겠습니까?"

희봉은 술을 따르면서 만면에 웃음을 띠고 말을 늘어놓는데 말도 채 끝나기 전에 사람들은 벌써부터 와하하 웃음보가 터지고 말았다.

여자 장님 이야기꾼도 웃음을 멈추지 못하고 한마디 했다.

"아씨마님 정말로 입담이 좋으십니다. 아씨께서 이야기를 팔러 다니시면 저희들은 밥줄이 끊어지고 말겠어요."

설부인도 웃으면서 말했다.

"제발 그만 좀 웃겨라. 바깥에 사람도 있으니 여느 때와는 좀 달라야지."

희봉이 얼른 대꾸하였다.

"바깥에 계신 분이라고는 가진 오라버니뿐이에요. 저희는 그래도 오라비와 누이 사이라니까요. 어려서부터 서로 장난치며 지금까지 이렇게 자랐거든요. 요 몇 년 사이에 인척이 되어 그나마 서로 예의범절을 차리는 중이지요. 어려서 오라비와 누이 사이가 아니고 설사 백부나 숙부 사이였다고 해도 어쩔 거예요? 《이십사효二十四孝》에 나오는 〈나이 칠십에 색동옷 입고 노부모 앞에서 재롱 피운다는 이야기〔斑衣戲彩〕〉[6]가 있잖아요. 그런데 언제 할머님 앞에서 색동옷 입고 웃기기라도 한 적이 있었나요? 제가 지금 겨우겨우 할머님을 조금 웃겨드리고 식사도 많이 하시게 하고 사람들을 즐겁게 하고 있으니 마땅히 저한테 고마워해야 하잖아요? 어떻게 오히려 저를 웃음거리로 삼으신단 말이십니까?"

가모가 웃으면서 희봉을 보고 말했다.

"그래, 요 며칠사이에 통쾌하게 한 번 웃어본 적이 없었는데 지금 저 애 덕분에 참으로 오래간만에 신나게 한 번 웃어보았구나. 나도 한 잔 더 마셔보마."

가모는 술을 마시고 보옥에게 분부했다.

"보옥아, 희봉 형수한테 한 잔 따라 주어라."

"에이, 보옥이 잔은 그만두고, 전 할머님 술잔으로 수복을 빌어드리고 싶은걸요."

희봉은 곧 가모의 술잔을 얼른 집어서 반 잔 남은 술을 홀랑 마시고 빈 잔을 시녀에게 건네주면서 따뜻한 물에 담가둔 새 술잔을 가져오게 했다. 희봉은 다른 자리의 술잔도 모두 데운 술잔으로 바꾸고 난 뒤에 자리에 앉았다.

장님 이야기꾼이 가모에게 말했다.

"노마님께서 이야기를 듣지 않으시려면 노래 한 곡을 타 볼 테니 들어 보시겠습니까?"

---

6 스물 네 명의 효자 이야기로 원나라 곽거업(郭居業)이 편찬한 서적. 70세의 노래자(老萊子)가 어버이를 기쁘게 해드린다는 의미에서 노래오친(老萊娛親)이라고도 함.

"자네들 두 사람이 함께 《장군령將軍令》[7] 곡조나 노래해 보게나."

가모의 말에 두 사람은 곧 현을 고르고 곡조를 타기 시작했다.

그때 가모가 갑자기 물었다.

"지금 대체 몇 시나 되었느냐?"

"한밤중 삼경이 되었습니다."

"어쩐지 한기가 들기 시작하더라니 벌써 그렇게 되었구나."

시녀들이 얼른 덧옷을 가져왔다. 왕부인이 일어나 웃으면서 말했다.

"어머님, 아무래도 난각 안에 있는 구들 위로 옮기시는 것이 낫겠어요. 두 분 친척도 남이 아니니 저희가 여기서 모시면 됩니다."

가모가 그 말을 듣고 웃으며 대답했다.

"그렇다면 아예 다들 옮겨가자꾸나. 거기 가면 따뜻할 테니."

"안에는 다 들어가 앉을 수가 없어요."

"내가 방도를 생각해 내지. 이제 이런 탁자는 다 그만두고 두세 개를 합쳐서 길게 늘어놓고 다들 붙어서 앉아보자꾸나. 그러면 친숙하기도 하고 따뜻하기도 할 테니까 말이야."

가모의 말에 다들 동의하면서 자리에서 일어섰다.

"네, 그게 참 재미있겠어요."

일하는 어멈들이 곧 남은 술자리를 정리하고 안에다 따로 서너 개의 탁자를 붙이고 다과와 반찬을 새로 마련하여 차렸다.

가모가 말했다.

"여기서는 이제 격식 차리지 말고 내가 시키는 대로 각자 앉아보자꾸나."

가모는 우선 설부인과 이부인을 위쪽에 앉도록 하고 자신은 서쪽을 향하여 앉았다. 그리고 보금과 대옥, 상운 세 사람을 좌우로 붙여서 앉

---

7 군대에서 명령을 내릴 때 사용되었던 악곡을 모방하여 지은 곡.

히고 보옥에게는 "네 어미 옆에 붙어 앉아라" 라고 하였다. 그래서 형부인과 왕부인의 사이에 보옥이 끼어 앉았다. 보차 등의 자매는 서쪽에 앉았다. 순서대로 내려가니 가균을 데리고 누씨가 앉고, 우씨와 이환 사이에 가란이 앉았다. 다음에는 옆으로 가용의 처가 앉았다.

가모가 또 말했다.

"용이 아범은 아우들을 데리고 이제 나가 보게나. 나도 곧 잘 테니."

가진이 밖에서 듣고 얼른 안으로 들어왔다.

"어서 가보라니까. 이젠 들어올 필요가 없어. 다들 방금 자리 잡고 앉았는데 또 일어나야 하잖아. 가서 쉬도록 해라. 내일도 일이 많을 텐데."

가진은 웃으면서 말했다.

"용이를 남겨두어 술잔을 올리도록 하겠습니다."

"그래. 하마터면 그 애를 잊을 뻔했구나."

가모가 응낙하자 가진은 인사하고 가련을 데리고 밖으로 나왔다. 두 사람은 물론 기뻐했다. 사람을 시켜 가종과 가황을 각자 집으로 돌려보내고 가진은 가련과 함께 기생 있는 술집으로 향하였다. 그 애기는 그만 하기로 하겠다.

한편 가모는 웃으며 말했다.

"지금 이렇게 여러 사람들이 모여 즐기고 있는데도 부부가 함께 있는 사람이 없어서 생각 못했는데 내가 용이를 깜빡 잊고 있었구나. 부부는 둘이 함께 있어야 하니 용이는 어서 네 각시 옆에 가 나란히 앉아 있어라."

그때 한 어멈이 연극공연 목록을 바쳤다.

가모가 말했다.

"우리 가족들이 오랜만에 한자리에 모여 한창 흥이 나서 기분이 좋은

데 또 시끄럽게 할 모양이구나. 밖에서 데려온 창극배우 아이들도 밤새 추위에 떨고 있을 테니 그만두게 하고 좀 쉬라고 하여라. 그러지 말고 우리집 창극배우 애들을 불러와 무대 위에서 두어 작품을 공연하게 하는 게 어떻겠냐? 저 애들한테도 구경시키고 말이야."

어멈들이 대관원으로 사람을 부르러 보내는 한편 중문 밖으로 연락하여 시동들에게 시중을 들도록 하였다. 시동들은 연극반으로 달려가 어린애들만 남기고 나이든 배우들을 모두 데리고 나왔다.

잠시 후 이향원의 연극단 선생이 문관文官 등 열두 명의 창극배우를 데리고 골마루 쪽문을 통해 들어왔다. 할멈들은 무대에 필요한 소품상자를 미처 들고 올 사이가 없어 가모가 좋아하는 서너 개 작품의 연극 복장과 소품만 보자기에 싸서 뒤따라 들어왔다. 할멈들은 문관과 어린 배우들을 데리고 안으로 들어와 인사시켰다. 배우 아이들은 두 손을 늘어뜨리고 시립하여 가모의 말씀을 들었다.

가모가 웃으며 말했다.

"정초 명절인데 너희 선생은 너희를 데리고 나와 놀 생각도 안했구나. 어떤 창극을 한 번 해볼 거냐? 조금 전에 《팔의기》 여덟 막을 노래했는데 시끄러워서 머리가 다 지끈거리는구나. 이번엔 좀 조용한 걸로 하는 게 좋겠다. 여기 한 번 보자꾸나. 설부인 마님이나 이부인 마님은 모두 댁에 연극단을 두고 있어서 어떤 창극이든 다 들어보셨을 거다. 여기 오신 아가씨들도 우리집 손녀들보다 좋은 극을 더 많이 보았고 좋은 곡을 더 많이 들어보았을 테고 말이야. 지금 밖에서 데려온 저 연극단도 유명한 댁의 극단이라 비록 어린애들이지만 나이든 배우들보다 낫단다. 그러하니 우리집 극단이 남들한테 손가락질 안 받도록 좀더 참신한 걸로 내놓아야 한단 말이야. 방관에게 《모란정》의 〈심몽尋夢〉[꿈을 찾아가다][8]대목을 한 번 불러보게 하는 게 어떻겠느냐? 오로지 호금胡琴만으로 반주를 하고 퉁소나 생황, 피리 같은 관현악기는 일체 불지 말아야 해."

문관이 웃으면서 대답했다.

"그렇게 하겠습니다. 저희 연극은 물론 설부인 마님이나 사돈 마님, 아가씨들의 눈에 들 만큼 훌륭하지는 못합니다. 그저 저희 창법과 목청이나 잘 들어주세요."

가모가 덧붙였다.

"그래 바로 그 말이란다."

이부인과 설부인이 즐거워하면서 말했다.

"아이고, 어쩜 저렇게 똑똑하고 깜찍하단 말이냐? 저 애도 노마님한테 배워서 우리를 갖고 놀려대고 있구먼."

"우리집에서 하는 연극이란 게 그저 재미삼아 놀아보는 것이고 밖으로 내보내서 장사하려는 것이 아니어서 세상에 잘나가는 연극단하고는 비할 수가 없지."

가모는 문관에게 계속 분부를 내렸다.

"규관葵官을 불러다 《서상기》의 〈혜명하서惠明下書〉[9]대목을 부르도록 하려무나. 얼굴 분장도 필요 없이 두 대목을 불러서 신선한 맛을 보여드려라. 대충하면 내가 가만있지 않을 거야."

문관 등이 듣고 곧 부랴부랴 화장하고 무대로 올라갔다. 우선 〈심몽〉을 부르고 이어서 〈혜명하서〉를 불렀다. 사람들은 모두 쥐죽은 듯 조용히 창을 들었다.

설부인이 먼저 정적을 깨며 말했다.

"정말 저 아이 덕분이에요. 내가 수백 번 연극을 보았는데 퉁소 쓰는

---

8 주인공 두려낭(杜麗娘)이 꿈속에서 유몽매(柳夢梅)와 즐겁게 노닐고는 다음날 꿈속의 자취를 찾아가는 내용.
9 혜명화상(惠明和尙)이 장생의 서신을 가지고 두확(杜確)에게 가서 보구사(普救寺)를 구원해 달라고 요청하는 이야기.

것은 본 적이 없어요."

가모가 얼른 나섰다.

"있다우. 방금 전 《서루기》의 〈초강청楚江晴〉 대목과 비슷한 것이지만 대부분은 소생이 퉁소를 불어 화음을 맞추는 거지. 이렇게 긴 작품을 다루는 경우는 매우 드물지요. 사실 그거야 연극단 주인이 그걸 좋아하는지 아닌지가 문제지 그게 무슨 이상할 게 있겠수?"

가모는 사상운을 가리키며 말을 이어간다.

"내가 저 애만 할 때인데 저 애 할아버지가 집에 작은 연극반을 하나 운영했어요. 마침 개중에는 칠현금만으로 반주하는 애가 있었지. 《서상기》의 〈청금聽琴〉〔칠현금 소리를 듣다〕10, 《옥잠기玉簪記》의 〈금도琴挑〉〔칠현금으로 정을 토로하다〕11, 《속비파續琵琶》의 〈호가십팔박胡笳十八拍〉12 등 모두 칠현금 타는 장면들이었는데 지금 이것과 비교하면 어떠했을까."

"그게 더욱 기가 막혔겠는데요."

사람들이 대답했다. 가모는 곧 한 어멈을 불러 문관 등에게 분부하여 《등월원燈月圓》을 한 곡 타라고 하였다. 아낙이 물러가자 가용 부부는 얼른 술을 한 순배 돌렸다.

희봉은 가모가 즐거워하자 웃으면서 물었다.

"지금 여자 이야기꾼들이 여기 있으니 북을 좀 치라고 하고 저희는 매화 돌리기 놀이를 하면서 〈눈썹꼬리 끝에 봄의 기쁨이 드러난다〔春喜上

---

10 달밤에 장생이 칠현금 타는 소리가 만나자는 의미라는 것을 최앵앵이 알아차리는 내용.

11 《옥잠기》는 명나라 고렴(高濂)의 전기로 비구니 진묘상(陳妙常)과 서생 반필정(潘必正)의 사랑이야기.

12 《속비파》는 작가 조설근의 조부 조인(曹寅)이 지은 전기로 한말 채옹(蔡邕)의 딸 채문희(蔡文姬)가 조조(曹操)의 도움을 받아 흉노로부터 나와 한나라로 돌아오는 이야기이다. 그 제27출 〈제박(制拍)〉에는 채문희가 〈호가십팔박〉을 지어 부르는 장면이 묘사됨.

眉梢〕〉라는 주령酒令을 해보는 게 어떠세요?"

"그거 참 좋은 주령이지. 그야말로 지금 이 순간, 이 상황에 아주 딱 들어맞는 주령이야."

곧 주령에 쓰는 북을 가져오라고 하여 여자 이야기꾼에게 주어 두드리도록 했다. 북통은 검은 칠을 하였고 구리 못을 박은 것이었다. 또 자리에서 붉은 매화 한 가지를 꺾어와 돌리게 했다.

"누구 손에 가서 멈추든 그 사람은 술을 한 잔하고 무엇이든 한마디 얘기도 해야 한다."

가모의 말에 희봉이 웃으면서 제안했다.

"저, 이건 제 생각인데요. 이 자리에 어느 누가 할머님처럼 무슨 얘기든 척척 지어낼 수가 있겠어요. 그런 거 못하는 사람은 얼마나 재미없겠어요? 아무래도 아속공상雅俗共賞[13]이라고 할 줄 아는 사람이나 모르는 사람이나 다 같이 놀 수 있었으면 좋겠어요. 지는 사람은 그저 우스운 소리를 한 토막씩 하는 게 어때요?"

사람들이 듣고 좋아했다. 희봉이 평소에 우스개를 잘한다는 걸 알고 있었기 때문이다. 희봉의 뱃속에는 참신하고 재미있는 소화笑話가 한없이 들어있을 것으로 여겼다. 지금 희봉의 말을 듣고 좌석에 앉은 여러 사람은 물론 바닥에서 뒷바라지하는 노소 하인들도 누구하나 좋아하지 않는 사람이 없었다. 어린 시녀들은 얼른 뛰어나가 자기또래 언니 동생들에게도 그 소식을 전하느라 부산을 떨었다.

"어서 와서 들어봐! 희봉 아씨마님께서 우스갯소리를 하신대."

잠시 후 시녀들이 방으로 가득 몰려들었다.

연극과 음악이 끝나자 가모는 탕국과 과일 등을 문관 등에게 보내 먹도록 하고 곧 북을 울렸다. 여자 이야기꾼들은 이미 익숙한 일이라 빠

---

13 고상한 사람이나 속인이나 다 같이 감상할 수 있다는 뜻.

르게 혹은 느리게 치기도 하고 때로는 물방울 떨어지듯 천천히 치는가 하면 때로는 콩 볶듯이 급하게 두드려댔다. 마치 놀란 말이 미친 듯이 달리는 것 같기도 하고 마른하늘의 번갯불이 번쩍이는 듯하기도 했다. 북소리가 늦어지면 매화를 돌리는 속도도 늦어지고 북소리가 잦아지면 매화도 빨리 돌았다. 마침 가모의 수중에 이르렀을 때 북소리가 갑자기 멈췄다. 사람들은 하하하 웃으며 좋아했고 가용은 재빨리 술을 한 잔 따라 바쳤다.

다들 웃으면서 축하했다.

"노마님께서 먼저 기뻐셔야지 나중에 저희도 그 덕을 좀 보게 되지요."

"이 술 한 잔이야 그렇다 치고 우스갯소리만큼은 난 못하겠는데."

사람들이 가만있을 리가 없었다.

"노마님이야말로 저 희봉이보다 더 멋진 우스갯소리가 많으신데 무슨 말씀이세요. 어서 한 토막 하셔서 저희를 좀 웃겨주세요."

"별로 새로운 우스갯소리가 없는데 어쩌지. 그저 늙은 사람이 낯 두꺼운 소리나 한마디 해보자꾸나."

가모는 얘기를 시작했다.

"옛날에 아들 열 형제를 가진 사람이 있었는데 며느리 열 명을 얻었대. 그 중에서 막내며느리가 유달리 영리하고 말재간도 뛰어났다는 거야. 그래서 시부모가 가장 귀여워하며 날마다 나머지 아홉 며느리가 불효라고 투덜댔다는 거지. 아홉 며느리가 억울하여 서로 모여 상의를 했대. '우리 아홉 사람은 모두 효성스러운데 저 막내 년만큼 말재간이 없어서 늙으신 시부모가 고년만 좋다고 하시니 이 억울함을 어디다 하소연한단 말이야?'

그때 큰며느리가 한 가지 꾀를 냈대. '우리 내일 염왕묘閻王廟 사당에 가서 향을 사르며 염라대왕께 말씀을 여쭤보자. 왜 우리를 다 같이 사람으로 만들면서 하필이면 고 여우같은 년한테만 영리한 주둥이를 내

주시고 우리는 모두 이렇게 바보같이 만들었는가 하고 말이야.'

사람들이 그렇게 하는 게 좋겠다고 찬성을 하고 다음날 염왕묘에 가서 향을 사르다가 모두 향탁 아래서 잠이 들어버렸대. 꿈속에서 아홉명의 며느리들은 염라대왕께서 나타나시기만을 기다렸지만 아무리 기다려도 오시지 않더라는 거야. 한창 조바심이 나던 참인데 그때 손오공이 근두운筋斗雲을 타고 나타나 이들을 보고는 금고봉〔金箍棒: 여의봉〕을 들고 때리려고 달려들었대. 아홉 며느리들은 놀라서 황급히 무릎을 꿇고 통사정하면서 애원했대. 손오공이 까닭을 묻자 이들은 사연을 세세히 다 말했겠지. 손오공이 그 얘기를 듣고 발을 동동 구르며 한숨을 내쉬더라는 거야. '그런 일은 다행히 나를 만났으니 망정이지 염라대왕을 기다려봤자 소용이 없어.' 아홉 며느리는 그 말에 다시 애걸하면서 '제천대성님 부디 자비를 베푸셔서 저희를 살려 주세요' 했다는 거야.

손오공은 웃으면서 '그야 어렵지 않지. 너희 열 명의 동서가 인간으로 환생할 당시 나도 염라대왕전에 가 있었단 말이야. 마침 땅바닥에 오줌을 싸고 있었는데 그 막내며느리가 받아 마셨던 거야. 지금이라도 말재간을 좋게 하고 싶으면 걱정하지 마. 오줌은 얼마든지 있으니까. 내가 싸줄 테니 너희가 받아 마시기만 하면 되거든.' 어때 재미있지 않아?"

가모의 얘기가 끝나자 다들 깔깔대며 재미있다고 웃어댔다.

희봉이 아무래도 제 발이 저렸는지 웃으며 끼어들었다.

"네. 좋아요. 다행히 저희 모두가 말솜씨가 둔하고 얼굴도 못생겼으니 망정이지 그렇지 않았으면 원숭이 오줌을 먹었을 게 아니에요?"

우씨와 누씨가 웃으며 이환에게 말했다.

"여기 있는 우리 중에서 누가 원숭이 오줌을 먹었을까? 시치미를 떼지 말고 얘기해봐."

설부인이 점잖게 말을 받았다.

"우스개에는 본래 좋고 나쁜 게 없고 그저 상황에 맞춰 웃어 버리면 그만인 거야."

잠시 후 북이 계속 울렸다. 시녀들은 희봉의 우스갯소리를 듣고 싶어 했다. 그래서 몰래 여자 이야기꾼에게 말하고 기침소리로 신호를 삼았다. 매화가 두어 번 돌았을 때 마침 희봉의 손에 이르렀다. 어린 시녀가 일부러 기침소리를 냈다. 여자 이야기꾼은 곧 북소리를 멈췄다.

"드디어 희봉을 잡았구먼. 어서 술 한 잔 드시고 재미있는 얘기를 꺼내 봐. 하지만 너무 웃겨서 사람 배꼽 빠지게 하면 안 돼."

희봉은 잠시 생각하다가 이윽고 말문을 열었다.

"어떤 집안에서 역시 정월대보름을 지내고 있었대요. 온가족이 다들 모여 잔치를 열어 등불구경을 하며 술도 마시면서 정말 떠들썩하니 흥청망청했대요. 할머니, 큰시어머니, 시어머니, 며느리, 손자며느리, 종손며느리, 친손자, 종손자, 증손자, 그리고 아득한 후손들, 숱하게 많은 손자와 손녀, 외손녀…. 아이고, 정말 시끌벅적하게 많기도 많았대요."

사람들은 희봉의 말이 시작되기가 무섭게 벌써부터 웃음을 참지 못하고 있었다.

"저 굴러가는 말솜씨 좀 보라니까. 우리 중에서 누군가를 끌어들이려는 수작이 틀림없어!"

우씨가 웃으면서 미리 입막음을 했다.

"공연히 날 끌어들이기만 해봐라. 내가 그놈의 주둥이를 찢어놓고 말테니."

희봉이 박수치며 웃었다.

"남은 있는 힘을 다 들여서 얘기해 주려는데 당신들은 그저 휘젓고만 있으니 내 얘기는 이제 그만 할래요!"

가모가 달래며 재촉했다.

"계속 말해, 어서 말해 봐. 그러고 나서 어떻게 됐어?"

희봉이 잠시 생각하더니 또 말을 이었다.

"그 다음에는요, 에, 빼곡하게 방에 모여 앉아 밤새도록 술만 마시다 흩어졌대요."

희봉이 정색하고 다른 얘기는 없이 말을 마치자 사람들은 멍하니 다음 말이 이어지기만을 기다렸다. 아무 재미도 없이 싱거워서 상운은 한참 희봉을 뚫어지게 바라보았다. 희봉이 그제야 다시 말을 시작했다.

"그럼 한 가지 더 할까요? 역시 어떤 집에서 정월대보름 잔치를 하고 있었대요. 몇 사람이 집채만 한 폭죽을 둘러메고 성 밖으로 나가 터뜨리려고 했지요. 수많은 사람들이 뒤를 따라 나갔대요. 그 중 성질 급한 한 사람이 참지 못하고 향불을 집어다 심지에 불을 붙였지 뭐예요. 그런데 그만 꽝하고 터졌어요. 사람들이 좋아하며 웃다가 다들 흩어졌대요. 폭죽을 메고 가던 사람은 폭죽을 제대로 만들지 않았다고 장사꾼을 원망했답니다. 어째 아직 터뜨리지도 않았는데 다들 흩어지냐고 말이에요."

상운이 물었다.

"그 사람은 폭죽 터지는 소릴 못 들었대요?"

"응, 알고 보니 그 사람은 귀머거리였대."

사람들은 잠깐 생각에 잠겼다가 다 같이 소리를 내어 웃었다. 하지만 앞서 얘기하던 우스개의 결말이 궁금하여 물었다.

"앞서 얘기하던 건 어떻게 되었대? 그것도 결론을 얘기해야지."

희봉은 탁자를 한 번 탁 치더니 벌떡 일어나 입을 열었다.

"정말 귀찮게 구시는구먼! 다음날은 열엿새날, 정초의 잔치 날도 끝이 났고 명절도 끝났고. 사람 시켜 설거지하기도 정신이 없을 판인데 무슨 뒷얘기를 자꾸 해달라는 거야!"

사람들은 그 소리에 다시 요절복통을 했다.

"벌써 새벽 2시가 넘었고 할머님도 피곤해하시니 제 생각에는 저희도

이제 자리 접고 귀머거리 폭죽 터뜨리고 흩어지듯 다들 일어나는 게 좋
겠어요."

우씨 등은 터져 나오는 웃음을 막으려 손수건으로 입을 가리고 허리
를 꺾어 요절복통하며 희봉에게 손가락질을 했다.

"저 사람 정말 입담 하나는 끝내준다니까."

"희봉이년이 점점 당치도 않는 말로 우릴 웃기는구나."

그러면서 가모는 분부를 내렸다.

"방금 폭죽 얘기도 나왔으니 우리도 불꽃놀이를 하며 술이나 깨자
꾸나."

가용이 얼른 나가 시동들에게 마당에 칸을 막고 불꽃놀이 준비를 시
켰다. 그것들은 모두 각처에서 보내온 진상품이었다. 크기는 크지 않
았지만 모두 정교하게 만들어진 것이었다. 진상품마다 제각각 의미를
지니고 있었고 각종 폭죽도 끼어 있었다.

가모는 대옥이 기가 약하여 폭죽소리에 놀라 견디지 못할까 봐 끌어
당겨 품안에 안아주었다. 설부인이 상운을 끌어안으려고 하니 상운이
걱정 말라고 했다.

"전 안 무서워요."

보차가 웃으면서 말했다.

"상운이는 좋아서 일부러 폭죽을 터뜨리는 애예요. 이런 것쯤을 무서
워하겠어요?"

왕부인은 보옥을 끌어당겨 품에 안아주었다.

희봉이 빈정거렸다.

"우리는 아무도 안아주는 사람이 없네요."

우씨가 얼른 나섰다.

"내가 있잖아. 내가 안아줄게. 부끄러운 줄도 모르고 이젠 어리광을
부리고 있네. 폭죽 터뜨린다는 말을 듣고 벌집이라도 쑤신 것처럼 또

야단법석이네."

희봉이 여전히 웃으며 말했다.

"조금 있다가 해산하면 우리 대관원에 들어가서 폭죽을 터뜨리자구. 우린 그래도 하인 놈들보다 잘 터뜨린다니까."

그러는 사이에 밖에서는 벌써 펑! 펑! 하는 소리와 함께 갖가지 모양의 불꽃놀이가 시작되고 있었다. 하늘에 가득 별을 뿌리는 만천성滿天星, 아홉 마리 용이 구름 속을 뚫고 들어가는 구룡입운九龍入雲, 청천벽력 같은 소리가 나는 일성뢰一聲雷, 하늘을 날면서 열 번이나 터지는 비천십향飛天十響 같은 작은 폭죽이 있었다. 폭죽을 다 터뜨리자 창극배우들에게 명하여 각설이 타령과 같은 《연화락蓮花落》[14]을 부르도록 하고 무대에 돈을 가득 뿌려주었다. 모두들 아이들이 무대에 흩어진 돈을 다투어 줍는 모습을 즐겁게 바라보았다. 다시 탕국이 들어올 때가 되자 가모가 말했다.

"밤이 길어 시장기가 느껴지는구나."

희봉이 얼른 대답했다.

"오리고기 죽을 마련해 놓았는데요."

"난 담백한 걸 좀 먹었으면 싶구나."

가모의 말에 희봉이 다시 대답했다.

"그러면 대추를 넣어 끓인 멥쌀죽이 있어요. 마님들이 소식하실 때 드시라고 준비한 것이에요."

"기름진 게 아니면 너무 단 것뿐이구나."

"그것 말고도 살구씨 넣고 달인 차가 있어요. 좀 달지는 모르겠는데요."

"그래도 그게 괜찮을 것 같네."

---

14 창(唱)의 일종으로 원래는 거지들이 밥을 구걸하면서 부르던 노래.

가모는 곧 먹다 남은 상을 물리고 바깥에 다시 깔끔하게 간단한 음식을 차려 상을 보라고 일렀다. 사람들은 자유롭게 조금씩 먹고 나서 찻물로 양치하고 각각 흩어졌다.

열이렛날 아침 일찍 다시 녕국부로 건너와 가묘에 배례하고 사당의 문을 닫고 영정을 거두어들인 다음 돌아왔다. 이날은 설부인네 집에서 청하여 설술을 먹었다. 열여드렛날은 뇌대의 집에서 청하였고 열아흐렛날은 녕국부의 뇌승의 집에서 청하였다. 스무날은 임지효의 집에서, 스무하룻날은 선대량單大良의 집에서, 스무이튿날은 오신등吳新登의 집에서 청하여 정월달 축하 술상을 대접했다. 이들 집에는 가모가 간 곳도 있고 가지 않은 곳도 있었다. 가모는 어떤 곳에선 너무 즐거워 다른 사람들과 함께 돌아오기도 했고 어떤 집에선 흥이 깨져 한 나절 만에 돌아오기도 했다.

하지만 친척이나 친지들이 청하는 곳에 가모는 일체 가지 않았다. 예절에 구속받는 것이 싫어서였다. 형부인과 왕부인, 희봉 등 세 사람이 적당히 응대하였음은 물론이다. 보옥이조차도 왕자등 집의 잔치에만 갔을 뿐 다른 곳은 일체 참석하지 않았다. 가모가 자신을 옆에 데리고 있으면서 심심파적으로 말동무를 하려고 한다는 핑계였다. 그러므로 오히려 집안의 집사들이 초청할 때면 가모로서는 비교적 자유롭기 때문에 즐거운 마음으로 참석하곤 했다. 쓸데없는 말은 그만 하기로 하겠다. 이렇게 해서 정월 대보름이 어느덧 지나가고 말았다.

辱親女愚妻
爭閒氣
欺幼主刁奴
蓄陰心

딸을 욕하는 조이랑

미련한 소실은 제 자식을 욕하며 다투고
간교한 시녀는 어린 주인 얕보고 비웃네

辱親女愚妾爭閑氣 欺幼主刁奴蓄險心

정월 대보름은 그렇게 지나갔다. 천하는 효성을 최고의 덕목으로
하여 다스리던 때라 지금 궁중의 한 태비께서 몸이 편찮으신 관계로
각궁의 비빈은 모두 식사를 간소화하고 화장을 줄였다. 명절에도 친정
에 돌아갈 수 없었고 온갖 잔치까지도 못하게 하였다. 금년에도 영국
부의 대보름 잔치에서는 역시 등롱 수수께끼(燈謎) 모임을 갖지 못했던
것이다.

정월 잔치가 바쁘게 끝났을 때 뜻밖에도 희봉이 유산하는 일이 생겼
다. 집에서 한 달이나 정양하며 다른 일을 하지 못하고 날마다 두세 명
의 태의를 불러 약을 쓰고 있었다. 희봉은 본래 스스로 강인하다고 여
겨 비록 문밖에 나가지는 않더라도 계획을 짜고 셈을 하며 무슨 일이든
생각이 나면 곧 평아를 시켜 왕부인에게 아뢰곤 하였다. 주변에서 그렇
게 신경 쓰지 말라고 권했지만 여전히 듣지 않았다.

왕부인으로서는 오른팔을 잃은 듯하였다. 혼자서 어찌 수많은 일을 다 처리할 힘이 있겠는가. 큰일이 생기면 자신이 맡아보고 집안의 소소한 일들은 잠시 이환이 나서서 처리하라고 했다. 이환은 덕성을 중시하고 재주는 따지지 않는 사람이라 아무래도 하인들이 멋대로 방종하는 경우가 많았다. 왕부인은 탐춘에게 명하여 이환을 도와 집안일을 처리하도록 하고 한 달이 지나 희봉의 병이 낫고 나면 다시 권한을 돌리겠다고 하였다.

희봉은 원래 어려서부터 기혈이 부족하고 젊다는 핑계로 제대로 보양하지 않은 데다 평생 남에게 지지 않으려는 성격으로 신경을 너무 써왔다. 유산으로 몸은 많이 허약해져서 한 달이 지났는데도 오히려 하혈의 증세까지 있었다. 희봉은 내색하지 않았지만 사람들은 그녀의 얼굴이 초췌해진 것을 보고 몸조리를 잘하지 못했다고 생각했다. 왕부인은 그녀에게 아무 걱정 말고 약이나 잘 먹고 몸조리나 잘하라고 하면서 신경 쓰지 않게 하려고 애썼다. 희봉 자신도 그러다 큰 병이라도 생겨서 남에게 비웃음이나 살까 걱정이 되어 틈만 나면 몸조리하려고 하였으며 하루빨리 전처럼 회복되기만을 간절히 바랐다. 하지만 뜻밖에도 그렇게 빨리 회복되지 않았다. 줄곧 약 먹고 조리한 끝에 팔구월 경이나 되어서 차츰 회복이 되고 하혈도 멈추게 되었다. 이는 모두 훗날의 이야기다.

여기서는 대관원의 관리에 대한 이야기를 계속하기로 하겠다. 왕부인은 탐춘과 이환이 맡은 일이 있어 대관원의 일을 하기 어려운데 지금 대관원에는 사람도 많아 잘못하면 관리가 소홀하리라 생각하고 특별히 보차를 불러다 각처의 일에 잘 대처해 달라고 당부하였다.

"이제 할멈들도 소용없게 되었어. 그저 틈만 나면 술 마시고 골패놀이하며 한낮에는 낮잠 자고 한밤에는 노름하는 걸 나도 잘 알고 있어. 희봉이 대관원 밖에 살고 있었지만 그래도 겁을 내는 구석이 있었는데 이젠 아주 제멋대로 놀아나고 있잖아. 그러니 얘야! 네가 그래도 가장 적당하다고 생각되는구나. 다른 형제자매가 다들 나이 어리고 내가 시간이 없어 직접 챙길 수가 없으니 네가 나를 대신하여 며칠간이라도 보살펴 주려무나. 내가 생각지 못한 것이 있으면 할머님이 생각나서 물어보시기 전에 네가 나한테 먼저 말해 주렴. 내가 미처 답변드릴 말씀이 없으면 큰일 아니냐. 아랫것들이 잘못하면 마음 놓고 야단치도록 해라. 말을 안 들으면 곧바로 나한테 말해. 더 큰일을 만들지 않도록 말이야."

보차는 어쩔 수 없이 대답하였다.

때는 바야흐로 맹춘. 봄날 늘 오는 대옥의 기침병이 다시 도졌다. 상운이도 마침 감기에 걸려 형무원에 몸져누워서 날마다 약을 달고 살았다. 탐춘과 이환은 본래 떨어진 곳에서 거처하고 있었다. 하지만 두 사람은 전과 달리 이제 같은 일을 맡아보게 되었으므로 오가며 보고하는 사람들의 불편을 고려하여 두 사람이 논의하여 결정을 내렸다. 그것은 매일 아침 일찍 대관원 대문 남쪽의 세 칸짜리 대청에 모여 일을 처리하고 아침을 먹고 점심 무렵에 각자의 집으로 간다는 것이었다. 이 세 칸짜리 대청은 원래 원춘이 친정나들이 했을 때 여러 집사 태감이 거처로 이용하던 곳이었는데 그 이후에 쓸데가 없어 매일 할멈들의 숙직 장소로 쓰던 곳이었다. 요즘엔 날씨도 따뜻해져서 따로 장식하지 않아도 되고 간단하게 몇 가지 비품만 갖다 놓으면 두 사람이 잠시 사용하는 데는 충분하였다. 이 대청에는 편액이 하나 있는데 '보인유덕輔仁諭德'[1]이란 네 글자였다. 하인들은 속칭으로 '의사청'으로 부르고 있었다. 이제 이환과 탐춘이 매일 아침 묘정〔卯正: 아침 6시 정각〕에 이곳에 와서 오정〔午正: 낮 12시 정각〕에 흩어지니 집사 일을 보는 여자들이 보고하기 위해 오

---

1 스스로 인(仁)을 수양하여 남에게 좋은 덕을 베풀어야 한다는 뜻.

가는 왕래가 끊임이 없었다.

사람들은 처음에 이환이 혼자서 일을 맡았다는 말을 전해 듣고 속으로 은근히 좋아했다. 이환은 평소 후덕한 면이 있어 은혜를 베풀기만 하고 벌을 내리는 법은 없었기 때문이다. 자연히 희봉에 비하면 변명하기가 좋았다. 후에 탐춘이 덧붙여 일하게 되었다고 해도 심각하게 생각하지는 않았다. 그저 아직 출가하지 않은 젊은 아가씨로서 평소에 성격도 부드럽고 얌전했기 때문에 별로 마음에 두지 않았다. 사람들은 희봉이 관장할 때보다 훨씬 나태해져 있었다. 그러다 사나흘쯤 지나 몇 가지 일이 터진 뒤에야 비로소 탐춘의 세심함이 희봉에 못지않음을 알게 되었다. 탐춘은 다만 말이 조용하고 성품이 부드러울 뿐이었던 것이다.

하필이면 이 무렵 매일 영국부 및 녕국부와 친척이거나 친지 혹은 세교가 있는 친왕과 공후백작의 작위를 받은 대갓집 십여 군데에서 승진이나 좌천, 혼례나 상례 등 애경사가 잇달아 생겼다. 왕부인은 축하나 조문을 하거나 영접하고 전송하는 등의 일로 눈코 뜰 새 없이 바빴지만 달리 대신할 사람이 없었다. 그래서 이환과 탐춘 두 사람을 종일 대청을 지키고 있도록 하였다. 보차도 하루 종일 상방에 나와 감독하다가 왕부인이 돌아간 뒤에 제 방으로 돌아갔으며, 매일 밤마다 침선을 하다가 잠시 쉬는 틈이나 취침 직전에 대관원 숙직자를 데리고 한 번씩 각처를 순찰돌았다. 이들 세 사람이 이처럼 조리정연하게 처리하자 희봉이 맡아서 하던 때보다도 더욱 조심스러워하고 규율을 잘 지키게 되었다. 그래서 안팎으로 몰래 원망하는 말들이 돌았다.

"방금 '순해야차' 하나가 물러가나 싶더니 이번엔 '진산태세'가 셋이나 나타났네.[2] 이젠 밤마다 몰래 술 마시고 노름할 틈조차 없어지고 말

---

2 순해야차(巡海夜叉)는 사람을 잡아먹는 악귀이고 진산태세(鎭山太歲)는 불길한

앉어."

어느 날인가 왕부인이 마침 금향후錦鄕侯 저택의 잔치에 간 날이었다. 이환과 탐춘은 일찌감치 세수를 마치고 왕부인을 문밖까지 전송하고 돌아와서 대청에 자리 잡고 앉아 차를 마시고 있었다. 그때 오신등의 아내가 보고하러 들어왔다.

"조이랑의 아우이신 조국기 나리가 어젯밤에 돌아가셨습니다. 어제 마님께 말씀드렸더니 아셨다고 하시며 아씨마님과 아가씨께 말씀 올리라고 하셨습니다."

말을 마치고 난 오신등의 아내는 옆에 시립하고 서서 더 이상 말을 하지 않았다. 그때 다른 보고를 하려는 사람들도 많았으므로 모두들 두 사람이 이 일을 어떻게 처리하나 들어보자는 생각으로 귀를 세우고 있었다. 만일 일을 제대로 처리하면 다들 두려운 마음으로 조심해야겠지만 조금이라도 마땅치 않은 빈틈을 보이는 구석이 있다면 굴복하기는 커녕 중문 밖에 나가 수많은 웃음거리를 만들어내 조롱할 심사였다.

오신등의 아내는 속으로 벌써 묘안을 생각해놓고 있었다. 왕희봉의 앞에서라면 벌써 수많은 방안을 제시하였을 것이며 수많은 전례를 조사하여 희봉으로 하여금 골라서 시행하도록 하였을 것이다. 하지만 지금 이환은 성실하기만 하고 탐춘은 아직 나이 어린 아가씨로만 보이기 때문에 약간 무시하면서 그 말만 꺼내놓고 그들 두 사람이 어떤 대책을 내놓을지 떠보고 있는 것이었다.

탐춘은 이환에게 물었다. 이환은 잠시 생각에 잠겼다가 말했다.

"지난번 습인의 모친이 죽었을 때 듣자하니 마흔 냥을 보냈다고 하던데 이번에도 마흔 냥을 보내면 되겠군그래."

오신등의 아내가 곧 나무패를 받아들고 나가려 하였다. 그 순간 탐춘

___
운수를 가져다주는 악귀.

이 얼른 불러 세웠다.

"돈은 아직 인출하지 말고 있어요. 한 가지 묻겠어요. 전에 할머니 방에 있던 작은할머니〔할아버지의 첩〕몇 분도 우리집에서 원래 있던 사람과 밖에서 데려온 사람으로 구분되었지요? 집안에 원래 있던 사람의 친척이 죽으면 얼마를 주었고 밖에서 데려온 사람의 친척이 죽으면 얼마씩을 주었는지 구분해서 분명히 말 좀 해봐요."

오신등의 아내는 어안이 벙벙하였다. 얼른 웃음을 띠며 대답했다.

"이런 건 별로 큰일도 아니니 얼마를 주시든 누가 감히 말하겠습니까?"

탐춘이 지지 않고 말했다.

"참으로 허튼 소리를 하네그래. 내가 보기엔 1백냥이라도 주었으면 좋겠어. 하지만 선례를 따르지 않으면 자네들이 비웃을 것은 물론이고 나중에 희봉 아씨를 대할 면목도 없어지게 되는 거지."

오신등의 아내가 대답했다.

"그러시다면 제가 옛날 장부를 찾아서 알아볼게요. 지금은 생각이 나지 않아요."

"자네는 바로 그런 일만 처리하며 늙은 사람이 아닌가? 어째서 생각이 나지 않는다는 말을 할 수가 있어? 분명코 우리를 힘들게 할 작정이구면. 평소에 희봉 아씨한테 보고할 때도 가서 찾아보겠다는 말을 하는가? 정말 그렇다면 희봉 아씨도 별로 엄한 사람이 못 되는 거고 너무 물러터지다고 해야 옳겠지. 당장 찾아와요! 잠시라도 지체하면 자네들이 꼼꼼하지 않았다는 것은 말하지 않고 아무런 주관이 없다고 우리만 욕을 먹게 될 거야."

탐춘의 옹골찬 말에 오신등의 아내는 얼굴이 벌겋게 달아올라 밖으로 나왔다. 다른 사람들도 모두 혀를 내둘렀다. 다른 일에 대한 보고가 계속되었다.

잠시 후 오신등 아내는 옛날 장부를 가져와 탐춘에게 보였다. 원래 집안에서 태어난 사람 두 사람에게는 각각 스무 냥씩 지급하였고 밖에서 데려온 사람 두 사람에게는 각각 마흔 냥씩 지급하였다. 그밖에 밖에서 데려온 사람 두 사람에게 특별 추가금을 주었는데 한 사람에게는 백 냥을, 다른 한 사람에게는 예순 냥을 준 것으로 되어 있었다. 각각 그 까닭을 적어 두었는데 한 사람은 다른 성姓으로 부모의 영구를 모셔야 하므로 예순 냥을 덧붙여 주었고 또 다른 사람은 현지에서 매장하므로 스무 냥을 덧붙여준다는 것이었다. 탐춘은 그 내용을 이환에게도 보여주면서 오신등의 아내에게 말했다.

"스무 냥만 지급하면 되겠어요. 이 장부는 우리가 좀 상세히 볼 테니 여기 두고 나가요."

오신등의 아내가 나간 뒤에 얼마 지나지 않아 조이랑이 달려 들어왔다. 이환과 탐춘이 일어나 맞으면서 앉으라고 권하였다. 조이랑은 다짜고짜 험악한 소리로 대들었다.

"이 집안사람 모두가 내 머리를 밟고 지나간다고 해도 좋아! 하지만 탐춘 아가씨만은 그래도 한 번 곰곰이 생각해서 이 에미를 위해 한풀이를 해주어야 하지 않겠어?"

조이랑은 벌써 얼굴이 온통 눈물과 콧물로 뒤범벅이 되어 있었다.

탐춘이 놀라서 정색하고 대들었다.

"지금 이랑께서 하시는 말씀은 누굴 두고 하신 거예요? 전 도무지 이해할 수 없군요! 누가 이랑의 머리를 짓밟는지 말씀 좀 해주시면 제가 결코 가만있지 않을게요."

"지금 탐춘 아가씨가 먼저 짓밟고 있는데 누구한테 하소연하겠어?"

탐춘은 친어머니인 조이랑의 입으로부터 그런 말이 나오자 자리에서 벌떡 일어났다.

"제가 어떻게 감히 그러겠어요!"

사태가 심상치 않자 이환도 함께 일어나 말리고 나섰다.

조이랑의 푸념은 계속되었다.

"두 사람 모두 앉아서 내 말을 좀 들어봐요. 나도 이 집안에서 온갖 속 다 끓이며 이만큼이나 나이를 먹었어. 탐춘이 너를 낳고 네 동생 환이도 생겼지. 그런데 이번 경우엔 시녀인 습인만 한 대접도 못 받게 되었는데 나한테 무슨 체면이 있겠어! 내 체면이 문제가 아니라 탐춘이 네 얼굴에도 먹칠하는 거란 말이야."

탐춘은 얼굴에 웃음을 띠고 달랬다.

"그 일 때문에 그러시는 거군요. 저는 규정을 위반한 게 하나도 없어요."

탐춘은 자리에 앉아 장부를 펴서 조이랑에게 들이대면서 읽어주었다.

"이건 조상 대대로 예전부터 내려오던 법칙이란 말이에요. 누구나 지켜야 하는 것인데 저라고 해서 그걸 고칠 수가 있나요? 습인이라고 해서 그런 게 아니라 훗날 환이가 밖에서 데려온 시첩이 생기면 그 사람도 자연히 습인과 같은 대접을 받게 될 거예요. 이런 문제는 지위가 높으니 낮으니 따질 일이 못되고 더더욱 체면이 서니 안서니 하는 것과는 상관도 없어요. 그 사람은 마님의 노복이니까 저는 옛날 규정에 따라 처리한 것뿐이에요. 일을 잘했다고 하는 사람은 그래도 조상의 은덕과 마님의 은혜를 받은 것이겠지만 일이 불공평하게 처리됐다고 하는 사람은 그저 어수룩해서 자신의 복을 모르고 원망만 하려는 것이겠지요. 마님이 남한테 집까지 마련해 준대도 나한테 면목이 서는 일은 없을 것이고 단 한 푼도 상주지 않는대도 내가 체면서지 못할 일이 뭐 있겠어요.

제 생각에는 마님께서 집에 안 계실 때인 만큼 어머니도 공연히 마음 졸이지 마시고 이제 그만 조용히 정양하시며 지내시는 게 좋을 것 같아요. 마님이 나를 진심으로 아껴주시는데 어머니가 매번 말썽을 일으키시면 정말 한심할 때가 한두 번이 아니에요. 제가 남자로 태어나 마음 놓고 나갈 수만 있었다면 벌써 밖에 나가 한 가지 사업은 세워서 출세했을 거예요. 그렇게 되었다면 자연히 어떤 방도가 있었겠지요. 하지만 여자로 태어난 마당이라 한마디 말이라도 함부로 할 수 없는 입장이 아니던가요. 마님께서는 속으로 다 알고 계시면서도 지금 저를 특별히 중히 여기시고 집안일을 관장하도록 맡기셨잖아요. 아직 좋은 일 한 가지도 하지 못했는데 어머니가 먼저 와서 나를 짓밟고 계시는군요. 만일 마님께서 아시면 내가 난처하게 될까 봐 이런 일을 맡기지 않으려고 하실 테니 그렇게 되면 그야말로 정말로 체면 깎이는 거지요. 그야말로 어머니 체면도 정말 말이 아닐 거예요."

탐춘은 제 말끝에 서러움이 복받쳐 올라 눈물을 펑펑 쏟았다.

조이랑은 대답할 말이 궁색하자 겨우 몇 마디로 얼버무렸다.

"마님께서 너를 어여삐 보아주시면 우리를 함께 돌봐주어야 하지 않겠어? 마님이 귀여워해주시는 것만 생각하고 우리 모자는 아주 잊어버리려고 하고 있잖아."

"내가 뭘 잊고 산다고 그래요? 나보고 어떻게 돌봐 달라고요? 엄마나 환이가 각각 자신에게 물어봐요. 어떤 주인치고 열심히 일하는 사람을 아껴주지 않겠어요. 자신이 착한 사람이면 남들이 보살펴주고 말고 할 필요가 어딨어요?"

이환이 옆에서 좋은 말로 달랬다.

"이랑도 이제 그만 화를 내세요. 탐춘 아가씨를 원망할 수도 없는 일이잖아요. 마음속으로는 잘해 드리고 싶은 생각이 많이 있겠지만 그걸 어떻게 입 밖으로 내겠어요?"

그러자 탐춘이 이번에는 이환한테 달려들었다.

"그건 큰아씨께서 잘못 아신 거예요. 제가 누구 뒤를 봐준다고 그래요? 어느 집 아가씨가 노복의 뒤를 봐주는 거 봤어요? 저 사람들 좋고 나쁜 건 큰아씨도 잘 아시잖아요. 그게 나하고 무슨 상관이 있다고 그러세요?"

조이랑은 그 말에 불끈 화가 치밀어 올랐다.

"누가 너한테 다른 사람 뒷바라지하라고 했어? 탐춘이 네가 가사를 맡아보지 않는다면 내가 일부러 와서 물어볼 일도 전혀 없을 거야. 지금 너는 하나면 하나, 둘이면 둘 하고 일일이 규정을 들먹거리며 따지는데 지금 네 외삼촌이 돌아가신 마당에 네가 스무 냥이고 서른 냥이고 더 준다고 해서 마님이 네 말을 안 따르시겠어? 마님은 원래부터 마음이 너그러우신 분이야. 다 너희가 까탈스럽고 지독하게 구는 거지. 아깝게도 마님의 넉넉한 은덕이 베풀어지지 못하는 거지 뭐야.

탐춘 아가씨! 걱정 말라고. 이 집구석 돈을 다 써버릴까 봐 그렇게도 걱정이 태산이야? 훗날 아가씨가 출가하면 그래도 특별히 조씨 가문 뒷바라지를 잘할 거라고 생각했는데 지금 아직 날개에 깃털도 안 난 것이 벌써 분수도 모르고 높은 가지로 날려고만 하는군! 한심하다, 한심해!"

탐춘은 그 말이 다 끝나기도 전에 기가 막혀 벌써 얼굴이 새파랗게 질려서 울음을 참지 못하고 훌쩍거리며 물었다.

"누가 나한테 외삼촌이라는 거예요? 내 외숙부는 연말에 구성검점九省檢點으로 승진하셨는데 어디서 또 하나 외숙부가 튀어나왔나요? 나는 그래도 평소에 예의범절 다 차려서 존중했는데 어디서 또 그런 친척까지 만들어내는 거예요? 그렇다면 환이가 나갈 때마다 조국기趙國基는 왜 벌떡벌떡 일어서서 그 애를 모시고 서당으로 가곤 했나요? 왜 외숙부로서 위엄은 차리지 못했나요? 도대체 왜 그러는 거야? 내가 첩의 몸에서 낳은 사람인 걸 누가 모른대? 두어 달에 한 번씩은 이렇게 꼬투리를 물고 말썽부리며 한바탕 생난리를 치는 게 사람들이 그걸 몰라줄까 봐 일부러 그러는 것이지 다 뭐야! 누가 누구한테 체면을 안 세워 주고 먹칠했다고 그래? 그래도 난 사리를 분명히 알고 있으니 망정이지 아무것도 모르는 사람 같았으면 벌써 난리 났을 거야!"

듣고 있던 이환이 황급히 일어나 말리느라고 애를 썼지만 조이랑은 여전히 지껄여댔다. 그때 갑자기 밖에서 전하는 소리가 들렸다.

"희봉 아씨가 평아平兒 아가씨를 통해 전갈을 보내왔습니다."

조이랑은 그제야 비로소 입을 다물었다.

평아가 들어오니 조이랑이 억지웃음을 띠면서 앉으라고 권하고 안부를 물었다.

"아씨마님은 좀 차도가 있으신가? 내가 인사 가보려고 했지만 도통 짬이 나질 않아서 말이야."

이환이 평아에게 온 까닭을 물었다.

"우리 아씨께서 말씀하는데요, 조이랑 아우님이 별세하였는데 아씨와 아가씨가 전례를 잘 모르실 것 같다고 하시면서 전례대로라면 스무 냥을 드리면 되지만 이번에는 아가씨가 잘 가늠해서 좀더 보태도 될 것이라고 하셨어요."

탐춘은 눈물을 닦아내고 있다가 평아의 말을 듣고 곧바로 되받아쳤다.

"멀쩡한 일에 왜 돈을 덧붙여 내준단 말이야? 누구는 스물넉 달이나 걸려 태어난 사람이냐구? 아니면 전쟁터에 나가서 말 먹이고 주인 업고 사지에서 도망쳐 구해온 충직한 하인이라도 된단 말인가? 너희 주인은 참 약삭빠른 사람이기도 하구면. 나한테 전례를 어기도록 하고는 인심은 자기가 쓴다 이거지. 아까울 것이 없는 마님의 돈으로 자기가 실컷 생색이나 내겠다는 거 아냐? 가서 말해요. 난 절대로 함부로 올리지도 내리지도 못한다고. 돈 올려주고 은덕을 베풀고 싶으면 자기 병이나 낫거든 와서 제 마음대로 실컷 올려주라고 해."

평아는 이 방에 들어서는 순간 벌써 분위기가 심상치 않음을 알아차렸지만 지금 탐춘의 말을 듣고 보니 더욱 분명해졌다. 탐춘의 얼굴에 노기가 잔뜩 서려있는 것을 보고 평소 흉허물 없이 놀던 때처럼 해서는 안 될 것 같아서 얌전하게 입을 다물었다. 그리고는 한쪽에 두 손을 공손히 내리고 시립하고 서 있었다.

이때 보차가 안채로부터 건너왔다. 탐춘은 얼른 맞이하면서 앉으라고 권하였다. 아직 서로 말도 꺼내지 않고 있는데 한 어멈이 들어와 보고를 하려고 했다. 탐춘은 방금 눈물을 흘렸으므로 곧 서너 명의 시녀들이 각각 세숫대야와 수건과 손잡이 거울 등을 받쳐 들고 들어왔다. 탐춘은 낮은 평상에 무릎을 꿇고 앉아 있었으므로 대야를 든 시녀가 앞에서 무릎을 꿇고 대야를 높이 들고 있었고 두 시녀는 옆에서 역시 무릎을 구부리고 수건과 손잡이 거울, 지분 등의 화장품을 들고 있었다.

평아는 마침 탐춘의 몸종인 대서待書가 곁에 없자 얼른 다가가 탐춘의 소매를 걷고 팔찌를 벗겨주었다. 또 커다란 수건을 하나 가져다 탐춘의 앞쪽 옷깃을 가려 주었다. 탐춘은 그제야 손을 내밀고 대야에 엎드려 세수를 하였다.

하필 그때 아까 들어온 어멈이 말을 꺼냈다.

"아가씨께 보고말씀을 드립니다. 가문의 서당에 환環 도련님과 난蘭 도련님의 일 년치 학비를 보내주어야 합니다."

평아가 얼른 막아섰다.

"뭐가 그리 바쁘다고 서둘러요? 지금 탐춘 아가씨께서 세수하는 걸 보면서도 몰라요? 나가서 기다리지는 못할망정 제 할 말이나 꺼내다니. 우리 희봉 아씨 앞에서도 방자하게 그럴 수 있겠어? 아가씨는 비록 너그러우시지만 내가 돌아가 자네들이 아가씨를 업수이여긴다고 아씨마님한테 말씀드리면 다들 큰 코 다칠 게야. 그때 가서 날 원망하지나 말아요!"

깜짝 놀란 아낙은 얼른 웃으면서 물러갔다.

"제가 너무 서둘렀어요."

탐춘은 얼굴에 지분을 바르면서 평아를 향해 코웃음을 쳤다.

"흥! 한걸음 늦었구먼그래! 더 웃기는 일도 있었는데. 오서방 댁은 이런 일로 늙은 사람인데도 장부를 찾아봐야 알겠다고 하더라고. 그러면서 우리를 어물쩍 속이려는 거 있지. 그나마 내가 따져 물으니 그제야 잊었다고 말하던데. 그래서 내가 그랬지. '너희 주인 앞에서도 감히 잊었다는 말이 나올까 몰라. 아마도 너희 주인 같았으면 그냥 참을성 있게 기다려줄 것 같지 않은데'라고 말이야."

"그런 일이 있으면 다리몽둥이가 벌써 부러졌겠지요. 아가씨, 저런 사람들 말은 곧이곧대로 믿지 마세요. 그건 다 큰아씨는 보살님같이 너그러우시고 아가씨는 아직 나이 어리고 부끄러움이나 타는 얌전한 규수라고 얕잡아봐서 멋대로 수작을 부리는 거예요."

평아는 밖에다 대고 큰소리로 경고했다.

"당신들 말이야. 그렇게 버르장머리 없이 멋대로 굴면 우리 아씨마님이 쾌차한 연후에 한 번 두고 보겠어."

문밖에 있던 어멈들이 다들 입을 모아 말했다.

"아가씨는 사리에 밝으신 분이잖아요. 속담에도 '죄는 지은 대로 간다'고 했는데 저희가 어찌 감히 아가씨를 속이려고 하겠어요. 아가씨는 귀하신 분이신데 정말로 화내시면 저희는 죽어도 묻힐 곳이 없을 거예요."

평아가 쌀쌀하게 웃었다.

"자네들이 그렇게 알기만 하면 됐어."

그리고 또 탐춘에게 웃음을 띠고 말했다.

"아가씨도 아시겠지만 우리 아씨는 본래 일이 많으신 분이라 이런 일까지는 일일이 다 돌보지도 못하시는 거예요. 아무래도 소홀한 점도 있게 마련이죠. 속담에도 방관자청이라고 옆에서 보는 사람이 더 잘 본다고 했잖아요. 지난 몇 년 사이에 보태야 할 곳과 줄여야 할 곳이 있는데도 우리 아씨마님이 미처 시행하지 못한 부분이 있을 테니 아가씨가 이번에 잘 알아서 보태거나 줄이세요. 그러면 마님의 일에 제대로 도움이 될 것이고 또한 아가씨가 우리 아씨를 아끼는 마음도 저버리지 않는 것이 되잖아요."

그 말이 끝나기 전에 보차와 이환이 함께 웃으면서 칭찬했다.

"우리 평아는 정말 대단한 애야! 희봉 아씨가 그렇게 싸고도는 것도 무리는 아니군그래! 본래는 아무것도 보태고 줄일 게 없었는데 평아의 말을 듣고 보니 아무래도 한두 가지는 찾아내서 따져봐야겠구나. 그래야 평아의 뜻을 살리는 거지."

탐춘도 그제야 환하게 웃었다.

"그러잖아도 화가 잔뜩 나도 화풀이 할 사람이 없기에 평아네 아씨나 찾아가 화를 풀려고 했는데 평아가 직접 와서 이렇게 말하니 나도 어쩔 수가 없어졌네요."

그리고 곧 방금 전 어멈을 불러들여 물었다.

"그래 환이하고 난이의 서당에 들어가는 일 년치 돈은 도대체 어디에 쓰는 돈인가?"

"일 년 동안 서당에서 먹는 간식비용과 지필묵의 구입비용입니다요. 한 분에 여덟 냥씩을 쓰도록 되어 있습니다."

탐춘이 말을 받았다.

"도련님들이 쓰는 돈이라면 각 방에서 내주는 월비가 있을 거 아닌가? 환이 것은 이랑이 두 냥을 받아가고 보옥 오빠의 것은 할머님 방에서 습인이 두 냥을 받아가고 난이의 것은 여기 큰아씨방에서 받을 거잖아. 어찌하여 서당에서 사람마다 여덟 냥씩 내라고 하는지 모르겠네. 그러고 보니 서당에 다니는 핑계가 이 여덟 냥 때문이란 말인가? 오늘부터 이 항목은 삭제하겠어. 평아야! 돌아가거든 아씨한테 내 말을 전해드려. 이 항목은 없애야겠다고 말이야."

평아가 맞장구를 쳤다.

"진작 없애야 했어요. 지난해에 우리 아씨가 진작 없애려고 했는데 연말에 바쁜 바람에 그걸 또 잊어버리고 말았던 거예요."

보고하러 왔던 어멈은 돌아갔다. 잠시 후 대관원에서 일하는 어멈이 도시락을 들고 들어왔다. 대서와 소운이 얼른 작은 소반을 가져와 펼쳐 놓았고 평아도 달려들어 밥과 반찬을 차렸다.

"할 말 다 했으면 어서 돌아가 일 보지 않고 여기서 뭘 돕겠다는 거야?"

탐춘의 말에 평아가 웃으면서 대답했다.

"별로 할 일은 없어요. 우리 아씨가 날 보낸 것은 그 말을 전하려는 것도 있지만 이곳에 불편한 일이 있으면 여러 아이들을 도와 큰아씨와 아가씨 시중을 들어드리라는 것이었어요."

탐춘이 문득 생각난 듯 물었다.

"그런데 보차 아가씨 밥은 안 가져왔어? 여기서 같이 들게 하지 않고."

그 말을 들은 시녀들이 얼른 밖으로 나가 어멈들에게 분부했다.

"보차 아가씨도 이곳 대화청에서 식사를 하신답니다. 드실 밥을 이곳으로 가져오라고 하세요!"

탐춘이 얼른 소리쳤다.

"야, 이년들아! 너희가 어떻게 함부로 사람을 시키고 있어? 그분들도 다들 큰일을 맡아 하는 집사 어멈들이란 말이야. 너희가 저 사람들한테 밥 가져와라 차 가져와라 하면 되겠냐? 위아래도 모르는 주제에. 평아가 여기 있으니 가서 시키고 오면 좋겠네."

평아가 밖으로 나가자 어멈들은 평아를 끌어당기며 웃으면서 말렸다.

"아가씨가 직접 부르러 가지 않아도 됩니다. 벌써 저희가 사람을 보냈어요."

그들은 손수건으로 돌계단 위의 흙을 털어내고 평아에게 권했다.

"아가씨도 안에서 계속 서 있었으니 얼마나 다리가 아프겠어요? 여기 햇볕아래 잠깐 앉아서 쉬어 봐요."

그 말에 평아는 잠시 앉아 기다렸다. 주방 쪽에 있는 두 어멈이 앉을 방석을 가져왔다.

"돌 위가 차가우니 여기 앉아요. 아주 깨끗한 거니까 깔고 앉아요."

이번에는 또 한 사람이 아주 정결한 차를 한 잔 받쳐 들고 와서 건네주며 가만히 말했다.

"이건 우리가 평소에 마시는 차가 아니라 아가씨들께 올리는 고급차예요. 한 번 맛을 좀 보세요."

평아는 얼른 일어나 찻잔을 받았다. 그리고 여러 어멈들에게 조용하게 말했다.

"참 아주머니들도 너무 했어요. 저 아가씨는 아직 규중처녀라 위엄을 안 부리고 화를 참으며 스스로 자중하는데 당신들이 저 아가씨를 얕보고 함부로 대했단 말이에요? 그러다 결국 아가씨 화를 돋우게 되면 아가씨야 좀 거칠다는 말이나 듣게 되겠지만 당신들은 큰 코를 다치게 된단 말이에요. 저 아가씨가 성질을 부리면 마님까지도 물러나시고 우리 아씨도 감히 어쩌지 못하신다니까요. 정말 담도 크지, 사람을 그렇게 만만히 보았단 말이에요? 그야말로 계란으로 바위치기나 한 가지일 텐데."

"저희가 어찌 감히 방자하게 굴 수 있겠어요? 다 저 조이랑 때문에 그런 거죠."

"제발, 아주머니들 그만 좀 해요! '넘어지는 돌담에 달려들어 밀어버린다'는 격이지. 조이랑은 원래 좀 덜렁거려 말썽을 일으키기는 하지만 그렇다고 일마다 다 그 사람한테 뒤집어씌우면 어떡해요? 아주머니들이 속으로 심술궂고 안하무인이라는 것을 지난 몇 년 사이에 보아온 내가 모를 줄 아세요? 우리 아씨가 만일 조금이라도 허튼 곳이 있었다면 일찌감치 아주머니들 손에 휘둘리고 말았겠지요. 그렇게 너그럽게 용서해도 조금만 틈이 나면 아씨를 괴롭히려고 했잖아요. 도대체 몇 번이나 아주머니들 입방아에 올랐는지 몰라요. 사람들은 우리 아씨가 지독하다면서 다들 두려워하지요. 하지만 나만은 알고 있어요. 우리 아씨도 속으로는 아주머니들을 겁내고 있다고요. 전에도 우리가 그런 논의를 한 적이 있어요. 윗사람의 생각을 아래에서 제대로 따라주지 않으면 아무래도 한바탕 화를 내고 결단을 내려야 한다고 말이에요. 저 셋째 아가씨가 나이 어린 규중처녀라고 아주머니들이 함부로 얕보았겠지만 우리 아씨도 여기 있는 크고 작은 시누이 중에서도 유독 저 아가씨한테만 두려움을 갖고 있어요. 그런데 지금 저 아가씨한테 안하무인으로 대하면 되겠어요?"

마침 그때 추문이 달려오자, 어멈들이 얼른 달려가 인사했다.

"아가씨. 좀 쉬었다가 가세요. 안에는 지금 밥상을 차렸거든요. 상을 물리면 그때 용건을 얘기하도록 하세요."

그래도 추문은 막무가내다.

"난 바쁜 사람이에요. 아주머님들처럼 한가하게 기다릴 수가 없어요."

추문은 곧장 안으로 들어가려고 했다. 평아가 얼른 불러 세웠다. 추문이 평아를 보더니 웃으며 말했다.

"아니? 평아 언니는 왜 여기 앉아서 수문장 역할을 하는 거야?"

추문은 평아 옆으로 와서 함께 앉았다.

"용건이 뭔데?"

"보옥 도련님의 월비하고 우리 월비를 언제쯤이나 받을 수 있는가 물어보려고."

"그게 무슨 대단한 일이라고. 당장 돌아가서 습인한테 내 말이라고 하면서 전해. 무슨 용건이고 간에 오늘만큼은 절대로 말하지 말라고 해. 어떤 일이든 오늘 보고하는 건 다 거절당하게 되어 있으니까. 열이면 열, 백이면 백 모두 퇴짜야!"

추문이 몹시 궁금한 듯 물었다. 평아는 방금 어멈들과 함께 일어난 일의 까닭을 일일이 추문에게 다 말해주었다.

"그러잖아도 지금은 무슨 일인가 사단을 하나 잡아서 체면 있는 사람

하나를 본보기로 삼아 여러 사람 앞에 본때를 보여주려고 한참 벼르는 참이거든. 공연히 튀어나온 대못에 일부러 부딪칠 이유가 어디 있단 말이야. 네가 지금 들어가서 말하면 아가씨는 한두 가지 일로 너희를 본보기로 삼으려고 할 테지만 노마님이나 마님이 어떻게 나오실지 걱정이 되시겠지. 그런데 너희한테서 한두 가지 일을 꼬투리 잡지 않는다면 사람들이 누구는 감싼다고 뒷말을 할 게 뻔해. 노마님과 마님의 위세가 겁나니까 감히 건드리지 못하고 공연히 자기들처럼 연약한 사람들 코만 비튼다고 아가씨한테 트집을 잡을 거야. 그러니까 잔말 말고 내 말들어. 방금 우리 아씨의 말도 두 가지나 거절해서 겨우 사람들 군소리를 잠재웠단 말이야."

추문이 다 듣고 나서 혀를 내둘렀다.

"다행히 평아 언니가 여기 있었으니 망정이지 하마터면 큰 창피만 당할 뻔했네. 빨리 돌아가서 다른 사람들한테도 알려야겠어요."

추문이 돌아가고 보차의 밥이 도착하였다. 평아는 곧 안으로 들어가 시중을 들었다. 그때는 이미 조이랑이 가버린 뒤였다. 세 사람이 나무 밥상에서 겸상을 하고 식사했다. 여러 어멈들은 밖의 낭하에서 조용히 대기하고 있었고 안에는 그들의 몸종들만 시중을 들게 하고 남들은 감히 얼씬도 못하게 하였다. 밖에 있던 어멈들이 조용히 수군댔다.

"이제 다들 조심들 하자구. 공연히 말썽 일으키지 말고. 쓸데없는 생각일랑 접어두어야지. 오서방 댁까지도 방금 야단을 맞았는데 우리가 무슨 체면이 있다고 나서겠어."

그들은 스스로 이렇게 서로 단속하고 안에서 식사가 끝나는 대로 용건을 보고하기로 했다. 안에서는 아주 조용하여 밥그릇 소리나 젓가락질 소리조차 거의 들리지 않았다. 잠시 후 시녀 하나가 발을 높이 들고 나머지 두 사람이 밥상을 들고 나왔다. 차 끓이는 방에선 벌써 시녀 세 사람이 세숫대야 셋을 준비하고 있다가 밥상이 나오자 가지고 들어갔다. 잠시 후 세숫대야와 양치물이 나와서 대서와 소운, 앵아 등 세 사람이 각각 쟁반에 찻잔 셋을 받쳐 들고 안으로 들어갔다. 세 사람이 나오자 대서가 어린 시녀를 불렀다.

"잘 모시고 있어라. 우리가 밥 먹고 나면 너희와 교대할 테니까. 꾀부리고 몰래 앉아있으면 안 돼, 알겠어!"

그제야 밖에서 기다리던 어멈들은 한 사람씩 안으로 들어가 용건을 말했다. 아무도 앞서와 같이 태만하게 함부로 대하는 사람이 없었다.

탐춘은 기분이 점차 평온해지자 평아에게 말했다.

"내가 너희 아씨하고 상의할 중요한 일이 하나 있는데 지금 마침 생각이 났어. 평아는 지금 돌아가서 밥을 먹고 다시 와 줄래. 마침 보차 아가씨도 여기 있으니 우리 네 사람이 함께 논의하고 너희 아씨께 다시 상세하게 시행여부를 물어보는 게 좋을 것 같아."

평아는 대답하고 돌아갔다. 희봉은 평아에게 어쩐 일로 그곳에 가서 한나절이나 걸렸느냐고 물었다. 평아는 웃으면서 방금 전에 있었던 전후 사정을 일일이 다 알려주었다. 희봉이 웃으면서 말했다.

"좋아, 좋아! 과연 셋째 아가씨야! 내가 말했잖아. 셋째 아가씨가 가장 괜찮은 사람이라고. 하지만 안타깝게도 팔자가 기구하여 마님의 몸에서 태어나질 못했으니 딱하기도 하지."

"아씨도 공연한 말씀이세요. 마님 소생이 아니라고 누구 하나 감히 셋째 아가씨를 깔보는 사람이 있나요. 다른 아가씨들과 똑같이 대하고 있잖아요."

평아의 말에 희봉은 여전히 긴 한숨을 쉬었다.

"네가 어찌 알 수 있겠어. 다 같은 서출이라도 여자는 또 남자와는 다른 거야. 앞으로 혼인하게 되면 요즘 경박한 인간들이 다짜고짜 본실 소생인지 첩실 소생의 서출인지를 꼭 따진다는 거야. 대부분 서출은 안 받으려고 하지. 세상에 다른 서출은 몰라도 우리집의 이 아가씨는 남들보다 훨씬 더 훌륭한데도 말이야. 그걸 알아주기나 하려는지. 장차 어떤 눈먼 놈이 서출이냐 따지다 대사를 그르치고, 또 어떤 복 받은 놈이 그런 것을 안 따지고 이런 복덩이를 채가게 될지 모르겠네."

희봉은 이어서 다시 평아에게 말했다.

"너도 잘 알겠지만 요 몇 년 사이에 절약할 방법을 얼마나 많이 찾아냈었느냐. 그러니 아마도 온 집안에서 나를 원망하지 않는 사람은 거의 없을 거야. 나도 이젠 내가 달리는 호랑이 등에 탄 격이란 걸 깨닫고 있지만 지금으로서는 갑자기 관대하게 하기도 어려워졌다는 걸 알지. 그리고 집안 살림을 보면 나가는 것은 많고 들어오는 것은 적어. 큰일이든 작은 일이든 모두 노마님의 규칙대로 하긴 하지만 지난 몇 년간 사업상 수입은 전보다 못하단 말이야. 너무 절약하고 옹색하게 굴면 바깥사람들이 비웃을 것이며 노마님이나 마님도 난감하게 여기실 테고 하인들도 각박하다고 원망이 대단해지겠지. 그렇다고 서둘러 절약할 계책을 강구하지 않으면 몇 년 뒤에는 바닥나고 말 테니 이를 어쩌겠어."

"누가 아니래요. 앞으로 아가씨들 서너 분에다 도련님들 두세 분 혼인시켜야 하고 연로한 노마님도 계시니 큰일이 줄줄이 남아 있는 게 아니겠어요."

"나도 그런 생각까지 다 해봤지만 그만한 일이야 견딜 수 있겠지. 보옥이와 대옥이도 각각 장가보내고 시집보내려면 공금을 축내지 않고도 노마님의 쌈짓돈을 써서도 가능할 거야. 둘째 아가씨는 큰 대감댁에서 쓰실 일이니 셈을 하지 않는다 해도 나머지 서너 명은 많이 잡아도 각각 만 냥을 쓴다고 가정해야 될 거야. 환이가 장가갈 때는 한도가 있으니까 삼천 냥을 쓰면 될 테니 어디서든지 그만한 돈쯤은 절약하면 될 테고 말이야. 노마님한테 큰일이 생겨도 웬만한 것은 다 마련되어 있으니까 그저 자질구레한 잡동사니야 써 봤자 많더라도 사오천 냥이면 될 거야. 지금부터 좀더 절약하면 아마 계속 충분할 거야. 한 가지 걱정되는 것은 갑자기 무슨 일이라도 생기면 큰일이라는 거지. 그렇게 되면 정말 야단인데….

자, 자. 그런 나중 걱정은 그만 하고 넌 어서 밥이나 먹고 다시 가서 저쪽에서 무슨 논의를 하려는지 들어보고 오너라. 지금이 바로 기회야. 든든한 한쪽 팔이 없다고 늘 걱정했는데 잘되었지 뭐야. 보옥이 있지만 전혀 이런 일에는 상관없는 재목이라 설사 끌어들인다 해도 소용이 없고 큰아씨는 그저 부처님 반 토막 같은 위인이라 역시 소용이 없지. 둘째 아씨는 더더욱 쓸모가 없는 인물인 데다 이 집의 사람도 아닌지라 어쩔 수가 없고, 넷째 아가씨는 아직 어리고, 난이는 더욱 어리니 어떡하나. 환이는 추위에 떨다 털을 불에 그슬린 고양이 새끼같이 그저 불구덩이 앞으로 기어들기만 하는 꼴이라 무슨 소용이 있겠어. 어쩌면 한뱃속에서 나와도 그렇게 천양지차로 다를 수가 있는지. 아무리 생각해도 이해가 안 가.

그리고 대옥과 보차는 모두 괜찮은 인물들이지만 그저 이 집의 친척일 뿐이니 우리집 가사업무를 맡길 수야 없지 않겠어. 게다가 한 사람은 미인등美人燈처럼 하늘하늘하여 바람만 건듯 불어도 부서질 것같이 연약하고, 또 한 사람은 자신의 생각을 가지고 있으면서도 자기 일이 아니면 입을 안 열고 물어도 애오라지 모른다고 고개만 내젓는 사람이니 어떻게 찾아가 상의를 하겠어. 결국 셋째 아가씨 한 사람만 남게 되는 거지. 셋째 아가씨는 머리 좋고 말 잘하고, 게다가 이 집의 핏줄이고 마님이 귀여워하시니 그만하면 만점이지. 마님이 간혹 겉으로는 담담하게 하시는 것 같지만 그건 다 조이랑 그 늙은 것이 사단을 일으키는 바람에 그렇지 사실은 보옥이와 다를 바 없이 여기시지. 환이는 그와 전혀 달라. 공연히 주는 것 없이 미움을 사기 때문에 내 성질 같았으면 진작 내쫓았을 것이야. 지금 셋째 아가씨가 무슨 생각을 해냈다면 그와 협력하여 손을 잡아야지 든든한 오른팔을 만드는 거야. 그래야 나도 외롭지가 않을 테니까. 이치를 따지고 천리와 양심으로 논한다고 해도 그런 사람이 도와주기만 하면 우린 훨씬 일을 덜게 되고 마님에게도 유익한 일이 될 거야. 만일 사사로운 마음으로 좀 나쁜 생각에서 말한다면 우리가 그동안 너무 독하게 몰아쳤기 때문에 이젠 약간 뒤로 물러설 때가 된 것이지. 돌이켜보면 너무 극한까지 악독하게 몰아치면 사람들의 원한이 극에 달해 겉으로는 웃어도 속으로는 칼을 품고 있을 거란 말이야. 우리 두 사람이 겨우 네 개의 눈알과 두 개의 심장을 가지고 잠시 방비를 느슨하게 하면 곧 당하고 말 거란 말이지. 그러니 이처럼 요긴한 대목에 셋째 아가씨가 나서서 대신 처리해주면 사람들은 지난날 우리한테 품었던 원한을 잠시 잊게 될 것이 아니겠어.

그리고 또 한 가지! 나도 네가 사리에 밝은 줄은 잘 알지만 그래도 네 마음이 곧 돌아서지 않을까 저어하여 당부하는 거야. 셋째 아가씨는 규중처녀이지만 속으로 아주 훤하게 다 알고 있는 사람이야. 그냥 말로만 조심하고 있을 뿐이라고. 그리고 나하고는 달리 글공부도 하였고 책도 읽었기 때문에 한 수 위란 말이야. 속담에도 '도둑놈을 잡으려거든 두목부터 잡으라'는 말이 있잖아. 이제 그녀가 뭔가 새 법을 만들어 선례를 세우려고 할 때는 틀림없이 본보기로 나를 먼저 문제 삼고 나올 거야. 설사 아가씨가 나를 반박하는 말을 하더라도 너는 절대로 나서서 변명하거나 대들어서는 안 된다. 그냥 가만히 공경하며 듣기만 해. 나를 더욱 격렬하게 비난할수록 더욱 좋은 거야. 절대로 내 체면을 생각한답시고 셋째 아가씨한테 맞서려고 하면 안 된다고. 알겠지!"

평아는 희봉의 말이 끝나기도 전에 먼저 웃으며 말했다.

"당신, 저를 너무 우습게 여기시는 거 아녜요? 그러잖아도 이미 그렇게 처신했는걸요. 이제 와서 그걸 저한테 부탁하시는 거예요?"

"네 속마음이나 눈 안에 오로지 내 생각만 하고 다른 사람에 대한 배려는 전혀 없을까 걱정이 되어서 그래. 그래서 당부의 말을 하는 거야.

벌써 그렇게 했다면 나보다 더 똑똑하구나. 하지만 너도 성질이 오르니까 나한테 마구 당신이니 뭐니 하는구나."

"네, '당신'이라고 했어요! 그걸 못 참으시겠다면 자, 여기 제 뺨을 한 차례 후려치세요. 이 뺨이 어디 손맛을 보지 못했던가요!"

"이년이 또 그 말이야! 도대체 몇 번이나 우려먹어야 그만둘 참이냐. 내가 병들어 이 모양인데도 기어코 나의 화를 돋우겠다는 거냐? 자, 그러지 말고 여기 앉아 봐. 남들도 없으니 우리 함께 밥이나 먹자꾸나."

그때 풍아 등 서너 명의 시녀들이 들어와 작은 앉은뱅이 밥상을 차렸다. 희봉은 연화죽과 정갈한 반찬 두 접시만 먹었다. 요즘엔 반찬을 잠시 줄였기 때문이었다. 풍아는 평아의 몫으로 네 가지 반찬을 밥상 위에 놓고 평아에게 밥을 퍼주었다. 평아는 희봉이 손을 씻고 양치하는 일까지 돌봐 주고 풍아에게 몇 마디 당부를 한 뒤에 탐춘에게로 건너갔다. 그때 대화청 안은 정적이 감돌았다. 사람들이 다들 흩어진 뒤였다.

뒷일이 궁금하시다면….

敏探春興利除宿弊　賢寶釵小惠全大體

살림 잘하는 탐춘

영민한 탐춘은 묵은 병폐 없애고
때맞춘 보차는 모두를 이롭게 하네

敏探春興利除宿弊　時寶釵小惠全大體

평아는 희봉과 함께 식사하고 손 씻고 양치하는 것까지 시중을 들고 바로 탐춘에게로 달려갔다. 그때 대화청의 원내는 적막하리만치 조용하였다. 다만 시녀와 할멈들과 각 방의 내실 몸종들만이 창밖에서 기다리고 있었다.

평아가 대청 안으로 들어가니 세 사람이 가사에 대해 의논하고 있었다. 내용은 지난 정초에 뇌대의 집에 초청되어 화원에서 있었던 일에 대한 것이었다. 평아가 들어서자 탐춘은 발 받침대 위에 앉으라고 하며 말했다.

"내가 생각하는 건 다름이 아니라 월비에 관한 거야. 우리가 한 달에 두 냥씩 받는 돈 외에도 시녀들이 따로 월비를 받고 있지. 그런데 지난번에도 누군가 와서 우리가 매달 쓰는 머릿기름 값이며 지분 값을 사람마다 두 냥씩 요구했단 말이야. 이런 것도 따지고 보면 방금 전에 서당에서 쓰는 여덟 냥과 마찬가지로 다 중복되는 것이거든. 물론 사소한

385

일이지만 돈은 한도가 있으니까 가만히 보면 부당한 것은 분명하지. 헌데 너희 아씨께선 어째 그런 생각을 못하셨을까?"

"그건 그럴 만한 까닭이 있습니다. 아가씨들이 쓰시는 그런 물건들은 자연히 정해진 몫이 있지요. 매달 구매담당자가 구입해서 어멈들이 각 방으로 나눠주고 나머지는 우리한테 보관시키는 거죠. 나중에 아가씨들이 쓰도록 준비하는 셈이에요. 우리가 매일 각자 돈을 들여 머릿기름을 사들이고 지분을 사려 보내지는 못하니까요. 그래서 물품 구매담당자가 한꺼번에 돈을 타서 물건을 사다가 매달 어멈들을 시켜 각 방으로 보내는 거예요. 아가씨들한테 배당한 매달 두 냥씩은 원래 그런 것을 사라는 것이 아니라 집안일을 맡은 마님이나 아씨가 안 계시거나 시간을 낼 수 없을 때 꼭 필요한 곳에 쓰시라는 것이에요. 그러면 돈 몇 푼을 타내려고 사람을 찾아다니는 수고를 덜 수 있으니까요. 그건 아가씨들이 난감하게 되실까 봐 우려해서 안배한 것이지 그런 물건 사라고 만든 항목은 아닙니다. 하지만 지금 가만히 보니까 각 방에 있는 아가씨들 중에서 현금을 내고 그런 물건을 사들이는 사람이 거의 절반은 되는 것 같았어요. 그래서 아무래도 의심이 가는 것은 물품 구입자가 아예 빼먹거나, 시간을 끌어 제날짜에 물건을 대주지 못하거나, 혹은 사들여온 물건에 불량품을 적당히 채워 넣은 것이 아닐까 생각돼요."

탐춘이 이환과 함께 웃으면서 평아의 말을 받았다.

"네가 정말 제대로 눈여겨보았구나. 감히 빼먹지는 못할 거야. 하지만 시간을 질질 끌기는 하지. 자꾸 재촉하면 어디서든 급히 구해 오기는 하는데 말만 그럴듯할 뿐 실제는 쓸모가 없는 것들이야. 그래서 사람들이 따로 현금으로 사려는 거야. 그 두 냥을 쓰는 것만 해도 그래. 따로 아무개의 유모나 그 형제들한테 특별히 부탁해야지 그저 공적인 일 맡은 사람을 시키면 여전히 그렇다니까. 그들이 도대체 무슨 방법을 쓰겠어? 가게 안에서 쓸모없는 것들만 긁어다가 우리한테 쓰라고 주는 게 아니고 뭐야."

평아가 웃으면서 말을 이었다.

"구매담당자가 사온 것은 다들 그래요. 다른 사람이 좋은 물건을 사오면 구매담당자는 그 사람하고 왕래도 안 하려고 하거든요. 그리고는 못된 마음을 먹고 자신의 구매담당 자리나 뺏으려고 선동한다고 불만을 품어요. 그래서 다른 사람들도 그냥 그렇게 하는 거예요. 차라리 안쪽 사람들한테 욕을 먹을지언정 바깥에서 일하는 사람들한테 미움 받지 않으려는 거지요. 아가씨들은 그냥 유모나 어멈들에게 시키시는 게 가장 좋을 거예요. 그 사람들이야 감히 군말을 하지 못하잖아요."

탐춘이 나섰다.

"그래서 내가 마음이 편치가 못한 거예요. 돈은 돈대로 쓰고 물건은 물건대로 절반은 내버리고 있으니 셈을 해보면 결국 두 번 돈을 들이는 셈이잖아. 차라리 물품 구매담당자의 매달 구입항목을 없애는 게 좋겠어. 그게 한 가지고. 또 한 가지는 정초에 뇌대의 집에 갔던 일이야. 그때 보차 언니도 함께 갔었지. 그 집의 작은 정원을 우리 대관원과 비교하면 어때?"

"우리 정원의 절반도 안 되고 나무나 화초도 적었지요."

"그날 그 집 딸들과 얘기를 나누다가 들은 얘긴데. 정말 그럴 줄은 몰랐어. 그 정원에서는 자기들이 머리에 꽂는 꽃과 먹는 죽순, 채소, 물고기, 새우 등을 제외하고도 일 년 동안 남한테 주어서 연말에는 이백 냥은 족히 받는다는 거야. 그날 난 아주 확실히 깨달았다니까. 세상에 갈라진 연꽃 잎 하나 마른 풀뿌리 한 가닥도 모두 돈이 된다는 걸 말이야."

보차가 듣다 말고 한마디 거들었다.

"그야말로 기름지게 먹고 비단옷 입는 부잣집 자제들이나 하실 말씀이군그래. 아무리 대갓집 규중처녀라 해도 어떻게 그런 걸 몰랐을까.

다들 글공부하고 책도 읽은 사람들인데 주자朱子가 쓴 〈부자기문不自棄文〉¹ 한편도 읽어보지 못했단 말이야?"

"보기는 보았지만 그건 그저 남을 고무시키고 자신을 스스로 격려하는 말로 꾸며서 만든 허무맹랑한 글이지 그게 어디 다 진짜 있는 거예요?"

탐춘의 말에 보차가 발끈하였다.

"주자의 말씀이 그냥 꾸민 것이라고? 그건 구구절절 모두 사실이야. 탐춘이야말로 겨우 며칠 세속의 일을 해보고는 이욕에 눈이 어두워 주자를 실속 없이 꾸민 사람으로만 여기는 거야? 앞으로 밖의 이로움과 폐단의 일을 보게 되면 공자님까지도 허무맹랑하다고 보겠는걸!"

탐춘이 지지 않고 대꾸했다.

"언니같이 고금에 박식한 사람이 제자백가의 글은 안 읽었단 말이에요? 예전에 《희자姬子》²에서 이런 말을 했잖아요. '이록利祿의 자리에 오르고 운주運籌의 경계에 처한 이들은 요순의 말을 훔치고 공맹의 도를 어기는 도다' 하는 구절 말이에요."

보차가 웃으면서 되물었다.

"그 다음 구절은 뭔데? 어서 말해 봐."

"임의대로 문장의 일부만 취한 건데 다음 구절을 계속하면 스스로 욕하는 격이 된다구."

"천하에 소용없는 물건은 없는 법이고 소용이 있다면 그건 값이 나가는 거지. 총명하기 그지없는 탐춘이 이런 중요한 일을 눈앞에 두고 미처 경험이 없었다니 참으로 안타까운 일이네. 하지만 너무 늦어버렸는걸."

---

1 천하의 모든 사물은 각각 존재 가치가 있으므로 스스로를 버리거나 포기하지 말라고 권고하는 내용.
2 작자가 허구로 지어낸 책제목으로, 인용한 문장 역시 허구임.

이환이 참다못해 두 사람의 말장난을 중단시켰다.

"사람을 불러다 놓고 올바른 일은 않고 둘이 무슨 학문 강의만 하고 있는 거야?"

보차가 계속 변명했다.

"학문 속에 올바른 일이 있는 법이랍니다. 지금 이 순간 이런 사소한 일에 학문을 응용하면 그 사소한 일이 격상하여 고상한 일이 되는 거죠. 학문을 논하지 않으면 그만 세속의 천박한 일로 빠지고 마는 것이고요."

세 사람은 그런 농담을 주고받으며 떠들다가 다시 본론으로 돌아갔다.

탐춘이 말을 계속했다.

"우리 대관원은 저들 정원에 비하면 줄잡아도 아마 두 배는 될 겁니다. 그러면 일 년에 4백 냥의 이윤을 얻을 수 있지요. 하지만 지금 바로 남에게 주어 돈벌이를 하기는 어렵겠지요. 우리 같은 대갓집으로서는 너무 옹졸한 처사가 될 테니까요. 차라리 두 사람 정도 정해서 대관원에 파견하여 돈 될 만한 것을 관리하도록 하면 어떻겠어요? 그런 것들을 그냥 놔둬버리면 천혜의 보물을 썩히는 거나 다름없으니까요. 아니면 차라리 대관원 안에서 일하는 할멈들 중에서 성실하고 원예를 좀 아는 사람 몇을 골라 그들에게 맡기도록 하는 거예요. 그렇다고 도지나 세금을 일정하게 내도록 할 필요는 없고 그저 일 년에 얼마큼이라도 성의껏 갖다 주기만 하면 되도록 하는 거예요. 그러면 첫째는 정원에 전문 관리인이 있어서 화초나 나무를 잘 가꿀 테지요. 둘째는 함부로 짓밟고 못쓰게 버려두지는 않을 것이고, 셋째는 할멈들도 이런 기회에 약간의 보탬이 될 테니, 대관원 안에서 날마다 고생하는 것이 헛되지 않고 보람 있을 거예요. 그리고 넷째는 화초를 가꾸거나 정원의 산을 가꾸는 사람들에게 들어가는 비용, 청소하는 비용 등이 모두 남을 것이니 그것으로 모자라는 곳을 메울 수도 있을 것이란 말입니다."

보차가 바닥에서 벽에 걸린 벽화를 바라보면서 그 말을 듣고 고개를 끄덕이다가 말이 끝나자 웃으면서 나섰다.

"참으로 좋은 계책이네. 3년 이내 굶는 사람은 다 구제할 수 있겠구나!"

이환도 역시 웃으면서 말했다.

"아주 좋은 생각이야. 그렇게만 된다면 마님도 필시 좋아하실 거야. 돈을 절약하는 일은 그렇다 치더라도 첫째 누군가 청소하고 전적으로 관리한다는 게 얼마나 좋아. 또 그들에게 돈을 벌 수 있도록 하고 이윤을 남기도록 권한을 주면 어느 누군들 열심히 하지 않을 사람이 있겠어?"

평아가 듣고 있다가 거들었다.

"이 일은 반드시 아가씨께서 먼저 제안하셔야 합니다. 우리 아씨도 그런 마음을 갖고 있었지만 입으로 발설하기가 어려웠답니다. 지금 아가씨들이 대관원에 거주하고 계신데 무슨 재미있는 놀이시설을 더 만들어 놓지는 못할망정 사람을 보내 감독하고 수리하여 돈을 절약하자는 말을 차마 꺼내기가 어려웠던 것이죠."

보차가 얼른 다가와 평아의 얼굴을 어루만지며 웃었다.

"도대체 그 입 속이 어떻게 만들어졌나 한번 보고 싶네그래. 아침부터 지금까지 온갖 말을 다 하면서도 어쩌면 그렇게 하나하나 셋째 아가씨 말에 그대로 따르려는 것도 아니고 게다가 자기네 아씨가 미처 생각못한 일이라고 하지도 않으면서 참 잘도 둘러대고 있군. 여기 탐춘 아가씨가 생각해 낸 건 모두 일찍이 자기네 아씨가 생각했던 것이지만 불가피한 사정으로 시행을 못했다 하고 있거든. 이번에도 또 아가씨들이 대관원에 거주하고 있으니까 돈을 줄이기는 어려웠다는 거 아냐. 자, 한번 다들 생각해 보세요. 정말 남한테 관리를 맡기고 돈을 벌게 하면 그 사람은 자연히 꽃 한 송이도 맘대로 못 꺾게 하고 과일 하나 못 건드리게 하겠지요. 아가씨들하고야 감히 못 다투겠지만 날마다 시녀 아이들하고는 말다툼이 끝날 날이 없을 거예요. 그러고 보면 평아의 말은 얼마나 앞뒤를 멀리 헤아려서 한 말인지 몰라요. 일부러 맞서지 않고 비굴하게 굽히지도 않잖아요. 자기네 아씨가 설사 우리와 사이가 안 좋다손 치더라도 저 애 말을 들으면 자연히 스스로 부끄러움 느끼며 서로 사이좋게 지내게 될 거라니까요."

이번에는 탐춘이 말을 이었다.

"난 사실 아침부터 기분이 언짢아서 속이 상해 있던 참이었는데 평아가 왔다고 하기에 그 주인이 생각났어요. 도대체 평소 집안일을 꾸려가면서 어떻게 이처럼 건방진 사람들을 만들어놓았나 하는 생각에 평아를 보니 더욱 화가 치밀어 오르더군요. 그런데 평아는 방에 들어오더니 고양이를 피하는 쥐처럼 한참을 한켠에 조용히 서 있기만 해서 오히려 불쌍해 보이기까지 했어요. 그리고 이어서 자기 주인이 나를 어떻게 잘 대한다는 말은 않고 오히려 '아가씨가 우리 아씨를 대하던 평소의 정분을 저버리지 않은 것'이란 말을 하더라니까요. 나는 그만 슬그머니 화가 풀리며 오히려 부끄럽기도 하고 마음이 슬퍼지기도 했어요. 가만히 생각하면 내가 여자로 태어나서 스스로 남의 사랑을 받고 귀여움을 독차지할 만큼 행동하지도 못했는데 내가 언제 남을 따뜻하게 대해주기나 하였나하고 반성하게 되던걸요."

탐춘은 울컥하는 마음이 들어 자기도 모르게 눈물을 주르륵 흘렸다.

이환은 탐춘의 말이 너무나 절절하게 들리는 데다 평소 탐춘이 조이랑 때문에 비방을 받으며 왕부인 앞에서도 곤란을 겪은 일을 떠올리면서 함께 눈물을 흘렸다.

"오늘 마침 조용한 편이니 이번 기회에 다들 상의해서 몇 가지 좋은 일은 권장하고 폐단은 없애도록 결정하면 마님께서 잠시라도 우리한테 일을 맡긴 기대에 어긋나지 않게 되는 셈이야. 이제 그런 쓸데없는 말은 꺼내서 무엇 하겠어!"

평아가 말했다.

"잘 알겠습니다. 아가씨의 생각대로 누군가를 정하여 그에게 일을 맡기면 그만이세요."

"말은 그렇지만 그래도 너희 아씨한테 한마디 말씀은 드려야지. 모두가 다 너희 아씨가 사리에 밝으신 분이니 망정이지 그렇지 않고 분별을 모르고 시기질투나 하는 사람이라면 나도 그럴 생각이 없어. 자칫 남의 빈틈이나 쑤셔대는 것 같으니까 말이야. 어떻게 상의드리지 않고 시행할 수가 있겠어?"

탐춘의 말을 듣고 평아가 받아들였다.

"정 그러시다면 제가 가서 말씀드리고 올게요."

잠시 후 평아가 곧 돌아왔다.

"제가 걱정 말라고 그랬잖아요. 공연히 헛걸음만 했네요. 그렇게 좋은 일을 아씨께서 마다하실 까닭이 있나요."

탐춘과 이환은 곧 대관원에서 일하는 할멈의 명단을 모두 가져오라고 하여 함께 따져보고 정한 다음, 그들을 함께 들어오도록 일렀다. 이환이 대강의 전말을 그들에게 말하자, 그들은 당연히 모두 그렇게 하기를 원했다. 그중의 한 사람이 말했다.

"대밭을 저한테 맡기신다면 내년에는 배로 더 넓힐 수 있을 거예요. 집에서 잡수실 죽순 말고도 일 년에 얼마큼의 도지를 내놓을 수 있어요."

또 다른 사람은 이렇게 말했다.

"벼논은 제게 주세요. 일 년이면 원내에서 기르는 새들의 모이만큼은 공금을 축내지 않아도 될 거예요. 그리고도 얼마큼의 도지를 낼 수 있을 거예요."

탐춘이 무언가 말하려는 순간 밖으로부터 전갈이 왔다.

"의원님께서 오셨습니다. 원내의 아가씨를 진찰하신답니다."

할멈들이 우르르 나가 의원을 맞이하려고 했다.

평아가 나서며 말했다.

"할멈네 백 명이 나간다고 해도 체통은 서지 못해요. 집사 두 사람쯤 나가서 데려오면 되는 것을 왜 그렇게 한꺼번에 난리예요?"

밖에서 전갈을 보낸 사람이 말했다.

"네. 오씨 아주머니와 선씨 아주머니 두 사람이 서남쪽 모퉁이의 취금문聚錦門에서 기다리고 계셔요."

평아가 듣고 나서 알았다고 했다.

할멈들이 나간 뒤에 탐춘이 보차에게 어떠냐고 물었다.

보차가 웃으면서 두 구절의 경구로 대답했다.

"요행으로 얻은 이득 때문에 부지런떠는 자는 끝내 게을러지기 마련이고, 좋은 말만 하는 자는 결국 제 실속만 차리리라."

탐춘은 고개를 끄덕이며 칭찬해 마지않으며 명부 속의 몇 사람을 손가락으로 가리켜 세 사람에게 보여주었다. 평아가 얼른 지필묵을 가져왔고 세 사람은 서로 의논하며 말했다.

"축祝씨 할멈이 가장 적임자일 것 같아요. 전부터 남편과 아들이 대대로 대밭의 청소를 맡아왔으니까, 아예 대나무 밭 전체를 이 할멈한테 맡기도록 해요. 그리고 전田씨 할멈은 원래 농사짓던 사람이었어요. 도향촌 일대의 채소나 벼농사 등이 소일삼아 하는 일이라 굳이 큰 농사를 짓는 건 아니지만 그래도 누군가 전적으로 맡아 때맞춰 파종하고 추수하려면 전씨 할멈이 좋겠어요."

탐춘이 그들의 말을 듣고 한마디 덧붙였다.

"하지만 아깝게도 형무원이나 이홍원 등은 그 터가 상당히 넓은데 아무런 소득을 올릴 만한 게 없군요."

이환이 그렇지 않다고 말했다.

"형무원은 더군다나 대단한 곳이야. 지금 향료가게나 큰 시장, 큰 사당 앞에서 파는 향료나 향초가 모두 다 거기서 나는 게 아니고 뭐야. 다른 것보다 이득이 훨씬 많을 거야. 이홍원의 경우, 다른 것은 그렇다 치더라도 봄여름에 나오는 매괴꽃만 해도 도대체 얼마나 많아. 게다가 울타리에 가득한 장미꽃, 월계꽃, 보상화寶相花, 금은색의 등나무꽃 등 화초들만 말려서 찻집이나 약방에 팔면 그것도 꽤 돈이 될 거야."

"그렇군요. 하지만 향초를 전문으로 다룰 수 있는 사람이 없잖아요."

탐춘의 말을 듣고 평아가 생각난 듯 말했다.

"보차 아가씨 따라다니는 앵아 있잖아요. 앵아의 어머니가 화초를 잘 다뤄요. 지난번에 꽃을 말려 엮어서 꽃바구니를 저한테 만들어 줬던 일이 있었는데 그걸 잊으셨어요?"

보차가 나섰다.

"방금 나는 칭찬했는데 평아는 오히려 나를 조롱하고 있구먼."

나머지 세 사람은 보차의 말을 이해하지 못하여 의아해했다.

"절대로 안돼요. 이곳에 이렇게 많은 사람들이 할 일이 없어 놀고 있는 판인데 나한테 있는 사람까지 끌어들인단 말이야? 저 사람들이 나까지도 무시하게 될 거예요. 내가 다른 사람 하나를 추천할게요. 이홍원 안에 엽葉씨 할멈이라고 있는데 바로 명연의 모친이지요. 사람이 아주 성실해요. 우리 앵아 어멈하고도 친한 사람이에요. 그 사람한테 이 일을 맡기면 어떻겠어요? 그 사람이 모르는 일이 생기면 우리가 굳이 나설 필요도 없이 앵아 어멈을 찾아가서 직접 상의할 테니까 걱정 없지 않아요? 설사 엽씨 할멈이 혼자 다 못해서 누군가에게 일을 넘겨준다고 해도 그건 그 사람들 사정이니까 누군가 원망한들 우리하고는 상관없는 일이고요. 그렇게 되면 당신네들 처사도 아주 공평한 게 되고, 그 일도 타당하게 처리될 거예요."

이환과 평아가 모두 찬성했다.

"그게 참으로 좋겠어요."

하지만 탐춘이 약간 우려를 나타냈다.

"혹시 그들끼리 이익을 탐하다가 서로 의리를 상하는 일은 없을까?"

"그건 상관없어요. 지난번 앵아가 엽씨 할멈을 양어머니로 삼았거든요. 집에 청하여 음식과 술대접도 했어요. 두 집안 사이가 아주 화목해요."

평아의 말을 듣고 탐춘도 적이 마음을 놓았다.

그들은 다시 몇 사람을 더 선정하여 이름에 동그라미를 쳐놓았다. 모두가 평소 그들 네 사람이 눈여겨보던 사람들이었다.

잠시 후 할멈들이 들어와 의원이 돌아갔다고 말하면서 약 처방을 보내왔다. 세 사람은 살펴보고 사람을 보내 약을 지어 와서 먹으라고 시켰다. 그리고 탐춘과 이환은 여러 사람들에게 각각 관리할 곳을 지시하고, 철따라 집안에서 쓸 양을 제외하고는 각자 마음대로 처분하여 수익을 얻게 하며 연말에 결산이나 잘하도록 했다.

탐춘은 또 말을 이었다.

"또 한 가지 일이 생각났어요. 연말결산 때에 수익금을 자연히 회계 담당자에게 보내게 될 텐데 그걸 살펴보느라고 사람이 더 붙어나게 되잖아요. 그러면 그들 손에 또 한몫 떼어지겠지요. 우리가 지금 이렇게 직접 사람을 보내 일을 시키는 것부터 회계 담당자의 권한을 뛰어넘은 격이 되었으니 그들은 자연 말은 못하지만 속으로 불만이 많을 거예요. 그러니 연말결산 때 그들이 어멈들을 가만 두겠어요? 그리고 또 하나. 우리집에서는 일 년간 일을 맡아 본 사람은 주인이 한 몫을 보게 되면 자기들은 반몫을 챙기게 되어 있어요. 이것은 누구나 다 아는 오랜 관습이었어요. 따로 슬쩍 하는 것을 제외하고도 말이에요. 그러므로 대관원 안의 일은 이번에 우리가 새로 만들어낸 규칙이니까 그들의 손에 들어가지 않게 하고 매년 연말결산은 곧바로 안으로 갖고 오도록 하는 게 좋겠어요."

보차는 탐춘과는 좀 다른 생각을 말했다.

"내 생각에는 말이에요. 안에서도 장부를 만들 필요는 없을 거예요. 저쪽 일을 줄이고 이쪽 일을 늘리면 결국 일만 늘어나는 거잖아요. 차라리 그들한테 자신의 소임에서 나온 돈을 어디에 쓸 것인가를 물어서 그 일을 맡기면 되는 거지요. 그래봤자 대관원 사람들의 일용품에 불과할 텐데 겨우 몇 가지 안 되지 않겠어요? 내가 한번 읊어볼까요? 머릿기름에 연지와 향, 종이 등인데 각 아가씨와 몇 사람의 시녀들 쓰는 게 모두 정해진 분량이 있고, 또 각처에서 쓰는 빗자루와 쓰레받기, 먼지떨이 그리고 각종 새 모이, 사슴과 토끼의 먹이 등이 있지요. 겨우 그런 몇 가지인데 그걸 모두 일을 맡은 어멈들에게 맡기면 공금에서 돈을 타내지 않아도 되잖아요. 평아가 한번 셈을 좀 해봐. 얼마나 절약할 수 있게 되는지."

"몇 가지밖에 안 되지만 그래도 1년 치를 합치면 4백 냥은 족히 절약할 수 있어요."

"그것 봐요. 1년에 4백 냥, 2년이면 8백 냥인데 그만하면 세놓을 수 있는 집도 몇 채를 살 수 있고 농토도 몇 마지기 구입할 수 있는 돈이에요. 소득이 더 있을 수도 있겠지만 그들도 일 년 내내 수고했으니까 좀 남기도록 하여 살림에 보탬이 되게 하는 게 좋겠어요. 비록 소득을 얻고 절약하자는 취지이지만 그렇다고 너무 인색하게 하면 이삼백 냥을 더 절약한다고 해도 체통을 잃으면 소용없는 짓이 되는 거예요. 이런 대책이 실행되면 밖으로는 공금에서 사오백 냥의 돈이 적게 나가게 되니 그렇게 인색하게 굴지 않아도 될 테고, 안으로도 어느 정도 보탬이 있으니까 아무 소득도 없던 할멈들도 좀 넉넉해지겠지요. 대관원의 화초와 수목도 매년 잘 관리되어 쓸 만한 물품이 생기게 될 것이니 그만하면 대체로 무난한 게 아닐까요? 만일 절약만을 강조하면 어디선들 몇 푼을 더 거둬들이지 못하겠어요? 그걸 모두 공금에 집어넣으면 아마 안

꽤으로 원성만 자자할 거예요. 그렇게 되면 대갓집의 체통만 잃게 되겠죠. 지금 원내에는 일하는 할멈 수십 명이 있는데 단지 몇 가지만 일거리를 주게 되면 나머지 사람들도 필시 불공평하다고 원성이 높을 거예요. 그러니까 방금 내가 말한 대로 다만 그 몇 가지만 맡으라고 하면 너무 관대하단 소리를 듣게 될 거예요. 그러니 그것과는 별도로 이익이 남든 안 남든 일 년에 몇 관의 돈을 내도록 하여 그 돈을 모아 원내 여러 어멈들에게 골고루 나눠주는 게 좋겠어요. 그들이 별도의 소임을 맡아 한 것은 아니지만 그래도 밤낮으로 심부름하는 애들을 살펴주고 문을 지키는 일로 아침 일찍 일어나 밤늦게 잠들며, 눈이 오나 비가 오나 아가씨들 출입할 때마다 가마 메고 배를 젓고 썰매 끌며 고생했잖아요? 온갖 고된 일을 다 그 사람들이 맡아서 했단 말이에요. 일 년 내내 원내에서 고생이란 고생은 다 하고 있으니 원내에서 나오는 소득도 각각 분수대로 조금씩은 나눠가져야 하질 않겠어요?

한마디 좀더 노골적인 말을 해야겠어. 할멈들도 오로지 자신만 부자가 되려고 남들하고 나누기 싫어하게 되면 결국 손해 본다는 거예요. 다른 사람들이야 겉으로 원망은 못하겠지만 속으로는 투덜대며 심술을 부려 무언가 핑계를 대고 사사롭게 자네들이 잘 가꾸는 과실 하나라도 더 따내고 꽃 한 송이라도 더 꺾으려고 할 테지. 할멈들이 그때 가서 억울하더라도 누구한테 하소연 할 수 있겠어요? 그러니 그 사람들도 이득이 있게 하면 할멈들이 미처 돌보지 못하는 것을 대신 살펴줄 수도 있지 않겠어요?"

보차의 견해를 듣고 있던 할멈들이 다들 좋아했다. 우선 공금 담당에게 가서 통제받지 않아도 되고 희봉에게 결산을 하러가지 않아도 되었으며 일 년에 그저 몇 관 정도의 돈을 더 내기만 하면 되는 일이기 때문이었다. 모두 좋아하면서 대환영이었다.

"예, 바로 저희가 원하는 바입니다. 공연히 집사들에게 시달리고 돈까지 뜯기게 되는 것에 비하면 얼마나 좋아요."

일거리를 얻지 못한 할멈들도 그 말을 듣고 연말에 가만히 앉아서 공짜 돈이 생긴다고 하니까 역시 좋아하면서도 겸양의 말을 했다.

"저 사람들이 고생해서 얻은 소득인데 남은 돈은 살림에 보태야지 우리가 어찌 가만히 앉아서 공짜 돈을 얻을 수 있겠습니까?"

보차가 말했다.

"할멈들도 너무 사양할 거 없어요. 그거 역시 분수대로 받아야 할 몫이니까. 할멈들은 그저 밤낮으로 성심성의껏 일이나 잘하세요. 괜히 게으름이나 피우고 술 마시고 노름하는 데 정신 파는 사람들을 그냥 내버려두지 말란 말이에요. 사실 나도 이렇게 나서서 이런 말을 해서는 안 되는데 할멈들도 들었겠지요. 이모님이 몸소 네댓 번이나 나한테 당부의 말씀을 하셨어요. 큰아씨께서 바빠서 틈이 나지 않으시고 다른 아가씨들은 너무 어리다고 하시며 나한테 잘 좀 살펴달라고 하셨단 말이에요. 내가 그 말씀을 따르지 않으면 분명히 이모님에게 걱정을 끼쳐드리는 것이 되요.

희봉 아씨는 지금 몸이 편치 않아서 와병중이고 집안일은 워낙 바쁘게 돌아가고 있질 않아요? 나야 원래 한가로운 사람인 데다 설사 이웃집 사람이라도 마땅히 도와야 하는데 친 이모님의 부탁을 어떻게 거절하겠어요. 어쩔 수 없이 작은 일을 버리고 대사를 위해 돌봐야 해요. 그래서 남들의 원망이나 미움은 따질 수도 없게 된 거예요. 내가 만약 좋은 소리나 들으려고 간섭하지 않았다가 술 취하고 노름하는 일이 터지면 내가 어떻게 이모님 낯을 뵐 수가 있겠어요? 그때 가서는 할멈들이 후회해도 때는 늦고, 평소에 서로 잘 지내던 체면까지도 다 잃고 말게 될 거예요. 여기 이 넓은 대관원 안의 수많은 아가씨와 시녀들을 모두 할멈들한테 보살피도록 한 것은 다 할멈들이 삼사 대에 걸쳐 함께 살아온 경력으로 전부터 내려온 규칙을 너무나 잘 알고 있기 때문이에요.

당연히 서로 마음을 합쳐 서로의 체통을 지켜 주어야 해요. 할멈들이 만일 누구든지 제멋대로 술마시고 노름하게 놔뒀다가 이모님께 그런 소문이 들어가서 꾸중을 듣는다면 그건 그래도 괜찮아요. 그러나 만일 집사 어멈들 귀에 들어가는 날에는 이모님께 알리기도 전에 자기들이 한바탕 혼쭐을 낼 거예요. 그리되면 결국 나이 많은 사람이 젊은 사람에게 욕을 당하는 꼴이 아니고 뭐겠어요? 그들이 감독이니까 할멈들에게 뭐라고 할 수는 있겠지만, 자기 체통을 세우겠다고 잘못한 일도 없는 사람한테 억울한 소리를 할 건 없잖아요?

그래서 내가 지금 할멈들을 생각해서 이렇게 따로 일거리를 만들어 소득을 올려주려는 거예요. 다들 힘을 합쳐서 대관원을 조심해서 잘 꾸려나가도록 하자는 의미이기도 하구요. 여러분들이 조심조심 하면서 일하는 걸 보면 집사들이 걱정이 없을 테고 여러분한테 감복할 게 아니겠어요. 그래야 여러분을 생각해서 이런 방안을 마련한 보람도 있을 거 아녜요. 권한도 빼앗아오고 이득도 얻게 되니 이것이야말로 무위無爲의 다스림으로 다른 사람의 걱정을 덜게 되는 것이지요. 할멈들도 가만히 생각해 봐요."

사람들은 다 같이 환성을 지르며 좋아했다.

"아가씨 말씀이 백번 지당합니다. 앞으로 아씨님이나 아가씨께서는 그저 마음 푹 놓으세요. 저희들을 이토록 생각해주시고 아껴주시는데 저희가 앞으로 그 사정을 몰라준다면 아마 하늘과 땅이 용서치 않을 겁니다."

마침 그때 임지효林之孝댁이 들어와 예단품목을 올리며 보고했다.

"강남의 진甄씨댁 가족들이 상경하여 오늘은 궁중에 하례 드리러 가셨답니다. 지금 먼저 사람을 보내 선물을 바치면서 문안 인사를 한답니다."

탐춘이 예물목록을 받아서 훑어보았다.

"상등품 보통무늬 주단과 교룡무늬 주단 열두 필, 상등품 혼합색 비단 열두 필, 상등품 각종 색 면사 열두 필, 상등품 궁중주단 열두 필, 관청용 각종 색 주단, 면사, 명주, 능라 스물 네 필."

이환도 살펴보고 나서 말했다.

"예단을 가져온 사람한테 상등으로 상금봉투를 내리도록 해요."

그리고 가모에게 가져가 말씀드리도록 했다.

가모는 이환과 탐춘, 보차 등을 불러 예물을 함께 보았다. 이환이 예단을 받아 물품 수납담당자에게 일렀다.

"마님께서 돌아오시면 보여드리고 창고에 넣도록 해."

가모가 말했다.

"이 진씨 집안은 다른 집과는 달라. 상등 상금봉투를 남자하인에게 주도록 해라. 곧 그쪽에서 여자하인을 보내 인사하러 올 것이니 우리도 예단을 준비하여라."

과연 그 말이 끝나기도 전에 밖에서 전갈이 왔다.

"진씨댁 여자 손님 넷이 문안 인사를 왔습니다."

가모가 듣고 어서 안으로 데려오라고 일렀다.

네 사람은 모두 마흔 살가량 된 사람으로 옷차림이나 머리 장식 등이 거의 주인이나 별반 차이가 없었다. 문안 인사를 마치고 나자 가모가 발 받침대 네 개를 가져오라 하였다. 네 사람은 고맙다고 인사하고 기다렸다. 보차 등은 그들이 앉자 비로소 함께 앉았다.

가모가 물었다.

"언제 이곳에 오셨수?"

"어제 상경했습니다. 오늘 저희 마님께서는 아가씨를 데리고 궁중에 하례 드리러 갔습니다. 그래서 저희들이 와서 문안 인사를 드리고 아가씨들께도 인사드리는 것입니다."

"최근 몇 년간 상경하지 못하였더니 뜻밖에 올해 오시게 되었구면."

"네, 그러하옵니다. 올해는 황명을 받고 상경한 것이옵니다."

"가족들이 모두 오셨는가요?"

"노마님과 도련님, 두 분 아가씨와 별당 마님은 오시지 못했습니다. 마님께서 셋째 아가씨를 데리고 오시게 되었습니다."

"그 아가씨는 혼처 정한 곳이 있나요?"

"아직 없사옵니다."

가모가 웃으며 또 물었다.

"댁의 큰아가씨네와 둘째아가씨네는 우리집과 아주 가깝게 왕래하고 지낸답니다."

"네, 알고 있습니다. 매년 아가씨들께서 편지를 보내오시는데, 그때마다 이 댁의 신세를 많이 지고 계신다고 하셨습니다."

"신세는 무슨 신세라고 하십니까? 원래부터 집안끼리 왕래하고 있고 또 오랜 친척간이니 마땅한 일인걸요. 댁의 둘째 아가씨는 더욱 훌륭하더군요. 인품도 뛰어나고 뽐내는 법도 없어 아주 친밀하게 오간답니다."

"노마님의 겸손하신 말씀이십니다."

가모가 또 물었다.

"댁의 도련님은 노마님과 함께 지내나요?"

"예. 여전히 노마님과 함께 지내고 있습니다."

"올해 몇 살이 되었수? 서당에는 다니고 있나요?"

가모가 연달아 묻자 네 사람은 웃으며 대답했다.

"올해 열세 살인데 아주 말쑥하게 자랐답니다. 노마님이 아주 귀여워하고 계시죠. 어려서부터 장난기가 남달리 심하고 공부는 자주 빼먹고 있습니다. 대감님과 마님께서도 제대로 단속하며 가르치지 못하고 계세요."

가모가 웃으며 그 말을 받아쳤다.

"그럼 우리집 녀석처럼 되었다는 거 아냐! 도련님의 이름이 무엇이오?"

"노마님이 보배처럼 여기는 데다 백옥같이 맑은 얼굴이어서 노마님이 보옥이라고 이름을 지었답니다."

그 말을 듣자 가모가 이환에게 말했다.

"어쩜 저 댁의 도련님도 보옥이라고 한다는구나!"

이환은 얼른 웃으며 대답했다.

"예로부터 동시대나 혹은 시대를 건너뛰어 같은 이름은 얼마든지 많아요."

"그 이름을 짓고 나서 저희 집에서는 이상하다고 생각했어요. 어느 친척집에선가 그런 이름이 있었던 것 같았거든요. 한 십 년 가까이 상경하지 않다 보니 정말 그런지는 지금 알 수가 없지만요."

가모가 웃으면서 대답했다.

"그게 바로 우리집 손자 녀석이라오. 그 녀석을 불러오너라."

어멈들이 얼른 달려 나가더니 얼마 후에 곧 보옥을 에워싸고 돌아왔다. 네 사람이 보더니 얼른 일어서며 말했다.

"정말 깜짝 놀랐어요. 저희가 만일 이 댁에 오지 않았더라면, 혹은 다른 곳에서 만나보았더라면 저희 집 보옥 도련님이 저희 뒤를 따라 상경한 줄로만 여겼을 거예요."

그들은 달려들어 보옥의 손을 잡고 이것저것을 물어보았다.

보옥이도 웃으면서 인사했다.

"댁의 보옥이와 비교하면 어떠합니까?"

가모의 말에 이환이 웃으며 대신 대답했다.

"방금 여기 네 분이 말씀하기를 모습이 완전히 같다고 합니다."

"어찌 그렇게 공교로운 일이 있을 수 있단 말인가? 원래 대갓집 아이들이란 곱게 자라기 때문에 혹시 얼굴에 병이나 상처로 검고 추하게 된 것을 제외하고는 대체로 얼굴이 훤하고 깔끔할 겁니다. 그게 뭐 이상할 거야 없지요.”

“지금 저희가 보아하니 모습만 똑같은 게 아니네요. 노마님의 말씀을 듣자하니 장난치기 좋아하는 버릇조차도 똑같은 것 같습니다. 하지만 여기 보옥 도련님은 저희 도련님보다 성질이 좀 좋아 보이는군요.”

네 사람의 말을 듣고 가모가 재차 물었다.

“뭘 보고 그리 생각하시우?”

“방금 저희가 도련님의 손을 당겨 잡아보고 말씀을 나누면서 알았습죠. 저희 도련님은 저희들을 아예 바보로 여기며 손을 잡아보게 하기는커녕 도련님의 물건 하나라도 아예 건드리지도 못하게 하거든요. 시중드는 아이들도 모두 나이 어린 여자애들뿐이에요.”

네 사람의 말이 채 끝나기도 전에 이환이 벌써 터져 나오는 웃음을 참지 못했다. 가모도 웃으면서 말했다.

“우리 쪽에서 사람을 보내 댁의 보옥 도련님을 만나 손을 당겨 잡으면 아마도 그쪽 도련님도 억지로 참고 있었을 거요. 댁이나 우리 같은 대갓집의 아이들은 비록 자신은 아무리 유별난 버릇을 가지고 있다고 해도 남들을 만날 때는 그래도 약간 예의를 차리는 법이죠. 만일 그만한 예의범절마저도 차릴 줄을 모른다면 결코 그 자신의 유별난 버릇을 용서해 주지 않게 되기 때문이에요. 설사 어른들이 아무리 귀여워한다고 해도 우선은 생김새가 마음에 들어야 합니다. 그리고 남들을 만났을 때 예의범절이 어른들보다 훌륭해야 보면 볼수록 귀엽고 사랑스럽게 생각이 되어 속으로 약간의 유별난 버릇은 그대로 봐주는 것이지요. 만일 아이가 오로지 안팎의 구별도 모르고 어른들보다 나은 점도 없다면 아무리 잘생겼다한들 뭣하겠어요. 그런 애는 없느니만 못하지요.”

네 사람이 그 말에 모두 동감을 표시했다.

"노마님의 그 말씀이 아주 지당하십니다. 우리집의 보옥 도련님도 장난기가 유별나지만 손님을 뵈러 나갈 때는 예의범절을 어른들 보다 더 잘 차리지요. 누구든 한번 보면 귀여워하지 않는 사람이 없답니다. 밖에서는 왜 도련님한테 매를 대는가 이상히 여기지만 사실 집안에서는 무법천지를 만들곤 하지요. 어른들은 생각지도 못할 이야기를 꾸며서 말하고 생각지도 못할 일을 만들어 꼭 해보려고 하기 때문이지요. 그래서 저희 대감나리와 마님께서 미워하시지만 어쩔 수가 없답니다. 성질을 부리는 거나 제멋대로 헤프게 쓰는 거나 서당가기 싫어하는 것이 모두 아이들한테 흔히 일어나는 일이고 귀공자의 버릇이기도 하지만 어쨌든 고칠 수가 있을 겁니다. 하지만 천성적으로 갖고 태어난 고약하고 유별난 버릇은 어떻게 하면 좋겠습니까?"

그 말이 끝나기 전에 밖에서 전하는 말이 들렸다.

"마님께서 돌아오셨습니다."

그 말과 함께 왕부인이 들어와 인사하자, 그들 네 사람도 일어나 인사를 올리며 두세 마디 나누었다. 가모는 왕부인에게 돌아가 쉬라고 하였으므로 왕부인은 손수 차를 따라 올리고 나서 밖으로 나왔다. 네 사람도 가모에게 작별인사를 올리고 나서 왕부인의 거처로 갔다. 잠시 얘기를 나누다가 그들을 보낸 이야기는 그만 하기로 하겠다.

한편 가모는 기뻐하면서 만나는 사람마다 진씨댁에 또 한 사람의 보옥이 있는데 아주 똑같이 생겼으며 버릇도 똑같다더라는 말을 하곤 했다. 사람들은 세상은 넓고 대갓집은 많은지라 같은 이름이 숱하게 있는 법이라고 여겼으며, 할머니가 손자한테 푹 빠져 있는 일은 고금에 항상 있던 일이라 별로 희한할 게 없다고 생각하고 개의치 않았다. 다만 보옥 자신만은 원래 견문이 좁고 어리석은 데가 있어 진씨 댁에서 온 네 사람이 할머니의 비위를 맞추려고 일부러 만들어 낸 말로만 여기고 있었다.

그러고 나서 형무원으로 상운의 병문안을 갔다. 사상운이 놀리면서 말했다.

"오빠 이제부턴 마음 놓고 난리치고 소동부려도 되겠네요. 지금까지는 '올 하나로 실이 되지 못하고 나무 하나로 숲이 되지 못하는 격'이었지만 이젠 훌륭한 짝이 생겼잖아요. 장난이 지나쳐서 다시 호되게 매를 맞게 된다고 한들 뭐가 걱정이에요? 남경으로 도망쳐서 그 짝을 찾으면 되잖아요. 두 사람이 섞이면 누가 누군지 알겠어요?"

"그런 황당한 말을 너도 믿는단 말이야? 정말 또 하나의 보옥이 있다고 믿는 거야?"

보옥의 말에 상운이 다시 역사에 나온 예를 들어 말했다.

"왜 없어요? 전국시대에 인상여藺相如가 있고 한나라 때는 사마상여司馬相如가 있었잖아요."

"그건 그렇지만 얼굴 생김새까지 똑같은 사람은 없는 법이잖아."

"그럼 왜 광 지방 사람들이 공자를 보고 양호陽虎라고 생각했지요?"[3]

"공자와 양호는 비슷하게 생겼지만 또 이름이 다르잖아. 인상여와 사마상여는 동명이지만 모습이 서로 다르고. 그런데 왜 하필이면 나와 그 사람은 이름과 모습이 모두 같다는 거야?"

상운은 적당히 대꾸할 말이 없어서 웃으면서 말을 돌렸다.

"오빠는 말을 둘러댈 줄만 아는군요. 그러니 나도 따지고 싶지 않아요. 됐어요, 됐어! 그런 사람이 있으면 어떻고 없으면 어때. 그게 나하고 무슨 상관이야!"

그러면서 상운은 이내 자버렸다.

---

3 광(匡)은 위나라의 지명. 양호는 양화(陽貨)를 말하며 공자와 비슷하게 생겼다 함.

보옥은 마음속에 깊은 의혹이 일기 시작했다. 만약 기필코 그런 일이 없다고 말하면 마치 그런 일이 있을 것만 같고, 또 그런 일이 기필코 있다고 하면 실제 보지를 못했으니 어찌 믿을 수가 있겠는가. 가슴이 답답하여 방으로 돌아온 보옥은 침상 위에 앉아 곰곰이 생각에 잠겼다가 결국 잠 속으로 빠져들었다.

보옥은 자신도 모르게 어떤 정원으로 들어가고 있었는데, 이상한 생각이 들었다.

'우리집의 대관원 말고도 또 이렇게 멋진 정원이 있단 말인가?'

그런 생각을 하며 걷고 있는데 저쪽에서 몇 명의 여자애들이 다가오고 있었다. 모두 시녀들이었다. 보옥은 또 생각에 잠겼다.

'우리집의 원앙, 습인, 평아 말고도 또 저렇게 아름다운 여자애들이 있다니!'

잠시 후 다가온 그들이 보옥을 보고 웃으며 말했다.

"보옥 도련님이 어떻게 여기까지 나왔어요?"

보옥은 자신에게 말하는 줄만 알고 얼른 웃음을 띠며 말을 받았다.

"우연히 걷다가 여기까지 왔어요. 이곳은 어느 대갓집의 정원인가요? 누나들이 날 좀 데리고 구경시켜 줄래요?"

시녀들이 깔깔거리며 대답했다.

"가만히 보니 우리집의 보옥 도련님이 아니잖아. 하지만 꽤 깔끔하고 잘생겼는걸. 말씨도 고상하고 말이야."

보옥이 그 말을 듣자마자 물었다.

"누나들, 여기에도 보옥이란 사람이 있어?"

"보옥이란 두 글자는 노마님과 마님의 명을 받들어서 도련님의 무병장수를 빌기 위해 우리가 불러주는 이름이야. 우리가 불러주면 도련님이 좋아하시지. 너는 도대체 어느 먼 곳에서 온 냄새나는 사내인데 함부로 보옥이란 이름을 부르는 거야? 혼쭐이 나기 전에 조심해. 몽둥이 찜질이라도 받고 싶어서 그래?"

다른 시녀 하나가 웃으면서 말한다.

"얘들아 얼른 가자. 우리 보옥 도련님이 보면 큰일 나겠어. 냄새나는 더러운 사내하고 말하다가 더러운 냄새가 몸에 배면 어쩔 거냐고 할 텐데 말이야."

그리고는 곧장 가버렸다.

보옥은 큰 혼란에 빠져 버렸다.

'일찍이 나한테 이처럼 지독하게 대한 사람은 없었는데 저들은 어찌하여 저러는가. 정말 나랑 똑같이 생긴 사람이 있다는 말인가?'

보옥은 생각에 잠겨 천천히 걷다가 한 저택 안으로 들어갔다. 역시 이상한 생각이 들었다.

'이홍원 말고 또 이런 저택이 있었단 말인가?'

돌계단을 올라 집안으로 들어가 보니 침상에 한 사람이 누워 있었고 한 쪽 편에는 몇 명의 시녀들이 바느질하면서 웃고 장난치고 있었다. 침상에 누웠던 소년이 한숨을 길게 쉬었다. 시녀 하나가 웃으며 물었다.

"보옥 도련님! 잠은 안 자고 왜 또 한숨만 쉬는 거예요? 누이의 병 때문에 그렇지요? 공연히 근심 걱정을 하고 계시네요."

가보옥은 속으로 또 너무나 놀랐다. 침상에 있던 소년이 말했다.

"할머님한테 들으니 장안에도 보옥이라고 있다던데 나하고 똑같이 생기고 성격도 똑같다는 거야. 난 전혀 믿지 않았었지. 그런데 방금 꿈속에서 경성의 한 정원에 들어가 걷고 있었어. 거기서 시녀 여자애들을 만났는데 모두 나더러 냄새나는 사내 녀석이라고 하면서 상대도 해주지 않는 거야. 겨우 그의 방을 찾아가 보니 마침 잠을 자고 있더라고. 그런데 빈껍데기만 있는 거야. 그의 진짜 알맹이는 어딜 갔는지 몰라."

가보옥이 그 말을 듣고 얼른 나서며 말했다.

"그건 내가 지금 보옥을 찾으러 이곳에 와 있기 때문이야. 알고 보니 네가 바로 보옥이로구나!"

침상에 있던 보옥이 얼른 내려와 손을 잡으면서 말했다.

"네가 바로 보옥이야? 이게 꿈속은 아니겠지!"

"이게 어찌 꿈일 수가 있어? 진짜 중에 진짜지."

그 말이 미처 끝나기 전에 밖에서 외치는 소리가 들렸다.

"대감나리께서 도련님을 찾으십니다!"

그 말에 두 사람은 깜짝 놀랐다.

하나의 보옥은 얼른 나가려고 했고, 또 하나의 보옥은 급히 소리쳤다.

"보옥아! 어서 돌아와, 빨리 돌아와!"

습인이 곁에서 시중을 들다가 보옥이 꿈속에서 자신의 이름을 부르는 걸 듣고 급히 몸을 흔들어 깨우며 웃으면서 물었다.

"보옥 도련님이 또 어디에 있다고 그러세요?"

보옥은 그때 비록 꿈에서 깼지만 여전히 정신이 아득하고 멍한 상태여서 습인의 질문을 받고 손가락으로 문을 가리키며 대답했다.

"방금 뛰어 나갔어."

습인이 웃으면서 말했다.

"아직도 꿈에서 덜 깼군요! 눈을 좀 비비고 떠보세요. 거울에 비친 게 도련님 모습을 보고 그러시는 거예요."

보옥이 앞을 바라보니 과연 벽에 박혀있는 대형 거울에는 자신의 모습이 있었다. 보옥은 스스로 멋쩍은 웃음을 지었다. 어린 시녀들이 일찌감치 세숫물과 양치할 찻물과 소금을 가지고 왔기에 보옥은 양치를 하였다.

사월이 말했다.

"노마님이 항상 말씀하시길 어린아이의 방에는 거울을 많이 두어선 안 된다고 하시더니만 그게 맞는 말이네요. 어린아이는 아직 혼백이 덜 온전하여 거울을 많이 비치면 잠자다가도 못된 꿈을 꾸게 된다고 하셨거든요. 앞으로 큰 거울 저쪽에 침상을 놓고 거울에는 덮개를 하는 게 좋겠어요. 좀더 지나서 날씨가 더워져 시시때때로 졸음이 오면 거울보를 치지 않을 때가 많을 거란 말이에요. 방금 전에도 그걸 잊었던 거예요. 자연히 누운 채로 거울을 비쳐보다 잠이 들면 험한 꿈에 빠져드는 거죠. 그렇잖으면 어떻게 자기를 바라보며 자기 이름을 부를 수 있겠어요? 내일 침상을 아예 안쪽으로 옮겨놓는 게 낫겠네요. ”

그 말이 끝나기가 바쁘게 왕부인이 사람을 보내 보옥을 불렀다.

무슨 말을 하려고 하는지 궁금하시면….

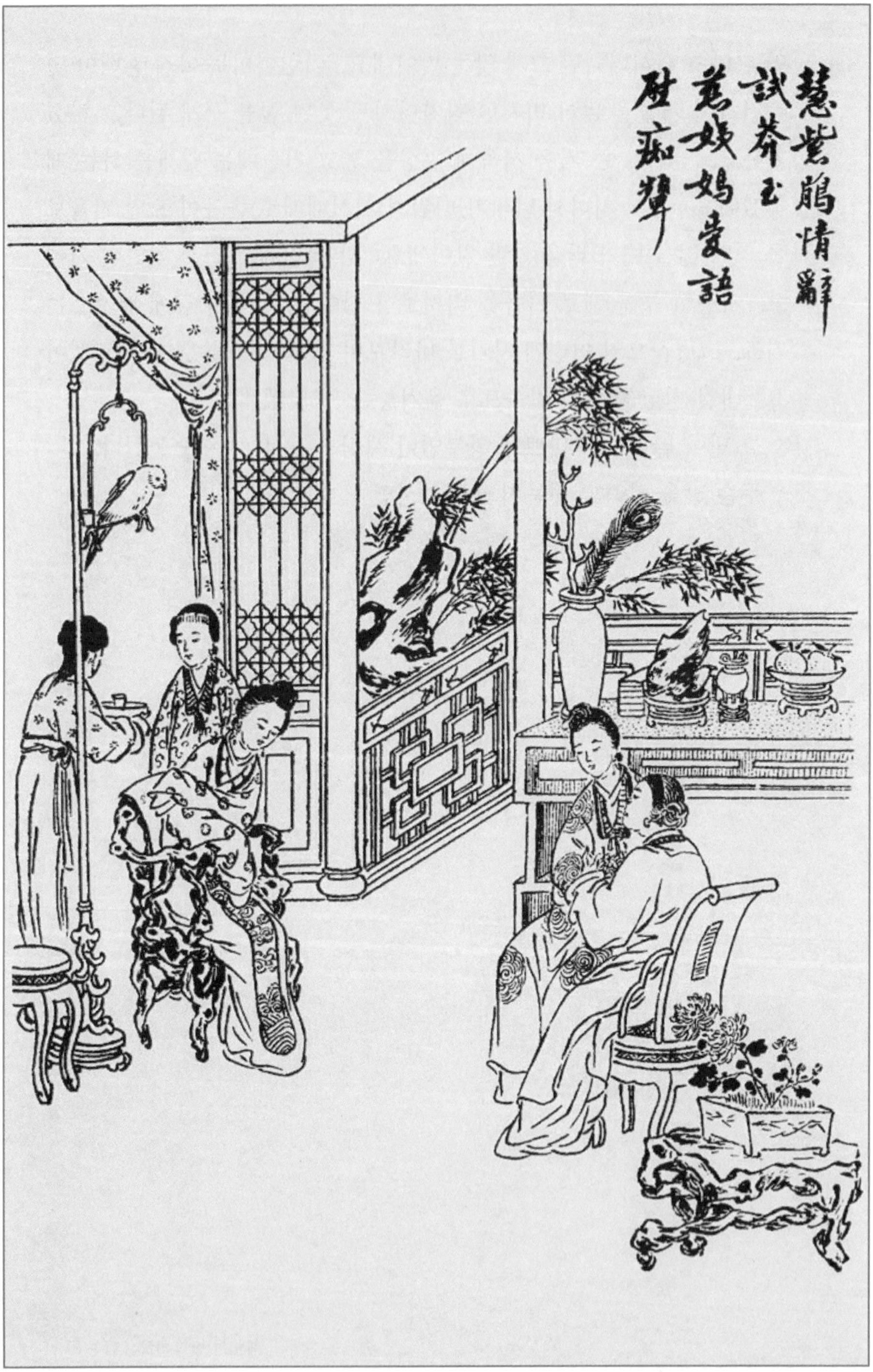
慧紫鵑情辭
試莽玉
慈姨媽愛語
慰癡顰

제57회

보옥을 떠보는 자견

슬기로운 자견은 보옥을 시험하고
자비로운 설부인 대옥을 위로하네

慧紫鵑情辭試忙玉　慈姨媽愛語慰痴顰

보옥은 왕부인이 부른다는 소식을 전해 듣고 서둘러 달려갔다. 알고
보니 왕부인은 보옥을 데리고 진부인에게 찾아가 인사시키려는 것이었
다. 보옥은 기뻐하면서 얼른 옷을 갈아입고 왕부인을 따라 그곳으로 갔
다. 그 집의 모습이나 형편은 영국부나 녕국부와 거의 차이가 없었고
간혹 더욱 성대한 면도 있었다. 상세히 물어보니 과연 또 다른 보옥이
있다는 것이었다. 진부인이 마련한 자리에서 종일 대접을 받고 돌아오
면서 보옥은 비로소 그 사실을 믿을 수가 있었다. 저녁 무렵 집으로 돌
아온 왕부인은 다음 날 고급요리를 준비하고 유명한 연극단도 불러 무
대를 마련하여 진씨 부인 모녀를 대접했다. 이틀이 지나 그들 모녀는
하직 인사도 없이 임지로 돌아갔다. 그 일은 그만 얘기하기로 하겠다.

그러던 어느 날 보옥은 상운을 찾아가 병의 차도가 있는 것을 확인하
고 이번에는 대옥에게로 갔다. 마침 대옥은 낮잠을 자고 있었으므로 보

옥은 차마 깨우지 못하고 회랑에서 바느질하던 자견에게 다가가 말을
걸었다.

"어젯밤엔 기침이 좀 어땠어?"

"많이 좋아졌어요."

"아이고! 나무아미타불! 제발 대옥이 병이 빨리 나았으면 좋겠네!"

자견이 웃으면서 쳐다보았다.

"도련님도 부처님한테 염불을 다 하시다니? 정말 별일이네요."

"뭘 그런 걸 가지고. 그게 바로 '병이 위급하면 아무 의원이나 찾아간
다'는 격이야."

보옥은 말을 하면서 자견의 옷매무새를 내려다보았다. 그녀는 검은
점박무늬 능라를 댄 무명 저고리에 겉에는 검은 비단조끼만 달랑 입고
있었다. 보옥은 손을 내밀어 그녀의 몸을 어루만지며 말했다.

"이렇게 얇은 홑옷을 입고 바람 드는 회랑에 앉아 있다가 찬바람이라
도 맞으면 어떡해? 지금 같은 환절기에 너마저 병나면 더욱 큰일이 아
니야?"

그러자 자견이 민감하게 반응하였다.

"앞으로 우리 사이에 그냥 말씀으로만 하세요. 공연히 몸에 손대려고
하지 마시구요. 해마다 나이도 들어가는데 남들 보기에 점잖지 못하게
행동하면 저 막돼먹은 사람들이 뒷구멍에서 도련님을 얼마나 욕하는
줄 아세요? 그런데도 도대체 조심할 줄 모르고 여전히 옛날 어린애 시
절처럼 그렇게 함부로 행동하면 어떡해요? 아가씨도 늘 저희한테 분부
하시기를 도련님하고 같이 웃고 떠들고 하지 말라고 하셨어요. 요즘 못
느끼셨어요? 우리 아가씨도 도련님하고 거리를 두시려고 얼마나 애쓰
시는지."

자견은 바느질거리를 들고 일어나서 다른 방으로 훌쩍 들어가 버렸다.

보옥은 자견의 그런 모습에 갑자기 찬물을 머리에 한바가지 뒤집어

쓴 것처럼 충격을 받았다. 멍하니 정원의 대나무를 바라보고 넋을 놓고 망연자실하고 있다가 마침 축씨 할멈이 죽순을 돌보러 오자 비실비실 걸어서 밖으로 나왔다. 혼백이 나간 사람처럼 머릿속에 아무런 생각도 들지 않았다. 그저 산 아래 돌 위에 아무렇게나 앉아 넋을 빼고 있는데 자기도 모르게 눈물만 주르륵 흘러내렸다. 그렇게 몇 시간이 흘렀을까. 천만가지 온갖 생각이 뒤섞였지만 어떻게 해야 좋을지 알 수가 없었다.

마침 설안이 왕부인의 방에 가서 인삼을 얻어서 돌아오던 길에 보옥과 맞닥뜨렸다. 복숭아나무 아래 넙적한 돌에 턱을 괴고 앉아서 넋을 놓고 있는 사람이 다름 아닌 보옥이었던 것이다. 설안은 이상한 생각이 들었다.

'이렇게 추운 날씨에 도련님 혼자 저기서 뭐 하는 것일까? 이런 쌀쌀한 봄날에는 병이 있던 사람은 꼭 병이 도지곤 한다는데 도련님도 그 정신 나가는 병이 도진 건 아닐까?'

그런 생각을 하며 보옥에게 가까이 다가가 쭈그리고 앉아 웃으면서 물었다.

"도련님! 여기서 뭐 하고 계세요?"

보옥은 갑자기 설안이 나타나자 쌀쌀맞게 말했다.

"넌 또 왜 나를 찾아왔어? 너라고 여자애가 아니더냐? 대옥은 나를 멀리한다고 하고 너희한테도 나를 상대하지 말라고 했다는데 네가 나를 찾아오면 어쩌란 말이야. 그러다 남들 눈에라도 뜨이면 또 무슨 말을 들으려고? 어서 집으로 돌아가!"

설안은 그 말을 듣고 그게 다 대옥으로부터 무슨 핀잔을 들었기 때문이라고만 생각하고 집으로 돌아갔다. 돌아와 보니 대옥은 아직 잠에서 깨지 않고 있었으므로 설안은 가져온 인삼을 자견에게 건네주었다. 자견이 물었다.

"마님은 무얼 하시더냐?"

"낮잠을 주무시고 계시던데요. 그래서 한참 기다렸던 거예요. 언니! 내말 좀 들어볼래요? 제가요, 마님이 깨시기를 기다리면서 옥천아 언니랑 곁방에서 얘기하고 있었거든요. 그때 조이랑 마님이 손짓으로 저를 부르더라고요. 저는 또 무슨 일인가 하고 가보니까 이번에 마님한테 휴가를 내서 그 동생의 초상집에서 밤을 새우고 있는데 내일 발인을 한다는 거예요. 그런데 시녀인 길상吉祥에게 입힐 옷이 없다고 하면서 나한테 하얀색 주단 저고리를 빌리겠다는 거예요. 제가 생각해보니까 그 애들도 모두 두 벌씩은 있거든요. 틀림없이 상갓집에 가니까 옷을 더럽힐까 봐 자기 것은 차마 아까워서 입지 않고 남의 것을 빌리려는 거예요. 까짓 거 제 옷이야 더럽혀지는 게 겁나진 않지만 그 사람이 평소에 우리한테 뭘 잘해준 게 있어야지요. 그래서 제가 그랬죠. '제 옷이랑 비녀랑 반지 등은 모두 아가씨가 시켜서 자견 언니가 보관하고 있도록 했어요. 먼저 집에 가서 자견언니한테 말해야 하고 또 아가씨한테도 말씀드려야 돼요. 그런데 아가씨가 병중에 있어서 그것도 쉽지가 않으니 그러다가 마님네 큰일을 망치게 될까 걱정이에요. 그러니 아예 다른 데서 빌리는 게 좋지 않을까' 그렇게 말하곤 돌아왔죠."

자견이 웃으면서 말했다.

"요 깍쟁이 같은 년 말솜씨가 기가 막히네. 자기가 안 빌려주면 그만이지 그걸 나하고 아가씨한테 둘러대고 자기는 원망을 피해갈 게 뭐람. 조이랑은 지금 간다는 거야, 내일 아침 일찍 간다는 거야?"

"지금 곧 간다고 했어요. 지금쯤은 벌써 갔을 거예요."

자견이 고개를 끄덕였다. 설안이 또 물었다.

"아가씨는 아직 일어나지 않으셨는데 누가 도련님 화를 돋운 거죠? 저쪽에 앉아서 울고 계시던데."

자견이 깜짝 놀라 어디 계시냐고 물었다.

"심방정沁芳亭 뒤쪽 복숭아나무 아래에요."

자견이 얼른 바느질거리를 내려놓고 설안에게 안에서 부르는 소리를 잘 듣고 있으라고 당부했다.

"나를 찾으시거든 곧 돌아온다고만 말해."

소상관을 나와 곧장 보옥을 찾아나선 자견은 보옥의 앞으로 다가가 만면에 웃음을 띠며 말을 걸었다.

"제가 몇 마디 그런 말을 한 것은 서로 좋자고 한 거잖아요. 그런데 이렇게 화를 내며 찬바람 부는 데 앉아 울고 있으면 어떡해요? 병이라도 나서 저를 놀라게 할 작정이세요?"

보옥이 대답했다.

"누가 화를 낸다고 그래? 네 말을 듣고 보니 구구절절 일리가 있어. 너희가 그런 생각을 하면 자연히 다른 사람들도 그렇게 말을 할 것이고, 앞으로는 모두가 나를 상대하지 않고 점점 멀어질 것이니 그래서 내 스스로 우울해져서 그러는 거야."

자견은 더욱 보옥의 가까이에 다가앉았다. 보옥이 웃으며 말했다.

"방금 전에는 앞에서 말했는데도 벌떡 일어나 자리를 피했잖아. 그런데 이번엔 왜 이렇게 가까이 붙어 앉으려는 거야?"

자견은 화제를 돌렸다.

"도련님, 잊으셨어요? 며칠 전 우리 아가씨하고 말씀 나누다가 마침 조이랑이 들어오는 바람에 그만뒀죠. 지금 조이랑은 마침 집에 없대요. 그래서 물어보는 건데요, 그날 도련님이 '연와죽'까지 얘기하다가 말을 멈췄잖아요. 그 후로 더 이상 말씀이 없어서 그러잖아도 꼭 여쭤보려던 참이었어요."

"그것도 별로 중요한 일은 아니야. 하지만 내 생각에는 말이야. 보차 누나도 객지에 와 있는 중이고 또 연와죽은 중단 없이 계속 먹어야 하는데 오로지 보차 누나한테 달라는 것도 너무 고지식한 일이 아니겠어?

다짜고짜 어머니한테 달라고 하는 것도 불편하긴 하지만 그래도 할머니한테 먼저 말을 꺼냈으니 아마 희봉 누님한테 벌써 말했을 거야. 대옥 누이한테 말하려고 하다가 다 못한 거야. 지금 듣자하니 매일 한 냥씩 연와를 보내온다면서? 그럼 된 거야."

"도련님이 말씀한 거로군요. 그렇게 신경 써줘서 고마워요. 그렇지 않아도 누가 그랬는지 궁금했죠. 노마님이 갑자기 우리한테 매일 연와 한 냥씩 보내라고 시키셨을 리는 없을 거라고 생각했거든요. 그럼 됐어요."

"그런 음식은 매일 때맞춰 먹어서 습관이 되어야 해. 한 이삼년은 먹어야 좋아질 거야."

보옥의 말을 듣고 자견이 돌연 쓸데없는 한마디를 덧붙였다.

"여기서는 매일 습관처럼 먹는다 하더라도 내년에 고향집으로 돌아가면 어디 그럴 돈이 있어서 이런 비싼 음식을 먹을 수 있겠어요?"

보옥이 깜짝 놀라 되물었다.

"누가? 어디 있는 집으로 간다는 거야?"

자견이 천연덕스럽게 말했다.

"도련님 누이께서 소주로 돌아가신대요."

보옥이 믿지 못하겠다는 듯 웃으면서 말했다.

"네가 또 쓸데없는 말을 하는구나. 소주가 비록 고향이긴 하지만 부모님이 돌아가시고 아무도 보살필 사람이 없어서 이곳에 온 것인데 내년에 돌아가 누굴 찾아간단 말이야? 그게 다 헛소리가 아니고 뭐야?"

자견이 코웃음 치면서 말했다.

"도련님도 사람을 너무 깔보시는군요. 세상에 이 가씨 댁만 대갓집이고 식구가 많나요? 도련님네 집 말고 다른 집안은 오로지 부모님만 계시고 집안 친척으로 멀쩡한 사람이 아무도 없단 말인가요? 우리 아가씨가 여기 오실 때는 원래 노마님께서 아주 귀여워하시고 보고 싶어 하시

416

는 바람에 백부나 숙부가 계신데도 불구하고 부모보다는 못하므로 이 곳에 데려와 몇 년간 있도록 한 것일 뿐예요. 이제 나이도 들어 시집갈 때도 되었으니 당연히 임씨 댁으로 돌려보내야지요. 설마 임씨 댁의 아 가씨가 이 가씨 댁에서 한 평생 살다 늙어죽어야 한다는 건 아니겠지 요? 임씨 댁이 비록 가난하지만 그래도 대대로 선비집안인데 자기네 집 식구를 친척집에 버려 두어 남의 비웃음을 사려고는 하지 않을 거예요. 그래서 빠르면 내년 봄, 늦어도 가을에는 가게 될 거라고요. 이곳에서 보내지 않으면 임씨 댁에서 필시 데리러 올 게 분명해요. 며칠 전에도 아가씨가 저에게 말씀하셨어요. 저더러 도련님한테 말씀드리라고 말 이죠. 어린 시절에 갖고 놀던 물건 중에서 아가씨가 도련님한테 보낸 것들을 다 챙겨서 돌려 달라세요. 아가씨도 도련님 물건은 다 챙겨 놓 았대요."

보옥은 자견의 말을 듣고 마치 뒤통수에 벼락을 맞은 듯 더할 수 없는 충격을 받았다. 자견은 보옥이 어떻게 대답하나 보려고 했는데 보옥은 아무 말도 하지 못했다. 그때 청문이 찾아왔다.

"노마님이 찾으시는데 여기 있는 줄을 어떻게 알았겠어!"

자견이 웃으면서 변명했다.

"도련님이 아가씨의 병세를 묻기에 한참이나 여기서 그 얘기를 해주 고 있었어. 그래도 도련님은 계속 믿질 않으시는 거야. 어서 모시고 가 봐."

그리고 벌떡 일어나 소상관으로 가버렸다.

청문이 다가가보니 보옥은 벌써 제정신이 아니었다. 멍하니 넋을 잃 은 채 머리에서는 열이 나고 진땀을 흘리며 얼굴은 파랗게 질려 있었 다. 청문은 얼른 그의 손을 끌고 이홍원으로 데려갔다. 습인이 달려 나 와 그 광경을 보고는 큰일 났다 싶었지만 그래도 땀 흘린 데다 갑자기 찬바람을 쐬어서 열이 나는 줄로만 여겼다.

보옥의 발열은 그렇다 치더라도 두 눈알이 굳어있고 입가에는 침이 줄줄 흘러내리는데도 전혀 감각이 없는 것이었다. 습인이 그에게 베개를 받쳐주면 눕고 부축하여 일으키면 일어나 앉았다. 또 차를 따라주면 말없이 받아 마시기만 했다. 사람들은 그러한 모습을 보고 당황하기 시작했지만 그렇다고 곧바로 가모에게 말씀드릴 수가 없어 우선 유모인 이 할멈을 불렀다. 잠시 후 유모 이씨가 와서 한참을 보고 몇 마디 물어도 아무 대답이 없자 손으로 그의 맥을 짚어보고 입술 위의 인중人 中을 두어 번이나 힘껏 눌러보았다. 손가락 자국이 선명하게 날 만큼 눌러도 아프다는 반응조차 보이지 않았다. 유모 이씨는 그만 맥을 놓고 소리쳤다.

"아이쿠, 큰일났네! 다 소용없게 되었어!"

그리고는 보옥을 끌어안고 목을 놓아 대성통곡을 하였다.

깜짝 놀란 습인은 유모 이씨를 끌어당기며 소리쳤다.

"한번 잘 살펴보세요! 어때요? 괜찮겠어요? 저희한테 노마님이나 마님한테 말씀드릴지 말지를 말해주셔야지 할머니가 먼저 통곡하면 어쩌라는 거예요?"

유모 이씨는 침상과 베개를 마구 두드리며 통곡했다.

"이젠 소용없게 되었어. 나도 한 평생 헛고생만 했네그려!"

습인은 유모가 그나마 경험이 많은 노인이라 그녀를 청해서 먼저 물어본 것인데 상황이 이러하자 곧 그 말을 곧이곧대로 믿고 함께 통곡하기 시작했다.

청문이 방금 전의 상황을 습인에게 말하자 습인이 곧장 소상관으로 달려갔다. 자견은 막 일어난 대옥에게 약시중을 들고 있었다. 하지만 습인으로서는 지금 이것저것 가릴 계제가 못되었다. 곧바로 자견에게 달려들어 따졌다.

"너 방금 우리 도련님한테 도대체 무슨 말을 지껄인 거야? 네가 가서 똑똑히 좀 봐, 지금 어떻게 되었는지. 네가 직접 노마님한테 찾아가 말씀드려, 난 몰라!"

습인은 의자에 털썩 주저앉았다.

대옥은 습인이 만면에 노기등등하고 또 눈물범벅이 되어 정신이 없는 것을 보고 자신도 깜짝 놀랐다. 무슨 변고가 생긴 것이 분명했으므로 황급히 무슨 일이냐고 물었다.

습인은 잠시 진정하더니 울음을 터뜨리며 말했다.

"저 자견이 년이 우리 도련님한테 도대체 무슨 말을 했기에 그 바보가 눈알이 굳어지고 손발이 싸늘해지고 아무 말도 못하는지 모르겠어요. 유모 이씨가 와서 인중을 죽어라고 눌렀는데도 아픈 줄도 모른다니 벌써 절반은 죽은 거나 마찬가지래요! 유모까지도 더 이상 소용없다고 하면서 저쪽에선 지금 대성통곡하고 있어요. 아마 지금쯤 벌써 죽었는지도 몰라요. 아가씨, 이를 어쩌면 좋아요!"

대옥은 그 말을 듣고 이 할멈은 경험이 많은 유모인데 그 입에서 소용없다고 했으면 필시 살아나긴 힘들겠다고 생각했다. 그러자 그만 우엑! 하는 소리와 함께 방금 마신 약을 모두 토해내더니 창자를 훑어내고 허파를 긁어내듯, 위와 간이 뒤집히듯 한바탕 기침을 해댔다. 곧 얼굴이 벌겋게 달아오르고 눈이 부어오르며 쿨럭이느라 고개를 들지도 못할 지경이었다. 자견이 얼른 달려들어 등을 쓸어내려 주었다. 대옥은 베개에 엎드려 한참 동안 기침을 하고 나더니 자견을 밀치면서 말했다.

"넌 등을 쓸어내릴 것도 없어. 차라리 밧줄을 가져다 내 목을 달아매 죽이란 말이야!"

자견이 그제야 겁을 먹고 한마디 했다.

"난 별다른 말을 한 것도 없어요. 뭐, 그냥 몇 마디 농담을 했을 뿐인데 도련님이 곧이곧대로 들으신 모양이에요."

습인이 자견을 나무랐다.

"넌 아직도 그 바보 멍텅구리를 몰라? 뭐든지 장난으로 한 말도 다 진짜로 여기곤 했잖아?"

대옥이 재촉했다.

"네가 무슨 말을 했든, 어서 가서 풀어주란 말이야. 그러면 혹시 깨어날지도 모르잖아."

자견은 황급히 침상에서 내려와 습인과 함께 이홍원으로 달려갔다.

그때 이미 가모와 왕부인 등이 모두 달려와 보옥을 지켜보고 있었다. 가모는 자견을 보자 눈에 불을 켜고 욕을 해댔다.

"이 망할 년아. 너 도대체 보옥이한테 무슨 말을 지껄여댄 거냐?"

"별다른 말은 안 했고요, 그냥 농담 몇 마디만 했는데….."

그때 뜻밖에도 보옥이 달려온 자견을 보고 갑자기 와앙! 하고 울음을 터뜨렸으므로 사람들이 비로소 마음을 놓았다. 가모가 자견을 잡아 당겨 보옥의 앞으로 데려갔다. 자견이 잘못한 것을 보옥으로 하여금 화풀이하도록 때려주라는 뜻이었다. 하지만 보옥은 자견을 끌어당겨 죽어라고 끌어안고는 놓아주지 않았다.

"가려면 나까지도 데려가 달란 말이야!"

사람들이 무슨 말인지 알아차리지 못하여 따져 물으니 그제야 자견이 '소주로 돌아간다'고 한 농담 한마디 때문에 생긴 것이라고 말해 주었다.

가모는 눈물을 흘리며 말했다.

"난 또 무슨 대단한 일인가 하고 놀랐구나. 그런 농으로 한 말 때문이었구나."

그리고 다시 자견에게 타일렀다.

"자견아! 넌 평소 아주 영리하던 애가 아니냐. 저 아이가 원래 그런 병을 가지고 있는 걸 누구보다 잘 알고 있잖니. 공연히 그런 장난을 쳐서 뭐 하려고 그랬어?"

설부인이 곁에서 좋은 말로 긴장을 풀어주었다.

"보옥이는 본래 천성이 순진하여 곧이곧대로 믿는 데다 대옥이와 어려서부터 두 사람이 함께 자란 사이니까 다른 자매들하고는 자연히 다르겠죠. 이번에 갑자기 돌아간다고 말하니 얼마나 충격이겠습니까. 설사 보옥이처럼 마음이 여린 어린애가 아니라 그저 얼음장 같은 어른이라고 해도 슬퍼지는 건 당연하겠죠. 그게 무슨 큰 병이라고 하겠습니까. 두 분께서는 너무 걱정 마시고 마음을 놓으십시오. 약을 두어 첩 먹으면 곧 좋아질 것입니다."

바로 그때 누군가 밖에서 임지효댁과 선대량댁이 문병 차 찾아왔다고 소리쳤다.

가모가 말했다.

"그래도 고맙구먼. 그렇게 특별히 생각해주니. 어서 들어오라고 해라."

보옥은 갑자기 '임林'자 소리를 듣자 다시 침상 위에서 소리소리 지르며 난리를 쳤다.

"큰일 났어요! 임씨 댁에서 누이를 데리러 왔나 봐요. 빨리 저들을 내쫓아요!"

가모가 그 말을 받아서 얼른 소리쳤다.

"그래, 그래! 어서 내쫓아라!"

그리곤 보옥을 위로하며 말했다.

"저 사람은 임씨댁 사람들이 아니야. 임씨네 사람들은 다 죽고 없단다. 너의 누이를 데리러 올 사람은 아무도 없어. 그러니 걱정 말고 안심해라."

그러나 보옥은 여전히 울면서 소리쳤다.

"대옥 누이를 제외하고는 그 누구도 임씨 성을 써선 안 돼!"

"그래, 그래. 임씨는 아무도 안 온단다. 임씨는 모두 내보냈어."

가모는 보옥의 비위를 맞추면서 보옥이 들으라는 듯이 사람들에게 분부했다.

"앞으로 임지효 마누라는 원내에 들어오지 마라. 너희도 '임'씨를 함부로 말하지 말고. 자, 내 말 잘 들었지!"

여러 사람들은 차마 웃지도 못하고 그저 예! 예! 대답했다.

그러다 보옥은 진열장 선반에 얹혀있던 황금빛 서양기선 모형을 보더니 손가락으로 가리키며 소리소리 질렀다.

"저게 뭐예요? 그들이 타고 온 배가 아닌가요? 저기 부두에 배가 닿아 있잖아요!"

가모가 얼른 그걸 끌어내리게 했다. 습인이 가져오니 보옥이 팔을 내밀며 달라고 했다. 습인이 건네주니까 보옥은 이불 속에 감추고는 안심한 듯 빙긋이 웃었다.

"이젠 가지 못할 거야."

그리면서 보옥은 자견을 꼭 붙잡고 놓아주지 않았다.

잠시 후 의원이 왔다. 가모는 보옥의 곁에 앉아 지켜보았다. 왕태의는 들어와 여러 사람이 있는 걸 보고 우선 가모에게 다가가 안부 인사를 올리고 보옥의 손을 잡고 진맥을 했다. 자견은 고개를 숙이고 옆에 서 있었다. 왕태의는 자견이 왜 그렇게 있는지를 알 수 없었지만 어쨌든 일어서며 병세를 말했다.

"보옥 도련님의 병은 갑자기 큰 충격을 받은 것으로 급통미심증急痛迷心症[1]이라고 합니다. 옛사람이 담미痰迷에는 기혈이 허하여 음식을 삭이지 못해 생기는 것, 노하여 체액이 걸어져 생기는 것, 급한 통증으로 막히는 것이 있다고 했습니다. 이것도 담미의 일종인데 일시적 급통으로 막힌 것입니다. 다른 담미에 비해 경미한 경우입니다."

---

1 담(痰)이 경락을 막아서 정신이 혼미하게 되는 증세로 중풍(中風)의 일종.

가모가 물었다.

"위태로운가 아닌가만 우선 말하게나. 누가 자네더러 의약서를 외우라고 했나?"

왕태의가 벌떡 일어나 절을 하면서 말했다.

"괜찮습니다, 괜찮습니다!"

"정말 걱정 없단 말이지?"

"네, 정말 걱정 없습니다. 저한테만 맡겨주십시오."

"그렇다면 밖에 나가 앉아서 처방을 써주게. 약을 먹고 좋아지면 내가 따로 특별사례를 마련하여 보옥이 녀석에게 직접 찾아뵙고 절을 올리라고 하겠네. 하지만 만약 잘못되면 내 사람을 시켜 태의원 대청을 다 부셔버릴 테니 그리 알게나!"

왕태의는 굽신거리면서도 웃음을 잃지 않았다.

"황송합니다, 황송합니다!"

왕태의는 그저 '따로 특별사례를 마련하여 보옥을 시켜 찾아가 절하게 한다'는 말만 먼저 듣고 계속 '황송합니다'만 연발하였던 것이다. 그는 가모가 이어서 '태의원 대청을 부셔버리겠다'고 한 말은 미처 못 듣고 여전히 '황송합니다'만 연발하며 굽실대자 가모와 사람들은 다 같이 웃었다.

잠시 후 약 처방에 따라 지은 약을 먹고 나니 보옥은 훨씬 안정되었다. 하지만 보옥은 자견만큼은 놓으려고 하지 않았다. 자견을 놓아주면 소주로 돌아가 버린다는 것이었다. 가모와 왕부인도 어쩔 수가 없어서 자견에게 옆에서 잘 보살펴주라고 명하고 호박琥珀을 대옥에게 보내 시중들게 하였다.

대옥은 수시로 설안을 보내 보옥의 상황을 알아보게 하였으므로 이쪽 사정을 훤히 알게 되었다. 그리고 속으로 탄식을 금치 못했다. 보옥은 원래부터 곧이곧대로 믿는 바보 같은 구석이 있었고 자기들 두 사람이 어려서부터 함께 자라 남달리 친하기 때문에 지금 자견이 농담한 것도 충분히 이해가 되는 일이며 보옥이 병이 난 것도 별로 이상할 것이 없다는 듯 다들 별다른 의심을 하지는 않는 것이 대옥으로서는 다행스럽게 여겨졌다.

저녁 무렵에 보옥이 조금 안정되자 가모와 왕부인은 각자 돌아갔고 밤새 몇 번이나 사람을 보내 안부를 물어왔다. 유모 이씨는 송 할멈 등 몇을 데리고 특별히 신경 써서 밖에서 지키고 자견과 습인, 청문 등이 밤낮으로 곁을 지켜주었다. 보옥은 간혹 잠이 들었지만 꼭 꿈을 꾸다가 깨서 대옥이 벌써 떠났다고 하거나 누군가 데리러 왔다고 말하곤 했다. 매번 놀라 깼을 때마다 자견이 달려가 달래며 마음을 풀어줘야 겨우 진정이 되었다. 그때 가모는 또 거사수령단祛邪守靈丹과 개규통신산開竅通神散 등 다양한 비법으로 제조한 명약을 먹였다.

보옥은 다음날 왕태의가 처방한 약을 계속 먹고 차츰 차도를 보였다. 보옥은 이제 마음속으로 분명히 분간할 수가 있게 되었지만 자견이 그냥 돌아갈까 봐 일부러 가끔 미친 척하며 그녀를 잡아두었다. 자견은 그날 이후 정말로 후회막급으로 지금까지 밤낮으로 고생하고 있지만 전혀 원망하는 빛이 없었다. 습인은 그제야 비로소 마음이 편안해져 자견에게 웃으면서 말했다.

"모두 네가 소동을 일으킨 것이니 네가 수습하란 말이야. 하지만 우리 저 바보 도련님은 '바람 소리만 들어도 비 온다'고 걱정 하는 사람이니 앞으로 어쩌면 좋을지 모르겠네."

그러면서 잠시 자견을 잡아 두었다.

이때는 상운의 병도 다 나은 때라 매일 건너와서 살펴보곤 했는데, 보옥이 다 나은 걸 보자 그가 병들었을 때의 광태를 흉내 내서 보여주곤 했다. 그걸 보고 보옥은 베개에 엎드려 요절복통하며 웃었다.

보옥은 자신이 처음에 그렇게 했다는 걸 몰랐으므로 남들이 그렇게 말해도 믿지 않았다. 아무도 없고 자견만 혼자 옆에 있자 보옥은 조용히 그녀의 손을 당겨 잡으며 물었다.

"왜 나를 놀라게 했어?"

"그냥 장난으로 말한 건데 도련님이 그걸 진짜로 받아들인 거예요."

"자견의 말이 다 일리가 있었잖아. 그걸 어떻게 농담이라고 생각할 수 있었겠어?"

"그 농담은 다 내가 엮어낸 거예요. 임씨댁은 사실 남은 친척 식구가 없어요. 설사 있다고 해도 먼 친척에 불과한 데다 집안사람 중에 소주에 사는 사람이 아예 없고 여러 성에 흩어져 살고 있어요. 누가 데리러 온다고 해도 노마님이 놓아주시지 않으실 걸요."

자견의 말에 보옥이 덧붙였다.

"할머니가 보내신다고 해도 내가 안 보낼 거야."

"정말 도련님이 안 보내신다고요? 입으로만 하는 말씀이겠죠. 이제 나이도 들었고 정혼까지 한 마당에 이삼 년이면 곧 혼례를 올릴 텐데 도련님 눈 안에 또 누가 있겠어요?"

보옥이 깜짝 놀라서 물었다.

"정혼이라니? 도대체 누가 누구하고 정혼했다는 거야?"

"정초에 노마님의 말씀을 들었는데 설보금 아가씨로 정하려고 한다는데요. 안 그러면 왜 그렇게 귀여워하시겠어요?"

보옥이 그제야 웃으며 해명했다.

"사람들이 다들 나를 보고 바보라고 놀리는데 너야말로 나보다 더 바보로구나. 그거야말로 농담이었어. 보금이는 벌써 매한림 댁에 혼사를 정해 놓았다구. 정말 정혼했다면 내가 지금 이렇게 하고 있겠어? 지난번 내가 맹세하면서 이놈의 못난 구슬을 깨부수려고 했을 때 미쳤느냐고 하면서 너도 말리지 않았어? 그런데 겨우 며칠 지나서 또 내 속을 뒤집어놓을 건 뭐야."

보옥은 이를 악물고 말을 이었다.

"이럴 때 난 정말 당장이라도 심장을 도려내어 너희한테 보여주고 즉시 죽어버리고만 싶어. 그런 다음에 온몸이 몽땅 재가 되어, 아냐 재도 흔적이 남으니까 아예 연기로 변하는 게 더 좋아. 아니야, 연기도 뭉치는 것이고 사람들이 볼 수 있는 것이니까 안 되겠어. 그냥 큰 바람이 휙 불어와 사방팔방으로 순식간에 흩어지면 좋겠어. 그래야 속이 시원하겠어!"

보옥은 말을 하면서 동시에 눈물을 주르륵 흘렸다.

자견이 급히 다가가 입을 막고 대신 눈물을 닦아주면서 얼른 마음을 풀어주었다.

"도련님이 그렇게 조급하실 까닭이 어딨어요? 사실은 제 마음이 늘 조급한걸요. 그래서 도련님을 시험해 본 거예요."

보옥은 더욱 이상하게 생각되었다.

"네가 왜 조급해진단 말이야?"

자견이 웃으면서 말했다.

"잘 아시잖아요. 저는 임씨 댁 사람이 아니고 습인이나 원앙처럼 이 댁에 있던 사람이란 말이에요. 하필 저를 대옥 아가씨에게 주어 시중들게 하였고 또 아가씨가 저한테 잘해 주셔서 소주에서 데려온 아이보다 열 배는 더 아껴 주시잖아요. 어느 한순간도 우리는 떨어져 있을 수가 없어요. 만약 대옥 아가씨가 가버린다면 저도 따라가야 되나 하고 요즘 걱정이 앞서는걸요. 하지만 저희 집은 이곳에 있잖아요. 제가 안 따라가면 아가씨하고 평소 맺은 정분을 저버리는 것이 될 거고 따라가자니 가족이 있는 본가를 버리고 경성을 떠나야 하는 거잖아요. 그래서 걱정이 되어 일부러 말을 꾸며 도련님 마음을 시험해 본 거예요. 그런데 그런 말을 듣고 그렇게 바보처럼 난리를 치시다니요."

보옥도 웃으면서 말을 이었다.

"그런 걸 걱정하고 있었구나! 그래서 널 보고 바보라고 하는 거야. 다시는 그런 걱정 하지 마. 내가 한마디로 딱 잘라 말해 줄게. 살면 우리 다 같이 한군데 모여 살고 죽으면 우리 다함께 재가 되고 연기가 되자! 어때, 그러면 됐어?"

자견이 그 말을 듣고 속으로 가만히 따져보고 있는데 홀연 누군가 밖에서 말했다.

"환이 도련님과 난이 도련님이 문병을 오셨습니다."

보옥이 대답했다.

"그래, 성의가 고맙다고 전해줘. 그렇지만 난 방금 잠자리에 들었으니 들어올 필요는 없다고 해."

자견이 그 기회에 말을 꺼냈다.

"도련님, 병도 많이 나았으니 저를 돌아가게 해주세요. 아가씨가 어떤지 가봐야겠어요."

"그래 나도 그 생각이었어. 어제 보내려고 했는데 깜빡 잊었네. 난 많이 나았으니까 그럼 대옥이한테 가 봐."

자견이 곧 이부자리를 개고 화장품 상자를 쌌다. 보옥이 웃음을 띠고 말했다.

"그 화장대 안에 거울이 두세 개는 있는 것 같던데 능화무늬 작은 거울을 하나 남겨두고 가. 내 머리맡에 두었다가 자다가도 비춰보면 좋잖아. 나중에 바깥에 나갈 때도 가벼워서 들고 다니기 좋겠는데 그래."

자견은 어쩔 수 없이 거울을 내려놓고 사람을 시켜 짐을 먼저 보내고 여러 사람과 작별하고 소상관으로 돌아갔다.

대옥은 요즘 보옥의 일 때문에 병세가 더욱 악화되었다. 그 사이에 또 얼마나 여러 차례 눈물을 흘리고 울었는지 모른다. 자견이 돌아오자 그 까닭을 묻고 보옥의 병이 그나마 많이 나았음을 알았다. 그동안 자신을 시중들던 호박도 다시 가모에게 돌려보냈다. 밤에 잠자리를 다 펴고 자견이 옷을 벗고 자리에 누운 채로 웃으며 대옥에게 가만히 말한다.

"보옥 도련님의 마음이 진심인 것은 분명해요. 우리가 떠나간다는 말만 듣고 그 지경이 되다니 대단하지요."

대옥은 아무 말이 없다.

자견은 잠깐 멈추었다가 혼잣말처럼 계속 떠들었다.

"움직이는 것보다 그냥 조용히 있는 게 더 낫다는 말이 있잖아요. 우리 이 집도 그런대로 괜찮은 가문이에요. 다른 건 다 쉽지만 어려서부터 함께 자랐다는 것만큼은 어디 쉽게 구할 수 있나요? 버릇이나 성격을 모두 서로 알고 있잖아요."

대옥이 참지 못하고 꾸짖었다.

"넌 며칠 동안 고생하고 와서 노곤하지도 않니? 얼른 잠이나 자지 않고 무슨 소리를 주절대는 거야?"

"쓸데없이 주절대는 게 아니에요. 저는 정말로 아가씨를 생각해서 그래요. 아가씨 때문에 몇 년 동안이나 걱정하고 있었어요. 부모도 형제도 없는데 누가 속마음 알면서 아껴준대요? 노마님이 아직 정신이 있고 근력이 있을 때 일찌감치 대사를 정해두는 것이 급선무예요. 속담에도 '노인네 건강은 봄날 추위나 가을 더위처럼 그저 잠시일 뿐'이라고 했잖아요. 혹여 노마님이 어떻게라도 되시면 그때도 인륜지대사야 이뤄지겠지만 아까운 세월만 흘려보낼 뿐이고 맘에 드는 사람을 얻을 수 없을지도 모르잖아요. 세상에 귀공자와 왕손자제가 많아도 어느 한 사람 처첩을 수두룩하게 두지 않는 사람이 있던가요? 오늘은 이 방으로 내일은 저 방으로 오가며 오로지 선녀 같은 여자만 찾으러 다니죠. 그래봤자 사나흘 저녁이면 싫증을 내고 뒤도 안 돌아보고 잊어버리면서 말이죠. 심지어 첩이나 시녀 때문에 본처랑 반목하고 원수처럼 싸우는 경우도 있잖아요. 만약 친정집 권세가 드높으면 그나마 괜찮아요. 아가씨야 노마님이 계시는 동안에는 그나마 별문제 없겠지만 일단 노마님이 돌아가시고 나면 사람들이 업신여길 거란 말이에요. 아가씨는 사리에 밝으신 분인데 어찌 그런 이치를 모르세요? 속담에도 '황금 만 냥은 얻기 쉬워도 사람 마음 하나 얻기 어렵다'고 했잖아요."

대옥이 듣다못해 말을 막았다.

"이 계집애가 오늘밤 미친 거 아냐? 며칠 나갔다 오더니 어떻게 완전히 이상한 사람으로 변했어. 내일 할머니한테 너를 물러달라고 해야겠어. 더 이상 너를 못 부려먹겠다."

자견은 여전히 웃으며 말을 계속했다.

"이게 다 아가씨 좋으라고 하는 말이에요. 속으로 잘 새겨 두세요. 무슨 못된 짓을 하라는 것도 아닌데 노마님한테 나를 돌려주느니 마느니 하세요? 그래서 아가씨한테 무슨 이득이 있겠어요?"

자견은 말을 마치고 곧 잠에 빠져들었다.

대옥은 자견의 말을 듣고 입으로는 그렇게 되받아쳤지만 마음속으로는 쓰리지 않을 수 없었다. 자견이 잠들기를 기다려 눈물을 흘리며 밤을 꼬박 지샜으며, 새벽녘에서야 겨우 잠시 눈을 붙였을 뿐이었다. 다음날 억지로 일어나 연와죽을 먹고 나니 가모 등이 몸소 찾아와 병세를 살피고 듣기 좋은 여러 가지 말을 해주었다.

그러다 설부인의 생일날이 되었다. 가모를 비롯하여 사람마다 모두 축하예물을 보냈다. 대옥도 일찌감치 아름답게 수놓은 작품 두 가지를 마련하였다. 이날도 소규모의 연극반을 청하여 가모와 왕부인 등이 구경했다. 하지만 보옥과 대옥 두 사람만은 가지 않았다. 가모 등은 모임을 마치고 돌아가는 길에 들러 두 사람을 한번 살펴보고 방으로 갔다. 다음날 설부인의 집에서는 설과와 여러 집사들이 중심이 되어 술자리를 마련하고 종일 잔치를 열었다. 잔치는 사나흘이나 계속되었다.

설부인은 형수연이 단아하고 진중하게 생긴 것을 보고 마음에 들어

했다. 집안은 가난하고 차림새는 수수했지만 사람 됨됨이는 착실했다. 설반의 아내로 맞을까도 생각했지만 그의 평소 행동거지가 사치스럽고 망나니 같아 남의 집 딸 신세나 망치게 될까 걱정이었다. 그렇게 망설이다가 문득 설과도 아직 장가들지 않았음을 생각했다. 두 사람을 떠올리니 그야말로 하늘이 맺어준 천생연분이었다. 그래서 곧 희봉과 조용히 상의했다.

희봉이 한숨을 쉬었다.

"고모님도 아시겠지만 저희 시어머님 성격이 좀 남다르시잖아요. 이 일은 제가 천천히 처리해 볼게요."

마침 가모가 희봉을 불러다 얘기를 나눌 기회에 희봉이 슬쩍 가모에게 운을 떼었다.

"설씨 댁 이모님이 할머님께 한 가지 청을 드릴 일이 있으시다는데 차마 말씀을 꺼내기가 어렵다고 하시네요."

가모가 그게 무슨 일이냐고 묻자 희봉은 설과의 혼사에 대해 말을 했다.

"그게 왜 말을 못 꺼낼 일이냐? 아주 좋은 일이구먼그래! 내가 직접 네 시어미한테 말을 꺼낼 테니 걱정마라. 설마 내 말을 안 듣기야 하겠니?"

가모는 방으로 돌아오자마자 사람을 보내 형부인을 불러 확실하게 보증을 하고 나섰다.

형부인도 속으로 잠시 생각해 보았다.

'설씨네 집이 가문도 좋고 지금 돈도 많은 부자인 데다 설과의 인물이 훌륭하지. 게다가 가모가 적극 보증인으로 중매를 나선다고 하니 그만하면 되지 않았는가.'

형부인은 곧 못 이기는 체 응낙하였다. 가모도 좋아하며 곧 설부인을 청해 모셔오도록 했다. 두 사람이 만나니 자연 수많은 겸양의 인사말이

오고 갔다. 형부인은 곧 사람을 보내 형충邢忠 부부에게 그 뜻을 전했다. 그들 부부는 본래 형부인에게 의탁할까하고 찾아온 마당이었으니 감지덕지하며 오히려 감사하다고 인사했다.

가모가 웃으며 말했다.

"나는 원래 남의 일에 상관하기를 좋아하는 사람인데 이번에 또 건수를 올리게 되었군요. 사돈 마님은 내게 중매 값으로 얼마나 내시려우?"

설부인이 얼른 대답했다.

"그야 물론이죠. 은자 십만 냥을 둘러메고 온다고 해도 대단히 여기시겠어요? 하지만 한 가지 노마님께서는 이번 혼사를 주관하시는 분이 되셨으니 아무래도 또 한 분이 계셨으면 좋겠는데요."

가모가 웃으며 말했다.

"다른 건 몰라도 우리집에 다리 부러지고 손 문드러져서 놀고먹는 일손이야 두어 명 있지."

가모는 곧 사람을 시켜 우씨네 고부 두 사람을 불렀다. 가모가 불러온 까닭을 말하니 모두 좋아했다. 그러자 가모가 말했다.

"우리 집안의 법도를 너도 잘 알고 있겠지. 양가의 사돈끼리 예물을 따지고 체면을 따지는 법은 없었느니라. 이번에는 나를 대신하여 중간에 일을 잘 좀 처리해 주어야겠다. 너무 인색하게 하지는 말고 그렇다고 너무 낭비하지도 마라. 저 두 집안의 일이 원만하게 잘 해결되면 나한테 와서 알려주렴."

우씨가 얼른 나서서 대답했다.

설부인은 기쁜 마음을 숨길 수가 없었다. 집으로 돌아온 후에 황급히 청첩장을 써서 녕국부로 보냈다. 우씨는 형부인의 성미를 잘 알고 있던 터라 원래는 상관하지 않으려고 했지만 가모의 분부인데 어찌 거절할 수가 있으랴. 그래서 어쩔 수 없이 형부인의 뜻대로 일을 처리하기만 하면 될 것으로 여겼다. 설부인은 원래부터 안 되는 일도 없고 되는 일도 없는 양반이라 오히려 말하기가 쉬웠다. 그 얘기는 그만 하기로 하겠다.

설부인이 형수연을 조카며느리로 삼기로 작정한 것은 이제 온 집안에서 다들 알게 되었다. 그래서 형부인은 형수연을 대관원에서 빼내어 집으로 데려가려고 생각했다.

그런데 가모가 그걸 막았다.

"그게 뭐가 어때서 그러느냐? 두 사람은 서로 만나볼 수 없을 테고 다만 이모님과 큰 시누이와 작은 시누이 될 사람들이나 보게 될 텐데 무슨 걱정이 있겠어? 모두 여자애들인데 서로 친하게 오가면 좋잖아."

형부인은 가모의 말에 생각을 접었다.

설과와 형수연은 전에 상경 도중에 서로 얼굴을 본 적이 있고 대체로 서로를 마음에 두고 있던 터라 뜻대로 된 일이었다. 다만 형수연은 전보다 훨씬 조심스러워질 수밖에 없었다. 보차나 보금 자매와 함께 얘기하며 농담하기도 쑥스러웠는데 더욱이 상운이 남을 놀리기 좋아하는 성격이라 더욱 조심스럽게 느껴졌다. 그녀는 여자의 신분이지만 다행히 글공부를 하였고 예의범절도 아는 사람이라 그렇게 일부러 겉으로만 부끄러워하고 속으로 딴 짓 하는 경박한 부류는 아니었다.

보차는 처음 형수연을 만났을 때부터 생각해 보았다. 그녀는 집안이 가난한 데다 부모가 남들처럼 나이 지긋하고 덕망 있는 사람이 아니라 술주정뱅이에다 자기 딸에게 별다른 관심을 보이지 않았고 또 고모인 형부인도 그저 겉치레로 그럴 뿐 진정으로 정을 쏟아 귀여워하는 것은 아니라는 것을 알았다. 하지만 수연이 당사자만큼은 우아하고 진중한 사람이라 함부로 남에게 부탁을 못할 사람이고, 같이 있는 영춘은 그저 무던하기만 한 사람으로 자신의 앞가림도 못하는 위인이라 다른 사람까지 돌보아 줄 수는 없는 처지였다. 그러니 규중 아가씨가 써야할 일용품조차도 모자라면 아무도 챙겨줄 사람이 없었던 것이다. 그녀 자신도 남에게 말을 꺼내지 못하므로 보차가 은연중에 눈치채고 매번 형부인 몰래 조금씩 대주고 있었다. 공연히 형부인이 알면 쓸데없는 구설수에 오를까 싶어서였다. 그런데 지금 뜻밖에도 기이한 인연으로 자기 집안과 혼사가 되었던 것이다. 형수연은 먼저 보차를 알고 나서 설과와 혼인을 맺게 되었기 때문에 여전히 보차와는 농담도 하는 사이였고 보차도 여전히 자매로서 형수연을 대했다.

　이날 보차가 마침 대옥을 보러 나왔다가 역시 대옥에게 문병 가던 형수연과 마주쳤다. 보차는 웃으면서 그녀를 불러 세웠고 두 사람은 함께 돌담 뒤로 갔다. 보차가 먼저 웃으며 수연에게 물었다.

　"아직도 이렇게 날씨가 추운데 왜 벌써 겹옷을 벗어버린 거야?"

　형수연은 대답을 못하고 고개를 숙였다. 보차는 무언가 까닭이 있다고 생각하여 웃으면서 재차 물었다.

　"아직 이번 달 월비를 못 탄 모양이구나. 희봉 아씨가 요즘도 왜 그렇게 정신이 없는지 모르겠어."

　"아니야. 희봉 아씨는 날짜를 생각해서 꼬박꼬박 틀림없이 월비를 주셨어요. 하지만 우리 고모님이 사람을 보내 나한테 말하길 한 달에 은자 두 냥은 다 쓸데가 없을 테니 그중에 한 냥을 절약하여 부모님한테 보내라고 하셨어요. 어쨌든 영춘 언니의 물건이 있으니까 얻어 쓸 수 있으면 얻어 쓰라고 하시는 거예요. 언니가 생각해보세요. 영춘 언니는 별로 신경 쓰지 않고 무던한 사람이라 내가 언니 물건을 써도 아무 말 하는 법이 없겠지요. 하지만 그 집 어멈들이나 시녀들은 어느 하나 가만있으려고 하는 이가 없어요. 다들 입방아를 찧고 싶어 안달이에요. 내가 그 집에 같이 살고는 있지만 그들을 마음대로 부릴 수도 없고 사나흘에 한 번씩은 내가 되레 돈을 내서 그들한테 술이나 간식거리를 사줘야 해요. 그러니 한 달에 은자 두 냥도 사실은 쓸 게 없어요. 지금

한 냥을 보내고 나니까 턱없이 모자라요. 그래서 지난번 몰래 비단옷을 가져가 전당잡혀 돈을 좀 빌렸어요."

보차는 미간을 찌푸리며 탄식했다.

"하필 매씨 댁에서 가족 전부가 대감의 임지로 가는 바람에 후년에나 귀경하게 된다는구나. 만약 그분들이 여기 살고 있다면 보금이가 시집으로 가게 되었을 것이고 수연의 혼사를 쉽게 상의하여 이곳을 떠나면 그만일 텐데. 누이동생인 보금의 일을 아직 끝내지 못해서 네가 혼인하지 못하고 있는 거야. 지금으로서는 어쩔 수가 없어. 그렇다고 2년이나 기다리라고 하면 수연이가 견디지 못하고 병이 날 테니 어쩌면 좋아? 내가 우리 어머니하고 잘 상의해 볼 테니까 설사 누군가 힘들게 하더라도 잘 참고 있어봐. 스스로 마음 졸이다가 병나면 절대로 안 돼. 차라리 그까짓 은자 한 냥은 그 사람들한테 줘 버리고 마음을 접어. 앞으로는 그런 사람들한테 쓸데없이 먹을 거 사줄 필요도 없어. 그들이 무슨 비위 거슬리는 소리를 하든 맘대로 하라고 해. 못 들은 척하면 그냥 비켜 가겠지. 뭔가 모자라는 게 있으면 괜히 옹졸한 생각일랑 버리고 바로 날 찾아와. 우리 혼사가 되었다고 해서 내가 그러는 게 아니야. 수연이가 올 때부터 우린 사이가 좋았잖아. 남들이 말할까 봐 걱정되면 어린 시녀를 몰래 보내 나한테 말하면 되질 않겠어?"

수연은 고개를 숙이고 대답했다.

보차는 또 수연의 치마에 달린 벽옥 패물을 보고 물었다.

"이건 누가 준 거야?"

"탐춘 언니가 준 거예요."

형수연의 말을 듣고 보차가 고개를 끄덕이며 웃음 지었다.

"사람마다 다 하나씩은 차고 다니는데 너한테만 없는 걸 보고 혹시 누군가 업신여길까 걱정돼서 준 모양이구나. 탐춘은 참으로 슬기롭기도 하고 세심한 곳이 있어. 하지만 수연이도 이 한 가지는 알고 있어야 할 거야. 이런 패물장식이란 것이 원래 부잣집 규수들이 차기 시작했던 거잖아. 나를 한번 봐. 머리끝에서 발끝까지 어디 그런 패물을 차고 다니나? 칠팔 년 전에는 나도 그렇게 했지. 하지만 집안 형편이 해마다 점점 못해지고 있어서 나도 이젠 웬만한 건 가능하면 줄이려고 해. 앞으로 우리집에 시집오면 이런 쓸데없는 것들이 아마 한 상자는 있을 거야. 우리는 이 댁보다는 못하니까 아무래도 분수를 지키면서 절약해야 하겠지. 이 사람들하고 비교하지 않는 게 좋아."

형수연이 겸연쩍게 웃으면서 말했다.

"언니가 그렇게 말씀하시니 집에 돌아가면 이걸 곧 떼어낼게요."

보차가 얼른 막으며 웃었다.

"내 말을 어떻게 들은 거야? 이건 탐춘이 좋은 뜻으로 준 것인데 이걸 떼어내면 되레 그쪽에서 의심할 거 아냐. 내가 얘기한 것은 우연히 이런 걸 예로 든 것이고 앞으로 그런 이치를 알면 된다는 거야."

수연이 또 물었다.

"그런데 지금 어디로 가고 계시는 거예요?"

"난 지금 소상관에 가는데. 수연이는 지금 돌아가서 전당잡힌 표나 시녀한테 줘서 내게 보내. 내가 조용히 찾아와서 저녁에 몰래 보내줄게. 아침저녁으로 든든하게 잘 입도록 해. 그렇지 않고 찬바람을 쐬어서 병이라도 나면 큰일이잖아. 근데, 전당잡힌 집이 어디야?"

보차의 물음에 형수연이 대답했다.

"항서恒舒 전당포라고 하는데요. 고루鼓樓의 서대가西大街에 있어요."

보차가 웃으면서 말했다.

"결국 한 집안에서 놀고 있었군그래. 그쪽 점원이 알았더라면 '신부는 안 왔는데 옷이 먼저 시집왔네'하고 놀리기라도 했을 거야."

형수연이 듣고 나서 그곳이 설씨네 집에서 운영하는 전당포임을 알고 얼굴이 붉어졌다. 두 사람은 곧 헤어졌다.

보차가 소상관으로 가보니, 마침 설부인도 대옥을 보러 와서 말을 나누고 있었다.

"어머니는 언제 오셨어요? 전 몰랐네요."

설부인이 대답했다.

"요 며칠간 바쁜 일이 계속되어 보옥이하고 대옥이를 찾아보려고 해도 도대체 시간이 나야지. 오늘에야 겨우 틈을 내서 두 사람을 찾아왔는데 다행히 둘 다 좋아졌네."

대옥은 보차에게 어서 앉으라고 하고 형수연의 혼삿말을 꺼냈다.

"세상일이란 정말 알 수 없는 거예요. 이모님하고 큰외숙모네가 사돈간으로 이어지게 될 줄이야 어떻게 알았겠어요?"

설부인이 나서서 대옥에게 설명했다.

"얘야. 너희 같은 규중처녀들이 어떻게 알겠니? 예부터 속담에도 '천리 밖의 인연도 한 가닥 줄로 맺어 있다'고 했잖아. 인연을 관장하는 월하노인月下老人이 먼저 두 사람의 인연을 정하고 몰래 붉은 실로 두 사람의 다리를 묶어 놓는다는구나. 그러니 두 사람이 아무리 바다 건너 멀리 다른 나라에 가 있더라도, 또 아무리 대대로 서로 원수집안이라 해도 결국은 부부로 맺어진다는 거야. 이런 일이란 원래가 사람이 미리 알 수 없이 예상 밖에 일어나는 것이라 아무리 부모나 본인이 원하더라도, 혹은 일 년 내내 같이 지내고 있어서 벌써 혼사가 다 이뤄진 것 같다고 하더라도 월하노인이 붉은 실로 매어주지 않았다면 끝내 함께 있을 수가 없는 거야. 너희 두 사람의 장래 혼인의 일도 이 순간에는 전혀 알 수가 없지 않으냐. 눈앞에 나타날지 아니면 머나먼 하늘과 땅의 끝에 가야할지 누가 알겠느냐."

보차가 얼른 핀잔을 하였다.

"엄마는 꼭 그러시더라. 왜 말끝마다 우리를 끌고 들어가시는 거예요?"

보차는 설부인의 가슴에 얼굴을 묻고 웃으며 말했다.

"이제 어서 집으로 돌아가요."

대옥이 그 거동을 보고 웃으면서 말했다.

"저것 좀 봐요! 엄마가 곁에 없을 때는 더할 수 없이 어른스럽고 점잖다가도 지금 엄마를 보더니 다 큰 처녀가 온갖 어리광을 다 부리네요."

설부인은 보차를 손으로 쓰다듬으며 대옥을 향해 한숨을 쉬었다.

"네 언니는 마치 희봉이가 할머님 앞에서 어리광 부리듯이 그런단다. 요긴한 일이 있을 때는 정색을 하고 의논상대가 되어 도와주곤 하지만 일이 없이 한가할 때는 이렇게 어리광을 부리면서 나를 즐겁게 해주지. 애가 이러는 걸 보면 태산 같던 걱정도 다 사라지고 만단다."

대옥은 자기도 모르게 눈물을 흘리며 탄식했다.

"언니가 제 앞에서 일부러 그러는 거 난 다 알아요. 내가 엄마 없는 고아라고 일부러 날 자극하려는 거예요."

"엄마, 대옥이 말 좀 들어보세요. 자기 생각은 않고 나더러 어리광부린다고 하잖아요?"

"그래. 대옥이 가슴이 아픈 것도 무리는 아니지. 부모님이 다 돌아가셔서 가까운 가족이 없으니 그럴 만도 하지 않니."

설부인은 대옥을 어루만지며 달랬다.

"대옥아 울지 말렴. 내가 보차를 귀여워하는 걸 보고 네가 가슴이 아팠던 모양이구나. 하지만 내가 너도 얼마나 아끼고 귀여워하는지 너는 모르는구나. 보차도 부친은 일찍 돌아가셨지만 그래도 내가 있고 친 오라비가 있으니 너보다는 나은 것처럼 보일 게다. 하지만 난 매번 우리 보차에게 내가 얼마나 너를 생각하고 있는지 얘기하고 있단다. 다만 겉으로 드러내놓고 표현하기 어려웠을 뿐이야. 이곳은 사람도 많고 말도 많은 곳이고, 좋은 말 해주는 사람은 적고 나쁜 말 하는 사람은 많은 곳이지. 네가 의지할 데 없는 사람인 데다 충분히 사랑받을 만해서 사랑

받는다고 말하지 않고 할머니가 귀여워하시니까 덩달아 그러는 거라고 말하는 거야.”

“이모님께서 그렇게 말씀을 하신다면 저는 내일부터 이모님을 엄마라고 할래요. 이모님이 만약 싫어하시며 저를 양딸로 삼지 않으신다면 지금까지 저를 거짓으로 사랑하신 거예요.”

대옥의 제안에 설부인도 동의했다.

“네가 싫지만 않다면 서로 의를 맺는 게 좋겠구나.”

“그건 안돼요!”

보차가 얼른 나서자 대옥이 물었다.

“어째서 의를 맺으면 안 된다는 거야?”

보차가 웃으며 대옥에게 되물었다.

“내가 먼저 물어보겠어. 우리 오라버니가 아직 혼사를 정하지 못했는데 왜 형수연을 우리 사촌 오빠〔설과〕한테 중매를 섰겠어? 그건 무슨 이치야?”

“그거야 설반 오빠가 집에 없으니까 그렇겠지. 아니면 사주팔자에 궁합이 서로 맞지 않으니까 먼저 아우님한테 말을 한 것이겠지.”

대옥이 나름대로 해석하자 보차가 웃으면서 부정했다.

“그게 아니올시다! 우리 오라버니는 벌써 생각해 둔 곳이 있으시다구. 이제 집에 돌아오기만 하면 정하려고 해. 그 사람이 누군지를 굳이 밝힐 필요는 없지만 방금 내가 너는 절대로 우리 엄마를 양엄마로 삼을 수 없다는 말을 잘 생각해 봐.”

보차는 설부인을 향해 눈을 질끈 감아 눈짓으로 보내며 웃음을 참지 못했다. 대옥은 그 말이 무슨 뜻인지를 알아차리자 곧 설부인의 가슴에 엎어지며 소리쳤다.

“이모님, 제발 보차 언니 좀 때려주세요. 안 그러면 제가 가만있지 않을 거예요!”

설부인은 얼른 대옥을 끌어안으며 달래주었다.

"보차 언니의 말을 믿지 마. 그냥 장난으로 그러는 거야."

"아니에요. 정말이에요! 엄마가 내일이라도 노마님한테 말씀드려서 대옥이를 우리집 며느리로 맞이하면, 밖에서 데려오는 것보다 얼마나 더 좋아요?"

대옥은 더욱 열이 올라 보차에게 달려들어 꼬집으며 소리를 질렀다.

"언니 정말 미쳤나봐!"

설부인이 중간에서 달래며 손으로 두 사람을 갈라놓았다. 그리고 보차에게 말했다.

"수연이마저도 네 오라비가 혹시 사람을 망칠까 걱정하여 네 사촌동생한테 정해주지 않았니? 그러니 우리 대옥이는 말할 것도 없어. 절대로 그 녀석한테 정해줄 수는 없지. 지난번 노마님께서 농담으로 네 사촌 여동생을 보옥에게 맺어주면 어떻겠느냐고 말씀하셨지만 하필 벌써 정혼한 데가 있어서 그러마고 대답을 드릴 수가 없었어. 그렇지 않았으면 아주 좋은 한 쌍이 되었겠지. 지난번 내가 수연이 혼사를 말할 때 노마님께선 역시 우스개로 '난 보옥이 짝될 사람을 구하는데 오히려 사람은 못 구해오고 우리 쪽 사람 하나를 내 주게 되었구나' 라고 하셨더란다. 그야 물론 농담이셨지만 가만히 생각해보면 의미가 있으신 말씀이야. 내 생각에 보금이는 비록 혼처가 정해졌으므로 내가 내놓을 사람은 없었지만 그렇다고 한마디도 안 할 수는 없었어. 가만히 생각해보면 보옥이는 노마님이 끔찍이 아끼는 손자가 아니냐. 또 생김새도 그만한데 밖에서 말하면 어디 마음에 드는 사람이 나올 수 있겠어. 그러하니 아무래도 여기 대옥이를 그한테 정해주는 것이 가장 완벽하다고 생각했던 거지."

대옥이는 처음에 무슨 소리인가 하고 멍하니 듣고 있다가 결국 자기 얘기로 돌아온 걸 알고 놀라 얼굴이 빨개져서 보차를 잡아당겼다.

"내가 언니를 때리고 말 거야! 왜 이모님 입에서 그런 말도 안 되는 얘기가 나오게 만든 거야?"

보차가 웃으면서 말했다.

"그것 참 이상도 하네. 우리 엄마가 대옥이 얘기를 했는데 왜 나를 때리려고 해?"

그때 자견이 얼른 뛰어 들어와 웃으면서 말참견을 하였다.

"이모 마님께서 그런 생각을 가지고 계시면 왜 우리 마님께 말씀드리지 않으시는 거예요?"

설부인이 하하 웃으면서 대답했다.

"애야, 뭐가 그리도 조급하단 말이냐. 가만히 보니까 너희 아가씨를 빨리 시집보내고 그 덕분에 너도 어서 젊은 서방을 얻어 시집가고 싶으니까 그렇구나."

자견도 얼굴이 빨개져 웃었다.

"이모 마님은 정말 노련하시군요. 말씀을 그렇게 비켜가시다니."

자견은 중얼대면서 밖으로 나가버렸다.

대옥은 처음에 자견이 끼어들자, "너하고 또 무슨 상관이 있다고 나서니, 나서기를!" 하다가 자견이 머쓱하여 물러나자 웃음을 터뜨리며 그녀의 등 뒤에 대고 말했다.

"나무아미타불! 고거 아주 쌤통이다, 쌤통이야! 괜히 나서서 까불다가 큰 코 다쳤지 뭐야!"

설부인 모녀와 방에 있던 시녀와 할멈들이 다 같이 웃음을 터뜨렸다. 할멈들이 나서서 웃으면서 설부인에게 청하였다.

"이모 마님께선 비록 농으로 하신 말씀이시지만 사실 조금도 틀린 말씀은 아닙니다. 틈이 나시는 대로 노마님과 한번 상의해보심이 어떠신지요. 이모 마님께서 중매를 서시면서 보증인이 되어 주시면 이 혼사는 틀림없이 성사될 것이니까요."

설부인도 맞장구를 쳤다.

"내가 그런 생각을 내면 노마님도 필시 좋아하시겠지."

그 말이 채 끝나기도 전에 홀연 상운이 들어왔다. 손에는 전당포 물표가 들려 있었다.

"이게 대체 무슨 쪽지일까?"

대옥이 보았지만 무엇인지 알 수 없었다. 바닥에 있던 할멈들이 보고 모두 웃으면서 말했다.

"이건 아주 굉장한 물건인데요. 이런 기이한 것을 공짜로 가르쳐드릴 순 없어요."

보차가 얼른 받아서 보니 그건 형수연이 말했던 바로 그 전당잡힌 물표였다. 보차는 얼른 접어서 집어넣었다. 설부인이 황급히 물었다.

"그건 필시 어떤 어멈이 잃어버린 전당포의 물표 같은데 지금쯤 찾느라고 야단일 텐데. 어디서 주웠느냐?"

상운이 놀라며 되물었다.

"전당표 물표가 뭐예요?"

그 말에 사람들이 다 같이 말했다.

"정말 바보 중의 상바보로군요. 전당포의 물표도 모르다니."

설부인이 탄식하면서 설명했다.

"그거야 상운이를 탓할 수도 없지. 그야말로 귀족가문의 규중처녀가 분명한 거지. 게다가 아직 어리니 어떻게 이런 걸 알 수 있겠어? 어딜 가서 이런 걸 구경이나 해? 설사 하인들이 가지고 있다고 해도 누가 보여주겠어? 바보라고 욕할 게 없지. 이 집 아가씨가 봐도 모르긴 마찬가지야. 그럼 다 바보가 되는 것이게."

할멈들이 웃으면서 말했다.

"우리 대옥 아가씨도 방금 못 알아봤는걸요. 어디 아가씨들뿐이겠어요? 지금 보옥 도련님은 밖으로 잘 나다니시지만 아마도 아직까지 이런 걸 보지 못했을걸요."

설부인이 상세히 설명해주자 그제야 상운과 대옥 두 사람이 웃으면서 말했다.

"아하, 그랬군요! 사람들이 그렇게도 돈이 필요한 모양이죠. 이모님네 전당포에도 저런 쪽지가 있나요?"

사람들이 기가 막혀 웃었다.

"또 바보 같은 소리를 하고 계시네요. '천하의 까마귀는 다 검다'고 하던데 설마 다를 리가 있겠어요?"

설부인은 그걸 어디서 주웠느냐고 재차 물었다. 상운이 막 대답하려고 할 때 보차가 말을 가로챘다.

"그건 벌써 기한이 지나 못 쓰는 거예요. 여러 해 전에 벌써 해결된 건데 향릉이 저 사람들을 놀리려고 가지고 나온 거예요."

설부인은 그 말이 진짜라고 믿고 더 이상 묻지 않았다.

잠시 후 누군가 찾아와 전갈을 했다.

"저쪽 부중의 큰아씨마님이 이쪽으로 오셔서 이모 마님께 말씀을 드릴 게 있으시다는 데요."

설부인은 일어나 나갔다. 방에 다른 사람이 없을 때 보차가 상운에게 그걸 어디서 주웠냐고 조용히 물었다.

상운이 웃으면서 말했다.

"우연히 보차 언니의 올케 될 사람의 시녀인 전아가 몰래 앵아鶯兒한테 이걸 주는 걸 보았죠. 앵아는 내가 본 줄도 모르고 그걸 아무렇게나 책갈피 사이에 끼우더라고요. 난 그들이 나간 뒤에 가만히 빼내서 읽어보았죠. 하지만 전혀 알 수가 없는 거예요. 그래 여기에 다들 모여 있는 걸 알고 찾아온 거죠. 다들 알아맞혀 보라고 말이죠."

그러자 대옥이 물었다.

"그럼 수연이가 옷을 전당잡혔다는 거야? 그럼 맡겼으면 그만이지 왜 또 쪽지를 언니네한테 돌려줘?"

보차는 그들 두 사람에게 숨길 수 없음을 알고 아까 있었던 자초지종을 모두 얘기해 주었다. 대옥이 한숨을 쉬었다.

"토끼가 죽으면 여우가 슬퍼한다고 하였고 병을 앓는 사람끼리 서로 가엾게 여긴다고 하는 말도 있는데."

대옥은 마음이 서글퍼졌다. 상운은 더욱 노기등등하여 펄펄 뛰었다.

"내가 영춘 언니한테 가서 따져 볼 거야. 늙은 할멈들과 시녀들을 한바탕 혼내 줘야겠어. 그래야 분이 풀리지 않겠어?"

상운은 말하면서 바로 뛰쳐나가려고 했다.

보차가 얼른 잡아서 멈춰 세웠다.

"또 병이 도졌구나, 도졌어. 어서 돌아와 앉지 못해!"

대옥이 거들었다.

"상운이가 남자였으면 당장 나가서 화풀이를 해볼 텐데. 지금 자기가 무슨 형가나 섭정[2]이나 된 양 난리야? 정말 우스워 죽겠네."

"나를 보내 문책하지 않겠다면 내일 수연이를 불러다 우리 거처에서 함께 지내도록 하는 게 어때?"

상운의 말에 보차가 웃으며 마무리를 하였다.

"내일 다시 상의하자."

그때 밖에서 소리쳤다.

"셋째 아가씨와 넷째 아가씨가 찾아오셨습니다."

세 사람이 얼른 일어나며 입에다 손가락을 대고 이 일은 절대 말하지 말라고 당부를 했다. 이 일이 어떻게 될지 궁금하시면 다음 회를 보시라.

---

2 형가(荊軻)는 위나라 사람으로 진시황을 암살하려고 모의했으나 실패해서 피살되었고, 섭정(聶政)은 한나라 사람으로 자신의 가족을 보살펴준 엄수(嚴遂)의 원수를 대신 갚기 위해 한나라 재상 협루(俠累)를 찔러 죽인 후 자살하였음.

孝子陰傲鳳
注虛風
茜紗窗真
情揆痴
理

창극 배우의 진정

살구나무 밑에서 우관은 적관을 위하여 통곡하고
명주창문 아래서 보옥은 우관의 진심을 짐작하네
杏子陰假鳳泣虛凰 茜紗窗眞情揆痴理

그들 세 사람은 탐춘과 석춘이 들어온다는 걸 알고 그 일은 거론치 않
기로 하였다. 탐춘 등은 문안 인사를 하고 다 같이 한참을 떠들고 놀다
가 흩어졌다.

앞서 말했던 노태비老太妃마마께서 훙거薨去하셨다는 소식이 전해져
서 고명부인 등은 모두 궁중에 들어가 각각 작위에 따라 상복을 입고 상
을 치렀다. 황제 폐하의 조서도 천하에 내려져서 작위가 있는 집안에서
는 일 년 동안 가내에서 잔치와 풍악을 금지하였고 서민들은 석 달 동안
혼인을 하지 못하도록 하였다. 가부에서는 가모와 형부인, 왕부인, 우
씨 등 시어머니와 며느리, 할아버지에서 손자에 이르기까지 모두 매일
같이 함께 궁중에 들어가 제사를 지내고 오후 2시경에야 돌아왔다. 영
구는 대궐의 편전에 스무 하루 동안 안치했다가 선제의 능에 모셨는데
효자현孝慈縣이란 곳이었다. 이 능은 도성에서 열흘가량 걸리는 곳이었
으므로 도중에 영구를 수일간이나 안치하였다가 다시 지하 궁전에 안

치하는 데 거의 한 달이나 걸리게 되었다. 그곳에도 모두 따라가야 하였고 가진賈珍 부부도 당연히 그곳까지 따라가야 했다. 하지만 집안에 한 사람도 남아있지 않을 수 없으므로 다들 상의하여 해산한다는 명목으로 우씨를 빼내 녕국부와 영국부의 두 군데 일을 함께 맡아보도록 하였다. 또 설부인에게는 대관원에 들어가 여러 자매들과 시녀들을 보살펴달라고 당부하였다.

설부인은 어쩔 수 없이 원내로 옮겨 들어왔다. 보차의 거처에는 상운과 향릉이 있고 이환의 거처에는 이부인 모녀가 지금은 비록 돌아갔지만 자주 오가며 사나흘씩 묵기도 하였으므로 거북했다. 게다가 가모는 이환에게 설보금까지 맡겨서 보살피도록 하는 중이었다. 영춘의 거처에는 형수연이 함께 있고 탐춘의 거처에는 집안일이 번잡하게 많을 뿐만 아니라 수시로 조이랑과 가환이 찾아와 소란을 일으키고 있었으므로 역시 불편한 곳이었다. 석춘의 거처는 방이 비좁아서 역시 형편이 안 되었다. 게다가 가모가 대옥을 특별히 잘 보살펴달라는 부탁을 하였고 설부인 자신도 평소 대옥을 가장 아끼고 사랑했으므로 지금 이런 기회에 아예 소상관으로 들어가 대옥과 함께 지내기로 하였다. 약이나 음식 등에 일일이 신경 써줄 수도 있을 것이었다. 대옥은 마음속으로 너무나 감격하여 그로부터 보차를 부를 때는 꼬박꼬박 언니라고 높여 주었고 보금에게는 언제나 동생이라고 불러 마치 친자매처럼 지내며 다른 사람들과 달리 절친하게 지냈다.

가모도 그것을 보고 더욱 좋아하며 한결 마음을 놓았다. 설부인은 자매들 뒤를 돌봐주고 시녀들 감독이나 할 뿐이며 그 밖의 집안 대소사에 대해서는 일체 쓸데없는 말참견을 하려고 하지 않았다. 우씨는 비록 날마다 건너와 얼굴을 내밀었지만 명목상의 출근일 뿐이며 무언가 일을 벌이려고는 하지 않았다. 게다가 녕국부에서도 모든 일거리가 우씨 한 사람이 책임지고 해결해야 했으므로 따로 여유가 없었고 더구나 매일 가모와 왕부인의 임시 거처에 필요한 물품이나 식품 등을 챙겨 보내주어야 했기 때문에 여긴 힘들고 고된 게 아니었다.

이렇게 녕국부와 영국부 두 부중의 주인들이 정신없이 바쁘자 양 부중의 집사들까지도 바빴다. 어른들을 모시고 궁중 제사에 수행한다든지, 대궐 밖 임시 거처의 사무를 본다든지, 또 임시거처도 실제로 미리 답사하는 일로 온통 정신이 없는 상태였다. 이러한 와중에 양 부중의 하인들은 감독자가 제대로 없는 기회를 틈 타 멋대로 놀아나고 편당을 만들어 임시 집사들과 함께 온갖 거드름을 다 피우며 제멋대로 굴었다. 영국부에서는 뇌대와 몇 사람의 집사를 집에 남겨서 바깥일을 보도록 했다. 하지만 뇌대의 수하에 있던 몇 사람도 장례식에 데려가고 따로 사람을 썼기 때문에 모두들 일이 생소하고 일손이 서툰 사람들이었다. 그런 데다 그 사람들이 모두 일에 무지하고 절도 없이 속임수를 쓰며 근거 없이 고자질하고, 이유 없이 당치않은 사람을 천거하는 등 온갖 비리와 부패가 다 생겨나고 있었다. 그 행태는 그야말로 이루 다 말할 수 없을 지경이었다.

한편 국상 중에는 귀족이나 대갓집에서 데리고 있던 극단을 해체하여 남녀 배우들을 모두 내보내도록 정해져 있었으므로 우씨는 왕부인이 돌아오기를 기다려 열두 명 여자 배우들의 해산문제를 상의하였다.

우씨가 말했다.

"이들 배우들은 우리가 돈을 들여 사들인 사람들인데 지금 창을 가르치지 않는다면 그냥 시녀로 활용할 수는 있을 것입니다. 가르치던 선생들은 각자 돌아가라고 하면 그만이고요."

"창극을 배우던 아이들은 보통 시녀들하고는 달라. 이 아이들은 모두 양가의 자식들이란 말이야. 다른 재주가 없으니까 팔려서 창극을 배우고 얼굴에 분칠을 하고 무대 위에서 몇 년을 지냈던 거지. 지금 이런 기회에 그 애들에게 몇 냥씩 노잣돈을 쥐어주고 각자 돌아가게 하면 좋겠구나. 예전에도 조상님들 중에 그렇게 하신 전례가 있거든. 우리는 그동안 조상의 음덕을 제대로 따르지 못하고 속 좁게 인색하기만 했잖아. 사실 지금도 나이든 몇 사람이 아직 남아 있지만 제각기 사연이 있는 자들이지. 집으로 돌아가지 않으려는 사람은 남겨서 시녀로 부렸는데 나이가 든 뒤에 우리집 시동과 짝을 지어줘서 살게 했고."

"그러면 지금 저 열두 명의 아이들에게 일일이 물어봐서 돌아가기를 원하는 사람은 편지를 보내 부모가 와서 직접 데려가도록 하고 은자 몇 냥씩 노잣돈을 쥐어주면 되겠네요. 하지만 만일 부모를 불러오지 못하는 사람은 엉뚱한 사기꾼이 대신 나타나 데려갔다가 다른 곳에 팔아버리면 오히려 우리가 베푼 은혜만 의미가 없어지지 않겠습니까. 그러니 돌아가기를 원하지 않는 사람은 남겨두도록 하지요."

"그래. 그럼 그렇게 하자꾸나."

왕부인의 허락이 떨어지자 우씨는 곧 사람을 보내 희봉에게 그 말을 전하고 또 담당 집사에게 명하여 창극 선생에게는 각각 여덟 냥씩 주어서 돌아가게 하였다. 그리고 이향원의 모든 물품은 일일이 장부와 대조하여 조사한 뒤 거두게 하여 창고에 넣어 지키게 했다. 그리고 열두 여자애들을 불러 면전에서 물었더니 절반 이상은 돌아가지 않겠다고 했다. 그중에는 부모가 있었지만 자신을 툭하면 팔아치우기에 지금 돌아가 봤자 또 팔려갈 것이라고 하는 사람도 있었다. 또 이미 부모를 여읜 뒤에 백부나 숙부 형제에 의해 팔려나온 사람도 있었고 어디에도 의탁할 곳이 없는 사람도 있었다. 심지어 이곳이 좋아서 떠나기 싫은 사람도 있었다. 그래서 나가고자 하는 사람은 너덧 사람에 불과했다.

왕부인이 듣고 그들을 그냥 남기기로 하였다. 나가고자 하는 너덧 사람은 양어멈을 불러 데려나가도록 했다가 그들의 친부모가 오면 인계하도록 했다. 남기를 원하는 사람은 대관원에 남겨 각자 다른 사람들을 시중들도록 하였다.

가모는 문관文官을 남겨 시중들게 하였다. 그리고 정단 역할의 방관芳官은 보옥에게 보냈고, 소단 역할의 예관蕊官은 보차에게 보냈으며, 소생 역할의 우관藕官은 대옥에게 보냈다. 대화면 역할의 규관葵官은 상운에게 보냈고, 소화면 역할의 두관荳官은 보금에게 보냈으며, 노외 역할을 하는 애관艾官은 탐춘에게 보냈다. 그리고 우씨는 노단 역할의 가관茄官을 달라고 하여 데려갔다.[1]

즉시 각 거처로 들어가게 하니 마치 갇혀있던 새들이 새장을 나온 듯 매일 대관원 안을 노닐며 즐기기만 하였다. 그들은 바느질도 못하므로 별로 부릴 일도 없었지만 그다지 야단맞을 일도 없었다. 그중의 한두 사람은 철이 들어서 앞으로는 무언가 기술이 있어야 함을 깨닫고 본업을 버리고 바느질이나 방적과 같은 여자의 일을 본격적으로 배우려는 사람도 있었다.

하루는 마침 궁중에서 대제大祭를 지내는 날이라 가모 등이 새벽에 집을 나섰다. 먼저 임시거처에 가서 간단히 요기를 하고 대궐로 들어갔다가 아침 제사를 마친 후에 다시 임시거처로 나왔다. 조반을 먹고 잠시 쉬었다가 다시 들어가 점심 제사와 저녁 제사를 지내고 밖으로 나와 잠시 쉬다가 저녁을 먹고서야 집으로 돌아왔다. 이때 마침 임시거처는 한 고관의 가묘였는데 비구니들이 수련하는 곳으로 방이 깔끔하게 잘 가꾸어져 있었다. 동서로 두 건물이 세워져 있는데 영국부에선 동쪽 건물을 빌렸고 북정왕부에선 서쪽 건물을 빌려서 사용하고 있었다. 태비와 소비가[2] 매일 그곳에서 쉬고 있다가 가모 일행이 동쪽 건물에 있는

---

1 중국 연극에서 정단(正旦)은 여자주인공, 소단(小旦)은 어린 여자 역, 소생(小生)은 젊은 남자 역, 대화면(大花面)은 고관대작 역, 소화면(小花面)은 어릿광대 역, 노외(老外)는 늙은 남자 역, 노단(老旦)은 늙은 여자 역 등을 가리킴.
2 태비(太妃)와 소비(少妃)는 북정왕(北靜王)의 모친과 왕비임.

걸 보고 서로 오가며 인사를 하게 되었다. 나머지 세세한 일은 일일이 기록하지 않기로 하겠다.

　한편 대관원에서는 가모와 왕부인 등이 날마다 집안에 계시지 않고 국상에 참가하여 한 달 동안이나 돌아오지 않게 되자 시녀들과 할멈들은 한가하기 그지없어 원내에서 놀고 즐기기에 여념이 없었다. 게다가 이향원에서 여자 배우들을 돌봐주던 할멈들도 한꺼번에 철수하여 원내 각처에 배치되었으므로 원내에는 사람이 몇 십 배나 늘어난 것 같은 느낌이었다. 문관 등의 여자 배우출신들은 본래 성질이 괴팍하고 고고한 데다 세력을 믿고 남을 업신여기며 먹고 입는 것도 고르고 가리는 데다 말이 많고 날카로웠다. 대부분 제 분수를 모르는 자들이었다. 일하는 할멈들은 이들에 대해 노골적으로 드러내지 않았을 뿐이지 속으로는 원망하지 않는 사람이 없었다. 이제 그들이 모두 창극 공부를 그만두고 흩어지게 되었으니 할멈들의 소원대로 된 셈이었다. 그래서 일부는 신경을 안 쓰는 사람도 있었지만 또 일부는 속이 좁아 여전히 그들에 대한 예전의 원한을 품고 기회를 노리는 사람도 있었다. 다만 각자 주인네들의 거처로 배치되었으므로 감히 일부러 찾아가 달려들지 못할 뿐이었다.
　그러다 마침 청명절이 되었다. 가련은 시제를 지내기 위해 제수를 준비하여 가환과 가종賈琮, 가란 등 세 사람을 데리고 철함사鐵檻寺로 찾아가 소지燒紙를 하고 제사를 지냈다. 녕국부의 가용도 종중의 몇 사람과 함께 각각 제사를 지냈으나, 보옥은 아직 몸이 완쾌되지 않았으므로 따라가지 않았다. 보옥은 식후에 식곤증이 와서 몸이 늘어지는 중인데 습인이 나가기를 권했다.
　"밖에 날씨가 아주 기막히게 좋아요. 어서 나가 바람이나 쐬다 오세요. 죽 한 그릇 먹고 바로 낮잠을 주무시면 체하기가 쉬워요."

보옥은 지팡이를 하나 짚고 신발을 끌며 천천히 이홍원 밖으로 산책을 나섰다. 요즘 대관원 안에는 할멈들이 각각 나누어 관리를 분담하였기 때문에 한창 바쁘게 돌아가고 있었다. 대나무를 손질하는 사람, 나뭇가지를 쳐내며 손질하는 사람, 꽃모종을 하는 사람, 콩을 심는 사람들이 정신없이 일하고 있었다. 또 연못 안에선 어멈들이 배를 노 저으며 물 바닥의 진흙을 뒤적이며 연을 심고 있었다. 향릉과 상운, 보금 그리고 시녀들 여러 명이 모두 산석 위에 앉아 그들의 일하는 모습을 보면서 즐거워하고 있었다. 보옥도 천천히 걸으면서 다가갔다. 상운이 보옥을 보자 웃으면서 놀려댔다.

"어서 저 배를 내쫓아 버려요! 저 사람들은 모두 대옥 아가씨를 모시러 온 배랍니다!"

사람들이 다 같이 웃어젖혔다. 보옥은 얼굴이 홍당무가 되었지만 역시 웃으며 대답했다.

"남이 병났을 때 한 말을 가지고 놀리면 돼? 누가 일부러 그랬나 뭐. 상운이는 어째 그런 걸 다 흉내 내며 놀리는 거야!"

상운이 계속 물고 늘어졌다.

"병이 나도 꼭 남들하고 다르단 말이야. 자기가 웃기는 짓을 하고는 되레 우리한테 뭐라고 하시네."

그러는 사이에 보옥이도 상운이 곁에 앉아 사람들이 바쁘게 움직이는 걸 한참 바라보았다.

"여기는 바람이 불고 돌 위가 차가우니 조금만 앉았다 들어가요!"

상운의 말에 보옥은 본래 대옥에게 가 보려던 참이었으므로 일어나 지팡이를 짚고 그들과 헤어져서 심방교 일대의 뚝방을 따라 걸었다. 버드나무가 황금빛 줄기를 늘어뜨리고 복숭아꽃은 붉은 꽃봉오리를 내밀고 있었다. 산석 뒤에 커다란 살구나무가 한 그루 서 있는데 꽃은 전부 지고 푸른 그늘이 그윽하게 드리우고 있었다. 살구나무 가지 위엔 콩알만 한 살구가 오글오글 달려 있었다.

보옥이 속으로 생각했다.

'며칠간 병이 나서 누워만 있었더니 그만 살구꽃을 제대로 보지 못했구나. 아이고 미안해라! 어느새 〈푸르른 잎사귀 그림자 드리우고 가지마다 열매 가득하구나〉[3] 하는 두목의 시구가 생각나누나.'

보옥은 나무 위의 살구를 쳐다보며 차마 발길을 옮기지 못하고 있었다. 그 순간 또 형수연이 남편감을 얻은 일이 생각났다. 남녀 사이의 혼인이란 인륜지대사로서 피할 수 없는 일이긴 하지만 좋은 여자가 또 하나 줄어든다고 생각하니 마음이 우울해졌다. 한 2년만 지나면 그녀 또한 가정을 꾸리고 자식도 낳아 '푸르른 잎사귀 그림자 드리우고 가지마다 열매 가득 하구나' 하게 될 것이겠지. 며칠 지나면 이 살구나무 가지에서 열매가 떨어지고 가지는 텅 비게 될 테고 또 몇 년이 지나면 형수연도 검은머리 파뿌리가 되고 홍안이 마른 고목나무처럼 되지 않겠는가. 보옥의 마음은 갑자기 썰렁해지고 슬픔이 몰아쳐서 살구나무를 마주하고 한숨을 지으며 눈물만 흘릴 뿐이었다.

보옥이 그렇게 비탄에 빠져 있는데 갑자기 참새 한 마리가 푸드덕 날아와 가지 위에 앉아서 마구 지저귀기 시작했다. 보옥은 또 거기에 정신을 잃고 멍하니 바라보며 깊은 상념에 빠졌다.

'이 참새는 살구꽃이 한창 흐드러지게 피었을 때 이곳에 와 보았겠지. 지금 꽃이 지고 빈 가지에 열매와 잎만 있으니 어지럽게 지저귀는구나. 저 소리는 필시 슬피 우는 울음소리겠지. 옛날 공자의 제자인 공야장公冶長이 새와 말을 잘 통했다고 했는데, 안타깝게도 지금 눈앞에 없으니 물어볼 수도 없구나. 내년 봄 살구꽃이 다시 필적에 저 새가 다

---

3 만당(晚唐) 두목(杜牧)의 시 〈탄화(嘆花)〉 중 한 구절로 원문은 '녹엽성음자만지 (綠葉成蔭子滿枝)'이며, 청춘의 덧없음을 한탄한 시구.

시 날아와 지저귀며 올해 살구꽃 만난 일을 기억이나 하려는지?'

그런 저런 생각에 빠져 있는 순간 갑자기 산석 뒤에서 한줄기 불길이 활활 피어올랐다. 참새도 놀라 날아갔다. 보옥이 깜짝 놀라 벌떡 일어서는데 저편에서 누군가 소리를 질러댔다.

"우관아! 너 죽으려고 환장했냐? 이런 데서 누가 지전을 태우라고 했어? 아씨마님께 말씀드려서 네년 살가죽이 성치 못하게 할 테다!"

보옥이 듣고 더욱 이상한 생각이 들어 얼른 산석을 돌아가 보니 우관이 만면에 눈물범벅이 되어 그곳에 쭈그리고 앉아 있었다. 손에는 아직도 불을 들고 지전이 타고 남은 재를 내려다보며 슬픔을 감추지 못하고 있었다.

보옥이 황급히 물었다.

"누구를 위해 지전을 태우는 거야? 여기서 태우면 안 돼! 부모님이나 형제자매를 위해 지전을 태운다면 나한테 그 이름을 말해 줘. 밖에 나가 시동들에게 종이봉투를 사오게 해서 거기에 이름을 쓰고 대신 태워줄게."

우관은 보옥이 다가와 말을 걸자 아무 소리도 하지 못하고 묵묵히 앉아 있었다. 보옥이 몇 마디를 물었는데도 우관은 대답이 없었다. 갑자기 할멈 하나가 씩씩대며 달려와 우관을 휙 잡아끌고는 소리를 질렀다.

"내가 벌써 마님들께 말씀을 드렸어. 이년아! 아씨마님께서 지금 노기등등해 계시다. 알겠느냐?"

우관은 아직 어린애 티를 벗지 못한 아이라 혼이 날까 겁이 나서 죽어라고 안가겠다고 버텼다. 할멈은 더욱 기고만장하여 우관에게 일장 훈시를 하였다.

"내가 뭐랬어! 너희 너무 잘나간다고 제멋대로 굴지 말랬지. 전에 밖에 있을 때처럼 그렇게 제멋대로 살면 되겠어? 여긴 법도를 지켜야 하는 곳이란 말이야!"

그리고 이어서 보옥을 가리키며 한마디 덧붙였다.

"우리 도련님조차 법도를 잘 지키고 계시는데 넌 도대체 뭐 하는 년이냐? 이런 곳에 달려와서 엉뚱한 짓거리나 하고 있으니 말이야. 벌벌 떨어도 소용없어. 당장 따라오지 못해!"

보옥이 황급히 말리고 나섰다.

"얘는 지전을 태운 게 아니야. 대옥 누이가 이 아이한테 못 쓰는 종이를 태우라고 시켰대. 자세히 보지도 않고 왜 얘를 닦달하는 거야!"

우관은 그렇지 않아도 아무 대책이 없다가 보옥을 보고는 더욱 두려워서 아무 말도 못하고 있던 참이었다. 그런데 이렇게 보옥이 자신을 비호하고 나서자 속으로 걱정이 사라지고 기쁨이 일면서 순간 대담해져 할멈에게 감히 대들었다.

"한번 보세요! 정말로 지전이란 말이에요? 내가 태운 건 아가씨가 쓰다 버린 종이란 말이에요."

할멈은 그 말을 듣고 더욱 화가 치밀어 올라 허리를 굽혀 잿더미 속에서 타다 남은 종잇조각을 두어 개 찾아내서 손에 들고 우관을 향해 소리를 질렀다.

"이년이 그래도 발뺌할 셈이냐? 여기 이렇게 분명한 증거가 있는데도 그 따위 소리를 해? 자, 어서 마님네 대청으로 가서 따져 보자!"

할멈은 이번에는 정말 끌고라도 갈 심산으로 우관의 소매를 잡았다. 보옥은 얼른 우관을 붙잡으며 지팡이로 할멈의 손을 내리쳤다.

"그래 맘대로 그걸 가져가 봐! 내 사실대로 말하겠는데 어젯밤 꿈에 살구나무 귀신이 나한테 흰 지전을 걸어달라고 하면서 본방 식구가 사르면 안 되고 남이 대신 불사르라고 하였단 말이야. 그래야 내 병이 빨리 차도가 있을 거라고 했어. 그래서 내가 이 흰 지전을 준비하라고 한 거야. 억지로 대옥이한테 부탁해서 저 애를 불러 내 대신 축원하고 지전을 사르라고 했던 거야. 게다가 절대로 남한테는 말하지 말라고 해서 내가 오늘 이렇게 자리에서 일어나게 됐어. 그런데 하필이면 재수 없게 할멈이 보게 되었으니 이번에 또 병이 도지면 그건 다 할멈 때문이야. 그런데도 가서 저 애를 일러바치려고 한다면 가서 어디 그렇게 해 봐. 우관아! 너도 겁먹지 말고 따라가 봐. 가서 내가 한 말대로 그대로 전하렴. 할머니가 돌아오시면 내가 가만있을 줄 알아? 일부러 내 병을 도지게 하려고 신령을 건드리고 또 나를 일찍 죽게 하려고 빌었다고 할 거야."

우관이 보옥의 말을 듣고 더욱 기가 살아서 되레 할멈을 끌고 가려고 했다. 과연 배우출신이라 다르긴 달랐다. 할멈은 놀라 얼른 지전을 내던지고 웃는 얼굴로 보옥에게 통사정을 하였다.

"쇤네는 전혀 모르고 있었읍죠. 도련님이 노마님께 말씀드리면 저희 같은 늙은이가 어떻게 살아남을 수 있겠어요? 그럼 지금 제가 가서 아씨마님께는 도련님이 신령님께 제사를 지냈다고 하고 제가 잘못 본 탓이라고 말씀드릴게요."

"할멈이 굳이 다시 돌아가서 보고하지 않아도 돼. 그럼 나도 말하지 않을 테니까."

"하지만 벌써 말씀을 올렸는데요. 저 애를 데려 오라고 했어요. 제가 어떻게 돌아가 말씀드리지 않을 수가 있겠어요. 그럼 어쩌죠? 알았어요, 그럼 이렇게 하죠. 제가 부르러 갔더니 대옥 아가씨가 벌써 불러서 데려 갔더라고요."

보옥이 잠시 생각을 해보고는 고개를 끄덕이며 허락했다. 할멈은 그냥 돌아갔고 남은 보옥이 우관에게 물었다.

"대체 누구 때문에 지전을 태웠느냐? 내 생각에 부모형제 때문이라면 전에도 사람을 시켜서 밖에 나가 태웠을 텐데 여기서 지전 몇 장을 태운 걸 보면 필시 몰래 마음에 두고 있었던 사람 때문이었겠구나."

우관은 방금 전 보옥이 자신을 비호한 데 대해 가슴속으로 감격하여 그도 자신들과 같은 부류의 사람이라고 여기고 눈물을 흘리면서 말했다.

"이 일은 도련님 방에 가 있는 방관과 보차 아가씨 방에 가 있는 예관을 빼놓고는 아무에게도 말하지 않은 비밀이에요. 오늘 도련님 눈에 띄었으니 그 사연을 말씀드리지 않을 수가 없겠군요. 하지만 다른 사람에게는 절대로 말씀하지 마세요."

그러나 우관은 곧 울음이 터져 말을 잇지 못하고 둘러댔다.

"아무래도 도련님 면전에서 말씀드릴 수가 없겠어요. 방에 돌아가셔서 조용히 방관한테 물어보시면 아실 거예요."

우관은 말을 마치고 아무 일 없었다는 듯이 가버렸다.

보옥은 속으로 궁금하기 짝이 없었지만 어쩔 수가 없었다. 그대로 소상관으로 대옥을 찾아갔다. 보옥의 눈에 대옥은 가련하게도 점점 수척해지고 있었다. 병세를 물으니 지난번보다는 많이 좋아졌다고 했다. 대옥의 눈에도 보옥의 몸은 많이 수척해져 있었다. 지난번 소동을 생각하니 그만 눈물이 주르륵 흘러내렸다. 그래서 잠시 얘기를 나누다가 어서 돌아가 쉬면서 잘 정양하라고 당부했다. 그러는 바람에 보옥은 그냥 돌아오는 수밖에 없었다.

보옥은 방관에게 우관의 사연을 들어보려고 했는데 마침 상운과 향릉이 습인을 찾아와서 방관과 더불어 웃으며 떠들고 있었다. 공연히 불러서 물어보다가 남들이 꼬치꼬치 따지고 들까 봐 가만히 참고 기다렸다. 잠시 후 방관은 또 그녀의 양어미를 따라 머리를 감으러 밖으로 나갔다. 방관의 양어미는 하필이면 제 친딸을 먼저 불러 머리를 감게 하고 그 다음에 방관을 불렀던 것이다. 방관이 눈치채고 양어미가 사람 차별한다고 앙탈을 부렸다.

"자기 친딸이 감고 난 물로 나를 감기려고 했단 말이지! 내 한 달 동안의 월비도 몽땅 자기가 가져다 쓰면서 내 덕을 본 건 생각도 않고 오히려 남이 쓰고 남은 물이나 쓰라고?"

방관의 양어미는 부끄러운 나머지 되레 성질을 부리면서 방관에게 욕지거리를 해댔다.

"이런 배은망덕한 년 같으니라고! 그래 사람들이 세상에 배우 짓거리 하는 년 치고 어느 하나 만만한 년이 없다고 하더니 그 말이 틀린 말이 아니구나. 네년이 아무리 잘났다고 해도 그런 짓거리 하는 데 들어갔으니 다 망친 몸이 아니고 뭐냐. 그런 년이 뭘 이것저것 가리고 자빠졌어? 쌈질만 일삼는 노새같이 쓸데없이 따져서 어쩌겠다는 거야?"

양어미와 방관이 서로 소리 지르며 대판 싸움이 붙었다.

습인이 황급히 사람을 내보내 말렸다.

"그만 좀 시끄럽게 굴어. 노마님이 잠깐 집에 안 계신다고 어느새 너도 나도 큰소리치고 난리야."

청문이 말했다.

"그게 다 방관이 제멋대로라서 그래. 왜 저렇게 지랄발광을 하는지, 원! 연극이나 좀 할 줄 안다고 도적놈 두목이라도 잡고 역적이라도 체포한 듯이 난리를 치고 있으니 말이야."

습인이 둘 다 나무랐다.

"속담에 '손뼉도 마주쳐야 소리 난다'고 했잖아? 저 늙은것도 너무 불공평하고 어린것도 너무 지독한 데가 있어."

보옥이 조용히 나섰다.

"방관이 잘못했다고 할 수는 없어. 옛말에도 '사물이 기울면 소리가 난다'[4]고 했거든. 저 애는 친부모도 없고 친척도 없는데 이곳에서 돌봐주는 사람도 없잖아. 그런데 그 알량한 돈을 다 먹고도 저렇게 박대하는데 어떻게 그 애를 탓할 수 있어?"

---

4 원문은 '물불평즉명(物不平則鳴)'으로 사람이 평탄치 않은 상황에 이르면 그 억울함과 슬픔을 소리 내어 호소하는 것을 비유한 표현.

그리고 습인에게 물었다.

"방관이 한 달에 받는 게 대체 얼마야? 앞으로는 습인이 그걸 타다가 관리하면서 뒤를 봐 주는 게 낫겠어. 그러면 일도 줄일 수 있잖아."

습인이 말했다.

"내가 살펴주려고 하면 살펴주지 못할 게 어딨겠어요. 하지만 그 돈 몇 푼 된다고 그걸 바라고 그러냐고 욕할 사람이 없겠어요?"

습인은 일어나 건넌방에 있던 화로유花露油 한 병과 계란, 비누, 머리 끈 같은 것을 가져다 양어미에게 주면서 방관에게 주고 더 이상 싸우지 말고 새로 물을 받아 잘 감도록 하였다. 방관의 양어미는 점점 더 부끄러워져서 방관에 대해 온갖 욕을 다 퍼부었다.

"이 양심이라고는 털끝만치도 없는 년아. 내가 무슨 네년의 돈을 우려먹었다고 그런 허튼 소리를 해댄단 말이냐?"

마침내 방관의 양어미는 방관의 따귀를 몇 차례 올려붙였고, 방관은 울음을 터뜨렸다. 보옥이 참다못해 달려 나가려하자 습인이 막았다.

"어쩌시려고요? 내가 나가 말해볼게요."

청문이 먼저 달려 나가 방관의 양어미를 향해 앙칼지게 소리쳤다.

"이 할멈이 정말 보자보자 하니까 너무 하네그래. 할멈이 이 애한테 머리 감을 걸 주지 않았으니까 우리가 그걸 갖다 준 거 아니야. 왜 자신이 부끄러운 줄은 모르고 무슨 낯짝으로 애를 때리는 거야? 얘가 아직도 공연을 배우고 있으면 감히 가서 때리겠어?"

양어미도 지지 않았다.

"하루라도 어미라고 불렀으면 종신토록 어미인 게지요. 저년이 나한테 달려들었기 때문에 때린 거예요."

습인이 얼른 사월을 불렀다.

"난 사람들과 말다툼을 할 줄 모르고 청문은 너무 성질이 급하니까 네가 가서 저 할멈을 야단 좀 쳐주고 와."

사월이 달려 나갔다.

"할멈, 제발 좀 그만 시끄럽게 해! 우리 이홍원은 말할 것도 없고, 자한번 여길 둘러 봐요. 여기 대관원 안에 어느 누가 감히 주인의 방 앞에서 제 딸년을 훈계하느라고 소리소리 지를 수가 있는지? 설사 할멈의 친딸이라고 하더라도 이미 배치되어 각기 주인이 있는 마당에 주인이나 때리거나 욕하거나 할 수 있는 법이지 어디 감히 제멋대로 소란을 피운단 말이야? 모두들 그렇게 할 것 같으면 저 애들더러 우리한테 배우라고 할 건 뭐예요? 할멈은 나이 들수록 점점 더 법도를 몰라가니, 나원 참! 요전에는 추아의 어미가 와서 행패를 부리더니만, 이젠 할멈도 그걸 배워서 뒤따라 할 셈이야? 지금 이 사람 저 사람 병이 나서 정신이없고 또 노마님이 한가한 틈이 없으셔서 내가 미처 말씀드리지 못했지만 며칠 지나서 좀 한가해지면 우리가 시시콜콜 고해바쳐서 혼찌검을 낼 테니 두고 봐. 이제 겨우 보옥 도련님이 쾌차하는 참이라 우리까지도 조심조심 얘기를 나누는데 할멈이 어찌 되레 늑대 울부짖고 귀신 소리 지르듯 사람을 잡으려고 난리치느냐 말이야. 윗분들이 겨우 며칠간밖에 나가신 틈을 타서 당신네들이 아예 무법천지를 만들어놓고 있으니 눈에 뵈는 게 없구먼. 다음번엔 우리까지도 잘하면 당신들한테서 두들겨 맞겠어. 방관이 할멈을 양어미로 안 삼는다면 그래 어떡할 거야? 똥구덩이에라도 처박을 거야, 뭐야?"

보옥은 더 이상 참을 수가 없어서 지팡이로 문지방을 두드리며 밖에다 대고 소리쳤다.

"그런 할망구는 뱃속이 모두 쇳덩이와 돌멩이로 되었을 거야. 애를 보살피지는 못하고 되레 골탕을 먹이고 있다니. 아이고 하느님! 길고긴 앞으로의 세월을 어쩌면 좋단 말입니까?"

"뭐가 '어쩌면 좋단 말입니까'예요? 몽땅 내쫓아 버리면 그만이지. 겉만 번지르르한 빛 좋은 개살구 같은 것들은 다 필요 없어요."

청문이 독한 말을 쏟아내자 할멈은 부끄러움을 이기지 못하여 아무 말도 못하고 서 있었다. 그때 방관은 붉은색 짧은 솜저고리에 꽃무늬 명주 겹바지를 입었는데 바지끝단도 제대로 매지 않고 검고 윤기 나는 머리카락을 뒤로 젖힌 채 눈물바다가 되어 울고 있었다.

사월이 웃으면서 놀려댔다.

"멀쩡하던 앵앵 아가씨가 오히려 호되게 야단맞은 홍낭이 되었구나! 분장도 안 했는데 저렇게 머리를 풀어헤친 모습이 정말 실감나네."

보옥이 말했다.

"저런 본래의 모습이 좋아. 공연히 꽁꽁 동여맬 필요가 어디 있어?"

청문이 다가가 방관을 끌어당겨 머리를 감겨주고 수건으로 비벼서 닦아주었다. 그리고 가볍게 머리를 묶어 한쪽으로 늘어뜨리게 하고는 옷을 입고 건너오도록 했다.

잠시 후 안쪽 주방에서 할멈이 건너와 물었다.

"저녁밥이 준비되었는데 보낼까요?"

어린 시녀가 듣고 들어와 습인에게 묻자, 습인이 웃으면서 말했다.

"방금 소동을 피우는 바람에 몇 시를 쳤는지 제대로 듣지도 못했네."

청문이 생각난 듯 말했다.

"저 꼴사나운 시계가 또 말썽이군요. 고치러 보내야겠어요."

그러면서 회중시계를 가져다 들여다보면서 말했다.

"잠시 후면 곧 식사 시간이네요."

어린 시녀가 나가자 사월이 웃으면서 말을 이었다.

"장난기로 말하면 방관이 그년은 맞아도 싸요. 어제도 그놈의 시계 추를 가지고 한참 만지작거리더니 결국 한나절 만에 고장 내고 말았거 든요."

그때 식사 도구가 차려지고 어린 시녀들이 찬합을 들고 들어와 섰다. 청문과 사월이 열어보니 네 가지 간단한 반찬이 들어 있었다.

"이제는 병도 나았으니까 두어 가지 개운한 반찬으로 차려주면 좋을 텐데 이런 죽이랑 장아찌를 언제까지 먹으라는 거야?"

반찬을 차리고 나서 찬합을 열어보니 훈제 돼지고기에 죽순을 넣고 끓인 국이 한 그릇 들어있었다. 청문은 얼른 꺼내 보옥의 앞에 놓았다. 보옥이 식탁으로 가서 한 모금을 입에 댔다.

"앗, 뜨거워!"

습인이 웃었다.

"아이고 관세음보살! 겨우 며칠 고기 맛 못 봤다고 그렇게 급하게 달려드셔요?"

습인은 국그릇을 들어 가볍게 입으로 불어서 식히더니, 곁에 방관이 앉아있는 것을 보고 방관에게 건네주었다.

"너도 한번 배워 봐. 어떻게 시중드는지 알아야지. 오로지 게으르게 잠이나 잘 궁리하지 말고. 침을 튀기면 안 되고 입김을 가볍게 불어야 돼."

방관이 습인의 말대로 몇 번 불어 식히니 아주 적당하게 되었다. 방관의 양어미도 서둘러 밥을 받아들고 문밖에서 시중들고 있었다. 이 할멈은 방관이 처음 영국부로 팔려 와서 밖에서 대기하고 있을 때 서로 수양관계를 맺었기 때문에 후에 이향원에서 함께 있게 된 것이었다. 하지만 이들 할멈들은 영국부에서는 가장 낮은 말단의 하인들이라 배우들에게 겨우 빨래나 해주었으므로 집안의 일은 해본 적이 없어서 내부 규칙 등은 전혀 몰랐으며, 지금 이향원 여배우들이 흩어져 각자 대관원의 각처에 분산되는 바람에 함께 원내로 들어와 양딸을 따라 각처의 방에 배속되었던 것이다. 이 할멈은 먼저 사월의 호된 야단을 맞고 겨우 정신이 들어 상황을 조금 알게 되었고, 방관이 자신을 양어미로 삼지 않으면 손해가 많다는 것을 뼈저리게 느끼게 되었다. 그래서 속으로 그들의 호감을 사려고 애썼다. 지금 방관이 뜨거운 국을 불어 식히고 있는

걸 보자 제 딴에는 그걸 도와준답시고 얼른 달려 들어와 국그릇을 빼앗
으며 소리쳤다.

"이 애는 아직 이런 일을 못해요. 그러다 그릇을 깰지 모르니 제가 불
어드릴게요."

청문이 즉시 불호령을 내렸다.

"당장 나가! 저 애가 그릇을 깰 때 깨더라도 할멈 같은 사람한테 불어
달라고 하지 않을 테니까 걱정 말아. 어째서 허락도 없이 제멋대로 이
안에 들어오느냐 말이야? 안 나가고 뭐 해!"

청문은 지키던 어린 시녀에게도 욕을 퍼부었다.

"너희는 눈깔이 다 삐었느냐? 저 할망구가 몰라서 저런다면 너희가
얘기해 줬어야 할 게 아냐!"

"저희가 내쫓으려고 해도 나가지 않았어요. 말했지만 듣지를 않더라
고요. 공연히 우리까지 혼나게 만드네요."

어린 시녀들은 할멈에다 대고 원망을 퍼부었다.

"그거 봐요! 이젠 들을 거예요, 안 들을 거예요? 우리가 갈 수 있는
곳 중에서 할멈은 그 절반밖에 못 간다니까요. 나머지 절반은 할멈이
갈 수 없는 곳이란 말이에요. 하물며 우리도 갈 수 없는 곳은 말할 것
도 없구요. 그런데 감히 뛰어 들어가서 손을 내밀고 입을 놀리려고 하
다니요?"

시녀들은 할멈을 밖으로 내밀었다. 계단 아래에서 빈 그릇을 기다리
던 할멈들이 서 있다가 방관의 양어미가 쫓겨나오는 걸 보고 다들 웃었
다. 할멈은 부끄럽고 화가 치밀어 오르기도 했지만 어쩔 수 없이 꾹 참
는 수밖에 없었다.

방관이 몇 번 입김을 불자 보옥이 웃으면서 말했다.

"이젠 됐어. 그러다 원기가 상하겠어. 자 한번 맛을 봐. 괜찮아?"

방관은 그게 농담인줄로만 알고 웃으면서 습인 등을 쳐다보았다.

습인이 말했다.

"네가 한 모금 먹어봐, 괜찮아."

"자, 보라고. 내가 먹어 볼게."

청문이 다가와서 대신 한 모금을 마셨다. 방관이 그걸 보고 자신도 그렇게 한 모금을 마셔보았다.

"예, 딱 좋아요."

국그릇을 보옥에게 건네자 보옥이 반 그릇을 마시고 죽순 몇 조각을 먹고 또 죽 반 그릇을 먹더니 그만 수저를 놓았다. 여러 사람이 그릇을 거두어 갔다. 어린 시녀들이 세숫대야를 받쳐와 손을 씻고 나니 습인이 밥을 먹으러 바깥방으로 나갔다. 그때 보옥이 방관에게 눈짓을 보냈다. 방관은 본래 영리한 데다 몇 년간이나 연극을 배웠던 터라 금방 눈치를 알아차렸다. 일부러 머리가 아파 밥은 안 먹겠다고 말했다.

습인이 말했다.

"그래. 안 먹으려면 넌 방에 남아서 지켜라. 이 죽은 여기 남겨 둘 테니까 혹시 배가 고프거든 먹도록 해."

방 안에는 보옥과 방관 두 사람만 남았다. 보옥은 그제야 비로소 방금 전에 살구나무 밑에서 불길이 솟던 얘기와 우관을 만난 얘기, 그리고 거짓말로 그녀를 비호한 얘기, 우관이 방관에게 물어보라고 했다는 얘기까지 자초지종을 자세하게 다 말했다. 그리고 도대체 우관이 제사를 지낸 사람이 누구냐고 물었다. 방관은 만면에 웃음을 띠면서도 한숨을 쉬며 말했다.

"그 얘기를 말하자면 우습기도 하고 또 탄식이 나오기도 해요."

보옥이 대체 무슨 얘기냐고 다시 다그쳤다. 방관이 말을 이었다.

"그 애가 제사를 지낸 게 누군지 아세요? 바로 죽은 적관藥官을 위해서 제사지낸 거예요."

보옥이 말했다.

"그야 친구간의 우정이니까 마땅한 거지."

"우정은 무슨 우정이에요? 그 애는 바보 같은 생각을 하고 있었다니까요. 자신은 젊은 남자역의 소생이고 적관은 여자역의 소단이었으니 늘 부부 역할을 많이 했죠. 비록 연극에서 가짜 부부역할을 한 것이었지만 매일 그렇게 창을 부르며 무대에 출현하더니 결국은 진짜로 서로를 아끼고 사랑하는 마음이 생겼던가 봐요. 그래서 두 사람이 그만 미쳐버린 거죠. 공연하지 않을 때도 언제나 함께 밥 먹고 함께 활동하며 거의 사랑스런 부부처럼 행동했어요. 그러다가 적관이 돌연 죽자 우관은 거의 울고불고 죽을 듯이 난리를 쳤죠. 지금까지도 잊지 못하고 매번 절기 때가 되면 소지를 하는 거예요. 훗날 예관이 들어와 그 자리를 메워 주었는데 이번엔 그 애도 그렇게 알뜰살뜰하게 살펴주는 거예요. 그래서 그 애한테 옛사람 보내고 새사람 맞은 맛이 어떠냐고 놀려댔죠. 그랬더니 우관은 이렇게 말하지 뭐예요.

'그 속에 큰 이치가 있는 거야. 남자가 상처했을 때 당연히 후처를 맞이해야 하고 또 그래야 마땅한 것이고 죽은 전처는 마음속으로 잊지 않고 있기만 하면 되는 거야. 오로지 죽은 처만 생각하며 새사람을 들이지 않고 혼자 일생을 보내면 그건 큰 절개를 해치는 격이고 이치에도 맞지 않아. 오히려 죽은 자를 불안하게 하는 일이란 말이야.'

정말 미친 거나 마찬가지죠. 얼마나 웃기는 일이에요?"

보옥이 그 말을 듣다가 그만 넋을 잃고 말았다. 우관의 행동과 말이 모두 자신의 성격과 맞아 떨어져서 기쁜 마음과 슬픈 마음이 동시에 일어났다. 참으로 기특하고 절묘하다고 칭찬을 아끼지 않았다.

'하늘이 그런 기막힌 사람을 내면서 왜 또 나같이 수염 나고 더러운 인간을 보내어 세상을 더럽혔을까.'

그런 생각을 하고는 얼른 방관을 끌어당기며 당부의 말을 잊지 않았다.

"그렇다면 나도 한 가지 부탁할 말이 있단다. 내가 만일 직접 우관과 만나서 말하게 되면 아무래도 불편한 점이 있을 것이니 아무래도 네가 그 애한테 말해줘야겠다."

방관이 그게 무슨 일이냐고 묻자 보옥이 대답했다.

"앞으로는 절대 지전을 사르지 말라고 일러라. 이 지전이란 것이 다 후세 사람들이 만들어낸 이단에 불과하다고 말이야. 그건 공자님의 가르침과도 거리가 멀거든. 앞으로 매번 절기마다 그저 향로 하나를 준비하였다가 그날이 되면 향을 사르면 된다고 말이야. 일심으로 경건하게 정성을 바치면 하늘도 감동하는 법이거든. 어리석은 사람들이 잘 모르고 신불이나 죽은 이에게 각각 차등을 만들어 각각의 격식으로 제사를 올리지만 사실 성심이란 두 글자만큼 중요한 게 없는 거야. 정말로 황망하게 떠도는 때라 향 하나조차 구할 수 없을 때는 흙 한 덩이 풀 한포기만으로 정갈하게 준비하여 제사지내면 죽은 자의 영령은 물론이고 귀신까지도 흠향하게 될 거야. 내 책상을 좀 봐. 저기에 향로 하나만 달랑 놓여 있잖아. 어떤 날이나 막론하고 향을 피우고 있거든. 남들은 내가 왜 그러는지 그 까닭을 모르지만 내 맘속에는 다 그 까닭이 있어. 그저 간단하게 맑은 차 한 잔이 있으면 차 한 잔을 바치고 정갈한 물 한 잔이 있으면 물 한 잔을 바치면 돼. 그리고 꽃 한 송이, 과일 하나가 있거나 심지어 고깃국이든 채소국이든 오로지 정성을 담아서 뜻을 정갈하게만 한다면 부처님이라도 오시지 않을 까닭이 없지. 그래서 제사에는 존경의 마음만 있으면 되고 헛된 이름은 필요 없다는 말이 있는 거야. 앞으로는 굳이 지전을 태우려고 하지 말라고 말해 줘."

방관이 듣고 그렇게 하겠다고 대답했다. 밥을 다 먹고 났을 때 밖에서 전갈이 왔다.

"노마님과 마님이 돌아오셨습니다."

柳葉渚
邊填鶯咒
燕絳雲
裹名將飛
篰

곤경에 빠진 시녀

유엽저에서 앵아와 춘연이 욕을 먹고
강운헌에서 보옥이 시녀를 두둔하네

柳葉渚邊嗔鶯叱燕 絳雲軒裏召將飛符

보옥은 가모 등이 돌아왔다는 말을 듣고 옷을 한 겹 더 입고 지팡이를 짚은 채 안채로 가서 모두에게 인사를 올렸다. 가모 등은 매일 고생을 했으므로 다들 일찌감치 쉬고자 하여 그날은 아무 일도 없었으며, 다음 날 새벽에 다시 일찍 궁중으로 들어갔다.

발인하는 날이 다가오자 원앙鴛鴦과 호박, 비취翡翠, 파리玻璃 네 사람은 가모의 물건을 챙겼고 옥천아玉釧兒와 채운彩雲, 채하彩霞는 왕부인의 물건을 챙겼다. 그리고 하나하나 검사를 마친 후 뒤를 따르는 집사 아낙네들에게 건네주었다. 수행원은 모두 시녀 여섯 명에 할멈과 어멈들 십여 명이었다. 그중 바깥에서 일하는 남자 하인은 셈에 넣지 않았다. 하인들은 연일 수레와 가마, 장비 등을 수습하고 손질하여 떠날 준비를 하였다. 원앙은 옥천아와 함께 가지 말고 집을 보라는 분부를 받았다. 그보다 며칠 앞서 네댓 명의 어멈들과 남정네들이 준비해둔 휘장과 깔개, 물품 등을 수령하여 몇 대의 수레에 나눠 타고 먼저 임시거처에 비치해 두고 기다렸다.

그날이 되자 가모는 가용의 처와 함께 수레로 된 가마를 탔고 왕부인
역시 수레 가마를 타고 그 뒤를 따랐다. 말을 탄 가진이 집안의 하인들
을 거느리고 두 수레 가마를 호위하였다. 또 큰 수레 몇 대에 할멈들과
시녀들이 탔고 갈아입을 의복과 사용할 물건 등도 실었다. 이날 설부인
과 우씨는 하인들을 데리고 대문 밖에까지 나와 전송하고 들어갔다. 가
련은 도중에 있을 불편한 점을 염려하여 자신의 부모를 전송한 후 가모
와 왕부인의 뒤에 바짝 붙어 하인들을 인솔하여 뒤따르고 있었다.

영국부 안에서는 뇌대가 사람을 보내 숙직하도록 일렀고 양쪽 부중
의 문을 닫아걸고 출입하는 사람들은 모두 서쪽의 작은 쪽문을 이용하
도록 했다. 해가 지자 곧바로 의문을 닫고 출입을 막았다. 원내의 전후
동서에 있는 쪽문은 모두 닫아걸게 하였는데 다만 왕부인 거처의 큰방
뒤에 있는 작은 문은 자매들이 늘 들락거리는 곳이기도 하고 동쪽으로
설부인네의 쪽문과도 연결되어 있으며 모두 원내에 있는 문인지라 굳
이 닫아걸 필요가 없었다. 안에서는 원앙과 옥천아도 상방上房의 문을
닫아걸고 시녀와 할멈들을 데리고 하인들이 거처하는 방에서 잠을 잤
다. 매일 임지효댁이 들어와 십여 명의 할멈을 시켜 숙직하게 하였고
천당 내에 수많은 시동을 추가로 보내 야경을 돌며 딱딱이를 치도록 철
저하게 조치하였다.

그러던 어느 날 새벽 보차는 잠에서 일어나 휘장을 걷고 침상에서 내
려왔는데 가벼운 한기가 느껴졌다. 문을 열고 밖을 보니 원내에는 길이
젖어있고 이끼가 파랗게 윤기를 뿜고 있었다. 오경 무렵에 비가 조금
뿌렸던 모양이었다. 보차는 이내 상운을 깨워 일으켜 세수하라고 했
다. 상운은 양쪽 볼이 가렵다고 하더니 혹시 살구 독으로 버짐이 생긴
게 아닌지 모르겠다면서 보차에게 장미초薔薇硝[1]를 좀 달라고 하였다.

"지난번에 남았던 건 모두 보금이한테 주고 말았는데 어쩌지. 대옥이가 많이 만들었다니까 그렇지 않아도 좀 달라고 하려는 참이었어. 올봄엔 가려움증이 안 나서 그만 깜빡 잊었네."

보차는 곧바로 앵아를 보내 얻어오도록 했다. 앵아가 나갈 때 예관이 함께 가겠다고 따라 나섰다.

"저도 같이 갈게요. 가서 우관이나 좀 보고 오게요."

예관은 앵아를 따라 형무원을 나섰다. 얘기를 나누면서 걸어가는 사이 어느새 유엽저柳葉渚에 이르자 두 사람은 버드나무 늘어선 둑을 따라 걸었다. 버들잎이 파릇파릇 돋아 나오고 실 같은 버들가지가 금빛으로 늘어져 있었다. 앵아가 웃으면서 말했다.

"버들가지를 가지고 무언가 엮어볼 줄 알아?"

"무얼 엮는데?"

예관이 되묻자 앵아가 말했다.

"뭐든 엮어 만들 수 있지. 장난감도 좋고 쓸 물건도 다 만들어볼 수 있어. 내가 이 버들가지를 꺾어 잎이 달린 채로 꽃바구니를 만들어볼게. 각양각색의 예쁜 꽃들을 따서 함께 엮으면 얼마나 좋은지 몰라."

앵아는 장미초를 얻으러 갈 생각은 까맣게 잊고 버드나무를 잡아당겨 연한 가지를 숱하게 꺾어서 예관에게 들고 있으라고 했다. 그녀는 걸어가면서 꽃바구니를 엮었다. 길가의 꽃들도 한두 송이씩 꺾어서 아주 영롱하게 빛나는 꽃바구니를 하나 만들어냈다. 나뭇가지에는 본래 푸른 잎이 많이 달렸던 데다가 꽃송이를 꽂으니 독특한 아취가 풍겼다. 예관이 너무 좋아하며 달라고 했다.

"언니! 그거 나한테 줘요!"

앵아가 대답했다.

---

1 장미꽃잎을 이겨서 만든 미백용 피부 연고.

"이건 우리 대옥 아가씨한테 드리기로 하고 돌아올 때 좀더 꺾어서 다 함께 갖고 놀도록 몇 개 더 만들어보자."

소상관에 이르러 보니 대옥이 화장을 하고 있다가 꽃바구니를 보고 좋아하였다.

"이렇게 예쁜 꽃바구니를 대체 누가 만들었니?"

"제가 아가씨께 드리려고 만든 거예요."

"다들 네 솜씨가 좋다고 칭찬하더니 과연 대단하구나. 이거 정말 특이한데."

대옥이 받아들고 살펴보더니 자견을 불러 밖에 걸어두라고 일렀다. 이어서 앵아는 설부인에게 안부를 묻고 나서 장미초를 구하러 왔다고 했다. 대옥이 자견에게 한 봉지를 싸주라고 하면서 말했다.

"난 몸이 좋아져서 오늘은 바람을 좀 쐬려고 해. 돌아가거든 아가씨한테 말씀드려라. 괜히 이곳으로 어머님 뵈러 오지 말고 나를 보러 오는 수고도 할 필요 없다고 말이야. 머리 빗고 어머님 모시고 함께 그쪽으로 갈 테니까. 밥도 거기서 가져가 먹고, 여럿이 어울려 재미있게 놀다 올 테야."

앵아는 대답하고 나가면서 자견의 방에서 예관을 찾았다. 우관과 예관은 한창 열을 내서 얘기를 나누며 서로 떨어지려고 하지 않았다. 앵아가 말했다.

"대옥 아가씨도 우리 형무원으로 가신다니까 우관도 먼저 가서 기다리면 되겠네."

자견도 그 말을 듣고 맞장구를 쳤다.

"그게 좋겠다. 저 애는 여기서 장난만 쳐서 미워 죽겠어."

자견은 곧 대옥의 수저를 서양 보자기에 싸서 우관에게 건네주었다.

"네가 이걸 먼저 가지고 가렴. 그것도 일인 셈이니 널 먼저 보내마."

우관이 받아들고 웃으면서 즐겁게 앵아와 예관을 따라 곧장 버드나무 제방에 이르렀다. 앵아는 가는 길에 버들가지를 꺾더니 아예 중도의 산석에 앉아 엮기 시작했다. 그리고 예관을 시켜 장미초를 먼저 가져가 전하라고 일렀다. 하지만 예관과 우관은 꽃바구니 엮는 걸 옆에서 바라보며 정신이 빠져 냉큼 먼저 가려고 하지 않았다. 앵아가 재촉했다.

"너희가 먼저 안 가면 이거 안 만든다."

우관이 먼저 말했다.

"내가 함께 갈 테니까 얼른 갔다 다시 오자."

그러면서 두 사람이 먼저 자리를 떴다.

남은 앵아가 혼자서 꽃바구니를 엮고 있는데 하씨何氏 할멈이 딸인 춘연春燕을 데리고 다가와 웃으면서 물었다.

"여기서 무얼 만들고 있나요?"

이런 말을 나누고 있는데 마침 예관과 우관이 돌아왔다. 춘연이 선뜻 우관에게 물었다.

"지난번 넌 도대체 무슨 종이를 불태운 거냐? 우리 이모한테 걸렸다면서? 너를 잡아다 고해바치려고 했는데 그만 보옥 도련님한테 되레 야단만 맞았다고 화가 나서 미주알고주알 우리 엄마한테 다 말했단 말이야. 넌 도대체 우리 이모하고 요 이삼 년 사이에 밖에서 무슨 원한을 졌기에 아직도 그걸 풀지 못하고 그래?"

"원한은 무슨 원한? 그야 다 욕심이 많아서 그런 거지. 왜 날 원망하는 거야? 밖에 있던 2년 동안 다른 건 다 그만두고 우리가 먹을 쌀과 야채만 하더라도 얼마나 많이 빼돌려서 집으로 가져갔는데 그래. 온 집안이 먹고도 남아서 매일 여기저기 팔아 그 돈으로 장까지 봤잖아. 그래 놓고 우리가 조금이라도 자기들 물건을 쓰려고 하면 그냥 천지가 뒤집힐 듯 원망을 해대니, 도대체 양심이 있는 거야 없는 거야. 네가 한번 말 좀 해봐!"

춘연이 웃음을 띠고 우관을 달래며 말했다.

"그래도 우리 이모인데 뒤에서 남한테 뭐라고 험담을 하는 건 좀 그래. 보옥 도련님이 이런 말을 한 적 있잖아. '여자란 시집가기 전에는 값을 알 수 없는 빛나는 보배 구슬과도 같지만 일단 시집만 가면 어찌 된 일인지 나쁜 물이 잔뜩 들어서 구슬은 구슬이라도 보배의 빛을 잃고 죽은 구슬이 되는 거야. 그러다 더 늙어버리면 아예 구슬이 아니라 물고기 눈깔이 되고 마니 어떻게 똑같은 사람이 그렇게 세 번이나 다르게 변할 수 있을까?'라고 말이야. 제멋대로 지껄인 말이긴 하지만 그래도 아주 틀린 말은 아닌 것 같아. 남들은 둘째 치고 우리 엄마나 이모만 보더라도 두 자매가 늙어 가면서 점점 왜 그렇게 돈에만 욕심을 부리는지 모르겠어.

원래는 두 사람이 다 같이 집에만 처박혀서 일거리가 없으니 수입이 없다고 투덜대며 지냈거든. 그러다 다행히 여기 정원이 생기는 바람에 나를 들여보냈고, 마침 이홍원에 배정 받아 일하게 되어 집에서 나 한 사람의 비용을 절감하는 것은 그만두고라도 매달 사오백 전의 여유 돈까지 생겼는데 그것도 부족하다는 거 아냐. 또 나중에는 우리 엄마와 이모도 이향원에 파견되어 저 애들 뒷바라지 하는 일을 맡게 되었는데 그 와중에 우관이 우리 이모를 양어미로 삼고 방관이 우리 엄마를 양어미로 삼게 되어 요 몇 년간 훨씬 풍족해진 게 사실이거든. 그러다가 지금은 다 해산되어 원내로 분배되었으니 당연히 손을 떼야 마땅한데도 아직 분수를 모르고 있는 거지. 어때 정말 가소롭지 않아?

우리 이모가 얼마 전에 우관이 너하고 다투었는데 이번에는 우리 엄마가 또 머리 감는 일로 방관하고 대판 싸움이 붙었잖아. 방관이가 머리를 감겠다는데도 방관이한테는 머리를 감겨주지 않은 거야. 어제는 월비를 받았으니 가지 않을 수 없었던지 물건을 사서 나를 불러 먼저 감기려고 하더라고. 내가 생각을 좀 해봤지. 나도 돈이 있는데 왜 그렇게 해야 돼? 설사 돈이 없더라도 습인, 청문, 사월 언니 등 누구 앞에든 가서 말하면 쉬운 일이잖아. 굳이 그런 덕을 봐서 뭐 하겠어. 정말 재미없는 일이지. 그래서 난 안 감겠다고 했어. 엄마는 결국 내 동생 소구아小鳩兒를 불러 감기고 나서 방관을 부르더라고. 그러니 그런 난리소동이 일어날 수밖에. 그런데 글쎄 말이야. 보옥 도련님한테는 뜨거운 국물을 불어서 식혀주겠다고 방으로 쳐들어갔으니 정말 웃겨 죽겠어. 방에 들어가기 전에 내가 말리면서 그런 규칙을 얘기해 줬거든. 그런데 어디 우리 엄마가 내 말을 들어야 말이지. 알면서도 억지로 하려더니 아주 쌤통이지 뭐. 원내에 사람이 많아서 우리가 그런 사이인 줄 잘 모르는 게 다행이야. 누군들 알고 나면 뭐라고 하겠어? 우리 집구석 식구들은 나서서 싸움질만 한다고 할 테니 이게 무슨 망신이냔 말이야.

그런데 하필이면 이번에 또 네가 여기 와서 이런 걸 하고 있으니 어떡하면 좋아? 이 일대의 것은 모두 우리 고모가 살펴보고 있는데 이곳을 분배받고는 너무 좋아서 평생 쓸 농토를 얻은 것보다 더 지독하게 매일 일찍 일어나서 늦게 잠들며 일하곤 했어. 그러면서 자기 자신이 힘든 건 둘째 치고 매일같이 우리한테도 닦달하며 살펴보라고 한다니까. 어쩌다 남들이 짓밟기라도 할까 봐 걱정, 또 내가 심부름을 잘 못할까 봐 걱정, 걱정이 태산이야. 요즘 우리가 안으로 들어오면 고모와 우리 엄마는 아주 지독하게 관리를 하여 풀 한 포기도 못 건드리게 하고 있어. 그런데 지금 이렇게 꽃들을 꺾었고 연한 나뭇가지도 꺾었으니 그 양반들이 들이닥치면 난리가 날 거야."

앵아가 말했다.

"다른 사람이야 함부로 꺾고 짓밟으면 절대로 안 되겠지만 나만은 괜찮아. 원래 각자한테 이 정원의 땅을 배분할 때부터 매일 각 방에 내야 하는 게 정해져 있었어. 먹는 건 말고 화초나 가지고 놀 만한 것들로 말이지. 무엇을 맡았든지 관리자는 각 방의 아가씨와 시녀들이 머리에 꽃을 만큼은 필요한 대로 꺾어갈 수 있게 해주도록 되어 있거든. 화병에 꽂을 것도 필요하구. 그런데 우리집 아가씨만은 '전혀 보내올 필요 없어. 우리가 필요할 때 달라고 하면 되지' 하면서 한 번도 요구한 적이 없으셨어. 그러니 지금 내가 좀 꺾었다고 해도 아마 미안해서라도 뭐라고 말할 수 없을 거야."

그 말이 채 끝나기도 전에 춘연의 고모가 과연 지팡이를 짚고 다가왔다. 앵아와 춘연 등이 어서 앉으라고 자리를 권했다. 할멈은 연한 버들가지가 많이 꺾여 있는 것과 우관 등이 수많은 꽃을 꺾어놓고 있는 걸보고 벌써 마음이 언짢아졌지만 앵아가 꽃바구니를 엮고 있자 뭐라고힐난하기가 어려워서 짐짓 춘연에게만 화를 냈다.

"너한테 잘 지키라고 했더니 그냥 여기서 놀기만 하고 살펴보러 가지도 않았구나. 그러다가 누군가 너를 부르면 내가 일을 시켰다고 핑계나대고 있을 게 아니냐. 나를 방패막이로 삼아 제멋대로 놀겠다는 심보가아니고 뭐냐?"

"고모는 왜 늘 저한테만 일을 시키시는 거예요? 그래 놓고 겁이 나니까 되레 날 가지고 뭐라고 하시네요. 그럼 내 몸을 여덟 조각으로 쪼개서 어떻게 해보란 말이세요?"

앵아가 슬그머니 장난기가 발동하여 거짓말을 했다.

"고모! 춘연이 말을 곧이들으시는 거예요? 이건 다 저 애가 꺾어다준 것이거든요. 나한테 이걸 엮어달라잖아요. 가라고 해도 가지 않고말예요."

춘연도 웃으면서 손을 흔들었다.

"제발 장난치지 말아요. 공연히 농담하는 걸 가지고 우리 고모는 진짜로 오해하신다니까요."

이 할멈은 사실 미련하고 고집스러운 데가 있었다. 요즘 나이가 들어가면서 오로지 돈만 밝히는지라 전혀 인정사정을 봐주지 않았다. 지금이 광경을 보고 너무나 가슴이 아파 어쩔 줄을 모르던 참이라 앵아의 농담을 듣자마자 나이 먹은 위세를 부리며 지팡이를 들어 춘연의 몸을 몇 차례나 내리치며 욕을 하는 것이었다.

"야 이년아! 네년이 그랬을 줄 알았다. 변명은 무슨 변명이냐, 이년아. 네 에미도 네년이 미워 죽겠기에 네년을 찢어 죽이고 싶다더라, 이년아. 그래도 나한테 기를 쓰고 말대꾸를 하는 거냐, 이년아."

두드려 맞은 춘연은 부끄럽고 분하기도 하여 엉엉 울면서 달려들었다.

"앵아 언니가 농담으로 그런 건데 고모는 그걸 곧이듣고 다짜고짜 나를 때리면 어떡해요? 그리고 우리 엄마가 왜 날 미워해요? 내가 세숫물을 잘못 데웠어요? 뭘 잘못했다고 그래요?"

앵아는 본래 장난으로 한 말이었는데 할멈이 그걸 진짜로 듣고 화를 내자 달려들어 팔을 잡으면서 말렸다.

"방금 전엔 내가 농담으로 그런 거예요. 할멈이 다짜고짜 애를 때리면 내가 무안하잖아요."

"아가씨! 우리 일에 끼어들지 말아요. 설마 아가씨가 여기 있다고 내가 우리 애들 버릇을 못 가르치겠어?"

앵아는 그런 말도 안 되는 소리를 듣자 그만 열이 올라서 잡았던 손을 놓고 쌀쌀맞게 말했다.

"할멈이 제 손녀딸 버릇을 고치려면 어느 때고 할 수 있을 텐데, 하필 내가 장난으로 한 말을 핑계 삼아 손을 보려고 달려들어? 좋아, 보자고. 어디 버릇 좀 제대로 가르쳐 봐."

그러면서 앵아는 제자리에 앉아 버들가지 바구니를 엮어나갔다.

하필 그때 또 춘연의 어미가 이름을 부르면서 그 애를 찾으러 나왔다.

"물 길어오지 않고 넌 거기서 대체 뭘 하고 있는 게냐?"

그러자 이쪽의 할멈이 소리를 질러댔다.

"여기 좀 한번 와 봐. 자네 딸년이 이젠 내 말까지도 도통 들으려고 하지 않는군. 나한테까지 대들고 있단 말이야."

춘연의 어미가 달려와 춘연의 고모에게 말했다.

"고모 대체 무슨 일이에요? 그년이 제 에미에게 막 대하는 것도 모자라서 이제는 감히 고모까지도 눈에 보이지 않는답니까?"

앵아는 춘연의 어미가 오자 일어나서 그 까닭을 설명했다. 하지만 춘연의 고모가 말을 막고 나서며 돌 위에 놓인 꽃과 버드나무가지를 가리키며 소리를 질렀다.

"저것 좀 보라고. 이렇게 딸년이 장난이나 쳐서 되겠느냔 말이야! 이년이 먼저 내가 관리하는 곳을 이렇게 망쳐놓고 있는데 내가 누구한테 뭐라고 할 수 있겠어?"

그러지 않아도 춘연의 어미는 방관의 일 때문에 화가 덜 풀린 데다가 춘연이 제 뜻을 따라주지 않은 것에 속으로 울화가 치밀어 올라 있었으므로 다짜고짜 달려들어 춘연의 따귀를 후려갈겼다.

"야 이 망할 년아! 네년이 여기 와서 겨우 몇 년 일했다고 그 사이에 저 화냥년들한테 배워서 벌써부터 이 모양이냐? 양딸 년들이야 내가 어쩔 수 없다 해도 네년마저 내가 어쩌지 못할 줄 아느냐? 네년은 내 밑구멍으로 내지른 년인데 그래 내가 너를 못 잡을 것 같으냐? 네년이 맘대로 들락거리는 곳을 나는 못 들어간다 이거지? 네년이야말로 거기서 심부름이나 하다가 뒈질 일이지 사내놈이나 후려 보려고 뛰쳐나오긴 왜 뛰쳐나왔느냔 말이다, 이년아!"

춘연의 어미는 꺾어놓은 버드나무 가지를 잡아채서 춘연의 얼굴에다 디밀며 욕을 해댔다.

"이건 다 뭐냐 이년아! 여기 엮어 놓은 게 다 뭐 말라비틀어진 것들이냔 말이다!"

앵아가 얼른 나섰다.

"그건 우리가 엮은 거예요. 공연히 엉뚱한 데다 화풀이하고 있어, 정말!"

이 할멈은 진작부터 습인이나 청문이 같은 시녀들한테 뿌리 깊은 질투심을 갖고 있었다. 각 방에 있는 일등 시녀들은 자신보다 체통과 권세가 높음을 잘 알고 있는지라 이들을 보면 속으로 두렵기도 하고 머뭇거리게도 되지만, 동시에 울화가 치밀어 오르고 원한이 사무쳐서 남들한테 공연히 화를 내기도 하였다. 그러다 우관을 만나니 잘되었다 싶어서 화풀이할 작정이었던 것이다. 더구나 자기 언니에게 피해까지 준마당이라 여러 가지 원한이 하나로 뭉쳐 노기등등하여 달려들었던 것이다.

그때 춘연은 이미 울며불며 이홍원을 향하여 도망치고 있었다. 그녀의 어미는 춘연이 이홍원으로 달려가면 그쪽 시녀들이 왜 울었느냐고물을 것이고, 그래서 자기가 때렸다고 하면 또 청문으로부터 야단을맞게 될까 더럭 겁이 났다. 춘연의 어미는 뒤에서 다급하게 춘연을 불렀다.

"어서 돌아오지 못해! 내 말 듣고 가란 말이야."

하지만 도망치는 춘연이 돌아올 리가 없었다. 몸이 단 춘연의 어미도달려가 춘연을 잡으려고 하였다. 춘연은 뒤를 돌아보더니 더욱 힘차게앞으로 내달렸다. 춘연의 어미는 죽어라 하고 쫓아가다가 그만 이끼를밟고 훌러덩 미끄러지고 말았다. 뒤에 남아 구경하던 앵아와 우관, 예관 등 세 사람은 한바탕 웃음을 터뜨렸다. 앵아는 화가 나서 꽃과 버드나무 가지를 물속에 내동댕이치고 방으로 돌아갔다. 남아 있던 할멈은마음이 아파 염불을 외우면서 뒤에다 대고 욕을 퍼부었다.

"저런 속 좁고 못된 년 같으니라고! 아까운 꽃을 저렇게 함부로 내버리다니 벼락을 맞아도 싸지."

그러면서도 할멈은 또 꽃을 꺾어다 각 방의 아가씨들에게 나누어주었다. 그 얘기는 그만 하기로 하겠다.

한편 도망치던 춘연은 이홍원으로 곧바로 뛰어 들어갔다. 마침 습인이 대옥의 거처로 문안을 나가는 중이었다. 춘연은 곧장 습인의 품안에 달려들어 끌어안으면서 소리 질렀다.

"저 좀 살려주세요! 우리 엄마가 또 저를 때리려고 해요!"

뒤따라 허겁지겁 달려 들어오는 춘연의 어미를 보자 습인은 화가 치밀어 올랐다.

"사흘 동안 몇 번이나 양딸이고 친딸이고 가리지 않고 두들겨 패기만 하니, 자기 딸이 많다고 자랑하는 거야, 아니면 도대체 법도를 모르는 거야?"

이 할멈은 며칠간 이곳을 드나들면서 습인이 아무 말도 없이 얌전하기만 하였던지라 성격이 좋은 줄로만 알고 은근히 대들었다.

"아가씨는 모르면 가만있어요. 쓸데없이 남의 일에 상관 말고. 그게 다 아가씨들이 제멋대로 내버려둬서 저 모양이 된 거라고요. 그런데도 왜 또 간섭하려고 달려들어요?"

춘연의 어미는 곧장 춘연에게 달려들어 손찌검을 하였다.

습인은 기가 막혀서 그대로 방으로 들어와 버리고 말았다. 사월이 해당화 아래에서 수건을 말리고 있다가 소란이 일어난 걸 보고 얼른 나섰다.

"언니는 가만있어요. 저 할망구가 어쩌나 한번 보게."

그리고 은근히 춘연에게 눈짓을 보냈다. 춘연이 금방 알아차리고 곧바로 보옥에게 달려 들어갔다. 다들 웃으면서 한마디 했다.

"여태까지 없었던 일인데 공연히 한바탕 소동이 일어나게 생겼구먼."

사월이 할멈한테 다가가 한마디 내뱉었다.

"할머니도 성질 좀 죽이고 있으면 될 걸. 그래 이 많은 사람들이 사정을 하는데도 안 된다는 거야?"

춘연의 어미는 자기 딸이 보옥의 옆으로 달려가 바짝 붙어있는 것을 보았다. 보옥이 춘연의 손을 잡고 "걱정마, 내가 있잖아" 하고 위로의 말을 건네고 있었다. 춘연은 울음을 그치지 않은 채 방금 전에 있었던 앵아의 일을 모두 고해바쳤다. 보옥은 점점 열이 올랐다.

"할멈이 여기서 그만큼 소란을 피웠으면 그만이지 왜 제 친척들까지 그러는 거야?"

사월이 할멈과 여러 사람을 향해 앙칼지게 소리쳤다.

"이 할멈이 정말 자기네 집안일에는 아예 상관 말라고 했는데, 그래 그 말이 옳다면 우리가 잘못 간섭한 거겠지. 좋아! 그렇다면 이제 상관해도 좋을 만한 사람을 불러와서 따지게 해볼 테니까 한번 보자고요. 그러면 할멈이 꼼짝 못하고 인정을 하게 되고 이 집의 법도에 대해서도 제대로 알게 되겠지."

사월이 어린 시녀아이를 불렀다.

"넌 당장 가서 평아 아가씨를 불러오너라. 평아가 바빠서 오지 못한다고 하면 임지효네 아줌마를 불러오도록 하고!"

여러 어멈들이 달려들어 할멈을 달랬다.

"춘연 어머니가 좀 참으세요. 어서 아가씨한테 심부름 보낸 애를 다시 불러오라고 사정하세요. 평아 아가씨가 오면 큰일이잖아요."

할멈은 그래도 아직 마이동풍이었다.

"좋아요! 그 평아 아가씨인가 하는 분이 와서 제대로 한번 이치를 따져보게 하자고요. 제 어미가 제 딸 버릇을 고치려는데 다들 나서서 그 에미를 야단치는 법은 이 세상에 없지요."

"대체 평아 아가씨가 누군지나 알고 그런 말을 하는 건가요? 희봉 아씨의 방에 있는 평아 아가씨란 말이에요. 그저 인정을 베풀 때는 두어 마디 하고 말겠지만 그 사람이 화내면 할멈은 앉은자리 걷고 먹던 것 싸든 채 도망쳐야 한단 말이에요."

그때 평아를 부르러 간 시녀아이가 돌아왔다.

"평아 아가씨가 지금은 일이 있어서 못 오신다고 하시며 무슨 일이냐고 묻기에 제가 사정을 말씀드렸더니 '그렇다면 그 사람을 밖으로 내쫓고 임지효 아주머니께 말씀드려서 쪽문 밖에서 곤장 마흔 대를 때리게 하라'고 하셨어요."

할멈은 그 말을 듣고 혼비백산하여 밖으로 나가지 않을 수 없었다. 할멈은 얼굴이 온통 눈물범벅이 되어 습인 등에게 통사정을 하였다.

"전 어렵사리 여기 들어와서 일하게 되었어요. 게다가 혼자 사는 과부라서 집에는 식구도 없습니다. 따로 걸리는 데도 없어 그저 오로지 여기서 아가씨들 시중이나 들며 지내고자 합니다. 그러면 아가씨들한테도 좋고 저도 집에서 쓸 가용을 줄일 수 있거든요. 지금 이렇게 쫓겨나면 혼자 살림살이를 꾸려가야 되고 장차 앞길이 막막하답니다."

습인은 할멈의 눈물어린 호소를 듣자 벌써부터 마음이 약해졌다.

"할머니는 여기 있고 싶다면서 집안의 법도도 안 지키고 사람 말도 안 듣고 애들을 때리기나 한다면 어떡해요? 누가 할머니처럼 물정 모르는 사람을 용납하겠어요? 날마다 싸움이나 하면 체통도 잃고 사람들의 비웃음이나 사지요."

청문이 옆에서 불쑥 나서며 앙칼지게 소리쳤다.

"도대체 저런 사람을 왜 상대 해? 바로 내쫓으면 그만이지. 누가 저런 사람한테 일일이 말대꾸를 한단 말이야!"

할멈은 더욱 몸이 달아 통사정을 하였다.

"제가 잘못했습니다. 아가씨들이 부려만 주신다면 앞으론 꼭 고치겠습니다. 그러면 아가씨들도 덕을 쌓으시는 일이 되실 겁니다요."

그리고 또 춘연에게도 좋은 말로 달랬다.

"내가 너를 때리려고는 했지만 그래도 결국 네가 두들겨 맞은 건 아니잖니? 그런데 되레 나한테 죄를 뒤집어씌우면 어떡하니? 그러니 어서 나를 위해 변명 좀 해주려무나."

보옥이도 그 모습이 가련하기 짝이 없어서 앞으로는 절대 소란을 피우지 말라고 당부하고 할멈을 남겨두도록 했다. 할멈이 다가와 일일이 굽실거리며 고맙다는 인사를 하고 나갔다.

그때 평아가 들어와서 대체 무슨 일이냐고 물었다. 습인이 얼른 나서 며 손사래를 쳤다.

"다 끝난 일인데 뭘 다시 끄집어내?"

"그래 맞아. '용서할 만한 일은 용서하라'고 했잖아. 큰일은 작게 작은 일은 없도록 하는 게 좋아. 어른들이 안 계신 겨우 며칠 동안에 각지의 늙은것 젊은 것 할 것 없이 다들 난리를 일으키고, 여기저기서 번갈 아 가며 곪아 터지니 내가 어디부터 손을 대야 할지 모르겠어."

"난 여기서만 문제가 터진 줄 알았는데 또 다른 데도 난리가 났단 말이야?"

습인의 말에 평아가 웃으며 대답했다.

"이런 일은 아무것도 아니야. 그렇지 않아도 지금 큰댁 우씨 아씨마님하고 헤아려 보고 있다니까. 요 사나흘 동안에 아마 여덟이나 아홉 건은 생겼을 거야. 여기의 일은 셈에 넣지도 못해. 이것보다 심각한 일이 아주 많거든. 정말 화를 내야 할지 웃고 넘어가야 할지 모르겠어."

습인이 물은 일이 과연 어떤 일인지 궁금하면 다음 회를 보시라.

茉莉粉替去薔薇硝玫現露引出茯苓霜

말리분과 복령상

장미초 대신하여 말리분을 건네주고
매괴로 주고 나서 복령상을 얻어오네

茉莉粉替去薔薇硝 玫瑰露引來茯苓霜

습인이 평아에게 도대체 무슨 일로 그렇게 소동이 일어났느냐고 문자 평아가 웃으면서 대답했다.

"세상에 생각지도 못한 일들이야. 말하자면 우스운 일이기도 하겠지만. 내가 며칠 있다가 말해줄게. 지금은 도통 정신이 없으니까 짬을 낼 수가 없어."

말이 끝나기도 전에 이환의 시녀가 달려와서 전했다.

"평아 언니, 여기에 계셨네요. 우리 아씨마님께서 기다리고 계시는데 안 가시고 여기서 뭐 하세요?"

"알았어, 알았어! 지금 갈게!"

평아가 얼른 나가면서 소리쳤다. 습인이 뒤에서 웃으면서 한마디 했다.

"평아네 아씨마님이 몸져누워 계시니 저 애가 저렇게 잘 팔리는구먼! 여기저기서 부르니 붙잡아 둘 수도 없네그래."

평아가 나간 뒤의 일은 그만 얘기하기로 하겠다.

한편 보옥은 춘연을 불러서 조용히 말했다.

"너는 지금 너희 엄마하고 같이 보차 아가씨네 집으로 가서 앵아한테 좋은 말로 사과하도록 해라. 공연히 원망사지 않도록 말이야, 알겠니?"

춘연이 그렇게 하겠다고 대답하고 제 어미와 함께 나갔다. 보옥이 다시 퍼뜩 생각이 나서 창문을 통해 춘연의 등 뒤에다 대고 소리쳤다.

"보차 아가씨 보는 데서 얘기하면 안 된다. 그러면 오히려 앵아가 야단맞게 될지도 몰라."

춘연과 그 어미가 알았다고 대답하고 나갔다. 걸어가면서 두 사람은 말을 계속했다.

"엄마! 그러기에 평소에 내가 뭐라 그랬어요? 그렇게 말해도 듣지 않더니 결국 이게 뭐야. 망신만 당했잖아."

"이년아! 어서 가기나 해. '일을 하나 겪어봐야 지혜도 하나 느는 법'이라는 속담도 있잖니. 나도 이젠 다 알았는데 뭘 자꾸 따지고 그러냐."

어미의 말에 춘연이 계속 대꾸했다.

"엄마, 엄마가 제 분수를 알고 여기서 잘만 있으면 좋은 일이 있을 거라니까. 엄마, 내 말 좀 들어봐요. 보옥 도련님이 늘 이런 말을 했어요. 이홍원에 있는 사람들은 원래 하인이었든 밖에서 들어왔든 상관없이 장차 마님한테 말씀드려서 모두 자기 부모들하고 함께 지낼 수 있게 풀어준대요. 어때요? 그렇게 되면 얼마나 좋아요?"

"정말 그런다던?"

"누가 그런 거짓말을 하겠어요."

춘연어미는 연신 '나무아미타불'을 외우며 기뻐했다.

두 사람이 형무원에 이르니 마침 보차와 대옥, 설부인 등이 함께 식사 중이었고 앵아는 차를 준비하러 나오고 있었다. 춘연과 춘연어미가 곧장 앵아 앞으로 다가가 만면에 웃음을 띠며 사과했다.

"조금 전에는 말을 함부로 해서 정말 미안해요. 우리가 일부러 사죄하러 왔으니까, 아가씨도 제발 화를 좀 풀어줘요."

앵아도 함께 웃으면서 자리에 앉으라고 권하고 또 차를 따라주었다. 잠시 후 춘연과 춘연어미는 일이 있다고 하면서 자리에서 일어나 작별 인사를 하고 돌아가려 했다.

그때 갑자기 예관이 뒤쫓아 나오면서 두 사람을 불렀다.

"저기, 잠깐만 기다리세요!"

예관은 얼른 종이로 싼 봉지 하나를 그들에게 건넸다. 장미초인데 얼굴에 바르면 좋은 것이라고 하면서 방관芳官에게 전해달라고 부탁했다. 춘연이 웃으면서 말했다.

"정말 공연한 걱정을 하고 있네. 이홍원에 이런 게 없어서 방관한테 안 줄까 봐 일부러 이런 걸 마련해서 보내준단 말이야?"

"그 애 것이야 있겠지만 이건 내가 따로 보내는 것이니까 다르잖아요. 언니는 그런 걱정 말고 제발 좀 갖다 전해주기나 해요."

예관이 사정하자 춘연이 하는 수 없이 받아서 돌아왔다. 모녀가 이홍원으로 돌아오니 마침 가환과 가종도 보옥에게 문안하려고 막 들어오는 중이었다.

"제가 들어가 볼 테니 엄마는 들어가지 말아요."

춘연어미는 그 말에 이번에는 감히 대들지 못하고 고분고분하게 딸의 말을 따랐다. 춘연이 들어서자 보옥은 그녀가 다녀왔다는 말을 하려는 줄 알고 먼저 고개를 끄덕였다. 춘연은 곧 그 뜻을 알아차리고 더 이상 한마디 말도 없이 잠시 서 있다가 나왔다. 춘연은 나오면서 얼른 방관에게 눈짓을 보내 따라 나오도록 하여 예관의 말을 가만히 전하고 장미초 봉지도 전해주었다. 보옥은 가환이나 가종과 특별히 나눌 말이 없었으므로 화제를 돌려 방관에게 손에 든 것이 무엇이냐고 물었다. 방관은 얼른 보옥에게 건네서 보여주며 버짐에 바르는 장미초라고 말했다.

보옥이 웃으면서 말했다.

"예관이가 그래도 정성이 대단하구나."

마침 가환이 곁에 있다가 목을 빼고 들여다보며 향내를 맡아보더니 얼른 허리를 굽혀 장화 속에 끼워두었던 종이 한 장을 꺼내 받쳐 들고 웃음을 띠며 말했다.

"형! 나한테 절반만 덜어줘요."

보옥은 하는 수 없이 덜어줄 요량이었으나 방관으로서는 예관이 준 것이라 남에게 주고 싶지 않았다. 방관은 얼른 막아서며 웃으면서 말했다.

"그건 건드리지 말아요! 내가 따로 다른 걸 줄게요."

보옥이 말뜻을 알아듣고 얼른 도로 싸서 방관에게 건네주었다.

방관은 그것을 받아 잘 간수하고 화장대에서 자신이 평소에 쓰던 것을 찾아보았다. 하지만 화장대 서랍 안은 텅 비어 있었다. 아침나절에도 남아 있었는데 어떻게 된 일일까 궁금하여 다른 사람에게 물어보니 다들 모른다고 했다. 사월이가 아무렇게나 내뱉었다.

"지금 그걸 서둘러 찾는다고 나와? 이 방에 있는 누군가가 잠시 모자라서 갖다 썼겠지 뭐. 걱정 말고 뭐든지 좀 갖다가 건네주면 되잖아. 그걸 어떻게 알아보겠어? 저 사람들을 보내버려야 우리도 밥을 먹을 수 있잖아!"

방관은 그 말대로 하기로 하고 얼른 말리분茉莉粉 한 봉지를 싸서 가지고 나왔다. 가환이 손을 뻗어 받으려고 하자 방관은 뿌리치고 그걸 구들 위로 휙 내던졌다. 가환은 하는 수 없이 구들 위에 떨어진 것을 주워서 품에 넣고 이홍원을 나왔다.

마침 가정이 외출 중이고 왕부인 등 어른들도 집에 없던 참이라 가환은 연일 며칠째 병을 핑계 대고 서당공부를 빼먹고 있었다. 가환은 지금 장미초를 얻은 것으로 생각하고 기뻐하면서 채운을 찾아갔다. 마침 채운은 조이랑과 한담을 나누고 있었다. 가환이 싱글벙글 웃으면서 채운에게 말을 걸었다.

"네 얼굴에 바르도록 주려고 나도 아주 좋은 것으로 한 봉지 얻었거든. 너도 늘 말했잖아. 버짐에 장미초를 바르면 밖에서 만든 은초銀硝보다 낫다고 말이야. 자 이거야, 한번 봐."

채운이 열어보고 나서 '흥' 하고 코웃음을 치면서 물었다.

"누구한테서 얻었어요?"

가환은 방금 전의 이야기를 다 말했다. 채운이 핀잔을 주었다.

"그건 다 그 사람들이 촌뜨기 같은 도련님을 놀려주려고 그랬던 거예요. 이건 장미초가 아니고 말리분이라는 거예요."

가환이 들여다보니 앞서 본 것보다 훨씬 붉은 색을 띠었고 냄새도 진하게 풍겼다.

"이것도 좋은 거야! 초나 분이나 다 같은 거지 뭐. 잘 간수했다가 바르도록 해. 우리 것은 밖에서 산 것보다 훨씬 좋거든."

채운은 하는 수 없이 받아 두었다. 하지만 듣고 있던 조이랑이 가만 있지 않고 나섰다.

"좋은 걸 누가 너한테 주겠어! 누가 너더러 그런 거나 얻으러 다니라고 하던? 공연히 그런 년들한테 놀림감이나 되잖아! 나 같으면 그걸 가져다 그년들 얼굴에 그대로 뿌려버려야 속이 시원하겠다, 이놈아! 시체 보러 집 나간 사람 나가고, 침상에 뻗어 있는 사람 뻗어 있는 사이에[1] 한바탕 난리라도 쳐서 다들 흔들어 놓아야 원수라도 갚는 셈이 될 게 아냐? 그랬다고 설마 두어 달이나 지난 뒤에 그 문제를 끄집어내 따질 리야 있겠냐? 설사 너한테 따진다 해도 넌 할 말이 있는 거야. 보옥이야

---

1 가모와 왕부인은 태비의 장례식에 참석하러 나가고 왕희봉은 병상에 누워 있으므로 이렇게 말한 것임.

형이니까 감히 달려들 수 없을 테지만 그 방에 있는 고양이나 강아지 같은 못된 년들한테도 따져보지 못한단 말이냐?"

하지만 가환은 고개를 숙이고 말이 없었다.

"공연히 평지풍파는 일으켜서 뭐 해요. 좀 참으면 될 걸 가지구요."

채운이 곁에서 좋은 말로 달랬다. 하지만 조이랑은 버럭 화를 냈다.

"넌 끼어들지 마! 어쨌든 네년하고는 아무 상관없으니까. 빌미를 잡은 김에 그 못된 화냥년들한테 본때를 좀 보여줄 테야."

조이랑은 이어서 가환에게 손가락질하면서 한바탕 욕설을 퍼부었다.

"에이! 이 배알도 없는 천하의 못난 놈아! 그런 애송이 년들한테 놀림이나 받아도 싸다, 싸! 그래도 내가 뭐라고 한마디 야단치거나 어쩌다 뭐라도 잘못 갖다 주면 넌 다짜고짜 얼굴을 찌푸리고 눈깔을 치켜뜨며 에미한테 달려들지 않았어? 지금은 왜 저런 뭣 같은 년들한테 놀림을 받고도 그냥 고개만 떨구고 가만히 있느냔 말이다. 그러고도 훗날이 집의 아랫것들이 너를 겁내길 바라는 거냐? 네놈이 그렇게 못난 짓을 하고 있으니 나까지도 열불이 난단 말이야!"

가환은 부끄럽고 화가 치밀어 올랐지만 그래도 감히 나가지는 못하고 손을 뿌리치며 조이랑한테 달려들었다.

"그렇게 말하는 엄마는 왜 큰소리만 치고 감히 나서지 못하는 거야? 괜히 왜 나한테만 가서 소란을 피우라고 그래? 그러다 서당에 얘기가 들어가서 매라도 맞으면 나만 골탕 먹는 거지. 엄마는 아프지도 않잖아. 공연히 나를 부추겨 싸움을 걸게 해놓고, 난리가 나서 내가 욕을 먹고 얻어맞게 되어도 엄마는 한쪽에서 고개만 숙이고 있었잖아. 이번에도 나를 꼬드겨서 시녀들한테 싸움을 걸라는 거 아냐. 엄마는 셋째 누나가 겁나지도 않아? 엄마가 용감하게 나선다면 내가 엎드려 절이라도하겠어!"

그 한마디가 조이랑의 폐부를 찔렀다.

"내 뱃속으로 낳은 년을 내가 겁낼 줄 알아! 그 년이 그러니까 이 집 구석 사람들이 더 무시하는 거야."

조이랑은 곧바로 종이봉지를 손에 들고 나는 듯이 대관원으로 달려갔다. 채운이 매달리며 말렸지만 듣지 않자 하는 수 없이 다른 방으로 숨어버리고, 가환도 얼른 샛문을 빠져나가 혼자 놀러 가버리고 말았다.

대관원으로 들어선 조이랑은 화가 머리끝까지 치밀어 올라 있었다. 마침 눈앞에 우관의 양어미인 하씨夏氏 할멈이 다가 오다가, 조이랑이 씩씩거리며 달려오는 걸 보고 물었다.

"어딜 그렇게 달려가세요?"

"내 말 좀 들어봐! 정말 기가 막혀서! 이 집구석에 들어온 지 불과 사나흘밖에 안 된 창극 배우 년들이 글쎄 사람을 요리조리 떠보고 요리접시 내놓듯이 차별대우를 한다니까. 내 다른 거 같았으면 이렇게 화도 안 냈어. 이런 화냥년들이 사람을 갖고 노는데도 가만히 있으면 우린 뭐가 되겠어?"

그 말은 마침 하씨 할멈도 속에서 하고 싶었던 말이라 얼른 무슨 일이냐고 물었다. 조이랑은 방관이 장미초라고 속이고 말리분을 줘서 가환을 모욕한 일을 전해주었다.

"아이고, 이랑 마님! 마님은 이제야 알게 되셨군요. 그런 일은 일도 아녜요. 어제는 여기서 저년들이 몰래 지전을 태우며 야단법석을 부렸다니까요. 그런데 보옥 도련님이 앞장서서 막았답니다. 사람들이 아무 것도 갖고 들어오지 않았어도 지레 안 된다고 더러운 것을 꺼릴 때는 언제고, 지전 태우는 걸 괜찮다고 하였으니 대체 어찌 된 일이냔 말이에요? 이랑 마님도 한번 생각해 보세요. 이 집안에서 큰마님 이외에는 이랑 마님만큼 지체 높은 사람이 어딨어요? 이랑 마님이 굳이 잡으려고 하지 않아서 그렇지 한번 휘어잡으려고 든다면 그 누가 겁내지 않겠어요. 제 생각에는요, 저것들은 원래 제대로 된 것들이 아니니 저년들한테 잘못 보인다 해도 아무 상관없어요. 이번 두 가지 일을 빌미로 아주 주리를 틀어놓아야 해요. 제가 옆에서 증인이 되어 드릴 테니까 이랑 마님은 위세를 한번 부리세요. 그래야 앞으로 다른 일로 다툴 때도 유리하거든요. 설사 아씨마님이나 아가씨들이라 해도 저것들 편에 서서 이랑 마님한테 뭐라고 하지는 못할 거예요."

조이랑은 그 말에 일리가 있다고 여기고 용기를 얻었다.

"그런데 지전을 태웠다고 하는 건 또 무슨 소리야? 난 전혀 모르는 일인데 자세히 좀 말해 봐!"

하씨 할멈은 앞서 일어난 일을 일일이 다 말해주었다.

"이랑 마님은 무조건 가서 따지세요. 만일 소란이 일어나도 우리가 뒤에서 밀어드릴 테니까 걱정 마시고요."

조이랑은 더욱 기고만장하여 보무도 당당하게 곧장 이홍원으로 달려 들어갔다.

이홍원에는 마침 보옥이 대옥에게 가고 집에 없는 상태였다. 방관은 습인과 식사하다가 조이랑이 들어오자 얼른 일어서며 인사말을 건넸다.

"이랑 마님, 식사는 하셨어요? 무슨 일로 그렇게 급하게 들어오세요?"

조이랑은 아무 대답도 않고 다짜고짜 달려들어 방관의 얼굴에다 대고 분가루를 휙 뿌렸다. 그리고 방관에게 삿대질하며 욕을 퍼부었다.

"이 화냥년아! 네 년은 우리가 돈 주고 사들여서 창극이나 배우라고 한 년이야. 분이나 처바르고 노래나 하는 기생 년이란 말이야. 우리집의 삼등 시녀라도 너보다는 지체가 높아. 알겠어? 사람보고 요리접시 놓는다고 네년도 사람 차별할 줄 안단 말이지. 보옥이가 주려고 하는데 네년이 왜 나서서 가로막은 거냐? 네 것이라도 달라고 하던? 왜 이따위 가짜를 갖고 나와서 우리 애를 속여먹었느냐 말이야? 우리 애가 모를 거라고 생각했겠지! 좋든 나쁘든 우리 애도 이 집의 자손이고 똑같은 주인이란 말이야. 그런데도 너 같은 년이 감히 함부로 할 수 있다고 생각하느냐 이년아!"

방관은 그처럼 심한 욕을 견뎌내기 어려워서 엉엉 울면서 말했다.

"마침 장미초가 떨어져서 그걸 갖다 준 것뿐이에요. 없다고 말하면 믿지 않을 거 아녜요? 그리고 이것도 결코 나쁜 건 아니에요. 또 내가 창극을 배웠다고 해도 밖에 나가 창을 한 것도 아니고 전 아직 어린 처녀인데, 어떻게 기생이니 뭐니 하고 말할 수 있어요? 이랑 마님이 저를 사들여 온 것도 아닌데 굳이 나한테 욕할 게 뭐가 있어요? 어차피 시녀는 다 시녀 아닌가요? 출신이 몇 번째냐가 문제일 뿐이라구요."

방관이 막판에 막말을 뱉어내자 습인이 얼른 말을 막았다.

"쓸데없는 소리 그만두지 못해!"

화가 머리끝까지 오른 조이랑이 방관의 따귀를 두어 차례 후려갈기자, 습인이 얼른 뜯어 말렸다.

"제발 철없는 애들하고 똑같이 그러지 마세요. 우리가 나중에 야단칠 테니 참으세요."

뺨을 두 대나 얻어맞은 방관도 그냥 참을 리가 없었다. 머리를 조이랑에게 들이대며 달려들다가 아예 땅바닥에 나뒹굴며 울고불고 난리를 쳤다.

"무슨 권한으로 나를 때리는 거예요? 거울에 제 낯짝이나 비쳐보고 남한테 손찌검하라고요! 당신한테 맞고 나서 내가 그냥 있을 줄 알아요?"

방관은 아예 조이랑의 품안으로 파고들며 더 때리라고 달려들었다.

여러 사람들이 다 같이 좋은 말로 달래고 뜯어말리는데 청문이 은근히 습인을 잡아당기며 말했다.

"언닌 상관 말고 내버려 둬 봐! 그냥 한번 싸워보라고 해. 어찌 되나 두고 보게. 이젠 아무나 나타나 함부로 왕 노릇 하겠다면서 이놈도 달려들어 때리고 저놈도 달려들어 때리니 도대체 어쩌자는 거야?"

밖에서 조이랑을 따라 왔던 사람들은 속으로 각각 쾌재를 부르며 염불을 했다.

'살다 보니 이런 날도 있구나!'

또 가슴에 원한을 품고 있던 몇몇 할멈들도 방관이 맞는 것을 보자 속으로 아주 고소하게 생각했다.

그때 우관과 예관이 함께 놀고 있었는데 상운과 함께 있는 대화면 역의 규관과 보금이와 함께 있는 두관이 소식을 듣고 달려가서 두 사람에게 전했다.

"지금 방관이 매를 맞고 있대! 그럼 우리까지 뭐가 되겠어? 다들 달려가 대판 싸워보자. 그래야 속이 시원하지 않겠어?"

네 사람은 철없는 애들처럼 자기네끼리의 의리만 생각하고 다른 것은 일체 염두에 두지 않은 채 곧장 이홍원으로 달려 들어갔다. 두관이 먼저 다짜고짜 머리를 들이받는 바람에 하마터면 조이랑이 넘어질 뻔했다. 나머지 세 사람도 우르르 달려들어 대성통곡하면서 손으로 잡아당기고 머리로 받으면서 조이랑을 에워쌌다. 청문을 비롯한 여러 사람들이 웃으면서 한편으로는 슬그머니 잡아당기는 시늉을 하였다. 당황한 습인만이 달려들어서 한 사람을 잡아당기고 또 한 사람을 끌어내는 등 분주하게 오가며 소리쳤다.

"네년들이 다들 죽으려고 환장했구나! 억울한 일이 좀 있더라도 말로할 일이지 이렇게 다짜고짜 달려들면 어쩌자는 거냐?"

한편 조이랑은 어쩔 줄을 모르고 그저 소리소리 지르며 욕만 해대고 있었다. 예관과 우관 두 사람이 양쪽에서 한 사람씩 붙어서 좌우의 팔을 잡아당기고 규관과 두관은 앞뒤에서 머리로 받치고 서서 소리를 질러댔다.

"때려죽이려면 우리 네 사람을 다 같이 때려죽여 보란 말이에요!"

방관은 두 다리를 쭉 뻗고 바닥에 누워 엉엉 울면서 죽겠다고 소리를 질러댔다.

도저히 어떻게 해결될 기미가 보이지 않고 있는데 어느 사인가 청문이 춘연을 보내 탐춘에게 기별했다. 곧이어 우씨와 이환, 탐춘 세 사람이 평아와 여러 어멈들을 대동하고 달려왔다. 소리를 질러 당장 싸움을 멈추게 하고 그 까닭을 물었다. 하지만 조이랑은 화를 참지 못해 두 눈을 부릅뜨고 핏대를 세워가며 씩씩거리면서 두서없이 대중없는 말을 늘어놓았다. 우씨와 이환은 대답을 들으려고도 하지 않고 우선 그들 네 사람을 호되게 야단쳤다. 탐춘이 한숨을 쉬면서 말을 뱉었다.

　　"그게 무슨 대단한 일이라고 그러세요. 이랑도 참 왜 그렇게 까딱하면 화를 내시는 거예요. 그러잖아도 이랑하고 뭔가 상의할 일이 있어 찾았는데 시녀 말이 방에 없다고 하더니 여기서 이렇게 난리를 피우고 계셨군요. 어서 저하고 함께 건너가요!"

　　우씨와 이씨도 함께 웃으면서 조이랑을 달랬다.

　　"어서 우리하고 함께 대청에 가서 상의 좀 합시다."

　　조이랑도 하는 수 없이 그들 세 사람을 따라 나섰다. 하지만 입으로는 여전히 투덜대며 하소연을 늘어놓았다.

　　탐춘이 마침내 조이랑을 타일렀다.

　　"저런 어린 여자애들은 애초부터 장난감 같은 거예요. 기분 좋으면 그 애들하고 함께 웃고 떠드는 것이고 기분이 안 좋을 때는 그냥 상관하지 않는 법이라고요. 설사 저 애들한테 잘못이 있다 해도 고양이나 강아지가 물었다고 여기고 용서할 건 용서하고 용서하지 못할 일은 집사 어멈들을 시켜 벌주도록 하면 되는 거지 굳이 자신이 나서서 스스로 존중받지 못하고 체통을 깎을 일이 뭐 있겠어요? 주이랑을 한번 보세요. 남들도 그 양반을 업신여기지 않고 그 양반도 다른 사람 찾아다니는 법이 없잖아요. 이제 이랑도 방으로 돌아가 성질 좀 죽이세요. 쓸데없는 사람들이 공연히 꼬드기는 얘기나 듣다간 남들의 웃음거리만 된다니까요. 괜히 자기는 바보 되고 남들만 힘들게 하잖아요. 속으로 아무리 분하더라도 며칠만 꾹 참고 있으면 마님이 돌아오실 테니 그때 되면 자연히 처분이 있을 거예요."

탐춘의 말에 조이랑도 대꾸할 말이 없었던 지라 묵묵히 듣고 있다가 자기 방으로 돌아갔다. 뒤에 남은 탐춘은 화가 치밀어 올라 우씨와 이환에게 말했다.

"나이도 그만큼 잡수신 분이 매번 하는 일마다 남이 업신여길 짓만 일삼고 있으니 어쩌죠? 그게 무슨 대단한 일이라고 체통도 못 세우고 말다툼이나 벌인단 말예요? 귀도 얇아서 남의 말에 혹하기나 하고 속으로는 줏대도 없으면서 말이에요. 이번에도 또 못된 하인들이 뒤에서 꼬드겨서 저 양반을 내세워 자기들 분풀이나 한 것이 분명해요."

생각할수록 화가 오른 탐춘은 누가 뒤에서 부추겼는지 찾아내라고 일렀다. 하지만 어멈들은 대답은 하면서도 서로 쳐다보고 웃으며 한결같이 발뺌을 했다.

"그야말로 바다에 빠진 바늘 하나 찾는 격이니 어떻게 찾겠어요?"

조이랑을 따르는 사람들과 대관원에 있는 사람들을 불러다 물어보았으나 역시 모른다는 대답이었으므로 어쩔 수 없이 그대로 탐춘에게 보고했다.

"당장 찾아내기는 어려울 것 같습니다. 시간을 두고 천천히 찾다가 구설수에 오르는 사람이 있으면 모두 데려다 처벌하도록 하시지요."

탐춘의 화는 차차 겨우 가라앉았다. 그런데 공교롭게도 얼마 후 애관이 가만히 찾아와서 탐춘에게 몰래 고해바치는 것이었다.

"모두 하씨 할멈이 평소 저희들하고 사이가 안 좋아서 매번 쓸데없는 말을 만들고 사단을 일으키는 거예요. 지난번에도 우관이 지전을 태웠는데 다행히 보옥 도련님이 자기가 시킨 일이라고 나서는 바람에 하씨 할멈도 더 이상 문제 삼지 않았어요. 이번에 제가 아가씨한테 손수건을 건네 드리려고 가다가 하씨 할멈이 이랑 마님과 한참이나 뭐라고 얘기하는 것을 멀리서 봤는데, 저를 보더니 그만 피해 버리던걸요."

탐춘은 속사정을 알게 되었지만 배우출신 아이들이 다들 한통속인데다 장난기가 남다른 것도 알고 있었으므로 건성으로 대답하고 더 이상 그것을 문제 삼지 않았다.

그런데 하필 하씨 할멈의 외손녀인 선저아蟬姐兒라는 아이가 탐춘의 집에 배당되어 늘상 방 안의 시녀들에게 물건을 사다 주든가 사람을 불러 주는 등의 심부름을 하고 있었다. 그래서 여러 사람이 모두 그 애와 가깝게 지냈다. 그날 식사 후에 탐춘이 마침 대청에 나가 공무를 처리하고 있을 때 취묵翠墨이 집을 보고 있다가 선아를 불러 쪽문 밖에 나가 시동을 시켜서 떡을 좀 사오라고 일렀다.

"전 방금 전에 정원을 다 청소하고 들어와서 허리도 아프고 다리도 아파 죽겠어요. 다른 사람 시키면 안돼요?"

선아의 말에 취묵이 웃으며 말했다.

"지금 또 누굴 시켜? 그러지 말고 네가 좀 다녀오려무나. 그럼 내가 좋은 일 한 가지를 얘기해줄게. 후문 쪽으로 나간 김에 너희 외할머니한테 조심 좀 하고 지내라고 일러주고 와."

그러면서 애관이 탐춘에게 선아의 외할머니 말을 했다는 것을 알려주었다. 선아가 그 말에 얼른 돈을 받아들었다.

"이런 못된 년이 사람을 뒤에서 헐뜯고 다녀? 내가 가서 알려드려야지."

선아가 후문으로 나갔을 때는 마침 주방이 한가할 무렵이라서 다들 계단에 앉아 이런저런 얘기를 나누고 있었다. 선아의 외할머니도 그곳에 있었다. 선아는 곧 할멈 한 사람에게 떡을 사오라고 시키고 자신은 욕을 해대며 방금 전 들었던 말을 하씨 할멈에게 전했다. 하씨 할멈은 화도 나고 겁도 나는지라 당장 애관에게 가서 물어보고 또 탐춘을 찾아가 억울함을 호소하려고 했으나 선아가 얼른 나서 말렸다.

"할머니가 뭐라고 말씀하시려고요? 그 말을 어디서 들었느냐고 꼬치꼬치 따져들면 그것도 좋지 않아요. 할머니한테 슬쩍 알려드리는 것이니까 그저 조심하는 게 상책이에요. 괜히 서두르지만 마시고요."

그때 갑자기 방관이 나타나 문짝을 잡고 서서 주방에서 일하는 유씨댁을 향해 웃으면서 말했다.

"유씨 아줌마! 보옥 도련님이 그러시는데 오늘 저녁 밥상에는 시원하고 상큼한 야채요리를 한 접시 마련해 달랍니다. 참기름은 느끼하니까 넣지 말고요."

"알았다. 이번엔 어쩐 일로 네가 와서 그렇게 요긴한 말을 다 전하는 게냐? 괜찮으면 들어와서 쉬었다 가지그래?"

방관이 막 안으로 들어서는데 곧 할멈 하나가 손에 떡 한 접시를 들고 따라 들어왔다. 방관이 장난으로 말했다.

"누가 산 떡이야? 따끈따끈하네. 내가 먼저 한번 먹어볼까."

그러자 선아가 얼른 손에 받아들며 쏘아붙였다.

"이건 누군가 돈 주고 산 거야. 오늘은 어째 이런 걸 다 탐낸다지?"

유씨댁이 그걸 보고 웃으며 말했다.

"방관도 떡을 좋아하는가 보지? 여기 방금 전에 사서 네 언니한테 주려고 한 떡이 있어. 그 애가 안 먹는다기에 아직 건드리지도 않고 그대로 놔뒀거든."

유씨댁은 곧 들어가서 떡 한 접시를 가져다 방관에게 주었다.

"내가 맛있는 차 한 잔 우려다 줄 테니 잠깐 기다려."

그리고 안으로 들어가 불을 지펴 차를 달이며 말했다.

떡을 받아든 방관은 따끈따끈한 떡을 받아들고 선아의 얼굴에 들이대며 말했다.

"누가 네 떡을 부러워 한댔니? 이건 떡이 아니고 뭐야? 그냥 농으로 한 말인데 뭘 그래. 나한테 절을 한다고 해도 난 네 떡은 안 먹어!"

방관은 손톱으로 떡을 한 조각씩 떼어내어 참새한테 던져주며 말했다.

"아줌마, 너무 아까워하지 마세요. 내가 다음에 두어 근 사드릴게요."

선아는 너무 황당하여 분을 참지 못하고 눈을 흘기며 쌀쌀맞게 말했다.

"하느님도 눈이 있으시면 저런 망할 년한테 벼락을 내리시지 않고 뭐하시는 거야! 나한테 달려들어 열불이 나게 하지만 내가 뭘 가졌다고 너희한테 맞설 수 있겠어? 거기는 물건 대 주는 사람도 있고 자진해서 머슴 노릇 하는 사람도 있고 세상의 좋은 것만 갖다 바치며 아양이나 떨고 뒤에서 봐 주는 사람도 있으니까 말이야!"

여러 어멈들이 나서서 좋은 말로 말렸다.

"이제 그만 좀 해요. 날마다 만나기만 하면 아웅다웅하고 있으니."

그중 눈치 빠른 몇 사람은 그들 두 사람의 말다툼이 시작되자 공연히 불똥이 튈까 봐 슬금슬금 일어나서 나가버렸다. 선아도 감히 끝까지 대들지는 못하고 혼자 투덜대면서 돌아갔다.

사람들이 흩어지자 유씨댁이 방관에게 다가와 말했다.

"지난번 그 얘기 말이야, 말해 봤어?"

"말은 했어요. 하루이틀 지나서 다시 말씀드릴게요. 하필이면 그 빌어먹을 조이랑하고 난리를 피우는 통에 말이에요. 지난번 보낸 매괴로 玫瑰露[2]는 언니가 먹어 보았어요? 대체 언닌 좀 어때요?"

"먹었고말고. 여간 좋아하는 게 아니었어. 하지만 그렇다고 더 달라고 할 수도 없는 일이잖아."

"그거 별것도 아닌데 뭘 그러세요? 제가 좀더 구해다 드릴게요."

유씨댁에게는 원래 금년에 열여섯 살 난 딸이 하나 있었다. 비록 출

---

2 장미꽃잎을 설탕에 절인 것. 매괴는 한약재로 쓰이며 당뇨병이나 피로 회복에 좋음.

신은 주방 아줌마의 딸로 태어났지만 생김새는 평아나 습인, 자견, 원앙과 조금도 다를 바 없이 훌륭했다. 항렬이 다섯째로 태어나 오아五兒라고 불렀는데 워낙 몸이 약해서 일거리를 얻지 못하고 집에 있었다. 유씨댁은 요즘 보옥의 방에 사람은 많지만 일거리는 별로 없는 것을 알고, 또 앞으로 보옥이 애들을 다 내보내 준다는 말도 들은 터라 자기 딸을 보내 그곳에 이름이라도 올려놓고 싶었다. 하지만 어디다 얘기해야 할지 연줄이 없어서 애를 태우던 참이었다. 원래 유씨댁은 이향원에서 일하는 동안 평소 방관 등을 뒷바라지하면서 다른 양어미보다 은근하게 잘 대해주었으므로 방관 역시 호감을 가지고 있었다. 그래서 방관에게 부탁하여 보옥에게 말을 건네도록 한 것인데, 보옥이 비록 좋다고는 했지만 요즘 병으로 누워 있고 다른 일도 많았으므로 아직 본격적으로 말을 꺼내지는 못했던 것이다.

지나간 일은 그만 얘기하고, 여기서는 방관이 이홍원으로 돌아가 보옥에게 보고한 얘기를 하도록 하겠다. 보옥은 앞서 조이랑이 한바탕 소란을 피우고 있다는 말을 듣고 속으로 언짢았지만 자기가 나서서 말을 할 수도 없고 안 할 수도 없고 해서 싸움이 끝나기만을 기다렸다. 후에 탐춘이 와서 조이랑을 달래서 데려갔다는 말을 듣고 보옥은 형무원에서 돌아와 방관을 잘 달래서 비로소 일을 조용히 끝냈다. 그런데 방관이 심부름을 다녀와서 또 매괴로를 유오아에게 갖다 주겠다는 말을 하자 보옥이 대답했다.

"그럼 있지. 나도 별로 안 먹었으니까 몽땅 가져다가 주려무나."

그리고는 습인에게 가져오라고 하여 보니 별로 남아있지 않기에 아예 병째 주고 말았다. 방관은 병을 가지고 유씨댁을 찾아갔다. 마침 유씨댁은 딸을 데려와 모퉁이를 돌며 바람을 쐬고 구경시킨 다음 다시 돌아와 주방에서 차를 마시며 쉬는 중이었다. 유씨댁은 방관이 건네주는 병을 받아들었다. 그것은 다섯 치쯤 되는 작은 유리병인데 불빛에 비쳐 보니 안에는 반병가량 연지같이 붉은빛 액체가 들어 있기에, 보옥이 평소 마시던 서양 포도주라고 생각돼서 모녀 두 사람이 서둘러 말했다.

"어서 그릇을 꺼내 술 데울 물을 끓여라. 너는 우선 앉아 있도록 하고."

방관이 웃으며 말했다.

"그만큼밖에 안 남았으니 아예 병째로 다 드릴게요."

오아가 듣고 나서 비로소 그게 매괴로임을 알았으므로, 그걸 받아들고는 고맙다고 연신 인사했다. 방관이 물었다.

"그래, 몸은 좀 좋아졌어?"

"오늘은 좀 기운이 나는 것 같아서 여기 들어와 둘러보는 중이었어요. 이쪽 뒤편으로는 큰 돌과 나무만 있고 건물의 뒷벽만 보여서 별로 볼 만한 게 없더군요. 정말 좋은 경치는 보지 못했어요."

"그럼 앞쪽으로 가보지 그랬어?"

그러자 유씨댁이 대신 대답했다.

"내가 앞쪽으로는 가지 말라고 했어. 아가씨들도 저 애를 잘 모르기 때문에 행여 심보가 고약한 사람 눈에라도 띄면 또 구설수에 오르게 되잖아. 나중에 네 덕분에 방의 일거리라도 맡게 되면 누군가 데리고 다니며 구경시키겠지. 아마 싫증이 날 정도로 보게 될지도 몰라."

방관이 웃으면서 말했다.

"뭐가 걱정이에요? 내가 있잖아요."

"아이고, 아가씨! 그런 소릴랑 제발 하지 마세요. 우리는 낯가죽이 얇아서 아가씨들하고는 전혀 다르답니다."

그리고 차를 따라 주었으나 방관은 차 마실 생각은 않고 한 모금 입만 가시고 일어나서 나갔다. 유씨댁이 뒤에서 말했다.

"난 여기에 일이 남아 있으니 우리 오아가 전송해줄 거야."

오아가 뒤쫓아 나오면서 주변에 아무도 없자 방관에게 매달렸다.

"도대체 내 얘기를 하기는 한 거예요?"

"그럼 내가 거짓말한다고 생각해? 들으니까 두 사람 자리가 비었는데 아직 보충하지 않았다는 거야. 하나는 소홍이 자리인데 희봉 아씨께서 데려가고는 사람을 보내오지 않았다고 하고, 또 하나는 추아의 자리인데 역시 아직 채워 넣지 않았대. 언니 하나쯤이야 과한 것도 아니지. 평아 아가씨가 늘 습인 언니한테 말하길 사람 쓰고 돈 쓰는 일은 하루라도 미뤄서 실행하는 게 좋다고 했대. 지금은 탐춘 아가씨가 호시탐탐 본보기로 징계할 사람을 찾고 있는 중이래. 평아 아가씨네 일마저 두세 가지나 거절 당했다잖아. 지금은 우리 방에서 무슨 일이든 빌미를 잡으려고 하는 중인데 아직 찾지 못하고 있거든. 그런데 공연히 그물망 속으로 달려들 필요가 어딨어? 그러다 퇴짜라도 당하면 다시는 만회하기 힘들게 돼. 그러니 지금은 냉정하게 기다려 보는 게 좋아. 노마님이나 마님이 한가해지시면 아무리 큰일이라도 말씀드려서 안 되는 일이 없거든."

"그렇기는 하지만 난 조바심이 나서 견딜 수가 없어요. 지금이라도 뽑혀서 들어가게 되면 우선은 엄마의 원을 풀어드려서 그동안 키워준 보람에 어긋나지 않을 것이니 좋고, 둘째는 월급이라도 받으면 집안 살림에 도움이 될 테고, 셋째는 답답한 마음이 좀 풀리면 병도 나을 것 같아서 그래요. 하다못해 의원을 청해서 약을 먹는대도 집안의 돈을 절약할 수는 있을 거 아니에요."

"잘 알았으니까 제발 맘 놓고 있어."

그러면서 두 사람은 헤어졌고 방관은 다시 이홍원으로 돌아갔다. 그 얘기는 그만 하기로 하겠다.

방관을 배웅하고 주방으로 돌아간 오아는 제 엄마와 함께 방관의 친절에 고마워했다.

"이렇게 귀한 물건은 다시 얻기 어려운 거야. 비록 귀한 것이긴 하지만 너무 많이 먹으면 몸에 열이 많이 날 테니 조심해야 해. 이걸 좀 덜어서 인심이나 쓰게 누구한테 좀 보내야겠다."

"누구한테요?"

"네 외삼촌네 아들한테 말이다. 어제 열병이 났는데 이걸 먹고 싶어 한다는구나. 지금 반을 덜어서 그 애한테 보내주자."

오아는 한동안 아무 말이 없다가 유씨댁이 반을 따르고 나머지를 병째로 주방 찬장에 넣어두자 그제야 쌀쌀맞게 한마디 내뱉었다.

"제 생각에는요, 안 보내는 게 좋겠어요. 그러다 행여 누군가 따져 물으면 공연히 한바탕 말썽이 일어날까 걱정이에요."

"무슨 그런 걱정을 다 하니? 우리가 고생 고생해서 안에서 물건을 얻어낸 건데 뭐가 걱정이란 말이냐? 우리가 도둑질한 것도 아니고 말이야."

오아의 어미는 말을 마치고 나가서 곧장 자기 오라버니의 집으로 갔다. 가서 보니 친정 조카는 병상에 누워 있었으며, 가져간 매괴로를 보고 오라버니 내외와 조카는 모두 뛸 듯이 기뻐했다. 우선 우물에서 맑은 물을 길어다 한 그릇 타서 마시니 머리가 개운해지고 맑아졌다. 남은 것은 종이로 덮어서 탁자 위에 올려놓았다.

그런데 하필 그때 집안의 몇몇 시동 중에서 그 조카와 자주 왕래하던 친구들이 문병하러 찾아왔다. 그중에는 이름을 전괴錢槐라는 사내아이가 있었는데 바로 조이랑의 친정 조카였다. 그의 부모는 창고에서 장부를 관리하고 있었고 그 자신은 가환을 따라 서당에 오가는 일을 맡고 있었다. 그는 집안에 재산도 꽤 있으며 아직 장가들지 않았는데 평소 유씨네 오아의 예쁜 모습에 눈독을 들이고 있었다. 부모에게도 말해서 오아를 아내로 맞겠다고 선언했고 또 벌써 중매를 내세워 몇 차례나 사정하기도 하였다. 유오아의 부모로서도 허락할 뜻이 있었지만 유독 오아 자신이 결코 따르지 않았다. 비록 말로는 명확하게 하지 않았지만 행동으로 그런 결연한 뜻을 보였으므로 부모로서도 감히 허락하지 못하는 형편이었다. 더구나 요즘 들어서는 대관원에 들어가겠다고 애를 쓰고 있기에 더더욱 혼인 일은 뒷전으로 미뤄놓고 있었다. 오아의 부모는 한 사오 년쯤 지나면 밖에서 사윗감을 찾아볼 생각이었다. 전씨네로서도 상황이 그렇게 되자 역시 어쩌지 못하고 손을 뗀 상황이었다. 하지만 전괴 자신은 오아를 손에 넣지 못하자 속으로 화도 나고 부끄럽기도 하여 어떻게든 그녀를 데려다가 아내로 삼아 소원을 풀어보려고 했다. 지금 친구들과 함께 유씨네 조카를 찾아왔는데 마침 유씨댁이 그 자리에 있을 줄은 생각지도 못했다.

오아 어미는 여러 사람이 우르르 들어오는데 가만히 보니 그중에 전괴가 있는지라 얼른 일어나서 시간이 없다는 핑계를 대고 나가려고 했으나 올케가 급히 만류했다.

"고모님, 왜 차도 안 드시고 가시려고 하세요? 고모님이 이렇게 신경 써 주셨는데."

"집안에 밥 때가 되어서 가 봐야 돼요. 나중에 틈이 나면 조카를 보러 다시 올게요."

그녀의 올케는 서랍에서 종이 봉지 하나를 꺼내 들고 유씨댁을 담 모퉁이까지 바래다주면서 물건을 손에 쥐어주며 말했다.

"이건 오라버니가 어제 대문 당직을 설 때 얻은 거래요. 요즘 한 닷새 간은 당직을 서도 썰렁하니 아무 재물도 안 생겼었는데 어제 광동에서 온 관리가 인사 오면서 대감님께 복령상茯苓霜 두 광주리를 선물하고 나머지 한 광주리를 문지기들한테 인사치레로 주었대요. 이건 오라버니가 그걸 나눠서 가져온 거예요. 그 지방엔 천 년된 송백이 굉장히 많아서 복령의 정액을 뽑아 약에다 타서, 어떻게 만들어 내는지는 모르지만 이렇게 아주 고운 하얀 가루를 만들어 낸대요. 가장 좋기는 사람의 젖에다 개어서 매일 아침 한 잔씩 마시면 더할 수 없이 몸에 좋다고 하고 그 다음으로는 우유로 개면 좋고 정히 안 되면 끓는 물에 풀어서 먹어도 좋대요. 저희 생각에 이건 오아에게 먹이는 게 가장 좋겠다 싶어서 시녀를 시켜 집으로 보냈지요. 그런데 오아도 안에 들어가고 집에는 문이 닫혀 있더라고 하더군요. 그래서 제가 오아도 볼 겸 들어가는 김에 가져갈까 했는데 지금 주인어른들도 집에 안 계시고 곳곳마다 엄하게 지킨다고 하는데 제가 별로 중요한 일도 아닌데 들어가는 것이 아무래도 거북하더라고요. 요 이틀 사이 소문에 안에서 소동이 일어났단 말도 들리고 해서 행여 연루라도 되면 어떡해요. 고모님이 마침 잘 오셨으니 이걸 직접 가지고 들어가세요."

유씨댁은 그걸 받아들고 헤어져 돌아왔다. 막 쪽문 앞에 이르렀을 때 시동 하나가 웃으면서 다가왔다.

"유씨 아줌마! 어딜 그렇게 다녀오세요? 안에서 벌써 두세 차례나 찾았는데. 우리들 서넛도 아줌마 찾으러 여기저기 다 돌아다녔지만 안 보이더니 지금 어디서 오시는 거예요? 이 길은 집으로 가는 길도 아닌데 아무래도 의심이 가는군요."

유씨댁이 웃으면서 욕을 한마디 퍼부었다.

"예끼, 이 원숭이 같은 놈아!"

무슨 일인지 궁금하면 다음 회를 보시라.

(제4권 〈스산한 가을바람소리〉로 계속)

등장인물

가교저(賈巧姐)　가련과 왕희봉의 딸로 금릉십이차 중 한 명이다. 처음에는 대저大姐로 불리다가 유노파가 교저라는 이름을 지어준 후로 교저로 불린다. 가부賈府가 몰락한 뒤, 가운, 가환 등이 몰래 팔아버리려고 하나 유노파의 도움으로 위기를 벗어난다.[6]

가련(賈璉)　가사의 장남이고 왕희봉의 남편이다. 임기응변에 능한 편이지만 재주나 영리함이 왕희봉보다 훨씬 못하다. 글공부는 멀리하면서 여인들과 어울려 다니는 데만 관심을 가지며, 왕희봉 몰래 우이저를 첩으로 들였다가 들통 나 곤욕을 치르기도 한다. 희봉이 죽자 시녀였던 평아를 아내로 맞이한다.[2]

가모(賈母)　가씨 집안의 최고 어른으로 가대선의 부인이다. 금릉의 귀족 사후가史侯家의 딸로 사태군史太君이라 부르기도 한다. 가보옥의 조모이고 임대옥의 외조모이다. 적손자인 가보옥을 끔찍이 총애하고 귀하게 여긴다. 가부가 번성하던 시기의 부와 영예의 향유자이다.[2]

가보옥(賈寶玉)　입에 옥을 물고 태어나 이름을 보옥이라고 한다. 영국부의 적손으로 가정과 왕부인 사이에서 난 아들이다. 임대옥과는 고종사촌지간이고 설보차와는 이종사촌지간이다. 귀족가문의 자제이지만 자유분방하고 전통적인 예교에 반하는 행동을 일삼는다. 괴팍한 성격과

* 〔 〕안의 숫자는 해당 인물이 처음 나오는 회를 뜻한다.

독특한 정신세계를 지닌 인물이기도 하다. 목석전맹木石前盟의 임대옥과 결혼하기를 원하지만 가모와 왕희봉의 계략으로 설보차와 결혼하게 된다. 인생무상을 느낀 가보옥은 과거장에서 사라지고 훗날 나루터에서 가정을 만나지만 목례만 남긴 채 스님과 도사와 함께 눈 덮인 광야로 사라진다.[2]

가석춘(賈惜春)　가경의 딸이고 가진의 누이로 금릉십이차 중 한 명이다. 가보옥과는 사촌지간이고 가부賈府의 네 자매 중 가장 어리다. 회화繪畫에 소질이 뛰어나다. 평소 수월암水月庵의 어린 비구니 지능과 자주 어울렸는데 훗날 가부가 몰락한 뒤 비구니가 된다.[2]

가영춘(賈迎春)　가사의 딸이고 가련의 이복누이로 금릉십이차 중 한 명이다. 성격이 유약하고 순종적이며 모든 일에 대해 묵묵히 방관자적인 태도를 취하는 인물이다. 포악하고 탐욕스러운 손소조에게 시집 가 온갖 핍박을 당하다가 결국 1년 만에 죽는다.[2]

가용(賈蓉)　가진의 아들이고 진가경의 남편이다. 외모가 수려하고 화려한 옷차림을 하고 다니며 음험한 속내를 지닌 인물이다. 왕희봉을 희롱하기도 하고 계책을 세워 가련이 몰래 이모인 우이저와 신방을 차릴 수 있게 도와준다.[2]

가정(賈政)　가대선과 가모의 차남으로 영국부의 모든 일들은 가정을 중심으로 이루어진다. 가보옥의 부친으로 아들에게 매우 엄격한 아버지이다. 전통적 유교의 가치관을 대표하는 인물로 자유분방하고 격식에 얽매이는 것을 싫어하는 가보옥에 대해 늘 불만을 느낀다.[2]

가탐춘(賈探春)　가정의 차녀로 금릉십이차 중 한 명이다. 생모는 조이랑이다. 적극적이고 활발한 성격에 가씨 자매 중 재능이 가장 비범하지만 서출이라는 지위와 몰락해 가는 집안 때문에 재능과 포부를 제대로 펼치지 못한다. 청명절清明節에 바닷가 멀리 시집가 쓸쓸하게 살아간다.[2]

가환(賈環)　　가정의 첩인 조이랑의 아들로 탐춘의 친동생이자 가보옥의 이복형제이다. 교활하고 잔인한 성품으로 보옥을 미워해 얼굴에 화상을 입히고 금천의 자살을 보옥 탓이라고 모함한다. 후에 가운과 함께 교저를 몰래 변방으로 팔아넘기려는 계략을 꾸민다.[2]

명연(茗煙)　　가보옥의 시동으로 항상 가보옥의 곁에서 보필한다. 가보옥이 배명焙茗이라는 이름을 지어줘서 제24회~제34회에서는 배명으로 불리다가 제39회 이후부터는 다시 명연으로 불린다.[9]

묘옥(妙玉)　　농취암櫳翠庵에 거주하는 비구니로 금릉십이차 중 한 명이다. 귀족가문 출신이어서 성격이 고상하면서도 괴팍한 면이 있다. 세속과 잘 어울리지 않았으나 가보옥에게는 은근한 정을 느낀다. 후에 가부에 침입한 도적떼에게 겁탈당하고 어디론가 끌려가 사라지는 불행한 운명을 맞는다.[17]

방관(芳官)　　가부賈府 내 연극단의 배우이다. 연극단이 해체된 뒤 이홍원怡紅院에 들어가 가보옥의 시녀가 된다. 배우 출신이라는 이유로 사람들로부터 천대받으나 가보옥이 살뜰하게 아껴준다. 대관원 수색 사건 이후 양어머니를 따라 다른 곳으로 시집가야할 상황에 놓이자 출가하여 비구니가 된다.[58]

사상운(史湘雲)　　가모의 질녀로 금릉십이차 중 한 명이다. 임대옥과 마찬가지로 일찍이 부모를 여의고 남의 집에 얹혀사는 신세이나 천성적으로 호방하고 쾌활한 성격 덕분에 처지를 비관하거나 상념에 젖는 일이 거의 없다. 후에 위약란과 결혼하나 행복한 삶을 누리지는 못한다.[19]

설반(薛蟠)　　설보차의 오빠이다. 하금계의 남편이고 향릉을 첩으로 맞는다. 귀족자제임에도 불구하고 무지하고 저속한 인물이다. 향릉을 첩으로 사면서 사람을 때려죽인다. 후에 또다시 살인 사건에 연루되어 잡혀 들어가지만 결국 사면 받아 석방되고 잘못을 뉘우친다.[3]

설보금(薛寶琴)　설부인의 질녀이다. 용모가 빼어나고 재능과 식견이 뛰어나 설보차와 견주어도 손색이 없을 정도이다. 부친이 사망한 후, 가부에 잠시 머물면서 대관원의 여인들과 함께 시부詩賦를 지으며 어울려 지낸다. 후에 매한림의 아들과 결혼한다.[49]

설보차(薛寶釵)　설부인의 딸이고 설반의 여동생으로 금릉십이차 중 한 명이다. 왕부인의 질녀로 가보옥과는 이종사촌지간이다. 온유돈후溫柔敦厚하고 인정에 밝은 성품으로 유교의 전형적인 여인상이라 할 수 있다. 금옥양연金玉良緣의 연분으로 가보옥과 결혼하지만 가보옥이 출가하면서 독수공방하는 신세가 된다.[4]

앵아(鶯兒)　설보차의 시녀이다. 가보옥의 통령보옥에 적힌 글귀와 설보차의 금 목걸이에 적힌 글귀가 서로 대구를 이룬다는 것을 두 사람에게 알려준다. 가보옥과 설보차는 앵아를 통해 서로가 금옥양연金玉良緣임을 확인한다.[7]

예관(蕊官)　가부賈府 내 연극단의 배우로 연극단이 해체된 뒤 형무원蘅蕪苑에 들어가 설보차의 시녀가 된다. 배우 출신이라는 이유로 사람들로부터 천대받는다. 대관원에서 쫓겨나게 되었을 때 더 이상 양어머니로부터 모욕을 받기 싫어 출가하여 비구니가 된다.[58]

왕부인(王夫人)　가정의 처이자 가보옥의 모친이다. 설부인의 언니이고 왕자등의 여동생이다. 영국부에서 가씨賈氏, 왕씨王氏, 설씨薛氏 가문을 연결하는 인물이다. 하나밖에 없는 아들인 가보옥을 지나치게 보호하고 걱정한다.[2]

왕희봉(王熙鳳)　가련의 처로 금릉십이차 중 한 명이다. 왕부인의 질녀이니 가보옥에게는 사촌누이이자 형수가 된다. 아름다운 외모에 남성적인 기질을 가진 인물이다. 재치와 유머 감각이 매우 뛰어나고 사무처리 능력 또한 탁월하여 가부의 안팎을 장악한다. 권모술수에 능하고 자신

의 이익을 위해서라면 수단과 방법을 가리지 않아 고리대금을 놓고 사람의 목숨을 해치기도 한다.[3]

원앙(鴛鴦)　가모의 시녀로 가모의 두터운 신임을 받는 인물이다. 대대로 노비 집안의 자식이지만 강직하고 신의가 있다. 가사가 첩으로 데려가려고 하자 머리를 자르겠다고 하며 저항한다. 가모가 죽자 따라서 목을 매 자살한다.[20]

유노파(劉老婆)　영국부와 먼 인척이 되는 시골 노파로 재치와 익살이 넘치고 세상물정에 밝으며 삶의 경험이 풍부하다. 넉살좋은 성격과 입담으로 가부 사람들이 모두 좋아한다. 교저가 변방으로 팔려갈 위험에 처하게 되자 평아와 함께 시골에 숨겨주고 후에 교저에게 중매를 서준다.[6]

유상련(柳湘蓮)　원래 명문가의 자제로 성격이 호탕하고 의협심이 강한 인물이다. 극단 사람들과 함께 어울려 연극 공연을 하기도 하고 가보옥, 진종 등과 친분을 쌓으며 지낸다. 우삼저와 약혼하나 그녀에 대한 안 좋은 소문을 듣고 파혼을 요구한다. 우삼저가 원앙검으로 자살하자 후회하면서 출가한다.[47]

이환(李紈)　가보옥의 형인 가주의 처이고 가란의 모친으로 금릉십이차 중 한 명이다. 일찍이 청상과부가 되어 목석같은 마음으로 살지만 말년에 아들 가란이 공을 세워 높은 지위에 오르자 여복을 누리게 된다.[4]

임대옥(林黛玉)　가모의 외손녀이고 가보옥의 고종사촌동생으로 금릉십이차 중 한 명이다. 일찍 부모를 여의고 이러한 처지 때문에 늘 비애와 상실감에 젖어 산다. 병약하고 감수성이 예민하여 감정의 기복이 심하다. 미모와 재능이 남다르고 가보옥의 정신세계를 가장 잘 이해하는 인물이다. 가보옥과는 목석전맹木石前盟으로 맺어진 사이이지만 두 사람의 사랑은 비극적인 결말을 맞게 된다. 아무것도 모르는 가보옥이 속아서 설보차와 결혼하는 날, 임대옥은 홀로 쓸쓸하게 죽는다.[2]

자견(紫鵑)　앵가鸚哥라고도 한다. 원래는 가모의 시녀였으나 임대옥이 영국부로 들어오면서 가모가 임대옥의 시녀로 보낸다. 임대옥을 진심으로 대하여 서로 친자매 같이 지낸다. 임대옥이 죽은 뒤, 가보옥의 시녀가 되지만 후에 가석춘을 따라 출가한다.[8]

조이랑(趙姨娘)　가정의 첩으로 가탐춘과 가환의 모친이다. 첩이라는 이유로 사람들로부터 천대받는 것에 대해 원한을 품고 살아간다. 마도파를 시켜 가보옥과 왕희봉을 음해하려는 계책을 세우기도 한다. 가모의 영구를 철함사鐵檻寺에 모신 뒤 돌연 병사한다.[2]

청문(晴雯)　가보옥의 시녀이다. 신분은 비록 비천한 시녀이지만 도도하고 자존심이 강하여 무조건 주인의 비위를 맞추거나 떠받들지 않는다. 가보옥의 총애를 받는 데다 외모와 바느질 솜씨가 뛰어나 시기와 질투의 대상이 된다. 모함을 받아 대관원에서 쫓겨난 뒤 병이 들어 홀로 쓸쓸하게 죽는다.[5]

평아(平兒)　왕희봉의 시녀이자 가련의 첩이다. 신중하고 사려 깊으며 주인에게 충심을 다해 왕희봉의 신뢰와 총애를 받는다. 가련과 왕희봉 사이에서 일어나는 일을 세심하게 보살피고 사단을 없애는 역할을 한다. 왕희봉이 죽은 뒤 가련의 정실부인이 된다.[6]

향릉(香菱)　진사은의 딸로 본명은 진영련이다. 원소절元宵節에 하인의 등에 업혀 등 구경을 나갔다가 납치된다. 우여곡절 끝에 설반에게 팔려와 이름을 향릉으로 바꾼다. 설반의 정실부인 하금계가 향릉을 학대하고 독살하려다 도리어 죽게 되고 향릉은 정실부인이 된다. 아이를 낳다가 난산으로 죽는다.[1]

형부인(邢夫人)　가사의 처로 천성이 우둔하고 재화에만 탐을 낸다. 대관원을 산보하던 중 수춘낭繡春囊을 발견하고 이것을 왕부인에게 전달한다. 이 사건을 트집 잡아 왕부인이 집안관리를 엄격히 하지 않았다고 몰아세운다. 이 때문에 대관원을 수색하는 사건이 일어나게 된다.[3]

형수연(邢岫烟)　형부인의 질녀로 부친을 따라 서울에 왔다가 형부인에게 맡겨진다. 가영춘의 처소에서 함께 지내게 되는데 온화하면서 단아한 모습 때문에 대관원 사람들이 모두 아낀다. 특히 묘옥과의 관계가 돈독하다. 후에 설보금의 오빠인 설과에게 시집간다.[49]

화습인(花襲人)　가보옥의 시녀이다. 원래는 가모의 시녀로 본명은 진주珍珠이다. 가보옥과 운우지정雲雨之情을 함께 나눈 관계로 가보옥을 극진하게 보살펴주는 인물이다. 가보옥이 출가한 후 수절하려고 하나 후에 장옥함에게 시집간다.[3]

홍루몽 인물 관계도

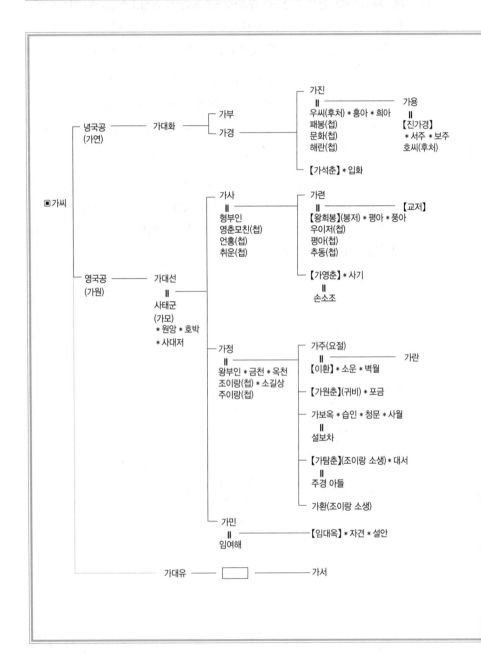

■ 가씨

녕국공 (가연) ── 가대화 ── 가부
└─ 가경

가경
├─ 가진
│ ‖
│ 우씨(후처) * 홍아 * 희아
│ 패봉(첩)
│ 문화(첩)
│ 해란(첩)
│ └─ 가용
│   ‖
│   【진가경】
│   * 서주 * 보주
│   호씨(후처)
└─ 【가석춘】 * 입화

영국공 (가원) ── 가대선
‖
사태군 (가모)
* 원앙 * 호박
* 사대저

├─ 가사
│ ‖
│ 형부인
│ 영춘모친(첩)
│ 언홍(첩)
│ 취운(첩)
│ ├─ 가련
│ │ ‖
│ │ 【왕희봉】(봉저) * 평아 * 풍아
│ │ 우이저(첩)
│ │ 평아(첩)
│ │ 추동(첩)
│ │ └─ 【교저】
│ └─ 【가영춘】 * 사기
│   ‖
│   손소조
│
├─ 가정
│ ‖
│ 왕부인 * 금천 * 옥천
│ 조이랑(첩) * 소길상
│ 주이랑(첩)
│ ├─ 가주(요절)
│ │ ‖
│ │ 【이환】 * 소운 * 벽월
│ │ └─ 가란
│ ├─ 【가원춘】(귀비) * 포금
│ ├─ 가보옥 * 습인 * 청문 * 사월
│ │ ‖
│ │ 설보차
│ ├─ 【가탐춘】(조이랑 소생) * 대서
│ │ ‖
│ │ 주경 아들
│ └─ 가환(조이랑 소생)
│
└─ 가민
   ‖
   임여해
   └─ 【임대옥】 * 자견 * 설안

가대유 ── [　　] ── 가서

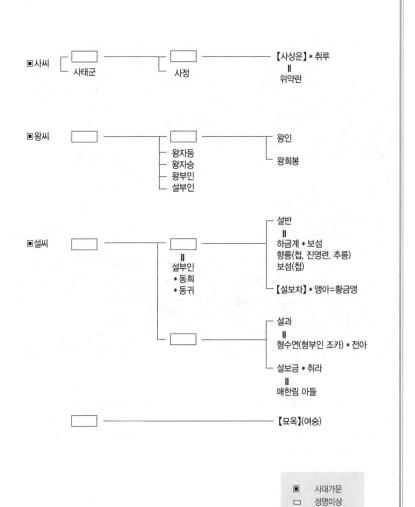

■사씨　　　사태군　　　　　사정　　　　　【사상운】 * 취루
　　　　　　　　　　　　　　　　　　　　　‖
　　　　　　　　　　　　　　　　　　　　위약란

■왕씨　　　　　　　　　　　　　　　왕인
　　　　　　　　왕자등　　　　　　　왕희봉
　　　　　　　　왕자승
　　　　　　　　왕부인
　　　　　　　　설부인

■설씨　　　　　　　　　　　　　　설반
　　　　　　　　　‖　　　　　　　　‖
　　　　　　　설부인　　　　　　하금계 * 보섬
　　　　　　　* 동희　　　　　　향릉(첩, 진영련, 추릉)
　　　　　　　* 동귀　　　　　　보섬(첩)
　　　　　　　　　　　　　　　　【설보차】 * 앵아=황금앵

　　　　　　　　　　　　　　　　설과
　　　　　　　　　　　　　　　　　‖
　　　　　　　　　　　　　　　형수연(형부인 조카) * 전아
　　　　　　　　　　　　　　　　설보금 * 취라
　　　　　　　　　　　　　　　　　‖
　　　　　　　　　　　　　　　매한림 아들

　　　　　　　　　　　　　　　【묘옥】(여승)

■	사대가문
□	성명미상
‖	배우자 관계
【 】	금릉십이차
*	주요 시녀

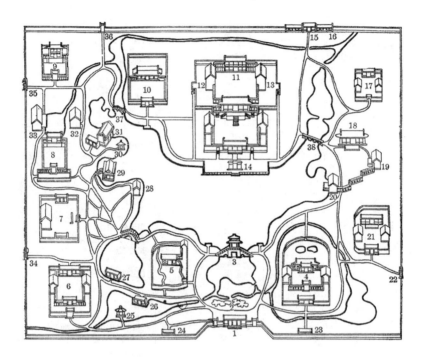

1 정문 2 곡경통유 3 심방정 4 이홍원 5 소상관 6 추상재 7 도향촌 8 난향오 9 자릉주

10 형무원 11 대관루 12 함방각 13 철금각 14 성친별서패방 15 후문 16 주방 17 절 18 가음당 19 철벽당

20 요정관 21 농취암 22 각문 23 숙직방 24 의사청 25 적취정 26 유엽저 27 행엽저 28 노설엄 29 우향사

30 모란정 31 파초오 32 홍향포 33 유음당 34 각문 35 각문 36 후각문 37 판교 38 심방갑교

*양내제(楊乃濟)의 대관원 모형도 (《홍루몽연구집간》제3집, 상해고적출판사, 1980)를 따랐음.

❀ 저자약력

◆ 조설근 曹雪芹

조설근(약 1715~1763)은 본명이 점(霑), 호를 근포(芹圃), 근계거사(芹溪居士), 몽완(夢阮) 등으로 부르며, 남경의 강녕직조(江寧織造)에서 귀공자로 태어나 부귀영화를 누렸으나 소년시절 가문이 몰락, 북경으로 이주하여 불우한 생활을 하였다. 만년에는 북경 교외 향산(香山) 아래에서 빈궁한 생활 속에 그림과 시를 즐기며 《홍루몽》의 창작에 여생을 보냈다. 다른 저술은 남아있지 않고 그의 생전에는 《석두기》(石頭記)란 이름으로 필사본 80회가 전해지고 있었다.

◆ 고악 高鶚

고악(1763~1815)은 자를 난서(蘭墅), 호를 홍루외사(紅樓外史)라고 했으며, 요동(遼東)의 철령(鐵嶺) 사람이다. 건륭 53년(1788) 향시에 합격하여 거인(擧人)이 되었으나 진사 시험에는 계속 낙방하였다. 건륭 56년(1791) 친구인 정위원(程偉元)의 부탁으로 그가 수집한 《홍루몽》 후반부 30여 회를 수정 보완하여 활자본 120회를 간행하는 데 도움을 주었다.

❀ 역자약력

◆ 최용철 崔溶澈 choe0419@korea.ac.kr

고려대학교 중어중문학과 교수. 고려대 중문과를 졸업하고 국립타이완(臺灣) 대학에서 《홍루몽》 연구로 석·박사학위를 취득했다. 중국고전소설과 동아시아 비교문학 등의 연구에 주력하고 있다. 박사논문 "청대 홍루몽학의 연구" 외에 《홍루몽의 전파와 번역》과 "조설근 가세고", "구운기에 나타난 홍루몽의 영향연구" 등의 저서와 논문이 있다.

◆ 고민희 高旼喜 miniko@hallym.ac.kr

한림대학교 중국학과 교수. 고려대 중문과를 졸업하고 동 대학에서 《홍루몽》 연구로 석·박사학위를 취득했으며, 《홍루몽》의 사상성 및 《홍루몽》 연구사 등에 관심을 기울이고 있다. 박사논문 "홍루몽의 현실비판적 의의 연구" 외에 "홍루몽에 나타난 휴머니즘 연구", "중국 신문학운동 초기의 홍루몽 평가에 관한 고찰" 등의 논문이 있다.